AUF DER ASCHE DER WELT

KYLA STONE

Auf der Asche der Welt

Gedruckt in den Vereinigten Staaten von Amerika

Umschlagdesign von Christian Bentulan

Buchformatierung von Vellum

Erstmals gedruckt im Jahr 2024

ISBN: 978-1-962251-36-5

Erstellt mit Vellum

❀ Erstellt mit Vellum

Stärke kommt nicht von körperlichen Fähigkeiten. Sie kommt von einem unbezwingbaren Willen.

- MAHATMA GANDHI

EINLEITUNG

Ich bitte die Einwohner von Munising im Voraus um Verzeihung, denn ich hatte vielleicht etwas zu viel Spaß daran, ihre Stadt zu zerstören. Viele Orte gibt es wirklich, obwohl einige erfunden wurden, wie die Geisterstadt Devil's Corner. Dennoch gibt es auf der UP einige außergewöhnliche Geisterstädte. Ich empfehle dir, sie zu besuchen und irgendwo eine Pause einzulegen, um eine leckere Pasty und Zimthimbeeren-Marmelade zu probieren!

1

SHILOH EASTON POPE
TAG EINHUNDERTZWEIUNDZWANZIG

Shiloh Easton Pope spürte es in der Luft – ein angespanntes, kribbelndes Gefühl. Heute würde etwas passieren.

Sie stand mit ihrer Armbrust auf dem Rücken hinter der Sandsackwand und lauschte dem Rauschen des Windes in den Kiefern. Ein Tannenzapfen schlug mit einem dumpfen Geräusch auf den Waldboden. Ein Streifenhörnchen oder Eichhörnchen huschte durch die gefallenen Blätter. Ein Rabe flog von einer benachbarten Birke auf.

Jemand hustete hinter vorgehaltener Hand. Zu ihrer Linken, auf der anderen Straßenseite, bewegte sich eine der anderen Wachen und stapfte mit den Füßen durch den Schlamm, um sich in der kalten Luft warm zu halten. Es war später Nachmittag und die Temperaturen lagen zwar über zehn Grad, aber durch den eisigen Wind fühlte es sich noch kälter an.

»Da vorne bewegt sich was«, ertönte eine Stimme durch das Walkie-Talkie, das an ihrer Overall-Tasche befestigt war. Die trainierten Kämpfer hatten Headsets, alle anderen mussten blöde Walkie-Talkies benutzen. Sie durfte nicht kämpfen. Laut Eli war sie zu jung und zu unerfahren. Es war ein riesiger, dampfender Haufen Pferdescheiße.

Der Wachposten zu ihrer Linken, Jason Anders, hob sein Fernglas. »Ich kann noch nichts sehen.«

»Ich sehe fünf Leute, die zu Fuß die Straße hinaufgehen«, sagte der Späher.

»Sind sie bewaffnet?«

»Zwei Schrotflinten, vielleicht ein paar Handfeuerwaffen, schwer zu sagen. Sie sehen nicht aus wie Soldaten, sondern wie ganz normale Leute.«

»Vielleicht wollen sie, dass du das denkst«, sagte Shiloh. »Wir sollten wachsam bleiben.«

Jason runzelte die Stirn. »Ich hab dich nicht nach deiner Meinung gefragt, oder?«

Jason Anders war gerade mal neunzehn Jahre alt, aber er tat so, als wäre er ein Hardcore-Soldat – ein aufgeblasener Wichtigtuer, der ständig seine dicken Muskeln spielen ließ und ein arrogantes Grinsen auf sein hübsches Gesicht gekleistert hatte.

Er schien Shiloh aus irgendeinem Grund zu hassen und versuchte auch nicht, das zu verbergen. Sie hatte keine Ahnung, warum er sie nicht mochte – vielleicht, weil sie Elis Liebling war oder weil sie ihn letzte Woche dabei erwischt hatte, wie er während seiner Schicht geschlafen hatte.

Shiloh zeigte ihm den Mittelfinger.

Wie sie erwartet hatte, ignorierte Jason ihre Bemerkung und hielt sich das Fernglas an die Augen. »Alarmiere das Haupttor. Wir werden mehr wissen, wenn wir mit ihnen gesprochen haben.«

»Es sei denn, sie sind nicht in der Stimmung zu reden.« Shiloh stützte ihre Ellbogen auf die Sandsackwand des Wachpostens und suchte den Wald nach Schatten ab, die dort nicht hingehörten. Sie trug ihre rabenschwarzen Haare in einem Pferdeschwanz – zusammengebunden mit einem Band aus Rohleder, das an einer echten Pfeilspitze befestigt war. Schlamm von der morgendlichen Jagd mit Eli in den Wäldern bei den Wagner Falls verkrustete ihre Stiefel und verschmierte ihre Latzhose.

Sie spitzte ihre Ohren und achtete auf jedes fremde Geräusch. Eli hatte sie in Situationsbewusstsein geschult. Die vier Wachen beobachteten ständig den Wald, scannten die Bäume und überprüften die Straße.

»Geh zurück, Shiloh«, sagte Phil Nash. Der Neuling im Alger County Sheriff's Department, Nash, war Mitte zwanzig, blond und schlank, mit einer schmalen Nase und einem Schnurrbart.

Die meiste Zeit war Nash allerdings nicht auf dem langweiligsten Sicherheitsposten der Welt tätig. Normalerweise war er damit beschäftigt, die Umgebung zu kontrollieren, die Patrouillen und Kontrollpunkte zu überprüfen und die Sicherheitsteams zu beaufsichtigen.

Heute hatte er das Mittagessen für die Nachmittagsschicht gebracht – frischer Fingerhutbeerensaft in Gläsern mit Ziegenkäse und Tomatensandwiches auf Sauerteigbrot. Er war danach noch geblieben, um sie bezüglich des Protokolls zu verhören, zumindest behauptete er das.

Shiloh runzelte die Stirn. Eli hatte ihn definitiv geschickt, um nach ihr zu sehen. Sie hasste es, verachtete es geradezu, wie ein kleines Kind behandelt zu werden, als ob sie einen Babysitter bräuchte. Sie war mit ihrer treuen Armbrust eine bessere Schützin als jeder andere hier.

Shiloh schoss schon, seit sie fünf Jahre alt war. Mit ihrer Armbrust konnte sie mühelos den Schädel eines Murmeltiers oder eines wilden Truthahns aus fünfzehn Metern Entfernung treffen, das war Pillepalle für sie. Ihre Hände waren absolut unerschütterlich. Sie konnte sich sehr gut selbst verteidigen und ehrlich gesagt brannte sie darauf, diesen eingebildeten Idioten zu zeigen, was in ihr steckte.

Aber sie war sich sicher, dass Eli dafür sorgen würde, dass sie nie die Gelegenheit dazu bekäme.

»Bleib hinter mir und lass die Hände von deinen Waffen«, wies Nash sie an. Das sagte er jedes Mal, wenn sich Fremde dem Tor näherten, und langsam ging ihr das auf die Nerven.

»Ja, ja, ich habs kapiert.«

Aus den Augenwinkeln sah sie Jasons selbstzufriedenes Grinsen.

Ihre rechte Hand glitt in ihre Hosentasche und strich über ihr Taschenmesser. Sie widerstand der Versuchung, es auf Jasons dämlichen, kantigen Kiefer zu schleudern, ein paar der strahlend weißen Zähne auszuschlagen und zu sehen, wie eingebildet er dann war.

Neben Nash standen zwei weitere Wachen: Amanda Martz, eine ernste, ruhige Frau in den Dreißigern mit kurz geschnittenen braunen Haaren, und Fiona Smith, eine rothaarige junge Frau, die eine Cargohose und eine weiße Fleecejacke unter dem Gewehr trug, das auf ihrer Brust prangte.

Amanda starrte geradeaus und musterte die Straße hinter den entgegenkommenden Flüchtlingen. Fiona spürte, dass Shiloh sie beobachtete, und schenkte ihr ein schiefzahniges Lächeln. Fiona war letzte Woche ins Northwoods Inn gekommen, und im Gegensatz zu ihrem drogensüchtigen Bruder und ihrem schrulligen Vater hatte sie sich nützlich gemacht und sich für alles freiwillig gemeldet.

Keine der anderen Wachen schenkte Shiloh auch nur einen Fetzen Aufmerksamkeit – außer Fiona. Sie war superschlau und hatte bereits das Wasserrückhaltesystem des Northwoods Inn mit irgendeinem Schwerkraftsding oder so verbessert.

Shiloh hielt sich mit einem Urteil zurück, aber sie hasste sie zumindest nicht. Noch nicht. Der Wachdienst würde viel mehr Spaß machen, wenn Ruby dabei wäre. Leider liebte ihre Freundin grausame Tätigkeiten wie Gartenarbeit und Kochen. Mrs. Brooks hatte sie unter ihre Fittiche genommen, sodass Ruby immer in der Küche oder im Garten beschäftigt war.

Ruby würde Shiloh raten, ihre Wut herunterzuschlucken, sie zu kontrollieren und auf ihren Moment zu warten.

Shiloh blickte finster drein. Na schön, sie konnte geduldig sein. Wirklich.

»Du kennst die Regeln«, sagte Nash. »Du bist hier, um zu beobachten und zu lernen. Sonst nichts. Keine Auseinandersetzungen. Keine Interaktion mit den Flüchtlingen. Und halte deine Augen offen.«

Eli Popes Regeln. Ihr hartgesottener Vater war buchstäblich der Schlimmste. Wenn es nach ihm ginge, würde sie zu Hause mit einem Dutzend Wachen festsitzen, während sie kleine Pullover für Babys strickte und Kekse für Obdachlose backte.

Niemals.

Heute war der sechzehnte September. Ihr Geburtstag. Sie war vierzehn Jahre alt, praktisch erwachsen. Sie war in ihrem kurzen Leben schon entführt, angegriffen und fast von einem Pickup-Truck überfahren worden. Jedes Mal hatte sie überlebt. Hatte sie sich denn noch nicht bewiesen?

In den Augen dieser Schwachköpfe offenbar nicht. »Shiloh«, sagte Nash warnend.

Sie lächelte ihn gehorsam an und verlagerte ihr Gewicht so, dass die Armbrust, die sie auf dem Rücken trug, größtenteils versteckt war – als ob er vergessen könnte, dass sie bewaffnet und gefährlich war.

Sie griff nach dem Fernglas, das um ihren Hals hing, und hob es mit einer Hand an – eine Art Friedensangebot. »Ich bin nur zum Beobachten hier. Verstanden.«

Während Jason seine Augen auf die Straße richtete, runzelte Nash die Stirn und starrte sie an, um ihre Aufrichtigkeit zu prüfen. Sie lächelte breiter und blinzelte ihn mit ihren dunklen Augen ganz unschuldig an.

Resigniert seufzend schüttelte Nash den Kopf und richtete seine Aufmerksamkeit wieder auf die herannahenden Eindringlinge.

»Sie sollten jeden Moment auftauchen«, sagte der Späher.

Eineinhalb Kilometer weiter, außer Sichtweite, diente der zwanzigjährige Drew Stewart verborgen in einem Scharfschützenversteck im Schutz der Bäume als ihr Späher.

Drew war ein hübscher Junge und flirtete schamlos, aber Shiloh ließ sich nicht täuschen. Eli hatte ihn zum Späher ernannt, weil er ein Magazin nicht von einem Clip unterscheiden und nicht mal die breite Seite einer Scheune treffen konnte, selbst wenn sein Leben davon abhinge.

»Da sind sie«, sagte Amanda.

Shiloh schaute durch das Fernglas auf die Straße, die sich zwischen hoch aufragenden Kiefern entlangschlängelte. Hundert Meter entfernt stapften fünf zerlumpte Menschen den Weg entlang. Ihre Schultern hingen herab, sie waren schmutzig und erschöpft. Abgenutzte Rucksäcke klebten an ihren gebeugten Rücken.

Eine schwarzhaarige Frau Ende dreißig zog einen roten Wagen, der mit Seesäcken gefüllt war, über den unebenen Boden. Ein älterer Mann in seinen Sechzigern stapfte neben ihr her. Er hatte schwarze, mit Silbersträhnen durchzogene Haare und hielt sich den rechten Arm eng an die Brust – als ob er verletzt wäre.

Neben ihnen schob eine jüngere Frau mit ähnlich tiefschwarzen Haaren einen Einkaufswagen mit Kisten und Dosen, die größtenteils von einer rissigen Decke bedeckt waren, und einen staubigen Koffer.

Hinter ihnen hielt ein kleiner Junge von vier oder fünf Jahren die Hand eines langhaarigen Mannes, der ungefähr Anfang vierzig war. Der sandblonde Junge hatte den Kopf gesenkt und betrachtete aufmerksam den Boden, während er gegen Steine trat.

Seit Eli und die anderen Lena gerettet und die Medikamentenlieferung von Darius Sykes gestohlen hatten, strömten jeden Tag ein paar mehr Flüchtlinge nach Munising.

Es hatte sich herumgesprochen, egal, wie sehr sie versucht hatten, die Sache geheim zu halten. Das Northwoods Inn hatte Solar- und Windenergie. Außerdem gab es in Munising eine medizinische Klinik mit lebensrettenden Medikamenten.

Menschen wollten gerettet werden.

Sie konnte es ihnen nicht verdenken. Seit der Supersonneneruption vor vier Monaten war die Welt aus den Fugen geraten. Es gab nur noch wenige funktionierende Krankenhäuser und es fehlte an allen Ecken und Enden an Ressourcen. Die Lage war düster. Ohne Strom war die Gesellschaft zerbrochen wie ein wackeliges Kartenhaus. Es war unmöglich, die Teile wieder zusammenzusetzen.

»Passt auf euch auf«, sagte Nash. »Bleibt wachsam. Macht auch keine Dummheiten, nur weil ihr Angst habt. Wartet auf mein Kommando.«

Die Wachposten nickten. Sie standen aufrecht hinter den Sandsackwänden, die Hände an den Waffen, und scannten aufmerksam ihre Umgebung für den Fall eines möglichen Angriffs von der Seite. Die Flüchtlinge könnten Lockvögel für etwas viel Schlimmeres sein.

Shiloh hielt inne und atmete den waldigen Geruch von Kiefernnadeln und fruchtbarer Erde ein. Die kühle Herbstsonne streifte ihr Gesicht, die Brise kühlte ihren Nacken. Die Armbrust, die an ihren Rücken gepresst war, war ein beruhigendes Gewicht.

Die Flüchtlinge kamen näher. Ihre Augen weiteten sich, als sie die Sicherheitsmaßnahmen des Northwoods wahrnahmen. Die meisten Flüchtlinge, die auf der Suche nach Zuflucht im Northwoods ankamen, gingen durch den Haupteingang im Süden. Der Nebeneingang im Osten war kleiner, aber nicht weniger gut bewacht.

Am Osteingang befanden sich auf beiden Seiten der Straße mit Sandsäcken befestigte Kampfposten und auf beiden Seiten der Straße verlief ein fast zwei Meter hoher Zaun mit Stacheldraht.

Auf der rechten Seite der Straße hatten sie einen Wachposten errichtet, eine Hütte aus Kanthölzern und Sandsäcken, die bis zur Brust aufgeschichtet waren. Die Wachen arbeiteten abwechselnd in Sechs-Stunden-Schichten.

Eli hatte sie angewiesen, den Bereich um jedes Tor herum zu räumen, um offene Tötungsfelder zu schaffen. Auf diese Weise konnten die Wachposten jeden sehen, der aus mehreren hundert Metern Entfernung kam. Sie hatten den Boden mit weicher Erde bedeckt, sodass die umherstreifenden Patrouillen die Fußabdrücke von Unbefugten leicht erkennen konnten.

Wenn sich eine organisierte Gruppe näherte, musste der Feind das Tor ohne Deckung und ohne die Möglichkeit, sich an die Wachen heranzuschleichen, durchbrechen.

Als die Flüchtlinge nur noch knapp zwölf Meter entfernt waren, hob Nash sein AR-15. »Stehen bleiben!« Jason und Amanda taten es ihm gleich.

Erschrocken erstarrte die Gruppe. Der kleine Junge ging weiter, ohne sich der Gefahr bewusst zu sein.

Der langhaarige Mann packte ihn am Kragen und riss ihn nach hinten. Der kleine Junge fiel auf seinen Hintern in den Dreck. Der Mann ließ den Jungen am Boden liegen und schnappte sich das Gewehr, das er über der Schulter trug.

»Hände hoch, damit wir sie sehen können!«, rief Jason, als er den Sicherheitsschalter seines AR ausschaltete. »Lasst eure Waffen fallen!«

Fiona hob das Walkie-Talkie an ihre Lippen und schickte eine Nachricht an ihren Commander, der Eli und Jackson informieren würde. Sie trug ein Gewehr ohne Munition, bis sie eine angemessene Ausbildung absolviert hatte. Wie Shiloh war sie hier, um zu beobachten und zu lernen.

»Wir wollen nichts Böses!«, sagte der langhaarige Mann. Er hatte ein hageres, von Pockennarben gezeichnetes Gesicht und seine Augen waren von schweren Lidern getrübt. Seine rechte Hand ruhte über seinen Rippen, nur wenige Zentimeter von seiner Waffe entfernt. »Richte die Waffen woanders hin.«

»Du bist kurz davor, diese Hand zu verlieren.« Nash gestikulierte mit seinem Gewehr. »Auf die Knie! Waffen zur Seite werfen. Sofort!«

Der Schock brachte die Flüchtlinge dazu, zu gehorchen. Der langhaarige Mann reagierte langsam, sein Kiefer vor Wut oder vielleicht auch Angst zusammengepresst. Mit drei auf ihre Brust gerichteten AR-15-Gewehren nahmen sie ihre Waffen ab und warfen sie zur Seite.

»Hände hoch und auf den Knien bleiben«, befahl Nash. »Keine Faxen, oder wir schießen erst und stellen später Fragen.«

Der kleine Junge blieb im Dreck sitzen und starrte mit großen Augen auf die Gewehre, die auf ihn gerichtet waren. Sein Mund stand offen, seine Augen waren groß und glasig.

»Bring dein Kind auf seine Knie!«, forderte Jason. »Geh auf die Knie, Junge!«

Der Junge rührte sich nicht von der Stelle.

Jason schwenkte seine Waffe in Richtung des Jungen. Seine Hände zitterten, als würden ihn seine Nerven übermannen. Als ob er etwas Dummes tun könnte. »Ich sagte ...«

»Er ist taub!«, rief die Frau mittleren Alters. »Er kann dich nicht hören.«

Jason zuckte mit den Schultern, als wäre es ihm egal, was mit dem Kind nicht stimmte, aber er richtete sein Ziel dennoch von dem kleinen Jungen auf den alten Mann.

Ein roter Punkt erschien auf der Stirn des alten Mannes. Der alte Mann hob eine zitternde Hand, seine linke Hand zur Faust geballt und fest gegen seine leichenhafte Brust gepresst, als ob er etwas verbergen wollte.

»Bitte«, sagte er mit zittriger Stimme. »Habt Erbarmen.«
»Hände hoch oder wir schießen«, sagte Jason. »Sofort!«

Auf Der Asche Der Welt

»Bitte«, sagte er mit zittriger Stimme. »Habt Erbarmen.«
»Hände hoch oder wir schießen«, sagte Jason. »Sofort!«

2

SHILOH EASTON POPE
TAG EINHUNDERTZWEIUNDZWANZIG

Die Züge der älteren Frau erstarrten. Ihre glatten schwarzen Haare und ihre scharfen Wangenknochen verrieten indigene Herkunft. ihre Sie war schlank, bis auf den geschwollenen Bauch, der sich unter ihrem Sweatshirt abzeichnete. Sie war hochschwanger.

Mit den Händen in der Luft reckte sie ihr Kinn in Richtung der beiden Personen neben ihr, die angesichts der körperlichen Ähnlichkeit offensichtlich zur Familie gehörten. »Mein Name ist Theresa Fleetfoot. Das ist mein Vater, Ira Fleetfoot, und meine Tochter Miriam. Letzte Woche hat sich mein Vater beim Brennholzschneiden mit einer Kettensäge den Arm aufgeschnitten, und jetzt ist die Wunde stark entzündet. Wir haben keine bösen Absichten. Bitte, helft uns.«

Shiloh richtete ihren Blick auf den alten Mann. Dunkle Tränensäcke schattierten seine Augen und seine schlaffe Haut war fahl und kränklich. Der Verband um seinen Unterarm war mit dunkelroten Flecken übersät. Sein Mund war zu einer schmerzverzerrten Grimasse verzogen.

Er schien wirklich verletzt zu sein, aber der Schein konnte trügen.

»Nehmt ihnen die Waffen ab«, befahl Nash.

Während Amanda ihr Deckung gab, verließ Fiona die Wachhütte und sammelte die Waffen der Gruppe vom Boden auf.

»Die brauchen wir«, sagte der langhaarige Typ. »Ihr könnt nicht einfach unsere Sachen stehlen!«

»Ihr bekommt sie zurück, wenn wir sicher sind, dass ihr keine Bedrohung darstellt.« Fionas Stimme zitterte. Ihre Schultern waren steif, ihre Bewegungen ruckartig. Sie war nervös.

»Die einzige Bedrohung bist du!«, knurrte der Typ.

»Was wollt ihr?«, fragte Nash.

Theresa schlang ihre dünnen Arme um ihren Bauch. »Wir haben gehört, dass es hier Medizin gibt. Gute Menschen, die bereit sind, Fremde bei sich aufzunehmen. Vielleicht ist das ein sicherer Ort. Wir sind an anderen Städten vorbeigekommen ...« Sie schluckte schwer und blinzelte schnell, als wolle sie eine schreckliche Erinnerung auslöschen. »Nirgends war es sicher.«

Amanda und Jason tauschten einen angespannten Blick aus. Shilohs Herz hämmerte in ihrer Brust. Das hatten sie bisher noch nicht gehört. Die meisten Flüchtlinge waren aus dem Westen und Süden angereist, aus Marquette, Copper Harbor und Iron Mountain.

»Welche Städte? Und warum sind sie nicht sicher?«, fragte Jason.

Die Tochter – Miriam – hob ihr Kinn. Ihre Augen waren blutunterlaufen, ihr dunkler Pferdeschwanz war schlaff und verknotet. »Wir haben uns in Bay Mills durchgeschlagen. Ohne Strom, Lebensmittelläden oder Medikamente ist es hart, aber wir haben es geschafft. Wir hatten den Fischfang, Obst- und Nussbäume und genug Wald für jede Menge Feuerholz.«

Nash nickte ihr zu, sie solle fortfahren.

Die junge Frau biss sich auf die rissige Unterlippe. »Vor fünf Tagen haben Plünderer unsere Stadt angegriffen. Wir wurden vertrieben. Wir sind mit dem geflohen, was wir tragen konnten. Wir haben gehört, dass es an den Soo Locks Strom gibt, also sind wir dahin gegangen, aber Sault Ste. Marie ist nicht mehr das, was es einmal war. Es wird jetzt von denen kontrolliert. Sie nehmen sich, was sie wollen. Es war nicht sicher, also sind wir wieder gegangen.«

Ein Schauer des Grauens kroch Shiloh über den Rücken. »Wer sind *sie*?«

»Das Kartell«, sagte Theresa.

Niemand brauchte zu fragen, welches Kartell sie meinte. Es gab nur eines, das wirklich eine Rolle spielte.

»Wir sind robuste Leute, okay?«, sagte Theresa mit einem leichten Yooper-Akzent. »Wir haben noch nie Almosen gebraucht. Aber jetzt ...« Ihre Stimme wurde leiser. Ihr Kinn senkte sich und lenkte die Aufmerksamkeit aller auf ihren runden Bauch. »Wir können nützlich sein. Ich bin Grundschullehrerin. Miriam hat ihr drittes Jahr in der Krankenpflegeschule beendet. Mein Vater ist Bauer. Er weiß alles darüber, wie man auf dem harten Boden hier oben etwas anbaut. Er ist zwar im Moment verletzt, aber er kann eurer Gemeinde helfen. Ich bin vielleicht schwanger, aber ich bin keine Invalidin. Wir können alle helfen. Wir sind bereit zu arbeiten, um unseren Lebensunterhalt zu verdienen.«

»Ich bin Mechaniker«, sagte der langhaarige Mann. »Mein Name ist Bill Scruggs. Das ist mein Sohn, Adam.«

»Wo ist Adams Mutter?«, fragte Shiloh.

Bills Gesicht verzog sich. »Sie war bis vor fünf Tagen bei uns. Die Plünderer haben uns auch angegriffen. Sie haben sie getötet. Sie haben alles gestohlen, was wir hatten, einschließlich meines Eherings und meiner Uhr. Ich habe versucht, uns zu verteidigen, aber sie waren zu viele. Sie haben uns mit Feuer aus unserem Haus in Whitefish vertrieben. Sie haben die ganze Stadt niedergebrannt.«

»Das Kartell«, sagte Amanda.

»Das Kartell.« Er nickte finster, mit Tränen in den Augen. »Seitdem sind wir auf der Flucht. Ich konnte einen Truck kurzschließen, der noch ein bisschen Diesel im Tank hatte. Dann haben wir diese netten Leute getroffen, aber der Truck wurde in Seney von Räubern gestohlen. Wir sind schon seit Tagen unterwegs. Mein behinderter Sohn ist hungrig und müde.«

Neben ihr lockerte Nash leicht seine Haltung. Die Mündung von Jasons Waffe senkte sich ein paar Zentimeter. Sie wollten diesen Leuten glauben. Sie glaubten ihnen auch. Shilohs Blick wurde von Theresa Fleetfoot und ihrem schwangeren Bauch angezogen.

Lena hätte die Tore schon längst aufgerissen. Shilohs Tante wollte alle retten. Lenas Wunsch, die Verlorenen und Verletzten zu retten, war fast schon krankhaft. Sie war nicht umsonst ausgebildete Sanitäterin und Such- und Rettungshundeführerin.

Eli hingegen wollte die Tore verriegeln, die Menschen beschützen, die er liebte, und den Rest der Welt im Fegefeuer verdammen.

Shiloh wusste nicht, woran sie glaubte oder welcher Weg der richtige war. Widersprüchliche Gefühle zerrten an ihr – Mitleid und Mitgefühl und der unbändige Drang, die zu schützen, die sie liebte: Lena und Eli, Jackson und die Brooks, Ruby und Bear. Und sogar diese verdammte, störrische Ziege Faith.

Was wäre diese Welt, wenn sie diese Leute nicht hätte? Nichts als Asche.

»Wir können euch nicht einfach reinlassen«, sagte Amanda mit fester Stimme. »Wir haben ein Verfahren, Protokolle und einen Ausschuss. Aber wir haben eine Klinik und können euch dorthin begleiten und die Verletzungen deines Vaters verarzten lassen. Dann, falls ihr angenommen werdet, kümmern wir uns um eine Unterkunft für euch.«

»Bitte helft uns – für mein Kind, wenn schon nicht für mich«, flehte Bill. Er tätschelte den Kopf seines Sohnes mit offensichtlicher Zuneigung. Der Junge bewegte sich nicht, sein Blick war auf die Waffen gerichtet. Wahrscheinlich stand er unter Schock. »Ihr seht doch, dass diese Frau schwanger ist. Ihr werdet doch wohl kein Kind und eine schwangere Frau abweisen, oder?«

Die bedeutungsschwere Frage hing in der Luft wie eine nicht explodierte Granate.

Nash lenkte zuerst ein. Seufzend senkte er seine Waffe weiter und gab der Gruppe ein Zeichen, durch das Tor zu gehen. »Nur für heute Nacht. Kommt rein.«

»Was ist mit unseren Waffen?«, fragte Ira.

»Ihr bekommt eure Waffen zurück, wenn wir wissen, ob wir euch vertrauen können. Bis dahin werden wir sie sicher aufbewahren.«

Theresas Schultern sackten vor Erleichterung herunter. Eine ihrer Hände senkte sich und umfasste ihren runden Bauch. Miriam umarmte ihren Großvater. »Es ist okay, jetzt wird alles gut«, sagte sie zu ihm.

Der kleine Junge hatte angefangen zu weinen. Die Tränen liefen lautlos über seine Wangen und seine kleine Hand lag schlaff im starken Griff seines Vaters. Scruggs' Fingerknöchel waren haarig. Ein weißer Streifen umzog sein Handgelenk – die gebräunte Linie seiner gestohlenen Uhr.

»Wir müssen euch abtasten, bevor wir euch in den Innenbereich des Geländes lassen«, sagte Amanda. »Ist nicht böse gemeint.«

»Schon gut«, sagte Miriam.

Nash drehte seinen Kopf zu Jason. »Du bist dran.«

Jason verließ die Wachhütte und ging auf die Flüchtlinge zu. Sein AR-15 hielt er tief und auf den Boden gerichtet. Fiona hatte die konfiszierten Waffen in ihre Arme genommen und stand vor der Wachhütte, nur wenige Meter von den Flüchtlingen entfernt.

»Ich danke euch so sehr. Danke für eure Freundlichkeit«, sagte Theresa.

Als sie vorwärts schlurften, schaute Theresa Bill an. Ein kurzes Aufblitzen von Emotionen flackerte in ihrem Gesicht auf, dann war es wieder weg – ein Aufblitzen von etwas, das Shiloh nicht genau deuten konnte.

Was war es? Trost über ihre Erlösung? Die Sorge, dass sie doch nicht akzeptiert werden würden? Oder etwas anderes? Eine Art Beklemmung? Oder war es Misstrauen?

Ein unbehagliches Gefühl schlich durch ihre Glieder – ein ängstliches Summen unter ihrer Haut. Ihre Instinkte flüsterten ihr ins Ohr: *Pass auf.*

Auf was? Was war es? Was zum Teufel war los? War es die schwangere Lehrerin mittleren Alters mit ihrer Krankenschwester-Tochter und ihrem verletzten Vater? Oder Bill Scruggs, Mechaniker und trauernder Witwer, mit seinem tauben Sohn?

Sie wirkten verängstigt, hilfsbedürftig und vollkommen harmlos. Ganz normale Menschen, die Opfer schrecklicher Umstände geworden waren, nicht anders als alle anderen innerhalb der Grenzen des Northwoods Inn.

Und doch.

Ihr Puls beschleunigte sich. Entgegen Nashs ausdrücklicher Anweisung griff sie hinter sich nach der Armbrust und legte sie lautlos an ihre Schulter, während sie sich nach rechts von Nash entfernte, um freie Sicht zu haben. Bevor er sie aufhalten konnte, legte sie den Kolben der Armbrust an ihre Schulter und spannte einen Bolzen.

Nur für den Fall der Fälle.

Ihre Hände lagen mit sicherem Griff auf der Armbrust. Schweiß perlte an ihrem Haaransatz entlang und rann ihr den Nacken hinunter. Plötzlich wurde ihr heiß und schwindelig.

Irgendetwas stimmte nicht. Sie war sich nicht sicher, was es war. Sie musste wie Eli denken, also versuchte sie sich an seine stundenlangen Vorträge und sein Training zu erinnern. *Halte deine Augen offen. Nimm alles wahr. Halte nach dem Ausschau, was nicht dazupasst.*

Sie war nicht nur eine Easton – sie war eine verdammte Pope. In ihren Adern floss das Blut ihrer einheimischen Vorfahren, die als Krieger geboren und aufgewachsen waren und tapfer gekämpft hatten, um ihre Heimat und ihr Volk zu verteidigen. Aber auch Elis Blut floss durch ihre Adern. Auf keinen Fall würde sie ihn enttäuschen.

»Wartet«, sagte sie.

Keiner hörte auf sie. Nash war auf die Flüchtlinge konzentriert, aber seine Haltung war entspannt. Auch Amanda hatte ihre Waffe gesenkt.

Jason öffnete das Tor, wobei die ungeölten Scharniere knarrten. Die Flüchtlinge hatten das Tor fast erreicht. Fiona stand zwischen dem Eingang und den Flüchtlingen. Theresa war die Erste. Bill schritt mit dem tränenüberströmten Adam neben ihr her. Miriam schlurfte dahinter. Sie half ihrem Großvater, indem sie ihren Arm in einer liebevollen Haltung um seine Taille gelegt hatte.

»Wartet«, sagte Shiloh, diesmal lauter.

Sie verabscheute das Grauen, das in ihrem Bauch kribbelte, hasste dieses Gefühl der unüberwindbaren Hilflosigkeit. Irgendetwas stimmte nicht, aber sie konnte nichts dagegen tun. Wie damals, als der Psychopath Walter Boone sie in seinen Fängen gehabt oder als Sykes Lena in die Tiefen der Kupfermine entführt hatte.

So wollte sie sich nicht mehr fühlen. Sie weigerte sich. Shiloh hob ihre Armbrust. »STOPP!«

3

SHILOH EASTON POPE
TAG EINHUNDERTZWEIUNDZWANZIG

»Shiloh, was ist los?«, fragte Nash mit angespannter Stimme.

Shiloh ignorierte ihn. Ihre Handflächen waren feucht geworden. Der Schaft der Armbrust lag eng an ihrer Schulter, ihre Wange war dagegen gepresst und ihr dominantes Auge war mit dem Visier ausgerichtet. Ihre rechte Hand hielt den Griff, der Zeigefinger balancierte auf dem Abzug, bereit zum Schießen.

Sie zielte mit der Armbrust auf Bill Scruggs' Brust.

»Wenn du dich bewegst, schieße ich einen Bolzen durch dein warmes, schlagendes Herz«, sagte sie ruhig. »Also rate ich dir, dich nicht zu bewegen.«

Fiona und Jason blieben auf der Stelle stehen. Fiona stand ein paar Meter hinter Jason, der sein AR-15 gesenkt in einer Hand hielt, in der Absicht, das Tor weit zu öffnen.

Fiona drehte sich halb um und blickte verwirrt zu Shiloh zurück. »Was ist denn los?«

Fiona war zu nah an Scruggs dran. Genauso wie Theresa und der Junge, Adam.

»Zurücktreten«, befahl Shiloh. »Geht alle zurück.«

Jason warf ihr einen vernichtenden Blick zu. »Was zur Hölle denkst du, was du da tust?«

»Dieser Mann ist ein Betrüger. Er ist nicht der, der er vorgibt zu sein.«

Scruggs schaute Shiloh in die Augen. Er schien verwirrt und verängstigt zu sein, ohne eine Spur von List oder Täuschung in seinem gequälten Gesichtsausdruck. »Ich bin ein Vater, der seinen Sohn beschützen will. Er ist alles, was ich noch habe. Bitte!« Seine Stimme brach. »Bitte.«

Sie hätte nachgeben können, hätte sich von Mitleid trüben lassen können. Aber sie hatte erkannt, was falsch war; sie hatte es herausgefunden.

»Keine Bräunungslinie«, sagte sie. »Dein Ringfinger. Du hast gesagt, dein Ehering wurde vor fünf Tagen zusammen mit deiner Uhr gestohlen. Du hast die Bräunungslinie deiner Uhr, aber nicht von deinem Ehering. Kein Ehering, keine Frau.«

Für den Bruchteil einer Sekunde bewegte sich niemand. Die Luft knisterte vor Spannung.

»Du lügst«, sagte Shiloh. »Du bist ein Lügner.«

»Ich habe Handschuhe getragen!«, sagte Scruggs abwehrend und verengte seine Augen.

»Erzähl keine Sch...«

»Ich habe doch gesagt, dass ich Mechaniker bin und versuche, mit meinem tauben Sohn zu überleben. Mehr nicht. Alles, was ich getan habe, war, meine Familie und die Leute hier bei mir zu beschützen. Wie kannst du es wagen, meine Integrität infrage zu stellen?«

Eli hatte den Wachposten einige Grundlagen in Sachen Verhör und Lügentests bei Fremden beigebracht. Menschen, die die Wahrheit sagten, antworteten schnell und offen; diejenigen, die etwas zu verbergen hatten, wichen meist aus und spielten die Beleidigten, um den Fragesteller in die Defensive zu drängen.

»Wo hast du vor dem Blackout gearbeitet?«, fragte Shiloh.

Scruggs zuckte aggressiv mit den Schultern, sein Blick wirkte genervt. Er war beleidigt und gab sich keine Mühe, das zu verbergen. »Hier und da. Ich war eine Art Gelegenheitsarbeiter, aber meistens habe ich in einem Motorradgeschäft in Whitefish Point gearbeitet.«

Seine Antworten trugen nicht dazu bei, Shilohs Verdacht zu

entkräften. Er hatte sich einen vagen, weit entfernten Ort ausgesucht, an dem die Wachposten wahrscheinlich niemanden kennen würden. Clever, wenn er jemanden täuschen wollte.

Jason versteifte sich. Obwohl er arrogant war, schien er den gleichen beunruhigenden Gedanken zu haben, der an Shilohs Unterbewusstsein zerrte. Vielleicht war er doch nicht so einfältig, wie sie gedacht hatte.

Jason warf einen misstrauischen Blick auf Fiona. »Deinem Dad gehörte eine Tankstelle, richtig? Du kennst dich mit Autos aus.«

Fiona nickte und rückte die Handvoll Waffen in ihren Armen zurecht. »Ja, das tue ich. Okay, wenn du der bist, für den du dich ausgibst, beantworte mir das. Wie wechselt man die Zündkerzen bei einem Dieselmotor?«

»Was ist euer Problem?« Scruggs' Tonfall wurde gereizter. »Wir bitten euch doch nur um ein bisschen Hilfe. Was soll dieses Verhör von einer Zwölfjährigen?«

»Ich bin vierzehn, du Arschgesicht.«

»Beantworte die Frage«, sagte Nash streng.

Scruggs schlurfte mit den Füßen. Sein Blick huschte erst nach links, dann nach rechts, als wäre er aufgewühlt – oder als würde er seinen nächsten Schritt planen. »Genau so wie bei jedem anderen Motor. Wenn ihr euren Kampfhund an die Leine nehmt und uns reinlasst ...«

»Dieselmotoren haben keine Zündkerzen«, sagte Fiona. »Sie haben Glühkerzen. Jeder Mechaniker weiß das ...«

Mit einer blitzschnellen Bewegung schubste Scruggs Theresa nach vorn. Theresa stolperte vorwärts, wobei ihre Hände zu ihrem Bauch flogen, um ihr ungeborenes Kind zu schützen.

Theresas Körper versperrte Shiloh die Sicht auf Scruggs, als sie auf Fiona fiel. Fiona sank auf die Knie. Die Waffen in ihren Armen wurden ihr aus dem Griff geschleudert und polterten vor ihren Füßen auf den Boden.

Flink ging Scruggs in die Hocke. Er griff mit der rechten Hand in seinen Stiefel, zog ein fünfzehn Zentimeter langes Messer heraus, sprang auf die Füße und stürzte sich auf Fiona. Er packte sie von hinten an den Haaren und zerrte sie auf die Füße.

Scruggs zwang ihren Körper gegen seinen und riss ihren Kopf nach hinten, sodass ihr Hals frei lag, dann bohrte er die Klinge an ihrer Kehle.

Angst raste durch Shilohs Brust. Sie verlagerte den Schwerpunkt der Armbrust und suchte nach einem Ziel, aber alles geschah zu schnell. Sie konnte nicht riskieren, zu schießen und die Unschuldige zu verletzen.

Die Zeit schien sich zu verlangsamen. Ihre Sicht verengte sich. Alles wurde gestochen scharf und deutlich, klar wie Glas. Jedes Geräusch wurde verstärkt: das Rauschen ihres Pulses, Theresas erschrockenes Keuchen, Nashs verzweifeltes Gemurmel ins Funkgerät.

Mit einem lauten Aufschrei rannte Miriam auf ihre Mutter zu, die vor Fiona und Scruggs auf dem Boden kniete. Ira packte Miriams Arm mit seiner gesunden Hand und hielt sie fest, um sie aus dem Getümmel herauszuhalten.

Einen Meter rechts von Scruggs saß der kleine Adam zitternd auf dem Boden. Seine dünnen Arme waren erhoben und seine winzigen Hände griffen nach der leeren Luft, als wollte er sich verzweifelt an irgendetwas festhalten, das ihn retten könnte. Er öffnete seinen Mund und stieß einen markerschütternden Schrei aus.

»Keiner bewegt sich!« Aus dem Inneren der Wachhütte zielte Nash mit seinem AR-15 auf Scruggs, ebenso wie Amanda und Jason. Aber es war zu spät.

Scruggs hatte seinen Körper mit seiner Gefangenen effektiv abgeschirmt. Wenn sie auf ihn schossen, riskierten sie, einen ihrer eigenen Leute zu verletzen oder sogar zu töten.

»Lass sie los!«, sagte Amanda.

»Ich fürchte, das kann ich nicht tun.« Scruggs transformierte sich vor ihren Augen. Sein Tonfall war tödlich ruhig, und in seinen Augen lag eine Gleichgültigkeit, die vorher noch nicht da gewesen war. Sein Verhalten veränderte sich wie eine Schlange, die sich häutet. Er war nicht länger ein verzweifelter Witwer, der seinen tauben Sohn beschützte, sondern ein Raubtier, das auf der Jagd war.

»Beweg dich nicht, Fiona. Bleib ruhig und tu, was er sagt«, rief Nash in hektischer Panik. »Es wird alles gut.«

Scruggs' Mund verzog sich zu einem scheußlichen Grinsen. »Ich schneide ihr die Kehle durch, und ihr werdet zusehen, wie sie genau hier verblutet. Nehmt eure Waffen runter!«

»Lass sie los oder wir pusten dir den Kopf weg!« Jason wirkte plötzlich klein und verängstigt. Sein ganzer Körper zitterte und Schweiß rann ihm über das gerötete Gesicht.

»Jason«, sagte Nash. »Bleib ruhig. Tu, was er sagt.«

Nash, Jason und Amanda gehorchten. Langsam ließen sie ihre Waffen sinken. Shiloh blieb halb versteckt hinter Nash, um die Armbrust hinter der Sandsackwand zu schützen. Diesmal kam ihr ihre kleine Statur zugute.

Scruggs lachte. Es war ein hässliches, unangenehmes Geräusch, wie das Kratzen von Fingernägeln auf einer Kreidetafel. Er drückte die Klinge tiefer in Fionas Kehle. Das Glitzern des Stahls blitzte in der späten Nachmittagssonne auf. Eine rote Linie bildete sich an ihrem Hals. Helle Blutstropfen perlten über ihre Haut, flossen wie Tränen und sammelten sich in der Vertiefung ihres Schlüsselbeins.

Fiona schnappte nach Luft. Die Sehnen an ihrem Hals spannten sich, ihr Kopf wurde zurückgerissen und das Weiße ihrer Augen trat hervor. Sie schrie nicht auf und verlor auch nicht die Fassung. Wenn sie einen kühlen Kopf bewahren konnte, hatte sie eine Chance.

Shiloh biss die Zähne zusammen und machte einen kleinen Schritt zur Seite, um leise hinter Nash zu verschwinden. Wenn sie sich unauffällig nach links bewegen konnte, konnte sie den Winkel anpassen und vielleicht einen Schuss auf Scruggs' Kopf abfeuern, solange er seine Aufmerksamkeit auf die Wachen mit den Gewehren und nicht auf ihre Armbrust gerichtet hatte.

Mit ihren vierzehn Jahren hatte Shiloh schon mehr als einmal um ihr Leben gekämpft, aber sie hatte noch nie jemanden getötet, jedenfalls nicht von Angesicht zu Angesicht. Sie zählte den Kerl, der sie im Wald angegriffen und dem sie mit der Spitze eines Glasfaserbolzens in die Leiste gestochen hatte, nicht mit. Er hatte sich verdrückt, um irgendwo anders zu sterben.

Jetzt war keine Zeit, darüber nachzudenken.

Theresa weinte auf ihren Händen und Knien. Neben ihr klammerten sich Miriam und Ira aneinander. Der kleine Junge stieß furchtbare, röchelnde Schreie aus.

Jason war vor Unentschlossenheit wie erstarrt – nutzlos wenn es drauf ankam. Nashs Finger zuckten am Abzug seiner gesenkten Waffe. Er wollte etwas tun, aber Scruggs starrte ihn an, als wolle er ihn herausfordern, etwas Dummes zu tun, damit er Fiona direkt vor ihren Augen die Kehle durchschneiden konnte.

Seine Augen leuchteten mit einer wahnsinnigen Sorglosigkeit, die ihn gefährlich machte. Er konnte Fiona jeden Moment töten.

Es war viel zu laut, viel zu chaotisch. Nur ein paar Sekunden waren vergangen. Es fühlte sich aber wie Stunden an. Verstärkung war unterwegs. Sie würden nicht mehr rechtzeitig hier ankommen.

»Wer bist du?«, würgte Fiona hervor.

»Ich bin dein schlimmster Feind«, sagte Scruggs.

»Kartell«, stellte Amanda entsetzt fest. »Du gehörst zum Côté-Kartell.« Scruggs lächelte. Er machte sich nicht die Mühe, es zu leugnen. Das brauchte er auch nicht.

»Wir wissen, wer ihr seid. Wir wissen, was ihr getan habt, was ihr uns genommen habt, und wir werden euch holen kommen. Ihr könnt nichts tun, um das zu verhindern.«

Sein Lachen hallte unheilvoll nach. Erschrocken flogen mehrere Amseln auf, deren dunkle Körper sich im Blau des späten Nachmittagshimmels abzeichneten. Das Geräusch überdeckte Shilohs Bewegung, als sie einen weiteren leisen, vorsichtigen Schritt machte.

»Wir wussten es nicht, ich schwöre!« Theresa hockte zusammengekauert auf dem Boden und krümmte ihren Körper schützend über ihren schwangeren Bauch. »Es tut mir so leid. Wir wussten nicht, wer er ist. Er hat uns etwas von seinem Essen angeboten und uns gefragt, ob wir uns ihm und seinem Sohn anschließen wollen. Er war derjenige, der uns von diesem Ort hier erzählt hat. Wir dachten ... wir dachten, er würde uns retten. Es tut mir leid.«

Shiloh atmete gleichmäßig aus, während sie ihre letzten Berechnungen anstellte. Ein Fingerbreit in die falsche Richtung, und Fiona würde anstelle von Scruggs sterben. Sie durfte sich keinen Fehler erlauben, nicht einmal ein Zehntel eines Millimeters.

Keine Fehler. Sie musste perfekt sein.

Es war Zeit, mutig, furchtlos zu sein. Es war an der Zeit, Shiloh Pope zu sein, verdammt.

»Es ist zu spät.« Scruggs' Gesichtszüge verzerrten sich und eine manisch wahnsinnige Schadenfreude entstellte sein Gesicht. »Ihr seid zu spät.«

Shiloh bemerkte Fionas wilden Blick. Shiloh nickte nur leicht. Sie war sich nicht sicher, ob Fiona verstand, was sie von ihr wollte. *Komm schon, komm schon ...*

»Ihr seid so gut wie tot!«, krächzte Scruggs. »Ihr seid alle tot! Ihr wisst es nur noch nicht. Dieser Ort, diese ganze Stadt, wir werden euch alle vernichten.« Er korrigierte seinen Griff am Messer und schaute sie anklagend und hasserfüllt an. »Und ich fange mit der hier an ...«

Fiona blinzelte zweimal.

Jetzt.

Das endete jetzt.

Fiona wurde schlaff, ein lebloses Gewicht. Als sie zu Boden fiel, stieß sie ihren Ellbogen nach hinten und rammte ihn Scruggs in den Schritt.

Eine fassungslose Grimasse huschte über sein Gesicht, gefolgt von Wut. Er packte Fiona an den Haaren und riss sie nach oben, den Kopf von der Anstrengung halb weggedreht. Seine Unterarmmuskeln spannten sich an, als er ansetzte, um die Klinge über ihre Kehle zu ziehen ...

Shiloh drückte den Abzug.

4

ELI POPE
TAG EINHUNDERTZWEIUNDZWANZIG

»Es wird Zeit, ihn zu töten«, sagte Antoine.

Eli Pope wischte sich die Hände an seiner Hose ab und ging vor dem Gefangenen in die Hocke, während der Schmerz in sein verletztes Bein schoss. »Noch nicht.«

Die gequetschten Augenlider des Gefangenen waren geschlossen. Er war bewusstlos – oder tat so, als wäre er es.

Nachdem Antoine und Nyx den Spion vor fünf Tagen gefangen genommen hatten, hatten sie ihn auf dem Golfplatz von Pictured Rocks versteckt, etwa sechs Kilometer nordöstlich von Munising. Das war weit genug von der Stadt entfernt, damit keine Schaulustigen sie stören oder die Schreie ihres Gefangenen hören würden.

»Er ist nutzlos«, sagte Antoine. »Wir verschwenden hier nur Zeit.«

»Ich habe eine Idee«, antwortete Eli.

Jackson stand neben Antoine, die Arme über der breiten Brust verschränkt, die Uniform des Alger County Sheriffs zerknittert und beschmutzt. Trotzdem wirkte er streng und Furcht einflößend. Obwohl die Uniform locker an seinem schmalen Körper hing, sah er aus, als wäre er dafür geboren worden.

Polierte Golfschläger hingen an den Haken der Zedernholzwände des Profigolfgeschäfts von Pictured Rocks – von Hölzern,

24

Eisen und Hybriden bis hin zu Drivern, Puttern und Wedges. Auf mehreren Tischen standen pyramidenförmig angeordnete Kartons mit zahnpastaweißen Golfbällen. Hinter der Kasse hing eine Mauer aus lachsrosa, sorbetorangen und liebesapfelroten Kragenhemden.

Jackson nickte grimmig. »Uns gehen die Möglichkeiten aus.« Eli verpasste dem Gefangenen eine kräftige Ohrfeige.

Der Gefangene stöhnte und blinzelte benommen, bevor seine geschwollenen Augenlider wieder zufielen. Er sackte gegen eine Wand voller verschiedenfarbiger Designer-Golftaschen. Er war ein bulliger Mann in seinen Dreißigern und hatte einen kräftigen Bart, nussbraune Haare und Tätowierungen, die sich über seine muskulösen Arme schlängelten.

Seine Hände waren hinter dem Rücken gefesselt und seine Beine waren vor ihm ausgestreckt und an den Knöcheln gefesselt. Getrocknete Kotze bedeckte sein verblichenes Metallica-T-Shirt und seine Wanderhose war steif und blutverschmiert.

Ein Infusionsschlauch ließ Kochsalzlösung in seine Venen tropfen, um ihn am Leben zu erhalten, bis sie alles von ihm hatten, was sie brauchten. Der Beutel mit der Flüssigkeit hing an einer Infusionsstange, die wie eine Galgenschlinge neben dem Gefangenen stand.

In den letzten Tagen hatte er immer wieder das Bewusstsein verloren, er konnte kaum noch klar sprechen und war auch nicht mehr genug bei Verstand, um echte Informationen zu liefern. Vielleicht hatte Antoine ihn mit etwas zu viel Enthusiasmus gefoltert.

»Hey, Don.« Eli ohrfeigte ihn erneut. »Don, mein Junge. Zeit zum Aufwachen.«

Die Augen des Spions flatterten auf. Er starrte sie trübe an. Sein Name war Don Carriker. So viel hatten sie aus ihm herausbekommen, bevor er ohnmächtig geworden war, ebenso wie die Bestätigung, dass er ein Mitglied des Côté-Kartells war.

Der Mann stank nach Fäkalien und dem stechenden Ammoniakgeruch von Urin. Er hatte sich mehrmals vollgepinkelt. Er war ein Feind, ein Spion, ein Infiltrator. Eli empfand für ihn nur kalte, kalkulierte Wut, gemischt mit dem starken Wunsch, seinen Schädel mit dem nächstbesten Golfschläger zu zerschmettern.

Eli richtete sich vorsichtig auf und trat zurück. Seine Krücken lehnten an einer Glasvitrine mit Designer-Sonnenbrillen und Golf-mützen mit Timberland- und Titleist-Logos.

Das Sonnenlicht fiel durch die Fenster und beleuchtete die herumwirbelnden Staubpartikel. Das Clubhaus war auf gespensti-sche Weise unberührt von Plünderern und Aasfressern.

Draußen vor den Fenstern pfiff der Wind über die verwilderten Grünflächen. Auf dem kargen Parkplatz waren alle elektrischen Golfwagen gestohlen worden. Fred Combs hatte einige mit Solar-zellen umgerüstet; Jackson und Eli waren mit einem davon hierher-gefahren.

»Ich weiß, wie wir ihn zum Reden bringen«, sagte er. »Es wird nicht schön werden.«

Jackson zögerte nicht. »Nur zu.«

Er hatte erwartet, dass Jackson vor der Folter zurückschrecken würde, aber er hatte kein einziges Wort gesagt. Die meiste Zeit hatte er nur geschwiegen – mit einem gequälten, gejagten Blick in den Augen.

Sie mussten sich unbedingt unterhalten, aber sie waren damit beschäftigt, zu überleben. Dieses Gespräch hatte also noch nicht stattgefunden.

Trotz des Konflikts zwischen ihnen war Jackson mutig in die Tunnel der Kupfermine vorgedrungen, um Eli zu retten, nachdem er Darius Sykes zur Strecke gebracht hatte. Das bedeutete etwas. Eli war sich nur noch nicht sicher, was.

Er suchte sich den schwersten Driver aus, den er in den glän-zenden Reihen aus neuen Schlägern finden konnte. Er justierte seinen Griff und übte einen Abschlag in dem engen Raum zwischen den Regalen und Vitrinen.

Schmerzen durchzuckten seine Brust und seine rechte Schulter, aber seine Muskeln arbeiteten wie auf Kommando – wenn auch wie verrostete, träge Zahnräder. Die Stiche in seinem Ohr juckten und stachen und sein verstauchter linker Knöchel war steif und empfind-lich. Trotzdem wurde er mit jedem Tag stärker.

Instinktiv kratzte er an dem Verband, der seine Brust unter dem schwarzen T-Shirt umhüllte, bevor er den Griff um den Schläger korrigierte und erneut ausholte.

Er musste die Wahrheit aus der Geisel herausprügeln. Er glaubte nicht, dass der Kartellspion allein nach Munising gereist war. Solche Banden arbeiteten immer zu zweit.

Es gab einen weiteren Spion. Aber wo war er?

Eli und Jackson hatten die Patrouillen in der Umgebung verstärkt und die Zahl der Wachen an den Kontrollpunkten verdoppelt. Selbst auf Krücken trainierte er weiterhin täglich stundenlang Zivilisten in Sachen Waffen, Taktik, Überwachung und Nahkampf.

Er hatte ein mulmiges Gefühl im Bauch. Es war nicht genug.

Antoine zog eine buschige Augenbraue hoch. »Wie sieht der Plan aus, Bruder? Gehen wir raus und spielen schnell neun Löcher oder kommen wir endlich zur Sache?« Sein französischer Akzent war schwach, aber unüberhörbar.

Der ehemalige französische Legionär war kräftig gebaut, hatte kurze braune Haare, einen dichten Bart und schielte, wobei das je nach seiner Laune verspielt oder wild aussah. Er trug sein Lieblingsgewehr, das FAMAS 5.56 x 45 mm NATO, auf dem Rücken, das er liebevoll *die Trompete* nannte.

Er war wagemutig und oft rücksichtslos im Kampf und hatte immer ein blutrünstiges Grinsen auf dem Gesicht. Antoine gehörte zu einer besonderen Sorte von Verrückten, aber er hatte sich Elis Vertrauen verdient, ebenso wie Nyx.

Antoine und Nyx hatten Sawyer sitzengelassen und die Seiten gewechselt. Sie hatten das Blatt im Kampf gegen Sykes und zur Rettung von Lena gewendet. Eli würde jeden Tag in der Woche Seite an Seite mit ihnen kämpfen, sonntags sogar zweimal.

Eli hob den Driver an und vergewisserte sich, dass der Gefangene dem Schwung mit seinen Augen folgte. Schweiß brach auf der Haut des Mannes aus und er wurde kreidebleich. »Du musst das nicht tun …«

Eli hörte nicht zu. Er richtete seinen Körper auf, beugte die Knie leicht – wobei sein linkes Bein aus Protest pochte –, holte mit einem perfekten Rückwärtsschwung aus und landete einen heftigen Schlag. Der hölzerne Schlägerkopf traf Dons linken Knöchel.

Der Mann heulte vor Schmerz auf. Er versuchte verzweifelt, sich zu bewegen und sein Bein zurückzuziehen, aber es gelang ihm nicht.

Der Knöchel knickte merkwürdig weg, sodass sich der Fuß vom Schien- und Wadenbein löste und die winzigen Knochen lose in der Hauthülle hingen.

»Ich schätze, du wirst nicht so schnell von hier weglaufen. Wenn du uns sagst, was wir wissen wollen, können wir dir die Sache immer noch leicht machen. Niemand wird wissen, dass du mit uns kooperiert hast.«

Jackson hielt ihm eine Spritze hin, die in seiner Handfläche glänzte.

»Das wird dir den Schmerz nehmen. Alles, was du tun musst, ist, uns die Antworten zu geben, die wir wollen.«

Don röchelte, sein Atem ging stoßweise und unregelmäßig. »Ihr ... ihr Wich...!«

Antoine grinste teuflisch. »Na, na. Achte auf deine Ausdrucksweise. Beleidigungen bringen dich nicht weiter.«

»Ich werde dir in zehn Sekunden deinen anderen Fuß brechen«, sagte Eli. »Du hast die Wahl.«

»Du bist ein Monster«, stöhnte Don.

»Jetzt hast du es endlich kapiert.«

Eli verspürte keinerlei Gewissensbisse. Er würde diesen Mann mit Freuden tagelang foltern, wenn sie dadurch die Informationen bekämen, die sie brauchten. Dieses Arschloch und andere wie er hatten seine Tochter in Gefahr gebracht. Von ihm ging nach wie vor eine eindeutige und gegenwärtige Gefahr aus.

Dafür würde dieser Mann bezahlen, und zwar teuer.

Er fuhr mit den Fingern über das butterweiche Leder des Schlägergriffs. »Lass es uns noch einmal versuchen.«

Don kreischte protestierend auf. Seine blutunterlaufenen Augen weiteten sich vor lauter Angst.

Eli hob den Golfschläger, seine Muskeln spannten sich an und er spürte den stechenden Schmerz seiner Verletzungen. Der Schläger richtete sich hoch hinter ihm auf, während er sich auf den rechten Fuß des Gefangenen konzentrierte – die behaarten Zehen, die schmutzverkrusteten Zehennägel, den unförmigen kleinen Zeh.

Menschen waren so schwach. So leicht zu brechen und zu verderben.

Jackson versteifte sich, seine Züge waren starr vor Abscheu, aber er machte keine Anstalten, Eli aufzuhalten. Antoine hingegen grinste vor Begeisterung und rieb sich genüsslich die Hände. »Ich kann nicht glauben, dass Nyx sich den ganzen Spaß entgehen lässt.«

»Letzte Chance«, sagte Eli. Dons ganzer Körper bebte.

Der Driver schwebte, bereit, wie ein Vorschlaghammer zu fallen.

»Warte!«, rief der Spion. Sein schweinisches Quieken durchbrach die dichte Stille im Profigeschäft. »Halt, bitte! Ich werde es euch erzählen! Ich werde euch alles erzählen!«

Eli hielt inne. Der Golfschläger wackelte in der Luft. »Wir hören.«

»Da ist ... noch einer.«

Don spuckte Blut. Ein loser Zahn rieselte mit heraus. Er hatte schon mehrere verloren.

Eli blieb der Atem im Hals stecken. »Wo ist er?«

»Ich weiß es nicht genau ...«

»Was ist seine Mission?«

Don sprach in schnellen, hektischen Atemzügen. »Er soll ... das Northwoods Inn infiltrieren, um herauszufinden, wo genau ihr die Medikamente und Waffen aufbewahrt ... um die Schwachstellen ... für einen Angriff zu finden.«

Elis Herz setzte einen Schlag aus. Alles, was er liebte, war im Northwoods Inn. Alles und jeder. Es war das Szenario, von dem er am meisten fürchtete, dass es zum Leben erwachen könnte.

»Funk das Gasthaus an«, sagte er. »Alle Sicherheitsposten. Sofort.« Jackson hatte sein Funkgerät bereits in der Hand. »Bin schon dabei.«

Eli wandte sich wieder an den Gefangenen. »Wie sieht er aus? Beschreibe ihn.«

Don murmelte etwas. Blut tropfte aus seinem Mundwinkel. Eli benutzte den Driver, um sein Gleichgewicht zu halten, während er sich dicht an ihn heranlehnte, damit er seine Worte hören konnte.

»Wir werden immer wieder kommen ... Es ist egal, ob ihr hundert oder tausend von uns tötet. Gault wird nicht aufhören ... Niemals.«

Damit meinte er Luis Gault, den Kopf des Côté-Kartells und

selbst ernannten König der kriminellen Unterwelt auf der Upper Peninsula. Gerüchte über das brutale Kartell, das Kanada seit Jahren terrorisierte, machten die Runde. Das Kartell hatte das Chaos der Sonneneruptionen geschickt genutzt, um auf die Upper Peninsula vorzudringen und Sault Ste. Marie und die Soo Locks zu übernehmen, bevor es sein Unwesen im ganzen Land verbreitet hatte.

»Wir werden auf euch vorbereitet sein«, sagte Jackson mit einer Härte in der Stimme, die Eli noch nie zuvor gehört hatte. Es war wie eine Schneide aus Stahl. »Wir werden deine Freunde abschlachten. Jeder, der versucht, uns zu holen, wird mit dem Leben bezahlen.«

Antoines Grinsen wurde noch breiter. »Schade, dass du das nicht miterleben wirst.«

Dons Atmung war schwer und flach, und seine Haut hatte eine kränkliche Farbe angenommen. Er wurde immer schwächer und verlor allmählich das Bewusstsein.

Eli sehnte sich danach, den Schläger noch einmal mit all seiner Kraft zu schwingen.

Das Knirschen der Knochen und das Zermalmen des Hirngewebes würden ihn zutiefst befriedigen. Aber er brauchte diesen menschlichen Abfall noch.

Stattdessen ließ er den Driver fallen. Der Schläger klapperte in einer Lache aus klebrigem Blut zu Boden. Mit dem Kolben seines Gewehrs schlug er dem Mann gegen den Schädel und knockte ihn aus. Dons Kopf ruckte zur Seite. Seine kleine rosa Zunge ragte zwischen den schiefen Zähnen hervor.

Eli hatte keine Zeit, sich über den kleinen Sieg zu freuen. Alles in ihm brodelte vor Dringlichkeit. Shilohs und Lenas Sicherheit beherrschte jeden seiner Gedanken – er musste zu ihnen gehen und mit eigenen Augen sehen, dass sie gesund und munter waren.

Antoine machte sich auf den Weg zur Tür, seine Waffe in der Hand, während er die Umgebung nach Bedrohungen absuchte – eine Angewohnheit, die so tief in ihm verwurzelt war wie das Atmen. »Es wird Zeit, zu gehen!«

Jackson reichte Eli seine Krücken, während er eilig in das Funkgerät sprach, bevor er es an seinem Gürtel befestigte und innehielt.

Er begegnete Elis Blick mit einer brutalen Entschlossenheit, die die von Eli widerspiegelte. »Bist du bereit dafür?«

Eli humpelte in Richtung der Tür des Profishops. »Auf jeden Fall.«

31

5

SHILOH EASTON POPE
TAG EINHUNDERTZWEIUNDZWANZIG

S hiloh drückte den Abzug der Armbrust.

Der Bolzen flog gerade und präzise. Er flog nur wenige Zentimeter an Fionas Kopf vorbei und durchbohrte Scruggs' linken Augapfel, durchschlug die Sklera, zerfetzte den Sehnerv und drang in das schwammartige Gehirngewebe ein. Der Bolzen blieb tief in der knöchernen Augenhöhle stecken.

Bill Scruggs stieß einen unmenschlichen Laut aus, wie der hohe, verzweifelte Schrei eines Pumas. Seine Hände ließen reflexartig Fionas Haare und das Messer los. Die Klinge klapperte harmlos auf die Straße. Fiona taumelte davon und warf sich auf den Boden, um von ihm wegzukriechen.

Scruggs sank auf die Knie, krallte seine Nägel in sein blutverschmiertes Gesicht und heulte und kreischte. Das Blut lief ihm am Hals herunter und durchtränkte sein Shirt. Rot spritzte es auf den Dreck an seinen Knien.

Shiloh lud schnell einen neuen Bolzen nach, zielte und schoss erneut. Der Bolzen traf den Mann in die obere linke Seite seiner Brust. Er zuckte und fiel zurück.

Bevor Shiloh wieder nachladen konnte, zielte Nash mit seinem AR-15 und feuerte. Das Gewehr spuckte Kugeln in Scruggs' Torso. *Bumm! Bumm! Bumm!*

32

Sein Körper bebte, als er seitwärts zusammenbrach. Seine zuckenden Finger klammerten sich vergeblich an den Glasfaserbolzen, der zwölf Zentimeter tief in seinem Gehirn steckte.

Einige qualvolle Sekunden später bewegte er sich nicht mehr.

Shiloh sank auf ihre Knie. Die Armbrust erschlaffte in ihren Händen. Die Geräusche wurden blechern und distanziert. Ihr Blick wurde unscharf, während sie Nash registrierte, der sich über die Leiche beugte und nach einem Puls tastete.

In der Ferne summten Stimmen, alles war so weit weg, als wäre sie tief unter Wasser und würde mit kräftigen Tritten versuchen, an die Oberfläche zu schwimmen. Das Atmen fiel ihr schwer, ein enormes Gewicht lastete auf ihrer Brust.

Irgendjemand weinte. Jemand anderes schrie – vielleicht auch mehr als eine Person. Vielleicht sie selbst.

Der Feind war tot. Sie hatte ihn getötet. Ihr erstes menschliches Wesen, aus nächster Nähe und von Angesicht zu Angesicht. Es gab keinen Weg, sich von den grässlichen Ergebnissen ihres Werks abzuwenden.

Irgendjemand rief ihren Namen.

Hände packten sie an den Schultern und schüttelten sie kräftig. »Shiloh! Geht es dir gut?« Nashs besorgte Stimme holte sie in die Gegenwart zurück. Er beugte sich über sie, mit Sorgen in den Augen und gerunzelter Stirn. Er war so nah, dass sie die Haare in seinem Schnurrbart hätte zählen können.

»Fiona ...«, murmelte sie.

»Fiona geht es gut.« Nashs knochige Finger krallten sich in ihren Arm. »Du hast Fiona gerettet. Du hast uns alle gerettet. Geht es dir gut?«

Sie schaute benommen zu ihm auf. Ein Schwindelgefühl überkam sie. Ein ungutes Kribbeln machte sich in ihrem Bauch breit. Nash kam ihr wie ein Fremder vor, niemand, den sie wiedererkannte.

Es ging ihr gut. Der Bösewicht war tot. Fiona war am Leben. Den Flüchtlingen ging es gut – die schwangere Frau und der Junge waren in Sicherheit. Natürlich ging es auch Shiloh gut. Sie versuchte,

Nash genau das zu sagen, aber ihre Gedanken waren verschwommen, schwankend und undeutlich.

Stattdessen sagte sie: »Heute ist mein Geburtstag.«

»Ja.« Nash stand auf, sein Walkie-Talkie in der Hand. »Ja, das stimmt.«

Das Funkgerät knisterte und rauschte. Undeutlich hörte sie Elis besorgte Stimme durch die Störgeräusche dringen: »Da ist noch einer. Es gibt noch einen Spion!«

»Es *gab* einen«, sagte Nash gleichmäßig und blickte auf die blutverschmierte Leiche hinunter. »Deine Tochter hat ihn gerade erschossen.«

6

LENA EASTON
TAG EINHUNDERTZWEIUNDZWANZIG

Lena Easton lehnte sich gegen die Holztür des Hotelzimmers im Northwoods Inn und versuchte, nicht zu weinen. Das lackierte Holz war glatt und kühl unter ihren Handflächen, der Teppich unter ihren Socken fühlte sich knotig an. Ohne eine laufende Klimaanlage war die Luft im Flur abgestanden.

»Wie geht es ihr?«, fragte Eli.

Lenas Kopf ruckte erschrocken hoch. Sie hatte ihn nicht kommen hören. Selbst auf Krücken hatte er es geschafft, fast lautlos um die Ecke zu kommen. Zugegeben, sie war abgelenkt gewesen.

Wie es sich für einen Soldaten gehörte, trug Eli ein Gewehr auf dem Rücken, seine Pistole und sein Messer am Gürtel – ganz der ehemalige Army Ranger: zäh, stark und unverwüstlich.

Natürlich war er nicht unverwüstlich. Er wäre in der Kupfermine fast gestorben und hatte sein Leben riskiert, um sie zu retten.

»Shiloh schläft, endlich.« Lena holte tief Luft und wischte sich die Tränen aus den Augen. Sie hob ihr zitterndes Kinn an, um die Angst zu verbergen, die aus jeder Zelle ihres Körpers strömte.

Eli schaute an Lena vorbei, als wollte er die Tür aufbrechen, hineinstampfen und sich mit eigenen Augen von Shilohs Wohlbefinden überzeugen. Seine Hände ballten sich zu Fäusten und seine

35

Muskeln waren angespannt, als würde er sich auf einen Kampf vorbereiten, als könnte er jedes Problem mit roher Gewalt lösen.

Lena wusste es besser. Ein Mädchen im Teenageralter war kein Problem, das man lösen konnte, schon gar nicht eines wie Shiloh. Das Mädchen war mutig und zerbrechlich, kämpferisch und verletzlich zugleich.

Sobald Nash Shiloh ins Gasthaus zurückgebracht hatte, hatte Lena eine Ganzkörperuntersuchung bei ihr durchgeführt. Sie war erschüttert, aber körperlich ging es ihr gut, es war nichts gebrochen oder auch nur geprellt.

Völlig erschöpft hatte Shiloh das Abendessen ausgelassen und war auf ihrem Bett eingeschlafen, um den tiefen und hoffentlich traumlosen Schlaf zu finden, den ihr Körper brauchte, um sich von dem Trauma des Tages zu erholen.

Lena stellte sich vor Eli und versperrte die Tür. »Fürs Erste geht es ihr gut, ich verspreche es.«

Eli runzelte die Stirn, als ob er ihr nicht glaubte. Sein Kiefer war angespannt, jeder Muskel vor Sorge verkrampft.

»Das Erlebnis war traumatisch, aber physisch ist sie unversehrt. Ihr Körper ist allerdings erschöpft von der Tortur. Ihr Gehirn muss für eine Weile abschalten, um sich zu heilen.«

Elis harte Haltung entspannte sich leicht. »Sie wird wahrscheinlich eine Woche lang schlafen.«

»Dann lassen wir sie.«

»Ist sie allein da drin?«

»Bear weigert sich, von ihrer Seite zu weichen.«

Bear, ihr riesiger zimtbrauner Neufundländer, hatte seine gesamten siebzig Kilo auf dem Bett neben ihr platziert und schlief tief und fest. Lena hatte ihn liegen lassen. Er hatte seine mächtigen Pfoten ausgestreckt, seine pelzige Schnauze auf seine Vorderbeine gebettet und schnarchte wie ein Güterzug.

Ein zaghaftes Lächeln durchbrach Elis harte Fassade. »Bear ist ein halbes Dutzend bewaffnete Wachen wert.«

»Mindestens.« Lena lächelte zurück, aber es war ein schwaches Lächeln, das an den Rändern zerbrach.

Ihre Pumpe piepte und erinnerte sie daran, ihren Blutzuckerspiegel zu kontrollieren. Der Vorrat, den sie dem Kartell gestohlen hatten, enthielt zum Glück nicht nur lebensrettendes Insulin, sondern auch jede Menge Diabetesbedarf: Pumpen, Infusionssets, Injektionsgeräte, Reservoirs, medizinisches Klebeband, Sendegeräte, Nadeln, Tupfer, Blutzuckermessgeräte und Teststreifen. Alles, was sie brauchte.

Die Pumpe war ein Geschenk des Himmels. Sie musste sich nicht mehr ständig die Finger mit Nadeln und Spritzen zerstechen, nur um am Leben zu bleiben.

Das Insulin würde in zwei Jahren ablaufen – es könnte zwar noch verwendet werden, würde aber mit der Zeit seine Wirkung verlieren. Zwei Jahre fühlten sich wie ein Rettungsring an, wie ein Wunder. In zwei Jahren konnte so viel passieren.

Eli kam einen Schritt näher. Er verengte die Augen und richtete seine Aufmerksamkeit ganz auf Lena. »Es geht dir nicht gut.«

»Doch.«

Das war natürlich eine Lüge. Aber ausnahmsweise war nicht ihr Typ-1-Diabetes das Problem. Sie machte sich keine Sorgen um sich selbst, sondern um Shiloh. Ihre Beine zitterten, ihre Brust war wie zugeschnürt vor Angst. Lena sollte eigentlich die Starke sein, aber sie fühlte sich alles andere als das. Sie hatte sich zusammengerissen, aber ihr Herz drohte zu zerbrechen.

»Lena ...«

»Wir hätten sie verlieren können.«

Shiloh war ihre Nichte, nicht ihr leibliches Kind, aber Lena liebte das Mädchen wie ihr eigenes. Sie hatte gelesen, dass ein Kind zu bekommen so ist, als würde man sein Herz außerhalb des Körpers herumlaufen lassen – weich, verletzlich, so leicht zu zerbrechen und zu zerstören. Noch nie hatte sie diese Worte als so wahr empfunden wie jetzt.

Sie konnten jeden jederzeit verlieren. Das war eine harte Realität, die es in der alten Welt genauso gegeben hatte wie in dieser. Eingelullt von den Annehmlichkeiten der modernen Gesellschaft, hatten die Menschen die hässlichen Wahrheiten ignoriert – die harten Tatsachen, die sie nicht sehen, fühlen oder glauben wollten. Jetzt nicht mehr.

Ihre Stimme klang rau in ihren Ohren. »Die Lage da draußen mit dem Kartell wird immer schlimmer. Und der Winter steht vor der Tür ... Wie sollen wir sie beschützen?«

»Ich werde sie beschützen. *Wir.*«

Eli lehnte die Krücken gegen die Wand. Er kam zu ihr und legte jeweils eine Hand auf beiden Seiten ihres Kopfes an die Tür, wodurch sie gezwungen war, seinen Blick zu erwidern.

Sie musterte ihn, seine intensiven kohlenschwarzen Augen, die markanten Wangenknochen, die feste Linie seines Mundes. Die Art, wie er sie ansah – leidenschaftlich, hungrig, verzehrend. Eine elektrische Spannung breitete sich zwischen ihnen aus. Kleine Flammen loderten in ihren Adern auf. Hitze flackerte in ihrem Bauch und ließ ihr Gesicht rot werden. »Ich will sie in einen Schrank sperren, bis sie einundzwanzig ist«, knurrte Eli. »Dürfen wir das?«

»Ich glaube, das ist eher verpönt.«

Eli zuckte mit den Schultern. »Der Vorteil einer frei lebenden Gesellschaft ist, dass wir tun können, was wir wollen, oder zumindest sagt Shiloh das. Ich wette, wir kommen damit durch.«

»Damit sie uns für den Rest ihres Lebens hasst?«

»Wenn sie dadurch überlebt, könnte ich damit leben.«

»Das klingt gar nicht so schlimm«, gab Lena zu. »So ungern ich es auch sage, aber ich glaube, wir müssen ihr ein wenig Freiheit lassen. Das nennt man Erwachsenwerden.«

Eli seufzte resigniert. »Sie ist eine geborene Kriegerin. Wenn wir versuchen, sie vom Kampf fernzuhalten, wird sie sich einfach reinschmuggeln, so wie heute.«

Shiloh war das zäheste Kind, das Lena kannte. Ein Teil von ihr wollte sie wegsperren, um sie vor sich selbst zu schützen, vor ihrem leichtsinnigen Wagemut. Der andere Teil wollte sie fliegen sehen.

»Das ist unser Mädchen«, sagte Lena.

Ein finsterer Blick legte sich über sein Gesicht, schattenhaft und schwer zu lesen, aber sie kannte ihn besser als jeder andere. Sie sah es in seinen Augen: ein Aufblitzen der Verwunderung darüber, dass dieses erstaunliche Wesen zu ihm gehörte. Ein unbändiger Stolz darüber, dass sie ihm so ähnlich war – die besten Teile von ihm und Lily.

Er räusperte sich. »Jackson hat eine Krisensitzung des Vorstands einberufen. Er möchte, dass du dabei bist.«

Lena war noch nicht bereit, Shiloh zu verlassen, und erst recht nicht, Eli zu verlassen und ihn mit dem Vorstand zu teilen, wo sie doch nur so wenige Momente für sich hatten – nur sie beide. »In einer Minute.«

Eli nickte und sein verschmitzter Blick senkte sich auf ihren Mund. »Ja, in einer Minute.«

Er schloss seine Arme um sie und hüllte sie mit seiner Kraft ein. Ihre Haut stand unter Strom, als würde sie brennen. Die Intensität des Verlangens, das sie durchströmte, raubte ihr den Atem. Hitze stieg in ihrem Bauch auf, breitete sich in ihren Armen und Beinen aus und ließ ihre Fingerspitzen kribbeln.

Er hob ihr Kinn mit einem Finger an, beugte sich hinunter und küsste sie leidenschaftlich. Ihr Bauch zog sich flatternd zusammen. Sie verschmolz mit ihm, diesem Mann, den sie liebte, seit sie zwölf Jahre alt war. Verdammt, seit sie fünf war.

Der Stress, die Angst und die Sorgen verflüchtigten sich in seinen Armen, die sie auf eine Weise beruhigten, wie es nichts anderes auf der Welt konnte. Ein Gefühl der Ruhe legte sich wie eine weiche Decke über sie.

Die Sonneneruptionen hatten so vielen Menschen so viel genommen. Sie hatten die Welt verwüstet. Und doch hatte sie durch die Apokalypse eine Tochter gefunden. Und nicht nur das: Sie hatte den Mann wiedergefunden, den sie mit jedem Atom ihres Seins liebte.

Sie waren unvollkommene, gebrochene, chaotische Menschen. Aber sie passten perfekt zusammen. Gemeinsam konnten sie jeder Bedrohung entgegentreten.

»Ich werde sie beschützen«, sagte Eli schroff. »Ich werde euch beide beschützen. Und wenn ich jedes Mitglied des Kartells jagen und einen nach dem anderen enthaupten muss, um euch zu beschützen, dann werde ich das tun.«

»Du tust, was du tun musst«, murmelte sie an seine Brust und drückte ihre Wange gegen den Verband unter seinem T-Shirt. »Komm einfach zu uns zurück. Komm zu mir zurück.«

Eli ließ sie lange genug los, um einen Schritt zurückzutreten und ihre nachdenklichen grünen Augen mit seinem dunklen, durchdringenden Blick zu fixieren. »Immer.«

»Wir sind eine Familie«, sagte sie. »Wir sind deine Familie.«

Er küsste sie erneut, intensiv und begierig, und ihre Körper pressten sich aneinander, jeder auf der Suche nach der Wärme, dem Komfort und der Sicherheit des anderen, nach einem Moment der Ruhe im Herzen des Sturms.

Eine beunruhigte Teenagerstimme drang durch die Zimmertür: »Ist euch klar, dass ich euch hören kann?«

Lena versteifte sich. Ihre Lippen auf Elis Mund verzogen sich zu einem Lächeln. Sie spürte, wie er ebenfalls lächelte und ein Lachen unterdrückte. Sie standen da und lauschten auf den Herzschlag des anderen, ihre Lippen berührten sich.

»Eklig!«, rief Shiloh. »Hört sofort mit den widerlichen Aktivitäten auf, die ihr da gerade macht!«

Lena grinste. Ihre Pumpe piepte wieder und erinnerte sie daran, ihren Blutzuckerspiegel zu überprüfen. Sie ignorierte es für eine Minute, nur eine Minute.

Freude und Erleichterung sprudelten in ihrer Brust. Was auch immer passierte, solange sie zusammen waren, würde es ihnen gut gehen. Wenn sie ihr Insulin, ihre Menschen und ihren Hund hatte, konnte sie es mit der Welt aufnehmen.

Daran glaubte sie. Sie musste es glauben. Eli küsste sie noch mal.
»Ekelhaft!«, brüllte Shiloh.
Eli umarmte Lena fest. »Das ist unser Mädchen.«

7

LENA EASTON
TAG EINHUNDERTZWEIUNDZWANZIG

»Ich sage, wir wählen sie alle von der Insel runter«, sagte Ramon Moreno. »Keine Flüchtlinge mehr. Sollen sie sich doch einen anderen Unterschlupf suchen, der sie aufnimmt.«

Lena hockte auf der Armlehne des Ledersessels, die Hände über den Knien verschränkt, den Blick auf die grimmigen Gesichter um sie herum gerichtet. »Es gibt sonst niemanden. Es gibt niemanden außer uns.«

Tim und Lori hatten einen Kreis von etwa zwanzig Stühlen neben dem massiven, zweistöckigen Steinkamin im Foyer des Northwoods Inn aufgestellt. Das Gasthaus war in den glorreichen Zeiten der Holzfällerei Anfang des 19. Jahrhunderts erbaut worden und war ein umfunktioniertes Herrenhaus mit massiven Holzstämmen, kunstvollem Mauerwerk und beeindruckenden, raumhohen Glasfenstern.

Das Feuer knisterte munter vor sich hin und der Duft von Holzrauch und Sandelholz wehte durch das große Foyer. Es war fast zweiundzwanzig Uhr. Alle waren erschöpft, aber niemand konnte schlafen – nicht nach dem Beinahe-Angriff auf das Osttor.

Da die Zahl der Menschen, die im Northwoods Inn lebten, jeden Tag größer wurde, hatte sich ein Führungskomitee gebildet, bestehend aus Tim und Lori Brooks, Jackson und Eli, Lena und Nash, Moreno und Devon, Jim Hart und ein paar anderen.

Letzte Woche waren die Bewohner zusammengekommen und hatten einstimmig beschlossen, dass das Komitee die Entscheidungen zum Wohle von Munising treffen würde, bis die Bedrohung durch das Kartell beseitigt war und ein demokratischeres Abstimmungsverfahren eingeführt werden konnte.

»Wo sollen die Flüchtlinge hin, wenn wir sie wegschicken?«, fragte Lena. »Es sind Frauen, Kinder und ältere Menschen. Theresa Fleetfoot ist schwanger, ihr Vater ist verletzt, und der taube Junge bei ihnen ist gerade mal fünf Jahre alt. Sie haben niemanden, an den sie sich wenden können.«

»Das ist nicht unser Problem«, sagte Moreno mit Nachdruck. »Wir sind nicht für andere Menschen verantwortlich. Wir können nur für uns selbst verantwortlich sein, für unsere Leute.«

»Da bin ich anderer Meinung«, sagte Lori Brooks behutsam. »Wenn wir die Mittel haben, sollten wir so viele Menschen wie möglich aufnehmen. Dafür sind wir doch da, oder? Das ist unsere Aufgabe in dieser schwierigen Zeit.«

Mehl klebte auf ihren runden Wangen. Die meiste Zeit verbrachte sie in der Großküche oder mit der Pflege der Gärten. Die Frau kannte sich bestens mit Ernährung aus und zauberte für zweihundertfünfzig Personen ein köstliches Essen aus nichts weiter als Kartoffeln, gegrilltem Bärenfleisch und frisch geschnittenen Kräutern. Und Fisch – so viel Fisch.

Tim Brooks beugte sich vor und drückte die Hand seiner Frau. Er war Ende sechzig, groß und schlank und hatte gütige Augen, die funkelten, wenn er lächelte. »Wir haben euch alle gerne aufgenommen, und ihr habt uns im Gegenzug stärker und besser gemacht.«

»Das ist was anderes«, sagte Eli. »Wir haben es hier mit einem cleveren, koordinierten und gerissenen Feind zu tun. Das Côté-Kartell hat zwei Spione nach Munising geschickt. Wir hatten Glück, dass wir den ersten gefangen nehmen konnten. Und der andere hätte es fast durch unsere Tore geschafft. Er hätte unermesslichen Schaden angerichtet, das gesamte Kartell vor unsere Haustür gebracht und die Tore weit geöffnet.«

Lena wurde mulmig im Magen. Wie knapp waren sie der totalen Zerstörung entgangen. Shiloh hatte den Tag gerettet, aber nur zu einem hohen Preis: Sie war gezwungen gewesen, einen Mann zu töten und dabei das Leben einer Unschuldigen zu riskieren. Es hätte so viel schlimmer kommen können.

Sie hatten Glück gehabt. Aber ihr Glück würde nicht ewig währen. Nicht bei dem, was auf sie zukommen würde. Beklemmung schoss durch ihre Adern und schnürte ihr die Kehle zu. Sie spürte es da draußen: eine unsichtbare, gesichtslose und böse Macht, die jenseits ihrer Türschwelle lauerte und auf den perfekten Moment wartete, um zuzuschlagen.

Sie standen einem Feind gegenüber, dem sie noch nie begegnet waren. Sie sah es in den Gesichtern der anderen, die gleiche verzweifelte Angst. Jeden Moment konnte die Spannung in Panik, Verzweiflung und Hysterie umschlagen. Das durften sie nicht zulassen.

»Wir müssen davon ausgehen, dass sie noch mehr Männer schicken werden.« Jackson lehnte sich in seinem Sessel neben dem Feuer nach vorn und fuhr sich mit einer müden Hand durch seine zerzausten sandfarbenen Haare. Der Bartwuchs von mehreren Wochen zierte seine zusammengebissenen Kiefer. Unter seinen Augen verdichteten sich die Schatten. »Das Kartell wird nicht aufhören. Das haben sie deutlich gemacht.«

Nach dem Tod von Polizeichefin Sarah McCallister während des Sturms auf die Kupfermine war Jackson de facto ihr Anführer geworden, egal, ob er diesen Titel tragen wollte oder nicht.

Lena und Jackson waren zusammen aufgewachsen; sie liebte ihn wie einen Bruder. Die Last, sein Volk zu beschützen, ruhte schwer auf seinen Schultern. Aber da war noch etwas anderes, etwas, das ihn von innen heraus aufzufressen schien.

»Wir wissen, dass die Spione Funkkontakt mit ihren Anführern hatten«, sagte Eli. »Alles, was die Spione wussten, weiß jetzt auch das Kartell. Das nächste Mal, wenn das Kartell kommt, werden sie eine Armee mitbringen.«

»Was ist mit den Flüchtlingen, die bei dem Spion waren?«, fragte Tim. »Waren die auch eingeweiht?«

»Ich glaube nicht«, sagte Jackson.

»Aber du weißt es nicht mit Sicherheit«, sagte Moreno.

»Nicht hundertprozentig, nein, aber sie beharren darauf, dass sie überlistet wurden. Er spielte einen trauernden Witwer mit einem Kind, harmlos wie eine Fliege. Sie sahen, was er sie sehen lassen wollte.«

Moreno ließ sich auf seinen Stuhl zurücksinken und blickte in die Runde, während er sich an seinem Bart kratzte. Seine bronzefarbene Haut war blass. Als einer der wenigen verbliebenen Polizisten in Munising tat Moreno so, als wäre ihm vieles egal, aber er hatte sich als mutig und loyal erwiesen.

»Sie hatten Angst vor ihm«, sagte Nash. »Theresa Fleetfoot und ihr Vater haben gemeint, sie hatten das Gefühl, dass irgendetwas nicht stimmt, aber sie wussten nicht, was es war. Sie wollten Essen und ein Fahrzeug, und er hat ihnen beides angeboten. Sie waren verzweifelt und konnten es sich nicht leisten, misstrauisch zu sein. Er hat sie und den kleinen Jungen als Tarnung benutzt.«

»Es hat fast geklappt«, murmelte Moreno.

Jackson nickte. »Ich habe versucht, den Jungen zu befragen, aber ich verstehe keine Zeichensprache. Ich bin auf der Suche nach jemandem, der sie versteht. Scruggs hat wahrscheinlich die Eltern des Kindes getötet oder hatte zumindest seine Finger im Spiel.«

»Wir haben die Kettensägenverletzung des Großvaters in der Klinik behandelt«, sagte Lena. »Er braucht Antibiotika, Infusionen und Ruhe. Sie werden nirgendwo hingehen, bis er sich genug erholt hat, um zu reisen. Da er verletzt und Theresa schwanger ist, haben wir es geschafft, vorübergehend einen Platz für sie hier im Northwoods zu finden. Miriam, die Tochter, kann helfen, sich um sie zu kümmern.«

»Okay, dann wäre das geklärt«, sagte Jackson.

Im großen Foyer herrschte angespanntes Schweigen, während die Gruppe über die unbekannte Zukunft nachdachte, über die Bedrohungen, die ihnen aus verschiedenen Richtungen entgegenblickten, und über die existenzielle Furcht vor einem Feind, den sie noch nicht sehen konnten.

»Was ist mit dem Côté-Kartell?«, fragte Lori. »Was sollen wir tun?«

»Als Erstes werden wir in die Defensive gehen«, sagte Eli. »Alles und jeder, der in den Umkreis des Northwoods Inn gebracht werden kann, bleibt hier, vor allem ältere Menschen, kleine Kinder, Kranke und Gebrechliche. Diejenigen, die nicht hierher gebracht werden können, sollten zu jeder Zeit innerhalb der Stadtgrenzen von Munising bleiben.«

Lenas Sicht verschwamm. Sie konnte Elis Blick nicht erwidern. Stattdessen blinzelte sie und bewunderte die rustikale Holzvertäfelung, die gewölbten Zedernbalken und den eleganten Schieferboden. Die Dunkelheit drückte gegen die Buntglasfenster.

Das Innere des Gasthauses fühlte sich warm, gemütlich und sicher an. Aber das war es nicht. Sie waren nicht sicher, nicht einmal annähernd. Eli brauchte sie nicht zu belehren; sie spürte es in ihren Knochen. Eine Rückkehr zum Leuchtturm kam nicht infrage, nicht bevor sie nicht das Kartell überlebt hatten.

Und das würden sie.

»Ich kann die Klinik nicht schließen«, sagte Lena.

»Doch, kannst du«, sagte Eli mit Nachdruck. »Dafür kannst du es.«

Ihre Wirbelsäule richtete sich auf. »Das werde ich nicht tun.«

Sie dachte an die Klinik, die sie und Dr. Virtanen im Krankenhaus eröffnet hatten. An die vielen Zivilisten, die sie täglich gegen Krankheiten wie Diphtherie, bakterielle Infektionen, Durchfall und Viren behandelten. Das Gleiche galt für Schnittwunden, Verbrennungen, Unfälle und Verletzungen aller Art.

An diesem Morgen hatte sie eine junge, alleinerziehende Mutter behandelt, die sich versehentlich die Hand an einem Campingkocher verbrannt hatte, während sie die letzte Portion Haferbrei für ihre drei Kinder gekocht hatte. Die Verbrennung hatte sich so stark entzündet, dass sie ohne die Antibiotika, die die Klinik ausgab, gestorben wäre.

Die meisten Ärzte und Krankenschwestern in der Gegend waren inzwischen nach Sault Ste. Marie oder Marquette abgereist, wo sich die beiden anderen Krankenhäusern auf der Upper Peninsula befanden, aber die Gerichtsmedizinerin war in ihre Heimatstadt zurückgekehrt, um zu helfen. Gemeinsam retteten sie Leben.

Lena tastete nach der Insulinpumpe, die an ihrer Hüfte befestigt war, und überprüfte ihre Zahl – 140, immer noch gut. Jedes Mal, wenn sie ihren Blutzucker überprüfte oder sich einen Bolus für eine Mahlzeit gab, empfand sie immense Dankbarkeit. Sie wäre fast gestorben, weil sie zu wenig Insulin für ihren Typ-1-Diabetes gehabt hatte.

Dank des erfolgreichen Einsatzes in der Kupfermine hatte sie nun genug Medikamente für sich selbst und zum Teilen mit anderen. Die Medikamente waren auf geheime Verstecke aufgeteilt worden, eines im Krankenhaus, eines im Gasthaus und eines in der Highschool.

Es war für sie undenkbar, die Medikamente für sich selbst zu behalten. Sie *musste* etwas zurückgeben, anderen helfen; das war in ihrer DNA verankert. Das gab ihrem Leben einen Sinn und ein Ziel.

Sie beugte sich vor und begegnete den Augen eines jeden Mitgliedes des Komitees. »Wenn wir aufhören, Menschen zu helfen, wenn Menschen sterben, die wir hätten retten können, weil wir Angst hatten ... Wie sind wir dann besser als das Kartell? Dann haben sie doch schon gewonnen.«

»Am Leben zu bleiben, ist das, was zählt!« Eli schüttelte den Kopf. Das Licht des Feuers flackerte über die scharfen Konturen seines Gesichts und ließ ihn hart, grausam und sogar brutal erscheinen. Er schaute Lena an und sein Blick wurde weicher. »Es ist nur vorübergehend.«

Genauso wie das Verlassen des Leuchtturms nur vorübergehend sein sollte. Lena spannte ihren Kiefer an. »Wir können die Wachen im Krankenhaus verdoppeln oder verdreifachen, aber es zu schließen, ist keine Option. Wir haben nicht so viel geopfert, als wir die Medikamente gestohlen haben, um sie für uns zu behalten.«

Eli stöhnte frustriert auf. Er wollte widersprechen, aber Jackson hob müde die Hand. »Lasst uns diese Diskussion für den Moment vertagen. Eli, Antoine, Nyx und ich werden uns morgen früh mit dem Sicherheitskomitee treffen und eine tragfähige Antwort auf die Bedrohung durch das Kartell finden. Im Moment brauchen wir alle etwas Schlaf. Wir werden morgen früh weitermachen.«

»Moment noch.« Lori bewegte sich unruhig auf ihrem Sitz. Das Papier in ihren Händen raschelte, als sie die Falten glättete. »Wir haben heute Abend noch eine Aufgabe zu erledigen.«

47

8

LENA EASTON
TAG EINHUNDERTDREIUNDZWANZIG

»Wir haben Leute auf der Warteliste.« Lori schaute auf das aufgefaltete Blatt Papier in ihrem Schoß hinunter, auf dem ein Dutzend Namen mit Bleistift skizziert waren, und runzelte die Stirn. »Traci Tilton mit ihrem Sohn und Bradley Underwood. Wir haben uns noch nicht für sie entschieden, und sie haben auf eine Antwort gewartet. Sie brauchen heute Nacht einen Platz zum Schlafen.«

»Underwood ist ein inkompetenter Stümper«, fauchte Moreno.

Lena beobachtete Jacksons Reaktion. Sein Kiefer zuckte, sein Blick verhärtete sich, aber er sagte nichts. Der ehemalige Sheriff hatte den Serienmörder in ihrer Mitte nicht erkannt, die Ermittlungen immer wieder vereitelt und Jackson bei der Jagd nach dem Killer ausgebremst.

»Inkompetenz ist eine besondere Art des Bösen«, warnte Eli. »Sei vorsichtig, wen du in den Hühnerstall lässt.«

Tim runzelte die Stirn. »Er ist unser ehemaliger Sheriff. Ich möchte ihn nicht wegschicken. Wir müssen ihm keine Führungsrolle geben, aber wir können ihm eine Unterkunft bieten.«

»Sheriff Cross, was denkst du?«, fragte Lori.

Jacksons steinerner Gesichtsausdruck verriet wenig. »Das ist euer Haus. Wenn ihr ihn einladen wollt, ist das euer gutes Recht. Ich werde nicht versuchen, es zu verhindern.«

»Vielleicht solltest du das aber«, sagte Moreno mürrisch.

»Jeder hat eine zweite Chance verdient«, sagte Lena. »Nicht als Anführer, aber um Teil einer Gemeinschaft zu sein.«

Moreno verzog das Gesicht. »Er sollte sich lieber an die Regeln halten.«

»Ich bin sicher, das wird er.« Lori wirkte nervös und strich die handgeschriebene Liste in ihrem Schoß immer wieder glatt. »Das wird er.«

»Weiter gehts.« Tim schaute Lena mit offensichtlicher Zurückhaltung und vielleicht sogar Schuldgefühlen an. »Traci wartet in der Bibliothek. Sie hat darum gebeten, mit uns zu sprechen, bevor wir uns entscheiden.«

Lena versteifte sich. Der Pulsschlag in ihrer Kehle stieg und ihre Muskeln spannten sich an, während sie sich an den Armlehnen des Stuhls festhielt. Sie zwang sich, ihre Stimme ruhig zu halten. »Das erscheint mir fair.«

Nash erhob sich von seinem Platz und ging, um Traci Tilton zu holen. Der Rest des Ausschusses musterte Lena mit neugierigen, mitfühlenden Blicken. Alle wussten Bescheid über das, was im Souvenirladen passiert war und wie Sykes Tracis zuckerkranken Sohn benutzt hatte, um Lena in eine Falle zu locken.

Als Traci Tilton das Foyer betrat und mit unsicherem Gang und flehendem Blick auf das Komitee zuging, kochten in Lena widersprüchliche Gefühle hoch. Ihre Hände waren in einer versöhnlichen Geste vor ihr verschränkt. Sie nahm auf dem einzigen leeren Stuhl Platz.

Ein Erinnerungsblitz durchzuckte Lena – Traci, die um Hilfe bettelte; Curtis Tiltons Blut, das den Boden des Souvenirladens der Enchanted Cascades tränkte; Angel Fluds manisches Grinsen; die Art und Weise, wie Sykes sie angesehen hatte, als wäre sie eine Mahlzeit.

Lena verdrängte die dunklen Gedanken aus ihrem Kopf. Sie wollte nie wieder an Sykes oder Angel Flud denken.

Tracis besorgter Blick huschte durch den Raum und schien überall zu sein, nur nicht bei Lena. »Es tut mir so leid, was ich getan habe«, sagte sie in einem erstickten Flüsterton. »Ich werde alles tun, was ich kann, um es wiedergutzumachen. Ich werde im Sanitärbereich arbeiten oder das Geschirr jeder einzelnen Mahlzeit abwaschen. Was auch immer nötig ist, ich werde es tun. Ich bitte das Komitee in aller Bescheidenheit, mir zu erlauben, mit meinem Sohn im Gasthaus zu bleiben.«

»Nein!«, kam eine Stimme hinter ihnen. »Auf gar keinen Fall.«

Shiloh tauchte wie aus dem Nichts auf. Lena hatte nicht gehört, wie sie das Foyer von dem mit Hotelzimmern gesäumten Flur aus betreten hatte.

Mit Bear, einem großen, pelzigen Schatten dicht an ihrer Seite, schritt Shiloh in die Mitte des Stuhlkreises, wobei ihre zerzausten tintenschwarzen Haare in alle Richtungen abstanden. Sie trug ein Paar von Elis schwarzen Shorts und ein übergroßes Shirt von Cody, auf dem die Zeichnung eines *Star-Wars*-Stormtroopers, der auf der Toilette saß, und auf dem in großen Buchstaben *Storm Pooper* stand. Sie sah plötzlich so klein aus – klein und kämpferisch.

Shiloh zeigte mit einem wütenden Finger auf Traci. »Diese Frau gehört nicht hierher. Sie hat keinen Anspruch auf einen Platz am Tisch.«

Traci ließ sich mit einem Ausatmen auf ihrem Stuhl zurückfallen – als hätte man ihr einen Schlag auf den Solarplexus versetzt. Ihre Gesichtszüge verzerrten sich in einer Mischung aus Scham und Bedauern. »Es tut mir so leid ...«

»Halt die Klappe!«

»Shiloh ...«, begann Lena und versuchte, sie zu beschwichtigen.

Shiloh drehte sich um und sah Lena an. Ihr Gesicht war rot und ihre dunklen Augen funkelten. »Gerade du solltest das wissen. Du wärst wegen ihr fast gestorben! Sie hat dich verraten!«

»Traci hat ihren Mann und fast auch ihren Sohn verloren. Darius Sykes hat ihrem Sohn eine Waffe an den Kopf gehalten und sie gezwungen, mir eine Falle zu stellen.«

»Das ist mir egal!«

»Mir nicht.« Lena hielt ihren Blick auf Shiloh gerichtet. Alle beobachteten sie und hörten aufmerksam zu. »Ich weiß, wie es sich anfühlt, wenn man fast sein Kind verliert, wenn man liebt, wie eine Mutter liebt. Ich weiß jetzt, was das bedeutet. Ich kann nicht sagen, was ich in dieser Situation tun würde, aber ...«

»Du hättest nicht das Leben eines anderen dafür geopfert. Das hättest du niemals getan. Du hättest einen Weg gefunden!« Shilohs Schmerz durchbohrte Lenas Herz. Das Mädchen litt, war verletzt und unglaublich wütend. Lena hatte nicht die Energie für Hass und Groll. Ihre Nahtoderfahrung hatte die Sicht auf die Dinge bereinigt und alles Unwichtige gestrichen, bis nur noch das Wesentliche übriggeblieben war.

Ihre wahren Feinde waren da draußen, nicht hier drinnen. Das wollte sie Shiloh klarmachen. »Ich habe ihr vergeben. Ich vergebe ihr.«

Tränen liefen über Tracis Wangen. Ihre lockigen blonden Haare waren verwuschelt. Tiefe Kreise umrahmten ihre blauen Augen. Sie schniefte und rang mit den Händen in ihrem Schoß. »Wenn ich es rückgängig machen oder etwas anders machen könnte, würde ich ...«

Shiloh fixierte sie mit einem finsteren Blick. »Niemand hat dich gebeten, zu sprechen.«

»Ich würde nie für mich darum bitten, bleiben zu dürfen. Ich bitte nur für meinen Sohn ...«

»Hör auf! Hör einfach auf!«

Traci nickte niedergeschlagen. Ihre Schultern hingen herab und ihr Kopf war gesenkt – eine Frau, die der Welt völlig unterlegen war, am Boden zerstört und trauernd. Sie hatte immer noch ihren Sohn. Keagan, ein Typ-1-Diabetiker wie Lena, war noch am Leben.

Bear schnaufte leise, legte die Ohren an, senkte die Rute und schwenkte seinen großen Kopf von Shiloh zu Lena, zu Traci und wieder zu Shiloh, als wäre er beunruhigt über die aufgeladenen Gefühle im Raum. Er drückte seinen pelzigen Oberkörper gegen Shilohs Oberschenkel, um ihr moralische Unterstützung zu geben. Sein Fell war über die genähte Wunde an seinem Vorderbein gewachsen und sein Hinken war fast nicht mehr zu sehen.

Er war ein kluger, sensibler Hund, der die Gefühle seiner

Menschen wahrnahm und immer bereit war, sie zu trösten, aber das hier war kein Problem, das Bear mit seinem weichen Fell und seinen süßen Hundeblicken lösen konnte. Es war nichts, was irgendjemand lösen konnte.

Eli erhob sich von seinem Stuhl neben Jackson und humpelte über den Boden zu Shiloh, wobei er seine Krücken an dem Stuhl lehnend zurückließ. Er schlang seine Arme um Shilohs bebende Schultern.

Shiloh versuchte, ihn wegzuschieben, aber er hielt sie fest und drückte sie an seine Brust. Er sagte ihren Namen leise in ihre Haare.

Erst dann sickerte etwas von ihrem Widerstand aus ihr heraus. Sie blinzelte schnell, als ob sie Tränen zurückhalten würde. Da sie sonst so tough und reif war, konnte man leicht vergessen, dass Shiloh noch ein Kind war, kaum ein Teenager.

Bear saß verloren vor ihren Füßen, wedelte mit der Rute über den Boden und wimmerte besorgt. Wie Lena schien auch er zu wollen, dass alle miteinander auskamen.

»Ich verstehe, wie schmerzhaft es war, deine Tante fast zu verlieren, Schatz«, sagte Lori sanft. Ihre Augen glitzerten, als ob sie selbst mit den Tränen kämpfte, und ihre Stimme war kratzig. »Es ist eine der schrecklichsten Sachen, die jemandem widerfahren kann, aber ich denke, dass wir in unseren Herzen Platz für Verständnis und Mitgefühl und vielleicht eines Tages auch für Vergebung finden können.«

»Niemals!«, fauchte Shiloh. »Diese Frau hat Lena verraten. Sie verdient es zu sterben!«

»Das reicht«, sagte Eli leise und bestimmt. Er begegnete Lenas Blick über Shilohs Kopf hinweg – Verzweiflung lag in seinen Augen. Er brauchte es nicht laut auszusprechen; sie spürte seine Sorge um Shiloh genauso stark wie ihre eigene.

»Wir überlassen die endgültige Entscheidung Lena«, sagte Tim. »Was Traci getan hat, hat Lena am meisten getroffen. Sie ist diejenige, die gelitten hat. Ihre Entscheidung ist unsere Entscheidung.«

Shiloh starrte Lena an. »Sag es. Sag ihnen allen, dass sie zum Teufel gehen sollen.«

»Ich stimme mit Ja«, sagte Lena. »Traci und ihr Sohn dürfen bleiben.«

Traci sackte vor Erleichterung zusammen. »Danke! Vielen, vielen Dank ...«

Shiloh riss sich aus Elis Griff, wirbelte auf ihren Fersen herum und spuckte Traci fast an. »Ich werde dich immer hassen. Ich werde dir nie und nimmer verzeihen, was du getan hast.«

Traci wurde blass. »Shiloh, ich ...«

»Geh mir verdammt noch mal aus dem Weg oder ich schwöre dir, du wirst es bereuen.« Die Hände zur Faust geballt, stürmte Shiloh aus dem Foyer, wobei sie an Tracis Platz vorbeimarschierte, ohne sie anzusehen, so als wäre sie plötzlich unsichtbar. Bear trottete mit eingezogener Rute neben ihr her. Ihre Abschiedsworte hallten hinter ihr wider, ihre scharfen Schritte und Bears klackernde Krallen verhallten in der Stille.

Eli machte einen Schritt, als wolle er ihr folgen, während er Lena einen fragenden Blick zuwarf und die Augenbrauen hochzog, als wolle er sagen: *Sollen wir ihr nachgehen?*

Lena schüttelte leicht den Kopf. Genau wie Eli wollte sie ihre Nichte in die Arme schließen und sie festhalten, bis sich die Wut, die Bitterkeit und die Angst gelegt hatten.

Aber Shiloh war widerspenstig. Sie war verletzt. Sie war sowohl eine Easton als auch eine Pope, was bedeutete, dass eine doppelte Portion Sturheit wie Lava durch ihre Adern floss. Sie würde sich weigern, auf irgendjemanden zu hören – vor allem auf Lena –, bis sie bereit war.

Traci stand unsicher auf, glättete ihre Kleidung und ließ ihre Hände starr wie Krallen an ihren Seiten hängen. Zitternd wischte sie sich die Tränen mit der Rückseite ihres Arms aus dem Gesicht. Als sie sprach, war ihre Stimme kaum zu hören. »Ihr werdet es nicht bereuen, das verspreche ich.«

»Du und Keagan könnt Zimmer sechsunddreißig im Ostflügel nehmen«, sagte Lori zu ihr. »Auf dem Bett sind frische Laken. Den Schlüssel bekommst du an der Rezeption.«

»Danke.« Traci drehte sich um und floh.

»Arme Shiloh«, sagte Lori, als Traci weg war. »Sie hat so viel durchgemacht.«

»Sie wird das schon schaffen«, sagte Lena mit mehr Zuversicht, als sie verspürte. »Ich weiß, dass sie es schafft. Das werden wir alle.«

Es gibt keine andere Wahl. Niemand sprach diesen Teil laut aus.

9

ELI POPE

TAG EINHUNDERTVIERUNDZWANZIG

Eli sah seine Tochter an und stählte sich, als würde er einen angreifenden Stier herausfordern.

Sieben Jahre lang hatte er als hartgesottener Tier One Operator beim 75. Ranger-Regiment gedient und bei streng geheimen Spezialeinsätzen in Afghanistan, Irak, Syrien und anderswo überlebt. Dann hatte er acht brutale Jahre im Gefängnis der Alger Correctional Facility überstanden, wo er unter brutalen Mördern und wahnsinnigen Monstern überlebt hatte.

Doch nichts machte ihm so viel Angst wie das winzige Mädchen vor ihm – ein Meter zweiundfünfzig, fünfundvierzig Kilo schwer und klatschnass. Er hatte gelernt, dass das Navigieren in Beziehungen tückisch und bei jedem Schritt mit Gefahren verbunden war.

Er überlegte sich seine Worte genau. »Du kannst mit mir reden, weißt du?«

Shiloh runzelte die Stirn. »Reden wird überbewertet.«

Sie saßen sich im Schneidersitz gegenüber und blickten auf das ausgebreitete Fell des Schwarzbären, den Shiloh vor ein paar Wochen erlegt hatte. Der Schuppen war mit Lochschaufeln, Schippen, Harken und Hacken sowie einigen Schubkarren und anderen Gartenutensilien bestückt.

Der Geruch von Dünger, gemähtem Gras und Öl drang ihm

55

intensiv in die Nase. Staubpartikel wirbelten in der abgestandenen Luft herum. Das Licht der batteriebetriebenen Laternen tauchte alles in einen warmen gelben Schein und warf lange Schatten in die spinnennetzartigen Ecken.

Seit Wochen hatte Shiloh ihn angefleht, an dem Bärenfell zu arbeiten, aber zwischen der Verstärkung ihrer Verteidigung und der Ausbildung der Zivilisten – plus der Erholung, die er wegen seiner Verletzungen brauchte – hatte er keine Zeit gehabt.

Er musste sich die Zeit nehmen, vor allem nachträglich für ihren Geburtstag. Diese Momente mit seiner Tochter waren kostbar und flüchtig. Er hatte so viele Jahre verpasst und wollte keine weitere Sekunde versäumen.

Zuvor hatten sie mehrere Pfund unjodiertes Salz auf die Hautseite des Fells gestreut. Mit Gummihandschuhen bestückt, hatten sie das Salz in das Bärenfell eingerieben und es dann zum Trocknen über ein paar Sägeböcke gehängt.

Danach hatten sie in mühevoller Kleinarbeit das Fleisch von der Haut geschabt und sie mehrmals gewaschen, gespült und in Müllsäcken eingeweicht, um das Fett zu entfernen. Nachdem sie die Haut sechs Tage lang in einem Plastikmülleimer mit einer Mischung aus Kaliumaluminium und Soda gegerbt hatten, hatte Shiloh die Haut geschrubbt und getrocknet.

Die letzten Stunden hatten sie daran gearbeitet, das Fell zu spannen, während sie Öl in einem Topf auf dem Campingkocher unter dem offenen Schuppenfenster erhitzten. Gemeinsam hatten sie einen Rahmen aus überschüssigen Kanthölzern gebaut und dann das Fell mit der Hautseite nach oben ausgelegt.

Mit einer großen Nadel nahmen sie sich nun jeweils eine Seite vor und begannen, alle zehn Zentimeter Löcher in das Fell zu stechen und jedes Loch mit einer dünnen Nylonschnur zu vernähen.

Eli konzentrierte sich darauf, dass seine Hände gleichmäßig arbeiteten, während er seine Tochter aus den Augenwinkeln beobachtete. Sie schaute ihn nicht an, ihr Kopf war gesenkt, die Augenbrauen konzentriert zusammengezogen. Ihre schwarzen Haare schimmerten im Licht der elektrischen Lampe und fielen wie lockere Vorhängen über ihr Gesicht.

»Du musstest ein Leben nehmen, um ein Leben zu retten«, sagte er. »Was auch immer du fühlst, es ist normal. Wut, Trauer, Triumph, Schuld. Was auch immer es ist, es ist in Ordnung.«

»Gefühle werden überbewertet.«

»Nein«, sagte er. »Das werden sie nicht.«

Er fühlte sich unbeholfen und verlegen, fand nie die richtigen Worte, stolperte immer wieder über seine Gedanken und hatte ständig Angst, das Falsche zu sagen und alles zu vermasseln. Nur in einem Punkt war er sich sicher: bei der Liebe, die in jeder Faser seines Wesens pulsierte. Eine Liebe, die ebenso intensiv wie überraschend war.

Er hatte nie gewusst, was wahres Glück bedeutete, bis er zum ersten Mal seine Tochter erblickt hatte. Er hatte nicht geglaubt, dass eine zweite Chance in Sachen Liebe für jemanden wie ihn möglich war. Sie war nicht nur möglich, sie war real. Eine neue Chance – ein Leben, das er sich nie hätte vorstellen können, entfaltete sich vor ihm. Es war so zart wie eine Seifenblase, so selten und erstaunlich wie eine Tiefseeperle.

»Ich habe früher auch so gedacht. Weißt du, wer mich etwas anderes gelehrt hat? Deine Tante Lena.«

»Ekelhaft.« Shiloh schnitt eine Grimasse. Sie tat so, als würde sie sich bei dem Gedanken an Lena und Eli ekeln, aber Eli hatte ihr heimliches Lächeln und ihre zufriedenen Blicke bemerkt.

Shiloh beendete das Nähen am linken Hinterbein des Schwarzbären und wandte sich dem breiten Rumpf zu. Auf ihrem übergroßen T-Shirt war Darth Vader abgebildet, der einen Teller mit Süßspeisen hielt: *Komm auf die dunkle Seite. Wir haben Kekse.*

»Wirst du den anderen Spion töten, den du eingesperrt hast?«, fragte sie.

Eli brummte. »Ja, aber das ist nicht das, worüber wir gerade reden. Wir reden über Scruggs und darüber, wie du dich fühlst, nachdem du ihn getötet hast. Versuch nicht, dich da rauszuwinden. Du versuchst, mich abzulenken. Erzähl mir, was passiert ist.«

»Von mir aus, wie du willst.« Shiloh zuckte unbekümmert mit den Schultern, den Blick auf die Stricknadel in ihren Händen gerichtet. »Ich habe erkannt, was ich tun musste, und ich habe es getan. Er hätte bemerkt, wenn Nash, Amanda oder Jason etwas versucht hätten. Er hat mir nicht viel Aufmerksamkeit geschenkt. Ich habe ihn dafür bezahlen lassen.«

»Wie hast du dich gefühlt?«

Sie zögerte. »Ich hatte Angst, ihn zu verfehlen und stattdessen Fiona zu verletzen. Ich war überzeugt, dass er Fiona umbringen würde, wenn ich ihm in die Schulter oder sonst wohin schießen würde. Er wollte es tun. Ich habe den Blick in seinen Augen gesehen. Es war, als würde der Tod auf einen zurückblicken. Ich habe das schon mal gesehen.«

Ein schmerzhaftes Stechen pochte in seiner Brust. Er wünschte sich, sie davor beschützen zu können, aber er konnte es nicht. Ein anderes Gefühl durchströmte ihn: ein Anflug von ungeheurem Stolz.

»Du hast genau das getan, was du hättest tun sollen. Du hast ein Leben genommen, um Leben zu retten. Das ist keine Schande. Überhaupt keine.«

Ihr Mund verzog sich. In dem schwachen Licht glitzerten ihre schwarzen Augen, als würden zwei Flammen sie von innen heraus erleuchten. »Es geht mir gut. Besser als gut. Willst du genau wissen, wie ich mich gefühlt habe? Ich habe mich gut gefühlt. Es hat sich angefühlt wie Gerechtigkeit.«

Sie fuhr mit einer Hand geistesabwesend über das raue schwarze Fell. »Ich meine, ich habe mich schlecht gefühlt, als ich den Schwarzbären erschossen habe, aber ich musste es tun. Er wollte Bear töten und er hat Lena bedroht. Ich habe mich nicht schlecht gefühlt, als ich dem Arschloch ins Auge geschossen habe. Ich fühle mich immer noch nicht schlecht deswegen. Ich habe viele andere Dinge gefühlt, aber ich habe mich nicht schlecht gefühlt. Nicht schuldig. Ich fühle mich immer noch nicht schuldig.«

»Gut.«

Ein sanftes Lächeln schlich sich auf ihre Lippen. »Ich bin nicht wie Lena. Ich bin wie du.«

Wie immer hatte sie recht. Sie war in vielerlei Hinsicht eine Miniatur-Version von ihm, was ihn sowohl schmerzte als auch sehr zufriedenstellte.

»Denk daran, es ist viel einfacher zu töten, als zu heilen. Es ist leichter zu zerstören, als die Arbeit des Wiederaufbaus zu tun. Leichter zu hassen, als zu vergeben. Auf gewisse Weise ist Lena mutiger als ich. Sie setzt ihr Herz aufs Spiel, immer und immer wieder. Sie weigert sich, von der Welt niedergerissen zu werden.«

Shiloh dachte kurz darüber nach. »Sie ist zu naiv.«

»Sie ist nicht naiv. Sie trifft ihre Entscheidungen mit weit geöffneten Augen. Es ist nicht das, was ich wählen würde, aber ich respektiere sie dafür. Es ist eine drastische Sache, sich für Vertrauen zu entscheiden, wenn einem das Herz gebrochen wurde. Ich glaube, es ist das Mutigste, was man tun kann.«

»Hmm«, antwortete Shiloh unverbindlich.

»Sie ist schlauer als wir beide zusammen.«

»Diese Tilton-Frau hat sie verraten. Lena hätte sterben können. Wir können ihr nicht trauen. Sie sollte zumindest verbannt werden, aber Lena hat ihr einfach nur verziehen. Das ist ein Fehler. Sie macht einen Fehler.«

»Vielleicht«, gab Eli zu.

Lena hatte eine tiefgründigere Kraft als nur die körperliche. Er respektierte ihren ausgeprägten Sinn für Mitgefühl; das war einer der Gründe, warum er sie liebte. Er teilte ihre barmherzige Art zwar nicht, aber er bewunderte sie.

Shiloh sagte eine Weile nichts, während sie das Fell über den Rahmen spannte, wobei sie die Unterlippe zwischen ihre kleinen weißen Zähne geklemmt hatte. Mehrere Minuten lang herrschte ein angenehmes Schweigen.

»Ich bin wütend«, sagte sie abrupt. »Ich bin die ganze Zeit wütend und weiß nicht, wie man nicht wütend sein kann. Manchmal möchte ich einfach alles kaputt schlagen. Manchmal möchte ich auch Menschen kaputt schlagen. Ich habe Scruggs gehasst. Ich wollte ihn zerstören.«

»Wut ist gut, wenn sie gerechtfertigt ist. Sie nährt einen. Sie treibt einen an, ein Unrecht wiedergutzumachen, Unschuldige zu beschützen und sein Zuhause und seine Lieben zu verteidigen, wie du es bei der Rettung von Fiona getan hast. Aber beherrsche sie, lass dich nicht von ihr beherrschen. Ich habe lange Zeit mit dieser alles verzehrenden Wut gelebt, jahrelang. Sie ist wie ein Krebsgeschwür, das dich auffrisst. Ich hätte mich fast darin verloren, aber Lena hat mir etwas anderes gezeigt. Sie hat mir gezeigt, dass Liebe keine Schwäche ist – Liebe ist das, was uns die Kraft gibt, alles zu überwinden. Du hast mir das auch gezeigt.«

Shiloh blinzelte mehrmals, ihre Augen glasig schimmernd im Schein der Lampe. »Ich werde versuchen, daran zu denken.«

Sie beendeten das Weben der Schnur durch die Löcher am Rand, bevor sie das Fell der Länge und Breite nach dehnten und die Schnur entlang des Rahmens festzogen. Das würden sie in den nächsten Tagen wiederholen, bis das Fell ausreichend gedehnt, weich und geschmeidig war.

Shiloh stand auf und trat einen Schritt zurück, während sie ihre Handarbeit begutachtete und vor Stolz strahlte. Er betrachtete sie: ihr spitzes Kinn, ihr strenger Mund, die Pfeilspitze aus Feuerstein, die in ihren rabenschwarzen Haaren glitzerte.

Einen Moment lang sah er seine Tochter in dem verfallenen Schuppen im warmen, staubigen Schein der Laterne als erwachsene Frau – so, wie sie einmal sein würde. Sie strahlte Stärke und Zuversicht aus. Sie war zäh, hartnäckig, schlau und so wunderschön.

»Bevor ... bevor ich davon wusste ...«, sie gestikulierte vage zwischen sich und Eli herum, »habe ich mich über das definiert, was ich verloren hatte. Vaterlos und mutterlos. Kein Großvater, kein ...« Ihre Stimme blieb ihr im Hals stecken. »Kein Bruder. Egal, was ich getan habe, egal, wie sehr ich mich bemüht habe, ich habe verloren, wieder und wieder. Ich habe meine Mom verloren, immer und immer wieder, in jedem Traum und in jedem Albtraum. Ich habe sie alle immer wieder verloren, egal, wie sehr ich versucht habe, sie zu retten.«

Eli hatte Mitleid mit ihr. »Du konntest deinen Bruder nicht retten, aber du hast Ruby gerettet. Du hast Lena gerettet. Du hast Fiona gerettet. Du hast Jackson geholfen, den Mörder deiner Mutter zu finden. Du hast das Herz einer Kriegerin.«

Sie hob ihr Kinn. »Ich weiß.«

Er war im Gefängnis gewesen. Er war im Krieg gewesen. Er hatte gesehen, wie Menschen an den Folgen von Kämpfen, posttraumatischen Belastungsstörungen und den Qualen des Verstandes zerbrachen. Er hatte das Schlimmste gesehen, was die Menschheit zu bieten hatte, und auch das Beste.

Dieses Kind ... Sie gehörte zu den Besten von ihnen. Sie war das, wofür er gekämpft hatte und bis zu seinem letzten röchelnden Atemzug weiter kämpfen würde.

Sein Herz fühlte sich voll und gleichzeitig zerbrochen an, zu gleichen Teilen von Liebe und Schmerz angetrieben. So fühlte es sich also an, ein Elternteil zu sein: Jede Sekunde eines jeden Tages wurde einem die Brust aufgerissen.

Sie sah ihn mit einem düsteren Blick an. »Versprich mir, dass du nicht weggehst. Versprich mir, dass du nicht stirbst.«

»Ich verspreche es«, schwor er. »Ich werde nirgendwo hingehen, niemals.«

Sie verstand, dass er dieses Versprechen nicht halten konnte, und doch schien es etwas in ihr zu befriedigen. Sie nickte knapp. »Ich werde dich darauf festnageln, und wenn ich dich selbst aus dem Grab ziehen muss.«

»Das ist mir sehr wohl bewusst.« Wenn jemand dem Tod trotzen konnte, dann seine Tochter. »Solange ich nicht sterben darf, gilt das auch für dich, junge Dame«, sagte er mit seiner besten strengen, väterlichen Stimme.

In ihren Augen blitzte ein stählerner Glanz auf. Dann lächelte sie, ein Lächeln, das ihr ganzes Gesicht erhellte, wie die strahlende Sonne, die durch die Wolken brach. »Touché.«

10

ELI POPE
TAG EINHUNDERTSECHSUNDZWANZIG

»Ich schwöre, ich sage die Wahrheit!«, rief der Spion. »Bitte, hab Gnade. Ich flehe dich an!«

Zum Leidwesen von Don Carriker war Eli nicht gnädig. Ganz und gar nicht.

Er beugte sich vor und zog dem Gefangenen das durchnässte Handtuch vom Kopf. Tränen und Rotz vermischten sich mit dem Wasser, das über sein Gesicht lief. Sein Shirt und sein Oberkörper waren klatschnass. Er keuchte und rang röchelnd und halb erstickt nach Sauerstoff, während sein Brustkorb verkrampfte.

Don sackte gegen einen Holzbalken in der Mitte des Schulhauses. In diesen Gebäuden wurden damals die Kinder einer Gemeinde unterrichtet, bevor richtige Schulen gebaut worden waren. In diesem Einzelraum standen Holzbänke, eine alte Kreidetafel und ein eiserner Holzofen. Es war fast so, als ob der Lehrer und die Schüler vor hundert Jahren einfach in die Pause gegangen wären.

Tageslicht strömte durch die beschlagenen Fenster. Pappkartons und Kisten stapelten sich in den mit Spinnweben überwucherten Ecken. Frische Fußspuren zogen sich durch die Staubschichten.

Die Kisten und Schränke waren leer, aber das wusste die Geisel nicht.

Eli warf einen Blick auf den halbvollen Wassereimer neben sich.

62

»Ich kann das den ganzen Tag lang machen und morgens fröhlich wieder von vorne anfangen. Vierundzwanzig Stunden am Tag, sieben Tage die Woche.«

»Nein! Nein, bitte! Ich werde dir alles sagen!«

In den vier Tagen, seit Bill Scruggs versucht hatte, das Northwoods Inn zu infiltrieren, hatten Eli und Antoine weitere Informationen aus ihrem Gefangenen herausgefoltert. Sie hatten seinen Knöchel geschient und seine gebrochenen Zehen mit Klebeband verbunden und ihm Ibuprofen gegen die Schmerzen gegeben, damit er einigermaßen bei Verstand blieb.

Es hatte ein paar Tage der Folter gebraucht, um ihn zu brechen, aber sie hatten es geschafft.

Vor zwei Nächten, mitten in der Nacht, als der Gefangene noch immer bewusstlos gewesen war, hatten sie ihn aus dem Profi-Geschäft zu einem sicheren Ort geschleppt, den Eli zuvor ausgekundschaftet hatte.

Devil's Corner lag weit außerhalb von Munising und war eine verlassene Eisenbergbaugemeinde, die sich zu einer der berüchtigten Geisterstädte der Upper Peninsula entwickelt hatte.

Zu den verfallenen Gebäuden aus dem achtzehnten Jahrhundert gehörten ein paar Dutzend Holzhäuser, eine alte Kirche, ein Gemischtwarenladen, ein baufälliges zweistöckiges Hotel, ein Friedhof und eine einräumige Schule. Ein einziger Feldweg schlängelte sich durch die verlassene Stadt.

Außer Kakerlaken, Schlangen und dem einen oder anderen Geist, der in der schaurigen Stille umherwanderte, gab es hier weder Menschen noch irgendein Anzeichen von Leben.

»Wie viele Kämpfer hat das Kartell?« Antoine stand hinter Eli, lehnte sich an die schiefe Wand des einräumigen Schulhauses und klopfte mit routinierter Langeweile die Klinge eines Kampfmessers gegen seine Handfläche.

»Mindestens tausend«, murmelte Don. »Es werden jeden Tag mehr. Die Menschen kämpfen für ihn, damit sie zu essen bekommen, damit sie leben können. Wenn sie gegen ihn kämpfen, sterben sie. Ihre Familien sterben. Wir haben eine Truppe von fünfhundert Soldaten auf der anderen Seite der Grenze. Wir haben noch mehr, aber sie sind damit beschäftigt, die Städte zu kontrollieren, die wir eingenommen haben, darunter auch die Soo Locks.«

»Wie viele Soldaten setzt das Kartell bei seinen Überfällen ein?«, fragte Eli genauer.

»Fünfzig oder sechzig pro Überfallkommando, mehr oder weniger. Manchmal sammeln sie auch Leute mit Kampferfahrung, die bereit sind, für sie zu kämpfen, wenn sie dafür Essen, Sicherheit und Unterkunft bekommen.«

»Wo ist die nächstgelegene Plünderungsgruppe?«, fragte Antoine.

»Ich ... weiß es nicht. Letzte Woche, bevor ich auf diese Mission geschickt wurde, haben wir in einem protzigen Fünf-Sterne-Hotel in der Nähe von Whitefish Point übernachtet. Als ich abreiste, war es aufgrund der fehlenden Elektrizität ziemlich ungemütlich geworden.«

»Wie oft zieht ihr um?«

»Die Plünderer ziehen alle paar Tage um. Sie bleiben nie lange an einem Ort. Das ist ein Befehl von Gault.«

»Was für Vorräte hat das Kartell für diese Überfälle? Immerhin sind sie weit von ihrer Basis an den Soo Locks entfernt.«

»Sie haben ein riesiges Lager mit Vorräten. Zwei der Fahrzeuge der Plünderer sind für Lebensmittel und Wasser bestimmt. In einem dritten werden Munition und Waffen gelagert. Sie nehmen alles mit, was sie finden, wenn sie von Stadt zu Stadt ziehen.«

»Wie viele funktionierende Fahrzeuge haben sie? Und sind sie gepanzert?«

Der Mann zog eine Grimasse und atmete einen Moment lang schwer, bevor er antwortete. »Acht, glaube ich. Meistens schwarze gepanzerte SUVs. Ein paar Pickups für die Versorgung.«

Eli sah es, ein kleines Zucken des rechten Auges. »Was noch?«

»Ähm, ich ...«

Antoine runzelte die Stirn und stieß sich von der Wand ab. »Zeit für eine weitere Dusche.«

»Nein! Ich brauche keine ...«

Antoine zog sein Messer aus der Scheide, schnappte sich das durchnässte Handtuch aus dem Eimer und drückte dem Mann den nassen Stoff über Mund und Nase. Der Spion röchelte und würgte. Antoine hob den Eimer an und schüttete das Wasser über Dons Gesicht, wodurch seine Atemwege blockiert wurden und er langsam ertrank.

Nach dreißig Sekunden – die für den Gefolterten eine Ewigkeit waren – gab Eli Antoine ein Zeichen, aufzuhören. Antoine stellte den schwappenden Eimer auf den Boden und riss Don das triefende Handtuch vom Gesicht. »Wie fühlt sich das an, Arschgeige?«

Der Spion keuchte, seine Brust bebte und schleimiger Rotz glänzte auf seinem Kinn und seinen Wangen. »Bitte nicht ...«

Antoine baute sich über ihm auf. »Bist du schon sauber genug oder bist du bereit für die nächste Runde? Oder vielleicht sollte ich dich einfach mit meinem Messer ausweiden. Es muss geschliffen werden.«

»Hubschrauber!« Don keuchte. »Wir haben drei Hueys.«

Eli und Antoine tauschten einen grimmigen Blick aus. Sie waren diesen Helikoptern schon einmal im Kampf begegnet. Der Bell UH-1 Iroquois – kurz Huey – war ein Militärhubschrauber, der vor allem durch seinen Einsatz in Vietnam bekannt geworden war. Eli erkannte, dass ihre Chancen genauso schlecht standen, wie er befürchtet hatte.

»Welche Ausrüstung und Waffen haben sie noch?«, fragte Antoine.

»Wir haben ein paar Waffenlager der Nationalgarde geplündert. Sie haben sich kaum gewehrt. Wir haben sie mit überwältigenden Truppen überfallen. Sie haben mit Verstärkung gerechnet, die sie nicht bekommen haben. Wir haben Hunderte von Sturmgewehren, Granaten, Panzerfäusten und Landminen. Drohnen. Mörser und Artillerie. Wir sind eine Armee. Keiner kann uns aufhalten.«

»Wie viele Kämpfer kann das Kartell im Feld und in der Verteidigung stellen?«

Don schaute ihn ausdruckslos an.

Eli klärte ihn auf. »Gibt es eine schnelle Eingreiftruppe in der Nähe, die den Plünderern helfen kann, wenn sie Verstärkung brauchen?«

»Ja, aber ich weiß nicht, wo sie sich befinden. Sie halten die wichtigen Informationen vom einfachen Fußvolk fern. Ich gehöre zu diesem Fußvol ...«

»Wie viele von euren Kämpfern sind ehemalige Militärangehörige?«

»Ich ... ich habe keine Ahnung ...«

»Denk noch mal drüber nach.«

»Ich schwöre. Es gibt einige, aber ich weiß nicht, wie viele. Ein paar Russen, mexikanische Marines und ein paar Söldner, einige mit französischem Akzent.«

»Die französische Fremdenlegion«, sagte Antoine düster.

»Ja, die. Und ein paar Dutzend amerikanische Soldaten, aber ich weiß nicht, woher sie kommen, Navy oder Marines oder so. Es ist nicht gerade so, als würden sie mit ihrer früheren Zugehörigkeit werben. Sie haben das Siegerteam gewählt, weil sie leben wollen, genau wie ich.«

»Trainieren sie ihre Soldaten selbst? Wenn nicht, wer kümmert sich um die Ausbildung und wie lange dauert sie? Was machen sie im Training?«

Der Spion starrte ihn an. »Ich weiß es nicht. Ich habe eine Grundausbildung bekommen, damit sie sich sicher sein konnten, dass ich schießen und kämpfen kann. Und dann wurde ich auf Missionen geschickt.«

Eli glaubte ihm – fast. In seinem Kopf zeichnete sich ein grobes Bild ab, und das sah nicht gut aus. Er schätzte, dass das Kartell über eine semiprofessionelle Armee verfügte, die einer leichten Infanterie der amerikanischen Nationalgarde entsprach, vier bis fünf Einheiten stark und mit ein paar Spezialeinheiten bestückt, um die Sache interessant zu machen.

Eli stellte mehrere Folgefragen und verhörte ihn zu Taktiken, Bewegungen, Standorten und Waffen. Er untersuchte ihn genau auf Anzeichen von Täuschung – ein Zucken der Lippen oder eine Verengung der Augen –, aber da war nichts.

Don war ein gebrochener Mann.

Eli stand langsam auf und benutzte seinen neuen Lieblingsgolfschläger, um das Gleichgewicht zu halten. Er hatte den Driver aus dem Pictured Rocks Clubhaus mitgebracht. Er mochte ihn sehr –

und den Schaden, den er anrichten konnte. Endlich ging er nicht mehr auf Krücken, obwohl er immer noch hinkte, und der Driver half ihm, das Gleichgewicht zu halten.

Außerdem versetzte er Don Carrikers hässliches Herz in Angst und Schrecken.

Die Augen des Spions weiteten sich erschrocken. »Ihr braucht mich noch! Ich kann euch mehr Informationen besorgen ...«

»Das nächste Mal, wenn ich hier reinkomme, werde ich dich töten.« Mit dem Schläger in der Hand schritt Eli aus dem baufälligen Raum, Antoine an seiner Seite. Die gurgelnden Schreie des Spions verklangen hinter ihnen.

Als sie draußen waren, pfiff Antoine. »Na, das nenne ich mal 'nen riesigen, brennenden Haufen Scheiße.«

»Wir wussten, dass wir in der Unterzahl sind. Wir haben weder Hilfe von der Nationalgarde noch von der Staatspolizei oder einer anderen Strafverfolgungsbehörde. Wir sind auf uns allein gestellt.«

»Was denkst du, Bruder?«, fragte Antoine. »Ich kann in deinen Augen sehen, wie dein taktischer Verstand die Zahnräder in Bewegung setzt. Du hast einen Plan.«

»Vielleicht.«

»Wenn du schon so fleißig bist, können wir diesen Idioten auch gleich töten, oder?«

Die Spione des Kartells waren zu nah an sie herangekommen. Shiloh hätte getötet werden können. Er wünschte sich nichts sehnlicher, als diese zappelnde Ratte dafür bezahlen zu lassen. Alles in ihm sehnte sich danach, ihm mit dem fetten, glänzenden Golfschläger den Schädel einzuschlagen. Er wollte diesen Eindringling leiden lassen, und zwar gewaltig.

Stattdessen sagte er: »Noch nicht.«

11

ELI POPE
TAG EINHUNDERTSIEBENUNDZWANZIG

Am nächsten Morgen stieg die Sonne hoch am kobaltblauen Himmel auf und es war keine einzige Wolke in Sicht. Vögel zwitscherten, die Septemberluft war frisch und kühl und roch nach Kiefernharz und entferntem Waldrauch.

Eli lehnte an der bröckelnden Außenmauer des Schulgebäudes, legte den Kopf schief und lauschte dem Wiehern einiger Pferde. Alexis Chilton war mit einem jungen Mädchen im Schlepptau angekommen. Alexis winkte ihnen zu, während die Pferde näher trabten.

Alexis war Ende zwanzig und arbeitete als Deputy im Büro des Sheriffs. Ihre erdbeerblonden Haare waren zu einem unordentlichen Dutt auf dem Kopf zusammengesteckt. Sie trug eine überdimensionale Brille mit schwarzem Rahmen. Sie war ein Technikfreak, hatte aber trotzdem tapfer in mehreren Schlachten gekämpft, um ihre Stadt zu verteidigen.

Das Mädchen bei Alexis stieg aus dem Sattel und wickelte die Zügel des Pferdes um einen Zaunpfahl, bevor sie sich Eli näherte. Ihre roten Locken waren zu zwei unordentlichen Zöpfen zusammengebunden. Die Rattenschwänzchen und das sonnenblumengelbe Sommerkleid, das sie trug, ließen sie jünger erscheinen als ihre sechzehn Jahre.

Elis Bauch krampfte sich vor Angst zusammen. »Bist du sicher,

68

dass du dazu bereit bist? Es drängt dich niemand. Du musst das nicht tun.«

Die beste Freundin seiner Tochter biss die Zähne zusammen und hob ihr Kinn mit einem zittrigen Lächeln. »Shiloh muss die Welt nicht ganz allein retten.«

»Gutes Argument.« Eli ertappte sich dabei, wie er sie anlächelte. Ruby Carpenter war nicht mehr das dreckige, zitternde Opfer, das Shiloh vor über vier Monaten aus Walter Boones Kellerverlies gezerrt hatte.

Sie war sanft und lieb und keine geborene Kämpferin wie Shiloh. Sie war sicherlich keine Killerin, aber unter ihrem weichen Äußeren spürte Eli eine innere Stärke – eine gewaltige Widerstandsfähigkeit, die ihr in dieser Welt gute Dienste leisten würde.

»Ich will das tun«, sagte Ruby. »Ich kann ihn täuschen.«

Eli trat zurück und gab ihr ein Zeichen, das Gebäude zu betreten. »Nur zu, versuch dein Glück.«

Antoine kam um die Ecke und hielt ein Essenstablett in der Hand, das sie am Morgen aus dem Gasthaus mitgebracht hatten – eine Schüssel mit Lori Brooks' Chilisuppe, eine Schale mit Brombeeren und ein Glas Wasser mit einem Löffel auf einer Stoffserviette.

Antoine grinste sie an. »So, fertig. Frühstück für Champions.«

Ruby nahm das Tablett, setzte ein müdes Lächeln auf und zwinkerte ihnen zu. »Wie mache ich mich bisher?«

»Gut«, sagten sie beide.

»Ich habe in der Highschool Theater gespielt. Ich schaffe das.«

Eli hoffte schwer, dass sie das schaffte. Es hing viel von diesem Moment ab, mehr als er wahrhaben wollte.

Er und Antoine beobachteten schweigend, wie Ruby in die Höhle des Löwen schlurfte. Wenige Augenblicke später drang ihre leise Stimme durch die Wände. »Sie haben mir gesagt, dass ich dir nichts zu essen geben soll, aber sie sind weg, und ich konnte nicht anders. Jeder hat es verdient, was zu essen.«

»Danke, danke«, stieß Don schwach hervor. »Ich habe seit Tagen nichts anderes gegessen als schimmeliges Brot.«

Ruby schnalzte mitleidig mit der Zunge.

Sie warteten und lauschten den dumpfen Geräuschen, als Ruby

sich neben den Gefangenen hockte, gefolgt von schlürfenden Geräuschen, als sie ihm die Suppe löffelte.

»Du bist so hübsch«, sagte Don.

Antoine rollte die Augen gen Himmel. Eli unterdrückte ein schiefes Lächeln. Es funktionierte jedes Mal. Bestimmte Arten von Männern waren so unglaublich berechenbar. Wenn sie ein hübsches Mädchen im Raum hatten, verloren sie jeglichen gesunden Menschenverstand.

Ruby murmelte ein verhaltenes »Danke«.

»Das ist lecker. Hast du es im Northwoods Inn gemacht?« Er war auf der Suche nach Informationen. So weit, so gut.

»Ich habe es selbst gemacht.«

»Es ist der Hammer. Du bist richtig talentiert. Ich hoffe, sie schätzen dich hier.«

Ruby machte ein unverbindliches Geräusch. »Ich soll eigentlich nicht mit dir reden.«

Ein paar Minuten lang herrschte Schweigen, während der Mann gierig aß. »In Soo, wo ich wohne, gibt es frisches Essen. Wir essen, was wir wollen. Und die Schleusen erzeugen Strom für heiße Duschen. Das würde dir gefallen. Ich wette, du hast schon lange nicht mehr heiß geduscht. Oder doch? Ich meine, du bist sauber und du riechst gut.«

»Oh, ich darf doch nicht darüber reden.«

»Natürlich nicht. Ich möchte nicht, dass du in Schwierigkeiten kommst. Es macht mir nur wirklich Spaß, mit dir zu reden. Das ist doch in Ordnung, oder?«

»Ähm, natürlich. Ich denke, das ist in Ordnung. Danke.«

Eli stellte sich vor, wie Ruby errötete und sich auf die Unterlippe biss, während sie ihm erlaubte, die Führung zu übernehmen, und ihn in dem Glauben ließ, er hätte die Kontrolle über das Gespräch.

Der Gefangene stellte ihr eine Reihe harmloser Fragen: über ihre Hobbys und Dinge, die sie in der alten Welt gemocht hatte, bevor er allmählich wieder auf ihre Wohnräume, ihre Familie und ihre täglichen Aufgaben zu sprechen kam. Es waren scheinbar harmlose Fragen, die alles andere als das waren.

Ruby beantwortete sie geschickt und gab nur das wieder, was Eli genehmigt hatte, und kein bisschen mehr. Er musste zugeben, dass sie gut war. Dieser unausgegorene Plan könnte vielleicht funktionieren.

»Was sind das für Kisten hier?«, fragte Don und klang dabei ganz lässig.

Ruby ließ sich nicht beirren. »Ähm, nur medizinische Hilfsmittel und so. Und Waffen, glaube ich.«

»Es ist toll, dass ihr das Zeug noch habt. Viele Orte haben das nicht.«

»Wir haben Glück gehabt. Wir haben mehrere Gebäude, die voll mit diesen Vorräten sind. Und ein paar Verstecke in den Wäldern. Ich glaube, es geht uns einigermaßen gut.«

»Das würde ich auch sagen. Ich freue mich für dich. Wie kommen die Leute an die Medikamente, die sie brauchen, wenn sie hier draußen gelagert sind?«

»Ähm, also ... ich sollte jetzt lieber gehen«, sagte Ruby und klang plötzlich so nervös, als hätte sie gemerkt, dass sie zu viel gesagt hatte. »Ich darf nicht darüber reden. Ich bekomme sonst Ärger.«

»Du wirst keinen Ärger bekommen, das verspreche ich. Ich werde nichts sagen, wenn du nichts sagst.« Seine Stimme klang verschwörerisch, als ob sie beide ein Geheimnis teilen würden.

Natürlich wartete er auf den richtigen Moment. Aber das tat Ruby auch.

»Okay«, sagte Ruby und wirkte zurückhaltend und unsicher. »Okay, in Ordnung.«

»Weißt du, ich könnte dir helfen. Ich könnte dafür sorgen, dass du und deine Familie geschützt seid. Für den Fall, dass etwas passiert. Falls es jemals so weit kommt.«

»Ich ... ich werde darüber nachdenken.«

»Du könntest noch ein bisschen bleiben. Ich mag es, wenn du mit mir redest.« Sein Tonfall war jetzt selbstbewusst. Er dachte, er würde sie bearbeiten, das hübsche kleine Mädchen ausquetschen, um Informationen zu bekommen, und sie geschickt auf seine Seite ziehen. »Du bist so klug und hübsch. Ich hoffe, deine Leute behandeln dich wie eine Prinzessin.«

»Oh, ich weiß nicht so recht.«

»Ich würde dich wie eine Prinzessin behandeln. Ich würde dir das Beste von allem geben, wenn ich die Chance dazu hätte.«

Eli stellte sich vor, wie Ruby wieder errötete, verwirrt, aber auch geschmeichelt über den Regen von Komplimenten.

»Entschuldige, ich wollte dich nicht in Verlegenheit bringen. Es ist nur so, dass du so besonders bist. Das habe ich gleich gemerkt, als ich dich gesehen habe. Ich rede gerne mit dir.«

»Ich ... ich mag es auch. Noch nie war jemand so nett zu mir.« Es ertönte ein schlurfendes Geräusch, als sie sich aufrichtete, gefolgt vom Klappern von Schüssel und Löffel auf dem Tablett. Ruby lachte ein nervöses, mädchenhaftes Kichern. »Es ist schon spät. Ich darf hier bei dir nicht erwischt werden.«

»Bitte renn nicht weg. Ich hoffe, ich kann noch einmal mit dir reden. Ich habe deine Anwesenheit genossen. Wirst du mich noch mal besuchen?«

Einen Moment lang herrschte Schweigen, während Eli sich vorstellte, wie Ruby ihr Lächeln in voller Stärke aufsetzte, vielleicht ein wenig mit den Wimpern klimperte und die Rolle des schüchternen, naiven Mädchens, das leicht zu manipulieren ist, spielte. »Das würde ich sehr gerne.«

»Das freut mich.« Ein weiterer Moment des Schweigens. »Hier scheint es ziemlich ruhig zu sein. Ich weiß, du kannst mir nicht sagen, wo wir sind, aber es scheint niemand hier zu wohnen.«

»Oh, das ist nur vorübergehend. Sie bringen die Kisten und Container von verschiedenen geheimen Orten hierher. Wir haben die Vorräte an unterschiedlichen Stellen in den Wäldern vergraben. Jeden zweiten Dienstag wird das, was gebraucht wird, mit Pferdekutschen hierhergebracht, um es in den umliegenden Städten zu verteilen.«

Ein Bruchteil einer Pause.

Eli verkrampfte, weil er befürchtete, dass der Spion die Taktik, die gegen ihn angewendet wurde, durchschaut hatte.

Nach einem Moment sagte Don vorsichtig: »Das hier ist also ein Depot.«

»Ja, so ähnlich.« Ein Unterton in ihrer Stimme, ein Aufflackern der genau richtigen Menge an Besorgnis, als ob sie ihren Fehler bemerken würde. »Ich muss gehen.«

»Warte – kommst du morgen wieder?«

»Ich werde es versuchen.« Ruby verließ den Raum, wobei sie das Tablett an ihre Brust drückte wie eine Rettungsweste, die sie schützen könnte, wenn sie sich nur fest genug daranklammerte. Beim Verlassen des Schulgebäudes ließ sie die ramponierte Tür hinter sich zufallen.

Sofort richteten sich ihre gebeugten Schulterblätter auf und ihr schüchterner, großäugiger Blick verschwand. Sie schenkte Eli ein triumphierendes Lächeln.

»Ich bin offiziell beeindruckt«, sagte Antoine, als sie außer Hörweite waren. Er klopfte ihr sanft auf den Rücken. »Das war Spionagehandwerk auf höchstem Niveau. Du bist ein Naturtalent.«

Ruby strahlte. »Ich habe mich so verhalten, wie er es von mir erwartet hat – schwach, ängstlich, naiv und unschuldig. Wenn man sich so verhält, wie sie denken, dass man ist, können sie sich nicht vorstellen, dass man mehr sein könnte. Sie lassen ihre Deckung fallen. So habe ich ...« Sie hielt inne und biss sich auf die Unterlippe, als ein Schatten über ihr Gesicht glitt – wie Sturmwolken, die die Sonne verdeckten. Sie holte tief Luft. »So habe ich überlebt.«

Eli musste an die Hütte von Walter Boone im Wald denken und an die toten Mädchen, die Boones Partner Cyrus Lee im Hinterhof vergraben hatte. »Das hast du gut gemacht, Ruby.«

Dieses Mal war ihr Lächeln gezwungen. Sie erinnerten sich beide an Dinge, die sie lieber vergessen würden. So ist das eben mit Traumata: Die Narben sind eine ständige Erinnerung, und die Vergangenheit wirft immer einen Schatten auf die Gegenwart.

Sie reichte Antoine das Tablett. »Was jetzt?«

Eli schaute auf seine Uhr. »Jetzt lassen wir ihn bis morgen schmoren. Dann ziehst du wieder dein Ding durch.«

»Also warten wir.«

Eli nickte. »Jupp, wir warten.«

Nachdem sie gegangen war und Alexis mit den Pferden in die Stadt geritten war, blieben Eli und Antoine zurück und warteten, bis sich die bedrückende Stille wieder einmal über die Geisterstadt legte.

Eli schwang den Driver in einem Übungsschwung und hackte mit einem befriedigenden Schlag die Spitzen eines Wildblumenbüschels ab. »Wir müssen noch eine Sache erledigen, bevor du zu Nyx zurückgehen kannst.«

Das schroffe Gesicht des ehemaligen Legionärs lief tiefrot an. »Nein, so ist das nicht …«

Eli hob beide Hände, als wollte er sich ergeben, den Schläger immer noch in der Hand. »Es geht mich nichts an. Leugne es, so viel du willst, aber ich freue mich für dich. Das tue ich wirklich.«

»Du wirst auf deine alten Tage immer rührseliger, Bruder.«

»Vielleicht«, gab Eli zu. »Zum ersten Mal in meinem Leben weiß ich, wofür ich kämpfe. Und warum.«

»Ich versteh dich, Bruder.« Antoine wurde untypisch nachdenklich. »Das tue ich. Als wir die Betablocker bekommen und Nyx' Oma gerettet haben, war das surreal, Mann. Ihre Oma mag alt sein, aber sie ist eine Kämpfernatur. Sie züchtet Bienen als Hobby. Die Frau geht rein, öffnet die Bienenkästen und eine Million Bienen schwirren um sie herum, landen auf ihren Wangen und krabbeln an ihren Armen entlang. Ich bin kurz davor, vor Angst ohnmächtig zu werden. Ich hasse Bienen, Bruder, aber dieses zähe alte Weib blinzelt nicht einmal.«

»Sie sollte sich uns anschließen. Wir könnten mehr Honig gebrauchen.«

»Nyx hat versucht, sie davon zu überzeugen, aus ihrem Haus in der Snow Road auszuziehen, aber sie ist eingefahren in ihren Gewohnheiten und will die Bienen nicht stören. Also begleite ich Nyx, um sie zu besuchen, wenn wir nicht auf Patrouille sind.« Antoine versuchte es mit einem lässigen Achselzucken, das alles andere als das war. »Ihre Oma schenkt mir Honigwaben direkt aus dem Bienenstock. Wie könnte ich da widerstehen?«

»Es ist Nyx, der du nicht widerstehen kannst.«

»Ich kann die Gerüchte weder bestätigen noch dementieren«, brummte Antoine. »Können wir jetzt gehen oder nicht?«

»Klar«, sagte Eli.

Phase eins des Plans hatte begonnen. Morgen würden sie das Ganze wiederholen.

12

SHILOH EASTON POPE
TAG EINHUNDERTZWEIUNDDREISSIG

Shiloh schirmte ihre Augen gegen die grelle Sonne ab. Sie und Ruby spazierten an den Docks des Munisinger Hafens entlang. Der Himmel war blass und dunstig blau. Die Brise kräuselte die glatte Oberfläche des Hafens wie Aluminiumfolie.

Im Yachthafen herrschte reges Treiben. Kleine Boote dümpelten im Wasser, Fischer kamen und gingen, während Möwen über den Köpfen auf und ab flogen. Da die meisten Leute kein Benzin mehr hatten, waren Ruderboote und Kajaks die bevorzugten Wasserfahrzeuge geworden. Hunderte von schmutzigen, hungrigen und verängstigten Menschen versammelten sich, um Gerüchte und Klatsch auszutauschen und um Waren und Dienstleistungen zu erwerben.

Shiloh und Ruby schlenderten über den provisorischen Marktplatz, vorbei an Pavillons, Zelten und Planen, die über Tischen mit Kisten und Kartons aufgespannt waren. Schubkarren, Anhänger und Karren waren voll mit getrocknetem Getreide, Bohnen und Reis, Obst- und Gemüsekonserven und verschiedenen Arten von Dörrfleisch, von Hirsch über Schwarzbär bis hin zu Wildtruthahn.

Pappschilder an den Ständen wiesen auf Tauschgeschäfte hin: *Tausche Verbandszeug gegen Patronen* und *Brauche Prednison, habe Eier und Kuhmilch.*

In der frischen Luft lag ein deutlicher Geruch nach Fisch – Wolfsbarsch, Felchen, Hecht, Seeforelle und Barsch. Fast jeder Stand bot irgendeine Art von Fisch zum Verkauf an. Ruby hielt an einer Bude inne und tauschte mehrere Stücke der handgemachten Seife von Lori Brooks gegen Pakete mit gegrilltem Glasaugenbarsch in Alufolie von Rachel Billing.

Shiloh stopfte die Vorräte in ihren Rucksack. Es spielte keine Rolle, dass sie bei jeder der letzten zehn Mahlzeiten Fisch gegessen hatte – Eiweiß war Eiweiß, und außerdem waren diese hier für Bear. Er liebte Fisch.

Am nächsten Stand verteilte ein alter Kauz handgeschriebene Flugblätter mit den Klatsch- und Nachrichtenmeldungen, die er mit seinem Amateurfunkgerät aus dem ganzen Land gesammelt hatte: *Gangs beherrschten Chicago und Detroit; New York City stand in Flammen; ein katastrophaler Hurrikan hatte Tampa heimgesucht und Zehntausende von Menschen getötet.*

Es gab Gerüchte über Kriege, Putsche und Aufstände. Obwohl nur die nördliche Hemisphäre ohne Strom war, war der gesamte Planet betroffen. Die Supermächte der Welt kämpften um die schwindenden Ressourcen. Einige böse Akteure nutzten das Chaos für strategische militärische und geopolitische Schachzüge.

Es gab Gerüchte, dass Russland in Litauen einmarschiert war und jetzt auch die anderen baltischen Staaten, Estland und Lettland sowie Finnland ins Visier nahm. Vielleicht oder vielleicht auch nicht war der Nahe Osten bombardiert worden.

Jeder war gierig nach Nachrichten von der Außenwelt, obwohl es nie gute Nachrichten waren. Und wer wusste schon, was der Wahrheit entsprach oder ob es sich um Angstmacherei handelte; sie hatten keine Möglichkeit, irgendetwas zu überprüfen. Und ehrlich gesagt, hatte die UP schon genug Probleme, auch ohne sich über Russland, China oder iranische Terroristen Gedanken machen zu müssen.

Alles war inselartig und isoliert geworden. Im Grunde war jede Stadt jetzt ein kleiner, unabhängiger Staat.

In gewisser Hinsicht war es vielleicht besser, es nicht zu wissen.

Sie gingen weiter, vorbei an Ständen, die Autobatterien verkauften, und an einem anderen Stand mit Körben voller Äpfel. »Wie lief es mit der Spionagesache?«, fragte Shiloh.

Rubys grüne Augen leuchteten. »Es hat … Spaß gemacht. Es hat sich gut angefühlt, den Spieß umzudrehen und zur Abwechslung mal diejenige zu sein, die jemanden austrickst.«

»Eli meint, du bist ein Naturtalent.«

»Ich hatte in der Highschool Theaterunterricht. Ich habe es immer geliebt, in die Haut einer anderen Person zu schlüpfen. Damals hat es sich besser angefühlt, als in meiner eigenen zu stecken.«

Shiloh warf ihr einen Seitenblick zu. »Aber jetzt nicht mehr.«

Ruby lächelte. »Richtig. Nicht mehr.«

Bekleidet mit einer grauen Wanderhose und einem langärmeligen schwarzen Shirt, zusammen mit einem Kampfmesser an ihrem Gürtel, wirkte Ruby selbstbewusst, stark und glücklich. Sie war nicht mehr das zitternde, verängstigte Wrack, das Shiloh damals aus einem feuchten Loch im Boden gerettet hatte.

Sie war das Mädchen, das die Seile, mit denen ihre Hände und Füße gefesselt waren, nur mit ihren Zähnen durchgebissen hatte. Sie war das Mädchen, das mit demselben Seil einen Knoten gemacht und stunden- und tagelang gegen die Falltür geschlagen hatte, weil sie sich geweigert hatte, sich zu ergeben, und die ihren Lebenswillen nie aufgegeben hatte.

Das ängstliche Mädchen mit dem Blick des Todes in den Augen – dieses Mädchen war schon lange weg.

Ruby beobachtete sie mit einem leichten Stirnrunzeln. »Was ist los?«

»Ich habe nur nachgedacht.«

»Du hast mich angestarrt, als wäre ich ein Käfer unter einem Vergrößerungsglas. Als ob du mich vielleicht zerquetschen willst.«

Shiloh lachte. Das Geräusch klang klar und deutlich durch die frische Herbstluft. »Ich habe nur …« Die Worte blieben ihr in der Kehle stecken. Sie war durch und durch die Tochter ihres Vaters – sie konnte besser zuschlagen und Dinge in die Luft jagen, als sich durch die Tretminen der menschlichen Gefühle zu kämpfen. »Du siehst gut aus, das ist alles.«

Ruby verdrehte die Augen. »Baggerst du mich an? Gibt es etwas, das du mir sagen willst? Bist du vielleicht verknallt?«

Shiloh runzelte die Stirn. »Nein, niemals. Nicht, dass daran etwas falsch wäre, aber ... Nein, du komischer Kauz.«

»Na gut. Wie auch immer.« Ruby nahm ein Glas mit selbstgemachtem Apfelmus in die Hand und betrachtete es, bevor sie es abstellte und zu einem Tisch mit solarbetriebenen Stromaggregaten weiterging. »Du siehst auch gut aus.«

Shiloh versteifte sich. Die Albträume plagten sie immer noch, aber sie waren nicht mehr so dunkel und schrecklich. Allmählich verblasste das furchterregende Bild von Walter Boones Händen, die ihre Kehle zusammendrückten, wie ein vertrocknetes Blatt, das sich in nichts auflöste.

»Wie war es, dem Kerl mit deiner Armbrust ins Gesicht zu schießen?«, fragte Ruby.

Shiloh zögerte und dachte über ihre Antwort nach. »Die Leute sagen, es sei eine schreckliche Sache, einen anderen Menschen zu töten, aber wenn man es einmal getan hat, wird es immer leichter. Ein Teil von mir will nicht, dass es leichter wird. Ein anderer Teil von mir sagt: Na los, komm doch. Ich werde die Leichen der Bösewichte wie Brennholz stapeln, wenn es sein muss.«

»Wie als ich den Spion überlistet habe. Es war ein gutes Gefühl, nützlich zu sein, einen Zweck zu haben.«

Shiloh nickte. Sie verstand das total.

»Sieh mal, wer da ist.« Jason Anders schlenderte mit seinem Gewehr auf dem Rücken über die Yachthafenpromenade auf sie zu. Fiona Smith schritt neben ihm, eine Pistole an der Hüfte. Sie waren eine von drei Sicherheitspatrouillen, mit denen Jackson im Yachthafen für Ordnung sorgte.

Ein Anflug von Eifersucht nagte an ihrem Herzen. Eli hatte ihr für zwei Wochen Hausarrest erteilt – keine Sicherheitskontrollen oder Patrouillenschichten. Sie durfte am Waffen- und Taktiktraining teilnehmen. Wow. Ganz großes Kino. Ihr Platz war hier draußen, im Kampf gegen die bösen Jungs, und nicht im Gasthaus, wo sie Butter von Hand schlug, Ziegenkäse herstellte oder zum millionsten Mal Unkraut zupfte.

»Hey, Shiloh«, sagte Fiona, als sie bei Ruby und Shiloh ankamen und stehen blieben. »Ich hab dich gesucht.«

Jason grinste. »Wenn das nicht unsere Möchtegern-Kindersoldatin ist.«

Shiloh hätte ihm am liebsten das Grinsen aus dem Gesicht geschlagen, aber stattdessen lächelte sie süßlich. Jackson hatte sie angefleht, nett zu den anderen zu sein. Sie hatte geschworen, dass sie sich beherrschen konnte; jetzt musste sie es beweisen.

»Ich bin überrascht, dass du nicht weinend in einer Ecke sitzt und am Daumen nuckelst«, sagte Jason.

Shiloh starrte ihn an. »Sobald du einen Kampf gewonnen hast, können wir reden, Klugscheißer.«

Jasons Gesicht wurde geradezu lila vor Verlegenheit. »Hör zu, du kleine ...«

Fiona wirbelte zu ihm herum. »Hältst du jemals die Klappe?«

Jason wurde blass. »Ich habe nur ein bisschen rumgealbert. War nur ein Spaß.«

»Tja, na ja, aber du benimmst dich dämlich. Also, hör auf.« Fiona wandte ihre Aufmerksamkeit wieder Shiloh zu, legte den Kopf schief und ein kleines Lächeln umspielte ihre Lippen. »Kind oder nicht, sie hat mir das Leben gerettet. Ich habe nicht gesehen, wie *du* einen Pfeil durch den Augapfel eines Typen geschossen hast.«

Shiloh korrigierte ihre Armbrust-Terminologie nicht. Die Schmeichelei wärmte ihre Wangen und ließ ihr Herz schneller schlagen. Sie hatte es nicht getan, um Fionas Respekt zu gewinnen, aber sie würde ihn annehmen.

Jason zuckte verärgert mit den Schultern, aber er versuchte, unbeteiligt zu wirken. Für Shiloh hatte er keine Liebe übrig, aber es war ihm nicht egal, was Fiona von ihm dachte. »Wie auch immer.«

Fiona streckte ihre Hand aus. »Wenn du uns brauchst, sind wir für dich da. Du hast es dir verdient.«

Shiloh schüttelte ihre Hand. »Das war doch nichts Besonderes.«

»Es war definitiv was Besonderes. Ich bin dir was schuldig.« Fiona gab Jason ein Zeichen und die beiden setzten ihre Patrouille fort und schlängelten sich durch die Menge, bis sie aus dem Blickfeld verschwanden.

Shiloh starrte ihnen einen Moment lang hinterher und konnte das strahlende Grinsen nicht aus ihrem Gesicht wischen. Fiona hatte sie bewundernd angeschaut. Viele der anderen Jugendlichen taten das auch, ebenso wie einige der Erwachsenen. Es war ein angenehmes Gefühl.

Jeden Tag spürte sie, wie sich etwas in ihr veränderte: die Selbstsicherheit, die Wachsamkeit, die Gerissenheit einer Kriegerin, die sich in ihren Knochen verankerte, in ihrem Blut rauschte und mit jedem Pulsschlag ihres Herzens pochte.

Endlich verdiente sie sich ihren Platz in der Welt und wurde zu der, die sie sein sollte.

Ruby stieß ihr mit dem Ellbogen in die Rippen. »Guck mal, wer sich noch blicken lässt.«

Eine große weiße Yacht dümpelte am Ende eines der Docks. James Sawyer schritt mit langen, selbstbewussten Schritten den Steg hinunter, flankiert von vier riesigen Bodyguards mit finsteren Mienen.

Das geschäftige Treiben auf dem Markt verstummte, als die Menschengruppen still wurden und ihre angespannten Blicke auf Sawyer richteten. Die Sicherheitspatrouillen kamen aufmerksam und vorsichtig näher, aber sie mischten sich nicht ein. Solange Sawyer keine Unruhe stiftete, hatten sie den Befehl, ihn und seine Handlanger in Frieden zu lassen.

Ruby ergriff Shilohs Arm und zog sie in den Schatten eines der Zelte, wobei sie mit ihrer Hüfte gegen einen Tisch stieß, auf dem einzelne mit verschiedenen Kräutern und Gewürzen gefüllte Strohhalme lagen – Kurkuma und Muskatnuss, Zimt und Petersilie.

Sie sahen schweigend zu, wie sich der kriminelle Hauptakteur von Alger County auf sie zubewegte. Die Menge wich ehrfürchtig zur Seite. Niemand wagte es, Sawyer direkt zu kritisieren, wenn er seine Gliedmaßen nicht verlieren wollte.

Shiloh presste ihre Zähne so fest zusammen, dass sie sich auf die Zunge biss. Sawyer war zwar Codys biologischer Vater, aber er hatte ihn nie öffentlich als seinen Sohn anerkannt. Er hatte Eli gekidnappt und gefoltert. Dafür würde sie ihn für immer und ewig verabscheuen.

»Lass ihn einfach weitergehen«, murmelte Ruby. »Keine überstürzten Bewegungen.«

»Ich bin nicht dumm«, sagte Shiloh mit knirschenden Zähnen.

Sawyer blieb vor ihnen stehen. Mit seinen meergrünen Augen, den wettergegerbten Gesichtszügen und seiner schroffen Statur erinnerte er sie an einen Hai, dessen kräftige Muskeln sich zusammenzogen, als wäre er jeden Moment zum Angriff bereit.

Seine Bodyguards breiteten sich hinter ihm aus, die Hände an den Waffen, die harten Gesichter teilnahmslos. Sawyer sah sich das Angebot des Standes an, wählte ein Glas Lavendelhonig aus und reichte es dem nächstbesten Handlanger.

Die Frau, die den Stand bediente, sagte kein einziges Wort. Ihre Augen weiteten sich ängstlich und ihre Lippen zogen sich zu einer dünnen Linie zusammen. Ihre Schultern krümmten sich, als wolle sie sich kleiner machen.

Sawyers flacher Blick schweifte über sie hinweg und blieb auf Shiloh haften. In seinen Augen blitzte Erkenntnis auf, ein Funke von etwas Dunklem und Gefährlichem. »Du bist das kleine Pope-Mädchen.«

Unbehagen setzte sich in Shilohs Bauch wie ein Stein fest. Ihr Mund wurde trocken, ihre Handflächen feucht, aber sie weigerte sich, zurückzuschrecken oder sich kleinzumachen, egal, wie sehr Sawyer sie einschüchterte.

Sie hob trotzig ihr Kinn. »Ich bin kein kleines Mädchen.«

Ein Lächeln erschien auf seinem gebräunten Gesicht und enthüllte seine geraden weißen Zähne. Es war ein leeres, emotionsloses Lächeln. Es reichte nicht bis zu seinen Augen. »Das kann ich sehen.«

Er legte den Kopf schief, als würde er sie mit seinen scharfen Augen von Kopf bis Fuß auf eine vermeintliche Schwäche untersuchen. Ruby drückte ihren Arm, in einem Versuch, sie zum Schweigen zu bringen, aber Shiloh würde sich vor niemandem verstecken, schon gar nicht vor dem Mann, der sich nicht die Mühe gemacht hatte, Cody als seinen Sohn anzuerkennen.

»Was machst du allein hier draußen?«

»Das geht dich einen feuchten Furz an.«

»Und sie ist nicht allein«, schnauzte Ruby.

Was auch immer er gesucht hatte, er musste es gefunden haben, denn er senkte in einer Weise das Kinn, die fast wie Anerkennung wirkte – was aber überhaupt keinen Sinn ergab. »Bis zum nächsten Mal, kleine Pope. Ich freue mich schon darauf.«

»Es wird kein nächstes Mal geben, nicht, wenn ich es verhindern kann.«

Sawyer lachte freudlos. »Das werden wir dann sehen, nicht wahr?«

Er gab seinen Männern ein Zeichen und verließ den Stand in Richtung des südlichen Endes des Yachthafens. Shiloh starrte ihm hinterher, als er und sein Gefolge an ihnen vorbeischlenderten. Die Sicherheitspatrouillen sahen ihm mit erleichterten Gesichtern hinterher.

»Er wird dafür bezahlen«, sagte sie. »Eli wird ihn bezahlen lassen.«

»Eines Tages«, sagte Ruby und hielt Shilohs Ellenbogen fest, »aber nicht heute.«

Shiloh spuckte auf den Boden, auf den Sawyer nur wenige Augenblicke zuvor getreten war. »Es wird früher passieren, als er denkt.«

13

JACKSON CROSS
TAG EINHUNDERTDREIUNDDDREISSIG

»Bist du bereit?«, fragte Jackson Devon.

»Haben wir eine Wahl?«, fragte sie über das Brummen des elektrischen Golfcarts hinweg. In der Nacht zuvor hatte es geregnet. Schlamm spritzte über die Räder des Wagens, der mit Solarzellen ausgestattet war.

»Nein«, sagte er.

Devon brummte und starrte geradeaus auf die Straße. Ihr Blick war distanziert, als ob sie die Schlaglöcher, die heruntergefallenen Äste und den Müll, der zwischen den Wracks der verlassenen Fahrzeuge verstreut war, nicht sehen würde. Ranken krochen aus den Wäldern hervor und griffen mit knorrigen Fingern nach den Straßen, den Autos und den Gebäuden – der gesamten Zivilisation.

Seit Jackson zum Sheriff befördert worden war, verbrachte er die meisten Vormittage damit, mit Devon Harris an seiner Seite die Kontrollpunkte in der Umgebung zu kontrollieren.

Devon rieb sich die Arme und fröstelte, als sie sich dem Kontrollpunkt am M94 näherten, der hinter dem Econo Lodge Inn and Suites und dem Pictured-Rocks-Campingplatz lag, wo Dutzende von Familien in Wohnmobilen lebten oder in beengten, ungeheizten Hotelzimmern untergebracht waren.

Am Checkpoint tummelten sich etwa fünfzig Menschen vor den

83

Toren. Sie waren schmutzig und staubig, ihre Gesichter gezeichnet und ihre Augen gequält.

Sie fuhren auf Fahrrädern und trugen Rucksäcke, Reisetaschen und Koffer, die in Schubkarren und Fahrradanhänger gestopft waren. Sie sahen aus, als wären sie mit nichts als den Kleidern auf dem Rücken und dem, was sie tragen konnten, geflohen.

Vor sechs Monaten hätte sich Jackson eine solche Szene nicht vorstellen können: verzweifelte Flüchtlinge in den USA, hungernde Kinder und Menschen, die sich wegen einer Handvoll Kugeln oder einer Dose Mais gegenseitig umbrachten.

Jetzt gab es nichts mehr, was er sich vorstellen musste. Die Gräueltaten waren viel zu real. Es fühlte sich so an, als ob nur die winzige Stadt Munising einen Anschein von Ordnung aufrechterhalten würde.

Es war schwer, die Last in seiner Brust zu beschreiben. Das unausweichliche Gefühl des drohenden Untergangs, der über ihren Köpfen schwebte, als ob alles, wofür sie gearbeitet und gekämpft und was sie geopfert hatten, innerhalb eines Herzschlags verbrannt werden könnte.

»Es tut mir leid, ihr müsst umkehren«, sagte Jim Hart entschlossen, sein Gewehr niedrig gehalten und auf den Boden gerichtet, aber bereit, wenn nötig zu schießen.

Hart, ein pensionierter Marinesoldat und langjähriger Polizist des Munising Police Department, war kahlköpfig, übergewichtig und immer mürrisch, aber er war auch mutig und verdammt loyal. Selbst nachdem eine Kugel seine Schulter auf der Yacht im Kampf gegen Sawyer durchbohrt hatte, hatte er nicht aufgegeben. Jim Hart und Alexis Chilton besetzten den Kontrollpunkt zusammen mit fünf Mitgliedern des zivilen Sicherheitsteams. Mehrere Müllwagen waren quer über die Straße geschoben worden, um die Zufahrt zu blockieren und im Falle einer Auseinandersetzung Deckung zu bieten.

Wie bei der Absperrung des Northwoods Inn hatte Eli den Bau von Wachhütten, verstärkten Sandsackwänden und Scharfschützenverstecken in der Baumreihe angeordnet, wo zwei Wachposten außer Sichtweite lauerten.

»Wir sind müde und hungrig!«, rief einer der Flüchtlinge. »Bitte, lasst uns für eine Nacht bleiben. Nur eine Nacht ... Mehr verlangen wir nicht.«

Es war nicht nur für eine Nacht. Das war es nie. Die Menschen, die hierherkamen, blieben. Es gab nur wenige Orte, an die man gehen konnte, und noch weniger, die ein Mindestmaß an Sicherheit boten.

Jackson steckte den Schlüsselanhänger des Golfwagens in die Tasche, während er zwischen einem Müllwagen und einem Schulbus hindurchging und sich neben Hart und Alexis stellte. Devon lief hinter ihm her.

Mehrere Dutzend Augenpaare richteten sich auf ihn, musterten vorsichtig seine Uniform und nahmen seine Aura der Autorität und Führung wahr. Die ganze Menge wandte sich ihm zu.

»Wo kommt ihr her?«, fragte Devon die Menge.

»Newberry«, antwortete ein Mann mittleren Alters mit zwei kleinen Kindern, die sich an seine Taille klammerten.

Newberry war eine kleine Stadt etwa hundert Kilometer südöstlich von Munising, die im Gebiet des Newberry State Forest lag. Die Stadt war vor allem für Oswalds Bear Ranch bekannt.

Vor Wochen waren die Bären entkommen oder jemand hatte sie freigelassen; ein Schwarzbär war zum Leuchtturm gewandert, unfähig, für sich selbst zu jagen, und leichtsinnig vor Hunger. Shiloh trug nun stolz sein Fell.

»Wir mussten weg«, sagte eine Frau, die ein blaues Taschentuch trug. »Die Leute sind in die Stadt geströmt, Hunderte von ihnen, und alle haben das Gleiche gesagt. Sie kamen aus Hulbert. Mitten in der Nacht hat eine Bande von Plünderern in LKWs und schwarzen SUVs ihre Straßen überfallen. Sie haben das Feuer eröffnet und auf die Häuser der Menschen geschossen. Sie haben das Gemeindehaus bis auf die Grundmauern niedergebrannt. Sie haben die Bar, den Lebensmittelladen und das Tahquamenon Hotel in Brand gesetzt. Die Einwohner von Hulbert waren gezwungen, mit allem, was sie tragen konnten, zu fliehen. Sie haben uns gewarnt, dass ihre Stadt nicht die erste war und auch nicht die letzte sein würde.«

Jacksons Eingeweide verwandelten sich in Wasser. »Wann ist das passiert?«

»Vor drei Nächten«, sagte der alte Mann.

»Einige unserer Nachbarn sind in Newberry geblieben«, sagte eine ältere Frau, die ihre weißen Haare kurz geschoren hatte. Sie trug einen weiten rosa Pullover, der ihr bis zu den Knien fiel. »Entweder haben sie der Warnung nicht geglaubt oder sie haben beschlossen, dass es für sie anders laufen würde, wenn sie diesen Schlägern geben würden, was sie wollen. Ich habe die Warnung geglaubt. Ich habe die Verbrennungen an zwei der Geflüchteten gesehen. Einem Mann haben sie die Hand abgehackt, weil er ihnen nicht schnell genug gegeben hat, was sie wollten.«

Mehrere Leute in der Reihe nickten, ihre verängstigten Augen groß und glasig, als ob sie sich die schrecklichen Dinge ausmalten, die ihren Frauen, Brüdern, Onkeln und Kindern passieren könnten.

»Was wollten die Plünderer?«, fragte Devon.

Ein bärtiger schwarzer Mann schüttelte den Kopf. »Das hat nie jemand gesagt. Die geflohenen Stadtbewohner haben uns gewarnt, zu verschwinden, als sie durchkamen. Sie sind nicht stehen geblieben. Sie haben gesagt, unsere Stadt würde die nächste sein.«

»Ein paar Familien sind zur Brücke gelaufen«, sagte eine Frau in den Sechzigern, die einen Rucksack auf dem Rücken und einen kleineren Rucksack vor der Brust trug. Sie stützte sich auf einen Gehstock und entlastete ihren rechten Knöchel. »Wir haben darüber nachgedacht, mit ihnen zu gehen, nach Süden zu fliehen, vielleicht nach Georgia oder Florida, wo der Winter kein Problem ist, aber das ist jedermanns erster Gedanke. Wir haben die Gerüchte gehört, die Horrorgeschichten über die Städte. Die überfüllten Zustände. Die Zeltstädte mit hungernden Menschen. Schlechte sanitäre Verhältnisse. Krankheiten, die sich ausbreiten.«

»Ich könnte meine Kinder nicht so einem Risiko aussetzen.« Der Vater umarmte seine Kinder fester. »Wir dachten, unsere Chancen wären im Norden besser, selbst im Winter. Bis jetzt. Bis wir diesen ... diesen Monstern begegnet sind, die grundlos Menschen umbringen. Sie brennen ganze Städte nieder ...« Seine Stimme verstummte in wütender, hilfloser Stille.

Die Haare in Jacksons Nacken stellten sich sträubend auf. »War es das Kartell?«

Die Flüchtlinge starrten ihn nur stumpfsinnig an.

»Ich weiß es nicht«, sagte die alte Frau. »Wir wissen es nicht.«

Die letzte Gruppe von Flüchtlingen war aus Bay Mills gekommen, von viel weiter östlich als diese Gruppe. Wenn diese Räuber zum Kartell gehörten ... krochen sie nach Westen und kamen immer näher, wie ein Drache, der ihnen in den Nacken atmete. Die Zeit drängte mehr, als es den Anschein hatte.

»Wir haben gehört ...« Der bärtige Mann richtete seinen Blick auf Jackson. »Wir haben gehört, dass Munising eine Bande entflohener Sträflinge besiegt hat und dass der neue Sheriff nicht nur einen, sondern gleich zwei Mörder gefangen hat, obwohl die Welt zugrunde geht.«

Die Nachricht verbreitete sich langsam, ohne Telefone, SMS oder Social Media, aber sie verbreitete sich trotzdem.

Sie hatten nicht unrecht. Munising war sicherer als die meisten Städte, besser vorbereitet und besser gesichert. Die Kombination aus Sheriff und örtlicher Polizei blieb größtenteils intakt. Das zivile Sicherheitsteam trainierte täglich, und seine Zahl wuchs.

Der Yachthafen am Wasser und die Nähe zum Lake Superior ermöglichten ihnen einen einfachen Zugang zum Angeln und zu frischem Wasser zum Baden, Kochen, Gießen der Gärten und Trinken, sobald es desinfiziert war.

Das Northwoods Inn bot einen Zufluchtsort für Selbstversorger. Tim und Lori Brooks lehrten die verloren gegangenen Kenntnisse über Nahrungssuche, Heilpflanzen, Wasserauffangsysteme, Käse- und Seifenherstellung und Wasserreinigung. Und die Liste ging noch weiter.

Es spielte keine Rolle, wie sehr er diesen Menschen helfen wollte; der Ausschuss hatte beschlossen, keine Flüchtlinge mehr aufzunehmen, bis die Bedrohung durch das Kartell beseitigt war. Er hasste es, gute Menschen wegzuschicken, aber er hatte keine Wahl. Er war in erster Linie seinem Bezirk, seiner Stadt und seinen Leuten verpflichtet.

Jackson erhob seine Stimme. »Wenn es in unserer Macht steht, werden wir diese Plünderer aufhalten, damit ihr in eure Häuser zurückkehren könnt.«

Newberry war eine beträchtliche Entfernung, wenn man die begrenzten Transportmöglichkeiten in Betracht zog. Hundert Kilometer waren früher eine knappe Stunde Fahrt, aber jetzt war es eine Tortur. Die elektrischen Golfwagen besaßen trotz der Solarbatterien nicht die nötige Reichweite, und die Quads hatten kaum noch Treibstoff. Sie hatten ihre letzten Liter bei ihrem Coup gegen den Kartellspion geopfert.

Anders als in den beliebten Zombie-Apokalypse-Fernsehsendungen war Benzin in der realen Welt nur drei bis sechs Monate haltbar. Diesel konnte länger halten, aber den Vorrat hatten sie bereits aufgebraucht. Sie suchten verzweifelt nach Fahrzeugen, die mit Biokraftstoff betrieben werden konnten.

»Wann?«, fragte der bärtige Mann. »Was sollen wir bis dahin machen? Wir brauchen eine Unterkunft. Wir haben Frauen und Kinder bei uns. Wir flehen euch an.«

»Es tut mir leid.« Jedes Wort war wie Stacheldraht auf seiner Zunge. Schuldgefühle wie glühende Kohlen verbrannten seine inneren Organe. »Wir können im Moment nicht noch mehr Leute aufnehmen. Wir sind zum Bersten voll, und wir müssen uns auf den Winter vorbereiten.«

Er zwang sich, die niedergeschlagenen Mienen zu betrachten. Er weigerte sich, den Blick abzuwenden; das war seine Buße.

»Wo sollen wir denn hin?«, fragte der Vater mit zitterndem Kinn.

»Wie könnt ihr nur?«, rief eine der Frauen wütend. »Wir sind genau wie ihr! Wir *sind* ihr! Wie könnt ihr uns wegschicken?« Ihre Wut verdeckte ihre Angst. Der Zorn richtete sich nicht gegen ihn, nicht wirklich. Trotzdem traf er ihn wie ein Pfeil in die Brust.

Die Bewohner der Upper Peninsula waren zäh und selbstständig. Sie mussten stark sein, um die Isolation, die Wildnis und die harten Winter zu überleben, in denen sie manchmal vom Rest der Zivilisation abgeschnitten waren.

Das hier war anders. Was ihnen jetzt bevorstand, war eine Katastrophe – unbeschreiblich.

»Ihr seid nicht besser als die anderen.« Der Bärtige spuckte auf den Boden und machte eine Bewegung, als wolle er seine Hände von ihnen reinwaschen. »Möge das Karma euch in den Arsch beißen.«

Devon neben ihm erstarrte. Hart und Alexis sahen niedergeschlagen aus. Jacksons Magen verdrehte sich. Sein Gesicht wurde heiß vor Scham. Er fühlte sich entmutigt und ausgebrannt.

Er senkte seine Stimme und sprach so, dass nur Hart, Alexis und Devon ihn hören konnten. »Es gibt ein verlassenes Hotel am Adam's Trail, außerhalb der Bezirksgrenze. Bisher hat es noch niemand in Anspruch genommen. Es ist nicht ideal, aber es bietet ein Dach über dem Kopf und schützt die Kinder vor den Elementen, bis sich die Erwachsenen einen Plan überlegt haben.«

Hart nickte ihm nüchtern zu. »Wird gemacht.«

Er klopfte Hart auf die Schulter. »Du übernimmst ab hier.«

Devon trottete neben ihm her. Hinter ihnen ertönten panische Stimmen und ein paar Leute warfen mit Beleidigungen um sich, die sie ignorierten. Mit steifen Beinen gingen sie zurück zu dem Golfwagen, der an der Straße geparkt war.

Auf dem Parkplatz der Econo Lodge standen rostige Wohnwagen und zerlumpte Zelte auf dem mit Unkraut überwucherte Asphalt. Rund um das Hotel gab es eine Reihe von Lagerfeuern und selbstgebauten Raketenöfen.

Kinderstimmen drangen durch die kühle Luft. Ein paar Dutzend von ihnen spielten auf dem überwucherten Feld Fußball, während die Erwachsenen sich darauf konzentrierten, das Mittagessen zu kochen, die Wäsche von Hand zu waschen oder Unmengen von Feuerholz zu sammeln. Sie waren mit Pullovern und Jacken bekleidet, einige trugen Mützen und Schals.

Obwohl es ein sonniger Tag war, lag eine stechende Kälte in der Luft, eine Warnung. Der Winter würde kommen, ob sie nun bereit waren oder nicht.

Während sich die Tage bis in den späten September hinein ausdehnten, wurden die Nächte immer kälter und die Temperaturen erreichten oft gerade mal fünf Grad. Zelten war nur eine kurzfristige Lösung; im Winter würden diese Menschen erfrieren. Sie brauchten eine Unterkunft. Er machte sich eine mentale Notiz, dass er sich etwas einfallen lassen musste.

»Das war furchtbar«, sagte Devon.

»Das kannst du laut sagen. Wir haben die letzten verfügbaren Unterkünfte an die Flüchtlinge aus Bay Mills vergeben. Wenn wir anfangen, sie zu überfüllen, werden wir die gleichen sanitären Probleme haben wie die größeren Städte und Gemeinden. Cholera, Dysenterie und Typhus. Dann werden die Menschen krank und sterben in ihrem eigenen Dreck. Es gibt nicht genug Essen oder desinfiziertes Wasser. Der Winter steht vor der Tür. Wir müssen genug Lebensmittel und abgelagertes Feuerholz haben, um die Menschen mindestens fünf Monate lang warm und satt zu halten.« Er rieb sich mit einer müden Hand über sein stoppeliges Kinn. »Wir haben jetzt schon nicht genug.«

»Es fühlt sich trotzdem schrecklich an. Als wären wir hier die Bösen. Diese beiden kleinen Mädchen, ihre erschütterten Gesichter ...«

Er hielt inne und legte ihr eine Hand auf die Schulter. »Ich weiß. Logisch gesehen ist es die richtige Entscheidung, aber mein Herz sagt mir, dass es falsch ist.«

»Wie kann man den Wert eines Lebens bestimmen?«, fragte Devon.

»Das kann man nicht. Das darf man nicht.«

»Tun wir nicht genau das? Wir stellen unser Leben über das der anderen. Wir schicken sie zum Sterben weg.«

»Wir haben so vielen geholfen, wie wir konnten. Wir haben so viel getan, wie wir konnten.«

Devons dunkle Augen funkelten. Sie blinzelte schnell und heftig und trat einen Schritt zurück. »Haben wir das? Denn es fühlt sich nicht so an, als wäre es genug. Es fühlt sich nie so an, als wäre es genug.«

Sein Arm fiel schlaff an seine Seite. Er fühlte sich so unendlich müde. »Wir können nicht die ganze Welt retten.« Seine Worte klangen hohl in seinen Ohren. Er hasste sich dafür, dass er es gesagt hatte, aber das änderte nichts an der bitteren Wahrheit.

Plötzlich kam ihm seine Schwester in den Sinn: ihr sich

windender Körper, der nach Sauerstoff rang, keuchend, mit geschwollenen und aufgerissenen Lippen wie ein sterbender Fisch. Er blinzelte und verdrängte die Erinnerung. Astrid schlich sich in seine Albträume; er konnte nicht zulassen, dass die Dunkelheit seine Arbeit behinderte.

Sie verfielen in ein unangenehmes Schweigen, während Jackson fuhr. Sie kehrten durch die Stadt zurück, bevor sie an der Küste entlang nach Norden fuhren und rechts auf den Adam's Trail abbogen.

Devon hielt ihren Blick auf die Bäume und die vorbeiziehenden Gebäude gerichtet und suchte nach potenziellen Gefahren, obwohl die Kontrollpunkte und Sicherheitspatrouillen die Verbrechen innerhalb der Bezirksgrenze auf ein Minimum beschränkten.

»Wohin fahren wir, Boss?« Ihre Stimme war gedämpft. Sie war aufgebracht. Er konnte es ihr nicht verübeln, ihm ging es genauso. Doch er war der Boss. Er musste die schwierigen Entscheidungen treffen.

»Diese Wagen haben eine Reichweite von achtzig bis hundert Kilometern. Wir brauchen Fahrzeuge, wenn wir vorhaben, außerhalb von Alger County unterwegs zu sein. Wir können die Pferde benutzen, aber ...«

»Du hasst Pferde.«

Jackson brummte. »Hass ist ein starkes Wort. Ich bevorzuge *starke Abscheu*. Oder vielleicht *Verachtung*.«

Es waren eher die mangelnde Kontrolle, die Höhenangst und die schmerzhafte Sitzhaltung, die ihm missfielen, als die Tiere selbst. Einige Leute nutzten Pferde und Golfwägen als Transportmittel, aber Jackson zog Fahrzeuge mit Motoren vor.

Er hatte gehört, dass der Mechaniker Fred Combs Biokraftstoff für Dieselmotoren herstellen konnte. Das war Jacksons nächster Halt. Seine To-do-Liste war so lang wie sein Arm, und obwohl er von Sonnenaufgang bis Sonnenuntergang und darüber hinaus arbeitete, wurde die Liste immer länger und länger.

Die Städte in Alger County waren durch einen Ponyexpress-Rundkurs miteinander verbunden, der zweimal pro Woche Nachrichten und Post zustellte. Jackson meldete sich regelmäßig über den

Amateurfunk bei den Ordnungskräften der umliegenden Bezirke, aber bestimmte Gebiete waren seit Kurzem nicht mehr erreichbar. Keine der anderen Städte wusste viel über die Angriffe der Plünderer, aber die Gerüchte machten die Runde und schürten Panik und Hysterie.

Am meisten fürchtete Jackson die Außenwelt.

»Ich werde nach Newberry fahren. Wir müssen mit eigenen Augen sehen, was da draußen passiert. Wenn das das Werk des Kartells ist, brauchen wir mehr Informationen. Wir können nicht einfach darauf warten, dass sie uns holen kommen. Bist du dabei?«

Devons Schultern richteten sich auf und ihr Kinn hob sich. »Musst du das wirklich fragen?«

»Ich wollte nur sichergehen, dass wir auf der gleichen Wellenlänge sind.«

Sie brachte ein breites Grinsen zustande. »Immer.«

Sie fuhren am Yachthafen vorbei. Ein Dutzend Fischerboote schwammen auf dem Wasser. Auf dem provisorischen Bauernmarkt wurden Waren und Dienstleistungen gehandelt, während bewaffnete Wachen an strategischen Punkten entlang des Seeufers patrouillierten. Ein paar versteckte Scharfschützen hielten Wache. In der Ferne erhob sich Grand Island, dicht bewachsen mit grünen Fichten und Tannen.

Devon griff in die Tasche zwischen ihren Füßen und holte zwei Erdnussbutter-Honig-Sandwiches aus Sauerteigbrot und ein Glas mit Himbeeren heraus – ihre tägliche Mahlzeit für unterwegs. »Ich habe Mittagessen mitgebracht. Es sind zwar keine Pastys, aber es wird reichen müssen.«

Als sie Munising verließen und nach Nordosten in Richtung Adam's Trail fuhren, warf er einen Blick auf die vorbeiziehenden Bäume – Zuckerahorne, Gelbbuchen und Eisenholzbäume, deren Blätter in feurigen Rottönen, verbranntem Orange und Weinviolett leuchteten.

»Das ist das Schlimmste an der Apokalypse«, sagte Devon voller Trauer. »Keine Pastys.«

Dem Falling Rock Café waren die Zutaten für die klassischen UP-Leckerbissen ausgegangen: herzhaftes Rindfleisch und Wurzelgemüse, das in einer Teighülle saftig und zart gebacken wurde. Die berühmte Pasty war Mitte des neunzehnten Jahrhunderts als tragbare Mahlzeit für die Bergarbeiter in Cornwall erfunden worden und wurde mit einem kurzen *a* ausgesprochen, wie in *nass*.

Jackson schenkte ihr ein finsteres Lächeln. Devon hatte eine beruhigende Art an sich, eine übernatürliche Fähigkeit, den schlimmsten Tag zu erhellen. »Du hast deine Prioritäten richtig gesetzt.«

Devon tätschelte ihren Bauch, der auf Kommando laut knurrte. »Darauf kannst du wetten.«

14

JACKSON CROSS
TAG EINHUNDERTDREIUNDDREISSIG

Combs' Automotive Body Shop lag am Adam's Trail, hinter dem Bear Trap Inn und dem Pictured Rocks Golf Club, an einer langen, von dichten Laubwäldern umgebenen Schotterstraße.

Jackson und Devon betraten die Werkstatt durch das ramponierte Büro und gingen an mehreren Hebebühnen mit verschiedenen Fahrzeugen vorbei in den hinteren Bereich.

In der Werkstatt roch es nach Öl und Schmiere. Überall lagen Stapel von Reifen herum. Die Wände waren mit überfüllten Werkbänken gesäumt, ein paar Rollbretter waren an die Wand geschoben und Motorenteile lagen überall in der Werkstatt verstreut.

Combs arbeitete in der linken Halle, über den Motor eines Diesel-Pickups gebeugt. Die letzten paar weißen Haare auf seinem kahlen Kopf standen ihm zu Berge. Er trug eine fettverschmierte Schürze, eine Schutzbrille und Gummihandschuhe. Seine knorrigen Füße steckten deplatziert in rosa Plüschpantoffeln und gaben ihm das Aussehen eines halbverrückten Wissenschaftlers.

»Was wollt ihr?« Fred Combs richtete sich auf, als sie sich näherten, und kratzte sich mit fettverkrusteten Fingern an seiner flaumigen Kopfhaut. Er blickte sie finster an. »Ich hab nichts falsch gemacht.«

»Das habe ich auch nie behauptet«, antwortete Jackson gleichmütig.

»Ich zeige dir rein gar nichts, selbst wenn du diesmal einen Durchsuchungsbefehl hättest, was du ganz sicher nicht hast.«

Das letzte Mal, als sie eine Auseinandersetzung mit Fred Combs gehabt hatten, war es um die Identität des Besitzers des Pickups gegangen, der Shiloh von der Straße gedrängt hatte. Der Wagen von Calvin Fitch hatte sie zu dem Serientäter Walter Boone geführt.

»Uns ist dieser schöne Dodge Ram D250 auf dem Parkplatz aufgefallen«, sagte Devon. »Ich habe ihn schon öfter in der Stadt gesehen. Wir haben das Gerücht gehört, dass du auf Biokraftstoff umgestiegen bist.«

Freds Brust blähte sich vor lauter Stolz auf. »Was geht dich das an?«

»Wir brauchen Biokraftstoff, um unsere Dieselfahrzeuge anzutreiben«, sagte Jackson. »Das Benzin ist alle und auch unser Notdieselvorrat ist aufgebraucht. Die einzige Möglichkeit, die uns bleibt, ist Biokraftstoff. Wirst du uns helfen?«

Combs wischte sich mit einem schmutzigen Lappen einen Ölfleck von den Händen, warf ihn auf ein Regal mit Werkzeugen und drehte sich zu ihnen um. Er hatte schon immer in Munising gelebt und sprach mit einem kräftigen Yooper-Akzent. »Ihr habt mich schon einmal gefragt und die Antwort ist dieselbe, okay? Nie im Leben. Ich bin zu sehr damit beschäftigt, mich um meine Frau und mich selbst zu kümmern. Ich habe keine Zeit, jemandem die Hand zu halten.«

Jackson warf einen Blick auf die Werkzeuge, die neben ihm hingen. An der gegenüberliegenden Wand standen Behälter mit Pflanzenöl, Methanol und Lauge in nicht oxidierenden Gläsern sowie mehrere tragbare Propangasherde. Fred stellte Biokraftstoff her.

»Niemand bittet hier um Almosen«, sagte Devon freundlich. Sie war immer gut darin, die Ruhe zu bewahren, wenn Jackson einem Verdächtigen oder einem Zeugen am liebsten den Starrsinn aus dem Leib gewürgt hätte. »Vielleicht können wir dir im Gegenzug helfen.«

»Ich wüsste nicht, wie ihr irgendwas anbieten könntet, das sich lohnt«, brummte Fred. »Ich stehe die ganze Nacht mit meiner Schrotflinte am Fenster und passe auf, dass kein Idiot versucht, was zu klauen, was ihm nicht gehört. Niemand wird mir nehmen, was mir gehört, und das gilt auch für euch Hooligans. Es ist mir egal, was für schicke Titel ihr tragt.« Seine rheumatischen Augen verengen sich vor Verachtung. »Ihr Crosses seid alle gleich.«

»Nicht alle von uns«, sagte Jackson. »Ich kann dir helfen.«

»Was zum Teufel willst du tun, um das alles wieder in Ordnung zu bringen, hm?« Fred wedelte vage mit einer Hand. »Die verdammte Regierung, so korrupt und gierig sie auch ist, hat uns versprochen, dass so etwas nie passieren würde, aber sie wusste, dass die Versorgungskette unsicher und das Stromnetz anfällig war. Sie wussten es und haben nichts getan, oder?«

Er schüttelte in ohnmächtigem Zorn den Kopf. »Sie hätten mehr Umspannwerke hier in den Staaten bauen können. Sie hätten mehr Reserven einlagern können und hätten einen ganzen Vorrat an magnetisiertem Stahl oder was auch immer sie für die Herstellung brauchten haben müssen. Ich habe gehört, dass sie achtzehn Monate für einen Transformator gebraucht haben. Und jetzt will China sie nicht für uns herstellen, weil sie verzweifelt sind und selbst hungern.«

Er blinzelte mit seinen rheumatischen Augen, als könne er die kolossale Katastrophe, in der er gefangen war, nicht begreifen – ein immerwährender Albtraum, der nie endete. »Im Amateurfunk sprechen die Leute über die vielen Toten in den Städten im Süden des Bundesstaates. Und nicht nur in Michigan, sondern in allen Städten des Mittleren Westens, im ganzen Land. Die Menschen sind krank, da das Abwasser in die Straßen läuft, überall liegt Müll herum und es gibt kein sauberes Wasser, weil die Kläranlagen ausgefallen sind. Banden erschießen Zivilisten auf der Straße und die Leichen werden zum Verrotten zurückgelassen. Meine Tochter und meine Enkeltöchter leben in Detroit. Ich weiß nicht, ob sie überhaupt noch am Leben sind. Mein Bruder in Fort Wayne stand auf der Lebertransplantationsliste. Ich werde wohl nie erfahren, was aus ihm geworden ist und ob er am Ende alleine gestorben ist.«

»Das tut mir leid«, sagte Jackson.

Es gab vieles, was er an der Gesellschaft nicht vermisste: korrupte Regierungen, Konzerne, die das Leben der Menschen zerstörten, schwindende Freiheiten, Menschen, die sich in den Social Media mit toxischen Äußerungen gegeneinander wendeten.

In vielerlei Hinsicht war die Welt bereits vorher aus den Fugen geraten.

Dies war jedoch eine neue Stufe der Hölle, die er sich in seinen schlimmsten Albträumen nicht hätte vorstellen können. Das sinnlose Sterben, das entsetzliche Leid, der Mangel an medizinischer Versorgung, Hygiene, Nahrung und Wasser …

Selbst diejenigen, die sich vorbereitet hatten, konnten unmöglich auf alles gefasst sein – auf eine Katastrophe, die den ganzen Planeten verwüsten würde. Australien und Neuseeland ging es wahrscheinlich gut, aber dem Rest des Planeten wohl eher nicht.

»Ihr habt die Gerüchte gehört, ja?«, fuhr Fred fort. »Russland geht mit Atomwaffen gegen unsere NATO-Verbündeten vor. China greift Taiwan an, Israel und der Iran liefern sich eine Schlacht, um sich gegenseitig auszulöschen. Die ganze Welt brennt oder steht zumindest kurz davor.«

»Das haben wir gehört«, sagte Devon leise.

Das war genug, um einen Menschen in den Wahnsinn zu treiben.

»Aber das da draußen ist nicht mal das Schlimmste. Das Schlimmste ist in meinem eigenen verdammten Haus.« Fred starrte verbittert auf das Öl, das seine geäderten, leberfleckigen Hände beschmierte. »Meine Frau isst nicht, schläft nicht, geht nicht aus dem Haus. Sie verlässt kaum noch ihr Bett. Sie hat Lupus, leidet unter ständigen Schmerzen, und ohne ihre Medikamente … Ich sehe zu, wie sie vor meinen Augen verwelkt, und ich kann nichts dagegen tun.«

Er starrte Jackson an, als würde er ihn für seine eigene Schwäche verabscheuen, als würde er ihn zwingen, sie laut auszusprechen, obwohl Jackson ihn zu gar nichts gezwungen hatte.

»Wirst du dagegen was unternehmen, *Sheriff*? Oder bist du ein wertloser Sack voller heißer Luft wie dein Taugenichts von Vater?«

Jackson widerstand dem Drang, zusammenzuzucken. »Lena Easton hat ein paar pflanzliche Mittel gegen Schmerzen und zur Unterstützung für den Schlaf. Ich bin sicher, Dr. Virtanen kann dir auch was verschreiben. Wir haben Zugang zu einem Vorrat an Medikamenten. Wir können deiner Frau helfen, das verspreche ich.«

»Wir sind seit der Highschool zusammen und waren vierzig Jahre lang ein Paar. Wenn sie geht ...« Fred ließ den Rest des Satzes unausgesprochen. Tiefe Falten zogen sich wie Risse über sein hartes, ledriges Gesicht. Er wischte sich mit seinen knorrigen Fäusten über die Augen und wandte sich kurz ab, als wolle er seinen Kummer verbergen.

Jackson konnte keinen Trost spenden, keine nutzlosen Floskeln. Seine Aufgabe war es, den Schmerz und das Leid der anderen und den kollektiven Kummer zu bezeugen.

Es ging nicht um den Verlust von Starbucks und Netflix, von Amazon-Prime-Paketen und Lieferservices: Milliarden von Menschen trauerten um verlorene Träume, verlorene Leben, verlorene geliebte Menschen. Ihre Zukunft war ihnen in einem einzigen Augenblick entrissen worden.

Das Überleben war zu einem großen Teil eine mentale Herausforderung: die ständige Angst, der unaufhörliche Stress, die drohende Verzweiflung. Tapferkeit und Widerstandsfähigkeit waren genauso wichtig wie Nahrung, sauberes Wasser und Sicherheit. Der Verstand war ein ganz eigenes Schlachtfeld.

Jackson bot Fred das Einzige an, was er konnte. »Wenn du uns dabei hilfst, unsere Dieselmotoren auf Biokraftstoff umzustellen und uns zeigst, wie man den Kraftstoff herstellt, können wir dich und deine Frau ins Northwoods Inn bringen. Lori und Tim sind gute Leute. Sie können es deiner Frau zumindest so angenehm wie möglich machen.«

Jackson dachte an die hungrigen, erschöpften Familien, die sie früher am Tag abgewiesen hatten. Stunden später bot er einem starrköpfigen alten Mann einen Platz am Tisch an. Jedes Leben hatte einen Wert, aber manche hatten eben mehr Wert – zumindest, wenn es um das kollektive Überleben ging.

Das war eine hässliche, bittere Wahrheit. Sosehr er es auch hasste, sie mussten die schwierigen Entscheidungen treffen, sonst würde niemand überleben. Vielleicht belog er sich aber auch nur selbst, um sein schlechtes Gewissen zu beruhigen.

Fred runzelte die Stirn. »Ich will keine Almosen.«

»Glaub mir, das ist kein Almosen. Das ist ein Handel. Wir brauchen deine Fähigkeiten und dein Fachwissen und den Einsatz der Werkzeuge in deinem Laden. Ich kann dir weitere Freiwillige schicken, die du ausbilden kannst, um die körperliche Arbeit zu erledigen, damit du es nicht tun musst.«

Fred brummte. Er nahm eine Ratsche in die Hand und legte sie wieder hin, dann einen Schraubenzieher. Er schien ratlos zu sein, denn er wusste nicht, wie er auf die plötzliche Wendung seines Glücks reagieren sollte.

»Das ist ein guter Deal«, sagte Devon. »Das Gasthaus verfügt über Wind- und Solarenergie, die von den Mitgliedern der Gemeinschaft gemeinsam genutzt wird. Du musst dich nicht darum kümmern, Feuerholz zu sammeln, oder für jede Mahlzeit plündern. Die Aufgaben werden geteilt.«

Fred starrte auf die Reihen seiner Werkzeuge, griff nach einem schmutzigen Schraubenschlüssel und polierte ihn wütend mit einem schmutzigen Lappen. »Ich habe nicht genug Pflanzenöl. Ich habe nur genug für den Wagen vor der Tür. Ich brauche mehr Methanol. Wenn ihr wollt, dass ich in großen Mengen koche, brauche ich mehr von allem. Und Kaliumhydroxid oder Natriumhydroxid. Vor allem aber mehr Lauge.«

»Lori macht Lauge aus Holzasche«, sagte Devon.

»Das können wir alles besorgen«, sagte Jackson. »Wir haben bereits einen Vorrat an Fässern im Gasthaus. Öl stand von Anfang an ganz oben auf unserer Beschaffungsliste, wir haben es nur nicht geschafft, die Produktion so zu steigern, wie wir es müssten. Wir haben Probleme mit der Aufbereitung.«

»Das funktioniert nur, bis ihr alle Restaurants und Fastfood-Läden in den umliegenden Bezirken geplündert habt.«

»Für den Moment wird es reichen. Wir erforschen den Anbau

und die Ernte von Ölsaaten, wie zum Beispiel Sonnenblumen, um im nächsten Sommer Öl herzustellen. Wir haben eine Liste mit Geräten, die wir beschaffen müssen.«

»Viel Glück dabei.« Fred verdrehte die Augen. Dann sagte er: »Du machst einen Mann mürbe, Cross. Für meine Frau, ist das klar? Ich könnte jahrelang alleine überleben, das konnte ich schon immer, klar? Ich brauche von niemandem irgendwas.«

»Zur Kenntnis genommen«, sagte Jackson und versuchte, seine Erleichterung zu verbergen. »Danke. Lori hat mich gebeten, dir zu sagen, dass du das Glyzerin für sie aufbewahren sollst, damit sie Seife machen kann. Sie sagt, es ist auch gut für die Kompostierung.«

»Hast du noch mehr Forderungen, Sheriff?«

Devon zeigte mit dem Daumen auf den verrosteten roten 93er Dodge Ram, der aus einem der Fenster zu sehen war. Er war nichts Besonderes, außer dass er mit Biodiesel betrieben wurde, was ihn unbezahlbar machte. »Dürfen wir uns für den Anfang deinen Pickup für einen Tag ausleihen?«

»Ihr wollt Gefallen? Dann will ich eine Gegenleistung, damit es sich lohnt. Extra-Rationen für meine Frau. Sie bekommt ein Zimmer in diesem Hotel, mit einer richtigen Matratze und Kissen, und nicht in einer dieser fadenscheinigen Hütten.«

Alles in Jackson sträubte sich dagegen. »Wir können nicht einfach Ausnahmen machen für …«

»Dann ist die Sache gelaufen.« Fred drehte ihnen den Rücken zu. Seine knorrige Wirbelsäule ragte durch sein schmutziges Hemd und seine Schulterblätter waren scharf und kantig.

Devon und Jackson tauschten einen zögernden Blick aus, Devons Augenbraue legte sich in Falten, als würde sie fragen: *Also?*

Jackson nickte zögernd. Sie saßen in der Zwickmühle, und Fred hatte die einzige Lösung – und das wusste er verdammt noch mal auch.

Devon streckte ihre Hand aus. »Dann haben wir einen Deal, Sir.«

Fred machte sich nicht die Mühe, sie anzunehmen. Er schaute sie nicht mal mehr an, als ob er sich wünschte, sie wären schon lange weg. »Ihr bringt den Wagen besser in tadellosem Zustand zurück. Kein einziger Kratzer, verstanden? Nehmt ihn, bevor ich meine verdammte Meinung ändere, klar?«

Das musste man ihnen nicht zweimal sagen.

15

JACKSON CROSS
TAG EINHUNDERTDREIUNDDREISSIG

Zehn Minuten später waren Jackson und Devon auf der Straße und fuhren in Richtung Newberry. Der Tank hatte eine Reichweite von zweihundertfünfzig Kilometern. Mit etwas Glück würden sie es bis zum Einbruch der Nacht dorthin und wieder nach Hause schaffen.

Devon lieferte sich einen erbitterten Kampf darum, wer fahren sollte, gab sich aber geschlagen, als Jackson darauf bestand und ihr anbot, dass sie die Rückfahrt am Steuer übernehmen könnte. Sie informierte Moreno und Alexis über Funk und wies sie an, ein paar Freiwillige zur Autowerkstatt zu schicken, um Fred Combs und seine Frau ins Gasthaus zu bringen.

Devon stieß einen frustrierten Atemzug aus. Während sie fuhren, war sie einige Minuten lang still. »Kann ich dich was fragen?«

»Schieß los.« Jackson rutschte auf seinem Sitz hin und her. Es fühlte sich gut an, wieder hinter dem Lenkrad zu sitzen und das kräftige Rumpeln des Motors unter sich zu spüren – nur das Geräusch war fremd in seinen Ohren.

Devon legte ihre Hand auf seinen Unterarm, ihre Berührung leicht wie eine Feder, ihre Handfläche kühl und trocken. »Alles, was passiert ist ... was du tun musstest ... Hast du mit jemandem darüber gesprochen, Boss?«

Jacksons Magen verkrampfte sich. Er konnte nicht so tun, als wüsste er nicht, was sie meinte – die unausgesprochene Sache zwischen ihnen, der Elefant im Raum, den er die letzten zwei Wochen ignoriert hatte. Er schüttelte abrupt den Kopf. »Es geht mir gut.«

Er konnte spüren, wie ihr Blick seine Haut versengte. Er schaute sie aus dem Augenwinkel an. Ihr Gesichtsausdruck war freundlich, ihre dunklen Augen neugierig, ihre langen schwarzen Zöpfe zu einem Pferdeschwanz zurückgebunden. Mit Mitte zwanzig war Devon eine der jüngeren Deputys, aber sie machte ihre Unerfahrenheit mit Intelligenz, Loyalität und Durchhaltevermögen wett.

»Habe ich dir in letzter Zeit gesagt, wie sehr ich dich schätze?«, fragte er, um von ihrer Frage abzulenken.

Ihre braune Haut verzog sich um ihre Augen, als sie lächelte. Er hatte vergessen, wie sehr er ihr Lächeln mochte. »Jetzt weiß ich definitiv, dass irgendwas nicht stimmt. Sag mir nicht, dass du einen inoperablen Gehirntumor bei dir entdeckt und nur noch drei Wochen zu leben hast.«

Er verschluckte sich an einem Lachen. »Das wäre ja fast schon einfacher.«

Ihr Lächeln verblasste. »Erzähl mir von Astrid.«

Seine Kehle schnürte sich zu, als ob er nicht genug Sauerstoff einatmen könnte.

Sie fuhren mit heruntergelassenen Fenstern, die Sonne schien, flauschige Wolken besprenkelten den Himmel und die Bäume verwandelten sich in leuchtende Schattierungen von verbranntem Orange, Karmesin und tiefem Violett. Es war, als ob es den Fall nicht gegeben hätte. Als ob die Menschheit unter dem jeansblauen Himmel nicht zusammengebrochen wäre und sich wegen einer Dose Bohnen gegenseitig umgebracht hätte, als ob sie nicht aus Spaß an der Freude getötet und geplündert hätte.

Als ob er nicht seine eigene Schwester ermordet hätte.

»Boss«, sagte Devon mit leiser, aber eindringlicher Stimme. »Du sitzt mit mir in einem Pickup fest. Du kannst nicht entkommen, also kannst du genauso gut mit mir reden.«

»Ich will nicht darüber reden.«

»Das ist mir egal.«

Jackson schnaubte.

»Was du tun musstest, war eine große Sache. Du tust so, als wäre es nicht wichtig. Ich weiß, dass es wichtig ist, ich weiß, dass es dich beeinflusst, ob du es nun zugeben willst oder nicht.«

»Ich will es nicht.«

Devon schnaufte frustriert.

»Jeder hat mit einem Trauma zu kämpfen. Ich bin da keine Ausnahme. Wir alle haben Menschen verloren.«

»Nicht auf diese Weise.«

Die trostlose Straße vor ihnen verschwamm immer mehr. Er spürte eine Härte tief in seinem Inneren, etwas Hölzernes und Hässliches ballte sich wie eine Faust in seiner Brust zusammen.

Er hatte tatenlos zugesehen, wie seine Schwester einen anaphylaktischen Schock erlitten hatte. Er war derjenige, der ihr das Gift verabreicht hatte. Er hatte den EpiPen wie einen Dolch in der Hand gehalten und zugesehen, wie sie starb.

Nachdem er jahrelang Monster gejagt hatte, hatte er das ultimative Raubtier bis zu seiner Höhle verfolgt, nur um dann festzustellen, dass der Wolf sich in seinem eigenen Haus befand. Er hatte den Wolf beim Schwanz gepackt. Er hatte seine Schwester getötet.

»Du hast getan, was du tun musstest.«

»Ich bin der Sheriff. Ich habe mein ganzes Leben nach den Regeln gelebt, nach Recht und Unrecht, nach Gesetz und Ordnung. Was ich getan habe, fühlt sich falsch an und gleichzeitig so, als hätte ich keine Wahl gehabt.«

»Wir leben in Grautönen. Damit müssen wir klarkommen.«

»Ich weiß nicht, ob ich das kann.«

»Wenn das Rechtssystem noch intakt wäre, hättest du ihr dann Handschellen angelegt, ihr ihre Rechte vorgelesen und sie ins Gefängnis geschleppt?«

Er zögerte nicht. »Natürlich.«

»Gerechtigkeit ist immer noch gerecht, unabhängig von den Regeln oder Gesetzen oder davon, wer sie durchsetzt. Du hast eine Mörderin ausgeschaltet, die ohne zu zögern wieder getötet hätte. Du hast Lilys Tochter in Sicherheit gebracht. Wenn sie aus dem Grab mit dir sprechen könnte, würde Lily dir sagen, dass du gute Arbeit geleistet hast.«

»Das hoffe ich«, sagte er.

»Ich weiß, dass sie es würde«, sagte Devon mit Überzeugung.

Seine Lippen zuckten bei der bittersüßen Erinnerung an Lily Easton: ihre wilden schwarzen Haare, ihre grimmigen dunklen Augen und ihr goldenes, strahlend schönes Lachen. Das Mädchen, das er sein ganzes Leben lang geliebt hatte, aber nicht retten konnte.

Ihr Geist hatte ihn acht Jahre lang verfolgt, aber nun war sie endlich zur ewigen Ruhe gebettet worden. Er hatte gehofft, dass auch seine Seele Frieden finden würde, aber da hatte er sich wohl verkalkuliert. Vielleicht war das die Last, die er zu tragen hatte, und vielleicht waren die Narben, die er für immer behalten würde, seine Buße.

Sie bogen in eine Seitenstraße ein, die vom letzten Sturm mit abgefallenen Ästen blockiert war. Er wich aus, um den größeren Ästen auszuweichen. Der Wagen holperte über ein weiteres Schlagloch, als sie an Reihen von mit Brettern verrammelten Häusern vorbeifuhren, die abseits der Straße lagen.

»Das mit deiner Mom tut mir leid«, sagte Devon.

Devon dachte wahrscheinlich, sie hätte das Thema auf ein sichereres Territorium verlagert, aber nichts in Jacksons Familie war sicher. Sein Vater hatte seine Mutter unter Drogen gesetzt, um sie gefügig zu machen und um seine schrecklichen Geheimnisse vor seinem Sohn zu verbergen. Und auch bei Dolores war Jackson nicht klug oder schnell genug gewesen, um sie zu retten.

Die einzigen Familienmitglieder, die er noch hatte, waren ein korrupter Vater und ein abwesender Bruder, den er seit fünfzehn Jahren nicht mehr gesehen hatte. Das Erbe seiner Familie bestand aus Verrat, Manipulation und Mord.

»Danke«, sagte er, denn das war die Antwort, die von ihm erwartet wurde. Er vermisste seine Mutter. Aber am meisten vermisste er die Mutter, die sie hätte sein sollen, die Fantasieversion, die er gebraucht hatte, und nicht die schwache, fügsame Frau, die sie geworden war.

»Boss.« Devons Stimme hatte einen besorgten Unterton. Sie lehnte sich auf ihrem Sitz vor. »Da vorne ist irgendwas.«

Jackson verlangsamte den Pickup. Mit der rechten Hand zog er seine Dienstpistole aus dem Holster und presste sie gegen das Lenkrad. Sein Herzschlag beschleunigte sich, als sie um eine Kurve fuhren.

Er hatte erwartet, dass sie in Seney, einer kleinen Stadt mit einigen hundert Einwohnern in der Mitte der Upper Peninsula, einen Kontrollpunkt erreichen würden. Sie waren noch gut fünfzig Kilometer von Newberry entfernt.

Vor ihnen bevölkerten verbrannte Schalen und geschwärzte Skelette von Autos den Seitenstreifen der Straße. Sein Puls hämmerte in seinen Ohren. Er ließ seinen Blick über die Straße, die Bäume und die Fahrzeuge schweifen, auf der Suche nach einem Anzeichen von Bewegung oder dem verräterischen Schimmer einer im Schatten verborgenen Gewehrmündung.

Der Ort war menschenleer, unheilvoll wie ein Friedhof. Zwei Krähen hockten auf der Motorhaube eines ehemaligen Toyota Camry. Die Vögel krächzten wütend, als wären sie beleidigt über ihre Anwesenheit.

Jackson hatte das beunruhigende Gefühl, dass sie in ein gefährliches Territorium eingedrungen waren. »Behalte die Umgebung im Blick.«

»Verstanden, Boss.« Devon zog das AR-15 aus dem Fußraum und rutschte auf ihrem Sitz zur Seite, während sie es entsicherte und die Mündung aus dem offenen Fenster hielt.

Die Zikaden surrten im Gras. Das Blätterdach über ihnen raschelte und flüsterte dunkle Geheimnisse, die Jackson nicht entschlüsseln konnte. Die Haare in seinem Nacken standen ihm zu Berge, und seine Instinkte schrien ihm zu, dass er verschwinden solle, solange er noch konnte.

Die Luft roch falsch. Der schwache Geruch von verkohltem Plastik stach ihm in die Nase.

»Hier ist irgendwas passiert«, sagte Devon. »Etwas Schlimmes.«

»Ich spüre es auch.«

»Wann haben wir das letzte Mal von Seney gehört?«

»Vor ein paar Tagen. Ich habe gestern versucht, den Polizeichef über den Amateurfunk zu erreichen, aber es war nur Rauschen zu hören.«

»Das ist kein gutes Zeichen.«

Jackson spürte es in seinem Inneren, dieses vertraute Flattern der Beunruhigung.

Seney ging es definitiv nicht gut.

Devon warf Jackson einen fragenden Blick zu. »Ziehen wir das trotzdem durch, Boss?«

Ein Teil von ihm wollte umdrehen und abhauen, aber das dringende Bedürfnis zu fliehen wurde von dem Wunsch überwältigt, seine Stadt und seine Leute zu schützen. Hier würde es Antworten geben. »Wir gehen rein.«

16

JACKSON CROSS
TAG EINHUNDERTDREIUNDDREISSIG

Jackson musterte das Gebiet vor sich durch sein Fernglas, während Devon mit der Drohne die Gegend absuchte, indem sie den Controller bediente und auf den winzigen Bildschirm starrte. Straßen, Häuser und Autos erschienen von oben wie Miniaturspielzeug.

»Ich sehe nichts«, sagte Devon.

»Ich auch nicht.«

Nachdem sie den Pickup im Wald geparkt und ihn mit Gestrüpp getarnt hatten, hatten sie die Außenbezirke von Seney umrundet, bevor sie sich der Hauptstraße genähert hatten, um die Gegend nach Bedrohungen zu durchforsten. Das Letzte, was sie tun wollten, war, in eine Falle zu tappen.

Die Häuser standen leer und waren verriegelt. Die Vordertüren einiger Häuser standen offen, während die Fliegengittertüren im Wind knarrten. Einige waren mit Brettern vernagelt, andere waren mit Graffiti besprüht und viele Fensterscheiben waren zerbrochen.

Ein Blick ins Innere einiger Häuser offenbarte immer wieder das gleiche Bild: Alles war durchwühlt, Sofakissen aufgeschlitzt, Bilder von den Wänden geschleudert, Bücherregale umgestürzt und Schubladen aus Schränken und Kommoden gerissen worden, sodass ihr Inhalt auf dem Boden verstreut lag.

Nirgendwo waren Menschen zu sehen – auch keine Tiere. Windböen wirbelten tote Blätter auf. Verstreute Müllteile schwirrten über die kahlen Straßen. Eine unnatürliche Stille lag schwer und drückend in der Luft. Sogar die Vögel waren still geworden – als ob sie trauern würden.

Die meisten Townships in den UP waren kleine Dörfer, in denen man sowohl Benzin als auch Lebensmittel und Angelausrüstung im selben Laden an der Ecke kaufen konnte, vielleicht sogar bei derselben Familie, die man schon seit dreißig Jahren kannte. Es waren die Städte, in denen man sich Eier und Zucker von den Nachbarn lieh.

Nicht hier. Nicht mehr.

Jackson reckte den Hals, während sein Finger auf dem Abzugsbügel zuckte. Sein wachsamer Blick überprüfte die zerbrochenen Fenster und hielt Ausschau nach Schatten, die in Hauseingängen lauerten oder auf Dächern hockten. »Es fühlt sich an wie eine Geisterstadt.«

Devon analysierte die Bilder der Drohne, bevor sie sie zur Basis zurückbrachte. »Ich habe da unten nichts Lebendiges gesehen. Wenn es Geister gibt, sind sie gut versteckt.«

In höchster Alarmbereitschaft und mit gezückten Waffen betraten Jackson und Devon die Hauptstraße und hielten sich auf der linken Seite, falls sie in einem Gebäude in Deckung gehen mussten. Das einzige Geräusch war ihr gleichmäßiger Atem und die Schritte ihrer Stiefel. Jacksons Blut rauschte in seinen Ohren.

Sie kamen an einem Friseursalon mit zerbrochenen Fenstern vorbei, an einer verwüsteten Autowerkstatt, an einer Frühstückspension, deren Eingangstür aus den Angeln gerissen war, und an einem Büro, in dem die Schilder für die Vermietung von Hütten in der Umgebung in Stücke gefetzt waren.

Jackson notierte sich mental, dass er auf dem Rückweg im Diner nach Pflanzenöl und anderen Dingen von Fred Combs' Einkaufsliste suchen würde. Falls sie es schafften ...

Ein klapperndes Geräusch ertönte in der Nähe.

Das Herz schlug ihm bis zum Hals und er drehte sich um. Wie sie es geübt hatten, nahm er die linke Seite, während Devon die rechte Seite anvisierte und auf Fenster und Türen, Gassen und Dächer zielte.

Wo war die Gefahr? Ein Scharfschütze konnte mit ihren Schädeln in seinem Visier überall lauern. Sie könnten nur Sekunden vom Tod entfernt sein und es nicht einmal merken.

Sein Blick fiel auf eine Reihe von Windspielen, die an einer gestreiften Stange vor einem Café hingen. Die Windspiele drehten sich träge in der Brise und klirrten fröhlich vor sich hin – ein Geräusch, das sich von der unheimlichen Stille, den verlassenen Straßen und den menschenleeren Gebäuden deutlich abhob.

Sie setzten ihren Weg im Tandem fort. Je weiter sie in die Stadt vordrangen, desto dunstiger wurde die Luft. Der Geruch von Rauch und etwas Verbranntem stach in ihre Nasenlöcher.

Devon rümpfte die Nase und zeigte dann nach vorn. Weiter die Straße hinunter waren mehrere Gebäude in Brand gesetzt worden. Einige waren bis auf die Grundmauern niedergebrannt, andere halb zusammengestürzt. Die verkohlten Überreste qualmten noch. Zwischen den Ruinen züngelten und tanzten kleine Flammen.

Sie hielten an der Ecke neben einer Bank an. Auf der anderen Straßenseite befand sich der örtliche Lebensmittelladen. Ein halbes Dutzend Fahrzeuge sammelte auf dem Parkplatz Staub an. Leere Einkaufswagen standen in Massen herum. Dutzende von verbrauchten Patronenhülsen glitzerten zwischen den Einkaufstüten, Plastikverpackungen und Abfällen, die den Asphalt übersäten.

Der Geruch traf sie wie ein Schlag: der Gestank von toten Kadavern, ranzigem Fleisch, das in der Sonne briet, und verwesendem Fleisch, das von fauligen Gasen durchdrungen war.

Menschliche Leichen lagen verstreut in den Trümmern. Zehn, zwölf – nein, zwanzig, mindestens. Männer und Frauen. Alle waren tot. Fliegen schwirrten in dichten Wolken über ihnen.

Jackson hielt sich mit der freien Hand ein Taschentuch vor den Mund und kämpfte darum, sich nicht zu übergeben, denn der widerliche Gestank verursachte ihm Schwindelgefühle. Seine Augen tränten und brannten. Aus Devons Kehle drang ein würgender Laut.

Als sie sich näherten, kreischten mehrere Aasvögel, die von den Leichen wegflogen und sich auf den Kofferräumen und Motorhauben der Autos niederließen. Sie schlugen mit ihren schwarzen Flügeln, als Protest gegen die Unterbrechung ihres Festmahls.

Die Leiche, die ihnen am nächsten lag, war eine Frau. Sie lag verdreht auf der Seite und ihr Körper war in eine groteske, unnatürliche Form gekrümmt. Drei blutige Löcher in der Nähe ihrer Wirbelsäule verrieten es: Ihr war auf der Flucht in den Rücken geschossen worden. Unter ihrem rechten Arm war eine Plastiktüte eingeklemmt. Sie flatterte im Wind.

Entsetzt starrte Jackson auf die Leiche, gebannt von der flatternden Plastiktüte, unfähig, den Blick abzuwenden.

Devon erblasste. »Diese Menschen wurden ermordet.«

Jackson zwang sich, die Beherrschung zu behalten. Unbehagen kroch unter seine Haut. Er widerstand dem Drang, wegzulaufen. Stattdessen untersuchte er den Tatort wie ein Ermittler. »Wer auch immer das getan hat, hat die Bürger zusammengetrieben und sie hier hingerichtet. Siehst du die Leichen in der Nähe des Eingangs? Man hat sie aufgereiht und ihnen in den Hinterkopf geschossen. Die Leichen fangen an, aufzublähen. Die Leichenstarre ist vorbei. Diese Leichen liegen hier schon seit ein paar Tagen.«

»Sie wurden systematisch abgeschlachtet und wie überfahrene Tiere zum Verrotten zurückgelassen«, sagte Devon entsetzt. »Wer würde so was tun?«

»Das Kartell.«

»Das wissen wir immer noch nicht mit Sicherheit.«

»Genau deshalb sind wir hier. Um das herauszufinden.«

Devon warf einen Blick über ihre Schulter und betrachtete die leere Straße hinter ihnen. »Die Polizei hätte die Leichen wenigstens wegbringen, vergraben oder irgendwo lagern können ...«

Jackson schluckte seine Entrüstung hinunter. Er deutete auf fünf Leichen, die in der Nähe des Eingangs zusammengesackt waren. »Mehrere der Opfer sind Polizeibeamte. Diese Leiche trägt die Uniform eines Schoolcraft County Deputy. Wahrscheinlich hatten es die Angreifer auf jeden abgesehen, der sich gewehrt hat. Möglicherweise gibt es niemanden mehr, der sich um die Verstorbenen kümmern könnte. Die Leute aus der Stadt sind geflohen oder ins Kreuzfeuer geraten.«

»Irgendjemand muss wissen, was hier passiert ist.«

Er ließ seinen Blick über den Himmel schweifen. Die späte Nachmittagssonne warf lange goldene Finger über den Asphalt. Dichte Schatten schwebten in den Ecken seines Blickfeldes. Die Atmosphäre vibrierte bedrohlich. »Wir können von Haus zu Haus gehen und nach Überlebenden suchen, aber mach dir keine zu großen Hoffnungen. Wir müssen sofort aufbrechen, wenn wir es bis nach Newberry schaffen und vor Sonnenuntergang zurück sein wollen.«

Devon nickte mit ernster Miene. »Wir müssen zurückkommen, um die Leichen zu begraben oder zumindest zu verbrennen. Wir können die Leute nicht so zurücklassen, als wären sie nichts weiter als überfahrenes Wild.«

»Einverstanden, aber ...«

Ein leises Scharren ertönte von links.

Jackson drehte sich um, machte zwei schnelle Schritte und duckte sich hinter die Motorhaube eines weinroten Minivans. Devon hockte sich neben ihn, ihre Waffe im Anschlag. Vorsichtig spähte er über die Motorhaube.

Jemand hustete, das Geräusch nass und röchelnd. Es kam von der Ecke des Lebensmittelladens, irgendwo in der Gasse.

Jackson gab Devon ein Zeichen, ihm Deckung zu geben. Kaum atmend joggte er halb geduckt über zehn Meter ungeschützten Asphalt, bis er die Ecke erreichte. Er drückte seinen Körper zur Seite, um sich zu einem kleineren Ziel zu machen, und schlich mit der Mündung voraus um die Seite des Gebäudes.

Drei Meter entfernt lehnte ein Mann in Polizeiuniform an der Backsteinmauer, die Beine vor sich gespreizt, die Hose blutverschmiert. Unter ihm bildete sich eine klebrige rote Pfütze auf dem Bürgersteig. Er schien nicht bewaffnet zu sein.

Jackson durchquerte die Gasse, ging neben ihm in die Hocke und tastete ihn nach Waffen ab. Devon hielt mit Blick auf den Parkplatz Wache, den Gewehrkolben an ihre Schulter gepresst, während sie die Umgebung nach Bewegungen absuchte.

Der Beamte schien in seinen Dreißigern zu sein, mit einem hageren, kantigen Gesicht, halb geschlossenen Augen und einem dicken

Schnurrbart. Seine Lippen waren rissig und aufgeplatzt, seine Wangen eingefallen von der Dehydrierung und seine bronzene Haut blass vom Blutmangel. Auf seinem Uniform-Namensschild stand *Gomez*.

»Wasser«, bettelte er mit rauer Stimme.

Jackson zog eine Wasserflasche aus seinem Rucksack und reichte sie dem Polizisten. Er nahm mehrere Schlucke, bevor er sich mit der Rückseite seines Arms über den Mund wischte. Seine Bewegungen waren langsam und ruckartig.

»Wie heißen Sie?«, fragte Jackson.

»Gomez. Officer Carlos Gomez.«

»Wo sind Sie verletzt?«

»Meine ... meine Beine. Unterhalb der Taille spüre ich nichts mehr.«

Jackson ließ ihn weitersprechen, während er seine Verletzungen begutachtete. Man hatte ihm in beide Knie geschossen, um sicherzustellen, dass er nicht fliehen konnte. Die Kugeln hatten ihm die Kniescheiben zerschmettert. Er war hier zurückgelassen worden, um zu leiden und qualvoll zu sterben.

Jackson zog ein Erste-Hilfe-Set aus seinem Rucksack. Er war in Medizin nicht so bewandert wie Lena oder Eli, aber die kaputten Knie des Offiziers mussten stabilisiert werden, bevor sie ihn bewegen konnten. Selbst wenn er überlebte, würde er nie wieder laufen können.

Gomez sah es in Jacksons Gesicht. »Es ist schlimm, nicht wahr?«

»Wenn wir Sie sofort in unsere Klinik bringen, werden Sie überleben«, sagte Jackson mit so viel Zuversicht, wie er aufbringen konnte. »Sagen Sie mir, was passiert ist.«

Gomez verzog das Gesicht und sein Kiefer krampfte sich gegen die unglaublichen Schmerzen zusammen. »Es ist vor zwei Tagen passiert, glaube ich. Ich bin immer wieder ohnmächtig geworden, deshalb kann ich es nicht genau sagen. Sie kamen so schnell, mitten in der Nacht. Acht oder neun Pickups, mehrere Männer pro Wagen, jeder mit einer AK-47. Sie haben die Menschen aus ihren Häusern gezerrt und jeden erschossen, der versucht hat, sein Haus zu verteidigen. Beim Vorbeifahren haben sie Häuser, Geschäfte und alles, was ihnen in den Sinn kam, mit Molotowcocktails beworfen. Sie waren von Kopf bis Fuß in Schwarz gekleidet, trugen Kampfanzüge und Keramikplatten. Ihre Gesichter waren beschmiert, sodass sie aussahen wie Monster, wie Ghule aus einem Albtraum. Sie wirkten … unmenschlich.«

»Sie *sind* Monster«, stieß Devon hervor.

Jackson wollte eine Bestätigung. »Wer waren sie?«

»Das Kartell«, röchelte Gomez. »Sie haben nicht versucht, sich zu verstecken. Sie haben es von den Dächern verkündet. Sie wollten, dass jeder weiß, wer ihnen das angetan hat.«

Jackson war nicht überrascht. Obwohl er mit der Information gerechnet hatte, hämmerte sein Herz immer noch von all dem Adrenalin. Das Kartell war wie eine Schar zerstörerischer Heuschrecken, die alles in Sichtweite verwüsteten und alles und jeden auf ihrem Weg verschlangen.

»Wie viele Männer?«, fragte Devon.

»In dem Chaos war es schwer zu zählen. Es fühlte sich an wie hundert, aber mindestens fünfzig. Durch ihre Fahrzeuge und Waffen hatten sie einen großen Vorteil. Wir hatten keine Zeit, um mit einer schnellen Eingreiftruppe zu reagieren. Wir hatten nicht genug Männer, um eine Verteidigung aufzubauen. Wir sind nur eine winzige Stadt. Wir dachten nicht, dass wir groß genug wären, um ein Ziel zu sein. Hier gibt es nichts mehr zu stehlen, aber sie sind nicht gekommen, um zu stehlen. Sie sind gekommen, um zu zerstören.«

Jackson hielt den Atem an. Diese Information deckte sich mit denen, die Eli und Antoine von dem Kartellspion erhalten hatten. »Was ist dann passiert?«

»Sie haben alle zusammengetrieben, die sich gewehrt haben – mehrere Polizisten, ein paar ehemalige Soldaten, eine Handvoll Zivilisten mit Schießerfahrung. Sie stellten uns in einer Reihe auf und schossen allen in den Kopf. Allen außer mir.«

Officer Gomez lehnte seinen Kopf gegen die Wand, sein Kiefer fest zusammengebissen, um den Schmerz zu ertragen. Schweiß rann ihm die Schläfen hinunter. »Sie haben mich absichtlich am Leben gelassen. Sie haben gesagt, sie haben eine Nachricht zu übermitteln.«

Ein kalter Schauer überlief Jacksons Nacken. »Für wen war die Nachricht?«

Die geschwollenen Augenlider des Mannes flatterten. Er schaute Jackson direkt an. Sein trüber Blick konzentrierte sich auf das Namensschild, das an Jacksons Uniform befestigt war. »Für Sie, Sheriff Cross. Die Nachricht war für Sie.«

17

JACKSON CROSS
TAG EINHUNDERTDREIUNDDREISSIG

Taumelnd lehnte sich Jackson auf seinen Fersen zurück, sein Kopf drehte sich. »Wer hat Ihnen die Nachricht gegeben?«

Carlos Gomez hustete Blut und spritzte einen roten Klecks auf seine Brust. »Ihr Anführer hatte einen älteren Mann bei sich. Er war derjenige, der mir das angetan hat.«

»Wie sah er aus?«

»Ich hatte das Gefühl, dass ich ihn von irgendwoher kenne. Er war nicht schwarz gekleidet und trug keine Kampfausrüstung wie die anderen. Er trug schicke Klamotten, teuer und sauber, als ob er auf dem Weg zu einem Geschäftstreffen oder so wäre. Er war groß, elegant und hatte silberne Haare. Ich hatte den Eindruck, dass er da war, um dem Kartell Informationen über die Gegend zu geben, wie ein verschrobener Reiseleiter. Er hat sich nach unserem Polizeichef erkundigt – er kannte ihn beim Namen. Ich habe gehört, wie einer der Plünderer ihn Cross genannt hat.« Seine blutunterlaufenen Augen verengten sich misstrauisch. »Wie ich sehe, ist das auch Ihr Name.«

Scham durchfuhr Jacksons ganzen Körper. Seine Kehle schnürte sich zu. Er hatte vermutet, dass sein Vater zum Verräter geworden war, aber das ... Er hätte nie gedacht, dass Horatio zu einem Massaker an unschuldigen Menschen fähig sein könnte.

Aber andererseits hätte er auch nie seine Schwester verdächtigt.

Was wusste er schon von der Dunkelheit des menschlichen Herzens – von den Gräueltaten, die im Namen der Selbsterhaltung begangen wurden? Er ertrank in einem tückischen schwarzen Meer und konnte nicht über seine eigenen fuchtelnden Hände hinausblicken.

»Was hat er gesagt?«, fragte Jackson mit erstickter Stimme. »Sagen Sie mir jedes Wort. Lassen Sie nichts aus.«

»Das Kartell weiß, dass Sie die gestohlenen Waffen und die Medikamente haben. Sie wissen, dass Sie alles in Munising verstecken. Er sagte, sie würden immer wieder kommen und alles zerstören, bis Sie ihnen geben, was sie wollen.«

Jackson atmete den Gestank von verkohlten Substanzen, von Tod und Zerstörung ein. Eine Welle von Schwindelgefühl durchflutete ihn. »Woher wusste er, dass ich derjenige sein würde, der Sie findet?«

»Das wusste er nicht. Er hat gesagt, dass der Sheriff von Alger County seine Nase in Dinge steckt, die ihn nichts angehen, also hat er vermutet, dass Sie oder Ihre Leute davon erfahren würden und dass die Nachricht irgendwie zu Ihnen durchdringen würde.«

»Was noch?«

»Er hat mir etwas gegeben, das ich Ihnen geben soll.« Gomez steckte eine zittrige Hand in eine Tasche an seinem Kampfgürtel und zog ein kleines schwarzes, telefonähnliches Gerät heraus. Es war ein tragbares Amateurfunkgerät.

Im Gegensatz zu einem EMP, einem elektromagnetischen Impuls, hatten die Sonnenstürme lange Leitungen wie Stromleitungen, Internetkabel und magnetische Gasleitungen stark in Mitleidenschaft gezogen, während kleine elektronische Geräte wie Computer und Mikrochips verschont geblieben waren.

Außerdem wurde die Hälfte der Satelliten auf der Welt zerstört, sodass Satellitentelefone nicht mehr funktionieren konnten. Kurzwellenradios liefen noch, und obwohl die Amateurfunkgeräte durch die geomagnetischen Stürme beschädigt worden waren, konnten viele repariert werden.

Widerwillig nahm Jackson das tragbare Amateurfunkgerät an sich.

Officer Gomez stöhnte. Seine Worte waren heiser und kratzig; Jackson musste sich nah heranbeugen, um ihn zu hören: »Er sagte, Sie sollen ihn anrufen, wenn Sie bereit sind, Frieden zu schließen.«

»Frieden«, wiederholte Jackson dumpf.

»Das Kartell wird nicht aufhören. Sie werden sich nicht einfach damit zufriedengeben, das Gestohlene zurückzubekommen. Sie sind wild entschlossen, der gesamten Region ihren Standpunkt klarzumachen. Wenn Sie es wagen, ihnen in die Quere zu kommen, werden sie Sie nicht nur fertigmachen, sondern Sie komplett von der Landkarte tilgen. Genau das werden sie auch mit Munising tun. Sie werden an Euch ein Exempel statuieren, und dann wird es niemand mehr wagen, sich ihnen entgegenzustellen. Sie werden die gesamte Upper Peninsula kontrollieren, auch die Soo Locks und die Brücke. Nur die echte Armee wird in der Lage sein, sie aufzuhalten. Und die Chance, dass das hier oben passiert, ist gering.«

»Ich werde das im Hinterkopf behalten.« Sie hatten keine Zeit mehr, nach Newberry zu fahren, aber das war auch nicht mehr nötig. Sie hatten die Bestätigung bekommen, die Jackson brauchte. Und Carlos Gomez brauchte dringend medizinische Hilfe. »Bringen wir Sie zurück in unsere Klinik. Wir können uns später weiter unterhalten.«

Mit Devons Hilfe gelang es ihm, die Beine von Officer Gomez mit mehreren langen, geraden Stöcken und Stoffstreifen, die als Schiene dienten, zu stabilisieren. Es dauerte eine Weile. Jackson hasste es, wie ungeschützt sie waren, wie verwundbar er sich fühlte, als wäre eine riesige Zielscheibe auf ihren Rücken gemalt worden.

»Bewegen Sie sich nicht«, sagte Devon zu Gomez. »Wir bringen den Wagen hierher zu Ihnen.«

Als Jackson aufstand, griff Gomez mit schwachen, gummiartigen Fingern nach dem Ärmel seiner Uniform. Seine Atmung war rau geworden. Sein Gesicht war viel zu blass, seine Lippen färbten sich lila. Er würde nicht mehr lange durchhalten. »Lassen Sie sich nicht auf einen Deal mit ihnen ein. Tun Sie es nicht.«

Jackson nickte mit ernster Miene. »Ich werde es nicht tun, wenn ich es verhindern kann.«

Sie verließen Gomez und machten sich auf den Weg zurück zum Pickup. Devon schüttelte ungläubig den Kopf. »Horatio gehört zum Kartell. Er ist ein Teil davon. Ich wollte es nicht glauben.«

Jackson konnte die hässliche Wahrheit, die ihm direkt ins Gesicht starrte, nicht ignorieren. »Er ist geflohen, als er gemerkt hat, dass ich kurz davor war, ihn zu entlarven. Obwohl er meine Mutter unter Drogen gesetzt hatte, um sie davon abzuhalten, mir die Wahrheit zu sagen, wusste er, dass ich es irgendwann herausfinden würde. Er wusste, dass ich erst Astrid und dann ihn holen würde. Er hat den Schaden begrenzt und ist abgehauen wie ein Feigling.«

»Er ist der ehemalige Sheriff. Wie konnte er nur so etwas tun? Wie kann irgendjemand so was tun?«

Jackson presste seinen Kiefer so fest zusammen, dass seine Backenzähne schmerzten. Mit Abscheu blickte er auf das Funkgerät in seiner Hand hinunter. Es fühlte sich seltsam fremd an, wie ein monströses Ding, das sich plötzlich in eine giftige Spinne oder eine explodierende Handgranate verwandeln könnte.

»Ich weiß es nicht, aber ich werde es herausfinden«, sagte er.

18

ELI POPE
TAG EINHUNDERTVIERUNDDREISSIG

Eli senkte das Fernglas und reichte es Jackson. »Das ist es.«

Neben ihm hob Jackson das Fernglas und betrachtete die Umgebung. Sie standen auf einem Bergrücken mit Blick auf die Geisterstadt, eine seit Langem stillgelegte Eisenmine etwa vierzig Kilometer südwestlich von Munising, direkt südlich von Au Train und Chatham, in der Nähe von Trenary.

Der Standort war weit genug von der Stadt entfernt, um Kollateralschäden zu vermeiden, aber nah genug, um den Transport und die Versorgung zu ermöglichen, allerdings nur, solange sie Zugang zu Fred Combs' wachsendem Vorrat an Biokraftstoff hatten.

Die Stadt, die als Devil's Corner bekannt war, war eine kleinere Version der berühmteren Geisterstadt im Fayette Historical State Park. Im achtzehnten Jahrhundert war die einst geschäftige Stadt scheinbar über Nacht aufgetaucht, beflügelt durch den Aufschwung der Eisenminen auf der Upper Peninsula. Als die Minen in den frühen 1920er-Jahren geschlossen wurden, starb die Stadt.

Jetzt bestand Devil's Corner aus einer Ansammlung von ein- und zweistöckigen Blockhütten. Die Überreste von Steinfundamenten und bröckelnden Blockhäusern lagen verstreut zwischen den stehenden Holzhäusern. Am Rande der Stadt kennzeichneten eine Reihe von Grabsteinen einen alten Friedhof, der neben einer weißen Stülpschalung-Kirche mit einer Glocke und einem Kirchturm lag.

Die Legende besagte, dass es in der Stadt spukte. Die Geister von zwei Dutzend Bergleuten, die in den 1850er-Jahren bei einem Grubeneinsturz ums Leben gekommen waren, lauerten auf den schmalen unbefestigten Straßen, wandelten zwischen den Häusern umher und wimmerten in den verfallenen Mauern.

Der Ort war trostlos, gespenstisch und faszinierend zugleich.

Eli drehte sich nach Osten und zeigte auf die gewundene Schotterstraße, die vom M28 zur Geisterstadt führte. »Dort werden wir uns auf die Lauer legen.«

»Bist du sicher, dass wir dazu in der Lage sind?«, fragte Jackson mit fester Stimme.

Eli wusste, worauf er hinauswollte: Er wollte wissen, ob sein Körper einen weiteren Kampf aushalten würde. Eli hatte keine andere Wahl. Sein Körper mochte ramponiert und zerschunden sein, aber sein Verstand war scharf wie eh und je und immer noch seine beste Waffe.

Mit jedem Tag, der verging, riskierten sie, dass das Kartell stark genug wurde, um einen Angriff auf Munising zu starten. Um eine Chance gegen einen größeren, stärkeren und besser bewaffneten Gegner zu haben, mussten sie die Gerissensten und Bösartigsten sein.

»Es geht mir gut«, sagte Eli. »Lass uns gehen.«

Er und Jackson stiegen den Bergrücken hinunter, kämpften mit dornigem Gestrüpp und Stolperwurzeln und gingen dann den Feldweg entlang, um den perfekten Ort für einen Hinterhalt zu finden. Sie brauchten ein offenes Gelände mit einer Brücke, einem Hügel oder einer scharfen Kurve in der Nähe.

Der Schmerz pochte in Elis Bein, seinen Rippen und in seiner oberen Schulter. Er ignorierte ihn. Sie gingen schweigend weiter und hielten hin und wieder inne, um ihre Ohren zu spitzen und zu lauschen.

Die Vögel sangen in den Bäumen. Insekten summten, während sie durch das schienbeinhohe Unkraut wateten. Die Sonne hatte sich hinter einer dichten Wolkendecke versteckt.

Selbst in der Wildnis blieb Eli wachsam, drehte den Kopf und ließ seinen Blick ständig über die Bäume, die Büsche und die verhüllten Schatten schweifen, die sich an den unübersichtlichen Rändern des Waldes tummelten. Er trug seine Erkennungsmarke und die Sankt-Michael-Medaille als Glücksbringer unter seinem Shirt – das kühle Metall brannte auf seiner heißen Haut.

Er trug seine Glock an der Hüfte, eine kleine Zweitpistole in seinem Stiefel und sein Lieblings-H&K-Gewehr in einem Zweipunktgurt über der Brust. Er bevorzugte seine VP9-Handfeuerwaffe, aber die hatte er während der Schlacht auf dem Zug gegen Sykes verloren. In der Not frisst der Teufel Fliegen.

Vierhundert Meter vor der Geisterstadt fanden sie sie – die perfekte Engstelle. Die Straße verlief in einem scharfen 90-Grad-Winkel, mit dichtem Wald auf der linken Seite und einem steilen Hügel auf der rechten, wodurch eine Engstelle entstand, die für ein Fahrzeug nur schwer oder gar nicht zu umfahren war.

Eli brummte zustimmend.

»Wie sollen wir das machen?«, fragte Jackson.

»Sehr, sehr vorsichtig.«

Er hatte sich seit Wochen auf diesen Moment vorbereitet. Nach dem Überfall auf die Kupfermine hatten sie mehrere Kisten mit 81-mm-Mörsergranaten gefunden, die einst einer Einheit der Nationalgarde gehört hatten. Sykes und seine fröhliche Bande von Sträflingen hatten diese getötet und die Waffen gestohlen.

Während die Mörser nicht mehr zu retten gewesen waren, war die Munition reif für die Übernahme. Eli wusste, wie man aus den Materialien provisorische Sprengsätze herstellen konnte.

Er hatte genug Komponenten gesammelt, um Schalter zu bauen, die er mit einem UHF-Funkgerät aktivieren konnte, und zusätzlich zu den Mörsergranaten für den Sprengstoff hatte er auch noch einen Zünder besorgt.

Die selbstgebauten Sprengsätze wurden auf beiden Seiten der Straße vergraben und mit Markierungen versehen, genauer gesagt mit Steinen, die in Höhe des vergrabenen Sprengsatzes aufgeschichtet wurden, aber von der Straße aus nicht zu sehen waren, sodass nur die Guten wussten, wann und wo sie zu zünden waren.

Während er in der Ranger-Schule fortgeschrittene Kampftaktiken gelernt hatte, wandte er jetzt die brutalen Lektionen an, die ihm die Taliban beigebracht hatten – die Guerillataktiken aus dem Hinterhalt, die viele seiner Freunde getötet hatten.

Die Fähigkeit zur menschlichen Brutalität war stets dieselbe, ob hier in den Staaten oder auf der anderen Seite des Ozeans. Das Kartell war nicht besser als die Taliban. Kein Mann, keine Frau und kein Kind waren sicher – alles wurde komplett zerstört.

Eli deutete auf die Straße. »Wir werden etwa zehn improvisierte Minen auf einer Strecke von hundert Metern aufstellen. Die Karawane des Kartells muss durch diesen Trichter fahren, um die Geisterstadt zu erreichen. Wir jagen die Sprengsätze in die Luft und schalten zuerst den vorderen und hinteren Teil des Konvois aus, sodass die Fahrzeuge in der Mitte gefangen sind und die Falle nicht einfach umgehen und flüchten können.«

Er suchte die flache Wiese links und rechts ab und peilte den seichten Graben an, der die rechte Seite der Straße überspannte. Drei halb zusammengebrochene Steinhütten standen fünfzig Meter von der Straße entfernt. »Sobald wir die ersten Sprengsätze auf der Straße gezündet haben, werden die Kartellsoldaten höchstwahrscheinlich aus den Fahrzeugen fliehen und im Graben oder in den Hütten Schutz suchen. Wir werden dort ein paar Sprengsätze vergraben, und sobald die Feinde ihre Feuerposition einnehmen, jagen wir sie in die Luft.«

Jackson nickte und wurde langsam warm mit der Idee. »Und unsere Leute?«

Eli drehte sich um und zeigte auf den gegenüberliegenden Hang. »Wir graben sieben bis zehn Kampflöcher in etwa hundertfünfzig Metern Entfernung, damit unsere Leute die Karawane unter Beschuss nehmen können. Wir haben ein paar SAWs, die wir hier einsetzen können. Idealerweise hätte jede Kampfposition ein Kaliber .50, aber wir benutzen das, was wir haben. Dort, wo wir keine stärkere Waffe haben, werden wir unsere Leute mit AR-15- und M4-Gewehren bewaffnen.«

»Gute Idee.«

»Wir werden eine zweite Kampftruppe von etwa vierzig Männern vor dem Konvoi postieren, versteckt am Rande der Geisterstadt in der Nähe des Friedhofs. Sie wird bei Bedarf als schnelle Eingreiftruppe dienen oder die Überlebenden des Hinterhalts flankieren, falls das Feuergefecht zu lange dauert.«

Eli dachte über die möglichen Szenarien nach, über das Für und Wider. Er musste immer wieder an die Schlacht auf dem Highway zwischen Sawyers Männern und dem Kartell denken: das Blut und das Gemetzel, die Straße als Massengrab von Leichen, die von Geiern aufgefressen wurden.

»Aus dem Verhör mit dem Spion wissen wir, dass sie noch drei alte Hubschrauber haben, die mit Panzerfäusten bewaffnet sind, und Treibstoff für die Hubschrauber. Außerdem haben sie Drohnen. Sie haben zwar eine Kampftruppe von über fünfhundert Mann jenseits der Grenze, aber viele von ihnen werden an den Soo Locks und in anderen Städten beschäftigt sein. Nach den Informationen, die du von dem Polizeibeamten in Seney erhalten hast, besteht ihr Überfallkommando aus etwa sechzig bis siebzig Söldnern, von denen viele eine militärische Ausbildung haben.«

Eli schaute sich noch mal um. »Wenn sie uns mit allem, was sie haben, angreifen würden, hätten wir keine Chance, aber das werden sie aus taktischen Gründen nicht tun. Sie können uns nicht mit voller Wucht angreifen und gleichzeitig die Kontrolle über Sault Ste. Marie behalten, was für sie eine wichtige Hochburg ist. Wir werden diese Einschränkung zu unserem Vorteil nutzen.«

»Und dank der falschen Informationen, die wir ihrem Spion zugespielt haben, haben wir ein kleines Zeitfenster geschaffen, in dem das Kartell unseren Hinterhalt erreichen kann, anstatt diesen Ort monatelang rund um die Uhr bewachen zu müssen.«

»Genau.«

Jackson überlegte kurz. »Ihr habt den Spion letzte Woche entkommen lassen. Jetzt ist Freitag. Können wir uns bis Dienstag vorbereiten? Werden sie so schnell kommen?«

»Ich weiß es nicht, aber wir müssen davon ausgehen, dass sie kommen werden. Wir werden für sie bereit sein. Wir brauchen jeden Mann und jede Frau, die wir entbehren können, auch die Teenager. Und zwar am besten schon gestern. Das ist der Plan. Das ist alles, was wir tun können.«

Jackson verzog das Gesicht. »Los gehts.«

Eli zögerte und beobachtete seinen alten Freund aus den Augenwinkeln. Die Last der Führung hing schwer an ihm. Er hielt so viele Leben in seinen Händen – Leben oder Tod standen auf Messers Schneide. Das war ein unglaublicher Druck für einen einzigen Mann.

Eli zögerte einen Moment, weil er nicht wusste, was er sagen sollte. Über Taktik konnte er rund um die Uhr reden, aber wenn es um menschliche Gefühle ging, fühlte er sich ratlos, unsicher und völlig fehl am Platz. »Bist du sicher, dass es dir gut geht?«

»Natürlich.«

Jackson blinzelte gegen die Sonne an, die über den Bäumen im Westen unterging. Bänder in Sorbetorange und Grapefruitrosa durchzogen den Himmel. Er steckte die Hände in die Taschen und sagte nichts. Sein Blick war ausdruckslos – zu ausdruckslos. Selbst nach all den Jahren kannte Eli ihn zu gut.

»Du verheimlichst irgendwas«, sagte Eli.

19

ELI POPE
TAG EINHUNDERTVIERUNDDREISSIG

Eli wartete darauf, dass Jackson sprach.

Nach einer Minute räusperte Jackson sich und bewegte sich unruhig hin und her. »Ich spüre Dunkelheit in mir. So etwas habe ich noch nie zuvor erlebt. Ehrlich gesagt, macht es mir Angst.«

»Lass dir davon ruhig Angst machen. Nutze sie.«

»Ich habe das Gefühl, ein Monster zu sein.«

»Diese Dunkelheit lässt dich größeren Monstern gegenübertreten«, sagte Eli leise. »Manchmal müssen wir schreckliche Dinge tun, um die zu schützen, die wir lieben. Ich werde mich jedes Mal für die Dunkelheit entscheiden, wenn Lena und Shiloh dadurch in Sicherheit sind.«

»Du hast recht. Ich weiß, dass du recht hast.« Jackson rieb sich zögernd den Kiefer, als wäre er im Zwiespalt. Es schien ihm peinlich zu sein und er schämte sich, aber er war entschlossen, es trotzdem durchzuziehen. »Was ist, wenn diese Dunkelheit in meiner Familie genetisch bedingt ist? Sie steckt in mir. Meine Schwester war eine Soziopathin, und ich habe es erst erkannt, als es zu spät war. Mein Vater ... Vielleicht ist er auch einer. Ich glaube zumindest, dass er einer ist.« Er breitete seine Hände hilflos aus. »Was ist, wenn ...«

»Du bist nicht deine Familie. Du bist nicht deine Schwester oder dein Vater. Du bist der, der du sein willst.«

Jackson starrte mit ernster Miene auf seine ausgestreckten Hände, als würde er Blut von seinen Fingern tropfen sehen. Als würde er sich selbst dabei zusehen, wie er seine Schwester wieder und wieder tötete. Er war ein Mann, der von seinem Gewissen gequält und von den Geistern derer heimgesucht wurde, die er niedergestreckt hatte. »Die Dinge, die ich tun musste, würde ich wieder tun, aber dieses Wissen lässt die Albträume nicht verschwinden. Es lässt das Gefühl nicht verschwinden, dass ich das Undenkbare getan habe und niemals Vergebung finden kann.«

»Vergebung von wem?«, fragte Eli.

»Ich weiß es nicht.«

»Von deiner Schwester?«

Jackson runzelte die Stirn und schüttelte den Kopf. »Sie war ein Monster, ohne Reue und ohne Gnade. Ich weiß das. Ich weiß es logisch gesehen, aber das Herz hält sich nicht immer an das Drehbuch.«

»Du brauchst Vergebung von keinem von ihnen.«

»Ich muss lernen, mit den Narben zu leben. Ich habe keine andere Wahl.«

Eli dachte an seine eigenen Narben, an die schrecklichen Dinge, die er im Gefängnis getan hatte, um zu überleben. »Nein, du hast keine Wahl.«

»Ich bin mir auch nicht sicher, ob ich hier eine Wahl habe.« Mit einem gequälten Seufzer zog Jackson einen kleinen Gegenstand aus seiner Tasche und betrachtete ihn in seiner Hand. »Diesen Teil habe ich in dem Bericht an das Komitee ausgelassen.«

Gestern hatte Jackson den Ausschuss über sein Gespräch mit Carlos Gomez in der zerstörten Stadt Seney informiert. Leider war Officer Gomez auf der Rückfahrt nach Munising verblutet.

Eli warf einen Blick auf das Objekt und runzelte die Stirn. »Erzähl mir alles.«

Jackson erklärte, wie Horatio eine Blutnachricht für ihn hinterlassen hatte. »Er will ein Treffen. Einen angeblichen Friedensschluss, obwohl ich bezweifle, dass er das wirklich will.«

»Dein Vater ist der Feind.«

»Ich weiß.« Jackson schluckte schwer. »Ich weiß.«

»Er will dich in eine Falle locken.«

»Wahrscheinlich.«

»Hat dein Vater in deinem ganzen Leben jemals etwas getan, das nicht in seinem eigenen Interesse lag?«

Jackson antwortete auf diese Frage nicht laut. Sie kannten die Antwort beide. Sein Stirnrunzeln verfestigte sich. »Wenn ein Treffen mit ihm dem Ganzen ein Ende setzen könnte, wenn man dadurch unnötiges Blutvergießen und den Verlust von Menschen, die uns wichtig sind, vermeiden könnte, wäre es das vielleicht wert.«

»Er wird dich foltern, um Informationen zu bekommen.«

»Das glaube ich nicht. Sie haben genug Informationen. Horatio gibt sie selbst an das Kartell weiter. Er weiß nicht, wo die gestohlenen Medikamente wirklich sind, aber er wird glauben, es zu wissen, wenn der Spion seinem Lager Bericht erstattet.«

»Wenn du ihn anrufst, wird er dich wieder verwirren, dich an dir selbst zweifeln lassen und dich manipulieren.«

»Ich bin nicht verwirrt«, sagte Jackson. »Ich sehe klarer als je zuvor.«

»Entscheide dich noch nicht«, sagte Eli. »Wenn wir es tun, dann tun wir es richtig. Lass mich darüber nachdenken.«

Jackson nickte. Die Anspannung in seinen Schultern schien sich zu lösen, als hätte das Gespräch mit Eli die enorme Last, die er trug, etwas verringert. Sein Kiefer war angespannt, er war entschlossen, aber er dachte weiter nach.

Gemeinsam wanderten sie den Bergrücken hinunter zu der Stelle, an der sie den Pickup abgestellt hatten. Alle paar Minuten hielten sie inne, um sich umzusehen und zu lauschen und die Situation im Auge zu behalten.

Vögel flatterten durch die Baumkronen der Eichen, Birken und Fichten. Eli entdeckte einen Eichelhäher und mehrere Meisen. Ein Rotflügelstärling hüpfte von Ast zu Ast und schien ihnen zu folgen. Als sie die ebene Fläche erreichten, betrachtete Eli die trostlose Geisterstadt – ein trauriges Sammelsurium kahler Gebäude. Ranken schlängelten sich über Mauern, Fenster und Türen. Moos bedeckte die bröckelnden Steine. Unkraut sprießte aus jeder Spalte und aus jedem Winkel. In der Mitte einer Hütte wuchs ein Schössling durch das eingestürzte Dach.

Wenn die Natur die Möglichkeit hätte, würde sie sich alles zurückholen, was der Mensch geschaffen hat. Wie viele Städte in den Vereinigten Staaten würden in zehn Jahren so aussehen? In zwanzig? In fünfzig? Stumm, verlassen, nur noch von Geistern bewohnt.

Sie erreichten den Pickup. Eli entfernte einige der Tannenzweige, die sie zur Tarnung des Fahrzeugs benutzt hatten, während Jackson auf die Beifahrerseite kletterte. Eli startete den Motor und fuhr rückwärts aus dem Wald auf den Feldweg, wobei die Reifen über Wurzeln und abgebrochene Äste holperten.

»Vielleicht überleben wir das hier«, sagte Jackson mit einem Flackern der Hoffnung in der Stimme. »Es ist ein guter Plan.«

Eli konnte Jacksons Optimismus nicht teilen, noch nicht. Er starrte durch die schmutzige Windschutzscheibe, die Hände umklammerten das Lenkrad, seine Knöchel waren weiß. »Alle Pläne sind gut, bis zum ersten Kontakt mit dem Feind.«

Sie würden die Falle stellen. Dann würden sie darauf warten, dass das Kartell direkt hineinläuft.

20

SHILOH EASTON POPE
TAG EINHUNDERTFÜNFUNDDREISSIG

Shiloh stemmte eine Hand in die Hüfte und runzelte die Stirn. In der anderen Hand hielt sie die Sprühdose und schüttelte sie der Ziege entgegen. »Faith, zum letzten Mal, verschwinde von den Kürbissen, bevor ich dir eine Zielscheibe auf deinen großen weißen Hintern sprühe und dich in ein Nadelkissen verwandle!«

Ruby schnaubte. »Du weißt, dass sie nicht hören wird. Sie ist genauso stur wie du.«

»Mann ey! Wenn Bear nicht so ein Angsthase wäre, würde ich ihn auf sie hetzen. Wo wir gerade vom Teufel sprechen ...«

Shiloh suchte das Gelände des Northwoods Inn auf der Suche nach dem riesigen Hund ab, aber der Neufundländer war nirgends zu finden. Wahrscheinlich hielt er irgendwo im Schatten eines seiner trägen Mittagsschläfchen.

Die Ziege ignorierte sie. Sie war zu sehr damit beschäftigt, die wertvollen Pflanzen im Garten zu vertilgen, mit gesenktem Kopf und einem großen weißen Hintern, der in der Luft wackelte – wie ein wuscheliger Mittelfinger an die Welt.

Ruby sprang auf und verjagte die Ziege, schrie Beleidigungen und klatschte in die Hände. »Hau ab, du großes, dummes Vieh!«

Faith hob ihren Kopf und starrte die Mädchen mit ihren seltsamen, rechteckigen Pupillen an. Die Ziege hatte einen stämmigen

Körper und kleine, spitze Hörner, die sich von ihrem Schädel nach hinten wölbten. Der struppige Bart an ihrem Kinn ließ sie permanent mürrisch aussehen – und genau das war sie auch.

Ruby hob eine Hand, um ihr einen Klaps auf ihren pelzigen Hintern zu geben. Faith blökte widerspenstig, drehte sich auf ihren scharfen Hufen um und trabte davon, um die Kinder zu quälen, die feuchte Laken und Handtücher zum Trocknen auf die Wäscheleinen hingen. Wahrscheinlich würde sie die Waschlappen verschlingen, bevor man sie aufhalten konnte.

»Endlich sind wir die los.« Ruby wischte ihre schmutzverkrusteten Hände an ihrer khakifarbenen Hose ab. »Warum schließen Ziegen nie Freundschaften?«

Bevor Shiloh eine Vermutung anstellen konnte, antwortete Ruby: »Weil sie keinen Bock haben!«

»Der war gut«, sagte Shiloh ironisch.

»Wohin gehen Ziegen in der Walpurgisnacht?«

»Ich hab keine ...«

»Zum Blöksberg!«

Shiloh schüttelte fassungslos den Kopf.

»Wie nennt man den Bart einer Ziege?«, fragte Ruby. »Der ist gut: einen Ziegenbart!«

»Das reicht!« Shiloh drohte damit, Ruby mit der Farbdose in ihrer Hand zu besprühen. »Die sind echt schrecklich.«

Ruby grinste. »Ach, du hast doch keine Ahnung. Ich übernehme die morgendliche Eiersuchschicht mit Keagan, dem Sohn von Traci Tilton. Er hat ein Buch mit Dad-Witzen. Wir erzählen uns gegenseitig schreckliche Witze, um uns die Zeit zu vertreiben.«

Bei der Erwähnung von Tracis Namen versteifte sich Shiloh. Hass brodelte durch ihre Adern und sie verengte ihre Augen. »Tja, hoffen wir mal, dass er nicht so ist wie seine verräterische Mutter.«

»Er ist doch noch ein Kind«, sagte Ruby.

In der Ferne marschierten zwei Wachposten vorbei, die Gewehre an den Riemen und die Pistolen an den Hüften, mit zusätzlichen Magazinen und Munition in den Taschen ihrer Kampfgürtel verstaut. Es waren Jason Anders und Fiona Smith.

Fiona winkte, und Shiloh winkte zaghaft zurück. Sie konnte es kaum erwarten, bis Eli sie freigab und wieder zum Wachdienst zuließ.

»Von mir aus. Wie auch immer.« Shiloh schüttelte die Dose mit der schwarzen Sprühfarbe und widmete sich wieder ihrer Aufgabe. Mehrere Dutzend leuchtend gelbe Gummi-Entchen standen fröhlich in Reih und Glied auf einer auf dem Gras ausgebreiteten Plane.

Letzte Woche hatte Eli Shiloh den Auftrag gegeben, alle Entchen zu sammeln, die sie in Alger County finden konnte. Es stellte sich heraus, dass die Aufgabe einfacher war, als sie gedacht hatte: Ein paar verlassene Jeeps in der Stadt wurden von den Gummi-Entchen auf dem Armaturenbrett geziert. Es war eine Art seltsames Jeep-Ding aus der alten Welt.

Ein schriller Schrei durchbrach die Luft. Mit einem Adrenalinstoß wirbelte Shiloh herum und griff nach der Armbrust, die neben ihr im Gras lag. Ihr Kopf peitschte hin und her, als sie nach der Gefahr suchte. Ihre Nerven waren am Limit.

»Es ist alles in Ordnung, Shiloh.« Ruby deutete über die Wiese. Jenseits der Kaninchen- und Hühnerställe jagten einige Kinder mit fröhlichem Geschrei Faith hinterher, die im Zickzack unter den Wäscheleinen zwischen den Bäumen herumlief.

Die Ziege galoppierte vergnügt zwischen flatternden Handtüchern und Kissenbezügen umher, knabberte hier an einem Laken, biss dort in ein Handtuch, riss eine Hose von der Leine und schleuderte sie durch die Luft, während die Kinder vor Freude kreischten. Shiloh erkannte eines der Kinder: den kleinen Adam, den tauben Jungen.

Shiloh atmete aus und ließ die Armbrust sinken. Ihr Puls rauschte in ihren Ohren. Mit einer zittrigen Hand berührte sie die Pfeilspitze in ihren Haaren. Ihre Beine fühlten sich schwach und wässrig an.

Es war ein falscher Alarm gewesen. Alles war in Ordnung, es ging ihr gut. Ihr Verstand hatte es kapiert, doch ihr Körper hatte reagiert, als hätte man sie über eine Klippe geschubst.

»Nur die dumme Ziege«, murmelte sie. »Nur eine Ziege.«

Als sich ihr Puls allmählich wieder normalisierte, verharrte sie und nahm ihre vertraute Umgebung in Augenschein. Im Süden schleppte ein halbes Dutzend Jugendlicher Müll in Schubkarren zur Mülldeponie, die außerhalb der Wohngebiete und weit weg von den Wasserquellen lag. Ältere Leute jäteten Unkraut, sammelten und verteilten Kompost oder ernteten reifes Obst und Gemüse in Körben. Andere schleppten Feuerholz und Brennmaterial zu den fünfzig rustikalen Hütten, die sie in den letzten Monaten gebaut hatten.

Nachmittags, zwischen dem Mittag- und dem Abendessen, saßen die Küchenmitarbeiter an den Picknicktischen, plauderten und lachten, während sie Obst und Gemüse wie Pfirsiche, Äpfel und Tomaten einkochten, um Marmeladen, Salsas und Soßen herzustellen. Außerdem konservierten sie grüne Bohnen, Pilze, Okra und Kürbisse für verschiedene herzhafte Suppen.

Freiwillige hatten entlang des Baches Betonquellhäuser gebaut und hinter den Reihen der eilig errichteten Hütten Wurzelkeller ausgehoben, in denen Kartoffeln, Zwiebeln, Knoblauch und Kürbisse über den Winter gelagert werden konnten.

Da es auf Ende September zuging, konzentrierten sich alle auf die Konservierung und Lagerung von Lebensmitteln für den Winter. Die Vormittage waren regelrecht kalt und erinnerten daran, dass der Winter vor der Tür stand. Das bedeutete eisige Temperaturen, Berge von Schnee und Monate der tiefsten, dunkelsten Kälte, die man sich vorstellen konnte.

Im Winter könnte die Upper Peninsula genauso gut Sibirien sein. Nichts würde wachsen. Die Kälte drang in die Knochen ein und ließ die Flüssigkeit in den Zellen gefrieren. Im schlimmsten Fall konnten ein paar Minuten im Freien einen erwachsenen Mann umbringen. Einfache Aufgaben wie das Holen von Wasser aus dem See oder der Gang zum Schuppen, um Brennholz zu holen, würden zu monumentalen Aufgaben werden.

Mit einem reumütigen Kopfschütteln kehrte Ruby zu ihrem Platz im Garten zurück. Sie kniete nieder und beschäftigte sich damit, die Reste des Abendessens – Zitrusschalen, Brokkolistängel und Kartoffelschalen – aus der Schubkarre neben ihr in das Beet mit dem wachsenden Wurzelgemüse zu laden.

Shiloh legte die Armbrust ins Gras neben der Plane. Sie rümpfte die Nase über den Gestank der verfaulenden Früchte. »Das ist super eklig.«

»Die Reste versorgen die Pflanzen mit Vitamin A und C. Das hilft ihnen, größer zu werden.« Ruby hob eine riesige grüne Zucchini hoch. »Siehst du?«

»Ich mag Zucchini nicht mal.«

»Da verpasst du was.«

»Das liegt an der Konsistenz.«

»Ich glaube, du hast einfach Angst, was Neues zu probieren.«

»Kümmere dich um deinen eigenen Krempel, ja?« Shiloh zeigte ihr den Stinkefinger. Dann schüttelte sie die Farbdose und sprühte noch eine zweite Schicht auf die Gummienten. Sie hatte keine Ahnung, warum Eli sie haben wollte, aber sie bezweifelte, dass sie als Badewannenspielzeug benutzt werden würden.

Ruby rümpfte die Nase. »Eli lässt dich ganz schön komische Sachen machen, weißt du das?«

»Das ist mir bewusst.«

»Wofür sind die Dinger überhaupt gut?«

»Kein Plan. Eli hat immer irgendwas vor.«

Erhobene Stimmen hallten durch die stille Luft. Zwei Männer stritten sich bei den Latrinen, fuchtelten mit den Armen, zeigten mit den Fingern aufeinander und ballten die Hände zu Fäusten. Zweifellos ein weiterer Streit darüber, wer an der Reihe war, etwas zu tun, wer sich weigerte, seinen Beitrag zu leisten, oder wer faul war und die harte Arbeit der anderen ausnutzte.

Tim Brooks schritt über den Rasen, und die Hühner gackerten und die Federn flogen in seinem Windschatten, als er sich zwischen die beiden Männer stellte. Er schob sie auseinander und sprach mit einer tiefen, angespannten Stimme, die Shiloh nicht verstehen konnte.

Sie erkannte Bradley Underwood, den alten Sheriff. Eli mochte ihn nicht, also mochte Shiloh ihn offensichtlich auch nicht. Ein paar der Wachposten, die auf Patrouille waren, standen aufmerksam daneben, hielten sich aber aus dem Geschehen heraus.

Fast jeden Tag gab es Streit, mit verletzten Gefühlen, aufbrausenden Gemütern und zerbrechlichen Egos, die es zu besänftigen galt. Shiloh beneidete die Brooks nicht; es musste anstrengend und unglaublich entmutigend sein, sich bei einem verdammten Weltuntergang mit ständigem Gezänk herumzuschlagen.

Warum konnten nicht alle ihre Differenzen beiseiteschieben und sich zusammenschließen, um sich ihren größten Feinden zu stellen? Das Problem waren nicht die Regeln, das Problem waren die Menschen. Menschen vermasselten immer alles.

Letztendlich trennten sich die Männer, ohne sich zu prügeln – dank Tim. Underwood schlenderte mit einem Schraubenschlüssel in der Hand zu den Windrädern auf der Klippe. Der andere Kerl diskutierte heftig mit Tim, obwohl dieser die Situation unter Kontrolle zu haben schien.

Die Menschheit war so dumm wie eine Packung Toastbrot.

Shiloh zuckte mit den Schultern und wandte sich von dem Streit ab. Eine blitzartige Bewegung im benachbarten Ziegenstall erregte ihre Aufmerksamkeit. Eine vertraute Gestalt saß auf einem Hocker und melkte eine der besser erzogenen Ziegen, eine schwarze Zicke mit weißen Flecken namens Merigold. Es war Traci Tilton.

Shiloh starrte sie von hinten an. Traci schien ihren Laserblick nicht zu bemerken, denn sie hob weder den Kopf noch machte sie sich nicht die Mühe, sich umzudrehen. Sie war damit beschäftigt, einer der neuen Frauen beizubringen, wie man die Ziegen melkte – Theresa Fleetfoot, die so hochschwanger war, dass sie beim Gehen watschelte. Sie sah aus, als würde sie jeden Moment Wehen bekommen.

Shiloh musterte sie beide mit finsterem Blick. »Alle machen sich Sorgen, dass sich die Spione des Kartells hier reinschleichen, und dabei ist Traci Tilton schon drin. Wir haben eine Lücke in unserer Verteidigung so groß wie Kanada und alle reden von *zweiten Chancen, Vergebung* und *unsere Menschlichkeit bewahren*, bla bla bla. Wen interessieren schon Ethik und Moral, wenn wir alle tot sind?«

»Sie behalten sie genau im Auge. Selbst wenn sie es wollte, wie sollte sie dem Kartell Nachrichten zukommen lassen? Und warum sollte sie das tun? Ihr Sohn ist doch auch hier.«

»Warum tun die Leute denn, was sie tun? Weil Allianzen sich verschieben, genau wie Öl auf dem Wasser, hin zu dem, der im

Moment am mächtigsten erscheint. Denk an meine Worte, sie *wird* sich gegen uns wenden, sobald sie die Chance dazu bekommt. Und wir werden einen hohen Preis dafür zahlen.«

»Ich hoffe nicht«, sagte Ruby.

Shiloh knirschte mit den Zähnen und hob eines der schwarzen Gummientchen hoch. Sie vergewisserte sich, dass die Farbe trocken war, bevor sie es in den Leinensack neben der Schubkarre warf. Sie drückte das nächste Entchen in ihrer Faust zusammen. »Sobald sie einen Fehler macht, werde ich da sein und ihren Arsch ins nächste Jahrtausend befördern, und zwar mit einem fetten Grinsen im Gesicht.«

21

SHILOH EASTON POPE
TAG EINHUNDERTSECHSUNDDREISSIG

Der angenehme Geruch von Holzrauch wehte durch die Luft und vermischte sich mit dem satten Aroma von Waffenöl.

Shiloh saß mit Lena und Eli vor einer der Hütten in der Nähe des Baches. Eli war damit beschäftigt, seine Gewehre zu reinigen und zu ölen. Auf dem Tisch lagen Stapel von Magazinen und Munition, während Lena verschiedene Kräuter zerstampfte, um eine ihrer Tinkturen für Theresa Fleetfoot herzustellen, bei der die ersten Anzeichen der Wehen eingesetzt hatten.

Shiloh häutete fachmännisch mehrere Eichhörnchen, die sie mit ihren Schlingen gefangen hatte, und warf die winzigen Kadaver Bear zu, der sich mit Begeisterung auf sie stürzte. Er verschlang das Eichhörnchenfleisch in ein paar Bissen, während das Blut auf seine Lefzen spritzte. Shiloh warf ihm ihr letztes Stück Schwarzbär-Fleisch zu, das ebenfalls innerhalb von Sekunden verschwand.

Es wurde immer schwieriger, genug Wildtiere zu jagen, um den riesigen Neufundländer zu ernähren. Gut, dass sie einen Vorrat an getrocknetem Fisch und Bärenfleisch für ihn angelegt hatte.

Ab und zu fing der Hund selbst eine Maus oder ein Kaninchen, aber er war nicht sehr gut darin. Wenn er nicht gerade arbeitete, zog er es vor, den ganzen Tag in der Nähe seiner Menschen zu faulenzen.

»Braver Junge.« Sie streichelte seinen Kopf und ließ ihren Blick über das Gelände des Northwoods schweifen. Die Atmosphäre rund um das Gasthaus war angespannt, da sich die Kämpfer darauf vorbereiteten, in ein paar Stunden nach Devil's Corner aufzubrechen. Shiloh beobachtete sie mit mehr als nur ein bisschen Eifersucht aus den Augenwinkeln.

Lena bemerkte Shilohs Blick und verengte die Augen, als ob sie ihre Gedanken lesen könnte und genau wüsste, was sie dachte. »Shiloh, du darfst das Northwoods-Gelände unter keinen Umständen alleine verlassen. Hast du das verstanden?«

»So wie du es getan hast, als du die wilden Preiselbeeren am Leuchtturm gepflückt hast?«, schnauzte Shiloh.

Sie hatte es satt, wie ein kleines Kind behandelt zu werden, obwohl sie ganz allein einen erwachsenen Mann getötet hatte. Sie war nicht in Panik geraten und war nicht ausgerastet. Sie sollten sie endlich ernst nehmen.

Lena zuckte nicht zurück, was man ihr hoch anrechnen musste. »Ich habe an meine kranken Patienten gedacht und etwas Leichtsinniges getan. Ich werde diesen Fehler nicht noch einmal machen, und du auch nicht.«

»Ich bekomme hier Klaustrophobie. Als ob ich nicht richtig atmen kann.«

»Geh durch die Wälder auf dem Grundstück«, sagte Eli. »Geh im Bach angeln. Setz dich an den Wasserfall, während du deine Waffen reinigst. Behalte Bear bei dir und bleibe in der Nähe.«

»Langweilig.«

Eli legte seine Glock ab. »Ich muss wissen, dass ich dir vertrauen kann, damit ich nicht unnötig Zeit und Energie darauf verwende, mir Sorgen um dich zu machen, wenn ich eigentlich einen Hinterhalt erfolgreich beenden sollte.«

Shiloh starrte sie mit Feuer in den Augen an. »Ist das der Grund, warum ihr euch gegen mich verbündet habt? Um mir Hausarrest zu geben, als wäre ich ein kleines Kind?«

»So ist es nicht«, sagte Lena.

Shiloh drehte sich zu Eli. »Du wirst morgen früh im Devil's Corner kämpfen. Ich will auch kämpfen.«

»Auf gar keinen Fall«, knurrte Eli.

Shiloh verschränkte die Arme vor der Brust. »Dann lass mich wieder Wache schieben. Lass mich helfen, unser Volk zu verteidigen.«

»Es ist erst ein paar Wochen her, dass du jemanden getötet hast ...«

»... der den Tod verdient hat.«

»Ja, natürlich«, sagte Lena. »Wie dem auch sei, du erholst dich immer noch von dem Trauma ...«

»Sehe ich traumatisiert aus? Oder verängstigt? Liege ich in Fötusstellung auf dem verdammten Boden? Es geht mir gut. Wirklich. Ich will was tun. Ich muss helfen.« Sie richtete ihren Blick auf Eli. »Entweder du schickst mich zurück in die Rotationen der Wachen oder ich schleiche mich um Mitternacht in einen der Pickups. Ihr werdet mich erst finden, wenn es zu spät ist und die Schlacht schon angefangen hat.«

Eli beäugte sie misstrauisch. »Wenn ich mir ihre Beine schnappe und du ihre Arme, meinst du, dann können wir es mit ihr aufnehmen?«, fragte er Lena.

»Hmmm«, überlegte Lena. »Ein paar Stunden gefesselt in einem Schrank könnten sie umstimmen.«

Shiloh sprang auf und huschte nach hinten, raus aus seiner Reichweite. »Versuch es ruhig. Vergiss nicht, dass ich jeden Tag laufen gegangen bin, selbst als du es nicht konntest. Du hast immer noch ein kaputtes Bein. Ich bin definitiv schneller als du.«

Lena schnaubte.

Eli verdrehte die Augen. »Das ist so, als ob man mit einer Ziegelmauer streiten würde.«

Shiloh blieb standhaft. »Ich habe auch ein Recht darauf, für uns zu kämpfen. Ich habe es mir verdient.«

Sie weigerte sich, den Blickkontakt mit Eli zu unterbrechen, bis er sich erweichen ließ. Und sie wusste, dass er zuerst nachgeben würde. Er verstand ihr Kriegerherz auf eine Art und Weise, die niemand sonst verstand, nicht einmal Lena.

Schließlich lehnte sich Eli mit einem geschlagenen Seufzer zurück. Shiloh verengte ihre Augen. »Ist das ein Ja?«

»Wenn du zustimmst, unter allen Umständen im Northwoods zu bleiben, sage ich Baker und Flores, dass sie dich wieder in die Rotationen am Osttor aufnehmen sollen.«

Shiloh lächelte triumphierend. »Abgemacht.«

22

ELI POPE
TAG EINHUNDERTSECHSUNDDREISSIG

»**W**ir verlieren sie!«, schrie Lena.

»Sie ist in Steißlage«, sagte Dr. Virtanen. »Das Baby kann nur auf eine Weise herauskommen.«

Eli stand im Operationssaal und sah hilflos zu, wie Lena und Dr. Virtanen sich um ihre Patientin kümmerten. Ein Paar batteriebetriebener Arbeitsleuchten blendete ihn. Eli atmete den starken Geruch von Bleich- und Desinfektionsmitteln ein, der sich mit den finsteren Gerüchen von Blut, Schweiß und Erbrochenem vermischte.

Bei Theresa Fleetfoot hatten am frühen Morgen die Wehen eingesetzt. Die Frau lag auf dem Operationstisch, stöhnte vor Schmerzen, war kaum bei Bewusstsein und unterhalb der Taille nackt, wobei ihr runder Bauch zur Desinfektion der Haut mit Jod bestrichen war.

Schweiß rann ihr über die Schläfen. Ihre Lider flatterten und ihre Augen rollten in ihren Kopf zurück. Blut durchtränkte den Tisch unter ihr und tropfte in eine wachsende Pfütze auf dem Boden vor ihren Füßen. Zu viel Blut. Ein markerschütternder Schmerzensschrei entrang sich ihren Lippen. Das entsetzliche Geräusch jagte einen Schauer über Elis Rücken.

Dr. Virtanens Gesichtszüge wurden starr. »Ihr läuft die Zeit

141

davon. Wir müssen das Baby jetzt rausholen, sonst verblutet sie und wir verlieren das Baby auch.«

»Du meinst eine Operation?« Lena erstarrte. »Ein Kaiserschnitt?«

Die Gerichtsmedizinerin blickte von ihrem Platz zwischen Theresas Beinen auf, ihre Augen trübe, aber entschlossen über ihrer Gesichtsmaske. »Wir haben uns darauf vorbereitet. Wir schaffen das. Wir haben keine andere Wahl.«

Die Sonne war schon vor Stunden untergegangen. Draußen verhüllten schwere Wolken den Mond und die Sterne in einer dichten schwarzen Decke. Alles war dunkel und still. Kein Windhauch bewegte die vertrockneten Blätter, die an den Ästen der Buchen und Ahornbäume hingen.

In den verlassenen Gängen lag Müll herum – aufgebrauchte Infusionsbeutel, heruntergefallene Decken, eine vergessene Blutdruckmanschette. Veraltete Überwachungsgeräte und kahle Tragen verstopften die Zimmer und Flure wie in einem Horrorfilm.

Eli trat vor. Er hatte sich bereiterklärt, zu helfen. Er war zwar kein Arzt, aber durch seine umfangreiche Ausbildung im Notfalldienst wusste er genug, um Anweisungen zu befolgen. Er zog sich ein Paar Handschuhe an. »Sag mir, was ich tun soll.«

Nach einem langen Tag, an dem sie ihre Verteidigung verstärkt und ihre Kämpfer in Verteidigungstaktiken geschult hatten, sehnte sich Eli danach, seinen zwanzig Kilo schweren Rucksack aufzuschnallen und seine üblichen täglichen sechzehn Kilometer zu laufen – obwohl er nur ein oder zwei Kilometer joggen konnte, bevor sein Bein ihn im Stich zu lassen drohte.

Er konnte aber immer noch Fahrrad fahren. An diesem Abend war er mit einem der Elektrofahrräder vom Northwoods Inn zum Krankenhaus gefahren, um Lena zu besuchen. Sie und Dr. Virtanen hatten einen Flügel des Munisinger Krankenhauses wiedereröffnet, um jedem, der durch die Türen des Krankenhauses kam, so gut wie möglich zu helfen.

Jeden Tag wurden die Schlangen länger und länger. Die Menschen waren verletzt und verzweifelt. Es war eine schwierige, entmutigende und quälende Arbeit. Mehrmals war Lena weinend ins Northwoods Inn zurückgekehrt, nachdem sie einen Patienten durch eine Infektion, einen Schlaganfall oder einen geplatzten Blinddarm verloren hatte – Menschen, die hätten gerettet werden müssen.

»Wir müssen schnell arbeiten«, sagte die Gerichtsmedizinerin. Venla Virtanen war eine stämmige finnische Frau in den Fünfzigern mit kurzen weißblonden Haaren. Ihr Auftreten am Krankenbett war sachlich und zügig, was vielleicht daran lag, dass sie sich für die Untersuchung von Toten und nicht von Lebenden entschieden hatte.

Ein tragbares Pulsoximeter überwachte die Herzfrequenz und den Sauerstoffgehalt der Patientin. Von einem Ständer hinter dem OP-Tisch tropfte eine Infusion in ihren Arm und versorgte sie mit Kochsalzlösung.

Um Theresa zu betäuben, ohne eine richtige Narkose oder einen ausgebildeten Anästhesisten zu haben, benutzten sie Äther. Eines der freiwilligen Sammelteams hatte Ketamin aus einer örtlichen Tierklinik besorgt, das Dr. Virtanen einsetzte, um die Patientin schläfrig zu machen und ihr zu helfen, das Trauma der Operation zu überwinden. Wenn das Ketamin abklang, würde der Äther seine Wirkung entfalten.

Lena legte ein sauberes Handtuch über die Augen der Patientin und träufelte den Äther auf mehrere Lagen Mull, die an einer medizinischen Gesichtsmaske befestigt waren. Dann senkte sie die Maske, um Nase und Mund der Patientin zu bedecken, woraufhin sie in einen tiefen Schlaf fiel.

Dr. Virtanen nahm ein glänzendes Skalpell von dem Tablett neben ihr und schnitt den Bauch der Frau oberhalb des Schambeins auf, wobei sie eine niedrige, gebogene Linie schnitt, um das Baby nicht zu verletzen. Die Ärztin trennte die Fett- und Muskelschicht auf und murmelte Flüche, während ihr der Schweiß auf der Stirn stand und das Blut an ihren behandschuhten Händen klebte.

Neben ihr saugte Eli das Blut mit Mull und einem Sauger auf, den sie an den einzigen tragbaren Generator angeschlossen hatten. Die Hektik machte ihm zu schaffen.

»Sie wacht auf!«, rief Lena. »Ich kann sie nicht mehr ruhig halten!«

Spannung knisterte in der Luft. Wenn Theresa mitten in der Operation aufwachen würde, könnte sie einen Schock erleiden und auf dem OP-Tisch sterben. Sie arbeiteten gegen die Zeit.

»Ich habs fast geschafft! Gib ihr mehr Äther.« Dr. Virtanen setzte das Skalpell ab und schob ihre Hand in die offene Wunde. Sie zerrte und zog und schob die inneren Organe beiseite, um die Gebärmutter zu erreichen. Während sie arbeitete, rief sie Eli Anweisungen zu.

Eli hatte seinen Kameraden auf vielen Schlachtfeldern Erste Hilfe geleistet – er hatte abgetrennte Gliedmaßen verschlossen, blutende Wunden in der Brust verbunden und zertrümmerte Knochen geschient –, aber er hatte noch nie ein Baby entbunden.

Es war beängstigend und beeindruckend zugleich.

Irgendetwas bewegte sich und rollte unter seinen Händen – das Baby. Fruchtwasser spritzte über seine Finger. Schnell wischte er so viel Flüssigkeit auf, wie er konnte, damit Dr. Virtanen klar sehen konnte. Sie griff nach dem Fötus und zog erst sanft, dann fester, schob ihre Hand unter den zappelnden Körper und umfasste die winzigen Schultern mit ihren Fingern, die sie über den zerbrechlichen Rücken des Kindes ausstreckte.

Die Gerichtsmedizinerin riss den Säugling aus dem Bauch seiner Mutter. Sie übergab das Baby an Eli und wandte ihre Aufmerksamkeit sofort wieder der Mutter zu.

»Bring das Kind zum Atmen!«, befahl sie über ihre Schulter.

Der Säugling lag zusammengerollt in Elis Arm, seine kleinen Beine strampelten, seine winzigen Fäuste fuchtelten herum. Seine Haut war faltig und violett und mit einer weißen, zähflüssigen Substanz bedeckt, die man Vernix nannte. Dunkle, nasse Haare klebten an dem länglichen Schädel. Die zarten Augen waren geschlossen. Ein feiner Flaum überzog die rosafarbenen, muschelförmigen Ohren.

Das Kind zu halten, fühlte sich an, als hielte man eine scharfe Granate in den Händen. Vorsichtig nahm Eli das Kind in den Arm und strich mit zwei Fingern über seine Brust. Das Baby öffnete seinen rosafarbenen Mund und stieß einen kläglichen, gurgelnden Schrei aus.

»Es ist ein Mädchen«, sagte Eli erleichtert. »Ein gesundes kleines Mädchen.«

Eli schaukelte das Baby, während Dr. Virtanen sich um die Nachgeburt kümmerte. Lena band die Nabelschnur fachmännisch mit ein paar Schnüren ab, durchtrennte sie dann mit einer sterilen Schere, nahm das Baby aus Elis Armen, wischte es ab und wickelte es wie einen kleinen Burrito in eine Decke. Sein kleines, rundes Gesicht lugte rot und verblüfft hervor.

Lena legte es vorsichtig in den wärmenden Inkubator, der an den tragbaren Solargenerator angeschlossen war. Nachdem sie sich vergewissert hatte, dass es dem Baby gut ging, taumelte Lena zur Wand und riss sich die Maske ab. Sie wischte sich mit dem Armrücken über die Stirn, wobei ein Streifen hellrotes Blut an ihrer linken Schläfe zurückblieb.

Eli schnappte sich ein Handtuch aus dem Medizinschrank, ging zu ihr und wischte das Blut weg. »Geht es dir gut?«

Lenas Augen waren glasig. »Die Mutter hat sehr viel Blut verloren. Ich weiß nicht, ob sie wieder aufwachen wird. Ich habe es so satt, Menschen zu verlieren.«

Er spürte den Stress und die Anspannung, die ihr Körper in Wellen ausstrahlte. Selbst mit den Medikamenten, die sie dem Kartell gestohlen hatten, waren sie völlig unterversorgt und mussten mit dem Wenigen auskommen, das sie hatten.

Es war, als würde man ein sinkendes Schiff mit kaum mehr als Spucke und Klebeband über Wasser halten.

»Ihr habt das Baby gerettet«, sagte er.

»Ja, das haben wir.« Sie holte tief Luft und beruhigte sich. »Aber das ist nicht genug. Es ist niemals …«

Ein Piepton unterbrach sie. Sein Blick fiel auf die Ausbuchtung der Insulinpumpe, die unter ihrem Krankenhauskittel an ihrem Bauch befestigt war. Ihre Pumpe piepte erneut und sie hielt lange genug inne, um ihre Zahl zu überprüfen.

Er runzelte besorgt die Stirn. »Ich habe ein paar Rosinen in meinem Rucksack.«

»Einhundert und stabil.«

»Bist du sicher?«

»Es ist alles gut, Eli. Es geht mir gut.«

Unbeeindruckt kramte Eli in seinem Rucksack nach den Rosinen und reichte sie ihr. »Dann eben nur, um deine Kräfte aufrechtzuerhalten.«

Sie nahm sie an und kaute langsam und methodisch, während ihr angespannter Blick auf Dr. Virtanen und ihre Patientin gerichtet war, die regungslos auf dem OP-Tisch lag. Obwohl Lena etwas von dem Gewicht, das sie verloren hatte, wieder zugenommen hatte, wirkte sie immer noch zerbrechlich. Zu dünn. Eli machte sich ständig Sorgen um sie. Nachdem Lena die Rosinen aufgegessen hatte, richtete sie ihren Pferdeschwanz und strich sich die Haare aus dem blassen Gesicht. Sie rieb sich den Nacken. »Ich muss Dr. Virtanen helfen, Theresas Kaiserschnitt zu nähen, und mich dann um das Baby kümmern. Ihre Tochter Miriam wartet draußen auf dem Flur. Ich muss ihr sagen, was passiert ist ... Ich weiß nicht, wann ich ins Gasthaus zurückkehren kann.«

Er ging einen Schritt auf sie zu. »Bist du sicher, dass es dir gut geht?«

»Das hast du mich schon mal gefragt.«

»Ich war mit deiner Antwort nicht zufrieden.«

»Du musst dir keine Sorgen um mich machen.«

»Ich mache mir keine Sorgen«, log er, »aber du bist in meinen Gedanken. Jede Sekunde an jedem Tag, Lena.«

Lena errötete. »Das Gleiche könnte ich über dich sagen.«

»Ich wünschte, du würdest im Schutz des Gasthauses bleiben.«

»Ich weiß sehr gut, was du dir wünschst, aber die reale Welt funktioniert nicht so. Wir haben die Ausrüstung und die Vorräte hier. Du kannst nicht der Einzige sein, der ständig sein Leben riskiert. Du darfst nicht der einzige Held in diesem Raum sein.«

Eli schnaubte. Er strich ihr eine Haarsträhne aus dem Gesicht und blickte ihr tief in die Augen. Er sehnte sich danach, sie bis in alle Ewigkeit zu küssen, sie für immer im Arm zu halten und sich in einer wunderschönen Welt zu verlieren, die sie für sich selbst erschufen – eine Welt ohne Krieg, Schmerz und Tod.

So gern er das auch tun würde, er konnte sie nicht in eine sichere kleine Kiste sperren. Das würde sie niemals zulassen. Sie war zu mutig, zu freundlich und zu gut, um tatenlos zuzusehen, wie andere litten. Lena war immer die Erste, die sich ins Getümmel stürzte. Auf ihre Art und Weise war Lena genauso eine Kämpferin wie jeder von ihnen.

Diesen Teil von ihr zurückzuweisen, hieße, die Frau, in die er sich verliebt hatte, die Frau, die er sein ganzes Leben lang geliebt hatte, grundlegend zu verändern.

Seine Brust pulsierte vor lauter Zuneigung zu dieser Frau. Er hatte noch nie eine so starke, alles verzehrende Liebe erlebt – ebenso wenig wie die Angst vor dem Verlust. Wenn er sie oder Shiloh verlieren würde ... Der Anflug von flüssiger Angst brachte sein Herz in seiner Brust zum Stillstand.

Eli verengte seine Augen. »Die Wachen werden so lange aufpassen, bis du gehst. Sie haben die strikte Anweisung, dich zurückzubegleiten. Wage es ja nicht, sie wegzuschicken.«

Lena bemühte sich um ein müdes Lächeln. »Das werde ich nicht.«

»Ich bin hier. Sag nur ein Wort, und ich bin an deiner Seite.«

Dann ließ sie sich an ihn sinken. Ihr Herz pochte gegen seinen Brustkorb. Er hielt sie fest. »Ich weiß.«

Ihre Pause war nur kurz. Sekunden später ertönte Elis Funkgerät mit einem Rauschen.

Eli zog seine Handschuhe aus, bevor er sich meldete.

»Hier ist Waldo«, sagte Nash und bezog sich auf sein neues Rufzeichen. Jeder hatte eines zugewiesen bekommen für den Fall, dass ihre Funksprüche von feindlichen Ohren abgehört wurden. »Ich bin auf Wache. Ich glaube, ich habe etwas gesichtet.«

»Spucks aus«, sagte Eli.

»Letzte Nacht dachte ich, ich hätte eine Bewegung innerhalb der Stadtgrenze gesehen. Nicht unbedingt verdächtig. Es war nur einmal und dann nichts mehr. Ich dachte, es wäre vielleicht einer der Bewohner oder ein streunender Hund oder so was, aber heute Nacht habe ich es wieder gesehen. Zwei Gestalten, die sich zwischen den Häusern und in den Hinterhöfen bewegen, aber nicht wie Bewohner, die ihren Hund ausführen oder den Müll rausbringen. Sie schleichen herum und bewegen sich wie trainierte

Soldaten, aber wir haben heute Nacht keine Patrouille auf der Snow Road.«

Besorgnis flammte unter Elis Haut auf. »Hast du Snow Road gesagt?«

»Korrekt. Kein Außenstehender hätte unser Sicherheitsnetz durchdringen können. Wir haben unsere Patrouillen verdoppelt und unsere Kontrollpunkte und Wachen verdreifacht. Ich bin mir sicher.«

»Es ist kein Außenstehender.«

»Wer ist es dann?«

»Bleib auf deinem Posten und fordere bei Jackson über Funk Verstärkung an.«

»Verstanden, aber ...«

Eli hatte den Sender bereits gewechselt. Er versuchte wiederholt, Antoine zu erreichen. Nur Rauschen, keine Antwort. Dann versuchte er es bei Nyx. Wieder nichts. Obwohl das Büro des Sheriffs mehrere Repeater gebaut hatte, blieb die Funkreichweite ein Problem.

Wie er befürchtet hatte, waren sie wahrscheinlich zusammen und außerhalb der Reichweite im Haus von Nyx' Großmutter.

»Hast du sie über Funk erreicht?«, fragte er Nash, der viel näher an ihrem wahrscheinlichen Aufenthaltsort war.

»Ich habe es versucht. Keine Antwort.«

Es blieb keine Zeit. Eli würde zu ihnen gehen müssen. Die Angst wand sich in seinem Bauch wie eine Schlange, die ihren Schwanz fraß und drohte, ihn zu verschlingen. Antoine und Nyx waren erfahrene Krieger. Sie konnten sich behaupten, aber ein Hinterhalt in der Nacht, wenn sie es am wenigsten erwarteten, war etwas ganz anderes.

Innerhalb ihrer Grenzen existierte eine eindeutige und gegenwärtige Bedrohung. Sie hatten sich erlaubt, selbstgefällig zu werden. Eli hätte es wissen müssen: James Sawyer war nie selbstgefällig. Er war geduldig, gerissen und rachsüchtig – eine starke Kombination.

Wie ein Krokodil wartete und beobachtete er, und wenn der richtige Moment gekommen war, schlug er zu.

»Eli«, sagte Lena hinter ihm. »Was ist los?«

»Nyx' Großmutter wohnt in der Snow Road. Sawyer hat seine

Handlanger auf ihr Haus angesetzt und wartet darauf, dass sie sich nähern. Es ist der einzige Ort, von dem er weiß, dass sie ihn aufsuchen werden. Sawyer glaubt, dass Antoine und Nyx ihn verraten haben. Ich kann nicht zulassen, dass sie für ihre Loyalität mit ihrem Leben bezahlen.«

»Woher weißt du, dass es Sawyer ist?«

»Weil es das ist, was ich tun würde.«

Lena nickte. »Nimm Verstärkung mit.«

Er hielt für eine Sekunde inne, um sie wirklich anzusehen. Haarsträhnen klebten an ihren verschwitzten Wangen. Blutstropfen überzogen ihren Kittel. Im flackernden Lampenlicht waren ihre Augen wie tiefe, unendliche Quellen. Er könnte sein ganzes Leben damit verbringen, in diese Augen zu starren.

»Das werde ich«, log er. Die Verstärkung würde zu spät kommen. Er musste sofort aufbrechen. Er steckte sein Funkgerät ein und schnappte sich seinen Rucksack von seinem Platz an der Tür – er nahm seine Kampfausrüstung überall mit hin. »Sie haben ihr Leben für mich riskiert – für uns. Ich werde sie nicht im Stich lassen. Auch taktisch brauchen wir ihre Fähigkeiten für die bevorstehende Schlacht. Ich weiß nicht, ob wir das ohne sie schaffen können.«

»Du musst mich nicht überzeugen.« Lena trat vor und umarmte ihn stürmisch. »Geh und rette sie. Dann komm zurück zu mir.«

Eli küsste sie fest auf die Lippen. »Immer.«

23

ELI POPE
TAG EINHUNDERTSECHSUNDDREISSIG

Eli schlich durch die Nacht. Die Wolkendecke war dicht und bedrückend. Die Sterne waren ausgelöscht, der Mond unsichtbar, als wäre er aus der Galaxie getilgt worden, als hätte er nie existiert, außer in der Welt der Träume.

Doch diese Nacht glich eher einem Albtraum.

Ein Albtraum für die erbärmlichen Kakerlaken, die es gewagt hatten, Elis Leute anzugreifen. Es würde nicht gut für sie ausgehen. Dafür würde Eli sorgen.

Seine kompakte Glock 19 saß eng an seiner Niere in einem Holster im Hosenbund. Sein taktisches Messer steckte in der Scheide an seiner Hüfte, eine weitere Klinge in seinem Stiefel. Er trug einen Helm mit einem Nachtsichtgerät, das die Welt in Grüntöne tauchte.

Eli schlich sich von Fahrzeug zu Fahrzeug, von Haus zu Haus, und kam seinem Ziel immer näher. Die Keramikplatten gruben sich in seine empfindlichen Rippen und bei jedem Schritt schoss der Schmerz sein linkes Schienbein hinauf.

Diesen Schmerz steckte er in eine Schachtel und stellte sie dann auf ein hohes Regal in seinem Hinterkopf. Dafür war jetzt keine Zeit. Er verlangsamte seine Atmung und konzentrierte sich mit seinem ganzen Körper auf die bevorstehende Aufgabe, auf die Gefahr, die ihn hinter der nächsten Ecke erwartete.

Nash befand sich an einem Fenster im zweiten Stock am Ende der Straße. Er hielt Wache und spürte alle Feinde auf, die in der Nachbarschaft lauerten oder sich in einem Haus versteckten. Er hatte Verstärkung alarmiert, aber Jackson war noch mindestens zehn Minuten entfernt.

Eli drehte seinen Kopf, musterte die verdunkelten Fenster und das Innere jedes Fahrzeugs, während er halb geduckt von Deckung zu Deckung schlich. Er hob den Blick und suchte auf den Dächern nach dem Schimmern eines Gewehrs – nach den verschlagenen Bewegungen eines Scharfschützen, der ihm auflauerte.

Er war sich sehr bewusst, dass er in eine Falle laufen könnte.

Normalerweise würde er den Grundriss des Gebäudes kennen und auch die Anzahl der Feinde und ihrer Waffen. Dieses Mal gab es zu viele taktische Unbekannte.

Er hatte keine Wahl. Er musste schnell handeln.

Er kniete sich hinter einen kirschroten Subaru WRX, der mit totem Laub bedeckt war, atmete aus und spähte um den Motorblock herum, während er aufmerksam lauschte und die ruhigen Häuser, die Autos und die Bäume unter die Lupe nahm. Die Ahornbäume, die den Bürgersteig säumten, verloren schnell ihre Blätter, und ihre knorrigen Äste griffen nach ihm wie gebleichte Knochenfinger.

Ein ordentliches zweistöckiges Fachwerkhaus fiel ihm ins Auge. Es hatte eine undefinierbare Farbe – grau, hellblau oder grün. Im Dunkeln, mit dem Nachtsichtgerät, war es ihm unmöglich, das zu unterscheiden. Zwischen den Blumen und Sträuchern, die die Veranda umgaben, blickten ihn kleine Keramikfiguren an.

Eli war noch nie im Haus von Nyx' Großmutter gewesen, aber er hatte gehört, wie Antoine von den Dutzenden fröhlich grinsenden Gartenzwergen erzählt hatte, die das verwilderte Grundstück schmückten. Wie viele Häuser in der Snow Road hatten Gartenzwerge? Es konnte nicht mehr als eins sein.

Eli schlich sich leise an sein Ziel heran und näherte sich dem Haus von hinten, um durch ein Schlafzimmerfenster oder die Hintertür einzusteigen.

Er setzte jeden Schritt mit Bedacht. Trockene, knisternde Blätter lagen auf der Straße und bedeckten die Höfe. Zweige, Laub und

Müll sammelten sich entlang des Bordsteins und verstopften die Regenabflüsse.

Als er sich der Hausecke vor der Garage näherte, neigte er seinen Körper, schlüpfte auf der rechten Seite der Einfahrt an einem Minivan vorbei und kniete sich neben den Motorblock.

Er spähte um den Kotflügel herum und betrachtete den überwucherten Hinterhof. Ein Schuppen und ein Stapel Brennholz thronten im Schatten neben einem klapprigen, windschiefen Holzzaun. Daneben befanden sich mehrere Bienenstöcke ...

Bewegung auf drei Uhr.

Er erstarrte. Adrenalin schoss durch seine Adern. Als sich seine Augen an die Bewegung gewöhnt hatten, erkannte er etwa zehn Meter nordöstlich von ihm hinter dem Haus eine vertraute Gestalt.

Antoine beugte sich über die Gestalt einer zweiten Person, die auf dem Boden lag. Leises Ächzen und dumpfe Schläge ertönten: Körper, die in der Dunkelheit miteinander rangen. Bevor Eli Hilfe leisten konnte, packte Antoine den Kopf des anderen Mannes mit der linken Hand an den Haaren und stieß ihm sein Messer mit der anderen Hand seitlich in den Hals.

Antoine rammte sein Knie in den Rücken des Mannes. Der Mann zappelte wie ein sterbender Fisch. Ein schwaches Glucksen drang über seine Lippen, als er versuchte, um Hilfe zu rufen.

Eli ging in die Hocke und kämpfte gegen den Tunnelblick an. Er schaute nach links und rechts und zur Dachlinie hinauf, jede Zelle seines Körpers alarmiert und wachsam. Vor allem in einer feindlichen Umgebung war es wichtig, die Situation immer im Blick zu haben.

Mit erhobener Waffe stand er auf und näherte sich ihnen aus der Deckung des geparkten Minivans. »Nähere mich dir von hinten«, sagte er, während er sich drehte, um Antoine vor eventuellen Bedrohungen aus dem Wald hinter dem Haus abzuschirmen.

Über die Leiche gebeugt zog Antoine die Klinge aus der Kehle des Mannes. Eine fast durchsichtige Flüssigkeit ergoss sich ins Gras. Durch die Nachtsichtbrille leuchtete das Blut auf eine bizarre Weise.

Antoine packte den schlaffen Kopf des Mannes mit beiden

Händen und schlug seinen Schädel immer wieder auf den Boden. Antoines sonst so fröhliches Lächeln war verschwunden und die Wut färbte seine Augen schwarz.

»Der ist definitiv tot, mein Freund«, flüsterte Eli.

Der Körper hörte auf zu zappeln. Antoine stand auf, nachdem er das Blut von seinem Messer auf dem Shirt seines Opfers abgewischt hatte. Eli identifizierte es als ein DoukDouk, das traditionelle Messer vieler Legionäre.

Eli blickte auf Antoines Werk hinunter. Er erkannte die Tätowierung des Wolfs auf dem Unterarm des toten Mannes, die beiden Schlangen, die im Maul des Raubtiers gefangen waren. »Sawyers Söldner.«

Antoine starrte Eli mit einem harten Blick an. Er hatte in den Soldatenmodus geschaltet und trug seinen Helm und das Nachtsichtgerät, aber nicht seinen Brustpanzer oder die Schutzweste. »Woher wusstest du, dass sie hier sind?«

»Nash hat mich gewarnt. Ich hab einfach mal geraten.«

»Es sind zu viele im Haus, als dass ich es alleine schaffen könnte, ohne Nyx oder ihre Großmutter zu gefährden. Sie sind zu viert. Jetzt nur noch drei. Sie haben sich Nyx' Funkgerät geschnappt, bevor sie Verstärkung rufen konnte. Ich war währenddessen damit beschäftigt, diesen Witzbold hier zu jagen. Er hat draußen Wache gehalten, also habe ich ihn ausgeschaltet.«

»Lebt Nyx noch?«

»Soweit ich weiß. Ich glaube, sie warten auf mich. Ich wäre ihnen direkt in die Falle gelaufen, aber ich habe zuerst meine Gegenspionage rund um das Haus durchgeführt und dabei ihren Einstiegspunkt entdeckt. Das hintere Fenster zur Waschküche war offen und der untere Riegel gebrochen. Vorher war er noch heile.«

Er zeigte auf das Fenster, das der Garage am nächsten lag. Das Fliegengitter war aus der Schiene gerissen worden und lag im hohen Gras neben der Klimaanlage.

»Diese Typen sind gut. Sie haben sich unter Nashs Aufsicht eingeschlichen und ihre Spuren verwischt.«

»Konntest du einen Blick reinwerfen?«, fragte Eli.

»Drei Feinde, die mit automatischen Waffen bewaffnet sind. Sie halten Nyx und ihre Oma in der Küche gefangen, die durch die Waschküche links vom Wohnzimmer zu erreichen ist. Nyx ist geknebelt und mit Handschellen hinter dem Rücken an einen Küchenstuhl gefesselt.«

Sein Gesicht verfinsterte sich. »Sie haben sie bis auf ihren BH und ihre Unterwäsche ausgezogen. Ihre Klamotten, ihre Platten und ihre Waffen liegen auf einem Haufen neben dem Kühlschrank. Ich habe einen großen Bluterguss auf ihrer Brust über ihrem BH gesehen. Sie müssen sich durch den Hintereingang eingeschlichen und ihr in die Weste geschossen haben. Sie haben die paar Sekunden, die sie am Boden lag, genutzt, um sie zu packen und zu entwaffnen. Ihre Großmutter liegt auf dem Boden vor dem Herd auf der rechten Seite. Ich habe eine Blutlache um ihren Kopf herum gesehen. Es sieht schlimm aus. Ich weiß nicht, ob sie noch am Leben ist. Sie haben sie mit Zigarettenstummeln verbrannt. Teil einer kranken Show für Nyx.«

Wut durchfuhr Eli wie ein elektrischer Strom. »Du hast von drei Typen gesprochen. Wissen wir, wer sie sind?«

»Andy Kade, David Reynard und der dritte ist Martin Aguilera.«

Eli kannte sie. Kade war lang und schlank, mit mausbraunen Haaren und einem herunterhängenden Schnurrbart. Sein unscheinbares Äußeres verbarg seine Vorliebe für Brutalität.

David Reynard trug keltische Tattoos, die sich über beide Arme schlängelten, und einen buschigen Bart, der ihm bis zur Brust reichte. Er war ein ehemaliger Marinesoldat, der unehrenhaft entlassen worden war, weil er die Folterung irakischer Gefangener im Nahen Osten fotografiert hatte.

Aguilera war ein ruhiger, nachdenklicher Mann Ende zwanzig. Er war kräftig und muskulös und hatte ein Tattoo der 101. amerikanischen Luftwaffe auf dem rechten Unterarm. Er war die Art von Mann, der nicht zögern würde, ein Kloster voller Mönche zu töten, wenn es seinen Zielen diente.

Keiner dieser Kerle würde sich so einfach geschlagen geben.

»Falcon ist zehn Minuten entfernt«, flüsterte Nash in sein Funkgerät, womit er Jackson meinte.

Eli knirschte vor lauter Frustration mit den Zähnen. Zehn Minuten waren zu lang. Alles konnte in einem Bruchteil einer Sekunde passieren, ganz zu schweigen von der Ewigkeit einer einzigen Minute.

Nyx und ihre Großmutter hatten nicht den Luxus von Zeit.

Antoine kannte den Grundriss, wusste, wo sich die Geiseln befanden, in welchem Zustand sie waren und wo die bösen Jungs mit ihren Waffen positioniert waren. Mit seinen Informationen hatten sie eine Chance.

Eli atmete tief durch, dachte an Lenas Lächeln, an Shilohs leuchtende dunkle Augen und schwor sich, dass er das hier lebend überstehen würde – irgendwie.

»Ich gehe jetzt mit Antoine rein«, sagte Eli zu Nash. »Bleib auf deinem Posten.«

»Verstanden.«

»Wenn die Verstärkung eintrifft, bring deine Männer um das Haus herum in Stellung. Bleibt in eurer Deckung und passt auf, damit ihr es heute Abend nach Hause schafft. Und sorg dafür, dass deine Leute nicht auf uns schießen.«

»Verstanden.«

Eli sah Antoine an. »Wir werden es einfach machen. Ich rufe *Granate* und werfe sie, damit wir Zeit haben, reinzugehen.«

Antoines Augen weiteten sich vor Schreck. »Du willst eine Granate werfen? Du wirst Nyx treffen ...«

»Das ist mir bewusst.«

»Und dann ...?«

Eli zog eine bemalte schwarze Gummiente aus seinem Rucksack. Sie war etwas größer als ein Baseball. Shiloh hatte gute Arbeit geleistet. Er hob sie in seine Handfläche. »Ich werfe die hier.«

Antoine starrte Eli an, als hätte er den Verstand verloren.

»Ich habe die Unterseite aufgeschnitten und einen Stein reingelegt, damit sie fast so viel wiegt wie eine Granate und sich ähnlich anhört, wenn sie landet. Das Auge wird sehen, was es zu sehen glaubt. Die bösen Jungs werden instinktiv in Deckung gehen, was uns ein oder zwei Sekunden mehr Zeit verschafft, diese Einfaltspinsel festzunageln.«

Antoine schüttelte verdutzt den Kopf. »Das ist so verrückt, dass es klappen könnte.«

Eli schenkte ihm ein grimmiges Lächeln. »Willkommen zur Geiselbefreiung in der Apokalypse.«

24

ELI POPE
TAG EINHUNDERTSECHSUNDDREISSIG

Eli und Antoine rutschten durch das Fenster und landeten leise auf dem Kachelboden darunter. Kalter Schweiß perlte unter Elis Brustpanzer und rann ihm den Nacken hinunter. Er konzentrierte sich auf den bevorstehenden Kampf und blendete alles andere aus. Seine Sicht verengte sich, seine Sinne waren scharf.

Drinnen war es dunkel. Wässriges Mondlicht strömte durch das Fenster. Beide Männer trugen zwei Nachtsichtgeräte an ihren Helmen. Als Antoine seine Tiefenwahrnehmung anpasste, stieß er mit seiner Hüfte versehentlich gegen einen Wäschekorb voller gefalteter Klamotten.

Er schwankte und drohte umzufallen.

Eli streckte eine Hand aus, um ihn zu stabilisieren – sein Herz schlug ihm bis zum Hals. Sie starrten sich in angespannter Stille an. Hatte jemand etwas gehört? Aus dem Inneren des Hauses war keine Reaktion zu verzeichnen.

Vorsichtig bahnten sie sich einen Weg durch die Waschküche, betraten einen Flur mit einem Halbbad, dessen Tür angelehnt war, und schlichen dann durch den kleinen Abstellraum, der in die Küche führte.

Warmes Kerzenlicht flackerte unter der Tür hindurch. Raue,

laute Stimmen drangen durch die instabile Hohlkörpertür. Es folgte ein leises schmerzerfülltes Stöhnen.

In der Hocke griff Antoine nach der Tür und öffnete sie vorsichtig einen Spaltbreit. Eli und Antoine hatten mehr als genug Licht, um etwas zu sehen, und klappten ihre Nahsichtgeräte hoch. Eli kniete sich hin und spähte durch den fünfzehn Zentimeter breiten Spalt in der Tür.

Ihm kam die Galle hoch, als er sich die Situation ansah. Nyx war nicht mehr an den Stuhl gefesselt, sondern lag mit den Händen hinter sich gefesselt auf dem Rücken auf dem Fliesenboden. Sie war unbewaffnet und ungeschützt. Der Munitionsgürtel, den sie sonst wie eine Miss-America-Schärpe trug, war in eine Ecke neben dem Mülleimer gekickt worden.

Ihr Kiefer war von blauen Flecken übersät und ihr rechtes Auge war geschwollen. Blut verschmierte ihre nackte Brust. Der blaue Fleck von dem Projektil, das ihre Brustplatte getroffen hatte, war hässlich rot-violett und wurde von Minute zu Minute schlimmer.

Reynard stand über ihr. In der einen Hand hielt er ein Kampfmesser, in der anderen eine Wodkaflasche. Die anderen Männer waren schwarz gekleidet und ihre strengen Gesichter waren mit Holzkohle beschmiert.

Kade war ihnen am nächsten. Er stand seitlich von Elis versteckter Position, seine Aufmerksamkeit auf Nyx auf dem Boden gerichtet. Aguilera lehnte an einem verblichenen Kalender, der neben dem Waschbecken an die Wand geheftet war.

Die Oma lag regungslos ein paar Meter von Nyx entfernt. Rote verbrannte Kreise zeichneten sich auf ihren dürren Armen ab. Blutspritzer überzogen ihr geblümtes Hauskleid. Ihre feinen weißen Haare waren wie ein Heiligenschein um ihren Kopf herum ausgebreitet. Ihre faltigen Lippen waren aufgesprungen, als hätte sie einen harten Schlag ins Gesicht bekommen.

Eli konnte ihren Zustand nicht einschätzen, während er durch den Spalt in der Tür spähte. Vielleicht war sie bewusstlos oder bereits tot.

Reynard stellte den Wodka zusammen mit seinem Messer auf dem Küchentisch ab. Eine Hand ruhte auf seiner Gürtelschnalle, während die anderen Männer mit dunklen, gierigen Augen zusahen. Ihre Aufmerksamkeit hatte sich komplett auf Reynard und Nyx verlagert.

»Wir beide werden uns richtig gut amüsieren, auch wenn dein Geliebter nicht auftaucht«, sagte Reynard.

»Fahr zur Hölle!«, lallte Nyx mit aufgesprungenen Lippen. Hass flammte in ihren Augen auf. Sie war am Boden, aber noch lange nicht am Ende.

»Keine Sorge, wir werden uns da treffen«, sagte Reynard. »Wenn wir mit dir fertig sind, kümmern wir uns um deinen Lust-knaben, sobald Frenchie seine hässliche Visage zeigt. Sawyer lässt euch grüßen. Er ist nur traurig, dass er nicht hier sein kann, um dir die Eingeweide aus dem Bauch zu reißen.«

Weißglühende Wut brannte unter Elis Brustbein. Nur Tiere quälten wehrlose alte Damen und taten das, was dieser Schläger Nyx antun wollte. Nicht einmal Sawyer würde dieses Verhalten dulden.

Eli kannte Sawyer schon sein ganzes Leben lang – von ihrer Highschoolzeit, in der er ein unbeholfener, mürrischer Außenseiter gewesen war, der unbedingt dazugehören wollte, bis hin zu dem kriminellen Superhirn, das über seine Festung auf Grand Island herrschte.

Sawyer war rücksichtslos und durchtrieben, aber er hatte seinen eigenen verdrehten Kodex, der es nicht erlaubte, Frauen zu verletzen. Trotz all seiner Skrupellosigkeit war Sawyer ein Gentleman-Gangster, zumindest sah er sich selbst so.

Sawyer wollte Strafen mit seiner eigenen Hand austeilen. Er würde nicht zögern, Nyx oder Antoine zu töten, aber das hier würde er nicht tun.

Reynards Augen glitzerten unter seiner breiten Stirn wie die Schuppen eines Fisches. »Wir werden so viel Spaß mit dir haben.«

Nyx spuckte Blut. »Nur zu, versuch es. Du wirst für den Rest deines Lebens im Sitzen pinkeln.«

Reynard fluchte vor Wut. Er trat ihr wiederholt in den Unter-leib, wodurch Nyx gegen die Schrankwand geschleudert wurde. Sie rollte sich in die Fötusstellung, um ihre inneren Organe zu schützen.

Sie konnten nicht eine Sekunde länger warten. Aktion schlug Reaktion, jedes Mal. Es war Zeit zu handeln.

Eli nickte Antoine zu. Dann formte er mit seinen Lippen die Worte: *Eins, zwei, drei.* Antoine riss die Tür weit auf.

25

ELI POPE
TAG EINHUNDERTSECHSUNDDREISSIG

Auf das Kommando hin schrie Eli: »Runter! Granate!«

Antoine und Eli stürmten durch die Küchentür. Gleichzeitig kreuzten sie einander, während sie in den Raum stürmten.

Eli warf das schwarze Gummi-Entchen in die Luft. Die kleine schwarze Ente, die ungefähr die Größe und Form einer Granate hatte, flog in einem hohen Bogen durch die Luft. Sie schlug auf, prallte ab und rollte unter den Küchentisch.

Die Söldner reagierten instinktiv. Die Köpfe aller drei Männer zuckten in Richtung der kleinen dunklen Form, die auf sie zuflog. In Panik warfen sie sich auf den Boden. Nyx rollte weg und machte sich an den Schränken klein.

Kade und Aguilera krabbelten auf Händen und Knien zu ihren Waffen auf der Arbeitsplatte. Sie reagierten auf die Bedrohung durch die Granate, nicht auf die Soldaten, die gerade in die Küche gestürmt waren.

Antoine und Eli feuerten, während sie sich bewegten. Die Schüsse schlugen in Kades Oberkörper ein. Eli feuerte einen schnellen Doppeltreffer in die Schläfe des Mannes. Ein rosafarbener Nebel schoss aus Kades Kopf. Die Kugel trat an der Rückseite seines Schädels wieder aus und bohrte sich in eine Schranktür. Währenddessen schaltete Antoine Aguilera mit zwei Treffern ins Gesicht aus.

Mit einer einzigen, schnellen Bewegung sank Eli auf den Boden und wirbelte herum. Aus den Augenwinkeln sah er eine Bewegung – einen dunklen Fleck, als Reynard ihn angriff.

Reynard feuerte auf die Stelle, an der sich eine Millisekunde zuvor noch Elis Schädel befunden hatte. Ein lauter Knall zerfetzte die Luft. Dann noch einer und noch einer. Die Kugeln zischten an Elis Kopf vorbei und zerschmetterten das Fenster der Waschküche hinter ihm. Glassplitter regneten in die Spüle.

Reynard rollte sich ab, sprang bewaffnet wieder in die Hocke und hob sein Gewehr. Er stürzte sich auf Eli. Eli tackelte den Söldner und rammte ihm seinen Kopf in den Magen, wobei er sich unter das Gewehr schob. Erschrocken über die Heftigkeit des Gegenangriffs, verlor Reynard seinen Halt an der Waffe. Sie schlitterte über den Boden und rutschte unter den Spülenschrank.

Der Mann fand sein Gleichgewicht unheimlich schnell wieder. Er ging mit einer Reihe von Schlägen auf Eli los. Schmerz schoss durch seine Rippen. Reynards linke Hand griff nach etwas an seinem Gürtel – einer feststehenden Klinge. Er holte mit der Rechten aus und traf Elis Wangenknochen. Sterne explodierten vor seinen Augen.

Eli warf sich auf den gefliesten Boden, tastete nach seiner Glock und rollte sich auf den Rücken, wobei er die Waffe hob und herumschwang. Sein Finger fand den Abzug. Reynard stürzte sich mit dem Messer auf ihn.

Die Klinge prallte von seinem Brustpanzer ab. Reynard war unerbittlich und stach wie wild auf ihn ein. Eli schaffte es, die Pistole unter Reynards erdrückendem Gewicht hervorzuziehen. Er drückte den Schalldämpfer gegen das Kinn des Mannes und feuerte.

Die einzelne 9-mm-Patrone drang durch Reynards Kinn, in seine Mundhöhle, durch seine Nebenhöhlen und in seinen Stirnlappen.

Reynard brach auf ihm zusammen. Hundertzehn Kilo Totgewicht schlugen auf seine empfindlichen Rippen. Die Spitze des Messers streifte Elis Schlüsselbein, bevor es neben dem Tisch auf den Boden fiel.

Heißes Blut sickerte in Elis Mund. Es bespritzte seine Wangen und seine Stirn. Es dauerte eine Sekunde, bis er merkte, dass es nicht sein eigenes war.

»Hey, Bruder.« Antoines Stimme klang weit weg, so unglaublich weit weg. »Lebst du da unten noch?«

Mit einem Stöhnen schaffte es Eli, die Leiche von sich zu schieben. Reynards Körper polterte auf den Boden und rollte schwer gegen die Tischbeine. Eli setzte sich auf, zuckte zusammen und rieb sich den Kiefer. Seine Rippen pochten. Die ganze rechte Seite seines Körpers pulsierte. »Kaum.«

»Kaum reicht mir.« Antoine schritt durch die Küche, streckte seine Hand aus und zog Eli auf die Beine. »Ich habe Aguilera erwischt. Ich hatte keine freie Bahn für einen Schuss auf Reynard, ohne zu riskieren, dich zu treffen. Tut mir leid, Bruder.«

»Sie sind tot. Das ist das Wichtigste.«

Eli und Antoine sahen sich in der Küche um, während ihre Herzen wie wild klopften. Eine schwere Stille senkte sich über das Haus. Elis Ohren klingelten von den Schüssen aus nächster Nähe. Seine Beine waren schwach und durch den Adrenalinrausch wie Wasser.

Die Küche sah aus wie aus einem Horrorfilm. Das Kerzenlicht glitzerte auf den Blutspritzern, mit denen die Schränke, der Boden und die Möbel bestrichen waren. Stühle waren umgekippt. Mehrere Einschusslöcher verunstalteten die oberen Schränke links neben der Spüle. Die Leichen lagen dort, wo sie hingefallen waren.

Nyx stöhnte auf.

Eli ging zu der alten Frau, während Antoine auf Nyx zustürmte.

Eli hockte sich neben die Großmutter und überprüfte ihren Puls. Ihre Brust war ruhig. Ihre Haut war grau, ihre Lippen blau. Sein Magen drehte sich. »Sie hat keinen Puls. Sie atmet nicht. Sie ist tot.«

Antoine schwebte nervös in der Nähe von Nyx. Sie lag zusammengerollt in der Fötusstellung. Er sammelte ihre Klamotten ein. Sie keuchte vor Schmerz, als er ihr half, sich aufzusetzen, ihre Handgelenke von den Fesseln befreite und sie aufstehen ließ. Sie sprachen nicht miteinander, tauschten aber einen unbeschreiblichen Blick aus.

Nyx schüttelte ihn ab und humpelte durch die Küche zu ihrer

Großmutter. Im Vorbeigehen trat sie gegen Reynards blutigen Oberkörper, bevor sie neben Eli auf die Knie sank. Sie ergriff die leberfleckige Hand ihrer Großmutter und drückte sie gegen ihre Wange, wobei sie das Blut, den Rotz und die Tränen auf ihrem Gesicht verschmierte.

»Lass uns dich verarzten«, sagte Antoine. »Du hast ein paar üble Wunden. Du könntest eine Gehirnerschütterung oder gebrochene Rippen haben. Reynard hat dich ziemlich hart getroffen.«

Nyx ignorierte ihn. Sie schaukelte hin und her. Ein animalischer Schmerzensschrei entrang sich ihren Lippen. Sie stöhnte tief in ihrer Kehle.

Eli beobachtete ihr Leiden mit ohnmächtiger Wut. Er verabscheute Sawyer und seine Männer für das, was sie ihr angetan hatten, für das Leid und die Schuldgefühle, die Nyx für den Rest ihres Lebens mit sich herumtragen würde.

»Nyx«, sagte Antoine mit bemerkenswerter Sanftmut. Er beugte sich über sie, und seine Hände schwebten hilflos über ihren Schultern, als hätte er Angst, sie zu berühren. »Geht es dir gut? Bist du ...«

Sie stieß ihn weg. »Lass mich in Ruhe.«

»Es tut mir so leid, Nyx ...«

»Halt die Klappe! Halt verdammt noch mal die Klappe!« Sie brach kniend über der Leiche ihrer Großmutter zusammen. Nyx umarmte sie und weinte. Ihr ganzer Körper zitterte unkontrolliert. »Es tut mir leid. Es tut mir so leid, dass ich dir das angetan habe.«

Eli hatte Nyx noch nie weinen sehen und bezweifelte, dass er das jemals wieder erleben würde. Beide Männer standen unbeholfen in der kleinen, beengten Küche und sahen mit sichtlichem Unbehagen zu – unsicher, was sie sagen oder tun sollten.

Elis Headset rauschte statisch. Jacksons Stimme brach durch. »Wir sind auf der Snow Road unterwegs. Eine Minute von deinem Standort entfernt. Lagebericht?«

»Feinde ausgeschaltet«, sagte Eli. »Ein Opfer. Wir brauchen einen weiteren Verbandskasten und einen Leichensack.«

Jackson zögerte. »Wer?«

»Nyx und Antoine leben«, antwortete Eli.

»Verstanden«, sagte Jackson erleichtert.

In Antoines Augen flammte Wut auf. Er sah aus, als wolle er wieder jemanden umbringen. »Sawyer wird dafür bezahlen. Ich werde ihn dafür büßen lassen.«

»Die Rache wird kommen«, sagte Eli. »Aber nicht heute.«

Antoine runzelte die Stirn. »Am Arsch.«

»Nicht heute.«

Die Hände an den Seiten des Legionärs ballten sich zu Fäusten. »Ja, okay.«

»Wir werden uns um Sawyer kümmern, aber vor den Toren lauert ein noch gefährlicherer Feind. Morgen ist Dienstag. Wir haben die Falle gestellt. Es ist Zeit, sie zuschnappen zu lassen. Ich brauche euch bei der Sache, euch beide.«

Nyx kniete über ihrer toten Großmutter. Sie wischte sich mit grimmigem Blick das Blut aus dem Gesicht. »Sag mir, dass Sawyer mir gehört.«

»Er hat seinen Männern nicht befohlen, deine Großmutter zu töten«, sagte Eli. »Das haben sie auf eigene Faust getan.«

»Das ist mir egal«, schrie Nyx. »Ich will seinen abgetrennten Kopf auf einem Tablett.«

Antoines Kiefer versteifte sich. Er wandte seinen Blick nicht von Nyx ab. »Wir werden jedes einzelne Kartell-Arschloch töten. Dann holen wir uns Sawyer. Das verspreche ich dir.«

Sie nickte vor sich hin, als ob sie sich mit ihrem unstillbaren Verlangen nach Rache abgefunden hätte – mit dieser schwarzen Wut, die Eli nur allzu gut kannte. Sie war erschüttert und verletzt und trauerte, aber das vertraute Feuer loderte in ihren Augen. Sie war eine Kriegerin, durch und durch.

Nyx sah zu Antoine auf und ihr Blick wurde härter. »Gut.«

26

JACKSON CROSS
TAG EINHUNDERTSECHSUNDDREISSIG

Jackson saß bis tief in die Nacht an seinem Schreibtisch. Die Öllaterne, die auf der Ecke des Schreibtischs stand, zeichnete wabernde Schatten an die Wände hinter ihm, die sich wie Schattengeister aus Albträumen bewegten.

Das tragbare Amateurfunkgerät lag vor ihm auf dem Schreibtisch. Er starrte es schon seit gefühlten Stunden an. Angst durchfuhr ihn und ein Knoten des Grauens bildete sich in seinen Eingeweiden. Er hatte das beunruhigende Empfinden, als würde Sand durch ein Stundenglas rauschen, und zwar viel schneller, als er es kontrollieren oder aufhalten konnte.

Es war mehr Zeit vergangen, als sie glaubten.

Er nahm das Funkgerät und drehte es in seinen Händen herum. So ein harmloser Gegenstand. Und doch war er durchdrungen von der Bitterkeit, der Scham und der Sehnsucht seiner gesamten Kindheit.

Sein Vater wartete am anderen Ende des Radios. Sein Vater wartete auf *ihn*.

Er vermutete, dass es sich um eine Art Falle handelte, einen mentalen Psychotrick, einen gerissenen und manipulativen Schachzug, um Jacksons Handlungen auf Horatios hinterhältige Ziele abzustimmen.

Er bezweifelte, dass sein Vater zulassen würde, dass sein Sohn körperlich verletzt wurde – aber andererseits hatte er ja auch seine Frau unter Drogen gesetzt. Und als es hart auf hart gekommen war, hatte er seine verkrüppelte Tochter im Stich gelassen, um seine eigene Haut zu retten.

Horatio Cross war gerissen, berechnend und egoistisch. Jackson war nicht länger blind gegenüber den Mängeln seines Vaters. Aber wenn er etwas tun konnte, um einen Angriff des Kartells zu verhindern, wenn ein Gespräch mit seinem Vater möglicherweise Leben retten konnte, das Leben der Menschen, für die Jackson sich verantwortlich fühlte, war es dann nicht das Risiko wert?

Eli glaubte das nicht. Aber andererseits reagierte Eli immer am liebsten auf alles mit Gewalt: Er kämpfte mit Haut und Haaren, bis er gewann oder starb.

Es gab auch andere Wege, um zu gewinnen. Oder zumindest, um nicht zu verlieren.

Es musste einen Ausweg aus dieser Situation geben.

Lena war vor Sorge außer sich gewesen, als er ihr erklärt hatte, was er tun wollte. Nur Devon war hilfsbereit, aber auch sie beobachtete ihn mit großer Sorge.

Sie hatten guten Grund, sich Sorgen zu machen. Er hatte auf die harte Tour gelernt, seinen Vater nicht zu unterschätzen.

Jackson fuhr mit den Händen an den Seiten des Funkgeräts entlang, berührte leicht die Tasten, legte es auf den Schreibtisch und nahm es dann wieder in die Hand. Die Luft war erdrückend und still. Sie fühlte sich dicht in seiner Lunge an. Jeder Atemzug war eine Anstrengung, eine Prüfung seines Willens.

Er atmete den abgestandenen Geruch von Papier und Tinte, saurem Körpergeruch und altem Leder ein, während er über seine Optionen nachdachte und das Gewicht seiner Entscheidung wie tausend Tonnen auf seiner Brust lastete.

Heute Nacht hatten zwei ihrer besten Soldaten einen Überraschungsangriff nur knapp überlebt. Antoine und Nyx waren angeschlagen, aber am Leben. Sawyer war ein Problem, um das sie sich kümmern mussten, und zwar bald. Aber noch nicht jetzt.

Morgen vor Sonnenaufgang würde sich ihre Kampftruppe in

den Ruinen der Geisterstadt versammeln, um den Feind aus dem Hinterhalt anzugreifen, bevor er sie vernichten konnte.

Die Bewohner von Alger County würden vor ihrer bisher größten Prüfung stehen.

Eli war sich sicher, dass sie gewinnen könnten. Aber selbst wenn sie es schafften ... Zu welchem Preis?

Wie viele gute Menschen würden sie verlieren? Menschen, die Jackson liebte und um die er sich sorgte.

Er dachte an Moreno und Nash, Jim Hart und Alexis Chilton. Er dachte an Lena und Shiloh. Devons verschmitztes Lächeln erschien wie eine schimmernde Fata Morgana hinter seinen Augenlidern. Er blinzelte das Bild davon. Vorerst.

So viele Dinge konnten falsch laufen. So viele Arten zu sterben.

Wenn er das alles verhindern konnte, wenn er eine Art Abkommen aushandeln konnte, wenn es eine Chance gab, ein großes Blutvergießen zu verhindern und seine Freunde zu retten, musste er es dann nicht versuchen?

Jackson nahm das Funkgerät in die Hand, beruhigte seine zitternden Hände und machte den Funkspruch.

27

JACKSON CROSS
TAG EINHUNDERTSECHSUNDDREISSIG

Jackson betrat das feindliche Lager allein.

In ihrem Funkgespräch hatte Horatio eine sichere An- und Abreise versprochen, unabhängig vom Ausgang des Treffens.

Seine Worte waren überzeugend genug gewesen, aber andererseits waren sie das immer.

Jackson glaubte nicht, dass Horatio ihn entführen oder töten würde, obwohl diese beunruhigende Möglichkeit in seinem Hinterkopf lauerte und wie eine lebende Made herumzappelte.

So oder so, Jackson hatte keine andere Wahl.

Zurück in Munising machten sich Eli und seine Hinterhaltsteams auf den Weg nach Devil's Corner, um ihre Falle zu stellen. Wenn Jackson bis dahin einen wundersamen Waffenstillstand erreichen konnte, konnte er sie alle retten.

Er war angewiesen worden, um Mitternacht zu den Wagner Falls außerhalb von Alger County zu kommen. Zwanzig Minuten lang wartete er angespannt am Straßenrand, die Muskeln verkrampft, die Hand auf dem Kolben seiner Dienstpistole ruhend.

Fast lautlos tauchten zwei Elektro-SUVs auf. Jackson hörte sie kaum über das laute Plätschern des Wasserfalls hinweg, der die felsigen Terrassen hinabstürzte. Der Wasserfall lag direkt neben der Straße und mündete in den Wagner Creek.

Die SUVs hielten neben ihm an. Ihre Scheiben waren stark getönt, sodass Jackson nicht sehen konnte, wer – oder was – im Inneren auf ihn lauerte. Er musste nicht lange warten.

Mehrere stämmige Männer mit Skimasken stiegen aus, filzten ihn, nahmen ihm die Waffen ab und fesselten ihm mit Kabelbindern die Hände hinter dem Rücken. Sie stülpten ihm einen Jutesack über den Kopf und schoben ihn auf den Rücksitz.

Schweigend fuhren sie weniger als eine Stunde. Jackson versuchte, die Zeit im Kopf zu behalten, und strengte seine Ohren an, um dem Rauschen des Kieses unter den Reifen, dem Brummen des Asphalts, den nächtlichen Geräuschen des Waldes, den raschelnden Bewegungen seiner Begleiter und ihrem schweren Atem zu lauschen.

Unter dem schweren Leinensack konnte er nur wenige Anhaltspunkte ausmachen. Seine Welt bestand aus Dunkelheit und abgestandener Luft. Er kämpfte gegen die Platzangst an, die an seiner Kehle kratzte. Seine Nerven lagen blank und seine Gedanken rasten mit einer Million Kilometern pro Sekunde. Plötzlich kam ihm das alles wie eine ziemlich schlechte Idee vor.

Die Fahrzeuge kamen langsam zum Stehen. Zwei Männer rissen ihn aus dem SUV und schoben ihn strauchelnd vor sich her. Fleischige Hände umklammerten seine Arme, damit er nicht blindlings stolperte und auf sein Gesicht fiel.

»Bleib hier stehen«, forderte eine schroffe Stimme.

Er stoppte, wobei seine Stiefel über den Bürgersteig scharrten. Er lauschte den gedämpften Stimmen um ihn herum, gelegentlichem Gelächter und dem Brummen eines Motors oder vielleicht eines Generators.

Er atmete den Geruch des Holzrauchs von Lagerfeuern ein und eine Mischung aus Schweiß und Waffenöl. Der Geruch von gebratenem Fleisch drang zu ihm durch. Ihm lief das Wasser im Mund zusammen.

Energische und selbstbewusste Schritte näherten sich. Er spürte, wie sich die Haltung seiner Aufpasser änderte: angespannte Muskeln, ein festerer Druck an seinen Armen. Wer auch immer vor ihm stand, verlangte Respekt.

»Nimm den Sack ab«, sagte eine schroffe Stimme.

Jemand riss ihm den Jutesack vom Kopf. Der raue Stoff kratzte an seinen Wangen. Jackson sog frische Luft ein und fokussierte seine Augen, während er seine Umgebung in Augenschein nahm.

Zwei imposante Bodyguards flankierten ihn und hielten mit steinerner Miene AK-47er in ihren kräftigen Armen. Jackson stand nicht auf dem Bürgersteig, wie er vermutet hatte, sondern auf einer kreisförmigen Auffahrt aus Kopfsteinpflaster. Ein beeindruckendes Bauwerk erhob sich vor ihm: ein großes Schloss, das einem französischen Château nachempfunden war, aus weiß getünchten Steinen gebaut und mit Türmen, Zinnen und bunten Glasfenstern ausgestattet.

Jackson hatte diesen Ort schon ein paar Mal besucht. Das Schloss war in den 1880er-Jahren von einem reichen Holzbaron erbaut und zu einem Luxushotel und Veranstaltungssaal mit einem angrenzenden historischen Museum umgebaut worden.

Das Kartell hatte es nun für seine eigenen Zwecke umgebaut. Aus den schmalen Fenstern der Türme und Zinnen blitzten Gewehrmündungen. Er entdeckte mehrere bewaffnete Männer, die paarweise auf dem Gelände patrouillierten. Eine Handvoll Drohnen surrte über ihm.

Obwohl es schon nach Mitternacht war, herrschte auf dem Schlossgelände reges Treiben. Männer und Frauen mit steinernen Mienen liefen umher, stapelten Ausrüstung und Vorräte und rüsteten sich mit Waffen und Schutzwesten aus.

Viele sahen aus und bewegten sich wie Soldaten. Andere verhielten sich wie Gangster und Schläger. Sie sahen Jackson mit den seelenlosen Augen von Gewalttätern an.

Mindestens drei Dutzend gepanzerte SUVs und Diesel-Pickups waren rechts vom Haupteingang geparkt. Mehrere Sattelschlepper und ein riesiger Gastankwagen standen in der Nähe eines waschechten Panzers. Neben einigen Fahrzeugen stapelten sich Kisten, Seesäcke und Berge von Waffen.

Sie bereiteten sich darauf vor, in den Krieg zu ziehen.

Ein kalter Schauer der Angst schoss durch Jackson. Er versuchte, die Leute zu zählen, aber es waren einfach zu viele. Von seinem begrenzten Aussichtspunkt aus sah er mindestens hundert, vielleicht sogar viel mehr.

»Jackson.« Horatio Cross stand in den Schatten des gewölbten Eingangs. Er hielt eine der massiven hölzernen Doppeltüren auf. »Mein Sohn.«

Jackson stählte sich. »Vater.«

Jackson betrachtete Horatio mit einer Mischung aus Ehrfurcht und Abscheu, während er seine große, schlanke Gestalt betrachtete, die mit ihren sechzig Jahren immer noch einen geraden Rücken hatte. Seine vollen, silbrigen Haare fielen ihm über die Stirn und gaben ihm ein elegantes, fast königliches Aussehen.

Er trug eine saubere Khaki-Hose und ein faltenfreies weißes Leinenhemd. Sein Kiefer war glatt rasiert. Er sah wohlgenährt und gesund aus. Eine H&K-Pistole saß gemütlich in einem Holster an seiner Hüfte.

Jackson verzog angewidert die Lippen. »Wie ich sehe, behandelt dich das Kartell gut. Du musst ihnen wirklich wertvolle Informationen gegeben haben, als du deine Leute verraten hast.«

Horatio lächelte schwach und nahm die Beleidigung gelassen hin. »Luis Gault ist großzügig gegenüber denen, die ihre Loyalität unter Beweis stellen. Du wirst schon sehen.«

»Das glaube ich nicht.«

»Du wirst deine Meinung ändern, da bin ich mir sicher.«

»Der Sack über dem Kopf war ein bisschen übertrieben, findest du nicht?«, sagte Jackson trocken. »Es ist ziemlich offensichtlich, wo wir sind.«

Horatio winkte mit einer Hand, ohne zu überlegen. »Ich entschuldige mich für die Theatralik. Mein Boss geht mit äußerster Vorsicht vor. Ich kann es ihm nicht verübeln, denn seine Methoden sind zwar primitiv und ziemlich brutal, haben sich aber letztendlich als sehr effektiv erwiesen.«

Jackson gab ein unverbindliches Geräusch in seiner Kehle von sich. »Bist du hungrig? Ich weiß, dass es schon spät ist, aber ich bin davon ausgegangen, dass du gerne einen Happen essen möchtest. Ich habe in der Küche eine Mahlzeit für uns zubereiten lassen.«

Horatio gab Jackson ein Zeichen, ihm ins Schloss zu folgen. Sie traten durch die riesigen Holztüren in eine große Halle mit gewölbten Balken, die die Decke der Kuppel durchzogen.

Die Bodyguards blieben mit den Händen an den Waffen dicht an seiner Seite. Er streifte versehentlich eine lebensgroße Nachbildung eines Ritters mit einer glänzenden Rüstung. Die Rüstung klirrte dumpf und hallte in dem riesigen Raum wider.

Am anderen Ende des Foyers zweigten drei breite, mit dekorativen Bögen geschmückte Gänge nach Norden, Osten und Westen ab, die vermutlich zu den Wohnbereichen führten. Batteriebetriebene Laternen warfen gelbes Licht auf den Schieferboden. An den Steinwänden hingen kunstvolle Wandteppiche mit Bildern von Rittern in der Schlacht.

In der Mitte der großen Halle stand ein Dutzend Männer in Kampfausrüstung. Sie beugten sich über einen massiven, holzgeschnitzten Tisch, auf dem verschiedene Karten lagen.

Jackson betrachtete die Männer, während Horatio erklärte, dass die meisten von Gaults Spitzenleuten von russischen Spetsnaz-Kommandos ausgebildet worden waren, die das Kartell angeheuert hatte. Einige von ihnen waren ehemalige mexikanische Marines und Seals, andere einfache Straßenschläger, denen die russischen Söldner Nahkampf und Infanterietaktiken beigebracht hatten – natürlich gegen einen Preis.

»Der Mann in der Mitte ist Luis Gault selbst«, sagte Horatio mit sichtlichem Stolz.

Luis Gault stand in der Mitte der Gruppe, sprach leise und gab Befehle, während seine Männer aufmerksam zuhörten und gelegentlich nickten. Während die Mythen, die sich um den Kopf des Kartells rankten, überdimensional waren und von hysterischen Gerüchten und furchterregendem Klatsch strotzten, war der Mann selbst weniger beeindruckend, zumindest körperlich.

Luis Gault war höchstens einen Meter siebzig groß. Seine Muskeln waren schmal und drahtig wie Sehnen, seine Gesichtszüge schlicht und unscheinbar, mit einer runden Brille, die auf einer kleinen Nase saß. Doch seine Augen waren ausdruckslos und listig wie die eines Raubtiers.

Horatio runzelte die Stirn, während Jackson Gault mit verengten

Augen beobachtete. »Lass dich nicht täuschen, dieser Mann ist unglaublich gefährlich.«

»Daran zweifle ich nicht.«

»Er ist brillant und rücksichtslos. Er hat die Hälfte seiner eigenen Familie abgeschlachtet, um das Kartell zu übernehmen. Seitdem hat er die Organisation zu einer bösartigen Kampftruppe ausgebaut, die es mit denen in Mexiko aufnehmen kann. Sobald er Munising geschlagen hat, wird Marquette mit Leichtigkeit fallen. Die Stadt ist überfüllt, hat zu viele Mäuler zu stopfen und nicht genug Männer, um ihre Grenzen zu verteidigen. Dann wird die gesamte Upper Peninsula ihm gehören.«

»Und was dann?«

»Dann Michigan. Und danach der gesamte Mittlere Westen. Er hat bereits große Teile Kanadas unter seiner Kontrolle. Mit jeder Schlacht wird seine Legende größer. Die Kriminellen strömen zu ihm. Söldner, Soldaten, Diebe und Mörder, er nimmt sie alle und vergrößert seine Reihen mit jedem Tag, während sich die kleinen Städte vor Angst in die Hose pissen.«

Abscheu machte sich in Jacksons Bauch breit. »Wie kannst du da mitmachen?«

Horatio zuckte abschätzig mit den Schultern. »Ich würde lieber in der Hölle regieren, als tot zu sein. Du nicht?«

»Nein.«

»Lass es mich erklären, mein Sohn. Komm mit.«

Jackson notierte sich taktische Details, die er Eli berichten wollte, aber die Bodyguards schoben ihn schnell an Gault und seinen Topleuten vorbei. Sie führten ihn nach rechts durch einen kleineren Korridor, dessen filigraner Torbogen in ein luxuriöses Restaurant führte.

Er erhaschte einen Blick auf prächtige Teppiche, schicke Tische und mittelalterliche Laternen, die wie winzige Sterne glitzerten, als sie durch das Innere des Restaurants gingen und schließlich durch Flügeltüren in einen Innenhof traten. Hoch aufragende Platanen, die mit Lichterketten umhüllt waren, säumten die Terrasse.

In der Mitte des kopfsteingepflasterten Innenhofs war ein einzelner runder Tisch mit einem weißen Tischtuch gedeckt. Das

Silberbesteck war in Stoffservietten eingewickelt und jeder Teller war mit einem Deckel abgedeckt, um das Essen warmzuhalten. Im Schein der Lichterketten glitzerten die halb mit Rotwein gefüllten Stielgläser wie Blut.

»Komm, iss mit mir zu Abend. Dann siehst du, was du bisher verpasst hast. Unnötigerweise, möchte ich hinzufügen.«

Jacksons leerer Magen grummelte. »Ich verpasse nichts.«

Horatio lachte. Das Geräusch jagte Jackson einen Schauer über den Rücken. Sein Vater wandte sich an einen der Bodyguards. »Schneide seine Fesseln durch. Er ist keine Bedrohung für uns.«

»Sag das nicht zu voreilig«, murmelte Jackson.

Einer der Männer zersägte die Kabelbinder mit einem Messer. Die Plastikteile fielen auf den Boden. Da er nun die Hände frei hatte, rieb sich Jackson die wunden Handgelenke.

Horatio wies mit einer Geste auf den nächstgelegenen Stuhl. »Setz dich.«

Jackson zögerte. Die Bodyguards trafen die Entscheidung für ihn. Mit den Händen auf den Schultern drückte ihn einer der Männer in den verzierten, gepolsterten Stuhl, während der zweite Bodyguard den Deckel des Tellers abnahm und ihn auf die nahe gelegene Arbeitsfläche fallen ließ.

Dampfendes Kartoffelpüree mit Butter, zarte grüne Bohnen und ein großes saftiges Steak lagen sauber angerichtet auf seinem Teller. Der verlockende Duft traf ihn zuerst. Sein hungriger Magen fühlte sich an, als würde er sich selbst auffressen.

Sein Körper sehnte sich nach den Kalorien und dem wertvollen Eiweiß. Er könnte zehn Teller essen und trotzdem nie satt werden. Er stellte sich vor, wie er seine Hände in die Berge von Kartoffelpüree tauchte und sich riesige Handvoll davon in den Mund schob.

Horatio beobachtete ihn aufmerksam, wobei sich ein Grinsen auf seine Lippen legte. Seine scharfen Augen funkelten und ihnen entging nichts. »Du hast Gewicht verloren, das du nicht hättest verlieren müssen. Du bist schlank und siehst hungrig aus. Haben sie in deinem Northwoods Inn nicht genug zu essen? Ich dachte, die wären Selbstversorger.«

Jackson presste die Lippen aufeinander und sagte nichts. Er

wollte sich nicht dazu verleiten lassen, Informationen preiszugeben, die sein Vater gegen sie verwenden könnte. Speichel füllte seinen Mund. Er schluckte ihn hinunter und stählte sich, um den Verlockungen zu widerstehen, die sich ihm boten.

Horatio nahm sein silbernes Messer in die Hand und schnitt sein Steak in mundgerechte Stücke. Er fuhr mit dem Fleischstück durch das luftige Kartoffelpüree, bevor er den Bissen an seinen Mund führte. Er kaute langsam, seinen Blick auf Jackson gerichtet, die grauen Augenbrauen hochgezogen, als ob er ihn verhöhnen wollte.

Jackson konnte seinen Blick nicht von den verlockenden Köstlichkeiten abwenden. Er hatte gar nicht bemerkt, wie wenig er in den letzten Wochen gegessen hatte. Da alle sich darum bemühten, den Winter zu überleben, sanken die Rationen fast täglich.

»Möchtest du nicht das Essen essen, welches ich für dich vorbereitet habe? Es ist unhöflich, unsere Gastfreundschaft zurückzuweisen.«

Mit großer Anstrengung schob Jackson den Teller zurück. Das Essen konnte vergiftet sein. Auf jeden Fall lehnte er alles von seinem Vater ab, selbst ein so dürftiges Geschenk wie ein Abendessen. Von einem Verräter Essen anzunehmen, während seine Leute hungern mussten, kam ihm wie eine schwere Sünde vor.

Es tat ihm körperlich weh, die Worte laut auszusprechen. »Es scheint so, als wäre mir der Appetit vergangen.«

Horatio runzelte unzufrieden die Stirn. »Pech für dich.«

»Du scheinst gut genährt zu sein. Und deine Männer auch.«

»Das bin ich. Wir alle sind es.«

Jackson starrte auf das Steak, begierig auf jeden Bissen.

»Jackson, wenn wir dich töten wollten, würden wir dich einfach erschießen. Du kannst ebenso gut etwas essen.«

Er leckte sich über die trockenen Lippen und zwang sich, den Hunger zu ignorieren, der sein Inneres aushöhlte und ihn schwindelig machte. Er neigte sein Kinn in Richtung des Steaks auf dem Teller seines Vaters. »Ich wusste nicht, dass es auf der UP noch Kühe gibt.«

»Wir haben Vieh und Leute, die sich darum kümmern. Wir suchen nicht wie alle anderen nach Essensresten. Wir haben eine

Infrastruktur und Zugang zu Flüssiggas und Dieselkraftstoff und wir haben begonnen, die lokale Lieferkette für Waren und Dienstleistungen wiederherzustellen.«

»Zugang? Interessante Wortwahl. Du meinst, ihr habt alles, was ihr besitzt, von anderen Leuten gestohlen.«

Horatio gab ein *Tztztz* von sich. »Du betrachtest die Dinge auf die falsche Weise. Dein Gehirn steckt in einer Box fest, deine Gedanken sind in den alten Wegen gefangen. Für manche Menschen kann es schwierig sein, sich anzupassen. Wir kontrollieren das Vermögen, damit die Massen nicht alles auffressen wie die Ratten und wir alle verhungern. Wir sind keine Barbaren, trotz der Gerüchte, die deine Leute gerne verbreiten. Wir bieten Unterkunft, Schutz und eine gerechte Verteilung der Ressourcen.«

»Wer entscheidet, was gerecht ist?«

Horatio kaute einen weiteren Bissen und stöhnte genussvoll auf. »Weißt du noch, wie deine Mutter jeden Heiligabend Entenbraten zubereitet hat? Sie hat dann das ganze Haus für euch Kinder geschmückt. Ihr habt Entenbraten gehasst und euch geweigert, ihn zu essen, obwohl sie den ganzen Tag in der Küche geschuftet hat. Alles, was ihr essen wolltet, war Trenary-Toast mit Zimt und Kirschen, erinnerst du dich? Das hat deine Mutter verrückt gemacht.«

Es war das Hausmädchen gewesen, nicht seine Mutter, die an jedem Feiertag in der Küche geschuftet hatte. Jackson biss die Zähne gegen den Schmerz zusammen, der ihn bei der Erwähnung seiner Mutter packte.

»Mutter ist tot«, platzte es aus ihm heraus, bevor er sich zurückhalten konnte. Horatio blinzelte, allerdings nicht überrascht.

»Du wusstest es.«

»Ich weiß eine Menge Dinge.«

»Du wusstest, was sie getan hat, nicht wahr? Dass es Astrid war. Astrid hat Lily getötet.«

Horatio warf ihm einen prüfenden Blick zu. »Ich weiß, dass du wegen Mordes verhaftet werden solltest, *Sheriff*.«

Jackson versteifte sich. »Du wusstest es. Du wusstest die ganze Zeit, was sie war.«

Horatios Mund verzog sich verächtlich. Fett glitzerte auf seinen Lippen. »*Du* bist der Mörder, Jackson. *Du* bist derjenige, der diese Familie zerstört hat. Was für ein Mensch ermordet seine eigene Schwester?«

Die vertraute Scham kroch in seine Brust und wühlte sich tief in den dunklen, fauligen Teil seiner Seele. Dort, wo seine schlimmsten Ängste wohnten, in das Loch in seinem Inneren, wo schleimige Dinge schlitterten – ein Ort der Fäulnis und des Verfalls.

Er zwang sich, ruhig zu bleiben. »Ich habe das Monster aufgehalten, das du entfesselt hast.«

»Du wagst es, über mich zu urteilen?«, forderte Horatio. Er war ein Meister darin, den Spieß umzudrehen und die Wut der anderen gegen sie selbst zu richten. »Du bist nicht anders als ich, als Gault, als jeder hier. Der Unterschied ist, dass wir wissen, wer und was wir sind. Wir stehen dazu. Du betrügst dich selbst, und wofür? Für dein selbstbetrügerisches Gewissen? Für eine bedeutungslose moralische Überlegenheit? Das interessiert niemanden. Die Gesellschaft hat so getan, als ob sie moralisch wäre, bevor alles zum Teufel ging. Jetzt gibt es keinen Grund mehr, sich zu verstellen. Es ist alles nur Fassade. Es war schon immer eine Fassade.«

»Ich bin *kein bisschen* so wie du.«

»Du bist ein größerer Narr, als ich dachte.«

Die Beleidigungen setzten ihm zu. Er konnte nicht so tun, als ob die grausamen Worte keinen Schaden anrichteten, als ob sein Vater nicht wüsste, an welchen empfindlichen Stellen in seiner Seele er graben und stochern musste. Die Familie wusste, wie sie einen am besten verletzen konnte.

Jackson verdrängte den Tsunami widerlicher Gefühle, der ihn zu überwältigen drohte, und zwang sich, konzentriert zu bleiben. »Ich habe diesem Treffen zugestimmt, um einen Waffenstillstand zu besprechen. Deine Schläger müssen aufhören, Städte zu verwüsten und unschuldige Menschen abzuschlachten. Eure Tage des Terrors sind gezählt.«

»Du musst in einer prekären Lage sein, wenn du Forderungen stellst, mein Sohn.«

»Mag sein, aber das sind die grundlegenden Bedingungen. Sie sind nicht verhandelbar.«

Horatio spießte ein Stück Steak auf und schniefte spöttisch. »Du verstehst gar nichts.«

»Ich verstehe dich nicht.«

»Das musst du auch nicht.« Horatio lehnte sich über den Tisch, die Gabel über dem Teller schwebend, und der Bissen des gebratenen Rindfleischs zitterte auf den Zinken. »Hör mir zu, mein Sohn. Ich habe Gault davon überzeugt, die Nachricht, die ich dir geschickt habe, zu genehmigen, weil du mein Sohn bist und irgendwo tief in dir ein Teil von dir steckt, der wie ich ist. Du teilst meine DNA. Ich weiß, dass du nicht dumm bist, also stell dich jetzt nicht dumm, wenn es am wichtigsten ist. Setze Logik und Vernunft ein, um eine kluge Entscheidung zu treffen. Bei Gault gibt es keine zweite Chance. Halte dich an die Regeln und sei ein braver Junge, denn wenn wir Munising übernommen haben, müssen wir jemandem die Verantwortung überlassen. Ich habe bereits Bedingungen für dich ausgehandelt, damit du Sheriff bleiben kannst. Du kannst weiterhin alles tun, was du jetzt tust.«

»Wo ist der Haken?«

»Wer sagt, dass es einen Haken gibt?«

»Es gibt immer einen Haken.«

Horatio schüttelte den Kopf, als wäre er über die absurde Dummheit seines Sohnes erstaunt. »Ich versuche, dein Leben zu retten.«

28

JACKSON CROSS
TAG EINHUNDERTSECHSUNDDREISSIG

»Du willst mein Leben retten?«, fragte Jackson ungläubig. »Das ist ganz schön frech, wenn es von dir kommt.«

Er zügelte seine Wut. Hinter der Wut verbarg sich die dunkle Seite in ihm, die er am allermeisten verachtete. Diese hartnäckige Sehnsucht – der verlorene kleine Junge in ihm, der sich nach der Anerkennung seines Vaters sehnte und der einst alles getan hatte, um sie zu bekommen ... Und dazu hatte sogar gehört, seinen besten Freund zu verraten.

Selbst jetzt spürte er die quälende Sogwirkung, die stärker war, als er es für möglich gehalten hatte, wobei die alten Gefühle der Unwürdigkeit schlagartig zurückkehrten.

Er hielt seine Stimme gleichmäßig und ruhig; er wollte nicht, dass Horatio sah, wie sehr er ihn verunsichert hatte. »Was ist mit meinen Leuten? Meiner Stadt? Was ist mit ihrem Leben?«

»Jede Handlung hat Konsequenzen«, sagte Horatio. »Ihr habt uns bestohlen. Im Gegenzug werden wir das Northwoods Inn für das, was deine Leute getan haben, zerstören. Wir werden James Sawyer und seine kleine Inselutopie auslöschen. Aber als Gegenleistung für deine Hilfe bei der Rückgabe unserer gestohlenen Waren werden wir dich und die meisten deiner Männer verschonen. Anstatt einen unglaublich schmerzhaften Tod zu erleiden, erhalten deine Freunde Straffreiheit für vergangene Verbrechen gegen das Kartell.«

»Wir werden die Kontrolle über Munising niemals an einen mörderischen Soziopathen abgeben.«

Horatios Gesichtsausdruck verfinsterte sich. »Was hast du dann für diesen friedensstiftenden Deal, den du so sehr willst, zu bieten? Ich habe dir ein gutes Angebot gemacht, sogar ein besseres als das, was du verdienst. Keinem anderen wurde auch nur der kleine Finger gereicht. Diese Gnade verdankst du der Tatsache, dass du mein Sohn bist. Das musst du verstehen ... wenn du sonst schon nichts verstehst.«

»Wir könnten uns die Waffen zurückholen, die Sawyer gestohlen hat, und sie zurückgeben. Das sollte Gault besänftigen.«

»Du kennst ihn nicht. Gault will die Medikamente.«

»Warum braucht er sie so dringend? Er investiert eine Menge Ressourcen in diesen Kampf.«

Horatio beugte sich vor und senkte seine Stimme. »Ich sollte dir das nicht sagen, aber ich werde es tun, um dich aufzuklären. Gaults Frau ist Diabetikerin. Sie braucht das Insulin genauso dringend wie deine geliebte Lena. Gault würde die ganze Welt niederbrennen, um das Insulin zurückzubekommen.«

Jackson lehnte sich auf seinem Sitz zurück und bekam ein mulmiges Gefühl im Magen, als hätte man ihm einen Schlag versetzt. Die schreckliche Erkenntnis sank ihm bis ins Mark.

Wie weit waren sie zu gehen bereit gewesen, um Lena zu retten? Sie waren in die Hölle hinabgestiegen, um sie zu retten und das Insulin zu holen.

Ein erbarmungsloser Mann wie Gault würde noch viel schrecklichere Gräueltaten begehen, um zu bekommen, was er wollte. Es würde keinen Friedensvertrag geben. Es gab keinen Weg zurück – nur den ultimativen Krieg.

»Ihr werdet mir das Insulin aus meinen kalten toten Händen reißen müssen«, sagte Jackson.

»Das ist deine Entscheidung.« Horatio nahm einen weiteren Bissen vom Steak und kaute langsam und systematisch. Er schwenkte sein Weinglas, schnupperte daran, nippte und schluckte, wobei sein Adamsapfel wippte, bevor er genüsslich seufzte.

Jackson beobachtete ihn in angespanntem Schweigen.

»Vermisst du nicht den Komfort und die Annehmlichkeiten deines alten Lebens? Es ist nicht alles weg. Das muss es nicht sein.« Er breitete die Arme aus, als wolle er den Hof, das Schloss, das köstliche Essen und den Reichtum begrüßen. »Das ist es, was ich dir anbieten kann. Genug Essen für alle. Obdach für den Winter. Dein eigenes *Überleben*. Niemand, den du liebst, muss sterben.«

»Alles, was wir tun müssen, ist, unsere Seele zu verkaufen und unsere Freiheit aufzugeben.«

»Was ist Freiheit? Es ist nur ein Wort. Bedeutungsloses Gerede, mit dem sich die Leute selbst besser fühlen. Nichts davon ist jetzt wichtig.«

»Für mich ist es wichtig.«

»Du hast nicht das Recht, dich moralisch überlegen zu fühlen, Jackson. Dieses Recht hast du schon lange verloren. Bist du nicht derjenige, der Beweise gegen deinen besten Freund platziert hat? Oder war das ein anderer Jackson Cross, der seine Seele verkauft hat, um einen Fall abzuschließen?« Horatios Augen funkelten. Er entblößte seine Zähne wie ein Raubtier, das über seiner Beute lauerte. »Du bist derjenige, der seine Schwester ermordet hat. Der Gestank der Korruption haftet an dir. Er ist *in* dir. Du bist der Sohn deines Vaters.«

»Nein.« Jackson leckte sich über die Lippen. Seine Brust war so eng vor Angst, dass es ihm schwerfiel, zu atmen, klar zu denken. »Ich bin keineswegs wie du.«

»Warum wehrst du dich? Du weißt, dass du dafür geschaffen worden bist!«

Jackson schüttelte den Kopf. »Ich mag an einigen schrecklichen Dingen schuldig sein, aber ich weiß, wer ich bin. Astrid war eine eindeutige und gegenwärtige Bedrohung für andere. Ich habe getan, was ich ...«

»... tun musste, ja. Das weiß ich. Ich habe immer dasselbe getan. Die Menschen sind Bauern! Sogar die Yooper, und obwohl sie widerstandsfähiger sind als die meisten anderen, sind sie trotzdem dumm.

Dumme, kleine Ameisen, die ihr sinnloses Leben fristen und überrascht sind, wenn ein riesiger Fuß sie aus ihrer Existenz stampft. Sie merken nicht einmal, wie unbedeutend sie sind. Ich sehe das große Ganze. Ich sehe, was aus uns werden kann. Wir können diesem Leiden einen Sinn geben. Wir können die Dinge für alle besser machen ...«

»Indem wir ihre Städte niederbrennen? Indem wir die einheimischen Anführer aufstellen und ihnen in den Kopf schießen, damit es niemand mehr wagt, sich dem Kartell zu widersetzen? Du kannst mit deinen schönen Worten nicht die Realität verdrehen. Ich habe das Gemetzel mit meinen eigenen Augen gesehen.«

»Seit Anbeginn der Zeit war Gewalt notwendig, um die Völker zu unterwerfen. Wir leben in einer neuen Welt, die anders ist als alles, was die Geschichte je gesehen hat. Man muss das Alte zerstören, um aus der Asche etwas Neues erschaffen zu können. Das ist seit Urzeiten so. Die Starken erringen den Sieg und die damit verbundene Beute. Dies ist unsere Zeit, alles umzuwerfen und unsere eigenen Regeln zu schaffen, unsere eigene Regierung, unser eigenes Königreich.«

»Du klingst wie James Sawyer.«

Ein Muskel in Horatios Kiefer zuckte. »Wir sind Crosses. Wir sind diejenigen, die überleben. Komm ... schließ dich uns an. Schließ dich uns an und lebe. Du gehörst zu mir, an meine Seite, als mein Sohn. Gemeinsam können wir herrschen.«

Jackson faltete seine Serviette und legte sie über sein Essen, das er nicht angerührt hatte, während sein Magen schmerzhaft knurrte. Sein Vater wandte den Blick ab. Er hatte nicht vor, sich zu entschuldigen. Niemals würde er sagen: *Verzeih mir, mein Sohn, denn ich habe gesündigt. Deine ganze Familie hat gegen dich gesündigt und ich bin der Hauptschuldige.*

Was sollte er jetzt tun? Es gab keinen Ausweg. Es war nichts mehr da. Es war, als ob er eine fremde Sprache sprechen würde. Die Worte, die aus seinem Mund kamen, waren unverständlich. Die Worte, die er sich gewünscht hatte, eines Tages von seinem Vater zu hören, gab es nicht. In keiner Sprache.

Sein Mund wurde trocken und seine Zunge schwoll an. Er

konnte nicht sprechen, seine Kehle war dick. Er konnte nicht schlucken. Das war reine Zeitverschwendung.

Jackson stand auf.

Horatio schaute ihn überrascht an. »Was tust du da?«

»Ich hatte einen Funken Hoffnung, dass wir einen Kompromiss schließen, uns in der Mitte treffen und irgendwie einen Weg finden können, die Zerstörung der Stadt, in der du zwanzig Jahre lang als Sheriff gedient hast, zu verhindern. Ich bin der größte Narr, weil ich geglaubt habe, dass du dich jemals um etwas anderes als dich selbst scheren würdest.«

»Keine Bewegung«, befahl Horatio.

»Wir haben uns nichts mehr zu sagen.« Jackson wandte sich zum Gehen.

Die Bodyguards kamen mit aggressiver Haltung auf ihn zu.

Einer zog eine Pistole.

Horatio streckte seine Hand aus. »Warte!«

Die Wachen hielten mitten im Schritt inne. Sie warteten auf den nächsten Befehl – ob sie Jackson töten oder ihn verschonen sollten. Ihre Mienen waren gelangweilt; es war ihnen egal, wie das hier ausgehen würde.

»Du hast mir eine sichere Rückreise versprochen«, sagte Jackson. »Willst du dein Wort brechen?«

Horatio stand schnell auf und starrte ihn an. »Ich habe ein Versprechen gegeben und ich werde es auch halten, aber wir sind hier noch nicht fertig. Bevor du gehst, habe ich noch eine kleine Überraschung für dich.«

Wie aufs Stichwort trat ein Mann durch den Torbogen in den Innenhof und stolzierte zwischen den Reihen der Esstische hindurch. Er war groß und schlank und hatte eine löwenartige Statur. Seine blonden Haare waren bis zum Schädel geschoren. Seine stechenden blauen Augen ruhten in einem langen, kantigen Gesicht.

Jackson starrte ihn an, sein Mund stand vor lauter Schock offen. Ein Schwindelgefühl erfasste ihn. Seine Beine wurden schwach und gummiartig. Er war sich nicht sicher, ob der Mann, der da vor ihm stand, real war. Er blinzelte einige Male und rieb sich die Augen. Er war real.

Horatio begrüßte den Mann mit einer herzlichen Umarmung. Er klopfte ihm auf den Rücken, dann drehte er sich um und grinste Jackson an. »Jackson, sag Hallo zu deinem Bruder.«

185

Horatio begrüßte den Mann mit einer herzlichen Umarmung. Er klopfte ihm auf den Rücken, dann drehte er sich um und grinste Jackson an. »Jackson, sag Hallo zu deinem Bruder.«

29

JACKSON CROSS
TAG EINHUNDERTSECHSUNDDREISSIG

»**G**arrett«, sagte Jackson fassungslos.

»Höchstpersönlich.« Garrett umrundete den Tisch in langen, selbstbewussten Schritten und umarmte ihn.

Jacksons Arme blieben starr an seinen Seiten hängen. Er war durcheinander, verwirrt und auf eine Weise verunsichert, die ihm Angst machte. Seine Welt war gerade auf den Kopf gestellt worden – mal wieder.

Jackson hatte seinen Bruder seit fünfzehn Jahren nicht mehr gesehen. Es fühlte sich an wie tausend Jahre, eine Ewigkeit. Garrett Cross, einst der Goldjunge der Cross-Familie.

Vor fünfzehn Jahren hatte Garrett ein Stipendium für die MSU erhalten, wurde dann aber von der Uni verwiesen, nachdem er in den Drogenkonsum abgerutscht war – und dann auch in den Handel, um seine Sucht zu stillen. Eines Tages verließ er sein Zuhause und kehrte nie zurück. Die Familie hatte ein paar Postkarten von Mackinac Island und Traverse City erhalten und dann nichts mehr.

Kein Geburtstagsanruf. Kein Besuch. Nicht einmal eine Weihnachtskarte.

An einem Tag noch hier und am nächsten verschwunden.

Horatio grinste selbstzufrieden. »Dieser kleine Besuch entwickelt sich zu einer Art Familienzusammenführung.«

Wie ein Stromschlag dämmerte es ihm auf einmal. »Das ist der Grund. Das ist der Grund, warum du dich dem Kartell angeschlossen hast. Du hattest eine persönliche Einladung. Garrett ist einer von ihnen.«

»Dein Bruder hat sich zu einem der vertrauenswürdigsten Berater von Gault hochgearbeitet. In den letzten acht Jahren hat er beträchtlichen Reichtum und Macht angehäuft. Ziemlich beeindruckend. Du kannst dich glücklich schätzen, dass er dich zurücknehmen will.«

Jackson stotterte. »Er ist derjenige, der gegangen ist!«

»Wir sind deine Familie. Die einzige Familie, die du noch hast. Du brauchst uns.«

Garrett packte Jacksons Arme. »Ich habe dich vermisst, Jackson. Du hast keine Ahnung, wie oft ich an dich gedacht habe, wie oft ich dich kontaktieren wollte. Vater hat gesagt, es sei noch nicht der richtige Zeitpunkt. Jetzt ist es endlich so weit. Schließ dich uns an, Bruder. Du wirst nie wieder allein sein müssen.«

»Ich bin nicht mehr allein.«

»Aber Vater hat gesagt, Mutter und Astrid sind tot ...«

»Ich habe eine andere Art von Familie.«

Garrett runzelte die Stirn, als könne er die Worte seines Bruders nicht verstehen. Er ließ Jackson los und trat einen Schritt zurück, wobei er gegen den Tisch stieß. Die Kerze klapperte. »Was soll das heißen?«

»Jackson hat unsere Großzügigkeit abgelehnt«, sagte Horatio. »Er möchte lieber mit seinen erbärmlichen Freunden sterben.«

Garrett zog einen Stuhl vom Nachbartisch heran und setzte sich, wobei er seine muskulösen Unterarme über der Brust verschränkte und seine dicken Schenkel weit spreizte. Er war groß, imposant und muskulös, ein Musterbeispiel für körperliche Fitness.

»Nur noch mal, damit ich das richtig verstehe. Nach dieser großen Wiedervereinigung mit deiner eigentlichen Familie kehrst du uns den Rücken zu? Wir haben dir großzügig Unterschlupf, Schutz und Frieden für dich und deine Leute angeboten, ohne eine Gegenleistung dafür zu verlangen, und du lehnst uns ab?«

Jackson presste seine Lippen zu einer dünnen Linie zusammen und sagte nichts.

Garretts Augen verengten sich. »Wo ist deine Loyalität geblieben? Ich bin dein Bruder, verdammt noch mal! Derjenige, der dich in der dritten Klasse vor Schlägertypen gerettet hat. Der, der dir jeden Tag nach der Schule Lakritz gebracht hat, als du Bronchitis hattest.«

Jackson erinnerte sich an nichts von alledem. Ein unbehagliches Gefühl kroch in seinem Magen herum. Seine Kindheitserinnerungen waren abgenutzt, unvollständig und durchlöchert, wenn nicht sogar frei erfunden. Eine Illusion, ein magischer Trick.

Wenn er sich an etwas erinnerte, dann war es der ständige Wettbewerb um die geizige Zuneigung der Eltern. Garrett und Astrid gewannen jedes Mal durch schiere Skrupellosigkeit. Garrett war schon immer ein geschickter Lügner gewesen. Genau wie Astrid benutzte er sein gutes Aussehen, um die Fäulnis hinter der angenehmen Fassade zu verbergen.

Aber Astrid war nie nett gewesen; sie hatte mit dem Mitgefühl und dem Mitleid ihrer Opfer gespielt, um sie zu manipulieren. Garrett hatte Scham und Schuldgefühle als Taktik gewählt, genau wie Horatio.

Der Goldjunge, der Highschool-Quarterback und Star seiner Gemeinde, war auch der bösartige, berechnende Drogendealer gewesen. Er war derselbe grausame Junge, der seiner Mutter und seinen Geschwistern den Rücken zugekehrt hatte und gegangen war, als er ein besseres Angebot bekommen hatte.

Garrett scherte sich keinen Deut um Familienbande, es sei denn, es diente seinen eigenen Zielen. Er und Horatio waren aus dem gleichen Holz geschnitzt. Wie der Vater, so der Sohn.

Jackson hatte es satt, benutzt und manipuliert zu werden, er hatte die toxische Beschämung satt, mit der seine Familie ihn zu kontrollieren versuchte. Er hatte die Nase voll.

Er sprach ruhig und deutlich. »Ich werde meine Leute nicht verraten.«

»Dann werden wir sie töten«, sagte Garrett in einem lässigen Tonfall, so beiläufig, als würde er darüber diskutieren, ob er Lachs oder Forelle zum Abendessen grillen wollte. »Alle. Auch deine Freundin Lena und ihre Nichte. Wie heißt sie doch gleich?« Garrett schnippte mit den Fingern. »Ah, ja. Shiloh.«

Jackson hatte Mühe, seine Wut zu zügeln. »Wenn du sie anfasst, bringe ich dich persönlich um.«

Horatios Gesichtsausdruck blieb steinern und unleserlich. Garrett brach in schallendes Gelächter aus. »Das würde ich gerne sehen.«

Einige der Wachen waren näher gekommen, die Hände an den Waffen, die Mienen teilnahmslos. Noch nie war er sich seiner Verwundbarkeit so bewusst gewesen. Er fühlte sich nackt und ungeschützt. Seine Hand schwebte instinktiv über seinem leeren Holster. »Ich werde jetzt gehen.«

Es war ein Fehler gewesen. Er hätte nie hierherkommen dürfen.

Zugleich kannte er jetzt das wahre Gesicht seines Feindes.

»Dann geh«, fauchte Horatio. »Lauf zu deinen erbärmlichen Freunden. Wenn sie noch am Leben sind, meine ich.«

Jackson erstarrte. »Was?«

Es war Garrett, der lächelte – ein grausames Lächeln, das Jackson das pure Entsetzen einflößte. Sein Bruder löste seine verschränkten Arme und stand auf. Eine raubtierhafte Begeisterung glänzte in seinen Augen. »Wir haben eure kleine List durchschaut.«

»Welche List?«

Garrett machte einen bedrohlichen Schritt auf ihn zu. »Ihr glaubt, dass ihr den Tiger in eine Falle gelockt habt, aber ihr irrt euch. Wir können nicht in die Falle gelockt werden. Wir können nicht aufgehalten werden. Egal, für wie schlau ihr euch haltet, wir sind schlauer. Egal, für wie stark ihr euch haltet, wir sind stärker. Wir sind euch zahlenmäßig überlegen, wir sind Legion. Wir werden euch vom Angesicht der Erde tilgen.«

Jacksons Mund wurde knochentrocken. »Du bluffst doch nur.«

»Luis Gault blufft nicht. Und ich auch nicht. Was glaubst du, wie ich mir meinen Platz an seiner Seite verdient habe? Du solltest es doch eigentlich besser wissen.«

Horatio sagte: »Ein Kontingent unserer Kämpfer bewegt sich in diesem Moment auf Devil's Corner zu. Du kannst nichts tun, um uns aufzuhalten.«

Jackson behielt seine Gesichtszüge stillschweigend bei. Er ließ sich nichts von der Angst anmerken, die durch seine Adern floss. »Ich habe keine Ahnung, wovon du redest.«

Garretts Lächeln wurde noch breiter. »Der Ort, den ihr ausgesucht habt, ist mehr als treffend. In ein paar Stunden werden deine Leute nur noch Geister sein, die für den Rest der Ewigkeit durch die einsamen Straßen dieses erbärmlichen Ortes spuken werden.«

»Du unterschätzt uns«, sagte Jackson. »Wir werden nicht kampflos untergehen.«

»Das ist genau das, was wir erwarten«, sagte Garrett.

Jackson musste Eli erreichen und ihn irgendwie warnen, aber das Kartell hatte ihm sowohl sein Funkgerät als auch seine Waffen abgenommen. Außerdem war er nicht in Reichweite. Er hatte nichts. Er war absolut nutzlos.

Er musste so schnell wie möglich zu Eli und den anderen gelangen.

»Bring mich zurück nach Wagner Falls«, sagte er. »Sofort.«

Horatio gestikulierte mit routinierter Gleichgültigkeit zu der nächsten Wache. Der letzte Rest väterlicher Zuneigung war verschwunden. Auch die Enttäuschung, der Zorn, die Hinterhältigkeit und das Flehen waren verschwunden. Seine Augen waren einfach nur leer.

Jackson hatte seine Entscheidung getroffen. Genau wie sein Vater und sein Bruder. Er hatte sich endgültig und vollständig von ihnen abgegrenzt. Es gab kein Zurück mehr.

»Bringt ihn dorthin zurück, wo ihr ihn gefunden habt«, befahl Horatio barsch. »Lasst ihn am Leben, damit er seine Verluste betrauern kann. Er soll dem Rest seiner Leute im Northwoods Inn sagen, dass sie das gleiche Schicksal erleiden werden wie ihre Freunde in Devil's Corner, wenn sie sich nicht ergeben.«

Die Bodyguards traten an Jacksons Seite und begleiteten ihn zum Ausgang.

»Übrigens, Jackson«, sagte Garrett vergnügt. »Das nächste Mal, wenn wir dich sehen, bist du ein toter Mann.«

30

ELI POPE
TAG EINHUNDERTSIEBENUNDDREISSIG

»Ich sehe Bewegung«, sagte Nash über Elis Funkgerät. »Sieht aus wie eine Fahrzeugkolonne, die einen halben Kilometer entfernt von meiner Position direkt auf uns zukommt.«

»Das Kartell ist hier«, sagte Eli.

Er spitzte die Ohren und lauschte dem Schwirren der Insekten. Mandarinen- und Lavendelfarben färbten den frühen Morgenhimmel über den Silhouetten der Bäume. Tau klebte an dem Gras unter seinem Bauch und durchnässte seine Hose und sein Shirt, obwohl er die Nässe durch seinen Körperpanzer kaum spürte. Ein feuchtes Laubblatt klebte an seiner Wange.

Sein treues HK417-Gewehr mit Dreißig-Zentimeter-Lauf und Nachtsichtgerät ruhte neben ihm. Eli und ein Dutzend andere hatten sich in Scharfschützenverstecken entlang des Hügels positioniert, von wo aus sie die Kurve überblicken konnten, an der sie die Sprengsätze platziert hatten. Sie hatten drei Stunden lang auf der Lauer gelegen, weil sie nicht wussten, ob der Feind auftauchen würde und, wenn ja, ob die Falle zuschnappen würde.

Eli hatte einen Späher auf der Bergkuppe platziert, um Wache zu halten und sicherzustellen, dass sich die Hueys des Kartells nicht an sie heranschleichen konnten. Eineinhalb Kilometer weiter nördlich wartete ein QRF-Team – eine schnelle Eingreiftruppe – mit vierzig der besten freiwilligen Kämpfer von Munising in der alten Kirche neben dem Friedhof. Moreno und Devon waren bei ihnen.

Eli hatte alle Mitglieder des QRF-Teams angewiesen, sich mit ihrer Ausrüstung und ihren Waffen bereitzuhalten. Sie waren eine unerprobte Truppe. Solange der Hinterhalt wie geplant ablief, würden sie sich in der Kirche aufhalten und nicht einmal ein Magazin in die Hand nehmen müssen. In letzter Minute hatte Eli auch Antoine angewiesen, zum QRF-Team zu wechseln. Es gefiel ihm nicht, Antoine zu verlieren. Und da Jackson weg war, um seinen Vater zu konfrontieren, fehlten Eli zwei seiner besten Männer.

Baker und Flores, zwei erfahrene Polizisten, die sich unter Druck bewährt hatten, waren mit einer Kampftruppe im Northwoods Inn zurückgeblieben, um die Gemeinde zu schützen. Sie konnten ihre verletzlichsten Leute nicht ungeschützt lassen.

»Bleib cool«, ertönte Harts Stimme plötzlich aus dem Funkgerät.

Hinter der Kurve tauchte einige hundert Meter weiter östlich das erste Fahrzeug auf.

Eli wartete mit angehaltenem Atem. Das Fahrzeug näherte sich, der Motor dröhnte. Sein Blick durch sein Fernglas verengte sich zu einem engen Punkt.

Das Führungsfahrzeug rollte an dem Steinhaufen vorbei, der den ersten vergrabenen Sprengsatz markierte. Es war ein gepanzertes Buffalo-Fahrzeug mit einem .50-Kaliber-Maschinengewehr.

Eli wartete verkrampft auf die Explosion. Nichts passierte.

Das zweite Fahrzeug rollte vorbei. Dann das dritte.

Immer noch nichts.

Keine Explosion. Irgendetwas stimmte nicht.

Der selbst gebaute Sprengsatz hätte explodieren müssen. Das tat er aber nicht. Auch die zweite Bombe ging nicht hoch. Ebenso wenig wie die dritte.

Angst packte ihn. Seine Handflächen wurden feucht, sein Herz hämmerte gegen seine Rippen. Was zum Teufel passierte da? Er verstand es nicht.

Er griff nach seinem Funkgerät. »Echo Three, bitte melden!« Das Funkgerät war stumm.

»Echo Two, hörst du mich? Echo, Tango, Alpha? Irgendein Rufzeichen, bitte melden!«

Immer noch nichts.

Die Fahrzeuge fuhren mit fünfzig Kilometern pro Stunde in gleichmäßigen Abständen vorbei. Einer nach dem anderen fuhr der Konvoi aus fünfzehn Pickups und SUVs an dem Hinterhalt vorbei, ohne dass eine einzige Explosion oder ein Schuss fiel.

Die meisten seiner Leute hatten keinen Zugang zu Kommunikations-Kopfhörern, da sie nur ein Dutzend davon hatten. Eli hatte unmissverständlich klargemacht, dass niemand schießen sollte, bis die Explosionen losgingen – die Explosionen, die nicht kamen.

Seine Leute hatten getan, was ihnen gesagt worden war. Leider war es die falsche Entscheidung gewesen.

Im echten Kampf gingen die Dinge schief, und Fehler kosteten echte Leben. Ihm rutschte das Herz in die Hose. Dieser Fehler würde sie teuer zu stehen kommen.

Das letzte Fahrzeug des Konvois – ein weiterer Buffalo mit Maschinengewehr – fuhr an ihm vorbei. Staubwolken wirbelten durch die Luft und verdeckten den Buffalo, als er um die Kurve fuhr und verschwand.

Eli fluchte in sein Headset. Er hatte die Sprengsätze selbst gebaut und ihre Installation und Platzierung überwacht. Selbst wenn einer der Sprengsätze nicht funktionierte, ergab es keinen Sinn, dass mehrere Geräte gleichzeitig ausfielen.

Es sei denn …

Die schreckliche Erkenntnis traf ihn in den Solarplexus. Er griff nach dem Sender, der die letzte Bombe zur Explosion bringen sollte. Er drückte den Knopf. Die Explosion kam sofort.

Hundert Meter weiter hinten explodierte die Mitte der Straße. Dunkler Rauch schoss in den Himmel. Felsen, Steine und Sand flogen durch die Luft.

Eli fluchte erneut. Wut und Selbstvorwürfe tobten in ihm. »Wie konnte ich nur so dumm sein? Verdammt noch mal!«

»Ich komme auf neun Uhr zu dir«, meldete sich eine atemlose Stimme in seinem Headset. »Erschieß mich nicht.«

Einen Moment später schlängelte sich Nyx in das Versteck neben ihm. Schwarze Schminke überzog ihr Gesicht, um die blauen Flecken zu verbergen, die Sawyers Handlanger hinterlassen hatten. Die unrasierte Hälfte ihrer Haare war zu einem kunstvollen französischen Zopf geflochten, der ihr über die rechte Schulter fiel. Sie roch nach Schweiß und Schießpulver, überdeckt von einer leicht blumigen Note.

Das Weiße ihrer Augen glühte förmlich im frühen Morgenlicht. »Was zum Teufel ist passiert?«

»Sie müssen so etwas wie einen Maddox Jammer haben. Ein Gerät, um Verbindungen zu unterbrechen. Wir haben solche Dinger in Afghanistan eingesetzt, um zu verhindern, dass Sprengsätze gezündet werden.«

Nyx' Augen weiteten sich. »Heilige Scheiße!«

»Ich weiß.«

Eli und Nyx sahen sich an. Sie war so nah, dass er ihre Angst riechen konnte. Ihre rissigen Lippen zogen sich zu einer besorgten Linie zusammen. Sie sagte, was sie beide dachten: »Das QRF-Team.«

»Bear Claw, hier ist Alpha One.« Er sprach im Schnelldurchlauf in das Funkgerät. Bear Claw war das Rufzeichen für das QRF-Team. »Notfall-Exfiltration. Ich wiederhole: Exfiltration, Exfiltration!«

Ein statisches Pfeifen über das Funkgerät war die einzige Antwort. Die Störsender verhinderten, dass sie miteinander kommunizieren konnten. Sie konnten das Team nicht warnen.

Eli sprang auf, Nyx ihm dicht auf den Fersen. Sie rannten den Abhang hinunter, wobei sie peitschenden Ästen und wulstigen Baumwurzeln auswichen, die sie zu Fall zu bringen drohten.

»Bear Claw One oder jemand aus dem Bear-Claw-Netz, bitte melden!« Es kam keine Antwort, nur das Pfeifen der aktivierten Störung.

Panik schnürte ihm die Kehle zu. Er und Nyx sprinteten den Hügel hinunter und rannten zu dem Pickup, den sie an der Straße versteckt hatten. Er war mit einem Mantel aus Tannenzweigen getarnt. Was würde er jetzt nicht für einen gepanzerten Bradley geben.

Er erreichte den Wagen. »Bring die Drohne sofort in die Luft! Ich will die Geisterstadt im Auge behalten.«

Alexis Chilton saß auf dem Rücksitz, wo sie die kleine Felddrohne bediente. »Bin schon dabei. Ich bereite die Drohne sofort für den Flug vor.«

Die Perimeter-12-Drohne konnte bis zu drei Stunden in der Luft bleiben. Sie war ein Hybrid, der sowohl mit Benzin als auch mit Batterien betrieben wurde. Eli hätte sie gerne für den Hinterhalt benutzt, aber die Beschränkungen beim Treibstoff und beim Aufladen zwangen ihn, mit dem Start zu warten, bis der Hinterhalt gestartet war.

Der Hinterhalt, der nicht stattgefunden hatte.

Alexis' schwarz gerahmte Brille rutschte ihr die Nase hinunter, als sie den aktiven Datenstrom auf dem schwarz-weißen Handheld-Bildschirm verfolgte. Die Drohne war bereits in der Luft und außer Sichtweite.

Nyx riss die Tür auf der Beifahrerseite auf. Eli kletterte auf den Fahrersitz und drehte sich um, um Alexis anzusehen. Das Grauen zeichnete sich auf Nyx' angespannten Gesichtszügen ab. Sie brauchte die Worte nicht laut auszusprechen. Antoine hatte sich dem QRF-Team angeschlossen. Sie war außer sich vor Sorge.

»Was zum Teufel ist los?« In Nyx' Stimme lag ein Hauch von Angst. »Jemand muss mit mir reden, sonst gehe ich mit vorgehaltener Waffe da rein.«

»Es sieht nicht gut aus.« Alexis änderte ihre Position so, dass Eli und Nyx den Bildschirm in ihrer Hand sehen konnten. Mit der anderen Hand schob sie sich die Brille zurück auf den Nasenrücken. »Ich habe sie im Blick.«

Das Blut wich aus Elis Gesicht. Auf dem Bildschirm stand eine Handvoll ihrer Leute vor dem Eingang der Turmkirche und schien eine Karte zu studieren, die auf einem großen Felsen ausgebreitet war.

Der Rest des Teams hielt sich im Inneren der Kirche auf. Sie waren angewiesen worden, sich außer Sichtweite zu halten, bis sie in der Schlacht gebraucht wurden – und die sollte auf der Straße stattfinden, nicht innerhalb der bröckelnden Mauern von Devil's Corner.

An der Straße, die in die Geisterstadt führte, hatten sie zwei Wachposten postiert, die das QRF-Team mit Warnschüssen alarmieren sollten, falls sie den Funkkontakt verlieren würden.

Diese Schüsse ertönten nie. Irgendwie muss eines der Kartell-Einsatzteams die Wachen zuvor ausgeschaltet haben. Jetzt, da ihre Funkgeräte ausgefallen waren, gab es keine Möglichkeit, sie zu warnen oder sie rechtzeitig zu erreichen. Sie würden das Rumpeln des Konvois hören, aber viel zu spät, um noch etwas zu unternehmen.

Ihre Freunde standen kurz davor, abgeschlachtet zu werden, und sie wussten es nicht einmal.

31

ELI POPE
TAG EINHUNDERTSIEBENUNDDREISSIG

Nyx schlug mit ihrer Faust auf das Lenkrad. »Wir müssen was tun!«

»Feinde gesichtet!«, rief Alexis. »Der Konvoi ist von Süden in die Geisterstadt eingefahren. Ein paar Männer sind aus den Pickups gestiegen. Sie stürmen rein, mit Waffengewalt!«

Eli schaute mit wachsendem Entsetzen auf den winzigen Bildschirm. Ohne Ton wirkte alles unecht, wie ein Drehbuch, ein Film, der Spule für Spule abläuft. Antoine war gerade an der Kirche angekommen, als das Kartell an dem Hinterhalt vorbeigerauscht war.

Auf dem Bildschirm sah man, wie die Gestalten vor der Kirche Deckung suchten. Sie teilten sich in Zweier- oder Dreiergruppen auf und versuchten anfangs, Deckungsfeuer zu geben, während sie sich in die nächstliegenden Gebäude zurückzogen. Ein paar Männer warfen Rauchgranaten, um ihren Rückzug abzuschirmen. Es war nicht genug.

Der Angriff war zu massiv, zu überwältigend.

Mehrere Dutzend Feinde strömten wie Scharen von Ameisen aus einem zerstörten Nest. Ein Trommelfeuer beschoss die alten Gebäude. Zwei der Munisinger Kämpfer gingen schnell zu Boden und ihre Körper wurden nach vorn in den Dreck geschleudert, als die Kugeln ihre Rücken durchbohrten.

Eli konnte die Details des Gemetzels auf dem Bildschirm nicht sehen, aber er konnte sich die klaffenden Löcher in ihrem Körper, das strömende Blut und das zerfetzte Fleisch vorstellen.

Fünf Kämpfer rannten wie besessen zu den Fahrzeugen, die sie auf dem Friedhof am Fluss abgestellt hatten. Eine Frau mit einem langen Pferdeschwanz erreichte den ersten Pickup. Sie riss die Tür auf. Bevor sie hineinklettern konnte, brach ihr Körper zusammen, während der Beschuss durch die automatischen Waffen ihn fast in zwei Hälften teilte.

Eine Sekunde später explodierte der Wagen. Glas, Aluminium und verbogenes Metall wurden fünfzehn Meter weit in alle Richtungen geschleudert. Schrapnelle schlugen in ungeschützte Gliedmaßen und Torsos ein. Drei ihrer Leute gingen zu Boden. Das feindliche Feuer schlug auch auf das zweite und dritte Fluchtfahrzeug ein, die daraufhin in Flammen aufgingen.

»Es ist schlimm«, sagte Alexis. »Ich zähle sieben unserer Leute am Boden. Drei der Fluchtfahrzeuge brennen. Ich glaube nicht, dass das Kartell ein einziges Todesopfer zu beklagen hat. Es ist ein Blutbad.«

Die verbliebenen Kräfte der schnellen Eingreiftruppe versuchten, das Feuer aus den umliegenden Gebäuden zu erwidern. Fassungslos rief Eli ihnen Befehle zu – Befehle, die sie nicht hören konnten – und forderte sie auf, sich in kleinere Gruppen aufzuteilen und sich durch koordiniertes Unterdrückungsfeuer in Sicherheit oder in bessere Positionen zu bringen.

Stattdessen gerieten viele in Panik und feuerten wild und wahllos um sich, wobei sie meist den Boden oder andere Gebäude trafen, nicht aber den Feind. Trotz der Lektionen, die er versucht hatte, ihnen einzuprügeln, bestand ihre Truppe hauptsächlich aus Zivilisten und Polizeibeamten, die noch nie einen solchen Kampf erlebt hatten.

Viele hatten noch nie unter Beschuss gestanden oder den lähmenden Angstzustand eines Feuergefechts erlebt.

Trotzdem hielten viele Männer und Frauen tapfer die Stellung und erwiderten das Feuer. Ihr unkoordiniertes Vorgehen wurde jedoch schnell zum entscheidenden Moment des Kampfes, und zwar auf die schlimmste Art und Weise.

In der Zwischenzeit bewegten sich die Kartell-Feuerteams mit Präzision von Deckungspunkt zu Deckungspunkt von Gebäude zu Gebäude. Jedes Mal, wenn das erste Team vorrückte, schlug ein Kugelhagel in die Fenster und Türen der Kirche ein. Ein weiteres Sperrfeuer wurde von den anderen feindlichen Teams auf die Kirche abgefeuert, die hinter einer der Steinhütten in Deckung gegangen waren.

Während sich das Angriffsteam bewegte, verlagerten die Feinde das Feuer von einem Team zum anderen, um die vorrückende Gruppe nicht zu treffen. Sie feuerten ununterbrochen auf die alte Kirche und hinderten das QRF-Team daran, zu fliehen oder vorzurücken.

Ihre Leute saßen tatsächlich in der Kirche fest und hatten nur begrenzte Möglichkeiten, das Feuer zu erwidern. Der einzige gangbare Rückzugsweg führte durch die Hintertür über den Friedhof – wodurch sie allerdings immer noch dem feindlichen Feuer ausgesetzt sein würden.

»Wir müssen was tun!« Nyx' Stimme überschlug sich, und blanke Angst verzerrte ihre Züge. »Unsere Leute sterben. Antoine ist ... Wir müssen ihm helfen.«

»Wir müssen warten, bis das Hinterhaltsteam eintrifft. Sonst heißt es du, ich und Alexis gegen hundert feindliche Kämpfer.«

»Wir können es schaffen!«, beharrte Nyx. Sie wussten beide, dass sie es nicht konnten.

Verzweifelt versuchte es Eli erneut über den Funk. »Bear Claw, meldet euch! Hört ihr mich?«

Endlich verschwand das Jaulen des Störsenders. Er hatte keine Ahnung, warum, ob sie außer Reichweite waren oder ob es an etwas anderem lag, aber er verschwendete keine weitere Sekunde damit, darüber nachzudenken.

Die vergrabenen Sprengsätze würden jetzt wahrscheinlich explodieren, aber der Kampf hatte sich über die Straße hinaus verlagert – im Moment waren sie praktisch nutzlos.

»Bear Claw, wir haben euch über die Drohne im Blick. Der

Angriff wird von mehreren Kartell-Feuerteams koordiniert, und ein weiteres Kontingent bewegt sich schnell auf die Kirche südwestlich von eurer Position zu, sechzig Meter entfernt. Sieht aus, als wären es sechs Männer.«

»Verstanden«, meldete sich Antoines entfernte, undeutliche Stimme.

Eli hatte keine Zeit, um Erleichterung zu verspüren. »Du hast ein Angriffsteam, das sich im Norden des Gebäudes, am Haupteingang, bewegt. Sei bereit, einen Angriff abzuwehren. Antworte, Ende!«

»Ich höre dich. Ich beobachte die Türen und Fenster, aber wir sind zu sehr unter Beschuss geraten, um das Feuer zu erwidern. Meine Jungs halten ihre Köpfe unten, damit sie nicht gleich aussehen wie ein Schweizer Käse.«

»Macht euch SOFORT bereit! Ihr habt sechzig Sekunden, bevor sie die Kirche angreifen und reinkommen!«

»Verstanden!« Antoine musste schreien, um über die Schüsse hinweg gehört zu werden. »Hart, wir haben Gesellschaft!«

Nyx saß aufrecht auf ihrem Platz, jeder Muskel war angespannt und zitterte, aber ihr Blick war stahlhart. »Du schaffst das, Soldat.«

Es herrschte Schweigen, während sie gespannt warteten und sich das Schlimmste ausmalten: die schreckliche Art und Weise, wie ihre Freunde genau in diesem Moment sterben könnten.

Ein paar Sekunden später ertönte Antoines Stimme erneut: »Das Gewehrfeuer hat aufgehört.«

Eli verkrampfte sich. Er beobachtete, wie das Einsatzteam des Kartells vor dem Gebäude Stellung bezog und sich an der Wand neben der Eingangstür aufbaute. Er gab die Information an Antoine weiter. »Sechs Männer sind auf dem Weg nach vorne. Sie werden die Türen aufbrechen wollen.«

»Sollen sie es doch versuchen!«

Ein einzelner Schuss hallte durch das Headset, gefolgt von zwei weiteren.

»TKO-Geschosse!«, brüllte Antoine.

TKO-Geschosse waren Schrotpatronen, die die Scharniere von Türen aufsprengen, ohne abzuprallen, sodass ein Feuerteam eine verschlossene Tür wie Luft durchschlagen und einen Raum innerhalb von Sekunden mit Männern und Waffen fluten konnte.

»Scharfe Granate!«, rief Antoine. »Geht in Deckung!«

Mit der Drohne konnte Eli das Innere der Kirche nicht sehen. Er stellte sich vor, wie Antoine verzweifelt versuchte, sein Team zu retten, wie er eine Granate zog und sie auf den Eingang schleuderte, gerade als die Feinde durch die Vordertüren stürmten.

Die Granate explodierte mit einem gewaltigen Knall. Schrapnellsplitter zerfetzten Fleisch und Knochen. Die Feinde sanken schreiend vor Schmerzen zu Boden.

Durch das Headset konnte Eli das Schießen der Waffen hören. Er stellte sich vor, wie Antoine und seine überlebenden Teamkollegen mit Doppelschüssen auf die feindlichen Soldaten feuerten. Sobald sie fielen, zielte das Team auf ihre Köpfe, um sie am Boden zu halten. Die Schreie der Sterbenden hallten in den von Einschusslöchern übersäten Wänden der Kirche wider.

»Bear Claw!«, sagte Nyx in ihr Headset. Keine Antwort.

Nyx beugte sich über das Lenkrad und tippte auf ihr Headset, als ob das etwas bewirken könnte. »Bear Claw, melde dich!«

Immer noch nichts.

Alexis schluckte schwer. Sie schüttelte langsam und schwer den Kopf. »Bitte, Gott«, flüsterte sie. »Bitte.«

»Sag mir, dass es dir gut geht, verdammt noch mal!«, brüllte Nyx. Statisches Rauschen zischte durch das Funkgerät.

Keiner atmete.

Dann endlich ertönte Antoines wunderbare Stimme in ihren Ohren. »Sechs Feinde ausgeschaltet. Wir sind hier drin noch am Leben.«

Nyx sackte vor Erleichterung zusammen. »Du bist ein dummes Arschloch, weißt du das?«

»Und dazu noch ein verdammter Glückspilz. Pope hat mir schon wieder die Eier gerettet, verdammt noch mal! Wir könnten gerade einen waghalsigen Rettungsplan gebrauchen. Hast du irgendwas in deinem taktisch brillanten Kopf, Bruder?«

Eli knurrte. »Ich arbeite daran.«

Antoines Stimme wurde hoch und rührselig. »Wenn ich es hier nicht rausschaffe, vergiss mich nicht, Nyx.«

Nyx verdrehte die Augen. »Das könnte ich nicht, selbst wenn ich es versuchen würde. Und glaub mir, ich habe es versucht.«

Die wenigen Überlebenden des QRF-Teams waren für den Moment in Sicherheit, eingepfercht mit den Toten und Sterbenden. Aber das würde nicht lange so bleiben. Eli musste sie rausholen, und zwar schnell.

»Es werden noch mehr kommen«, warnte Eli. »Haltet durch.«

»Wir haben nichts Besseres zu tun«, scherzte Antoine. »Wir werden einfach hier sitzen und Däumchen drehen. Moreno hat mir gesagt, dass er mit dem Stricken anfangen will. Vielleicht schließe ich mich ihm an.«

Nash tauchte mit zwei ihrer besseren Schützen hinter den Bäumen auf. Hart führte den Rest des Hinterhaltsteams zum Pickup und wies sie an, sich hinten einzuquartieren.

Ein Dutzend Männer und Frauen knieten auf der Ladefläche und hielten ihre Waffen bereit. Ihre Gesichter waren grimmig und entschlossen.

Sie hatten insgesamt zwölf Kämpfer, dreizehn, wenn man Eli dazuzählte. Dreizehn gegen die blutige Flut von hundert feindlichen Kämpfern.

Nash spähte durch das offene Heckfenster. Zweige und Blätter klebten an seiner Kleidung. Er machte sich nicht die Mühe, sie zu entfernen. »Wie lautet der Plan?«

»Wir holen unsere Leute ab«, sagte Eli. »Es wird hart werden. Jetzt ist der Moment, um auszusteigen. Das ist keine Schande.«

»Am Arsch«, sagte Nyx.

»Vielleicht schaffen wir es nicht«, warnte Eli. »Wir sind zahlenmäßig und waffentechnisch unterlegen, und diese Typen sind gut ausgebildet. Wir haben keine Luft- oder Artillerieunterstützung. Die schon. Ich weiß nicht, wo die Hueys sind, aber sie sind in der Nähe. Die Chancen stehen schlecht für uns.«

Niemand rührte sich und niemand sagte etwas anderes.

»Zur Hölle mit den Chancen.« Nyx startete den Motor und

stieß ein markerschütterndes Kriegsgeheul aus. »Ich werde dem Kartell diese Chancen direkt in seinen kollektiven Arsch schieben!«

stieß ein markerschütterndes Kriegsgeheul aus. »Ich werde dem Kartell diese Chancen direkt in seinen kollektiven Arsch schieben!«

203

32

ELI POPE
TAG EINHUNDERTSIEBENUNDDREISSIG

Eli kniete hinter der Baumgrenze im Süden der Geisterstadt, versteckt hinter einem niedrigen Hügel, der eine natürliche Barriere bildete. Er spähte durch sein Fernglas.

Nyx kniete neben ihm und hatte eine Karte von Devil's Corner vor sich auf dem mit Laub bedeckten Boden ausgebreitet. Alexis und Nash knieten auf der anderen Seite und hielten nach möglichen Bedrohungen Ausschau.

Der Rest ihres Teams wartete hinter ihnen in einer Gruppe von Latschenkiefern am Flussufer. Sie hatten fünf Mitglieder des QRF-Teams eingesammelt, die es geschafft hatten, dem Ansturm zu entkommen. Alle waren bewaffnet und für den bevorstehenden Kampf gerüstet.

Durch sein Fernglas beobachtete Eli, wie sich das Kartell auf dem Gelände vor der Kirche versammelte. Etwa achtzig Männer hatten das baufällige Gebäude auf drei Seiten nahezu umstellt. Sie hatten ihre Toten und Verwundeten, die sie erreichen konnten, zurückgeschleppt und kümmerten sich wahrscheinlich um die Verletzten, während sie sich auf einen Blitzangriff vorbereiteten.

Eli atmete in der angespannten Stille tief durch. Die Vögel und Insekten waren verstummt. Die Sonne lugte über die Bäume und der Himmel färbte sich von indigoblauen Tönen zu einem satten Kobalt-

204

blau. Weiche Wolken, die in Sorbetorange, Lavendel und Pfirsichrosa gefärbt waren, kräuselten sich am Horizont.

Es war die Ruhe vor dem Sturm. Er regulierte seine Atmung und seinen Puls und evaluierte die Situation. Sie waren mehr als drei zu eins in der Unterzahl und standen einem Kontingent echter Soldaten gegenüber – nicht untrainierten und leichtsinnigen Schlägern.

Obwohl er sich mit jeder Faser seines Wesens danach sehnte, in den Kampf zu springen und seine Freunde zu retten, konnten sie es sich nicht leisten, unvorbereitet hineinzustürmen. Er hatte bereits einen Fehler gemacht. Ein weiterer könnte allen das Leben kosten.

Mit einer Hand berührte er kurz seinen Brustgurt, der über seiner Erkennungsmarke und der Sankt-Michael-Medaille lag, die er unter seiner Ausrüstung trug. Für einen Moment dachte er an David Kepford, den Sondereinsatzsoldaten, der zum Schuldirektor geworden war und sein eigenes Leben geopfert hatte, um Elis Leben zu retten.

Er wollte nicht, dass noch jemand unter seiner Aufsicht starb, auch wenn er kaum eine andere Wahl hatte.

»Bear Claw, hier ist Alpha One«, sagte Eli.

»Alpha One, hier ist Bear Claw. Ich höre«, antwortete Antoine.

»Ich will, dass ihr mit den Kämpfern, die ihr noch habt, zwei Feuerteams bildet. Mein Team wird auf der Nordseite der Straße in die Stadt vorstoßen, um einen Teil der Aufmerksamkeit des Kartells von der Kirche abzulenken. Neunzig Sekunden später werdet ihr mit einem überschlagenden Vorgehen in die Wälder auf der Südseite hinter der Kirche fliehen. Wir haben keine Bewegung auf dieser Seite entdeckt.«

»Negativ! Ich hätte die Südseite schon durchbrochen, aber wir haben zu viele Verwundete. Wenn ich ein Team mitnehme, müssen wir mindestens drei Leute zurücklassen, außerdem habe ich zwei Verwundete mit Tourniquets an den Armen und einem Bein. Ende.«

Eli fluchte. »Verstanden. Bleibt zusammen. Wir kommen zu euch.«

Angst ließ seine Adern gefrieren. Er presste seinen Kiefer zusammen und zwang sich, seine Gefühle zu unterdrücken. Angst motivierte, Panik tötete. Diese Menschen saßen seinetwegen in der Falle. Seine Freunde, seine Brüder. Er musste sie befreien, koste es, was es wolle. Er wünschte sich, Jackson wäre hier.

In Gedanken ging er seine Mittel und Ressourcen durch. Soweit das Kartell wusste, waren die einzigen bekannten Bedrohungen die Überreste des QRF-Teams, das sie in der Kirche eingeschlossen hatten. Sie wussten nichts von Elis Scharfschützen in den Wäldern.

Eli würde diese fehlerhafte Information gegen sie verwenden.

Er senkte das Fernglas, gab Nyx ein Zeichen und erläuterte den riskanten Plan, der in seinem Kopf Gestalt annahm. »Harts Team wird die SAW übernehmen. Nyx, du nimmst das Barrett-Scharfschützengewehr Kaliber .50.«

Außerdem hatten sie zwei 203er Granatwerfer unter den SR25-Gewehren montiert, die sie Sykes' toten Sträflingen gestohlen hatten. Nicht ideal, aber es musste reichen.

Eli zeigte auf die Karte vor Nyx. »Ich möchte, dass die Feuerteams eins und zwei hier in der Nähe des Stadteingangs angreifen.«

»Was ist unser Ziel?«, fragte Hart, der ehemalige Marine.

»Ihr habt drei. Erstens: Schaltet so viele ihrer Fahrzeuge aus, wie ihr könnt, damit sie uns nicht verfolgen können, oder legt sie zumindest lahm, damit wir einen Vorsprung haben. Zweitens: Gebt richtig Gas, damit sie glauben, dass ihr eine viel größere Truppe seid, als es tatsächlich der Fall ist. Lenkt so viele Feinde wie möglich von unserem Rettungsversuch ab.« Eli räusperte sich. »Denkt daran, wenn ihr Erfolg habt, könntet ihr es mit hundert Männern zu tun bekommen, von denen jeder einzelne euch jagt.«

»Das nennst du Erfolg?«, fragte Hart mit entsetzter Stimme, als würde Eli ihn auffordern, ohne Fallschirm aus einem Flugzeug zu springen. Womit er gar nicht so weit daneben lag.

»Für fünf, vielleicht zehn Minuten musst du über deine Gewichtsklasse hinaus kämpfen. Kämpfe wie ein Ranger, nicht wie ein Marine.« Eli zwinkerte Hart zu.

Hart lachte. »Ja, klar, Kleiner. Ich habe schon in den Wüsten gekämpft, als du noch in den Windeln gelegen hast.«

Eli fuhr ohne Umschweife fort. »Haltet sie zwei bis drei

Minuten auf, dann schickt das zweite Feuerteam die Straße hinunter und blockiert die Straße mit der SAW am Ort des Hinterhalts.«

Hart meldete sich zu Wort. »Dann nehmen wir die Gruben ein, die wir für den ursprünglichen Hinterhalt gegraben haben, koppeln die SAWs zusammen und lassen eine gehörige Portion Feuer auf sie niedergehen. Wir locken so viele Kartellmitglieder wie möglich weg, damit ihr die Chance habt, die in der Stadt festsitzende QRF zu retten.«

»Jetzt hast du es kapiert«, sagte Eli. »Ich schätze, Marines sind doch nicht so dumm, wie ich dachte.«

Hart rollte mit den Augen. »Was ist meine nächste Aufgabe, nachdem wir mit nur zwölf Mann gegen hundert Kartell-Mitglieder angetreten sind? Einen Berg mit einem tausend Pfund schweren Felsbrocken auf dem Rücken erklimmen? Gault im Nahkampf mit einer Packung Spaghetti und einer auf den Rücken gebundenen Hand bekämpfen?«

Nash stieß ein nervöses Lachen aus. Alexis rückte ihre Brille zurecht und brachte ein schüchternes halbes Lächeln zustande, das aussah, als könnte es sich jeden Moment wie ein Aufkleber von ihrem Gesicht lösen. Sie war mutig und unverwüstlich, obwohl sie in ihrem früheren Leben ein Schreibtischhengst gewesen war. Sie mochte das Töten nicht, aber sie war vorgetreten und hatte sich gestellt, anstatt sich vor Angst zu verstecken – deswegen hatte Eli verdammt großen Respekt vor ihr.

Er wandte sich wieder an Hart. »Nimm ein paar Leute mit und verschwinde im Wald, dann geh zu der Straße, die am Schulhaus und am Friedhof vorbeiführt. Am nördlichen Ende des Friedhofs bereitest du einen zweiten schnellen Hinterhalt vor. Nachdem wir das QRF-Team aus der Kirche geholt haben, werden sie uns verfolgen. Wenn die Bösewichte das tun, schießt ihr sie nieder, bevor ihr euch zum Treffpunkt zurückzieht.«

Seine Kämpfer nickten übereinstimmend. Das Weiße ihrer Augen glänzte im Schatten der Kieferbäume. In der Luft lag ein dichter Geruch von Rauch und Schießpulver, vermischt mit Kiefernharz.

Hart antwortete wie jeder ehemalige Marinesoldat, der Befehle erhalten hatte. »Aye, aye, Sir.«

»Du musst das schaffen, ohne die Hälfte deiner Männer zu verlieren.«

»Meine Knochen werden vielleicht alt und knirschen, aber mein Verstand und meine Zielsicherheit sind immer noch scharf wie eh und je, Pope. Du kannst dich auf mich verlassen.«

»Gut.« Eli zeigte auf eine Ansammlung alter Gebäude auf der Westseite der Karte. »Dieses Gebäude wurde im 19. Jahrhundert als Gemischtwarenladen genutzt. Es liegt nur hundert Meter von der Kirche entfernt. Mein Team wird sich hier und hier verschanzen.« Eli zeigte auf der Karte auf die beiden Enden des alten Friedhofs auf der gegenüberliegenden Seite der Kirche. »Auf diese Weise werden alle Feinde, die uns verfolgen, in ein sehr übles Kreuzfeuer geraten.«

Die Teams hörten zu, ohne einen Laut von sich zu geben.

»Nyx, halte Ausschau nach allen, die eine Panzerfaust haben, und puste sie weg. Schalte mit dem Barrett alle Fahrzeuge aus, die dich verfolgen, und die Hueys, falls du einen von ihnen siehst. Wenn ich dich rufe, bringst du den Pickup.«

»Verstanden.«

»Bear Claw«, sagte Eli in das Headset, »wenn wir unter Beschuss geraten, wirf Rauch ab, um uns zu decken.«

»Oui, Monsieur.« Antoines Stimme klang zwanghaft fröhlich. »Dann lasst uns die Party mal in Gang bringen!«

»Ihr habt ihn gehört«, sagte Eli. »Wir sehen euch alle auf der anderen Seite.« Nyx salutierte ihm energisch. »Nicht, wenn ich euch zuerst sehe, ihr Trottel.«

33

ELI POPE
TAG EINHUNDERTSIEBENUNDDREISSIG

Die Feuerteams machten sich vorsichtig und wachsam auf den Weg in ihre jeweiligen Richtungen, wobei sie sich im überschlagenden Vorgehen bewegten, das Eli ihnen eingetrichtert hatte, bis es für sie so natürlich war wie das Atmen.

Alexis blieb an Elis Seite, während sie die Drohne steuerte und alle kontinuierlich mit Informationen versorgte. »Das Kartell nähert sich erneut der Kirche! Diesmal bewegen sie sich schneller und setzen weniger Manöverfeuer ein. Wir sollten uns beeilen!«

Das Waffenfeuer vonseiten des Kartells wurde lauter und das Rattern der ständigen Schüsse knallte wie ein Feuerwerk.

Alexis benutzte ihr Headset, um Antoine zu warnen: »Bear Claw, ein weiteres Angriffsteam bewegt sich auf eure Position zu.«

»Von wo?«, fragte Antoine angespannt. »Wie viele?«

»Sieben Männer, die sich von Auto zu Auto bewegen«, sagte Alexis. »Südlich der Kirche. Jedes Mal, wenn ein Schuss fällt, kommen sie näher und rennen zum nächsten Auto. Weniger als fünfzig Meter von der Kirche entfernt.«

Die Teams eilten durch das Unterholz und schlängelten sich im Zickzack durch die Bäume, um den Ästen auszuweichen, die ihnen ins Gesicht schlugen, oder den Wurzeln, über die ihre Füße stolperten. Dornen verhedderten sich in ihrer Kleidung. Der Wald war dicht und still. Die Spannung war groß und die Angst stand in allen Gesichtern geschrieben.

Elis Team bewegte sich so schnell, wie es konnte, ohne aufzufallen. Ein Feuerteam nahm eine Deckungsposition ein, während das zweite Team im Eiltempo zur nächsten Deckungsposition eilte. Dann übernahm Team zwei die Deckung, während das erste Team in einer Sprungbewegung zu seiner Deckungsposition schlich.

Auf diese Weise konnten sie sich effektiv durch das feindliche Gebiet bewegen und waren gleichzeitig so wenig wie möglich dem feindlichen Feuer ausgesetzt.

Ein zweites Sperrfeuer ertönte in der Nähe.

Die beiden Teams von Hart hatten das Feuer auf die Flanke des Kartells eröffnet.

Alexis ging in die Hocke und betrachtete das Handheld. »Alle Einheiten, das Angriffsteam auf die Kirche hat gerade angehalten. Es scheint eine gewisse Verwirrung zu herrschen. Sie schreien und fuchteln mit den Armen und die Feuerteams scheinen sich zurückzuziehen.«

»Wohin gehen sie?«, fragte Eli und traute sich nicht zu atmen.

»Mindestens die Hälfte der Kartellkämpfer rennt zu ihren Fahrzeugen und bewegt sich auf die Straße zu. Sie sind hinter Harts Teams her.«

»Gut.«

Phase eins schien zu funktionieren. Eli spürte keine Erleichterung, sondern nur den massiven Druck, seine Leute am Leben zu erhalten. Eine Verzögerung von nur einer Sekunde konnte über Leben und Tod entscheiden.

Elis Team trat aus den Bäumen auf die grasbewachsene Wiese am Ufer des Flusses. Das schlammbraune Wasser befand sich zu ihrer Linken, während zu ihrer Rechten moosbedeckte Grabsteine wahllos in das Unkraut gehauen waren.

Die Schatten der verfallenen Grabsteine erstreckten sich über das Gras, als würden die knorrigen Finger der Toten verzweifelt nach den Lebenden greifen, um sie in ihre frühen Gräber zu zerren.

Während die Teams drei und vier ihre Positionen einnahmen, um Unterstützungsfeuer zu geben, machte Elis Team seinen Zug.

Drei Kämpfer sprinteten von den Bäumen zu dem aus einem Raum bestehenden Schulhaus gegenüber der Kirche. Sie drehten sich um und hielten nach Bedrohungen Ausschau, während Eli, Nash und Alexis über das offene Gelände zur Kirche sprinteten.

Schwer atmend bahnten sie sich den Weg um die Ecke zur Hintertür. Die Tür war aus massivem Holz gefertigt. Sie war verschlossen.

»Eckstein, Eckstein«, flüsterte Eli.

»Alles muss versteckt sein«, kam die gedämpfte Antwort.

Die Tür schwang auf. Moreno winkte sie mit seinem AR15 hinein. Sein Gesicht war blutverschmiert und schmutzig, aber ansonsten schien er unverletzt zu sein.

Alexis und Nash schlüpften hinein, während Eli dem Rest seines Teams Deckung gab. Nachdem sie sicher im Inneren waren, ließ Eli Nash an der Tür zurück, damit er ihnen Rückendeckung geben konnte.

Der kupferne Gestank von Blut und Rauch von etwas Schwelendem stiegen Eli in die Nase. Dichte Schatten verdunkelten die Kapelle. Die hölzernen Kirchenbänke waren gegen die Eingangstüren geschoben und unter den Fenstern gestapelt worden. Der Rest des QRF-Teams kniete hinter den Kirchenbänken und feuerte aus den Fenstern, um das Kartell in Schach zu halten.

Sonnenlicht strömte in schmalen Strahlen durch die Einschusslöcher in den Wänden. Spritzer einer dunkelroten Flüssigkeit befleckten den Dielenboden. Tote lagen zwischen den Schrapnellen, die über den Boden verstreut waren. Die Atmosphäre knisterte vor Spannung, Angst und Verzweiflung.

»Wo sind alle?«, fragte Alexis.

Moreno machte ein gequältes Gesicht. »Das ist so ziemlich alles, was übrig ist.«

»Nur zehn?«, fragte Alexis schockiert. »Fünfzehn«, sagte Antoine.

»Von vierzig Männern sind nur noch fünfzehn am Leben?«, wiederholte Eli ungläubig.

Er hatte zwar befürchtet, dass es schlimm war, aber das war katastrophal.

»Wir haben fünf Schwerverwundete. Nelson verblutet an einem Bauchschuss, der unterhalb der Platten eingedrungen ist. Ray Thompson wurde am Oberschenkel getroffen, aber wir konnten ihn abbinden, ebenso Amanda Martz, deren Schulter angeschossen wurde. Und Devon wurde ziemlich schwer von einem Schrapnell erwischt.«

Elis Herz krampfte sich zusammen. Er wusste, wie viel sie Jackson bedeutete, auch wenn Jackson das noch nicht begriffen hatte. »Wie schlimm steht es um Devon?«

»Antoine hat sie bandagiert. Sie kann laufen. Die Verwundeten brauchen so schnell wie möglich einen Arzt. Die anderen haben es nicht in die Kirche geschafft. Wir wissen nicht, was mit ihnen passiert ist.«

Den verstreuten Leichen nach zu urteilen, die sie draußen entdeckt hatten, waren die meisten von ihnen tot.

Antoine schüttelte verbittert den Kopf. »Wir hatten keine Warnung. Irgendwie haben sie unsere Wachen ausgeschaltet, bevor sie einen Schuss abfeuern konnten.«

»Das Kartell hat Störsender eingesetzt, um die Sprengsätze und unsere Funkgeräte zu deaktivieren. Wir hatten keine Möglichkeit, euch zu warnen, bis ihre Störsender außer Reichweite waren, und dann war es schon zu spät.«

»Das ist meine Schuld«, sagte Antoine. »Gute Männer sind deswegen tot.«

»Nein, das ist nicht deine Schuld«, sagte Eli. »Es ist meine. Ich war mir sicher, dass der Hinterhalt sie töten würde, lange bevor sie die Stadt erreichen. Ich hätte dich die QRF anführen lassen sollen, als wir das Northwoods Inn verlassen haben. Ich habe dich erst im letzten Moment hingeschickt, nachdem ich es mir anders überlegt hatte. Du bist der Grund dafür, dass fünfzehn gute Männer und Frauen noch am Leben sind. Ich habe es vermasselt, nicht du.«

Antoines Mundwinkel verengten sich, aber er nickte nur kurz und bestimmt.

Sie würden sich um die Schuldgefühle kümmern, sobald sie dieses Höllenloch überlebt hatten.

Eli lehnte sich gegen die Holzwand und spähte aus dem Fenster auf die unbefestigte Straße. Er sah eine Bewegung an der Nordseite des Gemischtwarenladens. Mehrere verstohlene Gestalten kamen näher. Zwischen den Hütten glitzerten die Gewehrmündungen im Sonnenlicht.

Die Sonne stieg höher am Himmel und tauchte Devil's Corner in ein warmes, fröhliches Licht, das irgendwie nicht zu Tod und Zerstörung, dröhnenden Gewehren und Schmerzensschreien passte.

Jetzt war es wirklich eine Geisterstadt.

Alexis saß auf einer Kirchenbank in der Nähe der Bühne und starrte auf den Bildschirm ihres Handhelds. »Harts Teams haben vier Fahrzeuge und eine Handvoll ihrer Leute ausgeschaltet. Er bewegt sich zu seinem zweiten Standort.«

»Echo Two«, rief er Nyx über das Funkgerät. »Wenn du den Pickup herbringen kannst, laden wir die Verwundeten ein und verschwinden aus der Stadt.«

»Wird gemacht.«

Sekunden später heulte das Auto auf und raste hundert Meter weit über offenes Gelände. Das Dröhnen des Motors lockte das feindliche Feuer an. Dutzende von Geschossen schlugen in das gepanzerte Fahrzeug ein, während es auf die Kirche zusteuerte. Zwei Meter vor der Hintertür kam es unsanft zum Stehen.

Antoine bewegte sich zu einem zerbrochenen Fenster und warf eine Rauchgranate, um ihre Ankunft zu verdecken. »Los geht's! Bewegt euch!«

Alle rannten in den hinteren Teil der Kirche. Mehrere Leute hielten inne, um die Verwundeten einzusammeln. Nelson war bewusstlos, aber Antoine hob ihn mit einem Feuerwehrgriff hoch und trug ihn zum Pickup. Moreno half Amanda Martz auf die Beine und zog sie halb zum Wagen. Devon war direkt neben ihm, zusammen mit einem anderen Verwundeten, den Eli als Ray Thompson erkannte.

Nyx stieg vom Fahrersitz, das schwere Barrett M82 über die Schulter gehängt. Für eine Sekunde trafen sich Nyx' und Antoines Blicke. Trotz des Chaos bemerkte Eli, dass Antoines schmutziges Gesicht aufleuchtete wie ein Weihnachtsbaum. Die beiden hatten wirklich etwas miteinander. Er hoffte, dass sie beide den Tag überlebten.

»Ich bin verdammt froh, den Wagen zu sehen«, sagte Antoine. »Und du bist auch kein schlechter Anblick.«

Nyx schmunzelte und legte ihren Arm um Devons Schulter. »Tja, dafür riechst du nach Katzenpisse.«

Antoine zeigte ihr den Mittelfinger, dann drehte er sich um und schleuderte eine weitere Rauchgranate in Richtung der Ecke der Kirche. Nash blieb zurück, um Deckung zu geben. Er feuerte mehrere Schüsse aus dem vorderen Fenster, warf ein verbrauchtes Magazin aus und setzte ein neues ein, bevor er das Feuer wieder aufnahm. »Sie kommen immer näher!«

»Es wird Zeit, die Party anzuheizen«, sagte Nyx.

In weniger als zwei Minuten hatten sie den Pickup mit den Schwerverletzten beladen, zusammen mit zwei Männern und einer Frau, die bei Bedarf kämpfen konnten. Dichter dunkler Rauch waberte um sie herum und verdeckte nicht nur ihre Sicht, sondern machte auch ihre Widersacher blind.

Devon bot an zu fahren, aber sie war nicht in der Lage, das zu tun. »Es geht mir gut«, beharrte sie, aber ihre Stimme zitterte. Ihre Wangen und ihre Stirn waren blutverschmiert – ihr Gesicht sah aus wie eine gruselige Halloween-Maske.

»Ich fahre«, sagte Nyx.

Eli reichte stattdessen Alexis die Schlüssel. »Nyx, ich brauche dich mit dem .50-Kaliber, um alle Feinde auszuschalten, die versuchen, uns zu folgen. Wir werden als Erstes losgehen, zu Fuß. Sobald wir den Friedhof erreicht haben, geben wir dir und Nash Deckung.«

»Verstanden«, sagte Nash.

»Steig in den Wagen, Devon«, sagte Eli.

»Ich kann laufen«, beharrte Devon. »Heb den Pickup für die auf, die ihn brauchen.«

Es blieb keine Zeit zum Streiten. Eli wandte sich an Alexis. »Alexis, gib Gas.«

»Mach ich«, sagte Alexis.

Eli gab der Gruppe, die zu Fuß unterwegs war, schnelle Anweisungen: »Während wir uns bewegen, setzen wir nicht nur Deckungsfeuer ein, um die Leute zu Fuß zu schützen, sondern wir suchen auch nach allen, die eine Panzerfaust oder eine andere Waffe haben, mit der sie unseren Pickup erledigen können. Das ist das Einmaleins der Infanterie. Wenn du eine Bedrohung siehst, greifst du sie an und meldest sie.«

Die Köpfe nickten nüchtern. Eli platzierte Devon in der Mitte der Gruppe, wo er und Antoine ihr Deckung geben konnten. Er führte sein Feuerteam an, als sie über die offene Wiese zum Schutz des Friedhofs rannten.

Der Schmerz pulsierte in seinen Rippen, seinem Knöchel und seiner Schulter, aber der Adrenalinspiegel dämpfte das Pochen und hielt ihn auf den Beinen. Schwere Ausrüstung klirrte und klapperte. Die Zeit schien sich zu verlangsamen, alles war schwerfällig und träge, als wären ihre Beine in Wackelpudding eingeschlossen.

Kugeln prasselten vor ihre Füße. Erdklumpen wirbelten einen Meter links von Eli auf. Er war nicht so schnell wie sonst, gebremst durch frühere Verletzungen. Mit einem Aufschrei stolperte Devon, aber Antoine war zur Stelle und zog sie mit einer Hand hoch. »Los, los, los!«

Sie erreichten den Waldfriedhof. Sie duckten sich hinter mehrere Granitgrabsteine, knieten nieder und eröffneten das Unterstützungsfeuer. Eli feuerte in kontrollierten, gleichmäßigen Salven an der Kirche vorbei. Er hatte noch zwei Magazine übrig und musste seine Munition sparen.

»Schickt den Wagen los«, befahl Eli über sein Headset.

»Ich komme jetzt zu euch, Alpha One«, sagte Alexis.

»Hier ist Omega One«, meldete sich eine Stimme über Funk – der Späher, der oben auf dem Hügel stationiert war. »Ich habe gerade einen der Hueys gesichtet, der direkt auf uns zukommt!«

Dann hörte er es. Das Geräusch ließ ihm das Blut in den Adern gefrieren: das unheilvolle *Wopp-Wopp-Wopp* eines ankommenden Hubschraubers.

34

ELI POPE
TAG EINHUNDERTSIEBENUNDDREISSIG

Im Osten erschien ein schwarzer Fleck am Himmel, der sich von den gefärbten Wolken abhob. Ein Raptor des Todes flog schnell über die Hügel und wurde mit jeder Sekunde größer.

Mehrere Kämpfer richteten ihr Maschinengewehrfeuer auf den Himmel, aber der Huey wich gekonnt aus. Er flog einfach weiter. Der Hubschrauber kreiste über dem südlichen Ende von Devil's Corner und brummte im Tiefflug über die Blockbauten – die Häuser, den Lebensmittelladen, das Hotel, die Schule. Die Rotoren dröhnten wie Donner, und der Motor brummte in seinen Ohren.

»Fahr!«, brüllte Eli durch das Headset. »Fahr, fahr, fahr!«

»Jemand muss den Huey abschießen!«, rief Alexis.

Der Hubschrauber machte eine scharfe Kurve und flog auf den Pickup zu. Auf der rechten Seite des Hueys beugte sich ein Feind in Kampfmontur durch die geöffnete Tür, wobei er einen massiven Raketenwerfer auf das flüchtende Auto richtete.

Der Pickup rumpelte über das Feld, völlig ungeschützt und verwundbar, wie ein Kaninchen auf der Flucht vor einem Falken im Sturzflug.

Eli feuerte ein Geschoss nach dem anderen auf den Huey ab, aber es war zwecklos. Ein helles Zischen ertönte aus dem Huey. Der

Rückstoß entwich durch die andere offene Tür des Hubschraubers, während die Granate der Panzerfaust durch den Himmel schoss.

»Beschuss!«, rief Antoine.

Alexis lenkte das Fahrzeug scharf nach rechts und steuerte auf die Baumgruppe im Norden des Friedhofs zu. Der dichte Wald bot den einzigen Schutz in der Umgebung. Wenn der Wagen es unter das Blätterdach schaffte, ohne einen Baumstamm zu rammen, hatten sie eine kleine Chance.

»Alexis!«, rief Eli. »Los! Los!«

Alexis' panische Stimme ertönte über das Headset. »Festhalten! Macht euch auf den Einschlag gefasst!« Die Granate der Panzerfaust schlug in den Pickup ein. Der Knall hallte nach wie ein gewaltiger Donnerschlag. Das Auto explodierte in einem riesigen Flammenball.

Die Kannen mit Biokraftstoff, die sie hinten geladen hatten, fachten das schreckliche Feuer nur noch an. Das Metall schälte sich wie eine Zwiebel ab. Haarsträubende Schreie zerfetzten die Luft. Die Eingeschlossenen verbrannten bei lebendigem Leibe, ihre Haut war auf der Stelle gebraten wie ein Steak auf dem Grill.

»Nein!«, schrie Devon. »Neiiiin!«

Die Zeit blieb stehen. Die Welt reduzierte sich zu einem Tunnelblick. Das Entsetzen ließ Eli erstarren.

Antoine atmete scharf ein und bekreuzigte sich, obwohl er kein Katholik war. »Heilige Mutter Gottes.«

Die überlebenden Kämpfer starrten geschockt vor sich hin – zu bestürzt, um sich zu bewegen. Ihre Freunde, ihre Mannschaftskameraden, die Männer und Frauen, neben denen sie gekämpft und mit denen sie noch vor zehn Minuten gescherzt hatten –, waren in einem Wimpernschlag verschwunden, verdampft in einem Meer aus Feuer und Rauch.

Alle in dem Pickup waren tot. Amanda Martz war tot. Ray und Nelson. Und Alexis Chilton. Sie war zu jung, zu klug und zu mutig, um zu sterben. Eine Technikerin, keine Soldatin. Hätten sie mehr Leute gehabt, wäre sie gar nicht erst da draußen gewesen.

Elis Kehle schnürte sich zu wie in einem Schraubstock. Kummer und Bedauern drohten ihn zu ersticken. Er schüttelte sich aus seiner

Benommenheit. Der Kummer musste warten. Zuerst mussten sie überleben.

Mit der freien Hand packte er Antoine an der Schulter. »Feuert auf den Huey! Erledigt sie, bevor sie uns erledigen!«

Der Huey erhob sich, drehte eine Kurve und versuchte, den Friedhof für einen zweiten Blitzangriff anzusteuern. Elis Männer hatten keine Deckung gegen die starken Kugeln eines Kaliber-50-Gewehrs oder einer Panzerfaust. Sie würden vernichtet werden wie der Pickup.

»Dafür werdet ihr bezahlen!« Aus dem schattigen Eingang der Kirche ließ sich Nyx hinter dem Barrett, das sie auf ein Stativ gestellt hatte, auf den Boden fallen. Sie feuerte auf den Hubschrauber.

Der Huey schoss in die Höhe und wich der Feuersalve mit einer wilden Flugkurve aus.

Sie verfehlte ihn, dann noch mal.

Nyx fluchte. »Er hat sich hinter die Kirche verzogen. Ich kann ihn nicht sehen!«

Eine Salve von Geschossen schlug auf die Grabsteine vor ihnen ein. Eli, Antoine und Devon duckten sich. Granitsplitter durchbohrten Elis rechte Wange. Ein stechender Schmerz ließ seine Augen tränen.

Der Huey schwenkte zurück und raste auf sie zu.

Es war, als hätte sich die Hölle über ihren Köpfen geöffnet. Ein Sturm von Geschossen regnete auf sie nieder und schlug auf allen Seiten in den Boden ein. Dumpfe Schläge und Explosionen erfüllten die Luft. Kugeln zischten über ihnen hin und her.

Der Hubschrauber schleuderte bei jedem Vorbeiflug einen Hagel des Todes auf die zusammengekauerten Kämpfer. Jedes Mal, wenn sie sich bewegen konnten, machte der Huey einen Tiefflug, um sie daran zu hindern, nach Süden zu fliehen.

Nyx tat ihr Bestes, aber die M2 verfehlte immer wieder ihr Ziel. Ihre Position war ungünstig, sie konnte keinen guten Winkel einnehmen. Sie mussten ihn aus dem Himmel holen, koste es, was es wolle.

»Wir werden in Stücke gerissen!«, brüllte Antoine.

»An alle, kontrollierte Salven!«, sagte Eli. »Zielt auf den Motor, den Piloten oder den Schützen in der Tür!«

Eli drehte sich um und schaute nach Norden, um zu sehen, ob sich etwas zwischen den Bäumen bewegte. Wie er befürchtet hatte, huschten die Schatten weniger als hundert Meter von ihrem Standort entfernt von Baumstamm zu Baumstamm.

Sie waren kurz davor, überrannt zu werden.

Antoine entdeckte die gleiche Bedrohung. »Der Feind ist auf dem Weg hierher! Wir müssen sofort nach Süden vordringen!«

Antoine hatte recht. Wenn sie blieben, waren sie tot. »Heli oder nicht, wir bewegen uns in Teams. Wenn ein Team vorrückt, feuert das andere. Wir müssen los ...«

»Beschuss!«, rief Nyx durch ihr Headset. »Ich habe keine Munition mehr!«

Als der Hubschrauber wieder in Reichweite kam, startete er einen weiteren Angriffsversuch. Die Kugeln schlugen nur wenige Zentimeter links und rechts von ihrer Position ein. Das Dröhnen der Schüsse war ohrenbetäubend. Sie feuerten wiederholt auf das große Metallungeheuer – vergeblich.

Neben ihm stöhnte Antoine auf. Eli wagte einen Blick zu seiner Rechten. Blut floss über den linken Arm des Mannes. Antoine hob zuckend sein Gewehr. »Es geht mir gut.«

Vielleicht noch, aber der nächste Schuss würde ihn wahrscheinlich töten – oder sie alle.

Der Huey flog zu tief und zielte mit seinen großen Kanonen genau auf die Grabsteine, hinter denen sie sich versteckten. Eli spannte sich an. Es blieb keine Zeit zum Nachdenken oder Handeln. Es gab kein Entkommen.

Ein großer Knall ertönte. Es folgte das vertraute Zischen einer Stinger-Rakete. Sie schoss durch die Luft, direkt auf den Hubschrauber zu. Sie traf die hintere Antriebsquelle, die aus dem Heck des Vogels ragte.

Mit einem gewaltigen Ächzen begann der Huey, außer Kontrolle zu geraten. Die Rotoren drehten sich unkontrolliert und der Hubschrauber kippte nach links und schlug fünfzig Meter östlich der Kirche auf. Der gewaltige Aufprall erschütterte den Boden. Die Rotoren knickten und verbogen mit einem protestierenden Quietschen.

Das Bombardement der Feuerkraft verstummte. Es war, als wären alle Kämpfer wie betäubt, während sie den Schock über den abgestürzten Huey verarbeiteten.

Dichter schwarzer Rauch stieg aus dem Wrack auf. Flammen schlugen aus dem Cockpit und züngelten hungrig über das trockene, zugewachsene Feld. Ein altes Blockhaus nach dem anderen fing Feuer, während sich die Flammen in das dichte Unterholz und den Wald im Norden ausbreiteten.

»Wer zum Teufel hat den Huey abgeschossen?«, rief Eli über sein Headset. Er ging auf die Knie und spähte über den Grabstein, um nach Bedrohungen Ausschau zu halten. Er hatte kaum Zeit, erleichtert zu sein, dass sie noch am Leben waren, bevor die nächste Gruppe von Feinden wieder das Feuer auf sie eröffnete.

Der Huey war am Boden. Wenigstens etwas.

Statisches Rauschen ertönte aus dem Funk, dann: »Gern geschehen.«

»Jackson«, hauchte Devon.

Jacksons Stimme war weit weg und blechern, aber unverkennbar. »Ich habe diesen großen Stinger in einem unserer Geheimverstecke gefunden und dachte mir, jetzt ist ein guter Zeitpunkt, ihn zu benutzen.«

»Scheiße, ja«, sagte Nyx. »Du hast uns den Arsch gerettet!«

»Und ich werde euch wieder retten«, sagte Jackson. »Ich gebe euch von der Spitze des Hügels aus Deckung. Verschwindet sofort von dort. Ich werde jede Kakerlake festnageln, die es wagt, ihre hässliche Visage zu zeigen.«

Eli hätte es selbst unter Androhung von Folter nicht zugegeben, aber er war heilfroh, Jacksons Stimme zu hören. Sie hatten heute gute Leute verloren. Dass Jackson lebte, war keine Kleinigkeit.

Nyx und Nash machten sich auf den Weg zum Friedhof. Antoine und Eli gaben ihnen Deckung. Antoine runzelte die Stirn, als sie sich zum Abmarsch bereit machten. Er hatte es geschafft, seinen Oberarm notdürftig abzubinden, um die Blutung zu stoppen. »Was ist mit dem Feuer?«

Das Feuer breitete sich schnell aus. Es hatte das Schulhaus erreicht. Die Flammen leckten gierig an den Holzwänden und züngelten an der Ostseite hinauf. Das knisternde Rauschen wurde lauter, je stärker das Feuer wurde. Der Rauch zog in einem dichten, erstickenden Dunst durch die Luft.

»Wir können nichts mehr tun«, sagte Eli.

Antoine nickte. »Dann lasst uns die Bude sprengen!«

Mit Jacksons Rückendeckung rannten sie los.

35

LENA EASTON
TAG EINHUNDERTSIEBENUNDDREISSIG

Lena strich sich mit der Rückseite ihres Arms eine Haarsträhne von der Stirn. Ihre Glieder fühlten sich schwer an, ihr Geist und ihr Körper waren völlig ausgelaugt. Blut befleckte ihren Kittel. Es war nicht ihres, sondern das von Devon. Devon lag zusammengesackt auf der Trage in einem mit Vorhängen abgetrennten Raum in der Notaufnahme des Munising Krankenhauses. In den letzten drei Stunden hatte Lena in mühevoller Kleinarbeit Splitter aus Devons Gesicht, Hals und Schultern gezogen.

Glücklicherweise hatten die Splitter keine Arterien oder lebenswichtigen Sehnen und Muskeln durchschlagen. Die oberflächlichen Wunden bluteten stark, aber es würde ihr gut gehen. Vernarbt, aber gut.

»Es tut mir so leid.« Lena zupfte einen weiteren Splitter aus Devons Gesicht. Eine Notfall-Wärmedecke war um ihre Schultern gewickelt. Sie wollte nicht, dass Devon einen Schock erlitt.

Devon biss mit stoischer Entschlossenheit die Zähne zusammen. Tränen vermischten sich mit dem Blut, bevor es ihre Wangen hinunterlief. Sie hatte sich geweigert, stärkere Schmerzmittel als Tylenol zu nehmen, weil sie darauf bestand, dass man sie für diejenigen aufheben müsse, die sie wirklich brauchten.

Stattdessen drückte sie eine Hand auf Bears Kopf und vergrub ihre Finger in seinem Fell, als wolle sie sich an ihr Leben klammern. Bear saß direkt neben Devon auf seinen Hinterbeinen. Seine Rute strich rhythmisch über den Boden. Er lehnte sich an ihre Oberschenkel, um ihr seine ganz eigene Art von weichem, schlabbrigem Trost zu spenden. Es schien zu funktionieren.

»Wie schlimm sehe ich aus?«, fragte Devon mit einem Schaudern. »Gremlin oder Scarface?«

»Na ja.« Lena ließ einen blutigen, verbogenen Metallsplitter von der Größe eines Zehncentstücks auf das Tablett neben sich fallen. Das Schrapnell hatte direkt unter Devons rechtem Auge einen sechs Millimeter großen Riss im Fleisch hinterlassen. »Du wirst in nächster Zeit keine Schönheitswettbewerbe gewinnen, aber dieses verdammte Schrapnellstück hätte dir fast das Auge ausgeschlagen. Du hattest Glück.«

»Glück«, wiederholte Devon tonlos. Sie schien unter Schock zu stehen, ihre Augen waren blutunterlaufen und glasig. Obwohl der Raum nicht kalt war, zitterte sie am ganzen Körper.

Lena betrachtete ihr Gesicht mit Sorge. »Hey, Devon. Hörst du mich?«

Devon nickte zittrig. Ihre dunklen Zöpfe waren rot gefärbt. Sie hob eine Hand, um ihre Wange zu berühren, dann ließ sie sie schlaff auf ihren Schoß fallen. Bear winselte und drückte seine Schnauze gegen ihre Rippen. Es gelang ihr, ihn lustlos hinter den Ohren zu kraulen.

»Ich sollte mir keine Gedanken über dumme Narben machen«, sagte Devon. »Ich bin am Leben. Ich bin am Leben und das sollte ich nicht sein. Ich hätte mit den anderen Verwundeten im Pickup sitzen sollen. Mit Alexis.« Sie schluckte schwer. »Dort hätte ich sein sollen. Ich hätte tot sein sollen.«

»Du bist nicht tot. Du bist hier. Was passiert ist, ist nicht deine Schuld. Das Kartell hat Alexis getötet. Sie tragen die Schuld, nicht du. Auf keinen Fall du.«

Devon nickte wieder, aber sie schaute Lena nicht in die Augen. Ihre Unterlippe zitterte, als würde sie einen inneren Kampf führen, um eine Flut von Kummer, Schuldgefühlen und Wut zurückzuhalten.

Lena konnte es ihr nicht verdenken, nicht ein bisschen. Sie hatte die letzten zehn Stunden mit Dr. Virtanen und ein paar freiwilligen Krankenschwestern im Operationssaal verbracht und sich um die verwundeten Überlebenden der Schlacht gekümmert. Sie hatten Schnittwunden gespült, Risswunden desinfiziert, Schrapnelle aus blutigen Wunden entfernt, ein oder zwei flache Kugeln herausgeholt und Verletzungen bandagiert.

Zwei Kämpfer waren auf dem Tisch gestorben. Es war ein langer, tragischer und entsetzlicher Tag gewesen.

Nachdem sie die Wunden genäht hatte, um die Narbenbildung so gering wie möglich zu halten, umarmte Lena Devon sanft, wobei sie sich wünschte, sie könnte die Verzweiflung und das Trauma aus ihrer Freundin herausquetschen. »Ruh dich etwas aus, okay?«

Devon versuchte aufzustehen und beteuerte, dass es ihr gut ginge. Bear wimmerte und drückte seinen Kopf mit wippender Rute noch stärker gegen ihre Seite. Lena drückte Devon wieder nach unten. »Bear will, dass du hierbleibst.«

»Es geht mir gut ...«

»Das ist eine Anweisung der Sanitäterin«, sagte sie streng. »Ich werde in einer Stunde nach dir sehen.«

Lena gab Devon eine weitere Decke, wickelte sie ein und stellte ihr ein Glas Wasser auf das Tablett neben ihr. Bear kletterte auf das Krankenhausbett und rollte sich an Devons Füßen zusammen. Seine Körperwärme würde sie warm halten. Lena ließ den Neufundländer zurück, damit er ihre Patientin überwachen konnte, und ging ins Nebenzimmer, wo sie den Vorhang zurückzog, um zu sehen, ob Dr. Virtanen Hilfe beim Nähen von Antoine brauchte. Die Gerichtsmedizinerin winkte sie weg. »Gönn dir etwas Schlaf. Morgen früh gibts viel zu tun.«

Lena ging weiter. Sie betrat den Empfangsbereich, wo ihre Freunde auf Neuigkeiten über Devon warteten.

Eli, Jackson und Nyx sprangen gleichzeitig von den Stuhlreihen auf. Ihre Gesichter waren schmutzig, bedeckt von Schweiß und Dreck. Sie trugen ihre abgewetzte, fleckige Kampfausrüstung, während ihre Waffen an den Wänden lehnten oder auf einem Sitz in der Nähe gestapelt waren.

Lenas Lungen verengten sich. Sie liebte diese Menschen von ganzem Herzen. Wie knapp war sie davon entfernt gewesen, einen oder mehrere von ihnen zu verlieren. Wie viel sie alle bereits verloren hatten.

Sie schwankte auf ihren Füßen. Ihre Schultern sackten herunter.

Eli überquerte den Fliesenboden mit drei langen Schritten und schloss sie in seine Arme. Sie brach an ihm zusammen und sank in seine Kraft, seine Wärme und seine Beständigkeit. Er roch nach Blut und Schießpulver. Schweiß durchtränkte seine schwarzen Haare bis zur Kopfhaut.

Er hatte noch nie so gut ausgesehen.

Trotz ihrer Müdigkeit beschleunigte sich ihr Herzschlag. Er stand aufrecht. Er war unversehrt. Heute Abend würde sie jeden Zentimeter von ihm untersuchen und sich selbst davon überzeugen.

»Was ist mit Devon?«, fragte Jackson mit angespannter Stimme. »Geht es ihr gut?«

Lena zwang sich, den Kopf zu drehen und ihn anzuschauen. Irgendetwas war anders an ihm, irgendwie dunkler, mit einer Härte in seinem Blick, die sie nicht kannte.

Lena nickte, fast zu müde, um zu sprechen. Sie fühlte sich spröde. Leicht zu brechen. Schwach. Das war ein Gefühl, das sie verachtete. Sie hatte sich noch nie so nutzlos gefühlt. Wenigstens würde Devon leben. »Sie ruht sich aus. Du kannst reingehen und sie besuchen. Sie ist in Zimmer fünf.«

Ohne ein Wort zu sagen, schritt Jackson durch die Doppeltüren der Notaufnahme und verschwand. Seine scharfen, abgehackten Schritte hallten wider, bevor sie in der Stille verklangen.

Lena warf einen kurzen Blick auf Nyx. Die Frau wippte ängstlich von einem Fuß auf den anderen. Ihre Miene wirkte zwiegespalten, als wäre es ihr zu peinlich zu fragen, was sie unbedingt wissen wollte.

»Antoine hat einen Streifschuss an seinem linken Unterarm. Dr. Virtanen näht ihn gerade zusammen. Er ist in Zimmer vier.«

Nyx verdrehte die Augen, um die Erleichterung zu verbergen, die sich auf ihren Zügen abzeichnete. Es funktionierte nicht. »Der ist so ein Baby. Ich wette, er weint da drin. Genau wie ein Mann, der immer jemanden braucht, der seine Hand hält.«

Lenas Worte kamen langsam und bedächtig. Ihre Gedanken waren verschwommen. Sie musste sich auf jede Silbe konzentrieren. »Du kannst zu ihm gehen, wenn du willst.«

»Nee«, sagte Nyx und tat so, als wäre es ihr gleichgültig. »Lass den Mann in Ruhe heulen. Ich werde später nach ihm sehen.«

Eli zog sich zurück und betrachtete Lenas Gesicht mit einem Stirnrunzeln. Seine großen Hände umfassten sanft ihre Oberarme, um sie aufrechtzuhalten, während er sie gründlich musterte. »Du bist kurz davor, zusammenzubrechen. Du musst dich ausruhen.«

»Dr. Virtanen braucht mich ...«

»Du kannst dich nicht jede Sekunde des Tages um alles kümmern. Wenn du krank bist, nützt du niemandem etwas. Setz dich hin.« Seine stählerne Stimme duldete keinen Widerspruch.

Er führte sie zu dem nächstgelegenen Stuhl. Sie ließ sich darauf sinken, wobei das harte Metall sich in ihre Wirbelsäule grub, aber sie merkte es kaum. Ihre Augen waren trüb. Ihre Sicht verschwamm an den Rändern.

Ihre Pumpe piepte. Sie hatte schon eine ganze Weile immer wieder gepiept. Sie war zu beschäftigt gewesen, um nachzusehen. Sie hatte sich so intensiv um die Verletzten gekümmert, dass sie seit Stunden kaum etwas gegessen oder ihren Blutzucker kontrolliert hatte.

»Wie hoch sind die Werte?«, fragte Eli fordernd.

Sie zog ihr Shirt hoch und schaute auf den Bildschirm. Ihr Herz sank. »Ah, fünfundvierzig.«

Elis Gesichtsausdruck wurde finster. »Lena.«

Die Zunge in ihrem Mund fühlte sich dick an. Es war schwer, seinen Worten zu folgen und ihre Gedanken zu ordnen. »Ich weiß, ich weiß. Ich habe alle Kohlenhydrate, die ich gestern Abend mitgebracht habe, verbraucht. Ich hatte keine Zeit, noch mehr im Gasthaus zu holen. Theresa Fleetfoot stand die ganze Nacht auf der Kippe; ich konnte sie nicht auf dem Operationstisch liegen lassen. Dann kamen die Verletzten aus Devil's Corner ...«

Eli warf ihr einen missbilligenden Blick zu, während er seinen

Rucksack abschnallte, ihn auf einen Stuhl in der Nähe warf und ihn durchwühlte, bis er eine Dose mit Vanille-Zuckerguss und einen Löffel herauszog. Er hatte ihn immer bei sich, nur für sie.

»Iss«, knurrte er.

Lena gehorchte. Sie schraubte den Deckel ab und grub den Löffel in den dicken Zuckerguss, bevor sie sich eine Ladung in den Mund schaufelte. Die pure Süße zerplatzte förmlich auf ihrer Zunge. Der Zufluss an Kalorien und Energie ließ ihre Zellen aufblühen. Sie steckte sich noch ein paar Löffelvoll in den Mund und trank dann ein paar Schlucke Wasser aus der Flasche, die Eli ihr gereicht hatte.

Die Dose mit dem Zuckerguss in ihrem Schoß haltend, starrte sie auf ihre Hände. Getrocknete Blutspuren säumten ihre Fingernägel. Ihre Hände sahen nicht aus wie ihre eigenen, sondern wie die einer Fremden. Verblassende blaue Flecken zierten noch immer ihre Fingerspitzen.

Sie lehnte sich nach vorn und stützte die Ellbogen auf ihre Ober-schenkel, bis ihr Schwindelgefühl verging und die weißen Flecken hinter ihren Augenlidern verschwanden. Ihre Haare hingen wie Vorhänge über ihr Gesicht, während sie tief und gleichmäßig ein- und ausatmete, um sich wieder zu sammeln.

Nach ein paar Minuten lehnte sie sich blinzelnd zurück. Sie reichte Eli die Dose Zuckerguss, die er für das nächste Mal wieder in seinen Rucksack steckte. »Danke. Jetzt fühle ich mich besser.«

»Wie geht es den beiden?«, fragte Eli leise. »Der schwangeren Frau und dem Baby.«

Er wusste, wie besorgt sie wegen der Steissgeburt gewesen war. Sie schüttelte den Kopf. »Das Baby hat es geschafft. Es ist mit Ana Grady im Gasthaus. Aber Theresa hat heute Morgen gegen vier Uhr angefangen zu bluten. Wir haben alles versucht, um sie zu retten. Wir hätten einen Unfallchirurgen gebraucht. Wir hätten Bluttransfu-sionen und Anästhesie gebraucht und ... alles, was wir nicht hatten. Sie ... ist auf dem Tisch gestorben. Es war nicht genug. Nichts ist genug.«

»Du hast alles getan, was du konntest.«

Lena stieß einen gequälten Laut aus und schüttelte den Kopf. Sie sah nur noch das entsetzte Gesicht von Theresas Tochter Miriam vor sich, als sie ihr die schreckliche Nachricht überbracht hatte. Ihre Pumpe piepte erneut, als ihre Werte stiegen: siebzig, dann fünfundachtzig. Sie trank noch etwas Wasser.

Eli drückte ihre Schulter und ließ sich auf den Stuhl neben ihr sinken. Sie lehnte sich an ihn und stützte ihren Kopf auf seine breite Schulter. Trotz ihrer Müdigkeit sprühten Funken auf ihrer Haut, wo er sie berührte. Seine bloße Anwesenheit – seine Berührung, sein Geruch, sein Lächeln – beruhigte sie.

Die Doppeltüren zur Notaufnahme öffneten sich. Antoine schlurfte heraus und blickte auf seinen mit Verbänden umwickelten Unterarm hinunter.

»Es ist alles in Ordnung. Es geht mir gut. Nur ein Kratzer«, murmelte er, als er Nyx' besorgten Blick bemerkte.

Nyx sah aus, als wolle sie etwas Sarkastisches sagen, während sie desinteressiert mit einer Schulter zuckte. Stattdessen seufzte sie und schaute weg. »Für einen Augenblick dachten wir, wir hätten dich verloren.«

»Ich bin die Kakerlake der Apokalypse, schon vergessen?« Antoine bemühte sich, die Sache auf die leichte Schulter zu nehmen, aber der Witz verpuffte. Sein Mund verengte sich. Seine Augen blickten in die Ferne, als wäre ein Teil von ihm auf dem Schlachtfeld geblieben. Als ob er immer noch dort wäre und seine Freunde sterben sähe.

»Wir müssen zurück«, sagte Nyx. »Wir müssen unsere Toten begraben. Wir können sie nicht den Aasgeiern und Plünderern überlassen, die ihre Knochen sauber fressen. Das ist nicht richtig.«

Eli nickte schwer. »Das werden wir. Sobald die Luft rein ist und wir wissen, dass das Kartell weg ist. Ich schicke morgen früh ein paar Drohnen los, um das Gebiet auszukundschaften. Wir müssen auch die Sprengsätze ausgraben, die nicht explodiert sind. Wir können sie in der nächsten Schlacht einsetzen.«

Im Warteraum herrschte betretenes Schweigen. Lena blickte von Eli zu Nyx und Antoine. Ihre Gesichter waren gezeichnet von Sorge, und ihre Körperhaltung verriet ihre Niederlage.

»Erzählt mir von dem Hinterhalt«, sagte Lena.

Eli versteifte sich, sein Blick war gequält. »Wir haben verloren, und zwar gewaltig. Fast ein Viertel unserer Kampftruppe wurde ausgelöscht. Alexis Chilton ... Sie hat es nicht geschafft. Sie war fünfundzwanzig. Nick Drewer, Mike Henderson, Margie Claypool ... Zweiunddreißig Menschen. Zweiunddreißig Männer und Frauen. Sie waren Ehemänner, Ehefrauen, Mütter und Väter, Brüder und Schwestern. Alles gute Menschen. Und sie sind meinetwegen tot.«

Der Schmerz in seinen Augen war fast unerträglich; es fühlte sich an, als hätte jemand in ihre eigene Brust gestochen. Elis Schultern sackten unter der Last der Toten zusammen.

Sie griff nach seiner Hand und verschränkte ihre zierlichen Finger mit seinen großen, schwieligen. Sie wollte es ihm leichter machen, ihm diese enorme Last abnehmen, aber sie konnte es nicht. Alles, was sie tun konnte, war, an seiner Seite zu bleiben und ihm ihr ganzes Herz als Trost anzubieten – was immer das bringen mochte.

Sie drückte seine Hand. Nach einer Weile drückte er sie zurück. »Wir sind nur deinetwegen am Leben«, sagte Nyx. »Das ist weder deine Schuld noch die von Antoine, Nash oder sonst wem. Wir haben nicht erwartet, dass sie so ausgeklügelte Geräte wie Maddox-Störsender haben. Ein paar von ihnen waren ausgebildete Ex-Soldaten. Wir hatten eine Handvoll kaum ausgebildeter Zivilisten. Nach diesem Fiasko ist es ein verdammtes Wunder, dass wir überhaupt lebend davongekommen sind.«

Schuldgefühle schimmerten in seinen Augen. »Sie waren nicht bereit für den Kampf. Schon gar nicht für einen organisierten, mehrgleisigen Angriff, wie ihn das Kartell auf uns losgelassen hat. Ich habe sie nicht genug trainiert. Ich hätte besser planen sollen. Es gibt tausend Dinge, die ich hätte anders machen sollen ...«

»NEIN.« Nyx' Stimme war streng, ihr Blick stählern. Sie stieß sich von der Wand ab und stellte sich vor Elis Stuhl. Mit in die Hüften gestemmten Händen blickte sie auf ihn herab. »Jeder Berufssoldat würde dir dasselbe sagen, und das weißt du auch. Wenn du an meiner Stelle wärst und die Rollen vertauscht wären, was würdest du mir sagen? Du weißt das genauso gut wie ich. Echte Infanteriesoldaten üben immer wieder für einen Einsatz. Wie man sich bei einem Hinterhalt verhält. Wie man die operative Sicherheit aufrechterhält. Wie man als Gruppe, als einzelner Organismus, unter

Einsatz von Feuerkraft manövriert. Du und ich haben das SERE-Training durchlaufen – Überleben, Ausweichen, Widerstand, Flucht. Das haben die anderen nicht.«

Sie wedelte wütend mit der Hand, als könnte sie ihn mit der bloßen Kraft ihres Willens überzeugen. »Das Marine Corps hat viermonatige Infanterieschulen. Die Armee bis zu zweiundzwanzig Wochen, den ganzen Tag, jeden Tag, und das sogar erst nach der Grundausbildung. Sie trainieren, bis die Soldaten im Schlaf kämpfen könnten. Dann absolvieren sie ein weiteres Jahr in einer Infanteriekompanie, bevor sie als fähig für die Ausübung der grundlegenden operativen Sicherheit gelten. Der Versuch, verängstigte, traumatisierte Zivilisten in ein paar Monaten kampffähig zu machen, war eine unmögliche Aufgabe.«

Eli nickte, als hätte er es verstanden. Lena vermutete, dass er Nyx einfach nur zustimmte. Was der Verstand logisch begriff, bedeutete nichts für das, was das Herz fühlte – dieses erdrückende, tiefe Gefühl der Verantwortung. Lena wusste, dass Eli es mehr als jeder andere fühlte.

»Wir hatten nicht einmal Headsets für alle«, sagte Antoine mit rauer Stimme. Er war nachdenklich und nicht wie sonst so fröhlich und gut gelaunt. Der Verlust von guten Männern veränderte das Leben eines Soldaten. »Du hast diese Leute nicht im Stich gelassen – du hast ihnen eine Chance gegeben.«

»Er hat recht«, sagte Lena leise. »Du hast uns eine Chance gegeben. Dank dir steht Munising heute noch. Ohne das, was du gerade getan hast, hätte das Kartell uns schon längst dem Erdboden gleichgemacht.«

Nyx verschränkte die Arme vor der Brust und starrte Eli an.

»Genug mit deiner kleinen Selbstmitleidsparty. Hör endlich auf, herumzuheulen, und steh deinen Mann.«

Eli wurde blass. Er stotterte und versuchte, sich zu verteidigen. »Hör zu, du hast nicht ...«

»Nein, du hörst jetzt zu.« Nyx machte weiter und erhob ihre Stimme, um über ihn hinwegzusprechen. »Reiß dich zusammen, Ranger. Du hast einen Job zu erledigen. Wir müssen herausfinden, wie wir das Kartell aufhalten können. Es liegt an uns. Es gibt sonst niemanden, der die Leute im Gasthaus oder die Menschen in der Stadt, die irgendwie ihr Leben meistern müssen, beschützen kann. Jeder tut sein Bestes. Wir brauchen das Beste von dir. Und zwar jetzt.«

»Ich weiß«, sagte Eli gedämpft. »Und ihr werdet mein Bestes bekommen.«

Nyx nickte, als sie sich sicher war, dass er ordentlich zurechtgewiesen worden war. Sie kehrte auf ihren Platz an der Wand zurück und tat so, als würde sie den Schmutz unter ihren Nägeln untersuchen. Doch ihr scharfer Blick wanderte immer wieder zu Antoine, und ihre Stirn war gerunzelt, als würde sie eine fremde Spezies studieren, die sie nicht ganz verstand.

Antoine seinerseits hielt seine Aufmerksamkeit auf Eli gerichtet. »Wie gehts jetzt weiter? Sie werden nicht aufhören, Bruder. Das wissen wir beide.«

»Er hat recht«, sagte Jackson von der Tür aus. Er war in den Empfangsbereich zurückgekehrt und lehnte sich neben Nyx an die Wand. Er schien über Nacht um ein Jahrzehnt gealtert zu sein.

Müde erzählte er ihnen von seinem geheimen Treffen am Aufenthaltsort des Kartells, dem sogenannten Deal, den sein verräterischer Vater und sein hochrangiger, mit dem Kartell verbundener Bruder ihnen angeboten hatten, und schließlich von Luis Gaults Frau.

Lenas Herz wurde schwer, während sie zuhörte. Ihre Hand fiel instinktiv auf die Pumpe an ihrer Hüfte. »Seine Frau ist Diabetikerin.«

»Die Familie Côté ist ohnehin schon rachsüchtig«, sagte Jackson. »Zusammen mit dem Insulin, das wir geklaut haben, wird Gault nicht aufhören – nicht, bis er die Medikamente hat und wir alle tot sind. Und auch mein Vater und mein Bruder werden nicht aufhören. Angesichts ihrer guten Ortskenntnis sind sie praktisch unaufhaltsam.«

»Praktisch, aber nicht absolut«, sagte Lena. »Es muss einen Weg geben. Sag mir, dass es einen Weg gibt.«

Eli lehnte sich nach vorn, die Ellbogen auf die Oberschenkel gestützt, den Kopf in den Händen. Er antwortete ihr nicht, was ihr mehr Angst machte als alles, was sie heute gesehen oder gehört hatte.

»Wir müssen eine Bürgerversammlung einberufen«, sagte Jackson. »Wir können keine Entscheidungen in einem Vakuum treffen. Die Menschen verdienen es zu wissen, was auf sie zukommt und womit wir es zu tun haben. Wir entscheiden unseren nächsten Schritt gemeinsam.«

36

LENA EASTON
TAG EINHUNDERTACHTUNDDREISSIG

»Wir müssen fliehen«, sagte Bradley Underwood. »Bevor das Kartell uns im Schlaf abschlachtet.«

Lena ließ sich in den Ledersessel neben dem steinernen Kamin nieder und blickte in die angespannten Gesichter um sie herum. Die Flamme knisterte und knackte in der massiven Feuerstelle und warf flackernde Schatten auf den Schieferboden.

Nach dem missglückten Hinterhalt gestern hatte Jackson eine Notversammlung einberufen. Vierzig führende Persönlichkeiten der Stadt hatten sich im Northwoods Inn versammelt, um über ihr weiteres Vorgehen zu entscheiden.

Einige saßen in gepolsterten Sesseln, während andere in einem lockeren Kreis standen – die Arme verschränkt, die Haltung steif vor Sorge, jedes Gesicht von Verlust und Angst gezeichnet.

Bear lag ausgestreckt vor ihren Füßen. Seine Schnauze ruhte auf seinen Pfoten und seine braunen Augen beobachteten aufmerksam das Geschehen. In letzter Zeit hatte er bei Shiloh geschlafen, aber heute Abend schien der Neufundländer Lenas Kummer zu spüren und weigerte sich, von ihrer Seite zu weichen.

Jackson stand allein in der Mitte des Kreises. Als Sheriff sahen alle auf ihn, in der Hoffnung auf eine Antwort. Das Zucken in seinem Kiefer verriet seine Frustration und seinen Stress. Obwohl er unter enormer Anspannung stand, gelang es ihm, seine Stimme ruhig zu halten. »Wir sind hier, um die Optionen zu besprechen, das Für und Wider abzuwägen und gemeinsam eine Entscheidung zu treffen.«

»Wie ich schon sagte, wir müssen evakuieren.« Underwood lehnte sich zurück, verschränkte die Arme vor der Brust und verzog den Mund zu einer störrischen Linie. Der Ex-Sheriff war ein strenger, imposanter schwarzer Mann in den frühen Fünfzigern, mit einer stämmigen Haltung, einer glänzenden Glatze und einem glatt rasierten Kiefer. Underwood als kompliziert zu bezeichnen, wäre eine ziemliche Untertreibung. »Nach der Katastrophe, die der jetzige Sheriff über uns gebracht hat, haben wir keine andere Wahl, als zu fliehen.«

»Der jetzige Sheriff hat mir und vielen anderen das Leben gerettet«, sagte Lena mit Nachdruck und so laut, dass es jeder hören konnte. »Lasst uns das nicht vergessen. Jackson, Eli und unsere tapferen Kämpfer haben Sykes und seine Sträflinge besiegt. Hätten sie das nicht getan, wären einige von euch in diesem Raum tot.«

Ein leises Grummeln der Zustimmung ging durch den Raum. Das Komitee wusste, dass sie recht hatte. Underwood konnte schimpfen und sich beschweren, so viel er wollte, aber er konnte seinen Willen nicht durchsetzen. Nicht mehr.

Sie starrte Underwood so lange an, bis er blinzelte und seinen Blick nach rechts schweifen ließ – vielleicht aus Verlegenheit. Er hatte nicht gegen Sykes gekämpft. Er hatte sich davongeschlichen, um seine Wunden zu lecken.

Als er wieder sprach, war ein wenig von der Aggression aus seiner Stimme gewichen. Er winkte vage mit einer Hand. »Ich wollte nur meinen Standpunkt klarmachen.«

»Selbst wenn wir fliehen könnten, wohin sollen wir fliehen?«, fragte Ana Grady. »Gibt es eine Festung, von der ich nichts weiß? Sofern ich das beurteilen kann, sind wir der einzige Zufluchtsort im Umkreis von Hunderten von Kilometern.«

»Sie hat recht«, sagte Jackson. »Wo könnten wir hingehen, wo es sicherer ist als hier? Wo wir die Stärken und Schwächen des Geländes kennen, wo wir Verteidigungsanlagen gebaut haben? Wo sollen wir hingehen, wo wir über zweitausend Menschen unterbringen und ernähren können?«

Underwood verzog sein Gesicht wie ein aufmüpfiger Schuljunge. »Es ist nicht mein Problem, das zu regeln. Sondern deines, Sheriff.«

Jackson drehte sich um und sah ihn an. »Es ist das Problem von allen. Zumindest von allen, die überleben wollen. Was schlägst du vor, wie wir all diese Menschen transportieren sollen? Mit welchen Fahrzeugen? Nach meiner letzten Zählung haben wir fünf funktionstüchtige Diesel-Pickups, die auf Biokraftstoff umgerüstet wurden, ein Dutzend Quads und zwei Dutzend elektrische Golfwagen mit einer Reichweite von achtzig Kilometern. Wir haben etwa fünfzig Elektrofahrräder und ein paar hundert normale Fahrräder, sowie zwei Dutzend Pferde zu unserer Verfügung. Das wars.«

Fred Combs hatte ein Team, das rund um die Uhr Biokraftstoff herstellte. Täglich war ein Plünderungsteam in Munising unterwegs, um in jedem Restaurant, jeder Schulkantine, jeder Hotelküche und jeder Speisekammer nach versteckten Vorräten an Pflanzenöl zu suchen.

Da das Kartell eine ständige Bedrohung darstellte, war es zu gefährlich, sich aus egal welchen Gründen über die Stadtgrenzen hinauszuwagen. Die ganze Stadt spürte den Druck, das beklemmende Gefühl der Klaustrophobie.

Jackson fuhr fort: »Und danach folgt die Frage nach der Logistik und den Vorräten. Wenn wir keine Quelle für Trinkwasser finden, müssen wir Hunderttausende von Litern mitschleppen. Mehr als drei Liter pro Person und Tag. Desinfiziertes Wasser, Lebensmittel und medizinische Versorgung, Koffer mit Kleidung, Waffen und Munition. Wir haben keine Möglichkeit, das alles zu transportieren.«

Eli schritt unruhig hinter dem Stuhlkreis umher. »Wir haben ein Viertel unserer Kämpfer in Devil's Corner verloren. Selbst wenn wir die Fahrzeuge, den Treibstoff und die Vorräte hätten, um so viele

Menschen zu transportieren, wie sollen wir sie im Freien und auf der Straße bewachen? Wir haben ein paar hundert Männer und Frauen, die schießen können und eine rudimentäre Ausbildung haben. Aber das reicht ganz sicher nicht aus, um eine Karawane dieser Größe zu bewachen. Wenn das Kartell uns auf der Straße angreifen würde, wären wir leichte Beute. Sie würden einfach reinstürmen, den hinteren und den vorderen Wagen eliminieren, um die mittleren Fahrzeuge einzufangen, und dann systematisch jeden einzelnen Mann, jede Frau und jedes Kind auslöschen.«

Eli hielt inne, um seine Worte wirken zu lassen. Die Gesichter wurden blass. Die Leute blickten einander ängstlich an. Fred Combs faltete die Hände in seinem Schoß. Dana Lutz zupfte nervös an ihren Fingernägeln. Michelle Carpenter ließ neben Ana Grady die Schultern sinken, als ihr die schreckliche Realität ihrer Lage bewusst wurde.

Bear spürte die Beunruhigung im Raum, richtete sich auf und blickte zu seinem Frauchen hoch. Sein Kopf neigte sich und seine spitzte besorgt seine Schlappohren. Er stieß ein leises, unruhiges Winseln aus.

Lena kraulte seine Lieblingsstelle unter dem Kinn. Er lehnte sich mit seinem Körper an ihr Bein, und seine pelzige Wärme beruhigte sie ebenso wie sie ihn.

»Was sollen wir denn jetzt tun?«, fragte Underwood schroff. »Du bist das Genie, aber du hast keine Lösungen angeboten, sondern nur die Ideen der anderen abgeschmettert.«

Jacksons Kiefer verkrampfte sich. Elis rechter Augenwinkel begann zu zucken. Antoine und Nyx lehnten lässig an der Theke im hinteren Teil des großen Foyers, aber ihre Augen waren ernst, während sie den Streitereien im Raum lauschten.

»Woher wissen wir, dass das Kartell nicht gerade auf dem Weg ist, um uns abzuschlachten?«, fragte Tim.

»Nach dem Angriff sind die Kämpfer des Kartells in ihr Lager zurückgekehrt, um sich neu zu formieren«, sagte Moreno. »Wir haben ihr Lager im Auge und ein paar Späher, die strategisch platziert sind, um uns zu alarmieren, wenn sie sich zum Aufbruch rüsten.«

»Wenn ihr wisst, wo sie sind, warum könnt ihr sie dann nicht zuerst angreifen?«, fragte Fred Combs. »Einen Pickup voller Dynamit in die Mitte ihres Lagers fahren und es in die Luft jagen?«

»Sie sind zu schwer bewacht«, antwortete Jackson. »Sie haben sich in einem Schloss auf einem Hügel verschanzt. Einem echten Schloss. Sie würden jeden Angriffsversuch abwehren, bevor wir es auch nur bis zum Fuß des Hügels schaffen. Sie haben umherziehende Sicherheitspatrouillen und aktive Drohnen. In jedem der vier Türme sind Maschinengewehrstellungen eingerichtet, die alle Richtungen abdecken. Ich habe ihre Lagerbestände an Panzerfäusten, Gewehren und Pistolen gesehen. Sie haben tonnenweise Munition in den verschiedensten Kalibern. Das Einzige, was das Schloss nicht hat, ist ein Wassergraben voller bissiger Piranhas.«

»Was ist, wenn wir uns ihnen ergeben?«, wimmerte Underwood. »Vielleicht verschonen sie uns dann.«

Jackson lief in einem engen Kreis umher und begegnete den Blicken der einzelnen Ausschussmitglieder, während er von Person zu Person ging. »Das Kartell ist brutal und gnadenlos. Ihr habt die Gerüchte gehört, ihr habt die Flüchtlinge mit eigenen Augen gesehen. Sie plündern und stehlen, treiben die Menschen zusammen und erschießen oder foltern sie. Sie sind Barbaren. Ich kann euch versichern: sie werden jeden Ordnungshüter und jeden ehemaligen Militärangehörigen skrupellos ermorden. Sie werden alles, was sie anfassen, niederbrennen, plündern und stehlen. Und euren Töchtern werden sie noch schlimmere Dinge antun.«

Underwood breitete spöttisch die Arme aus. »Was ist dann dein großer Spielzug? Dein großer Plan? Hast du uns alle hierhergerufen, nur um uns zu sagen, dass wir bald abgeschlachtet werden und du nichts dagegen tun kannst?«

»Ganz und gar nicht.« Eine Ader trat in der Mitte von Elis Stirn hervor. Er sah aus, als würde er nichts lieber tun, als Underwood mit bloßen Händen den Hals umzudrehen, aber er kämpfte damit, sich zurückzuhalten. Lena kannte das Gefühl.

Ein Summen von alarmierten, ängstlichen Stimmen schwirrte durch den Raum. Das Komitee drohte, in panisches Chaos zu verfallen. *Wir sitzen in der Falle. Wir werden sterben. Das ist das Ende.*

Die Bewohner der Upper Peninsula waren in der Regel rationaler als die meisten anderen. Dennoch verunsicherte der Terror auch die stoischsten unter ihnen. Da ihr Zuhause und ihre Lieben auf dem Spiel standen, waren alle verängstigt und nervös. Die Angst brachte das Schlimmste im Menschen zum Vorschein.

»Beruhigt euch, Leute!« Jackson erhob seine Stimme. »Ich weiß, dass ihr Angst habt. Wir haben alle Angst. Aber wir müssen uns konzentrieren und durch diese Angst hindurchdenken. Wir dürfen nicht zulassen, dass sie uns lähmt, sonst verlieren wir alles, was uns wichtig ist, garantiert.«

Nyx räusperte sich. »Ein weiser Mann hat einmal gesagt: *Angst ist eine Reaktion. Mut ist eine Entscheidung.*«

»Winston Churchill«, sagte Eli.

Nyx nickte anerkennend. »Du kennst dich aus.«

»Ich kenne den Krieg.«

»Genau das ist es«, sagte Antoine. »Das ist ein Krieg. Ein Krieg, den wir gewinnen müssen.«

»Und das werden wir«, sagte Jackson, »aber nur, wenn wir zusammenhalten. Nur, wenn wir klug und mutig sind.«

Allmählich beruhigten sich die Leute. Nachdem sich das hektische Stimmengewirr gelegt hatte, ergriff Jackson erneut das Wort. »Weglaufen ist keine gute Option. Genauso wenig, wie nichts zu tun und darauf zu warten, dass unser Feind uns vernichtet. Wir haben einen Plan, aber wir werden Hilfe brauchen.«

Sein Tonfall war ruhig und befehlend. Lena hatte ihn noch nie so selbstbewusst und entschlossen erlebt. Endlich wuchs er in die Rolle eines wahren Anführers hinein.

Irgendetwas war während der Konfrontation mit seinem Vater passiert – er war irgendwie anders geworden. Sie konnte nicht genau sagen, inwiefern, aber es war bedeutsam.

»Hilfe von wem?«, fragte Underwood. »Die anderen Städte, die nicht vom Kartell niedergebrannt oder geplündert wurden, sind noch schlimmer dran als wir. Die Nationalgarde und die Staatspolizei haben uns schon vor Monaten aufgegeben.« Er schnaubte spöttisch. »Bist du jetzt vollkommen durchgeknallt? Keiner wird kommen, um uns zu helfen. Wir sind auf uns allein gestellt.«

»Es gibt eine Möglichkeit«, sagte Eli.

Es wurde so leise, dass man eine Stecknadel hätte fallen hören können. Lena beugte sich vor und klammerte sich an die Lehnen des Ledersessels. »Du meinst James Sawyer.«

Ein kollektives Luftschnappen ertönte. Die Augen weiteten sich, und die Köpfe wurden heftig geschüttelt. Die Atmosphäre knisterte vor Spannung.

»Nein«, schnauzte Underwood. »Auf gar keinen Fall. Das werde ich nicht zulassen.«

»Ich muss dich daran erinnern, dass du als Gast hier bist«, sagte Jackson. »Ich bin der Sheriff. Wir sind hier, um Optionen zu besprechen und gemeinsam einen Plan zu entwerfen, aber letztendlich habe ich das Sagen.«

Underwood verzog spöttisch das Gesicht. Er öffnete den Mund, als wolle er eine Litanei von Beleidigungen loslassen, aber etwas in Jacksons steinerner Miene ließ ihn innehalten. Enttäuschung, Verlegenheit und Wut zogen in rascher Folge über sein Gesicht. Er klappte den Mund wieder zu und war endlich besiegt.

Da meldete sich Lori zu Wort. »Kannst du uns deine Beweggründe erklären? Bitte sag uns, warum wir Sawyer für irgendetwas brauchen sollten.«

»Sawyer hat Kämpfer«, sagte Eli. »Er hat Waffen, die wir nicht haben. Er hat ein großes Interesse daran, sich mit uns zu verbünden. Wenn das Kartell uns erst einmal vernichtet hat, werden sie ihn holen.«

»Dieser Mann ist ein Krimineller. Er ist ein Drogenhändler und ein Mörder.« Die Stimme war leise, aber entschieden. Fiona hatte seit dem Vorfall am Osttor nicht mehr viel gesagt. Verblassende blaue Flecken zierten ihren Hals. Ihre kastanienbraunen Locken waren zu einem unordentlichen Pferdeschwanz zusammengebunden.

»Ich bin der gleichen Meinung wie meine Tochter«, sagte Scott Smith. »Sawyer und seine Drogen haben das Leben meines Jungen ruiniert, wie auch das vieler anderer. Er ist eine Plage, ein Schandfleck. Wer garantiert, dass er nicht erkennt, was wir haben, und uns alles nimmt? Was hält ihn davon ab, die Macht zu übernehmen und jeden zu töten, der sich wehrt? Meiner Meinung nach ist er ein genauso großes Problem wie das Kartell.«

»Das Kartell ist schlimmer«, sagte Devon. »Vertrau mir.«

Das Komitee drehte sich um und schaute Devon an. Sie saß auf dem Rand des Kamins und das Feuer loderte hinter ihr. Verbände zierten ihr geschwollenes Gesicht. Der Verband an ihrem Hals war rot und erinnerte sie an die Bedrohung, der sie ausgesetzt gewesen waren.

»Es fühlt sich so schlimm an, wie es aussieht«, sagte sie reumütig.

»Sawyer ist ein Teufel, aber er ist ein Teufel, den wir kennen«, sagte Jackson. »Man kann ihn in Schach halten.«

»Bis zu einem gewissen Grad«, sagte Antoine.

Nyx' Gesicht färbte sich lila vor Wut. »Ich bin da entschieden anderer Meinung. Und meine ermordete Großmutter auch.«

Lena verstand ihre Vorbehalte. Sie spürte den instinktiven Rückstoß, die Abscheu, die in ihren Eingeweiden brodelte. Sawyer hatte Eli auf seiner Yacht verschleppt, gefoltert und fast umgebracht.

Vielleicht war er nicht das schlimmste Monster, aber er war immer noch ein Monster, ein Soziopath, der sich für nichts interessierte, was nicht seinen eigenen Interessen diente. Seine einzige positive Seite war seine Zuneigung zu Lily. Und Lily war weg.

»Wer wird Sawyer und seine Handlanger in Schach halten?«, fragte Fred. »Während ihr gegen die Psychopathen des Kartells kämpft?«

»Wir werden das tun«, sagte Nash.

Eli nickte. »Im Moment haben wir nur ein Ziel. Es zu teuer oder unmöglich zu machen, die Stadt mit Gewalt einzunehmen. Gegenwärtig sind wir zehn zu eins unterlegen und haben nur einen Bruchteil der Feuerkraft des Kartells. Mit Sawyer auf unserer Seite können wir den Kampf für das Kartell zumindest kostspielig machen. Wir können sie verlangsamen, aufhalten und sie im Guerillakriegsstil ausschalten. Wir brauchen Zeit, zusätzliche Kämpfer und mehr Vorräte, weshalb Sawyers Männer und Waffen so wichtig sind.«

Jackson meldete sich wieder zu Wort. »Ohne Sawyers Waffen

und Männer könnte uns das Kartell heute Nacht überrennen. Wenn sie jetzt angreifen, würden wir den Tag nicht überleben.«

Eli begegnete Nyx' wütendem Blick auf der anderen Seite des Raumes und hielt ihm unbeirrt stand. »Wir müssen uns um Sawyer kümmern, und das werden wir auch. Wir müssen einen Deal mit dem kleineren Teufel aushandeln, um den größeren Teufel zu vernichten. Das ist der einzige Weg.«

Nyx warf ihm einen mürrischen Blick zu, aber sie widersprach nicht.

»Was ist, wenn Sawyer sich weigert?«, fragte Nash.

»Darum kümmere ich mich«, sagte Jackson, »lass das meine Sorge sein. Deine Aufgabe ist es, Elis Anweisungen zu befolgen.«

Alle Augen richteten sich auf Eli, ihre Mienen ängstlich und verzweifelt. Sie sehnten sich nach einem Hoffnungsschimmer, an den sie sich klammern konnten, irgendetwas, das sie davor bewahrte, in Verzweiflung zu versinken.

Eli trat mit verkrampftem Kiefer vor. Er begegnete Lenas Blick. Sie nickte ihm kurz zu. Sie stand hundertprozentig hinter ihm.

»Morgen früh fangen wir an, unsere Verteidigung aufzubauen«, sagte er. »Jeder packt mit an, jeder Mann, jede Frau und jedes Kind, das alt genug ist, einen Hammer zu schwingen. Selbst unsere alten Männer können eine M4 über ein Kampfloch halten und schießen. Die Nichtkämpfer können sich um die Verwundeten kümmern und Versorgungsstationen betreuen, und unsere Teenager können Essen zubereiten und Wasser und Vorräte zu den Kämpfern bringen. Wir werden unseren Verteidigungsring um die Stadt verstärken und unsere Festungen ausbauen, indem wir unter anderem Schützenlöcher graben, Kampfpositionen mit Sandsäcken befestigen und Ausweichpositionen stärken.«

Es herrschte eine bedrückende Stille. Die Leute tauschten misstrauische Blicke aus. Würde es funktionieren? Könnte es funktionieren? Gab es einen Ausweg aus dieser Situation, eine Chance auf Erlösung? Lena sah, wie bei einem nach dem anderen ein Funken Hoffnung in ihren Augen aufflammte.

Jackson blieb in der Mitte der Gruppe stehen, die Schultern zurückgezogen, den Kopf hocherhoben und mit entschlossenem

Blick. »Was tut man, wenn man einen mächtigen Feind hat, der stärker ist, als dass man ihn je besiegen könnte, und dann plötzlich ein anderer Feind auftaucht, der genauso stark ist? Was tut man, wenn man zwischen ihnen gefangen ist?«

»Es ist unmöglich, gegen beide zu kämpfen«, sagte Antoine.

»Richtig«, sagte Jackson.

»Lass sie gegeneinander kämpfen«, sagte Nyx. »Einer wird den anderen töten und der überlebende Feind wird verwundet und geschwächt sein. Dann kannst du – der kleinere Gegner – zuschlagen.«

Jacksons Augen blitzten auf. »Ganz genau.«

»Können wir gewinnen?«, fragte Ana nüchtern. »Sag uns die Wahrheit. Ist es möglich?«

»Mit Glauben ist alles möglich«, sagte Lori.

»Mit Glauben und verdammt vielen Waffen«, sagte Moreno trocken.

»Lasst mich das klarstellen«, sagte Jackson. »Es ist unsere einzige Chance. Es gibt keinen anderen Weg.«

»Was sagt ihr dazu?«, fragte Moreno das Komitee. »Genug der Diskussionen. Es ist an der Zeit, zu entscheiden, ob man aufs Ganze gehen oder sich lieber in die Hose scheißen will – bitte nur metaphorisch.«

In der Runde begannen die Leute zu nicken. Mit einem Brummen setzte ein Chor von Bejahungen ein und wurde allmählich lauter. Lori und Tim standen als Erste auf.

Tim nahm die Hand seiner Frau. Sie tauschten einen eindringlichen Blick aus – eine wortlose Kommunikation, wie sie nur Ehepaare führten, die schon lange verheiratet waren. Ihre Mienen waren entschlossen.

Lena beobachtete sie und vergaß dabei zu atmen. Alle sahen zu den Brooks auf. Sie waren die Anführer in der Gemeinde. Die anderen würden sich ihnen anschließen, egal, wie sie sich entscheiden würden.

»Wir sind auf eurer Seite«, sagte Tim.

»Ich auch«, sagte Lena.

Bear stimmte mit einem begeisterten Wuffen zu.

»Tja, wenn der Hund dabei ist ...«, sagte Moreno mit einem verschmitzten Grinsen. »Ich schätze, ich bin auch dabei. Bear darf mich nicht übertrumpfen.«

»Was immer ihr braucht, wir werden es tun«, sagte Scott Smith. Fiona nickte und hob tapfer ihr Kinn.

»Dann ist es beschlossen«, sagte Jackson. »Wir werden bleiben und kämpfen. Wir werden hier unseren Endkampf austragen.«

JACKSON CROSS
TAG EINHUNDERTVIERZIG

Jackson stand auf dem Deck des schnittigen, himmelblau und schwarz lackierten Yamaha-Speedboots, das sie sich vom Yachthafen geliehen hatten.

Den meisten Booten war der Treibstoff ausgegangen, aber in dieser Schönheit hatten sie noch einen halben Tank voll. Der Name *Blue Moon* war zu Ehren der beliebtesten Eissorte des Mittleren Westens auf das Heck gekritzelt.

Zu seiner Rechten stand Devon wie erstarrt da, die Arme steif an ihren Seiten. Ihre Finger zuckten, als würde sie jeden Moment nach ihrer Pistole greifen. Nash saß auf dem Stuhl des Kapitäns im Cockpit unter dem schwarzen Bimini-Verdeck.

Einige hundert Meter hinter ihnen dümpelten Moreno und Hart in einem weißen Speedboot vor sich hin und behielten alles im Auge. Ihre einzigen Waffen waren ihre Pistolen, aber sie trugen ihre Polizeiuniformen, um daran zu erinnern, dass es in Munising noch eine Form von Recht und Ordnung gab.

Wenn Sawyer sie während dieses kleinen Treffens töten wollte, würde er es tun. Aber falls die Sache aus dem Ruder laufen sollte, würden sie wenigstens ein paar von Sawyers Spießgesellen mitnehmen. Sie würden dafür sorgen, dass es wehtat.

Grand Island ragte vor ihnen auf, mit einer dichten Vegetation aus weißen Zedern, Kanadischen Hemlocktannen und schwarzen Walnussbäumen, deren Blätter im Herbst in feurigem Orange und Weinrot leuchteten. Die Insel umfasste vierzehntausend Hektar unberührter Wildnis, mit Hütten, rustikalen Campingplätzen, einer Besucherstation und einem Leuchtturm, der auf der Klippe stand.

Nach den Sonneneruptionen hatte Sawyer die Insel in seine persönliche Festung verwandelt. Er hatte Häuser aus Schiffscontainern für seine Armee von Schlägern bauen lassen und Solar- und Windturbinen für die Stromversorgung beschlagnahmt. Er sorgte für die nötige Sicherheit, indem er Patrouillen mit militärisch ausgebildeten Wachhunden um die Insel herum aufstellte, die ständig die Umgebung kontrollierten.

Irgendwo auf der Insel hatte er die Waffen versteckt, die sie dem Kartell in Sault Ste. Marie gestohlen hatten und die Munising jetzt dringend benötigte.

Oben auf den steilen Kalksteinklippen, unsichtbar im Wald gelegen, hielten Sawyers Männer Wache. Die Mündungen der M4s und AR-15s waren wahrscheinlich auf Jacksons und Devons Oberkörper gerichtet. Es war ein beunruhigender Gedanke.

Als sie sich der Insel näherten, verließ ein glitzerndes Speedboot die Anlegestelle und fuhr auf sie zu. Sawyer saß am Steuer, Pierce, seine rechte Hand, stand im Cockpit neben ihm und drei hartgesottene Handlanger standen mit gezogenen Waffen am Heck des Bootes.

Sawyer zog sein Zigarrenboot direkt neben ihr Boot und stellte den Motor ab. Das glänzende perlweiße Speedboot war der Lamborghini unter den Motorbooten; es konnte zweihundertfünfundzwanzig Kilometer pro Stunde erreichen.

Der Wind peitschte seine widerspenstigen blonden Haare in seine stahlgrauen Augen. Sein Gesicht war wettergegerbt, seine Haut gebräunt, und ein Netz aus feinen Falten zog sich über seine Augen und seinen Mund. Er sah aus wie ein typischer Kapitän, der im Mittelmeer oder in einem anderen tropischen Gewässer segelte.

Er war groß und schlank, aber muskulös und gut aussehend. Seine Augen waren das Beunruhigendste an ihm, listig und durchtrieben, weit auseinander wie die eines Hais und glänzten mit einer verschlagenen Wachsamkeit. Der Blick eines Raubtiers.

Devon reckte ihr Kinn dem Speedboot entgegen. »Netter Schlitten.«

Die *Risky Business* war bei der letzten Auseinandersetzung mit Sawyer verbrannt und auf den Grund des Sees gesunken, wo sie sich in den Schiffsfriedhof des Lake Superior eingereiht hatte.

»Ich habe aufgerüstet, dank euch. Zum Glück gibt es keinen Mangel an Nachschub. Man kann sich jedes Spielzeug aussuchen, das man will.« Er zwinkerte Jackson zu. »Solange man weiß, wo man suchen muss.«

»Also, was zum Teufel verschafft mir die Ehre dieses kleinen Besuchs?«, murmelte Sawyer. Er lümmelte im Cockpit aus Teakholz und schirmte sein Gesicht mit einer Hand ab, obwohl der Tag nicht sonnig war. Seine andere Hand ruhte lässig auf der Pistole, die er an seiner Hüfte trug. »Ihr seid nicht für Kaffee und Kuchen hierhergekommen. Spuckts aus. Ich bin ein viel beschäftigter Mann.«

»Wir sind hier, um die Bedingungen zu besprechen«, sagte Jackson mit ruhiger Stimme.

»Ich glaube langsam, dass du mich magst oder so.«

»Dann eher *oder so*«, murmelte Jackson.

Sawyers ungerührter Blick ruhte auf Devon. »Lange nicht mehr gesehen. Ich hoffe, du hast mich nicht vergessen.«

»Es ist relativ schwer, dich zu vergessen«, sagte Devon und streichelte damit absichtlich sein Ego.

Sawyer wusste genau, was sie tat, und genoss es trotzdem. Er zwinkerte ihr zu, wie eine Schlange, die ihre Beute angrinst, bevor sie die Maus ganz verschlingt. »Das Gleiche gilt für dich, Schätzchen. Ich meine, vor dem, was mit deinem Gesicht geschehen ist. Was ist mit dir passiert?«

»Lass sie da raus«, schnauzte Jackson.

Pierce beugte sich vor und schaute Devon über das Boot hinweg an. »Wurdest du von einem Orang-Utan auf Meth angegriffen?«

Man musste es Devon hoch anrechnen, denn sie reagierte nicht auf die Beleidigung. Jackson wurde in ihrem Namen wütend, aber

Devon legte eine schützende Hand auf seinen Arm und schaffte es, ihre Miene neutral zu halten.

Jackson legte seine Handfläche auf seine Dienstpistole. Er hatte sich geschworen, dass Sawyer ihm nicht unter die Haut gehen würde. So viel dazu. »Ich warne dich.«

»Manieren, Pierce. Wir sind zivilisiert, schon vergessen?«, sagte Sawyer.

Pierce' Gesichtsausdruck war selbstgefällig. Sein stolzes Auftreten und die Art, wie er mit seiner AK-47 umging, verrieten, dass er ein ehemaliger Soldat war.

Er war ein großer Kerl, viel größer als Sawyer, mit seinen ein Meter dreiundneunzig und fast hundertfünfunddreißig Kilogramm sowie den riesigen Händen. Seine Augen waren steinern, seine Nase wie eine Beilklinge in seinen breiten, flachen Zügen.

Er starrte Devon an und versuchte, sie einzuschüchtern, sie zu demütigen. Sie starrte unbeeindruckt zurück. Jackson fühlte einen Anflug von Stolz über ihre Stärke und ihren Mut. Die schüchterne Deputy, die ihn in ihrer ersten Arbeitswoche beschattet hatte, war verschwunden.

Devon gestikulierte auf ihr Gesicht. »Das ist das Werk des Kartells, aber das wisst ihr ja bereits.«

»Wie furchtbar.« Sawyer bemühte sich um einen mitfühlenden Blick und versuchte, echte Gefühle zu zeigen, aber es gelang ihm nicht. »Wir haben gehört, dass es nicht gut für euch gelaufen ist.«

»Wir haben sie zurückgedrängt, zumindest vorübergehend. Das ist das Wichtigste.«

Sawyer schaute stirnrunzelnd an ihnen vorbei und musterte die Insassen des Speedboots, das hinter ihnen tuckerte. »Wo ist dein bester Freund, Jackson? Ich wusste nicht, dass du ohne ihn irgendwo hingehst. Scheiße, ihr geht wahrscheinlich sogar zusammen auf die Damentoilette.«

Pierce lachte leise. Es hörte sich an wie Nägel auf einer Kreidetafel.

Eli hatte zu dem Treffen kommen wollen, aber die Feindseligkeit zwischen den beiden hätte nur das Urteilsvermögen aller Beteiligten getrübt. Jackson brauchte einen Sawyer, der klar und logisch denken konnte, um eine kluge Entscheidung zu treffen, die sowohl für Munising als auch für ihn selbst von Vorteil war.

Aus demselben Grund hatte er Antoine und Nyx so weit wie möglich von Sawyer entfernt gehalten. Es war nun an Jackson und Devon, die Verhandlungen zu führen.

»Wir müssen reden«, sagte Jackson. »Ganz zivil, von Mann zu Mann. Ich weiß, dass du deinen Ehrenkodex hast, Sawyer, egal, wie verdreht oder unlogisch er ist. Ich habe Vertrauen, dass du das Richtige tun wirst.«

Sawyers Lächeln wurde noch breiter. Er genoss das hier. »Du kommst zu mir, weil du Hilfe brauchst.«

Jackson schluckte die Säure hinunter, die ihm die Kehle hinaufkroch. Sawyer grinste mit diesem durchtriebenen Glanz in den Augen, der Jackson dazu brachte, ihm eine Tracht Prügel verpassen zu wollen. »Wir haben einen Vorschlag, von dem beide Seiten profitieren.«

»Wir sind hier, um dich zu warnen«, sagte Devon. »Betrachte es als eine Art Höflichkeit.«

»Wovor warnen?« Pierce' spöttisches Grinsen schien sich für immer in sein Gesicht eingebrannt zu haben. »Für mich hört sich das nach weiteren Lügen an.«

»Ich mag vieles sein, aber ich bin kein Lügner. Sawyer weiß das.«

Sawyer zuckte unverbindlich mit den Schultern. »Vielleicht. Vielleicht aber auch nicht. Spucks aus und ich entscheide, ob ich dich jetzt abschlachte oder dich in das Rattenloch zurückschicken soll, das du dein Zuhause nennst.«

Ein Schauer des Grauens lief Jackson über den Rücken. Er war sich einigermaßen sicher, dass Sawyer ihn anhören würde, ohne ihm in den Rücken zu schießen. Trotzdem war das halbe Dutzend Waffen, die auf ihn gerichtet waren, beunruhigend.

Er verlangsamte seine Atmung und nahm sich vor, ruhig, kühl und gefasst zu bleiben. Sawyer hatte keinen Respekt vor Schwäche oder Unsicherheit.

Sawyer winkte mit einer Hand in den dunstigen Himmel. »Ein Waldbrand, was?«, fragte er, um das Thema zu wechseln. »Ist das das große Übel, vor dem ihr uns warnen wollt?«

In den letzten Tagen war der Dunst immer dichter und dunkler geworden, als ob die Luft selbst verschwommen wäre. Sie konnten den Rauch noch nicht sehen oder riechen, aber das Feuer war da draußen, außerhalb ihrer Sichtweite, und brannte sich durch hundertjährige Bäume, als wären es Streichhölzer.

Devon sprach zuerst. »Nach unseren Berechnungen ist es etwas über dreißig Kilometer westlich von uns und bewegt sich derzeit nach Süden, aber wenn es seine Richtung ändert, könnte es alles auf seinem Weg zerstören. Es ist schwer zu sagen, wie groß es ist, aber es wächst.«

Sawyer zuckte mit den Schultern. »Ich mache mir keine Sorgen über ein dummes Feuer. Es wird von selbst ausbrennen oder der nächste Regensturm wird es auslöschen. Wir hatten seit achtzig Jahren keinen Waldbrand mehr, der sich uns genähert hat. Oder vielleicht ist es sogar noch länger her?«

Pierce nickte, als ob er etwas über Waldbrände wüsste. Waldbrände waren heimtückische, gerissene Gebilde. Feuer konnte unberechenbar sein. Da nur wenige Ressourcen zur Verfügung standen, um es angemessen zu bekämpfen, wurde das Feuer von Minute zu Minute gefährlicher.

Sawyer zwinkerte Devon zu. »Du weißt doch, was man sagt: Wo Rauch ist, ist auch Feuer.«

»Wir sind nicht hier, um über das Feuer zu reden«, sagte Devon.

Sawyer lenkte seine Aufmerksamkeit auf Jackson und wechselte erneut das Thema. »Ich habe in den letzten Wochen einige verrückte Gerüchte gehört. Klingt, als hättest du die Kontrolle über deine Familie verloren, Jackson.«

Jackson weigerte sich, den Köder zu schlucken. Das Deck bewegte sich unter seinen Füßen. Die Wellen schlugen an den Bug des Bootes. Über ihren Köpfen kreisten Möwen, die sich gegenseitig anschrien und gelegentlich nach einem Fisch tauchten, bevor sie mit zappelnden Elritzen im Schnabel wieder in den Himmel emporsegelten.

»Ich habe gehört, dass dein Vater die Seiten gewechselt hat.«

Jackson knirschte mit den Zähnen. »Du hast richtig gehört. Das ist auch der Grund, warum wir hier sind.«

Sawyer legte den Kopf schief und musterte Jackson eingehend. »Ich frage mich, was dein Vater wohl zu verbergen hat?«

»Das ist mir egal«, sagte Jackson.

»Lily.« Sawyer sagte das Wort monoton und ohne Emotion, aber seine Augen waren konzentriert und sein Mund war angespannt.

Sawyer gab vor, ein Soziopath zu sein, und in vielerlei Hinsicht war er das auch, aber er hatte sich um seinen Sohn Cody gesorgt. Und auch um Lily. Jackson hatte echten Schmerz in seinem Gesicht gesehen, als er geglaubt hatte, dass Cyrus Lee sie getötet hatte.

Sawyer hatte sich an dem Serienmörder gerächt und Jackson war gezwungen gewesen, ihn gewähren zu lassen. Sawyer wusste nicht, dass Lee Lily nicht getötet hatte, und Jackson hatte nicht die Absicht, ihn von dieser Annahme abzubringen. Was ihn betraf, so sollte die Vergangenheit in der Vergangenheit bleiben.

Jetzt ging es um die Zukunft, die sie retten mussten.

»Mein Vater ist dem Kartell beigetreten und versorgt Luis Gault mit wertvollen Informationen. Unser Feind kennt unsere Schwächen und wir kennen ihre nicht. Jetzt sind sie mit allem, was sie haben, hinter uns her.«

»Und warum zum Teufel ist das unser Problem?«, mischte sich Pierce ein. »Was uns betrifft, Cross, bist du eine lästige, kleine Mücke, die um uns herumschwirrt. Wir sind froh, wenn das Kartell dich wie einen Käfer zerquetscht.«

Sawyers Miene verfinsterte sich. »Lass mich das klarstellen: Du willst meine Hilfe, aber du tötest weiterhin meine Männer.«

Wut flammte in Jacksons Adern auf. »Du schickst deine Männer weiterhin auf die Schlachtbank. Wir haben das Recht, uns zu verteidigen. Du hast Attentäter nach Munising geschickt. Sie haben eine fünfundsiebzigjährige Großmutter getötet, ganz zu schweigen von der Folterung einer Frau, die unter meinem Schutz steht.«

»Diese besagte Frau hat ihren Schwur gebrochen ...«

»Es ist mir scheißegal, was sie dir angetan hat«, unterbrach Jackson. »Es ist mir egal, ob sie dein Lieblingshündchen gehäutet hat und sein Fell als Hut trägt. Sie gehört zu mir, und du hast keinen Anspruch auf sie. Ich könnte dich auf der Stelle verhaften.«

Sawyer zögerte keine Sekunde. »Aber das wirst du nicht.«

»Also, folgendermaßen wird es ablaufen«, sagte Jackson mit strenger und unnachgiebiger Stimme. »Du wirst deinen kleinen Groll begraben und wie ein Erwachsener darüber hinwegkommen. Du wirst Eli, Antoine und Nyx vergessen, und im Gegenzug werde ich darüber hinwegsehen, dass deine Schläger eine unschuldige Bürgerin in meiner Stadt ermordet haben. Glaub mir, das hinterlässt auch bei mir einen schlechten Beigeschmack. Denkst du, ich will hier sein? Wir haben größere Probleme, die uns beide betreffen.«

Sawyers Augen verengten sich zu Schlitzen. »Meine besten Männer sind nicht zurückgekommen. Ich habe sie verloren ...«

»Betrachte es als Strafe für ihre Dummheit. Ich gebe dir einen Freifahrtschein und gehe davon aus, dass diese Männer aus eigenem Antrieb gehandelt haben und von einem persönlichen Rachefeldzug getrieben wurden. Wenn das der Fall ist, dann haben wir beide nichts mehr zu besprechen. Sie haben die Strafe für ihr Verbrechen mit ihrem Tod bezahlt. Wir können unsere Hände in Unschuld waschen und weitermachen.«

Pierce machte einen Schritt und hob seine Waffe.

Devon hatte ihre Waffe blitzschnell auf ihn gerichtet, die Mündung zielte zwischen die Augen des Mannes und ihr Finger lag am Abzug. »Das würde ich an deiner Stelle nicht tun.«

38

JACKSON CROSS
TAG EINHUNDERTVIERZIG

Devon hielt ihre Waffe auf Pierce gerichtet.

»Pierce, halt dich zurück«, befahl Sawyer.

»Aber ...«

»Tu, was ich sage!«

Widerwillig gehorchte Pierce.

»Jetzt atmen wir alle erst einmal durch und beruhigen uns.« Sawyer wandte sich wieder an Jackson. »Angenommen, ich stimme dir zu und lasse die Vergangenheit ruhen. Was dann? Du hast einen sehr mächtigen Feind verärgert.«

Jackson zog ungläubig die Brauen hoch. »*Wir* haben ihn verärgert – *du* hast die Hälfte ihrer Waffen gestohlen. Lass dir von deinem Ego nicht in die Quere kommen. Sie sind mächtig und werden sich nicht abschrecken lassen. Wenn sie wieder angreifen, werden sie das mit überwältigender Kraft und Zahl tun. Sie haben vor, uns auszulöschen. Uns alle, auch dich. Sie haben dich persönlich erwähnt. Sie werden ganz Munising angreifen und es in Schutt und Asche legen.«

»Was kümmert uns das?«, fauchte Pierce. »Soll es doch verbrennen.«

Sawyer jedoch schwieg, sein Blick war unergründlich. Jackson wusste, dass es ihm nicht egal war. Irgendwo hinter der Grausamkeit, der Gewalt und dem Durst nach Macht und Kontrolle lauerte der kleine Junge, der sein Leben als Außenseiter, als Ausgestoßener gelebt hatte, der immer nur aus der Ferne zugesehen hatte und sich danach sehnte, dazuzugehören.

Das war der Teil von Sawyer, mit dem Jackson jetzt sprach. »Die Stadt braucht dich, Sawyer. Ebenso wie wir. Allerdings brauchst du uns auch. Keiner von uns kann diesen Feind allein besiegen. Sosehr es uns auch widerstrebt, wir müssen unsere Feindseligkeit ablegen und zusammenarbeiten, Seite an Seite. Sonst sterben wir und das Kartell gewinnt.«

Sie schwiegen, während Sawyer über seine Worte nachdachte. Der Wind zerrte an ihren Klamotten und wehte ihnen Haarsträhnen ins Gesicht. Das Deck schwankte sanft unter ihren Füßen. Unter den Booten war das Wasser kristallklar; die schemenhaften Umrisse von Felsbrocken und umgestürzten Bäumen schimmerten in zwanzig Metern Tiefe.

Er und Devon warteten ungeduldig. Sawyer würde es in die Länge ziehen, er würde sich Zeit lassen. Sie mussten ihm erlauben, es auf seine Weise zu machen, sonst würde es überhaupt nicht passieren.

»Sawyer ...«, sagte Pierce.

Sawyer hob eine Hand, um ihn zum Schweigen zu bringen. »Halt die Klappe. Ich denke nach.« Eine weitere volle Minute verging, bevor Sawyer endlich sprach. »Ich bin vieles, aber ich bin nicht dumm. Ich mag ein Parasit sein, aber ein Parasit braucht einen Wirt. Die Zerstörung meiner Heimatstadt und die Ermordung hunderter Unschuldiger – viele von ihnen meine Kunden – sind weder für mich noch für mein Geschäftsimperium von Vorteil.«

Pierce warf ihm einen skeptischen Blick zu. »Du kannst dem unmöglich zustimmen ...«

»Habe ich dich gebeten, zu sprechen?« Sawyer machte sich nicht die Mühe, Pierce anzuschauen oder seine Stimme zu erheben. Das brauchte er auch nicht.

Pierce' Mund verengte sich zu einer blutleeren Linie, aber er schüttelte den Kopf. »Nein, Sir.«

»Dann halt verdammt noch mal das Maul.«

»Ja, Sir.«

Sawyers Augen blieben starr. »Weißt du, wer das Côté-Kartell anführt? Ein kanadischer Auftragskiller namens Luis Gault. Er ist ein Mythos, eine Legende, wie der Windigo, der in der Nacht Menschen jagt, um ihr Fleisch zu verschlingen.«

»Er ist ein Mensch«, sagte Jackson. »Ich habe ihn gesehen.«

»Menschen können besiegt werden«, sagte Devon. »Sie können getötet werden. Er ist nur ein Mann.«

Sawyer brummte. Er wirkte lässig, aber Jackson wusste es besser. Sawyer fürchtete die brutale Vergeltung des Kartells. Er war ein Tyrann, aber er war klug genug, um eine größere, fiesere Version seiner selbst zu erkennen, wenn er sie sah.

Pierce verzog die Lippen. »Wir können gut auf uns selbst aufpassen. Guck mal hinter dich. Diese Insel ist eine Festung. Keiner kann da eindringen.«

»Denk an ihre Hueys«, sagte Jackson leise. »Die können da sehr wohl rein und das werden sie auch tun.«

»Sollen sie es doch versuchen«, brummte Pierce. »Sie werden euch niedermähen und dann wischen wir den Boden mit dem Rest von ihnen.«

»Sie haben mindestens fünfhundert ausgebildete Kämpfer. Wahrscheinlich sind es mehr, wenn sie die kleinen Ganoven und Kriminellen dazuholen, die sie unter ihre Fittiche genommen haben. Könnt ihr einem Angriff dieser Größenordnung standhalten? Inklusive Luftunterstützung?«

Sawyer war wieder still und nachdenklich geworden. Er überließ Pierce das Schimpfen und Wüten. Pierce war ein Raufbold, ein Mann, der seine körperliche Kraft dazu nutzte, seine Gegner mit roher Gewalt zu vernichten. Aber er besaß nicht Sawyers Gerissenheit und taktischen Verstand.

Sawyer hingegen war klug. Jackson konnte es in seinen Augen sehen, dieses gierige Glänzen, als er die Vor- und Nachteile abwog. Er würde zu dem Schluss kommen, dass ein Bündnis weniger Verluste auf seiner Seite und mehr Stärke auf der anderen Seite dieser Schlacht bedeuten würde. Er schmiedete bereits Pläne für die Zukunft.

Darauf zählte Jackson. Sawyer glaubte, er sei der klügste Mann im Raum. Seine Arroganz würde die Schwäche sein, die sie ausnutzen würden – aber erst, wenn sie gewonnen hatten.

Jackson atmete tief durch und zwang sich, seinen Herzschlag konstant zu halten. Die Luft roch nicht mehr frisch, sondern eher wie versengt. Das Lauffeuer war irgendwo da draußen, unsichtbar, aber gefährlich.

»Bist du dabei oder nicht, Sawyer?«, fragte Devon. »Wir sind die Ausflüchte leid. Steh deinen Mann oder hör auf, unsere Zeit zu verschwenden.«

»Die Schlacht findet in Munising statt«, sagte Sawyer. »Sie werden keinen Fuß auf Grand Island setzen.«

»Einverstanden. Solange Grand Island eine Rückzugsmöglichkeit für unsere Alten, Verwundeten und Kinder ist – als letzter Ausweg.«

Sawyer überlegte kurz und nickte dann. Er zwinkerte Devon zu, so abrupt und gesellig, dass es befremdlich wirkte. Er warf ihr einen langsamen, verweilenden Blick zu. »Vielleicht sind diese Narben doch nicht so schlimm. Das lässt dich ein bisschen gefährlich aussehen. Das gefällt mir.«

Devon verdrehte die Augen. »Ich bin eine Nummer zu groß für dich.«

Er lachte wieder. »Warum kommst du nicht her und wir finden es heraus, Süße?«

Devon schenkte ihm ein angespanntes Lächeln. Ihre Lippen waren durch den Schnitt, der sich von ihrem Mund bis zu ihrer Nase zog, verzerrt. Aber auch sie wurde immer besser darin, dieses Spiel zu spielen. Sie wusste, was es zu verlieren gab. »Das hättest du wohl gerne.«

»Pass auf, was du sagst, Sawyer«, warnte Jackson.

Sawyer hob beide Hände, um einzulenken. »Sei nicht eifersüchtig, alter Freund. Ich kann nichts dafür, dass die Ladys mich lieben.«

»Wir sind keine Freunde.«

Diesmal war das Zwinkern für Jackson bestimmt. »Noch nicht.«

Jackson blickte in den bedrohlichen Himmel. Unbehagen

flammte in ihm auf. Er versuchte es zu unterdrücken, aber ohne Erfolg. »Haben wir einen Deal?«

Sawyers Gesichtsausdruck verhärtete sich. Sein Blick war dumpf und emotionslos. »Das haben wir.«

Was folgte, war eine angespannte Verhandlung zwischen Feinden. Keine der beiden Seiten vertraute der anderen, aber sie hatten keine Wahl. Sie diskutierten darüber, wie viele Kämpfer Sawyer zur Verfügung stellen konnte, wann sie ankommen würden, wo sie übernachten würden, wie sie mit Unstimmigkeiten umgehen würden, wo die Waffen gelagert werden sollten und wie die Logistik für den Transport von Truppen und Waffen aussehen würde. Sie beschlossen, sich im Morgengrauen wiederzutreffen, um die Details zu klären.

Sawyer verlagerte seine Sitzposition auf dem Stuhl des Kapitäns und richtete seine Aufmerksamkeit auf das Cockpit. Der Motor brummte leise vor sich hin, als er das Boot in einem engen Kreis drehte und in Richtung Grand Island raste. Die Wellen stiegen im Kielwasser in einer dichten Wolke auf.

Zwei von Sawyers Handlangern verharrten am Heck und visierten Jackson und Devon mit ihren Waffen an, bis sie am Horizont verschwanden. Nash lenkte das kleinere Boot in einem weiten Bogen und fuhr zurück zum Munisinger Hafen.

»Wie fühlt es sich an?«, fragte Devon nach einem Moment.

»Wie fühlt sich was an?«

»Du hast gerade einen Pakt mit dem Teufel geschlossen.«

Jackson warf ihr einen Seitenblick zu. »Es gibt schlimmere Teufel da draußen.«

»Das stimmt.«

Das Unbekannte erfüllte ihn mit Beklemmung, einem kribbelnden Gefühl, als würden Spinnen auf seiner Haut herumkriechen. Er hatte keine Ahnung, ob sie gerade einen Deal gemacht hatten, der sie retten oder in die Hölle bringen würde.

39

JACKSON CROSS
TAG EINHUNDERTVIERZIG

Das Lauffeuer, das während des Hinterhalts ausgebrochen war, wuchs stetig. Die Drohnenaufnahmen, die Fiona an diesem Morgen gemacht hatte, zeigten ein sich ausbreitendes Feuer südlich des Au Train Rivers.

Die Flammen bewegten sich langsam mit der Windrichtung nach Osten – direkt auf Munising zu.

Während Eli und sein Team Schützenlöcher gruben und Schusspositionen entlang der Stadtgrenze von Munising errichteten, hatte Jackson ein Team von freiwilligen Feuerwehrleuten zusammengestellt.

Sie standen in einem weiten Kreis zwischen hoch aufragenden Eichen, Ahornbäumen und Birken. Dichte Farnfelder bedeckten den Waldboden, der ab und zu von morschen, moosbewachsenen Baumstämmen durchsetzt war. Ein kränkliches rotes Sonnenlicht sickerte durch die Baumkronen über ihren Köpfen. Die Luft roch nach Holzkohle.

»Wir müssen das Feuer eindämmen, sonst ist alles, wofür wir arbeiten, für die Katz«, sagte Jackson. »Es gibt wenig Spielraum für Fehler.«

Die Männer und Frauen, die ihn umringten, nickten grimmig.

Sie trugen Helme und orangefarbene Westen und hatten Schaufeln und Schubkarren, Baumstämme und Kettensägen dabei.

Vor dem Zusammenbruch der Gesellschaft hätten das Landwirtschaftsministerium, die Michigan State Police, die Mitglieder des Great Lakes Forest Fire Compact und das Nationalparkamt zusammengearbeitet, um Waldbrände zu bekämpfen, die eine Bedrohung für die örtlichen Gemeinden darstellten.

Das war einmal. Jetzt lag es an ihnen.

Jackson war es gelungen, zwei Feuerwehrleute ausfindig zu machen, die sich noch in der Gegend aufhielten, sowie Dana Lutz, die in ihren Zwanzigern und Dreißigern für den Forstdienst gearbeitet hatte. Sie hatte sich freiwillig gemeldet, um eine bunt zusammengewürfelte Gruppe von freiwilligen Feuerwehrleuten zu leiten.

Sie hatten sich an einem Ort ein paar Meilen westlich von Munising versammelt. Die Feuerwehrleute hatten beschlossen, eine Feuerlinie entlang der County Road 577, auch Perch Lake Road genannt, zu errichten, die von Norden nach Süden parallel zu Munising verlief.

Der Motorsportpark war von Bäumen befreit und bestand aus breiten Feldwegen. Er sollte dem Feuer eine natürliche Grenze setzen, ebenso wie der Perch Lake im Süden – ein flacher, tausend Hektar großer See mit einer maximalen Tiefe von vier Metern.

Auf der linken Seite der Straße befand sich ein weicher, sumpfiger Landstrich, der sich über etwa sechseinhalb Kilometer entlang der Straße erstreckte. Es handelte sich zwar nicht um ein Sumpfgebiet, aber es war nasser als das umliegende Waldgebiet.

Ihr Ziel war es, die natürliche Unterbrechung der Straße zwischen dem Motorpark und dem See zu verbreitern, um das Feuer daran zu hindern, die Straße zu überqueren und nach Munising zu gelangen.

In den letzten zwei Tagen hatten sie von Sonnenaufgang bis weit nach Sonnenuntergang Gräben ausgehoben, Äste abgeschnitten und den Boden vom Unterholz befreit. Mit ihren kostbaren Biokraftstoffvorräten hatten sie Traktoren und Bagger betrieben, um Bäume zu fällen und riesige Erdmassen entlang der Bruchkante der County Road 557 zu bewegen.

Egal, was sie taten, das Feuer könnte trotzdem über die Gräben und Feuerschneisen springen.

Dana stellte sich in die Mitte des Kreises neben Jackson und erhob ihre Stimme. »Wir evakuieren alle Menschen aus dem Dorf Christmas und den umliegenden Gebieten und bringen sie in die Innenstadt von Munising. Wir können nicht alle Gebiete abdecken, also haben wir bestimmt, wo wir das Feuer am wahrscheinlichsten aufhalten können.«

Sie schaute sich um. »Wildfeuer benötigen drei wichtige Komponenten, um sich zu entzünden und auszubreiten: Brennstoff, Hitze und Sauerstoff. Wir nennen sie das Feuerdreieck. Brennmaterial ist alles, was brennbar ist, einschließlich Gräser, Sträucher, Bäume und sogar Häuser. Wenn brennendes Material mit Sauerstoff in Berührung kommt, wird durch die chemische Reaktion Wärme freigesetzt und eine Verbrennung ausgelöst. Damit ein Feuer gelöscht werden kann, muss mindestens eine der Komponenten unseres Feuerdreiecks entfernt werden. Außerdem hängen die Intensität und die Ausbreitung des Feuers vom Brennstoff, dem Wetter und der Topografie ab, die zusammen als Feuerverhaltensdreieck bekannt sind.«

»Wir haben nicht die Mittel, um ein Feuer dieser Größe zu löschen«, fügte sie hinzu. »Unser Ziel ist es daher, die Brandschneise zu errichten, wie wir es bisher getan haben – eine Unterbrechung der Vegetation und des potenziellen Brennstoffs für das Feuer. Indem wir die Bäume zurückschneiden und das Gestrüpp bis auf den Boden abtragen, versuchen wir zu verhindern, dass das Feuer weiter nach Munising vordringt.«

»Wie wäre es mit einem kontrollierten Abbrennen?«, fragte Jackson. Wenn sie ein bestimmtes Gebiet vorsichtig abbrennen würden, könnten sie den Brennstoff beseitigen, bevor das eigentliche Feuer es erreichen könnte.

Dana runzelte die Stirn. »Ich befürchte, wir könnten die Kontrolle über das Feuer verlieren und ein noch größeres Problem verursachen. Als letzten Ausweg können wir versuchen, ein Gegenfeuer zu entfachen. Dabei legen wir absichtlich ein Feuer vor dem aktiven Waldbrand, um Brennstoff zu verbrauchen, den Weg zu blockieren oder die Richtung zu ändern, in die er sich bewegt. Im besten Fall wird dadurch die Ausbreitung des Waldbrandes verhindert. Im schlimmsten Fall breitet sich das Feuer aus und schließt sich dem ursprünglichen Feuer an, wodurch ein unkontrollierbares Feuer entsteht, das doppelt so stark ist – und dann sind wir aufgeschmissen.«

»Sagt uns einfach, was wir als Nächstes tun sollen«, brummte Underwood. Schweiß rann ihm die Schläfen hinunter und breitete sich in feuchten Kreisen unter seinen Achseln aus. Kratzer zierten sein schmutziges Gesicht. Seine geröteten Augen tränten vom Rauch, der durch die Luft wirbelte. Er war es gewohnt, dass man ihm mit Respekt begegnete; er strahlte Unmut und Verbitterung darüber aus, dass man ihm das Kommando entzogen hatte.

Dana warf ihm einen verächtlichen Blick zu. Jackson war auch nicht davon überzeugt, dass sie Underwood brauchten. Seit Tim und Lori ihm gnädigerweise die Aufnahme im Northwoods gewährt hatten, hatte er nichts anderes getan, als sich zu beschweren.

»Wir haben hier eine kritische Situation«, sagte Dana. »Die Landschaft ist knochentrocken. Der Mangel an Feuchtigkeit im toten Holz und die starken Winde führen dazu, dass sich das Feuer schnell ausbreitet und eine hohe Branddichte erreicht.«

Das Wetter war kühl und trocken. Ende September erreichten die frischen, sonnigen Tage um die zehn Grad, während die Nächte kühl waren und bis auf fünf Grad heruntergingen, manchmal sogar bis auf zwei Grad.

Es hatte seit zwei Wochen nicht mehr geregnet. Das Kaleidoskop aus Rot-, Orange- und Violetttönen, das die Bäume säumte, war spektakulär, aber das Blätterdach war ausgedörrt und karg. Die Gräser, Sträucher und Kiefernnadeln waren trocken wie Brennholz.

»Wie lange dauert es, bis das Feuer uns erreicht?«, fragte Nash. »Kann man das irgendwie abschätzen?«

Die Feuerwehrleute hatten Jackson erklärt, wie man es berechnete. Bei einer Windgeschwindigkeit von fünfundzwanzig Kilometern pro Stunde würde sich das Feuer im schlimmsten Fall mit etwa zehn Prozent der herrschenden Windgeschwindigkeit ausbreiten.

»Der Wind weht mit etwa sechzehn bis dreiundzwanzig Kilometern pro Stunde aus nordöstlicher Richtung. Nach der Zehn-Prozent-Faustregel würde ich schätzen, dass das Feuer, wenn es sich weiter mit dem Wind ausbreitet, morgen Abend diese Stelle und einen Tag später Munising erreichen wird.«

»Wird das ausreichen, um es aufzuhalten?«, fragte Devon.

»Wir sollten es auf jeden Fall versuchen. Wir haben keine andere Wahl. Fangt an, zu dem Gott oder Geist zu beten, an den ihr glaubt, denn wenn der Wind nicht seine Richtung ändert und wir keinen Regen bekommen, ist alles vorbei.«

Unbehagen kroch Jackson unter die Haut. Er konnte es in den Gesichtern der anderen sehen – ihre Angst und Besorgnis. Es war besser, sich auf das zu konzentrieren, was sie kontrollieren konnten, als auf das, was sie nicht kontrollieren konnten.

Jackson klatschte in seine behandschuhten Hände. »An die Arbeit, Leute. Ihr habt eure Aufgaben zugewiesen bekommen. Los gehts.«

Mit einem mürrischen Blick verzog Underwood sich hinter die Bäume, außer Sichtweite der anderen Feuerwehrleute. Obwohl er eine Harke in der Hand hielt, ging Jackson davon aus, dass er nicht die Absicht hatte, eine Aufgabe zu erledigen, die er als unter seiner Würde betrachtete.

Jackson schlug sich die Gedanken an Underwood aus dem Kopf. Er hatte weder die Zeit noch die Energie, den Mann zu bändigen. Sollte er doch schmollen.

Jackson und Devon gingen zu einem nicht geräumten Bereich und machten sich an die Arbeit. Sie hackten Äste ab, rissen das Unterholz heraus, sägten und schleppten Bäume ab und gruben Gräben, um den Boden bis auf die nackte Erde abzukratzen. Es war eine zermürbende, harte Arbeit.

Jackson hackte die Äste zurück, die über die Straße ragten. Unkraut riss an seiner Hose, Baumwurzeln drohten ihm ein Bein zu stellen und herabgefallenes Laub knackte unter seinen Stiefeln. Seine Muskeln schmerzten von der anstrengenden Arbeit, aber er machte keine Pause, um sich zu erholen. Dafür war keine Zeit.

Während sie sich abmühten, lauschten sie dem Zwitschern der Vögel und dem Summen der Insekten, dem Klirren der Schaufeln

auf dem unnachgiebigen Boden und den rhythmischen Schlägen der
Äxte.

Nach ein paar Stunden warf Devon ihre Schaufel mit einem
zischenden Fluchen auf den Boden. Sie zog ihre Handschuhe aus,
dehnte ihre Handflächen nach oben und begutachtete ihre neuesten
Blasen, von denen eine, die in der empfindlichen Verbindung
zwischen ihrem Daumen und ihrem Zeigefinger saß, geplatzt war.
»Verdammt, das tut echt weh.«

Ihre ausgefransten Zöpfe hatte sie zu einem Knoten auf dem
Kopf zusammengebunden. Sie trug eine übergroße Arbeitshose und
ein langärmeliges Hemd und hatte sich einen Hoodie um die Taille
gebunden. Die Wunden in ihrem Gesicht waren rot und wund, aber
es hatte sich bereits Schorf gebildet.

Sie neigte schüchtern den Kopf. »Was, Boss? Habe ich Spinat
zwischen den Zähnen von meinem Frühstücksomelett oder was?«

»Nein, alles in Ordnung.«

»Was dann? Kannst du nicht genug von meinem neuen Clowns-
gesicht bekommen?«

»Du siehst gut aus, Devon. Wirklich.«

Sie zuckte resigniert mit den Schultern. Ihre Hand flatterte
neben ihrem Gesicht, als ob sie sich wünschte, ihre Narben
verbergen zu können. »Ich weiß, das ist das Letzte, worum ich mich
kümmern sollte. Die Menschen hungern. Jeden Tag leben wir in der
realen Angst, zu sterben. Im Vergleich dazu verblasst alles andere. Es
ist eitel und dumm, sich um sein Aussehen zu kümmern.«

»Es ist nicht eitel oder dumm. Du bist wunderschön, Devon.«

Sie verzog das Gesicht und zuckte, als sich dadurch etwas Kruste
löste. »Jetzt nicht mehr.«

»Ein paar Narben ändern nichts daran, wer du bist. Du bist die
Frau, die ohne Hilfe in den Leuchtturm gerannt ist und Lena und
Shiloh im Alleingang gerettet hat. Bei jedem Schritt warst du an
meiner Seite. Du bist nicht ein einziges Mal zurückgewichen. Das ist
die Person, die du bist.«

»Vielleicht«, räumte Devon ein.

»Außerdem hat Nyx gesagt, dass deine Narben dich knallhart
aussehen lassen. Und sie hat übrigens recht.«

Devon schwieg eine Weile. Der Rauch schwebte schwer und dicht über den Bäumen. Der beißende Geruch war stärker als der eines Lagerfeuers und viel unheilvoller.

Ihre Waffen ruhten auf einem nahe gelegenen Baumstamm. Hart hatte sich entlang der Straße postiert, um Wache zu halten, während Späher in einem Radius von dreißig Kilometern um Munising patrouillierten.

In diesem Moment waren sie so sicher wie nur möglich – was bedeutete, dass sie überhaupt nicht sicher waren.

Devon hielt inne, um sich das Schlauchtuch von Mund und Nase zu ziehen, bevor sie einen Schluck Wasser aus ihrer filternden Wasserflasche nahm. Sie stellte sie auf einem Baumstumpf ab und drehte sich dann zu Jackson um.

»Können wir reden?«

»Klar.« Er hackte auf einen Ast ein. »Was gibts?«

Sie zögerte. »Man sagt, dass Nahtoderfahrungen einen verändern. Dass sie das, was zählt, auf ein paar sehr wichtige Dinge reduzieren.«

Er ließ die Axt sinken, fuhr sich mit der freien Hand durch seine widerspenstigen Haare und musterte sie. »Fühlst du dich verändert?«

»Ich weiß es nicht. Vielleicht. Ja. Ich meine, ich möchte nicht den Rest meines Lebens damit verbringen, mir Gedanken über die *Was-wäre-wenns* oder die Dinge, die ich nicht getan habe, die Chancen, die ich nicht ergriffen habe, zu machen.« Wieder eine Pause. Sie kaute nervös auf ihrer Unterlippe. »Ich muss das jetzt sagen, bevor es zu spät ist und mir diese Chance genommen wird.«

Jackson spürte, wie sich etwas in seiner Brust lockerte. »Ich höre.«

»Ein Teil von mir hat das Gefühl, dass ich nicht hier sein sollte. Alexis sollte am Leben sein, nicht ich. Aber trotzdem stehe ich hier. Ich will die Zeit, die mir noch bleibt, nicht mit der Schuld der Überlebenden verschwenden. Das Leben ist zu kurz, zu kostbar. Wenn ich etwas gelernt habe, dann ist es das. Ich will leben und ich will mutig sein.« Sie atmete tief durch und hob ihr Kinn an. »Also, hier bin ich. Lebendig und mutig.«

Er wartete – ein bisschen verwirrt, weil er nicht wusste, wohin dieses Gespräch führen würde –, aber er würde so lange warten, wie es für sie nötig war. Er konnte für sie da sein, so wie sie immer für ihn da gewesen war.

Devon räusperte sich und umklammerte den Griff der Schaufel, als wäre er das Einzige, was sie auf den Beinen hielt. Sie richtete ihre Schultern auf und stählte sich. »Ich weiß, dass du um Lily getrauert hast, und das ist in Ordnung. Ich verstehe das. Aber jetzt, wo du ihren Fall gelöst hast, dachte ich ... vielleicht hast du ja in deinem Herzen noch Platz für jemand anderen.«

Jackson starrte sie mit offenem Mund an. Es war, als ob sie eine fremde Sprache sprechen würde, eine Sprache, die er noch nie gehört hatte. So lange hatte Lily den leeren Raum in seinem Herzen ausgefüllt – als hätte ihr Tod seine Seele auf eine seltsame, verdrehte Weise verkümmern lassen. Sein verbissenes Verlangen nach Gerechtigkeit hatte keinen Platz für irgendetwas oder irgendjemanden gelassen. Wenn er Devon jetzt ansah, wie sie schmutzig, unverarbeitet und verletzlich dastand, sah er sie zum ersten Mal auf eine Art und Weise, wie er es sich vorher nicht erlaubt hatte. Schuldgefühle nagten an ihm.

Sie war so viel mehr, als er ihr im Gegenzug bieten konnte. Er war ihrer nicht würdig.

Beschämt versuchte er, es zu erklären, aber ihm schienen die Worte zu fehlen. »Es ist so lange her, dass ich nicht mehr weiß, wie man mit jemandem zusammen ist, wie man jemanden so behandelt, wie du es verdienst.«

Das waren die falschen Worte. Er wusste es sofort, aber es war unmöglich, sie zurückzunehmen.

Als ob sie eine Ohrfeige bekommen hätte, machte Devon einen unsicheren Schritt zurück. Ein Dutzend Emotionen, die er nicht deuten konnte, zogen in schneller Folge über ihr Gesicht: ein Aufblitzen von Schmerz und Liebeskummer, schnell gefolgt von Demütigung. Ihre Miene verfinsterte sich. Genauso plötzlich war alles wieder vorbei. Ihr Gesicht verschloss sich.

»Devon ...«

»Vergiss es.« Sie hob ihre Hand und hielt sie vor ihr Gesicht – als wollte sie sich vor ihm schützen, sich selbst abschirmen. »Ich bin dehydriert und gestresst. Ich habe nicht geschlafen. Ignoriere mich einfach. Tu so, als hätte dieses Gespräch nie stattgefunden. Ich bin dumm. Ich bin einfach nur dumm.«

Fassungslos sagte er: »Devon, warte ...«

Sie ging hastig ein paar Schritte zurück, um Abstand zu gewinnen. »Ich soll in weniger als einer Stunde die dritte Schicht am Kontrollpunkt in der West Street übernehmen. Ich werde jemanden schicken, der mich ablöst. Wir sehen uns später, Boss.«

Bevor er eine Entschuldigung hervorbringen konnte, drehte sie ihm den Rücken zu und verließ die Lichtung. Sie ging steif am Ufer entlang in Richtung der Trinkstation, wo ein mit Wasser gefüllter Zweihundert-Liter-Behälter auf der Ladefläche eines Pickup-Trucks stand.

Jackson sah ihr mit einem Gefühl des Verlustes nach. Er spürte einen Schmerz in seiner Brust, von dem er bis zu diesem Moment nicht wusste, dass er überhaupt existierte. Die Erkenntnis traf ihn wie ein Schlag in die Magengrube: Er wusste nichts über die Topografie seines eigenen Herzens.

Jahrelang war er von einem toten Mädchen besessen gewesen, hatte sich die Schuld dafür gegeben, dass er sie verloren hatte, und war von dem Mörder heimgesucht worden, der ihn in seinen Albträumen verfolgte. So lange hatte er sich in seine glühende, zielstrebige Suche hineingesteigert, dass er in einen Konflikt geraten war, der ihn belastete und der ihn bis zum Äußersten getrieben hatte.

Die Entlarvung von Lilys Mörder hatte ihn befreit. Doch in diesem Moment fühlte es sich nicht wie Freiheit an. Er konnte doch weiterziehen, oder nicht? Sein Herz wieder für etwas Neues öffnen. Es war möglich. Der Gedanke war aufregend und beängstigend zugleich.

Er war überrascht von der Heftigkeit der Gefühle, die in ihm aufstiegen. Der Gedanke an ein Leben ohne Devon, mit ihrem verschmitzten Lächeln und ihren strahlenden Augen, war unerträglich. Das war alles, was er wusste.

Er sollte ihr nachlaufen. Ihr hinterherjagen, ihr seine Gefühle gestehen und sein Herz aufs Spiel setzen, wie Devon es so unerschrocken getan hatte.

Ein heftiger Hustenanfall packte ihn. Die Luft wurde durch den Qualm immer dichter. Das Atmen wurde immer schwieriger. Alle hatten sich Mund und Nase mit Taschentüchern, Schals oder, wenn sie welche hatten, mit N95-Masken bedeckt. Er hatte seine Maske Fiona gegeben.

Jackson stopfte sich das feuchte Taschentuch über Nase und Mund und trug dann die Axt hundert Meter flussabwärts, wo Fiona Smith und ihr Vater damit beschäftigt waren, mit Hand-, Ketten- und Astsägen Bäume zu zerhacken.

Er überreichte Fiona die Axt. »Übernimm für mich. Ich bin gleich wieder da.«

Jackson ging auf den Wasserwagen zu. Seine Schritte waren leicht. Trotz der widrigen Umstände stieg so etwas wie Freude in seiner Brust auf.

Er war noch keine dreißig Meter weit gekommen, als sein Funkgerät aufheulte. Er hielt inne, riss sich das Taschentuch vom Mund und hustete in seine Faust. »Hier ist Falcon. Was gibts?«

»Hier ist Wolverine«, sagte Moreno, wobei er sein Rufzeichen benutzte. »Die Späher an den Anschlussstellen M28 E und 448 haben sich gerade gemeldet. Es kommt etwas auf uns zu. Das sind sie. Das Kartell.«

Jackson hielt den Atem an. »Wie viele?«

»Schwer zu zählen, aber die Späher meldeten mehrere Dutzend Pickups und Transportkarawanen im Konvoi. Ein Haufen gepanzerter, bewaffneter Fahrzeuge und auch diese verdammten Hubschrauber. Die Kartellarmee ist auf dem Weg zu uns!«

40

ELI POPE

TAG EINHUNDERTVIERZIG

Elis Herzschlag beschleunigte sich. Winzige dunkle Objekte erschienen langsam im Sucher seines Fernglases. »Da sind sie.«

Vor einigen Stunden hatten ihre Späher sie über eine Bewegung von Osten her auf der Hauptverbindungsstraße M94, die südlich von Munising auf den M28 abbiegt, informiert. Die Hauptstraße war größtenteils von verlassenen Fahrzeugen gesäubert worden und war der schnellste und direkteste Weg vom Aufenthaltsort des Kartells.

Das Kartell erschien wie ein Schwarm Heuschrecken, der sowohl die östliche als auch die westliche Straße füllte und sich auf beide Seitenstreifen der Straße erstreckte – eine Plage für die Stadt. Das Dröhnen aggressiver Motoren erfüllte die Luft und vibrierte in Elis Zähnen.

Nachdem er festgestellt hatte, dass der wahrscheinlichste Angriffswinkel von Osten oder möglicherweise von Süden sein würde, hatte Eli Befestigungen am Highway 58 entlang der nordöstlichen Küste angeordnet. Sie verliefen vorbei am Northwoods Inn, dem Krankenhaus und dem Besucherzentrum südlich von Munising in Richtung der Anschlussstelle zum I94 und in Richtung Wagner Falls Scenic Site.

Eingebettet in die Kurve der South Bay schlängelte sich Munising um die Küste des Lake Superior und breitete sich mit dünnen Fingern nach Osten und Westen entlang der Küstenlinie aus. Sicherheitsteams überwachten die Küste für den Fall eines Angriffs vom Wasser aus, obwohl Eli bezweifelte, dass das Kartell über die nötigen Wasserfahrzeuge verfügte, um eine so komplizierte Invasion durchzuführen. Der Hafen war zwar relativ flach, aber im Nordosten und Nordwesten ragten große Kalksteinfelsen aus der Uferlinie heraus.

Außerdem hatte er Späher an der M94-Kreuzung postiert, von wo aus sie alles sehen konnten, was von Westen oder Osten über den I94 kam. Im Westen hatten sie kleinere Festungen errichtet, um den M28 zu verteidigen, der sich in Richtung Norden schlängelte, vorbei an der Highschool, dem Yachthafen und einer Reihe von Geschäften, die schon lange geschlossen waren: Glasbodenbootfahrten, Schiffswracktouren und Angelverleihe. Nur die Fischerei-Charterfirmen waren noch in Betrieb.

Alles in allem hatten die Freiwilligen kilometerlange Holzbarrikaden aus Sandsäcken und Stacheldraht sowie Dutzende von Panzerabwehrgräben errichtet. Von verschiedenen Dächern aus hatten sie Scharfschützenposten eingerichtet und verstärkt. Wo es möglich war, hatten sie massive Bäume auf den Highways, die in den Bezirk führten, gefällt, um den Konvoi des Kartells zu verlangsamen.

In den letzten Tagen hatten sich Sawyers Männer dem Northwoods Inn angeschlossen, wodurch sich die Zahl der Kämpfer deutlich erhöht hatte. Sawyers Waffen wurden von Grand Island in die Stadt und das Gasthaus gebracht und an strategischen Stellen verteilt.

»Wir haben weitere Feinde, die sich auf dem Highway 58 von Osten her nähern«, sagte ein anderer Späher über ihr Funkgerät. »Sie haben gerade den Pictured Rocks Golf Club passiert.«

Eli nickte grimmig. Es gab mehrere kleinere Straßen, die das Kartell vom M94 nach Norden nehmen konnte, um auf den H58 zu treffen und nach Westen in Richtung Munising abzubiegen. Er hatte einen mehrgleisigen Angriff befürchtet, und jetzt war er da.

Ein paar Minuten später bestätigte ihr Späher im Westen das Schlimmste. »Ein dritter Angriffstrupp rückt näher. Sie müssen einen großen Kreis geschlagen haben, um hinter uns zu kommen. Es sind Dutzende von gepanzerten Fahrzeugen. Ein paar Pickups sind mit Ma-Deuce-Waffen bestückt.«

»Nicht schießen, es sei denn, sie greifen zuerst an«, befahl Eli.

Darauf hatte das Hauptkontingent also gewartet: dass ihre Kampftruppen gleichzeitig auf Munising zustürmen und alle Fluchtwege außer dem Schiffsweg abschneiden konnten. Luis Gault rechnete damit, dass sie weder über den Treibstoff noch über die Anzahl der Boote verfügten, um ihre Bürger zu evakuieren. Damit sollte er Recht behalten.

Während Eli zusah, kam ein gepanzerter Pickup näher, der eher wie ein Panzer aussah, und schob sich an einem verlassenen Minivan vorbei, der mit Ranken überzogen war. Mehrere militärisch aussehende Geländewagen wurden von Schützen mit Maschinengewehren des Kalibers .50 bemannt. Dutzende – Hunderte – von Waffen schwenkten auf ihre Verteidigungslinie zu.

Die Munisinger Kämpfer warteten und beobachteten alles mit angehaltenem Atem, ihre Gewehre auf den Feind gerichtet. Eli nahm die Berichte seiner Späher über die Funkgeräte auf. Fiona hatte die Drohnen übernommen, mit denen sie die Armee, die sich von drei Seiten vor ihnen aufbaute, aus der Vogelperspektive überwachen konnten.

»Ich schätze tausend bis tausendfünfhundert Feinde. Mindestens die Hälfte sind Kämpfer, die andere Hälfte logistische Unterstützung – Treibstoffnachschub, Wartung von Transportmitteln und Ausrüstung, medizinische Versorgung, Lebensmittel und Wasser und so weiter. Gault hat etwa achthundert Männer, die in Kompanien eingeteilt sind. Jede Kompanie hat einhundert bis einhundertdreißig Mann. Diese Kompanie ist mit Mörsern und Drohnen ausgerüstet. Sie hat zwei Hueys auf Tiefladern dabei. Wahrscheinlich haben sie auch ein paar Infanterie-Späher, die sich aus den Hubschraubern abseilen können.«

Gault war auf Sieg aus. Er hatte alles mitgebracht, was er besaß. Eli fluchte leise vor sich hin. Tja, sie hatten das Gleiche getan.

»Sie schneiden unsere Versorgungswege ab«, sagte Jackson. »Keiner kommt mehr raus oder rein.«

»Das ist ein taktischer Zug. Sie wollen die Sache hier und jetzt beenden.« Hundert Meter weiter südlich entdeckte er eine Bewegung zwischen den Fahrzeugen. Er richtete sein Fernglas auf die Gestalt in der Mitte zwischen mehreren Bodyguards. »Ist er das?«

Jackson nickte bestätigend.

Eli war überrascht, dass Gault aufgetaucht war. Er hatte vermutet, dass Gault eher der Typ war, der aus dem Hintergrund die Führung übernahm und es anderen überließ, sich die Hände schmutzig zu machen. Vielleicht hatte er ihn unterschätzt.

»Seine Frau liegt im Sterben«, erinnerte Jackson ihn. »Das hier ist etwas Persönliches für ihn. Wir haben ihr die Chance zum Überleben genommen. Was auch immer mit ihr passiert, er gibt uns die Schuld.«

»Für uns ist es auch etwas Persönliches.«

»Zeig uns, was du drauf hast, Arschgesicht«, murmelte Antoine.

Der Mann blieb hinter der Barrikade aus gepanzerten Fahrzeugen stehen. Mehrere Bodyguards scharten sich um ihn. Er hielt sich selbst gut geschützt.

»Ergebt euch jetzt!«, rief er durch ein Megafon. Obwohl er eher schmächtig war, klang seine Stimme tief, eindringlich und befehlend. Sie klang wie die eines Mannes, der es gewohnt war, dass man ihm ohne zu fragen gehorchte. »Das Angebot wird nicht noch einmal verlängert. Das nächste Mal, wenn wir miteinander sprechen, werde ich über euren sterbenden Körpern stehen, bevor ich den Pfahl in eure schlagenden Herzen ramme.«

»Er hat einen Hang zur Theatralik, was?«, fragte Jackson.

»Das ist eine Untertreibung«, sagte Eli.

Keiner antwortete Gault. Es gab auch keine Antwort, die es wert gewesen wäre. Die Munisinger Kämpfer standen stramm und schweigend da, schwenkten ihre Waffen, blieben aber ansonsten ruhig, wie Eli es befohlen hatte.

»Warum greift er nicht an?«, fragte Nyx.

Die Kämpfer des Kartells schwärmten hinter ihrer Linie aus und versammelten sich mit ihrer gesamten Macht. Sie griffen nicht an, wirkten aber auch nicht nervös oder aufgeregt, weil sie die erste Salve befürchteten – sie schienen einfach nur zu warten.

Gault musterte seine Gegenspieler: ihre Männer, ihre Waffen, ihre gepanzerten SUVs. Ihre Zahl und ihre Feuerkraft waren wahrscheinlich größer, als er erwartet hatte. Mit Sawyers Männern und Ausrüstung hatten sie die Zahl ihrer Kämpfer und Waffen mehr als verdoppelt.

Gault hatte das bemerkt.

Eli wusste das; der Kartellanführer war vieles, aber er war nicht dumm.

Antoine verengte seine Augen. »Sie greifen nicht an.«

»Vielleicht planen sie, uns auszuhungern«, sagte Jackson.

»Sieht so aus, als würde es so ablaufen«, sagte Eli.

Nyx fluchte leise vor sich hin.

»Wir sollten die Lebensmittelläden der Stadt verlegen«, sagte Jackson. »Horatio weiß, wo sie sind.«

Eli nickte. »Ich bin schon dabei.«

»Denkt an diesen Moment!«, rief Gault durch das Megafon. »Denkt daran, dass ihr euch hättet ergeben und vor dem kommenden Blutbad retten können. Denn das wird kommen!«

»Er wird uns so oder so töten«, sagte Jackson leise.

»Das kann er ruhig versuchen«, erwiderte Eli.

Jackson neben ihm verkrampfte.

»Was ist los?«, fragte Eli.

»Mein Vater ist bei ihm. Ich kann seinen silbernen Kopf sehen, rechts neben Gault. Der kleinere, kräftigere Mann neben ihm ist mein Bruder.«

Eli spürte Jacksons Wut, den Abscheu in seiner Stimme, die von Trauer und Demütigung geprägt war. Verpflichtung und Hass kämpften in seinem Ausdruck miteinander. Es zerriss ihn innerlich, was kein Wunder war.

Eli warf ihm einen mitfühlenden Blick zu. »Du kämpfst gegen deine Familie. Bist du sicher, dass du einen klaren Kopf behalten kannst? Niemand würde es dir verübeln, wenn du aussteigst.«

»Ich bin ihnen nichts schuldig. Die Grenzen sind gezogen worden. Ich bin auf dieser Seite, sie sind auf der anderen.«

»Und wenn es zur Sache geht?«

Jacksons Blick war unerschütterlich. »Ich werde tun, was ich tun muss. Du weißt, dass ich es tun werde. Ich habe es schon mal getan.«

Eli zweifelte nicht an Jackson. Sein alter Freund war zu schrecklichen Dingen fähig. Er war aber auch zu enormer Gnade, Loyalität und Mut unter Beschuss fähig.

Manchmal waren die besten Leute gezwungen, die schlimmsten Dinge zu tun, um andere zu schützen. Eli hatte das Gleiche getan und würde es sofort wieder tun. Er sah diese Entschlossenheit auch in Jacksons Augen.

Was auch immer zwischen ihnen geschehen war – ein ganzes Leben voller Erinnerungen, Liebe, Freude, Bitterkeit und Verrat –, sie waren jetzt gemeinsam hier.

»Ich vertraue darauf, dass du mir den Rücken freihältst«, sagte Eli.

Jackson blinzelte erschrocken. Dann lächelte er. »Und du wirst mir meinen freihalten.«

Eli wusste, dass Jackson sein Leben für Eli opfern würde. Eli würde dasselbe für ihn tun. Ohne zu zögern und ohne zu zweifeln. Ihr Vertrauen ineinander war grenzenlos.

Es hatte einen Krieg am Ende der Welt gebraucht, um sie wieder zueinanderzubringen. Aber jetzt waren sie hier. Endlich waren sie wieder Brüder.

41

SHILOH EASTON POPE
TAG EINHUNDERTZWEIUNDVIERZIG

»Sag mir die Wahrheit«, forderte Shiloh Jackson auf. »Wir sind am Arsch, nicht wahr?«

»Ich habe dir gesagt, dass ich dich nicht anlügen würde, und das werde ich auch nicht«, sagte Jackson.

Shiloh verschränkte die Arme und starrte zu ihm hoch. Sie versuchte, ihre Angst zu verbergen und tapfer und stark zu sein. Zwei Tage waren vergangen, seit die Kartellarmee die Grenzen von Munising erreicht hatte, zwei Tage, seit die erste Salve Artilleriefeuer den Himmel erhellt und die Angst in den Herzen aller Bürgerinnen und Bürger entfacht hatte.

Wie Eli vorausgesagt hatte, hatte das Kartell nicht direkt angegriffen – aber das würden sie. Shiloh wünschte sich fast, sie würden es endlich tun, nur um es hinter sich zu bringen. Auf die nächste Hiobsbotschaft zu warten, war die reinste Folter.

»Sag es mir endlich, verdammt.«

»Ich mag den Bärenfellumhang«, sagte er, als wolle er sie ablenken. »Er steht dir.«

Freudestrahlend straffte sie die Schultern. Der Pelzumhang betonte ihre zierliche Statur, aber das war ihr egal. Sie fühlte sich wie eine große indigene Kriegerin aus der Prärie, als wäre sie dafür geboren worden. Außerdem hielt der Umhang sie warm. Die Luft am frühen Morgen war geradezu eisig. Heute früh war das Gras mit Frost bedeckt gewesen.

»Eli hat mir geholfen, ihn zu machen.«

Jackson lächelte schief. »Das überrascht mich nicht.«

Sie saßen nebeneinander an einem der Picknicktische unter einer ausladenden Eiche hinter dem Gasthaus. Shilohs Armbrust lehnte an der Bank zu ihren Füßen.

»Ich hab was für dich.« Jackson griff in seine Uniformtasche und zog einen halb geschmolzenen Mars-Riegel heraus. Die Verpackung war mit einer Staubschicht bedeckt, aber sie war versiegelt. »Es tut mir leid, dass es kein Snickers-Riegel ist, aber hoffentlich ist der auch gut. Ich habe ihn in dem Haus gefunden, das wir zuletzt geplündert haben, unter dem Bett eines kleinen Mädchens.«

»Sie hat einen guten Geschmack.« Shiloh zwang sich, den Schokoriegel nicht aus Jacksons Griff zu reißen. Ihr lief das Wasser im Mund zusammen und ihr Magen knurrte. Seit einer Weile hatte sie ständig Hunger und ihr Magen knurrte schon wenige Minuten, nachdem sie die mageren Portionen, die es hier gab, aufgegessen hatte.

Sie ließ sich Zeit beim Auspacken und atmete den köstlichen Geruch von Karamell und Nougat ein, bevor sie in die cremige Masse biss. Die süße Schokolade schmolz auf ihrer Zunge. »Mmmm.«

Während sie aß, beobachtete sie die großen weißen Turbinen, die sich an der Steilküste drehten. Wäscheleinen hingen zwischen den Bäumen in der Nähe der Hütten. Jede Hütte hatte einen Hochgarten und einen Holzschuppen, in dem das Brennholz der Familie gelagert wurde. Einige hatten Sonnenkollektoren auf den Dächern, während andere Holzöfen zum Heizen und Kochen benutzten.

Die Menschen waren mit den unterschiedlichsten Aufgaben beschäftigt: Sie pflückten die Himbeeren von den Sträuchern oder sammelten in Weidenkörben Eicheln, Walnüsse und Haselnüsse aus dem Obstgarten, jäteten Unkraut oder fütterten die Ziegen und Hühner. In der Industrieküche des Gasthofs konservierten die Arbeiter Äpfel, Zucchini, Paprika, Gurken und Tomaten in Dosen und Gläsern.

Alles schien fast normal zu sein, bis auf die Kriminellen, die herumliefen und die Leute finster musterten. Sie waren bis an die Zähne bewaffnet, voll tätowiert und hatten harte Gesichter und leere Augen.

Sie gehörten nicht dazu. Ihre Anwesenheit war in jeder Hinsicht falsch. Diese Möchtegernsoldaten waren Diebe, Kriminelle und Schläger. Sie benahmen sich, als würden sie den Stadtbewohnern lieber die Kehle durchschneiden, als mit ihnen zu kämpfen.

Sie hatten ein Nest von Vipern eingeladen, ein Nickerchen in ihrem Bett zu machen. Ihre bloße Anwesenheit war beunruhigend. Die Katastrophe war vorprogrammiert. Und doch hatten sich Jackson und Eli darauf eingelassen.

Der Feind, der vor ihren Toren auf der Lauer lag, war viel schlimmer.

Es war eine angespannte, unerträgliche Situation. Jede Interaktion war belastend. Jeder betrachtete den anderen mit Argwohn, Misstrauen und Groll. Shiloh konnte es an den angespannten Gesichtsausdrücken und den steifen Schultern der Menschen sehen, an ihren ängstlichen und wachsamen Augen.

Die Menschen verloren wegen der kleinsten Dinge ihren Verstand. Täglich kam es zu Schlägereien und Rangeleien über Rationen, das Anstehen in der Schlange und Streit darüber, wer auf der Wache eingeschlafen war oder den Latrinendienst vernachlässigt hatte.

Sawyers Leute machten alles noch tausendmal schlimmer. Shiloh hasste sie.

Shiloh hielt Jackson den Mars-Riegel hin und bot ihm einen Bissen an. »Willst du abbeißen?«

»Der hier ist für dich.« Jackson wedelte mit der Hand. »Wie gehts dir? Was geht in deinem hübschen Köpfchen vor?«

Wenn sich einer mitten im Krieg nach ihr erkundigte, dann natürlich Jackson. Sie blickte zu ihm auf und betrachtete sein markantes Profil. Jackson war Jackson. Beständig, verlässlich, loyal. Er war immer für sie und Cody da gewesen. Als sie verschwunden war, hatte er nie aufgehört, nach ihr zu suchen. Damals hatte sie seine Hilfe gehasst, aber da war sie ein stures, dickköpfiges und dummes Kind gewesen. Jetzt war sie vierzehn Jahre alt, praktisch eine erwachsene Frau.

»Es geht mir gut«, sagte sie nach einem großen Bissen, wobei ihr das Nougat zwischen den Zähnen stecken blieb. »Besser als je zuvor. Das Leben ist verdammt geil.«

Das stimmte zum Teil. Sie fühlte sich stark, klug und fähig. Nachdem der anfängliche Schock, einen Menschen getötet zu haben, abgeklungen war, waren auch die Angst und die Schuldgefühle verschwunden. Die Albträume suchten sie zwar immer noch ab und zu heim, aber sie wurden allmählich immer seltener.

In ihren Lieblingsträumen rannten sie und Cody durch die Wälder – nur sie beide. In ihren Träumen konnten sie für immer zusammen sein, ohne dass sie jemand verfolgte oder bis in den Tod jagte.

Jedes Mal wachte sie traurig auf und griff automatisch nach dem Lockpick-Set, das er ihr geschenkt hatte und das auf dem Nachttisch neben ihrem Bett lag. Während ihr die Reste des Traums entglitten, entfernte sich Cody immer weiter von ihr und hinterließ nur einen unglaublichen Schmerz in ihrer Brust, der wie ein permanenter Bluterguss war.

Trauer war nichts, was man jemals abschloss. Sie war keine Aufgabe, die es zu erfüllen galt. Sie war immer da, ein Loch, das sich an das Herz nistete. Eine Abwesenheit, die nie gefüllt werden konnte. Sie wurde zum Teil von einem selbst, Narbengewebe, das die Seele verunstaltete.

Shiloh vertilgte das letzte Stück des Schokoriegels, leckte sich die Finger und faltete die Verpackung zu einem kleinen Quadrat zusammen. Sie schob den Pelzumhang beiseite und steckte den Müll in die Tasche ihrer Latzhose – für später, wenn sie ihn ungestört ablecken konnte.

Shiloh fuhr mit den Fingern über das grobe schwarze Fell und runzelte die Stirn. Eli hatte sich in den letzten zwei Tagen ihr gegenüber verschlossen verhalten. Er war so beschäftigt, dass sie ihn kaum gesehen hatte. Ebenso wie Lena. »Ich will, dass du es mir ganz ehrlich sagst. Niemand sonst tut es.«

»Was willst du wissen?«

»Ich habe die Gerüchte gehört. Die Patrouillen reden über nichts anderes mehr. Und letzte Nacht, während meiner Wachschicht, haben wir die Artillerieangriffe gesehen. Was ist passiert?« Sie und Fiona Smith hatten die beeindruckenden Lichtstreifen gesehen, die über den Himmel gezogen waren, wie ein spektakuläres Feuerwerk, nur eben tödlich.

Mit einem widerwilligen Seufzer lehnte sich Jackson nach vorn und stützte seine Ellbogen auf die Oberschenkel. »Die Artillerieeinschläge haben drei der vier Lager der Stadt getroffen. Wir haben die Nacht damit verbracht, die Vorräte zu transportieren, aber das Kartell muss die Stadt mit Drohnen überwacht haben, oder Horatio hat meine Pläne vorausgesehen. Das würde ich ihm zutrauen.«

»Sie haben unser Essen zerstört, weil sie wollen, dass wir aufgeben.«

»Sie haben Munising umzingelt, ja.«

»Es sind Tausende von ihnen.«

»Nicht Tausende, aber eine ganze Menge.«

»Mehr als wir haben.«

»Ja«, gab Jackson zu.

Sie saßen in der Falle. Die Armeen des Kartells hockten außer Sichtweite und warteten auf sie, wie ein Löwe, der sich im Gras der Savanne versteckte – die Muskeln angespannt und bereit, zuzuschlagen.

Gelegentlich ertönte in der Ferne ein Gewehrschuss. Alle erstarrten, duckten sich oder schrien. Jeden Moment konnte es losgehen, der Blitzangriff, den sie alle fürchteten.

Shiloh erschauderte. »Sind wir dem Untergang geweiht?«

Jackson verzog das Gesicht, als würde er sein Versprechen, die Wahrheit zu sagen, bereuen. »Ich hoffe nicht. Wir werden alles tun, was wir können, um das zu verhindern.«

»Ja, bla, bla, bla. Das ist Erwachsenensprache für: *Wir sind auf jeden Fall am Arsch.*«

Jackson rieb sich den Kiefer. »Shiloh ...«

»Wann verschwinden diese Idioten endlich?« Sie zeigte auf ein paar von Sawyers Handlangern, die in Richtung der Latrinen marschierten. »Ich hasse sie.«

»Sie sind ein notwendiges Übel.«

»Das ist schwer zu glauben.«

»Ohne Sawyers Männer und Ressourcen, die unsere Befestigungen verstärken, hätte das Kartell uns schon längst überrannt. Es nützt Gault nichts, wenn er uns besiegt und dabei die Hälfte der Männer verliert, die er braucht, um die anderen Städte zu unterwerfen und unter Kontrolle zu halten. Stattdessen hungert uns das Kartell aus.«

»Wie werden wir sie aufhalten?«

»Daran arbeiten Eli und ich noch.«

»Arbeitet schneller.«

Jackson schnaubte. »Glaub mir, wir versuchen es.«

Auf der anderen Seite der Wiese traten Lena und Eli gemeinsam durch die hintere Doppeltür des Gasthauses. Eli humpelte nur leicht. Sie hielten Händchen.

Shilohs Magen machte eine seltsame Drehung. Sie wusste nicht, was sie von ihnen als Paar halten sollte. Es bescherte ihr ein seltsames Kribbeln im Bauch und sie empfand es auch ein bisschen als eklig.

Jackson stieg vom Picknicktisch und streckte sich, wobei seine Knie aus Protest knackten. »Ich muss mit ihnen reden.«

Shiloh ergriff ihre Armbrust und warf sie sich über die Schulter. »Ich komme mit.«

Jackson musterte sie einen Moment lang mit gesenkten Brauen. Sie starrte ihn an. Graue Strähnen durchzogen seinen Bart. Die Haut um seine Augen wurde von schwachen Linien gezeichnet. Seine sandblonden Haare kräuselten sich auf seiner Stirn und um seine Ohren. Er sah müde aus. Müde und unendlich traurig.

»Was auch immer es ist, ich kann damit umgehen«, sagte sie trotzig.

»Daran habe ich keinen Zweifel. Ich hab das Gefühl, dass du auch dann mitkommen würdest, wenn ich Nein sage, also warum sollte ich versuchen, dich aufzuhalten?«

Shiloh schenkte ihm ein triumphierendes Grinsen. »Endlich hast du es kapiert, alter Mann.«

42

SHILOH EASTON POPE
TAG EINHUNDERTZWEIUNDVIERZIG

Shiloh trottete im Gleichschritt an Jacksons Seite. Der dicke Pelz des Schwarzbären hing ihr über die Schultern und bis zu den Knöcheln und raschelte beim Gehen.

Sie schnippte mit den Fingern nach Bear, der sich in der Nähe der Schweineställe fröhlich im Dreck wälzte. Er erhob sich und schüttelte mit großer Begeisterung sein schlammverkrustetes Fell. Speichelfäden flogen von seinen Lefzen.

Rutewedelnd hüpfte er zu ihr und drückte seine Schnauze in ihre Handfläche, als wolle er ihr noch einmal *Hallo* sagen. Sie streichelte seine seidigen Ohren, während sie über das Feld spazierten.

Eli und Lena standen mit den Brooks in der Nähe der Hühnerställe im Schatten. Die Hühner wuselten hin und her und pickten auf dem Boden nach Würmern. Die Hähne stolzierten mit aufgeplusterter Brust herum, als wären sie die Könige des Universums. Die Tierställe stanken nach Hühnerkot und staubigem Stroh.

Die Ziege Faith lag auf dem Dach des nächstgelegenen Stalls und inspizierte ihr Reich. Mit gespitzten Ohren blökte sie Bear eine Warnung entgegen.

Bear machte daraufhin einen großen Bogen um sie. Der Neufundländer trabte zu den Hühnern und schnupperte interessiert an ein paar von den rostfarbenen. Er wollte sich mit ihnen anfreunden, aber die nervösen Hühner dachten, er wolle sie zum Essen auslesen. Sie verstreuten sich in einer Explosion aus ängstlichem Gekrächze und flatternden Federn.

Bear bellte vor Freude und rannte ihnen hinterher. Entrüstet sprang Faith vom Dach des Hühnerstalls. Sie jagte ihm nach und blökte wütend. Mit einem Kläffen zog der Hund die Rute ein und floh.

Die Erwachsenen sahen dem Treiben amüsiert zu, bevor sie sich wieder ihren Aufgaben widmeten. Lori beugte sich über die Feuerstelle. Auf dem Picknicktisch neben ihr lag eine Auswahl an Materialien. Sie hatte den Morgen damit verbracht, ein Feuer abzubrennen, um die feine weiße Asche für die Lauge zu erhalten. In einem anderen Feuer in der Nähe kochte sie Tierfett bei schwacher Hitze in einer gusseisernen Bratpfanne, um die Fette voneinander zu trennen, da eins davon später mit der Lauge zu Seife verarbeitet werden sollte.

In diesen Zeiten war die Herstellung von selbst gemachter Seife ein mühsamer Prozess. Shampoo und Zahnpasta aus dem Laden gingen den Menschen aus. Sie griffen auf Backpulver und andere natürliche Substanzen für ihre Körperpflege zurück.

Lori richtete sich auf und legte den Schürhaken in die Feuergrube, als Nash und Moreno von den Hütten herankamen. Antoine und Nyx näherten sich ihnen vom anderen Ende des Grundstücks.

Nyx ging mit zurückgezogenen Schultern und hocherhobenem Kopf, und ihre Augen blitzten jeden, der es wagte, sie anzusehen, herausfordernd an. Ihr Gesichtsausdruck war mürrisch, als wäre sie bereit, jemandem bei der geringsten Provokation den Kopf abzubeißen. Shiloh vergötterte sie.

»Beeilen wir uns«, sagte Eli kurz und bündig. »Hart bemannt unsere Verteidigungsanlagen. Wir müssen so schnell wie möglich zurück an die Front.«

Tim warf einen Blick auf Jackson. »Hat sich das Kartell bewegt?«

Jackson schüttelte den Kopf. »Nicht seit letzter Nacht. Sie bereiten sich auf einen langen Aufenthalt vor.«

»Es ist eine Belagerung«, sagte Shiloh. »Wie im Mittelalter, als Armeen Schlösser umzingelt haben. Oder die Belagerung von Leningrad im Zweiten Weltkrieg. Sie werden uns aushungern, bis wir uns ergeben oder zu schwach sind, um zu kämpfen, und dann stürmen sie rein und rotten uns aus.«

Elis Kiefer zuckte. Er begegnete Shilohs Blick. Man musste es ihm hoch anrechnen, dass er nicht wegschaute oder versuchte, die Wahrheit zu beschönigen. »Im Großen und Ganzen, ja.«

Shiloh verschränkte ihre Arme vor der Brust. »Währenddessen sind wir hier mit einer Bande von Kriminellen gefangen, die uns im Schlaf abschlachten könnten. Wenn uns nicht vorher das Essen ausgeht und wir anfangen, unsere Pferde und Hunde zu essen.«

Lori gab einen entsetzten Laut von sich. »Das will ich doch nicht hoffen.«

Tim trat näher und ergriff ihre Hand, zum Trost oder aus Solidarität oder vielleicht auch beides. »So weit wird es nicht kommen. Oder doch?«

Moreno scharrte mit den Füßen. Nash kaute an einem Fingernagel und begutachtete den Boden, als hätte er etwas Faszinierendes im Gras entdeckt. Antoine und Nyx standen Seite an Seite, ihre leeren Gesichtsausdrücke waren nicht zu lesen.

Ein schrecklicher Gedanke schoss Shiloh durch den Kopf. »Wir werden Bear nicht essen. Niemals, egal, was passiert. Er besteht sowieso nur aus Fell. Leere Kalorien.«

Lena schenkte ihr ein angestrengtes Lächeln. »Wir essen unsere Haustiere nicht.«

»Faith auch nicht. Sie ist so widerspenstig, ich wette, ihr Fleisch würde bitter schmecken, als würde man auf Rohleder kauen oder so.«

»Es ist wirklich so schlimm, nicht wahr?«, fragte Lori.

»Das wird es werden«, sagte Lena. »Und zwar schneller, als wir denken.«

»Wir müssen eine Entscheidung treffen«, sagte Jackson. »Hier im Gasthaus haben wir Lebensmittel für den Winter eingelagert. Dank Loris ausgezeichneten Vorbereitungen und ihrem Organisationstalent haben wir genug, um die etwa zweihundertfünfzig Bewohner des Northwoods den größten Teil des Winters über zu ernähren, da wir auch eisfischen und gelegentlich Elche erlegen können. Liege ich da richtig, Lori?«

Loris Gesichtszüge waren starr. »Ich habe gerade eine gründliche Inventur unserer Vorräte durchgeführt. Michelle Carpenter und ich sind jeden Sack, jede Palette und jede Kiste mit Fertiggerichten, gefriergetrockneten und dehydrierten Lebensmitteln sowie Konserven durchgegangen. Es scheint viel zu sein, aber bei fünfzehnhundert Kalorien pro Tag und Person – was immer noch ein erhebliches Defizit ist – schaffen wir es kaum, unsere Leute bis April zu ernähren.«

Shiloh hatte die Regale mit den Lebensmitteln gesehen: Nudelschachteln, Eimer mit versiegelten schwarzen und Pinto-Bohnen, Linsen, Reis und Mehl, Gläser mit Pfirsichen, Birnen, Apfelmus und Tomatensoße, Pfannkuchenmischungen, Haferflocken und selbst gemachte Müsliriegel, getrocknetes Bären- und Hirschfleisch und nicht zu vergessen die Stapel mit getrocknetem Fisch.

»Wie ist der Status der Stadt?«, fragte Tim.

»Nach dem Artillerieangriff letzte Nacht nicht gut«, sagte Eli. »Horatio kennt die Stadt wie seine Westentasche. Er wusste, wo sich unsere Depots befinden, und selbst als wir unsere Vorräte in Erwartung eines solchen Angriffs verlagert haben, konnte er mithilfe von Drohnen beobachten, wie unsere Leute die Vorräte umgeladen haben. Wie ihr wisst, wurden diese Depots mit gezielten Artillerieschlägen angegriffen. Das Gasthaus hat er nicht ins Visier genommen, weil er glaubt, dass wir einen Teil der Medikamente, die er für seine Frau braucht, hier aufbewahren. Zum Glück waren das die einzigen Artilleriewaffen, zu denen Gault Zugang hatte, aber er hat bereits unglaublichen Schaden angerichtet.«

Jackson nickte. »Wir haben zweitausend Seelen in der Stadt. Einige haben in ihren Häusern magere Vorräte gelagert, aber sicher nicht genug, um einer Belagerung und dem kommenden Winter zu trotzen. Da drei der vier Vorratslager zerstört wurden, haben sie nur noch Lebensmittel für eine Woche, wenn überhaupt.«

Es herrschte einen Moment lang betretenes Schweigen, während der Ernst der Lage immer deutlicher wurde. Shilohs Magen krampfte sich vor Angst zusammen. Sie schluckte den Kloß in ihrem Hals hinunter.

Jackson wandte sich an Lori. »Wie lange würden unsere Vorräte wohl reichen, wenn wir sie weiter verteilen würden?«

»Ich müsste mir die Zahlen noch einmal ansehen. Die Gesamtmenge der verfügbaren Kalorien geteilt durch die Anzahl der Menschen geteilt durch den täglichen Kalorienbedarf. Das ist einfache Mathematik. Die Zahlen lügen nicht. Die Zahlen lügen nie.«

»Kannst du eine grobe Schätzung abgeben?«, fragte Lena.

»Aus dem Stegreif würde ich sagen, dass es eine Zeitspanne von Wochen ist.«

»Wie viele Wochen?«

»Zwei, vielleicht drei, wenn wir Glück haben.« Loris Stimme war rau, wie das Rascheln von Blättern auf dem Bürgersteig, trocken und brüchig. Sie stand stocksteif neben ihrem Mann. Ihre Hände hatte sie schützend vor dem Bauch gefaltet.

»Du schlägst vor, dass wir unsere Vorräte mit der Stadt teilen?«, fragte Tim.

»Ich lege nur die Möglichkeiten auf den Tisch«, sagte Jackson.

»Wir würden im Winter verhungern«, sagte Tim mit ernster Miene. »Wir alle.«

»Ja, das ist eine reale Möglichkeit. Aber wenn wir diesen Kampf gewinnen, könnten wir die Vorräte des Kartells für unsere Leute stehlen und sowohl die Belagerung als auch den Winter überleben.«

»Das ist ein ziemlich großes *Wenn*«, sagte Moreno in einem zweifelhaften Ton.

»Das ist es«, gab Jackson zu.

Nyx verschränkte die Arme und hob eine Augenbraue, während sie sich in der Gruppe umsah. »Im Grunde sind wir am Arsch.«

»Was denkst du, Lena?«, fragte Lori. »Wir haben dieses Heiligtum gegründet, aber dank eurer Anwesenheit ist es aufgeblüht. Wir sind alle ein Teil des Northwoods. Es gehört uns allen.«

»Es ist ja nicht so, dass Sawyer seine Lebensmittelvorräte mit uns teilen würde«, sagte Moreno. »Bevor das passiert, friert die Hölle zu.«

Lena warf einen Blick auf Eli. »Ich würde fast alles tun, um diesen Ort und meine Familie zu schützen, aber wir haben Freunde und Familie außerhalb des Northwoods. Wir alle haben das. Unsere Nachbarn, Mitbürger, Freunde. Was sind wir, wenn wir sie jetzt im Stich lassen? Können wir mit uns selbst leben, wenn wir das tun?«

»Ich könnte es«, sagte Eli, ohne zu zögern. »Es würde mir nicht gefallen, aber ich könnte es.«

»Ich auch«, murmelte Moreno, wobei sich seine Wangen vor Scham röteten. Nash sagte nichts. Nyx und Antoine tauschten nur angespannte Blicke aus.

Tim drückte Loris Hand. »Was willst du tun?«

»Meine egoistische Seite sagt mir, dass ich zuallererst die Menschen, die ich liebe, am Leben erhalten will. Aber mein Herz sagt mir, dass die Stadt Munising voll von guten Menschen ist, die genauso denken. Sie tun ihr Bestes, um ihre Frauen, Ehemänner, Schwestern, Eltern und Kinder zu schützen. Sie haben nicht um diesen Kampf gebeten.«

»Das haben wir auch nicht«, sagte Shiloh.

»Das Kartell ist wegen der Dinge, die wir getan haben, hier, nicht wegen der Stadtbewohner«, sagte Lena. »Wenn wir unsere Vorräte für den Winter horten und zusehen, wie unschuldige Menschen verhungern, was sind wir dann wert?«

»Was nützt es, wenn alle verhungern?«, erwiderte Eli düster.

»Manchmal muss man sich erst selbst die Sauerstoffmaske aufsetzen, um jemandem helfen zu können.«

Shiloh wollte nicht, dass jemand verhungert, aber sie machte sich auch keine allzu großen Sorgen um einen Haufen gesichts- und namenloser Menschen, die sie nicht kannte. Na ja, Ana Grady, die Bibliothekarin, lebte in der Stadt. Mrs. Grady hatte das Baby von Theresa Fleetfoot und den tauben Jungen Adam bei sich aufgenommen. Shiloh bewunderte Mrs. Grady.

Trotzdem waren sie nur für sich selbst verantwortlich, nicht für alle anderen. Sie konnten unmöglich versuchen, alle am Leben zu erhalten. Das war eine unvorstellbare Aufgabe.

»Zu Teilen, ist das Richtige«, sagte Lori mit fester Stimme. »Es ist ganz sicher das Richtige.«

»Wenn wir das verlieren, was uns zu Menschen macht, das Beste unserer Menschlichkeit, was bringt es uns dann?«, fragte Lena.

»Überleben«, erwiderte Moreno. »Richtig und falsch ist toll für den Philosophieunterricht, aber wir versuchen zu überleben. Wenn wir das tun, könnten wir alle sterben.«

Jackson meldete sich zu Wort. »Gerechtigkeit ist angeboren, instinktiv. Es ist ein moralischer Kodex, der in unserer DNA geschrieben steht. Wir sind keine Tiere, die eine sinnlose Existenz fristen. Wir sind für mehr als das hier bestimmt. Wir *sind* mehr als das.«

Moreno runzelte die Stirn. »Ich fürchte, ich weiß, worauf du mit diesem Gedankengang hinauswillst.«

Jackson begegnete seinem Blick. »Der Preis wird hoch sein. Wir wissen nicht, wie hoch. Aber ich könnte nicht damit leben, wenn ich unsere Leute im Stich lassen würde, um meine eigene Haut zu retten. Manche Dinge sind wichtiger als das Überleben.«

Antoine starrte ihn überrascht an. »Das glaubst du wirklich, nicht wahr?«

»Das tue ich. Und ich denke, du glaubst es auch. Deshalb stehen du und Nyx hier.«

Nyx lächelte schief. »Das ist eine Lüge. Wir sind egoistische Söldner, die nur auf sich selbst bedacht sind.«

Antoines Lippen verzogen sich mit gespieltem Entsetzen. »Wenn ihr es jemandem erzählt, müssen wir euch töten.«

»Wir haben gebetet«, sagte Tim. »Unser liebster Bibelvers steht im Buch Jakobus: *Es ist dir gesagt, Mensch, was gut ist und was der HERR von dir fordert, nämlich Gottes Wort halten und Liebe üben und demütig sein vor deinem Gott.*«

Lori sagte: »Ich habe mein Leben lang versucht, Gottes Wort zu halten und Liebe zu zeigen und demütig zu sein – vor allem, wenn es schwierig ist. Wir haben über das Für und Wider, die moralischen und ethischen Argumente diskutiert, aber am Ende habe ich mich entschieden, meinen Glauben zu leben. Wenn meine Taten meine Worte nicht untermauern, was nützt es dann? So wie Lena es schon gesagt hat: Wozu bin ich gut? Für meinen Gott, für mich selbst und für die Menschen, die ich zu lieben behaupte. Liebe muss uns leiten. Liebe und Barmherzigkeit.«

»Sicherlich keine Barmherzigkeit für unsere Feinde«, sagte Nash ungläubig. Lori schenkte ihm ein beruhigendes Lächeln. »Ich bin eine Christin, keine Heilige. Möge Gott unsere Feinde mit Blut und Feuer bestrafen.«

»Amen.« Tim legte seinen Arm um Loris Schulter und drückte sie fest an sich. Sie lehnte sich an ihn und die Anspannung in ihrem Gesicht ließ nach. Es war offensichtlich, wie sehr sie sich liebten, selbst nach einer Million gemeinsamer Jahre.

Jackson räusperte sich. »Genug mit den sentimentalen Ansprachen. Wir haben das hier als eine Art Demokratie eingerichtet, also lasst uns das Ding durchziehen. Wir haben ein Quorum. Es ist Zeit, abzustimmen.«

Einer nach dem anderen in dem losen Kreis hob die Hände. Jede Hand ging hoch, sogar Elis und schließlich auch Morenos. Trotz ihrer Bedenken hob Shiloh ihre Hand. Lena schenkte ihr ein zustimmendes Lächeln.

Als Lori sprach, war ihre Stimme fester und selbstsicherer. »Wir werden unsere Nahrungsmittellager freigeben – aber unter strengen Rationen, damit wir unsere Vorräte mit den Stadtbewohnern teilen können, so lange die Belagerung andauert oder bis unsere Vorräte aufgebraucht sind.«

»Wir haben ein paar hundert Freiwillige aus der Stadt auf unserer Liste«, sagte Eli. »Aber wir brauchen jeden Bürger, der mitmacht. Jeder kann etwas tun, um im Kampf gegen unsere Feinde zu helfen.«

Tim nickte. »Die Leute, die die UP ihr Zuhause nennen, sind hart im Nehmen. Sie werden mit uns kämpfen, um ihre Heimat zu verteidigen, daran habe ich keinen Zweifel.«

Nüchtern nickten alle in der Runde, auch Shiloh.

»Dann ist es beschlossen«, sagte Jackson.

43

SHILOH EASTON POPE
TAG EINHUNDERTNEUNUNDVIERZIG

Kaum mehr als eine Woche nach Beginn der Belagerung war Shiloh schon komplett außer sich.

Sie hatte den Morgen damit verbracht, Ruby beim Unkrautjäten in einem der Gewächshäuser zu helfen. Nicht, weil sie das Unkrautjäten liebte, sondern weil es zunehmend die einzige Möglichkeit war, Zeit mit ihrer besten Freundin zu verbringen.

Ruby war eine von Loris besten Helferinnen. Ihr grüner Daumen hatte sich als sehr nützlich erwiesen. Sie konnte alles zum Wachsen bringen. Außerdem war sie eine ausgezeichnete Köchin, während Shiloh in der Küche ein tölpelhafter Ochse war und sie um jeden Preis mied – außer natürlich bei den Mahlzeiten. Überall, wo sie hinsah, lugte Gemüse aus dem Grün hervor: Zucchini und Gurken, pralle Tomaten, Karotten mit spitzen Blättern und knackige Zwiebeln. Außerhalb des Gewächshauses, in der Nähe der Birnen- und Apfelplantagen, raschelten die Reihen hoher Maisstängel in der Brise, die vom See herüberwehte.

Sie widerstand der Versuchung, sich eine Handvoll Kirschtomaten in den Mund zu stopfen und sich den saftigen Geschmack auf der Zunge zergehen zu lassen. Sie sehnte sich danach, ihren leeren Magen mit etwas mehr als ihrer absurd kleinen Ration an Haferflocken und dünnflüssigen Eiern zu füllen.

287

Es war nervtötend, von Lebensmitteln umgeben zu sein, die man nicht essen durfte – und außerdem zutiefst ungerecht. Sie fand es beunruhigend, wie schnell der Hunger zu einem unersättlichen Wesen wurde, das in einem lauerte. Der Magen verwandelte sich in ein gefräßiges Monster, das bereit war, sich selbst zu fressen, sein eigenes Fleisch zu verzehren, um dieses dringende Bedürfnis zu stillen.

Ruby warf einen Haufen Unkraut in eine nahe gelegene Schubkarre. Sie hielt inne und hustete in ihre Faust; ein schreckliches rasselndes Geräusch, das tief aus ihrer Brust kam.

Besorgnis kratzte unter Shilohs Haut. Sie ging einen Schritt näher heran. »Hey. Gehts dir gut?«

»Ja, alles gut. Das ist nur der Rauch, der mir in die Lunge steigt, weißt du? Ich schätze, ich bin empfindlich dagegen.«

»Da sind wir schon zu zweit.«

Shiloh streckte ihre Hand aus. Ein feiner Aschestaub legte sich auf ihre offene Handfläche. Vor ein paar Tagen hatte Jackson ihr erzählt, dass der Wind seine Richtung geändert hatte. Er wehte aus Nordosten und drückte das Feuer nach Süden statt in ihre Richtung nach Osten.

Auch wenn sich das Feuer weiter entfernte, war die Luft kränklich gelb und rötlich gefärbt, ein suppiger Nebel, der die Sicht behinderte. Es war wie in einer dystopischen, atomverseuchten Welt fünfhundert Jahre in der Zukunft.

Sie konnte den beißenden Geruch auf ihrer Zunge schmecken. Die aschige Luft klebte in ihrer Kehle und kroch ihre Nasenlöcher hinauf. Das unaufhörliche Husten und Röcheln wurde zu einem beständigen Hintergrundgeräusch, ähnlich wie das Dröhnen von entfernten Schüssen.

Wenn das Feuer erneut die Richtung änderte und die Feuerschneise übersprang, die sie errichtet hatten, waren die Evakuierungsmöglichkeiten begrenzt. Das Kartell blockierte ihre Fluchtwege. Eli hatte darauf bestanden, dass alle ihre Taschen gepackt hielten und bereit waren, auf der Stelle zu verschwinden.

Jackson hatte angeordnet, dass die Boote im Yachthafen für eine Notfallevakuierung nach Grand Island vorbereitet werden sollten.

Sie würden Fischerboote mit kleinen Außenbordmotoren, Ruderboote, Kajaks und Paddelbretter benutzen, um die Flüchtlinge zum Schutz vor dem wütenden Feuer über das Wasser zu bringen.

»Würdest du lieber verbrennen oder verhungern?«, fragte Ruby unvermittelt.

»Und du nennst mich finster.« Shiloh rieb sich den eingefallenen Bauch. Ihre Hüftknochen ragten wie merkwürdige Knöpfe heraus. »Lebendig verbrennen, glaube ich. Das wäre auf jeden Fall schneller. Ganz ehrlich, ich träume schon von Ziegenburgern. Ich bin ein schrecklicher Mensch.«

Lachend rieb Ruby sich den flachen Bauch unter ihrem Hoodie. »Dann sind wir beide schrecklich. Ich könnte jetzt ein ganzes Pferd essen, inklusive Schweif und allem.«

Überall lauerte die Gefahr. Der Tod schien unausweichlich: Sie hatten die Wahl zu verhungern, lebendig verbrannt zu werden oder als Zielscheibe für die Armeen des Kartells zu dienen.

Die Karten waren gezinkt. Es war unglaublich unfair.

Die quälende Warterei war das Schlimmste. Irgendwann musste es enden. Und was würde dann passieren?

Die große Glocke in der Nähe des Gasthauses läutete laut und kündigte die Mittagszeit an.

Shiloh lief das Wasser im Mund zusammen wie bei einem von Pawlows Hunden. »Wird auch langsam Zeit.«

Sie warfen ihre Schaufeln und Handschuhe in die Schubkarre, verließen das Gewächshaus und sprinteten zur Essensausgabe, die die Brooks für die Massen aufgebaut hatten.

Lori und Tim arbeiteten mit einem örtlichen Ernährungsberater zusammen, um den ungefähren Kalorienbedarf von allen festzustellen. Die muskelbepackten Soldaten und schwangeren Frauen bekamen größere Rationen mit mehr Milchprodukten und Proteinen, ebenso wie die Kinder und Teenager, die noch im Wachstum waren. Lena und Keagan bekamen außerdem spezielle Mahlzeiten für Diabetiker.

Jeden Tag gab es eine andere Ration mit den gleichen Themen: Gurken-Senf-Sandwiches auf Sauerteigbrot, Maisbrot mit Rohhonig bestrichen, gebackene Bohnen mit einem Hauch von gekochtem Fleisch wie Waschbär, Eichhörnchen oder Fuchs, dünne Scheiben von Wolfsbarsch oder Weißfisch zusammen mit Löwenzahnsalat oder Suppe mit Forellen- und Kartoffelstückchen, die mit Milch- oder Eichelpulver angedickt und mit Dosenerbsen garniert wurden.

Jeden Morgen nach ihrer Mitternachtsschicht überprüfte Shiloh ihre Totschlagfallen, um zu sehen, ob sie Eichhörnchen, Erdhörnchen, Wiesel oder Füchse gefangen hatten. Was auch immer sie finden konnten, wurde von ihnen gegessen.

Alles, was sie fing, teilte sie mit Bear, Ruby, Eli und vor allem Lena, die die Proteine dringend brauchte.

Nichts wurde verschwendet. Sogar das Wasser, das zum Kochen der Mahlzeiten verwendet wurde, wurde zu Brühe für zukünftige Eintöpfe und Suppen verarbeitet. Tierknochen wurden für die Knochenbrühe aufbewahrt. Gemüse- und Eierschalen wurden zum Düngen der Gärten verwendet.

Als sie sich am Ende der langen Schlange anstellten, winkte Mrs. Grady ihnen zu, eine Hand auf dem Rücken des Neugeborenen, das sie an ihre Brust gewickelt hatte. Obwohl sie in der Stadt lebte, kam Mrs. Grady täglich zum Gasthaus, um Lori bei der Betreuung der Waisenkinder zu helfen.

Miriam Fleetfoot hatte ihre kleine Schwester Hope genannt. Obwohl sie ihr bei der Pflege des Säuglings half, war es Mrs. Grady, die sie in einer Babytrage überallhin mitnahm. Der kleine Adam lief ihr mit leerem Blick hinterher.

Mrs. Grady hatte in der Not Säuglingsnahrung aus abgekochtem Wasser und Kondensmilch zubereitet. Es war keine ideale Langzeitlösung, aber für den Notfall hielt es die kleine Hope am Leben. Darauf kam es im Moment an: am Leben zu bleiben.

Ruby schaute sich um, suchte die Masse der Menschen in der Schlange ab und runzelte die Stirn. »Ich sehe meine Mom nirgends in der Schlange.«

»Ich bin sicher, sie ist irgendwo ...« Shiloh hielt mitten im Satz inne. Sie drückte Rubys Schulter. »Guck mal, wer da ist.«

Traci Tilton und ihr Sohn Keagan standen ganz vorn in der Schlange. Fiona Smith schaute auf ein Klemmbrett in ihrer Hand, dann servierte sie jedem von ihnen eine Schüssel Chili aus einem großen Topf zusammen mit einem Apfel.

Traci ließ die Schultern hängen und senkte den Kopf, als würde sie sich vor einem Schlag schützen. Sie ergriff die Hand ihres Sohnes, während sie ihn von der Schlange weg zu einem Picknicktisch führte, an dem bereits eine Familie saß.

Es war noch Platz am Tisch. Aber als die Mutter Traci erblickte, rutschte sie über die Bank und nahm den Platz ein. Sie starrte Traci an. Sie sagte kein Wort, aber ihre Körpersprache drückte es laut und deutlich aus: *Du bist hier nicht willkommen.*

Beschämt senkte Traci ihren Kopf und zog ihren Sohn an der Hand.

Sie schlurften am Picknicktisch der Familie vorbei, auf der Suche nach einem leeren Tisch.

»Geschieht ihr recht«, sagte Shiloh. Aber anstatt sich bestätigt zu fühlen, zappelte etwas Dunkles und Hässliches in ihr. Sie hatte keine Lust, es genauer zu untersuchen.

Traci und ihr Sohn eilten zu dem am weitesten entfernten Picknicktisch, der noch nicht besetzt war. Sie stellte ihre Schüsseln auf den Tisch und signalisierte Keagan, seine Blutzuckerwerte zu überprüfen. Ihr Gesicht war rot vor Scham.

Während Keagan sein Shirt anhob, um seine Pumpe zu untersuchen, schaufelte Traci heimlich mehrere Löffel ihrer Suppe in Keagans Schüssel. Als er aufschaute, saß sie schon und aß ihre eigene magere Portion.

»Glaubst du, dass du ihr jemals verzeihen wirst?«, fragte Ruby.

Die vertraute stechende Wut flammte in ihren Adern auf. »Sie hat es nicht verdient. Sie verdient einen grausamen Tod. Man sollte sie fesseln, mit Honig einschmieren und bei lebendigem Leib von Feuerameisen fressen lassen.«

»Das meinst du nicht ernst.«

Shiloh dachte an Lena, die entführt und in das Innere der verlassenen Mine verschleppt worden war. Daran, wie nah Shiloh dran gewesen war, sie zu verlieren. Ihre Brust zog sich zusammen, als würde sie von einer riesigen, unsichtbaren Hand zusammengedrückt. »Das tue ich sehr wohl.«

»Es scheint eine Menge Hass zu sein, den du mit dir rumschleppst.«

»Das ist mir egal.«

»Ich meine, sie hungert, um ihren Sohn zu ernähren. Sieh sie dir an. Um Himmels willen, selbst durch ihre Klamotten hindurch kannst du die Kuhlen an ihren Schlüsselbeinen, die Linien ihrer Rippen und sogar ihre Hüftknochen sehen.«

»Das kann ich auch alles an dir sehen, Ruby«, schnauzte Shiloh, die plötzlich extrem gereizt war. Sie konnte nicht sagen, warum. »Nur weil sie eine gute Mom ist, ist sie noch lange kein guter Mensch.«

»Vielleicht macht es sie aber auch nicht ganz so böse.«

»Ist mir egal.«

»Ich meine ja nur, dass es vielleicht gar nicht so schlecht wäre, zu versuchen, ihren Standpunkt zu verstehen.«

»Der Versuch, manche Menschen zu verstehen, ist wie der Versuch, einen Scheißhaufen am sauberen Ende aufzuheben.«

Ruby schnaubte. »Du musst nicht immer so sarkastisch sein.«

»Was ist falsch an Sarkasmus? Ich liebe Sarkasmus. Das ist so, als würde man jemandem ins Gesicht schlagen, nur eben mit Worten.«

Ruby lachte laut auf.

»Es ist unglaublich befriedigend. Du solltest es auch mal probieren.«

Sie rückten in der Schlange ein paar Plätze vor. Shiloh schlurfte gelangweilt und angespannt mit den Füßen. »Auf wessen Seite stehst du überhaupt?«

»Auf deiner. Immer auf deiner.«

Shiloh schniefte. »Ist auch besser so.«

Am Anfang der Schlange entstand ein Tumult, der ihre Aufmerksamkeit auf sich zog. Fiona Smith schrie auf und fuchtelte mit den Armen. »Du hast zwei Portionen genommen!«, beschuldigte Fiona den großen Mann, der auf der gegenüberliegenden Seite des Tisches stand. »Das ist Diebstahl!«

Shiloh erkannte Pierce. Er war groß und imposant und genoss es, alle einzuschüchtern, damit sie sich ihm fügten. Er ragte über Fiona auf, voller Aggression und unterdrückter Gewalt. In jeder seiner riesengroßen Fäuste befand sich eine Schüssel Chili.

Fiona baute sich auf und weigerte sich, nachzugeben. »Stell die Schüssel zurück.«

»Ich bin derjenige, die dafür sorgt, dass ihr kleinen Prinzessinnen sicher und gesund in euren Betten schlaft. Dafür brauche ich Energie.«

»Wir auch«, beharrte Fiona. Ihre Augen blitzten entrüstet auf. »Es gibt Regeln, an die man sich halten muss.«

Pierce verzog die Lippen. »Diese Regeln gelten nicht für uns, Kleines.«

Shiloh griff nach der Armbrust, die sie auf dem Rücken trug, und war im Begriff, zu diesem arroganten Arschloch zu marschieren und ihm die Meinung zu geigen. Er mochte die Größe eines Nashorns haben, aber sie war zu wütend, um sich darum zu scheren.

Eine Hand an ihrem Handgelenk hielt sie zurück. »Es gibt für alles den richtigen Zeitpunkt und den richtigen Ort«, ermahnte Ruby sie. »Das hier ist keins von beiden.«

»Du klingst genau wie der Rest der Erwachsenen.«

»Überlege es dir gut. Wenn du dich Pierce in den Weg stellst, zwingst du ihn zu einer Auseinandersetzung. Aus Stolz wird er nicht klein beigeben, und du wirst aus Sturheit nicht klein beigeben. Er wird dir wehtun.«

»Das kann er ruhig versuchen, verdammt«, murmelte Shiloh. »Ich werde ihn mit einem rostigen Löffel erschlagen.«

»Oder er bricht dir ein paar Knochen mit seinem kleinen Finger, Großmaul.«

»Eli würde ihn an seinen Eingeweiden aufhängen, sodass jeder ihn sehen kann.«

Ruby schnitt eine Grimasse. »Ganz genau. Und dann schlägt Sawyer zurück und alles, was Jackson gerade unternimmt, wird in Flammen aufgehen. Alles wird von innen heraus zerfallen. Das Kartell wird den Boden mit uns aufwischen. Ergo, alle sterben.«

Shiloh brummte verärgert. Sosehr sie die Idee auch verabscheute, Ruby hatte nicht ganz unrecht. »Du bist scheiße.«

Ruby senkte ihre Stimme. »Du weißt, dass Jackson und Eli das auf ihre Weise regeln werden. Weniger ... öffentlich. Vertrau ihnen.«

»Du widerst mich manchmal an mit deiner dummen Logik.«

Ruby machte einen Knicks. »Ich freue mich, dass ich Ihnen helfen kann.«

Sie richteten ihre Aufmerksamkeit wieder auf den Disput am Anfang der Schlange. Pierce bäumte sich drohend über Fiona auf. Er bedachte sie mit einem verächtlichen Blick. »Ich werde dich nicht noch einmal fragen. Geh mir verdammt noch mal aus dem Weg.«

Fiona zögerte, als ob sie darüber nachdachte, ob sie weiter argumentieren sollte. Ihr Blick fiel auf die Pistolen an seiner Hüfte und das Kampfmesser, das an seinem muskulösen Oberschenkel befestigt war. Fiona trat einen Schritt zurück und ließ ihn passieren.

Pierce behielt seine doppelte Portion Chili und stampfte davon. Keiner versuchte, ihn aufzuhalten. Alle sahen ihm mit gleichen Teilen von Angst und Abscheu hinterher.

Shiloh fluchte leise vor sich hin. »Jackson denkt, wir können alle Kumbaya singen und uns vertragen, als wären wir im Ferienlager. Das ist ein Wunschtraum. Die Leute wenden sich jetzt schon gegeneinander. Das wird ihm noch um die Ohren fliegen.«

»Wir können nichts dagegen tun«, sagte Ruby.

Das war der Teil, den Shiloh am meisten verabscheute. »Noch nicht.«

44

JACKSON CROSS
TAG EINHUNDERTSECHSUNDFÜNFZIG

Jackson studierte die Spielkarten in seiner Hand und legte einen Kreuzbuben auf den Kartenstapel in der Mitte des Picknicktisches. »Schlag das!«

Er und Lena hatten mehrere Runden Euchre zu zweit gespielt, ein beliebtes Kartenspiel in der UP, bei dem Buben an der Spitze standen und sich die zu bevorzugende Farbe mit jeder Runde ändern konnte. Als Kinder hatten sie das immer gespielt.

Lena hatte die letzten fünf Stiche gewonnen. Das war keine Überraschung.

Seitdem es keine Telefone, iPads und kein Internet mehr gab, kehrten die Menschen zu altmodischen Spielen wie Euchre, Rummy und Cribbage zurück, um sich abends nach getaner Arbeit die Zeit zu vertreiben.

Ein vertrautes Spiel zu spielen, lockerte die Anspannung ein wenig. Es war eine vorübergehende Ablenkung von dem Krieg vor ihrer Haustür und dem Hunger, der an ihren Bäuchen nagte.

Bear schnarchte ausgestreckt auf seiner Seite vor ihren Füßen. Auch er hatte abgenommen; die Konturen seiner Rippen zeichneten sich in seinem dichten Fell ab. Jackson hatte Shiloh und Lena dabei erwischt, wie sie heimlich die Reste ihrer Rationen an den Hund verfütterten, was sich beide nicht leisten konnten.

Gestern war Bear auf eines der wertvollen Hühner losgegangen. Dana Lutz hatte gedroht, Bear zum Abendessen zu vertilgen, was beinahe zu einer handfesten Schlägerei mit Shiloh geführt hätte. Glücklicherweise konnte die Krise abgewendet werden. Seitdem hatten sie den Hund nicht mehr aus den Augen gelassen.

Mit einem triumphierenden Grinsen legte Lena den *Rechten Bauer*, den Pik-Buben, ab – die höchste Karte. Sie hatte soeben das Bieten und somit das Spiel gewonnen. »Ich glaube, das sind zehn Punkte, Loser.«

Jackson stöhnte. »Ich geb auf.«

Die Sonne ging über der Klippe unter und ließ Wasser und Himmel in Flammen aufgehen. Streifen von verbranntem Orange, Kupferrot und Grapefruitrosa durchzogen den Horizont. Die Farben leuchteten selbst durch den ständigen Rauchschleier des Waldbrandes hindurch.

Jackson mischte die Karten. In der Ferne ertönte das Dröhnen von automatischen Waffen. Das Kartell ließ regelmäßig bei Sonnenuntergang ein Sperrfeuer aus Blei los, um seine Macht zu demonstrieren und die Bürger von Munising zu terrorisieren und zu demoralisieren.

In den letzten zwei Wochen war es entlang der Verteidigungslinien zu mehreren Gefechten gekommen, bei denen hier ein paar Schüsse fielen und dort eine Granate geworfen wurde. Einige der freiwilligen Kämpfer von Munising waren verletzt worden. Ein Mann in den Siebzigern war von einem Querschläger in den Oberschenkel getroffen worden und war verblutet.

Jedes Mal gelang es Eli, die nach Rache lechzenden Kämpfer im Zaum zu halten. Die angespannte Pattsituation dauerte noch einen Tag, dann noch einen und noch einen.

Zwei Wochen. Zwei Wochen der Hölle und des Hungers.

Jackson hatte versucht, Unterstützung zu bekommen. Er hatte über den Amateurfunk SOS-Nachrichten an den Gouverneur von Michigan in Lansing geschickt. Es war ihm gelungen, zwei Späher über das Wasser aus Munising herauszuschleusen und sie entlang der Küste nach Westen bis nach Au Train zu schicken, wo sie an Land gegangen waren. Um dem Kartell zu entgehen, waren sie mit Quads auf dem Highway 41 durch Rapid River zur südlichen Küste der UP gefahren, bis sie die Mackinac Bridge erreicht hatten.

Es hatte fast eine Woche gedauert, bis sie das Büro des Gouverneurs erreicht hatten, aber dort wurden sie abgewiesen. Von den Überresten der Air National Guard, die sonst im Kampf gegen die Banden um die Kontrolle von Detroit, Lansing und Grand Rapids eingesetzt wurden, war keine Hilfe zu erwarten.

Der Gouverneur verweigerte Artillerie- oder Luftunterstützung und sogar den Abwurf von Lebensmitteln und Munition aus der Luft. Abgesehen von den Soo Locks, die sie bereits verloren hatten, wurde die Upper Peninsula von der noch verbliebenen Regierung in Michigan als nicht lebensnotwendiges Territorium eingestuft. Der Gouverneur hatte alle, die diese raue Wildnis ihr Zuhause nannten, offiziell aufgegeben.

Lena hustete röchelnd, während sie das Taschentuch über ihrem Gesicht und ihrer Nase zurechtrückte. Letzte Woche waren ihnen die N95-Masken ausgegangen.

Laut der Drohnenüberwachung hatte sich der Waldbrand nach Osten bis nach Chatham und dann weiter nach Südosten ausgebreitet und brannte nun tief im Hiawatha National Forest. Es könnte sogar so weit südlich wandern, dass es Manistique erreichte. Glücklicherweise hatte der Wind von einer südwestlichen auf eine nordwestliche Richtung gedreht. Wenn er auf diesem Kurs blieb, würde er Munising umgehen.

»Wie viel Essen haben wir noch?«, fragte Jackson.

»Zwei Tage. Höchstens«, sagte Lena.

Sein Herz schmerzte. Selbst mit der Rationierung waren sie auf eintausend Kalorien pro Tag reduziert worden. Ein dumpfer Schmerz pochte in seinem Hinterkopf. Schwindelanfälle überkamen ihn, wenn er aufstand, und seine Gedanken waren langsam und verschwommen. Und er hatte Hunger, immer Hunger.

Sie waren am Verhungern. Es würde nicht mehr lange dauern, bis niemand mehr die Energie zum Kämpfen hatte. Er befürchtete sogar, dass jemand die Tore öffnen und den Feind hereinlassen könnte, nur um ihr Elend zu beenden.

»Wann werden wir es den Leuten sagen?«, fragte Lena.

»Gar nicht. Das würde eine Massenpanik auslösen. Die Leute würden sich in der Essensschlange prügeln und die Tiere, die wir noch haben, schlachten.«

Lena spielte für alle anderen eine tapfere Rolle, aber er sah die blanke Angst in ihren Augen. Sie konnte ihre wahren Gefühle nicht vor ihm verbergen. Sie waren schon zu lange befreundet.

»Wie gehts dir?«, fragte er sanft.

»Ich kann nicht schlafen. Ich habe Albträume. Mit jedem Patienten, den ich verliere, wird es schlimmer. In meinem Kopf kreisen die Gedanken um all die Dinge, die ich hätte tun sollen, um all die Möglichkeiten, wie wir sie hätten retten können, wenn wir nur Anästhesie, Elektrizität, richtige Chirurgen und hundert andere Dinge gehabt hätten.«

»Du wirst das schaffen. Du bist stark, Lena. Du bist eine Überlebenskünstlerin.«

Sie starrte ihn an, als würde sie ihn nicht sehen, zumindest nicht wirklich. »Ich fühle mich nicht stark. Ich habe jeden Tag und jede Minute Angst. Ich kann weder dich noch Eli verlieren. Ich kann Shiloh nicht verlieren. Ich weiß nicht, was ich tun würde. Der Gedanke macht mir Angst.«

»Was dich stark macht, ist nicht deine Furchtlosigkeit, sondern dass du trotz der Angst weitermachst.«

Sie nickte wie betäubt, aber er merkte, dass sie alles andere als besänftigt war. Schöne Worte klangen gut, aber die Realität war eine völlig andere. Sie waren umzingelt, saßen in der Falle und waren kurz davor, ausgelöscht zu werden. Er wusste das genauso gut wie sie.

»Bist du sicher, dass du genug isst?«

»Es geht mir gut.« Lena rieb sich die Augen. Ihre Hose saß wie ein Sack und rutschte trotz des Gürtels über ihre Hüften. Er betrachtete die scharfen Wangenknochen mit Sorge. Ihr Gesicht war dünn – zu dünn.

Sie mochte es nicht, wenn man sich Sorgen um sie machte, aber er nahm sich vor, mit Eli zu reden. Sicherlich konnte die Küche ein paar Kalorien mehr für eine Diabetikerin erübrigen. Lena würde nie eine Sonderbehandlung für sich selbst verlangen, aber sie brauchte sie.

Sie legte den Kopf schief, als sie das nächtliche Trommelfeuer des Kartells hörte, und erschauderte. Unter dem Picknicktisch wimmerte Bear unruhig im Schlaf. Sie griff nach unten und streichelte seinen Kopf. Er wuffte und seine Pfoten zitterten, als würde er in seinen Träumen vor etwas Schrecklichem fliehen.

»Wann sagst du es Devon?«, fragte sie unvermittelt.

Jackson blinzelte. »Devon was sagen?«

»Dass du sie liebst.«

Jackson starrte sie an. »Wie ... Was?«

Lenas Lippen zuckten im dunstigen Mondlicht. »Ich kenne dich besser als jeder andere auf der Welt. Glaub mir, ich weiß es.«

Als er an Devon dachte, schwankte sein Herz zwischen Sehnsucht und Schuldgefühlen. Sie hatten kaum miteinander gesprochen, seit Devon ihm ihr Herz ausgeschüttet hatte. Er hatte es königlich verbockt. Sie hatten über das Kartell, die Sicherheit, die Essensrationen und die Verteidigung geredet, aber sie hatten es nicht geschafft, sich auszusprechen. Jackson war sich nicht sicher, wie er es angehen sollte.

»Du magst sie«, sagte Lena.

»Das ... das tue ich. Aber bei allem, was gerade passiert ...«

Lena lehnte sich über den Tisch und ergriff seine Hand. »Lass dir so etwas Gutes nicht entgehen. Alles, was in dieser brennenden Hölle wichtig ist, ist es wert, dass du es mit ganzem Herzen anstrebst. Du verdienst das Glück. Egal, wie flüchtig es auch sein mag oder wie lange es anhält.«

»Du hättest Therapeutin werden sollen.«

»Vielleicht.« Lena lächelte reumütig und zündete die Öllampe an, die sie mitgebracht hatten. Jackson steckte die Karten zurück in die Schachtel und verstaute sie in seiner Tasche.

Die Nacht war hereingebrochen. Der dichte Dunst verdeckte die Sterne. Kalte Dunkelheit drückte auf sie ein. Das Licht der Laterne warf wabernde Schatten auf ihre Gesichter.

Lena fröstelte und zog ihre Jacke fester um sich. »Du trägst eine schwere Last, Jackson. Nach Astrid dachte ich, sie würde verschwinden, aber sie ist immer noch da. Du wirst immer noch heimgesucht.«

»Es ist meine Familie. Mein Vater, mein Bruder. Was sie getan haben. Und was sie jetzt tun.«

»Du bist nicht für deine Familie verantwortlich.«

»Doch, das bin ich.«

»Deine Familie hatte dein ganzes Leben lang einen schrecklichen Einfluss auf dich, aber jetzt nicht mehr. Ich sehe es dir an, Jackson. Du veränderst dich. Du hast dich schon verändert.«

Er spürte es, irgendwo tief in seinem Innern, diese stählerne Entschlossenheit, die sich durchsetzte. Eine eiserne Härte in seiner Seele. Er war nicht mehr der Mann, der er noch vor einem Monat gewesen war. »Vielleicht hast du recht.«

»Es gibt nur einen Weg, das hier zu beenden.« Er schaute sie aus dem Augenwinkel an. Die freundliche, sanfte Lena, die er sein ganzes Leben lang gekannt hatte, hatte eine andere Seite an sich. Diese Lena war bissiger, härter. »Du wirst deinen Vater töten müssen. Und deinen Bruder.«

Grauen machte sich in ihm breit. Er fühlte sich bis in die Seele zerrissen. Der Gedanke war ein dunkler, ungeformter Schatten, der in seinem Hinterkopf lauerte und sich in den Ecken verbarg. Es lag an ihm, die Situation in Ordnung zu bringen.

In einer Welt der Anarchie gab es nur einen Weg zur Gerechtigkeit. »Ich weiß«, sagte er nüchtern.

Lena hielt Jacksons Hand fest und ihre Augen leuchteten im Mondlicht. »Du wirst derjenige sein, der es beendet. Und dann wirst du endlich frei sein.«

45

SHILOH EASTON POPE
TAG EINHUNDERTNEUNUNDSECHZIG

Dicker Schlamm quetschte sich zwischen Shilohs Zehen hindurch und platschte unter ihren nackten Füßen. Das brackige Wasser war eiskalt, aber nicht so kalt wie das vom Lake Superior.

Shiloh und Ruby hatten den Morgen damit verbracht, zusammen mit Dana Lutz, Fred Combs und Mrs. Grady die Rohrkolben im Sumpfgebiet zu ernten. Miriam Fleetfoot, die kleine Hope und ihr Großvater Ira waren auch dabei.

Als Lori vor Wochen auf die essbaren Wildpflanzen hingewiesen hatte, hatte Shiloh es für ein interessantes, aber letztlich nutzloses Unterfangen gehalten. Warum Gras essen, wenn man jagen und fischen konnte?

Aber die meisten Lebewesen auf dem Northwoods-Grundstück und darüber hinaus waren bereits gejagt und gefischt worden – sogar die Eichhörnchen. Sie war froh, dass sie etwas getrocknetes Schwarzbär-Fleisch versteckt hatte, um Bear zu füttern, obwohl er immer noch die Hühner jagte – verdammt sollte er sein.

Jetzt war sie hier – drei Wochen lang im Hungermodus – und grub gierig Rohrkolben für ihr Abendessen aus. Sie waren darauf reduziert worden, Eicheln und Haselnüsse zu essen und Löwenzahn und Unkraut zu verzehren.

Natürlich waren rohe Eicheln bitter und enthielten Gerbstoffe, die für Menschen und Tiere gleichermaßen giftig waren, aber Lori hatte ihnen beigebracht, wie sie die Gerbstoffe auslaugen konnten, sobald die Eicheln reif und braun waren. Sie waren essbar – gerade so. Das Gleiche galt für die Rohrkolben.

Der flauschige Rohrkolben erinnerte sie an eine Raupe. Angeblich konnte man aus dem stärkehaltigen Mittelteil des Stängels Mehl herstellen. Lori wollte das Mehl für Pfannkuchen, zum Backen von Aufläufen, zum Andicken von Eintöpfen und Suppen und zur Herstellung von Tortillas verwenden. Mit dem Rohrkolbenmehl könnte man auch Elis geliebtes Fry Bread machen.

Shiloh rümpfte die Nase. »Das ist absolut ekelhaft.«

Ihr Magen knurrte ständig. Der Gedanke an Essen verzehrte fast jeden freien Gedanken. Den ganzen Tag über fantasierte sie von Moe's Homewrecker Burritos, gebadet in Sour Cream und Guacamole, oder von einem saftigen Burger und heißen, knusprigen Pommes von Five Guys. In ihrem verräterischen Mund lief das Wasser zusammen.

Shiloh presste ihre Kiefer aufeinander, damit ihre Zähne nicht klapperten, während sie arbeitete. Während der September in den Oktober überging, wurden die Tage kühler und die Nächte regelrecht kalt. Der Dunst der entfernten Waldbrände färbte die Luft gelb.

Shiloh warf einen weiteren Rohrkolben in den Jutesack, bevor sie ihre Freundin musterte. Ruby war den ganzen Tag über untypisch ruhig gewesen. Schlamm verschmierte ihre rechte Wange. Sie beugte sich vor und wühlte im Wasser, während sie nach den Wurzeln suchte.

»Gehts dir gut?«, fragte sie.

Ruby zuckte mit ihren schmalen Schultern. »Ja, alles gut.«

»Nein, es geht dir nicht gut. Rede mit mir.«

Ruby blinzelte schnell. Sie wischte sich die schmutzigen Hände an ihren Overalls ab und richtete sich auf. »Es ist wegen meiner Mom. Sie will unsere Hütte nicht verlassen. Sie hat in den letzten drei Tagen ihre Dienstschichten in der Küche und bei der Müllentsorgung verpasst. Ich weiß nicht, was ich tun soll.«

»Ist sie krank?«

»Sozusagen.«

Shiloh fischte im Wasser, packte den Rohrkolben an den Wurzeln und riss ihn aus dem Sumpf. Sie warf ihn in den Sack. »Was soll das heißen?«

»Das ist schon mal passiert. Mehr als einmal. Nachdem mein Dad gestorben war, ist sie irgendwie ... verschwunden? Sie war körperlich da, aber nicht geistig. Sie hat vergessen, einzukaufen, die Stromrechnung zu bezahlen oder das Abendessen zu kochen. Sie hat den ganzen Tag im Bett gelegen und konnte nicht aufstehen. Das ist einer der Gründe, warum ich von zu Hause weggelaufen bin, bevor ... bevor das alles passiert ist.«

Ruby biss sich auf die Unterlippe, Reue stand ihr ins Gesicht geschrieben. »Es geht ihr gut, wenn sie ihre Medikamente nimmt. Aber ohne sie ...«

»Kann Lena ihr die Medikamente besorgen, die sie braucht? Ich kann mit ihr reden.«

»Das habe ich schon gemacht. Sie hat kein Lithium.«

»Oh«, sagte Shiloh bestürzt. Sie hatte nicht gewusst, dass Michelle Carpenter bipolar war. Ihr Herz schmerzte für ihre Freundin. »Das tut mir leid.«

Ruby zuckte mit den Schultern, aber schaute sie nicht an. »Es ist nicht deine Schuld.«

Lautes Gebell erregte ihre Aufmerksamkeit. Kurze, bösartige Klänge – eine Warnung.

Shiloh erstarrte. »Das ist Bear! Er bellt nicht ohne guten Grund so. Irgendwas stimmt nicht. Komm mit!«

Sie stopfte den letzten Rohrkolben in den Jutesack und schleppte ihn aus dem trüben Wasser. Der Schlamm quetschte sich zwischen ihre Zehen, während sie den Sack das Ufer hinaufschleppte und ihn neben die fünf Säcke legte, die sie an diesem Morgen gesammelt hatten.

Shiloh und Ruby ließen alles außer der Armbrust zurück und sprinteten vom Sumpf den Hügel hinauf. Shilohs Beine fühlten sich schwer und langsam an. Ihr war schwindelig und ihr Magen war ein einziger grummelnder Knoten. Sie blinzelte die weißen Flecken weg, während sie dem Feldweg durch die Bäume folgten. Sie stürmten auf die Lichtung in der Nähe der Ziegenställe.

Fünf von Sawyers Handlangern standen in einem lockeren Kreis vor dem Ziegenstall. Sie trugen Tarn- und Militärausrüstung mit Brustpanzern und langen Gewehren, die sie sich über die breite Brust geschnallt hatten.

Bear stand knurrend vor dem verriegelten Tor. Er fletschte die Zähne, und seine Nackenhaare waren aufgestellt. Normalerweise war er ein sanfter Riese und Shiloh hatte ihn seit dem Vorfall mit dem Schwarzbären vor zwei Monaten nicht mehr so wütend gesehen.

»Geht weg von meinem Hund!« Ohne nachzudenken, sprintete Shiloh vor Ruby her und drängte sich zwischen die Söldner und den Neufundländer. Der Hund beschützte eindeutig die Ziegen vor diesen Arschlöchern. Bear hatte zwar Angst vor Faith, aber er beschützte sie mit all der Kraft, die er aufbringen konnte.

Die Söldner hielten Abstand und starrten Bear misstrauisch an. Er war ein großer Hund. Seine schwarzen Lefzen waren zurückgezogen und enthüllten scharfe Fangzähne – scharf genug, um einem Mann das Gesicht zu zerfleischen. Man konnte leicht vergessen, wie einschüchternd er sein konnte.

»Schaff deinen verdammten Hund weg«, befahl Pierce. »Oder wir werden es für dich tun.«

»Wurdest du so dumm geboren oder hast du Unterricht genommen?«, schnauzte Shiloh. »Verpisst euch!«

Der Söldner neben Pierce war Ende zwanzig, hatte kurz geschorene Haare und einen spärlichen Bart. Er spuckte auf den Boden. »Wir haben Hunger. Wir müssen was essen. Wir können tun, was wir wollen, ob es dir gefällt oder nicht.«

»Ihr werdet die Ziegen nicht töten. Ich habe weder die Zeit noch die Buntstifte, um euch das zu erklären. Sie liefern wertvolle Milch und Käse. Das Fleisch wäre nach einem Tag weg ...«

»Das ist mir scheißegal«, unterbrach Pierce. »Wir nehmen die Ziegen mit. Sie gehören jetzt uns. Ich werde es dir nicht noch einmal sagen, Kleines. Geh aus dem Weg oder lebe mit den Konsequenzen.«

Shiloh verharrte trotzig und vor Wut kochend neben Bear. Sie packte den Griff der Armbrust so fest, dass ihre Fingerknöchel weiß wurden. Noch hatte sie ihre Armbrust nicht auf Pierce gerichtet, aber so wahr ihr Gott helfe, sie würde es tun.

Shiloh schaute sich wild nach Verstärkung um – vergeblich. Niemand sonst war in der Nähe der Ziegenställe. Die nächste Sicherheitspatrouille war vor zehn Minuten vorbeigekommen und würde erst in zwanzig Minuten zurückkehren. Diejenigen, die keinen Wachdienst hatten, waren zu sehr damit beschäftigt, zu plündern, zu jagen oder das wenige Essen zuzubereiten, das noch übrig war.

Eli und Jackson waren weg, um die Stadt zu verteidigen, während Lena im Krankenhaus war und Tim und Lori in der Northwoods-Küche arbeiteten.

Shiloh und Ruby waren auf sich allein gestellt.

Pierce machte einen bedrohlichen Schritt auf sie zu, die Hand am Griff seines Gewehrs, die Finger zuckend auf dem Abzugsbügel. »Ruf deinen Köter zurück, bevor ich euch beide wie Käfer zerquetsche.«

»Das ist die Tochter von Eli Pope«, sagte Ruby tapfer. »Du solltest sie lieber nicht anfassen, sonst wirst du dich mit ihm auseinandersetzen müssen.«

Purer Hass blitzte in Pierce' starrem Blick auf. »Es ist mir egal, wessen Kind du bist. Ein Fingerschnippen von mir und ich könnte euch beide in die Luft jagen. Sie würden nicht einmal eure Knochen finden.«

Und doch flackerte ein Hauch von Unentschlossenheit in seinem Gesicht auf. Pierce war ein brutaler Kerl, aber er war nicht komplett zurückgeblieben. Er wusste, dass Eli Pope jeden vernichten würde, der es wagte, seiner Tochter auch nur ein Haar zu krümmen.

Trotzdem machte Pierce einen weiteren Schritt auf sie zu, als wäre er so wütend – oder so hungrig –, dass er sich nicht mehr um mögliche Konsequenzen scherte. Es waren weniger als drei Meter zwischen ihnen.

Bear senkte den Kopf und knurrte.

Shiloh festigte ihren Griff an der Armbrust und hob sie an. »Das würde ich nicht tun«, meldete sich eine männliche Stimme.

Shiloh drehte sich um und sah, wie Jason Anders und Fiona Smith den Weg zu ihnen hinunterschritten. Sie kamen aus der Richtung des Gasthauses. Jason trug eine Axt. Fionas Pistole saß fest an ihrer Hüfte, und sie hielt ein aufgerolltes Seil an ihrer Seite.

»Halt dich zurück, Shiloh«, sagte Jason.

Shiloh starrte ihn an. »Verräter.«

»Er hat recht.« Fiona stellte sich an Shilohs Seite. Sie senkte ihre Stimme. »Lori hat gesagt, wir sollen kommen. Sie sagte, es sei an der Zeit.«

Shiloh schreckte zurück. Es fühlte sich an, als hätte man ihr mit einem Baseballschläger in den Solarplexus geschlagen. Das Atmen fiel ihr plötzlich schwer. »Nein!«

»Wir müssen bei Kräften bleiben. Die Kämpfer brauchen Kalorien. Und Eiweiß.« Unter ihren Sommersprossen war Fionas Gesicht kreidebleich. Ihr gefiel das auch nicht. »Es tut mir leid.«

Jason sah aus, als könnte es ihn nicht weniger interessieren. Er lehnte sich lässig an den Zaunpfosten und schwang die Axt hin und her. »Es ist nur eine blöde Ziege oder zwei. Das sind dumme Tiere.«

»Ungefähr so dumm wie du.« Verachtung strömte durch Shilohs Adern. Sie musste sich beherrschen, um nicht ihre Armbrust zu heben und jemandem durch die Zähne zu schießen. Rubys Anwesenheit zügelte ihre natürlichen Impulse. Außerdem könnte Bear bei einem rücksichtslosen Kampf verletzt werden.

Einer der Schläger brach in schallendes Gelächter aus. Pierce lachte nicht. Er musterte sie vielmehr wie einen Käfer unter dem Mikroskop – einen, den er zerquetschen wollte.

Shiloh beschimpfte ihn.

Jason warf ihr einen strengen Blick zu. »Jemand sollte dir den Mund mit Seife auswaschen.«

»Versuchs doch, dann wirst du sehen, was passiert. Ich garantiere dir, dass du ein paar Körperteile verlieren wirst.« Sie senkte ihren Blick auf seinen Schritt, klimperte mit den Wimpern und schenkte ihm ein böses Grinsen. »Eins auf jeden Fall.«

Ein Muskel in Jasons verkrampftem Kiefer zuckte, aber er schaffte es, seine Wut im Zaum zu halten. »Wir werden uns jetzt die Ziegen holen«, sagte er. »Geh aus dem Weg.«

Übelkeit kroch in ihrem Magen nach oben. Vor lauter Hunger war sie ganz unsicher auf den Beinen. Wütend wanderte ihr angespannter Blick von Jason und Fiona zu Pierce und seinen Schlägertypen. Ihre Gesichter waren eingefallen, ihre Züge ausgeprägter und ihre eingesunkenen Augen durch den Mangel an Nahrung stumpfer.

Es war nicht nur die Kälte in der Luft, die ihr eine Gänsehaut auf den Leib trieb. Sie konnte weder deren Abmagerung noch ihre eigene ignorieren – ihr Körper verschlang sich langsam selbst.

Das Essen war ausgegangen. Sawyers Männer hatten etwas davon gestohlen, da war sie sich sicher, aber jetzt war es weg. Die Erwachsenen hatten nichts zugegeben, aber sie sah die Bestürzung in ihren Gesichtern, das Grauen und die Angst.

Die Wahrheit war, dass sie alle verhungerten. »Shiloh«, sagte Ruby mit einer schwachen, niedergeschlagenen Stimme.

Der Kampfgeist strömte aus ihr heraus. Sie wollte mit ihnen streiten, wollte kämpfen und wüten, aber es war sinnlos. Ihr Inneres entleerte sich wie ein Luftballon, der mit einer Nadel gestochen wurde. »Nicht Faith.«

Fiona nickte. »Damit können wir arbeiten.«

Shiloh starrte Jason an. »Niemals Faith. Hast du verstanden?«

Jason grinste. »Jedenfalls noch nicht.«

Sie wollte ihm das Grinsen aus dem Gesicht prügeln – am liebsten mit etwas Scharfem, wie einer Axt. Stattdessen beugte sie sich vor und flüsterte Bear beruhigende Worte ins Ohr und streichelte seinen Rücken, um seine Nackenhaare zu glätten.

Sie packte ihn am Halsband und zwang sich, zur Seite zu gehen. Obwohl Bear gut fünfundzwanzig Kilo schwerer war als sie, gehorchte er ihrem Befehl, auch wenn er immer noch seinen offensichtlichen Unmut herausknurrte.

Jason und Fiona traten durch das Tor. Mit einem wütenden Schnauben stürmte Faith auf sie zu, senkte ihre Hörner und drohte, Jason einen Kopfstoß zu verpassen. Shilohs Herz schwoll vor Stolz an. Was für eine verdammt gute Ziege.

Jason fuchtelte mit seiner Axt herum und beschimpfte sie. Faith hatte genügend Verstand, um aus seiner Reichweite zu trotten.

Verärgert blökend kletterte die Ziege auf das Dach des Schuppens. Von ihrem hohen Sitzplatz aus blickte sie auf die beiden herab. Unter ihrem struppigen weißen Fell waren ihre Rippen zu sehen.

Pierce und seine Schläger standen herum und sabberten förmlich bei dem Gedanken an frisches Fleisch. Sie waren nicht daran interessiert, die Drecksarbeit selbst zu erledigen, aber sie würden beim Abendessen als Erste anstehen, das war sicher.

Shiloh zwang sich zuzusehen, wie Fiona und Jason durch den Stall gingen und vier der größten und dicksten Ziegen heraussuchten. Sie banden ihnen Seile um den Hals und führten sie in den abgelegenen Teil des Grundstücks hinter einen der Schuppen, damit die kleinen Kinder nicht sehen konnten, wie die Ziegen geschlachtet wurden.

Die Kinder würden nicht wissen, dass die zähen Fleischwürfel in ihrem Eintopf heute Abend von einer gefleckten Ziege namens Sally oder dem alten Gus mit dem langen grauen Bart oder Merigold mit dem Hinkebein und der Neigung, Bonbonpapier zu essen, stammten.

Vielleicht würden sie aber auch zu hungrig sein, um sich darum zu scheren.

»Geh zu deinem Papa, Kleines«, sagte Pierce. Seine Schergen lachten. Bear knurrte.

Shiloh ließ sich nicht einschüchtern, nicht von Leuten wie Pierce. Sie reckte ihr Kinn vor. »Ich würde dir ja gerne eine Ohrfeige verpassen, aber das wäre Tierquälerei.«

Pierce verzog verächtlich die Lippen. »Pope wird nicht ewig da sein, um dich zu beschützen.«

»Shiloh.« Ruby packte ihre freie Hand und drückte sie. »Lass uns einfach gehen.«

Shiloh zeigte Pierce den Mittelfinger und wandte sich mit brennenden Augen ab. Sie hielt Bear weiterhin am Halsband fest. Sie hasste dieses Gefühl, verachtete das Schluchzen, das ihre Kehle hinaufzukriechen drohte und hinter ihren zusammengebissenen Zähnen hervortrat.

Nicht einmal Rubys Hand in ihrer konnte sie beruhigen oder ihr ein besseres Gefühl geben. Es gab kein *Besser*, nur dieses endlose, quälende Warten, das nie endete.

Warten auf das Leben. Warten auf den Tod.

Auf dem ganzen Weg zurück zum Sumpf spürte Shiloh, wie Pierce sie gierig musterte.

46

SHILOH EASTON POPE
TAG EINHUNDERTNEUNUNDSECHZIG

Am nächsten Tag bat Ruby Shiloh, mit ihr zu kommen, um nach ihrer Mutter zu sehen.

Shiloh folgte Ruby in die Hütte. Die Fliegengittertür klappte hinter ihnen zu.

Einen Moment lang standen sie blinzelnd in der Hütte, um ihre Augen an die Dunkelheit zu gewöhnen. Der Gestank von saurem Schweiß und irgendetwas Feuchtem schlug Shiloh entgegen. Sie verzog das Gesicht bei dem Gestank und hielt sich mit einer Hand Mund und Nase zu.

Ruby machte einen zaghaften Schritt in die Hütte. »Mom?«

Ein leises Stöhnen ertönte aus dem Inneren der Einzimmerunterkunft. Michelle Carpenter lag zusammengerollt auf der Matratze auf dem Boden in der hintersten Ecke. Der Verdunkelungsvorhang war vor das einzige Fenster gezogen. Aus ein paar Koffern, die in der Ecke standen, quollen Klamotten heraus.

»Ich kann nicht«, murmelte sie. »Ich kann das nicht.«

»Was kannst du nicht, Mom?«, fragte Ruby.

Mrs. Carpenter hob ihren Kopf von dem schweißgetränkten Kissen, als würde ihr Schädel tausend Pfund wiegen. Dunkle Kreise umrandeten ihre blutunterlaufenen Augen. Ihr Gesicht war mit

310

Tränen und Rotz verschmiert, ihre Haare hingen wie ein verwilderter Kranz um ihren Kopf. In den Schatten wirkte sie fast wie besessen.

Ihre weit aufgerissenen Augen glitzerten, ohne zu blinzeln. »Wir werden einen furchtbaren, schrecklichen und schmerzhaften Tod sterben. Wir sitzen in der Falle. Der Tod holt uns und es gibt kein Entrinnen.«

Ruby starrte ihre Mutter an. »Das kannst du nicht ernst meinen, Mom.«

»Ich halte es keine Sekunde länger aus. Ich habe es versucht. Für dich, Ruby, habe ich es versucht, aber es ist zu viel. Es ist zu überwältigend. Ich kann nicht mehr.«

»Es geht dir gut, Mom«, sagte Ruby. »Du wirst wieder gesund.«

Mrs. Carpenter drückte ihre Finger in ihre Schläfen und grub ihre Fingernägel in ihre Haut. Sie stöhnte und schlug sich auf den Schädel, als könnte sie damit die schlechten Gedanken aus ihrem Kopf vertreiben.

Wenn das nur so funktionieren würde.

»Wir werden sterben«, murmelte sie. »Alle werden sterben.«

»Nein, das werden wir nicht«, sagte Ruby, obwohl sie das nicht wissen konnte.

Ein Teil von Shiloh war wütend auf Mrs. Carpenter. Sie war eine erwachsene Frau. Sie sollte eigentlich alles im Griff haben, aber wenn Shiloh nach den Sonneneruptionen etwas gelernt hatte, dann das: Die Erwachsenen hatten genauso viel Angst wie sie. Und sie hatte eine Scheißangst.

Gleichzeitig spürte sie eine Welle des Mitleids in ihrer Brust. Mrs. Carpenter hatte enorme Schmerzen. Schlimmer noch, sie hatte die Hoffnung verloren. Shiloh sah es an der stumpfen Leere hinter ihren Augen. Sie war der Verzweiflung erlegen.

Das Kartell war nicht die gefährlichste Sache. Auch nicht der wütende Flächenbrand oder der Hunger, der an ihren Bäuchen nagte, oder der Mangel an Strom, sauberem Wasser oder Krankenhäusern – der wahre Feind war die Verzweiflung.

Sie hatten andere Menschen nicht durch Krankheiten oder Verletzungen verloren, sondern durch diese schreckliche, alles verzehrende Depression. Ihr Verstand war zerbrochen. Es gab nichts, was irgendjemand tun konnte, um sie vom Abgrund zurückzubringen.

Shiloh war zu dickköpfig, um aufzugeben. Solange man an der Hoffnung festhielt, konnte man kämpfen. Man stand auf, egal, wie oft man niedergeschlagen wurde. Man konnte alles aushalten, alles überleben. Aber nicht so.

»Ich kann das nicht mehr ertragen«, sagte Mrs. Carpenter. Ihre Worte waren undeutlich und müde. »Es ist zu schwer. Ich kann es einfach nicht. Es tut mir leid. Es tut mir so leid.«

Ruby durchquerte das winzige Zimmer und kniete sich neben die Matratze. Sie streichelte ihrer Mutter über die Schulter, um sie zu trösten. »Es muss dir nicht leidtun. Du musst durchhalten, Mom. Bitte, für mich.«

»Ich habe dich enttäuscht und es tut mir leid, mein kleines Mädchen ... Ich liebe dich ... Ich liebe dich seit ... dem Tag, an dem du geboren wurdest.«

Ruby starrte ihre Mutter fassungslos an. »Warum redest du so? Steh auf! Steh auf, Mom!«

Mrs. Carpenters Augen rollten in ihren Hinterkopf. Ihre Augenlider schlossen sich flatternd. Speichel lief ihr aus den rissigen Mundwinkeln. Sie murmelte etwas, aber Shiloh konnte die Worte nicht verstehen.

»Ich glaube, sie hat irgendwas genommen«, sagte Shiloh.

Ruby beugte sich über die Matratze und tastete unterhalb der Rippen ihrer Mutter und auf den schweißgetränkten Laken umher. Sie schob ihre Hand unter das Kissen und holte eine verschreibungspflichtige Dose heraus.

Ruby schüttelte sie. Sie war leer. Entsetzt schaute sie ihre Mutter an. »Was hast du getan?«

Eiswasser schoss durch Shilohs Adern. Das Taubheitsgefühl begann in der Mitte ihres Bauches und breitete sich in ihre Glieder aus. »Welche Pillen hat sie genommen?«

Ruby inspizierte die Dose. »Schmerztabletten oder so etwas.

Narkotika, die jemand anderem verschrieben wurden. Wo hast du die her, Mom? Wer hat dir die gegeben?«

Wut schoss durch ihren Körper. »Sawyer. Sawyer hat das getan. Er hat ihr die Pillen gegeben, das weiß ich. Er oder einer seiner dummen Handlanger.«

Rubys Mutter war vollkommen still und blass geworden. Ruby schüttelte sie. Sie reagierte nicht.

Ruby flehte: »Bitte, du darfst nicht aufgeben! Ich brauche dich.«

»Ich glaube, sie ist bewusstlos«, sagte Shiloh.

»Hol Lena!«, schrie Ruby.

Shiloh beugte sich vor und berührte Rubys Arm. »Ich glaube nicht, dass ...«

»Ich hab gesagt, du sollst Lena holen! Sofort! Wir müssen ihr den Magen auspumpen oder so! Lena wird wissen, wie wir sie retten können!« Rubys Stimme stieg um eine Oktave. Sie zitterte verzweifelt und versuchte vergeblich, sich aus Shilohs Umklammerung zu befreien. »Lass mich los!«

Shiloh hielt sie fest. »Sie will nicht gerettet werden.«

»Nein! Wage es nicht, das zu sagen! Das darfst du nicht sagen!«

Shiloh biss sich auf die Lippe. Sie drückte ihre freie Hand auf ihren eingefallenen Bauch, ihre Fingerspitzen strichen über ihre Hüftknochen. Heute Morgen hatte Eli neue Löcher in einen seiner Gürtel gestanzt, damit er ihre schlaffe Hose oben halten konnte – eine Hose, die sie erst vor zwei Wochen enger gemacht hatte.

Obwohl sie am Verhungern war, würde sie mit Freuden eine ganze Platte mit Grillhähnchen oder ein ganzes Tablett mit Chicken-Nuggets hergeben, um die Uhr zurückzudrehen und das hier zu stoppen – um Mrs. Carpenter vor sich selbst zu retten.

Aber es war zu spät. Sie hatte genug Zeit mit Lena verbracht und genug Patienten behandelt, um zu erkennen, wann jemand im Sterben lag. Wenn jemand erst einmal in die Dunkelheit gefallen – oder gesprungen – war, gab es keinen Weg mehr, ihn zurückzuholen.

»Du musst sie gehen lassen, Ruby.«

»Nein! Mom!« Ruby brach zusammen, halb auf der Matratze, halb auf ihrer Mutter. »Sie atmet nicht ... Sie ... sie ist ...«

Ruby beendete ihren Satz nicht. Das brauchte sie auch nicht.

Shiloh kniete sich auf den Dielenboden und hielt Ruby fest, während diese weinte und schrie. Alles, was sie tun konnte, war, ihre beste Freundin festzuhalten und nicht mehr loszulassen.

314

47

LENA EASTON
TAG EINHUNDERTNEUNUNDSECHZIG

Es war schon spät am Abend, als Lena Shiloh endlich aufspürte. Sie fand sie am hinteren Ende der Wiese, in der Nähe der Tierställe, wo Eli ein Feld aufgebaut hatte, mit Heuballen und handgezeichneten Papierzielen, die an Baumstämme genagelt waren.

Shiloh stand dreißig Meter von den Zielscheiben entfernt, mit gespreizten Beinen in Schießposition, die Wirbelsäule gerade und die Armbrust in die Schulterbeuge gelehnt. Ihre Wange war gegen den Schaft gedrückt, der Glasfaserbolzen gespannt und bereit zum Abschuss.

Lena sah zu, wie Shiloh feuerte. Der Bolzen flog gerade und genau. Er schlug zitternd in der Mitte der Zielscheibe ein. Nachdem sie nachgeladen hatte, ging sie nach rechts, zielte auf ein zweites, fünfzig Meter entferntes Ziel und traf erneut ins Schwarze.

»Du wirst richtig gut.«

Shiloh machte sich nicht die Mühe, sie anzuschauen. »Ich war schon immer gut.«

Lena lächelte. »Stimmt.«

Sie rieb sich den schmerzenden Bizeps. Dr. Virtanen hatte darauf bestanden, dass sie sich eine Arbeitsschicht freinahm. Anstatt sich auszuruhen, hatte Lena sich freiwillig gemeldet, um mit einem Zapfrohr – einem hohlen Metallrohr, aus dem der Saft in einen an einem

Haken hängenden Eimer tropfte – Löcher in Dutzende von Ahornbäumen zu bohren.

Jetzt, wo die Nächte unter dem Gefrierpunkt lagen und die meisten Tage immer noch um die fünf Grad erreichten, begannen sie damit, die Ahornbäume für den Ahornsaft anzuzapfen, ein Prozess, der *Maple Sugaring* genannt wurde.

Das Anzapfen im Herbst war nicht so gut wie im Frühjahr, da der Saft einen geringeren Zuckergehalt hatte, aber sie konnten immer noch genug davon sammeln, um ihn zu kochen. Sobald der Saft gekocht war, kondensierte er zu Ahornsirup. Allein der Gedanke an die süßen Kalorien ließ Lena das Wasser im Mund zusammenlaufen.

Kalorien waren Kalorien; im Moment waren sie verzweifelt auf der Suche nach irgendetwas, und zurzeit war Ahornsirup eine Mahlzeit, die einem König würdig war.

Lena sah zu, wie Shiloh noch ein paar Ziele traf, und wartete dann darauf, dass sie ihre Bolzen zurückholte. »Du bist schon lange alleine hier draußen.«

»Ich muss fit bleiben. Man weiß schließlich nie, wann man mal einen Idioten erschießen muss.«

Sie hatte nicht unrecht. Aber Lena konnte in ihrem Gesicht etwas Verletztes sehen. Ihre Nichte war nicht nur wegen der Schießübungen hier. In dieser Hinsicht war sie wie Eli: Sie hielt die dunklen, bitteren, hässlichen Dinge tief in sich verschlossen.

»Du musst nicht immer nur stark sein«, sagte Lena sanft. »Ich bin hier, um dir zu helfen, diese Last zu tragen. Du musst sie nicht alleine tragen.«

Shiloh erstarrte, entweder erschrocken oder misstrauisch, Lena konnte es nicht genau sagen. Eine Erinnerung schoss ihr durch den Kopf: die erste Nacht, in der sie Shiloh getroffen hatte, nachdem Eli und Jackson sie aus Walter Boones Hütte gerettet hatten. Das verängstigte Mädchen hatte am Waldrand gehockt und die Armbrust umklammert, als wäre sie das Einzige, was sie retten konnte.

»Shiloh, bitte. Sprich mit mir.«

Shilohs Arme erschlafften. Sie senkte die Armbrust und ließ sie kraftlos an ihre Seiten fallen. Sie starrte auf den Boden. Ihre Augen glänzten und waren rot umrandet. »Rubys Mom hat sich umgebracht.«

Es war zwei Tage her, dass Lena sie in Michelle Carpenters verdunkelter Hütte gefunden hatte. »Ich weiß.«

»Ruby ist jetzt eine Waise. Sie hat niemanden.«

»Sie hat dich.«

»Das ist nicht fair.«

»Nein, das ist es nicht.«

»Nach allem, was sie schon durchgemacht hat, sollte sie nicht noch jemanden verlieren müssen.«

»Aber das hat sie. Und das wird sie auch weiterhin. Genau wie du. Jeder stirbt, Shiloh. Keiner kommt hier lebend raus. Der Verlust ist Teil des Handels.«

Shiloh drückte ihre Augen fest zu. Nässe glitzerte an ihren Wimpern. Selbst in der Dämmerung konnte Lena den Schmerz in ihren Gesichtszügen ablesen.

Lena trat näher heran. Sie streckte die Hand aus, nahm die Armbrust sanft aus Shilohs schlaffen Fingern und lehnte sie gegen einen umgestürzten Baumstamm in der Nähe.

In der Ferne gackerten Hühner. Bear musste wieder hinter ihnen her sein. Lena würde ihn retten müssen, bevor sich jemand aufregte, aber jetzt noch nicht. Shiloh brauchte sie gerade.

»Ich kann nicht ... ich kann nicht noch jemanden verlieren.« Shilohs Brust hob und senkte sich in schnellen, röchelnden Atemzügen und ihre Kehle schnürte sich zu, als ob sie Tränen zurückhalten würde. »Ich kann nicht.«

Lena trat noch einen Schritt näher. In Shiloh brodelten die Emotionen – Trauer und Angst, Wut und Furcht. Ihre Muskeln waren starr von der Anstrengung, sich zusammenzureißen. Lenas Herz verkrampfte vor lauter Zuneigung für dieses tapfere, kämpferische Mädchen, das sie so sehr liebte.

»Ich werde dich jetzt umarmen. Bitte stech mich nicht ab.«

Shiloh gab einen erstickten Laut von sich, aber Lena nahm Shiloh in ihre Arme und drückte sie fest an ihre Brust. »Du bist eine Überlebenskünstlerin und ihr werdet das zusammen überleben, du und Ruby. Ihr könnt alles überleben. Und das werdet ihr auch.«

Shiloh ließ sich in Lenas Umarmung sinken. Vor vier Monaten hätte sie diesen Moment der Verletzlichkeit, der Angst und des Leids niemals zugelassen. Sie veränderte sich, sie war kein verängstigtes kleines Kind mehr – aber sie war auch noch nicht erwachsen. Sie schwebte irgendwo dazwischen.

Shiloh atmete heftig aus, wobei sich die warme Luft in der Kälte kristallisierte. Ihre Stimme klang wie ein ersticktes Flüstern. »Ich ... ich vermisse meine Mom.«

»Ich auch, Schatz. Ich vermisse sie auch.«

»Und Cody.«

Lena drückte sie fester an sich. Sie war zu dünn, nur spitze Knochen und drahtige Muskeln, aber nichts Weiches. In ihrem leeren Bauch ballte sich die Sorge. Shiloh war dabei, vor ihren Augen zu verkümmern. Das taten sie alle.

Shiloh drehte sich in ihren Armen, sodass sie Lena ins Gesicht schauen konnte. »Was ist, wenn du stirbst? Was ist, wenn Eli stirbt? Oder Ruby oder Jackson?«

»Ich kann dir nicht versprechen, dass das nicht passieren wird.«

Shiloh brachte ein gequältes Schmunzeln zustande. »Hat dir schon mal jemand gesagt, dass du schreckliche Aufmunterungsreden hältst?«

Trotz allem, trotz ihres Schwindelgefühls und Hungers, trotz der ständigen Bedrohung durch Verhungern und Tod durch extreme Gewalt, musste sie lächeln. »Andauernd.«

Bear bellte wieder, diesmal näher. Lena konnte seine stämmige Gestalt in der Nähe des Kücheneingangs ausmachen, wo er wahrscheinlich um Essensreste bettelte. Eine größere, hochgewachsene Gestalt hockte neben ihm. Sie erkannte die vertraute Silhouette von Eli. Wahrscheinlich fütterte er Bear noch mehr getrocknete Fischstäbchen, um die armen Hühner vor dem Tod zu bewahren.

Lenas Magen knurrte schmerzhaft. Sie zwang sich, den Gedanken an das Essen zu ignorieren, und konzentrierte sich auf ihre Nichte. Sie drückte die schmalen Schultern des Mädchens.

»Ich liebe dich, Shiloh Easton Pope. Das werde ich dir jeden einzelnen Tag sagen. Egal, was passiert, meine Liebe zu dir ist immer da.« Lena tippte auf Shilohs Brust. »Und nicht nur meine Liebe, sondern auch die von Eli und Jack, Ruby, den Brooks, Ana Grady und Moreno ... von allen, die sich um dich sorgen. Du trägst ihre Liebe für immer in dir. Ihre Liebe wird dir die Kraft geben, die du brauchst, um alles zu überstehen. Okay?«

Shiloh räusperte sich. »Okay.«

Lena schaute Shiloh tief in die Augen. Sie musste sicherstellen, dass das Mädchen sie hörte und ihre Worte verstand. Angesichts des bevorstehenden Todes erschienen Worte vollkommen nutzlos, aber Worte waren alles, was sie hatte. »Ich kann nicht versprechen, dass ich ewig lebe, aber ich kann versprechen, dass ich bis zu meinem letzten Atemzug für dich kämpfen werde. Ich verspreche, dass ich uns niemals aufgeben werde, keine Sekunde lang, egal, was passiert.«

»Ich auch«, flüsterte Shiloh. Sie wischte sich energisch die Tränen von den Wimpern und tat so, als müsste sie husten. »Das muss eine Allergie sein oder so.«

»Bestimmt.« Lena drückte wieder Shilohs Schulter. »Komm schon. Du brauchst etwas Ruhe. Lass uns unsere Leute suchen.«

48

ELI POPE
TAG EINHUNDERTDREIUNDSIEBZIG

»Die Überfälle sind erfolglos«, sagte Jackson.

»Ich weiß.« Eli starrte über das Feld, auf dem mehrere Dutzend Kämpfer paarweise gegeneinander antraten und Nahkampf übten, so wie Eli es ihnen beigebracht hatte. Ächzen und Röcheln hallte durch die kalte Morgenluft.

Es war kurz nach acht Uhr morgens. Eine dichte Wolkendecke, vermischt mit dem vertrauten rauchigen Dunst, verdeckte die Sonne. Die Luft war dick; es fühlte sich an, als würde man Staub oder Asche einatmen.

»Wir haben letzte Nacht zwei weitere Kämpfer verloren«, sagte Jackson.

Eli unterdrückte ein Muskelzucken. Schuldgefühle plagten ihn. Mehr als drei Wochen lang hatte er regelmäßig Angriffe auf die Lebensmittel-, Wasser- und Munitionsdepots des Kartells außerhalb des Zauns befohlen. Kleine Teams schlichen sich mitten in der Nacht durch die Verteidigungslinie und überfielen jeden Nachschubwagen, den sie finden konnten. Dann rannten sie um ihr Leben.

Jedes Mal war gefährlicher als das vorige. »Ich habe noch mehr schlechte Nachrichten«, sagte Jackson.

»Spucks aus, Mann.«

»Der Waldbrand. Dana Lutz sagt, er hat seine Richtung geän-

320

dert. Eine Art Sturm auf dem Michigansee treibt die heiße Luft nach Norden. Er kommt wieder auf uns zu.«

Eli fluchte. »Wie weit ist es weg?«

»Ich weiß es nicht, aber es ist nah.«

»Darum kümmern wir uns später. Jetzt müssen wir erst mal …«

»Ich habe einen Bericht, Sir«, sagte eine atemlose Stimme hinter ihnen.

»Du bist früh zurück«, sagte Jackson.

Drew Stewart stürmte auf die beiden zu. Schweiß klebte ihm die Haare auf die Stirn, als wäre er kilometerweit gelaufen. Obwohl er noch jung war, hatte sich Drew als ausgezeichneter Späher erwiesen. Er hatte ein gutes Auge für Details, konnte stundenlang still und leise sein und hatte gelernt, sich an den Feind heranzuschleichen, ohne entdeckt zu werden.

Vor drei Tagen hatten die Northwoods-Späher angefangen, massive Aktivitäten an den Aufenthaltsorten des Kartells zu registrieren. Mehrere Tage lang hatten sie beobachtet, wie das Kartell Truppen und Vorräte anhäufte – sogar mehr als die, die an der Stadtgrenze lagerten.

Drew hielt inne, um zu Atem zu kommen. Jackson reichte ihm eine Flasche mit frisch gereinigtem Wasser. Er leerte sie, bevor er seinen Bericht abgab. »Sie bauen schon seit Tagen an etwas. Ich konnte nicht nah genug herankommen, um zu erkennen, was es war, aber dann sind sie gestern Nachmittag mit einem Frachtlaster auf eine Wiese in der Nähe des Schlosses gefahren. Zehn Sekunden nachdem er angehalten hatte, ist er explodiert. Die Explosion war gewaltig, so groß, dass sie einen Atompilz gebildet hat.« Drew schluckte. »Sie hat einen riesigen Krater in den Boden gerissen, vielleicht fünfzehn Meter breit.«

Jackson wurde blass.

»Hast du in der Nähe der Stelle, an der sie das Objekt gebaut haben, irgendwelche Kisten oder Materialien gesehen?«, Fragte Eli.

»Ja. Es gab einen Haufen beschrifteter Kisten. Die auf Englisch waren mit einem Warnhinweis versehen. Ein orangefarbenes Dreieck mit der Aufschrift *Warnung: Sprengstoff*. Einige der anderen Kisten waren mit *Semtex* beschriftet. Es gab auch noch andere Kisten. Auf ihnen stand irgendwas in arabischer Schrift. Ich hab Fotos gemacht.«

Eli betrachtete die Bilder auf Drews Handy. Sie waren aus großer Entfernung aufgenommen worden und etwas unscharf, aber er konnte genug heranzoomen, um die fremde Schrift auszumachen. »Das ist nicht Arabisch, sondern Farsi. Das ist Nitropenta, ein militärisch verwendbarer Nitrat-Ester-Sprengstoff aus dem Iran. Terrorgruppen mischen die beiden Stoffe gerne, um unter anderem Autobomben herzustellen.«

Drews Augen weiteten sich vor Schreck. »Sie wollen eine Autobombe gegen uns einsetzen?«

»Sieht so aus.«

»Ausgezeichnete Arbeit, Späher.« Jackson klopfte ihm auf die Schulter. »Hol dir ein paar Eicheln mit Ahornsirup und Löwenzahnsalat. Du hast dir ein bisschen Ruhe verdient.«

Kaum war Drew weg, schaute Eli Jackson an. »Wir können nicht länger warten.«

Jackson nickte zögernd.

»Wir halten die Stellung schon seit drei Wochen. Wenn das Kartell zuerst angreift, verlieren wir jedes Überraschungsmoment. Wenn wir eine Chance haben wollen, bevor wir zu geschwächt sind, müssen wir in die Offensive gehen.«

»Ich weiß.«

Bei den Überfällen auf die Vorratsdepots ging es nicht um die Lebensmittel; sie hatten keine Möglichkeit, die Vorräte zurück nach Munising zu transportieren, und ohnehin wenig Aussicht auf Erfolg.

Das Ziel war es, Gaults Männer nach und nach zu schwächen, eine langfristige Belagerung für das Kartell unhaltbar zu machen und Gault in Zugzwang zu bringen. Das war ihnen gelungen.

Heute war Zahltag für die erfolgreich erledigte Arbeit.

Das Kartell bereitete sich auf einen Großangriff vor. Gault hatte den Köder geschluckt.

»Wann?«, fragte Jackson.

»Morgen früh. Wir greifen zuerst an«, antwortete Eli.

49

LENA EASTON
TAG EINHUNDERTDREIUNDSECHZIG

Lena spähte in der Dunkelheit zu Eli hoch.

Er war verkrampft, sein Gesichtsausdruck angespannt. Er drückte ihr einen selbst gemachten Müsliriegel in die Hand. »Iss das.«

»Ich habe meine tägliche Portion schon gegessen. Das ist deiner.«

Eli brummte frustriert. »Wirst du jemals auf mich hören, Frau? Wie wäre es, wenn du mal einen Befehl befolgst, ohne vorher eine Million Fragen zu stellen?«

Sie versteifte sich. »Nein, ich werde niemals einfach auf dich hören. Wenn es das ist, was du willst, gibt es da ein paar hundert Möchtegernsoldaten, die du nach Herzenslust herumkommandieren kannst.«

Eli schnaubte.

Sie zog die Augenbrauen hoch. »Ganz genau.«

Beharrlich hielt er ihr den in Alufolie eingewickelten Riegel hin. Die Folie glitzerte im Mondlicht. »Du musst was essen.«

Ihr Magen knurrte verräterisch. Widerwillig nahm sie den Müsliriegel an und verschlang die Hälfte davon in wenigen Sekunden. Der köstliche Geschmack ließ ihr das Wasser im Mund zusammenlaufen. Ihr Bauch war immer noch leer und verkrampft.

Bevor Eli protestieren konnte, fütterte sie Bear mit der anderen Hälfte. Der Hund leckte eifrig ihre Finger ab und wedelte mit der Rute, während sein heißer Hundeatem ihre Hände wärmte. Sie überprüfte ihre Pumpe, zog ihren Pullover und ihre Jacke hoch und verpasste sich für die Kohlenhydrate einen Bolus.

Eli runzelte die Stirn. »Lena.«

»Er muss auch was essen. Ich werde ihn nicht verhungern lassen. Ich weigere mich.«

Seufzend zog Eli einen Streifen Hirschfleisch aus seinem Rucksack und gab ihn ebenfalls dem Hund. »Von mir aus.«

Im Northwoods Inn war es endlich still geworden. Es war weit nach dreiundzwanzig Uhr. Die meisten Leute waren nach Einbruch der Dunkelheit im Bett, abgesehen von den Patrouillen und Wachen. Shiloh schlief. Am Morgen würde sie mit Lena ins Krankenhaus gehen, um die Verletzten der Schlacht zu versorgen.

Eli war seit gefühlten Tagen abwesend gewesen. Er war mit den Vorbereitungen, der Planung und dem Training beschäftigt gewesen. Alles hing von den nächsten paar Stunden ab. Ob sie gewannen oder verloren, ob sie lebten oder starben – ihr Schicksal würde sich entscheiden, und zwar bald.

»Es passiert also heute Nacht«, sagte sie leise.

»Um drei Uhr morgens«, sagte er.

Alle waren informiert worden. Jeder hatte eine Rolle zu spielen. Sogar die Teenager und die Älteren konnten Essen und Wasser zu den Kampfpositionen tragen, wichtige Nachrichten übermitteln oder Lena bei der Versorgung der Verwundeten im Krankenhaus helfen.

Sie konnten nicht länger warten. Noch ein paar Tage ohne Essen und die Menschen würden keine Kraft mehr zum Kämpfen haben. Die Leute wurden schon jetzt lustlos – einige waren zu schwach oder deprimiert, um ihre Aufgaben und Sicherheitspflichten zu erfüllen.

Das Bild von Michelle Carpenters steifem Körper schoss ihr durch den Kopf. Die Eröffnungssalve war noch nicht abgefeuert worden, und sie hatten bereits Menschen durch den mentalen Kampf verloren. Verzweiflung war eine ansteckende Krankheit, die sich immer weiter ausbreitete. Sie würde alle zerstören, wenn sie jetzt nicht kämpften.

Das musste ein Ende haben, auf die eine oder andere Weise. »Wie stehen unsere Chancen?«, fragte sie.

»Ganz ehrlich? Nicht gut.«

Sie beobachtete ihn in der Dunkelheit. Seine Bewegungen waren präzise und effizient. Er hinkte nicht mehr. Körperlich hatte er sich von seinem Todeskampf mit Sykes weitgehend erholt, aber manchmal waren die schmerzhaftesten Kriegsnarben unsichtbar.

»Bist du bereit?«, fragte sie.

»So bereit, wie man es nur sein kann.«

Lena wusste, dass er die Stadt beschützen oder bei dem Versuch sterben würde. Das waren die einzig möglichen Ergebnisse.

»Komm mit«, sagte er. »Ich möchte dir was zeigen.«

Eli nahm ihre Hand und führte sie den Pfad an der Klippe entlang. Bear trottete hinter ihnen her und schnupperte an jedem abgefallenen Blatt und jedem Grasbüschel. Sie passierten ein paar Kontrollpunkte und umherstreifende Sicherheitspatrouillen. Alle waren angespannt und in höchster Alarmbereitschaft.

Vor ihnen ragten die Windturbinen entlang der Steilküste wie bleiche, geisterhafte Giganten im Sternenlicht auf. Ihre massiven Flügel drehten sich lautlos in der Brise, die vom Lake Superior herüberwehte.

Sie standen am Rande der Steilküste. Bear ließ sich neben ihnen nieder und stützte seine Schnauze auf seine Pfoten.

Der riesige See erstreckte sich unsichtbar in die Dunkelheit. Weit unter ihnen schlugen die grauen, aufgewühlten Wellen gegen den Sandstrand. Die Sterne glitzerten wie Eisflecken auf dem satten schwarzen Samt des Himmels.

Ihre Brust zog sich zusammen. Sie spürte alles: den Schmutz unter ihren Füßen, das Gras, das an ihren Schienbeinen kitzelte, die Brise, die ihre Haare zerzauste, das Rauschen der Wellen. Der endlose Himmel, die unendlichen Sterne, die Weite des großen Sees – es war wunderschön.

Es raubte ihr den Atem.

Die Natur in all ihrer königlichen Pracht würde sie alle überdauern. Die Erde würde sich weiterhin unaufhörlich um ihre Achse drehen. Galaxien mit unzähligen Planeten und Sternen würden ihre Bahnen ziehen, gleichmäßig und geordnet, als wären sie von einer großen unsichtbaren Hand in Bewegung gesetzt worden.

Selbst jetzt, am Ende aller Dinge, war die Welt noch schön. Ein Gefühl des Staunens erfüllte sie. Noch nie hatte sie sich dem Übernatürlichen so nahe gefühlt, als könnte sie den Himmel und die Sterne selbst berühren, als wäre da oben im unendlichen Raum etwas, das hinunterschaut und über alle wacht – über die Guten ebenso wie die Bösen.

»Hast du manchmal das Gefühl, dass es noch mehr als das hier geben muss?«, fragte sie.

»Mehr als was?«

»Dass es da draußen etwas gibt, unsichtbar, aber real. Vielleicht ist es Gott oder etwas anderes, etwas, das wir nicht sehen oder anfassen können. Aber etwas, das trotzdem real ist.«

Eli brummte. »Ich glaube an das, was ich sehe.«

»Du kannst den Wind nicht sehen, aber er ist real. Du kannst die Auswirkungen des Windes sehen, in den Bäumen, in den Wellen, und du kannst ihn auf deiner Haut spüren. Du kannst die Liebe nicht sehen. Du kannst die Hoffnung, den Glauben oder die Wahrheit nicht sehen, aber diese Dinge existieren. Sie sind real und sie bestimmen alles.«

Lena war eine Frau der Wissenschaft, der Logik und der Beweise sowie der Medizin und der Fakten. Sie lernte gerade, dass sie auch eine Frau des Glaubens war. Sie glaubte an das Unerklärliche. Dieser Moment der Anmut inmitten des Sturms – er war unerklärlich.

»Ich möchte an etwas glauben, das größer ist als ich selbst. Ich möchte glauben, dass es einen Grund für all das gibt, für die Existenz an sich, für unser Leiden. Ich möchte, dass mein Leben einen Sinn hat.«

Eli trat einen Schritt näher. »Für mich hat dein Leben einen Sinn.«

Sie errötete. »Das habe ich nicht gemeint.«

»Trotzdem ist es wahr. Und ich glaube an meine Liebe zu dir

und Shiloh.« Er streckte seine Hand aus und legte sie sanft auf ihre Brust, über ihr Herz. »Du hast mich gerettet.«

Es fühlte sich an, als würde sich ihre Brust wie ein Ballon ausdehnen, als könnten ihr Herz und ihre Seele alles umfassen, jeden Moment von jetzt bis in alle Ewigkeit.

»Ich weiß nicht, ob wir den morgigen Tag überleben werden«, sagte Eli mit ernster Miene. »Alles, was wir uns versprochen haben, ist das hier. Genau hier, genau jetzt. Ich habe alles, was ich mir jemals gewünscht habe. Ich habe Shiloh. Ich habe dich.«

Tränen schossen ihr in die Augen. Sie drückte sich an ihn. Er umschlang sie mit seinen starken Armen, wobei ihr sein holziger, moschusartiger Duft in die Nase stieg.

Eli beugte seinen Kopf, hob ihr Kinn mit seinem Finger an und küsste sie. Zuerst waren seine Küsse zärtlich, dann wurden sie immer intensiver und heftiger. Sie erwiderte seinen Kuss, und ihr Herz brannte hell in ihrer Brust.

Sie hätten auch die einzigen beiden Menschen auf der ganzen kaputten Welt sein können.

Lena und Eli standen zusammen, ihre Finger ineinander verschlungen, während sie einander festhielten. Sie balancierten auf dem Rand der Klippe, während die kalten, hellen Sterne über ihren Köpfen durch den Himmel zogen und der Mond das Wasser des großen Sees unter ihnen versilberte.

»Wenn wir morgen nicht mehr zusammen sind, dann war es genug«, sagte er heiser in ihre Haare. »Du bist immer genug gewesen. Zu lange war ich zu jung und dumm, um das zu erkennen. Es hat nie etwas oder jemanden anderes gegeben. Du bist alles. Das warst du schon immer.«

Sie stellte sich auf ihre Zehenspitzen und küsste Eli, während ihr die Tränen kamen. Sie küsste ihn, als wäre es das erste und das letzte Mal, der Anfang und das Ende, als könnten sie jeden Ärger, jedes Problem und jede Bedrohung wegküssen. Als könnten sie Universen und Galaxien auslöschen und neu erschaffen und die Welt neu gestalten.

Vielleicht konnten sie es dieses Mal.

Er sprach gegen ihre Lippen. »Ich liebe dich, Lena Easton.« Er löste sich von ihr, umfasste ihre Oberarme und schaute sie mit einer Intensität an, die ihr Herz in Brand setzte. Das Mondlicht glitzerte in seinen dunklen Augen. »Wir werden nach Hause kommen. Ich werde nach Hause kommen.«

»Komm zu mir zurück«, flüsterte sie.

Eli hielt sie fest. »Immer.«

50

ELI POPE
TAG EINHUNDERTVIERUNDSIEBZIG

»Auf gehts, Leute!«, brüllte Jim Hart. »Wacht verdammt noch mal auf!«

Gruppen von Zivilisten verließen ihre Hütten und schlurften hinaus auf das frostige Gras. Eisige Luft begrüßte sie. Ihre Zähne klapperten, während sie ihre Ausrüstung und Waffen zusammensuchten. Taschenlampen und Laternen flackerten und warfen schwankende Schatten auf den Boden.

»Wie spät ist es?« Jason Anders gähnte und streckte sich, seine Haare standen ihm zu Berge und seine Augen waren glasig. Er sah jung aus, wie der Teenager, der er noch vor ein paar Monaten gewesen war.

»Zwei Uhr nachts, Dumpfbacke«, murmelte Nyx. »Wach auf, Kleiner, oder musst du für einen Abschiedskuss zurück zu Mami laufen?«

Jason wich zurück. Er starrte Nyx mit großen Augen an, während sie wie eine Kriegsgöttin an ihm vorbeimarschierte, den Kopf auf einer Seite frisch rasiert, und die Waffen an ihren Hüften und Oberschenkeln hervorblitzen ließ. Ihr bevorzugtes Bandelier mit Munition war wie eine Schärpe über ihre Brust drapiert.

»Ähm, nein, Ma'am«, stammelte Jason. Sein Mund stand offen und er konnte seinen Blick nicht von Nyx abwenden. Seine Schwärmerei für Nyx war so offensichtlich wie sein gerötetes Gesicht. »Ich bin wach, Ma'am.«

»Besser so.« Nyx zwinkerte Antoine zu, der mit den Augen rollte.

Sie joggten zu Eli, der gerade die letzten Berichte der Späher las. Gruppen von einfachen Männern und Frauen gingen in Position, ihre Gesichter waren ausdruckslos, die Augen vom Schlafmangel eingefallen, während sie versuchten, sich wachzurütteln. Viele sahen hager aus, wie eine Armee von Vogelscheuchen, die mit Gewehren und Pistolen bewaffnet waren und ein Sammelsurium aus Armeeuniformen, Jagdausrüstung und Zivilkleidung trugen.

»Geht zu eurer Gruppe und sammelt eure zusätzliche Ausrüstung ein«, befahl Antoine.

Die Kämpfer formierten sich zu Einsatztrupps. Nash und Moreno teilten weitere Waffen und Munition aus und wiesen den Zivilisten ihre Posten zu. Die meisten von ihnen würden Kampflöcher entlang der Route der vorrückenden Armee verteidigen.

Die Geräusche der Kampfvorbereitungen durchbrachen die frühmorgendliche Stille: das Klappern von Pferden, die gesattelt wurden, das Trappeln von Hufen, das leise Rumpeln von Quads, das elektrische Brummen von Golfcarts und das dumpfe Geräusch von Schritten und gemurmelten Grüßen. Der Geruch von saurem Schweiß, ungewaschenen Körpern und Waffenöl mischte sich in die rauchige Luft.

Eli wies Hart an, die Lebensmittel zu verteilen, die sie für diesen Moment beiseitegelegt hatten. Als die Deputys die Feldrationen aus mehreren großen Kisten verteilten, brachen Jubelschreie und Begeisterungsrufe aus.

»Was ist das?«, fragte Fiona verschlafen und starrte auf die braune Packung mit der Chili-Mac-Mahlzeit in ihren Händen, als hätte sie noch nie so etwas Schönes gesehen.

»Frühstück«, sagte Hart mit einem Lächeln. »Haut rein.«

»Ihr hattet die Dinger die ganze Zeit und habt sie uns nicht gegeben, ihr Penner«, murmelte Antoine mit einem großen Bissen Hühnerbrei, der seltsam grün gefärbt war. »Ich habe so einen Hunger, dass ich euch nicht einmal dafür hasse, dass ihr mir Chicken à la King, die buchstäblich mieseste Feldration auf diesem Planeten, gegeben habt.«

»Wir brauchen die Energie, damit wir heute kämpfen können«, sagte Eli. »Mit dem Fett, den Proteinen und den Kalorien hat jeder die beste Chance, die Schlacht zu überleben.«

Die Leute rissen die Verpackungen der Feldrationen direkt an Ort und Stelle auf, ohne sich zu setzen, und verschlangen jeden Bissen wie in einem Rausch. Es war wie am Weihnachtsmorgen.

Eine viermal so große Armee war entschlossen, sie abzuschlachten, aber für ein paar Minuten konzentrierten sie sich nur auf die köstlichen Kalorien, die ihre leeren Bäuche füllten.

Sawyer schlenderte auf Eli und Jackson zu, in der einen Hand eine Käsetortellini-Feldration, während er in der rechten Hand seine gesenkte Pistole hielt. Bei jedem Schritt klopfte er mit der Mündung leicht gegen seinen Oberschenkel.

Sein scharfer Blick überflog Antoine und Nyx, als ob sie nicht existierten, und blieb dann an Eli hängen.

Eli starrte zurück und seine Augen verengten sich. Ein frischer Zorn schoss durch ihn hindurch. Der Anblick von Sawyer brachte ihn dazu, jemanden erwürgen zu wollen, aber er zügelte seinen Hass und behielt das Ziel im Auge. Dieser Krieg war viel wichtiger als seine Wut auf einen Mann.

Die beiden Todfeinde traten sich gegenüber. Einen angespannten Moment lang sprach niemand und alle Augen richteten sich auf die Männer, die eineinhalb Meter voneinander entfernt standen und deren Hände an ihren Waffen zuckten.

Jackson blickte mit schmerzverzerrter Miene von einem zum anderen. »Wir werden doch heute kein Problem haben, oder?«

Elis hielt sein Gesicht ausdruckslos. »Nein, kein Problem.«

Sawyer war der Erste, der sich entspannte. Seine attraktiven Gesichtszüge verzogen sich voller Leichtigkeit und Charisma zu einem Lächeln. Es war beunruhigend, wie er sich auf Knopfdruck in alles verwandeln konnte, was er wollte. »Na, wenn das mal nicht der Retter von Munising ist.«

Eli hielt seine Stimme gleichmäßig. »Das bleibt abzuwarten.«

»Ich schätze, wir werden sehen, ob du deinem Ruf gerecht wirst, nicht wahr, Pope?«

»Du hast recht, das werden wir sehen.«

»Bist du bereit dafür?«, fragte Jackson.

Sawyer lachte, während er sein Essen aufaß und die Verpackung auf den Boden warf. »Ich würde lieber über den Lake Superior segeln, aber klar, warum nicht? Es ist ein schöner Morgen, um Sachen in die Luft zu jagen und einen Haufen Einfaltspinsel zu killen.«

Eli zwang sich zu einem grimmigen Lächeln. »Na, das hört sich doch schon viel besser an.«

51

ELI POPE

TAG EINHUNDERTVIERUNDSIEBZIG

Eli stand neben Sawyer in einem Kampfloch mit Blick auf den M28 entlang der südlichen Verteidigungslinie. Hart, Nash, Moreno und Pierce waren bei ihnen. Mehrere Trupps kauerten in Unterständen entlang der Straße vor der Stadt.

Sawyer war mürrisch und still geworden. Er hasste es, von Eli Befehle entgegenzunehmen. Eli mochte das auch nicht, aber er musste Sawyer im Auge behalten, sonst drohte ihm, dass er ein Messer in den Rücken bekam.

»Alles klar zwischen uns, Sawyer?«, fragte Eli.

»Ich habe ein großes Interesse daran, am Leben zu bleiben, Pope. Ich bin nicht dumm. Du und ich haben eine bessere Chance, die Nacht zu überleben, wenn wir zusammenarbeiten.« Seine Lippe kräuselte sich mit Belustigung. »Ich werde mich nicht gegen dich wenden – jedenfalls nicht heute.«

Ausnahmsweise glaubte Eli ihm. In diesem Moment waren sie Waffenbrüder und kämpften um ihr Überleben. Das war alles, aber es war genug.

»Der Konvoi kommt die Straße entlang auf deine Position zu, Alpha One«, sagte einer der vorderen Späher über Funk. »Er ist noch etwa eineinhalb Kilometer entfernt.«

»An alle Teams: Bleibt in euren Kampflöchern, seid wachsam

und greift jeden an, der sich eurer Position nähert«, befahl Eli. »Bis dahin schießt nicht, bevor ich den Befehl dazu gebe.«

Die Nacht war stockdunkel, und durch das Nachtsichtfernglas war alles gespenstisch grün. Das Lager des Kartells befand sich etwas außerhalb der Sichtweite, rechts hinter der Good-Shepherd-Kirche.

»Ich höre sie kommen«, sagte Antoine. »Gleich geht die Party los.«

Das leise Dröhnen der Motoren hallte in der kühlen Luft wider. Dutzende von Fahrzeugen tauchten in der Ferne hinter Gaults verschanzter Armee auf. Eli erkannte ein paar Bradley-Kampfpanzer, Buffalo MRAPs – geschützte Militärfahrzeuge – und gepanzerte M113-Mannschaftstransporter.

Eines musste Eli Gault lassen: Es war ein einschüchternder Anblick.

»Wartet ab«, sagte Eli zu seinen Männern. »Keiner schießt. Sie sind dabei, in die erste Falle zu gehen.«

Wie jede trainierte Infanterie versuchte das Kartell, seine Fahrzeuge und Männer zu verteilen. Die Frachtfahrzeuge blieben auf der Straße, während sich die geschützten Wagen und Panzer über die Felder verteilten und die Infanterieunterstützung mitzog.

Das machte es schwer, die Maschinen aus der Luft und vom Boden aus mit Panzerabwehrwaffen zu eliminieren, aber Eli hatte einen anderen Plan: Version 2.0 des Geisterstadt-Hinterhalts. Diesmal hatte er Vorkehrungen gegen die Störsender des Kartells getroffen.

Er beobachtete, wie die vorderen Fahrzeuge des Kartells eine unsichtbare Linie durchbrachen und die erste vergrabene Mine auslösten. Eine Kakofonie von Detonationen erschütterte die Luft. Eine nach der anderen gingen die entlang der Straße vergrabenen Minen in die Luft. Die Nacht wurde durch die Wucht der Explosionen erhellt und die Luft bebte.

Drei gepanzerte Wagen gingen in Flammen auf. Verformtes Metall, Erdbrocken und Steine wirbelten durch die Luft. Männer schrien gequält auf. Gestalten stolperten aus den beschädigten Fahrzeugen und krümmten sich im Fallen, während sie von Flammen umhüllt wurden.

Einen Moment lang erstarrten die Kartellscharen. Dann brach ein Tumult aus. Hunderte von feindlichen Soldaten versuchten verzweifelt, umzudrehen, während sie Feuer in die Nacht schossen, um ihren Rückzug zu decken.

»Greift an!«, befahl Eli. »Alle Teams, sofort angreifen!«

Scharfschützenteams links und rechts von Eli eröffneten das Feuer.

Sie legten Gaults Stoßtrupps, die durch das Minenfeld gebremst worden waren, wie Luftballons in einem Schießstand um. Aus Angst, in Deckung zu gehen und versehentlich eine Mine auszulösen, waren die fliehenden Feinde leichte Ziele.

Eli gab Nash ein Zeichen. Nash schoss eine Leuchtrakete mit einem Granatwerfer hoch in die Luft. Die Fackel war an einem Fallschirm befestigt, sodass sie über ihnen schwebte und das Gemetzel und Chaos der Männer beleuchtete, die verzweifelt versuchten, sich aus den Fallen zu befreien, in die sie gelaufen waren.

Doch ihre Gegner wurden schnell schlauer. Sie warfen Rauchgranaten ab, um ihren Rückzug zur Straße zu decken. Doch es war zu spät. Körperteile übersäten das Feld auf beiden Seiten der Straße. Vier Frachtlaster steckten in Schlammlöchern fest, die Eli zu diesem Zweck angelegt hatte. Die meisten der Kartell-Soldaten, die auf dem Feld auf der M28 verteilt waren, lagen im Sterben oder waren tot.

»Sie ziehen sich zurück!«, brüllte Hart.

»Was ist los?«, fragte Antoine über ihr Headset.

Eli runzelte die Stirn. »Die verbliebenen Fahrzeuge und Männer sind knapp außerhalb der Reichweite. Zumindest im Moment. Nicht feuern.«

Die Kartellkämpfer schienen ein paar Minuten lang untätig zu sein, als ob sie ihre Taktik anpassen oder sich mit ihrem Kommandanten besprechen würden. Nach etwa fünfzehn Minuten setzte sich die Kolonne wieder in Bewegung, diesmal geradeaus die Straße entlang, um den potenziellen Minen zu entgehen, die auf beiden Seiten des Highways vergraben waren.

»Sie kommen wieder!«, brüllte Nash.

Eli und Sawyer sahen zu, angespannt und still wie Raubtiere, die auf der Lauer lagen, und hielten sich bedeckt, um dem feindlichen

Angriff auszuweichen. Das gegnerische Feuer zischte über ihre Köpfe hinweg und schlug in den Boden, die Bäume und die verlassenen Gebäude neben der Straße ein.

Ein Bradley-Kampffahrzeug führte den Konvoi an, der vorwärtsrollte und immer näher kam, bis sie fast parallel zu ihren versteckten Kampfpositionen waren.

»JETZT!«, rief Eli in sein Headset.

Mehrere helle Blitze flackerten durch die Dunkelheit. Raketen schossen aus den Rohren, die die Munising-Kämpfer über ihren Schultern hielten. Millisekunden später erschütterten heftige Explosionen den Boden.

Die gepanzerten Fahrzeuge gaben den Geist auf. Schrapnelle durchlöcherten das Innere der Treibstofftanks und der Besatzungsräume. Die Fahrzeuge wurden auseinandergerissen und die Männer in ihren Metallkäfigen lebendig gekocht.

Die Leuchtraketen wurden nicht mehr benötigt, um das Schlachtfeld zu sehen. Die Fahrzeuge brannten hell und die Flammen schossen hoch in den Himmel, während die Munition verbrannte. Männer und Frauen flohen aus mehreren Fahrzeugwracks, während ihre Kleidung in Flammen stand. Der Gestank von Dieselkraftstoff, brennendem Fleisch und Munition verpestete die Luft.

Eli beobachtete, wie sich das Gemetzel entfaltete. Die schreckliche Szene wiederholte sich auf allen Straßen, die in die Stadt führten. Bis jetzt hatte Gault in einem unglaublichen Umfang Männer und Ausrüstung verloren.

Ein Funke der Zufriedenheit flammte in ihm auf. Zum ersten Mal seit Wochen verspürte er einen Anflug von Optimismus. Wenn das Kartell glaubte, es hätte sie schachmatt gesetzt, irrte es sich gewaltig.

Aber das alles hier würde nicht von Dauer sein. Gault würde sich neu formieren und Vergeltung üben. Bis dahin mussten sie woanders sein.

»Beschuss!«, rief Sawyer.

Durch den Rauch und die Dunkelheit tauchten verstohlene Gestalten zwischen zwei brennenden Frachtlastern auf und bewegten sich geduckt und schnell über das offene Gelände. Vier Feinde rannten direkt auf ihren Schützengraben zu. Nash und Hart feuerten unablässig auf sie. Die Feinde kamen immer näher.

Adrenalin schoss durch Elis Adern. Er setzte das Fernglas ab und griff nach seiner Waffe. Der führende Feind sprintete von der anderen Straßenseite auf sie zu – in einer Hand hielt er einen kleinen Gegenstand.

»Granate!« Moreno richtete sein Ziel aus und feuerte mit seinem HK416 auf die Brust des Gegners.

Der Mann strauchelte und fiel um. Die Granate explodierte zwanzig Meter von ihrer Position entfernt. Der Boden unter Elis Füßen bebte. Er drehte den Kopf und öffnete den Mund, um den Druck abzulassen.

Unerschrocken sprinteten drei weitere Feinde auf sie zu. Sawyer feuerte eine schnelle Ladung ab und traf einen der Feinde ins Gesicht, als dessen Gewehr losfeuerte, wobei die Kugeln nur harmlos über ihre Köpfe flogen.

Eli gab mehrere Schüsse ab und schaltete den zweiten Feind aus, aber der dritte schaffte es. Er stürzte sich kopfüber in das Loch, das Gewehr im Anschlag.

Der Angreifer griff Eli mit einem markerschütternden Kriegsschrei an.

Er knallte gegen Elis Brust. Eli schaffte es, den Lauf des Gewehrs zu packen, bevor der Feind schießen konnte.

Beide Männer kippten nach hinten. Als er fiel, gelang es Eli, dem Angreifer die Waffe aus den Händen zu reißen. Er landete mit einem harten Aufprall auf dem Rücken und der Feind stürzte auf ihn.

Eli wurde die Luft aus den Lungen gerissen.

Der Mann war nur wenige Zentimeter von ihm entfernt – eine platt gedrückte Nase und tote schwarze Augen schielten ihn an. Sie rangen ächzend und verschwitzt miteinander, und jeder griff verzweifelt nach einer Waffe, nach irgendetwas, um diesen Kampf zu beenden.

Das Gewicht des Angreifers war erdrückend. Er war stark, gewalttätig und unglaublich schwer. Eli konnte sich nicht weit genug befreien, um seine Waffe zum Einsatz zu bringen. Er konnte immer noch nicht atmen.

Eli bemerkte ein Schimmern von Stahl. Der Feind hatte es geschafft, sein Messer zu lösen. Eli packte das Handgelenk der Hand mit dem Messer und hielt es fest.

Der Angreifer rang darum, seine Hand loszureißen, und war nur wenige Zentimeter davon entfernt, Eli das Messer in die Kehle zu rammen. Er knurrte und drückte die Klinge brutal gegen seinen Adamsapfel.

Das Messer kratzte an Elis Haut. Sie drang tiefer ein. Blut sickerte seine Kehle hinunter. Der Angreifer war schwer, zu schwer. Elis Muskeln spannten sich an. Seine Lunge brannte. Angst schoss durch ihn hindurch. Noch zwei Zentimeter tiefer und er war tot.

Plötzlich schrie der Feind auf. Dann hörte er auf, sich zu bewegen. Das Messer klapperte harmlos zu Boden und sein ganzes Gewicht sank auf Elis Brust. Eli ächzte vor Anstrengung und schob den hundertzehn Kilo schweren Leichnam zur Seite. Seine Brust krampfte. Endlich konnte er wieder atmen.

Sawyer beugte sich über den toten Soldaten und zog sein Messer aus der Niere des Mannes. Von der Klinge tropfte frisches Blut. Er grinste wie eine Katze, die einen Kanarienvogel gefressen hatte. »Ich dachte, du könntest ein wenig Hilfe gebrauchen.«

Eli rappelte sich auf, schmutzig und blutig, aber unverletzt. Er wollte nicht zugeben, dass er Sawyer sein Leben verdankte. Die Worte bissen sich wie Glasscherben in seine Zunge. »Danke, Sawyer.«

Für einen kurzen Moment sahen sich die beiden Männer in die Augen und teilten ihre gemeinsame Angst, die Hektik des Kampfes. Die Menschen kämpften nicht für obskure Ideale oder Politik. Sie kämpften füreinander.

Im Schützengraben des Krieges zählte nur eines: am Leben zu bleiben.

Ein Stöhnen erklang hinter Eli. Er wirbelte herum und hob die Waffe. Moreno lehnte an der Sandsackwand, das Gewehr neben sich auf dem Boden. Seine Hände waren auf seinen linken Oberschenkel gepresst. Hellrotes Blut quoll zwischen seinen Fingern hervor.

Moreno starrte mit fassungslosem Blick zu ihm auf. Seine Augen waren glasig vor Schock. »Ich weiß nicht, was passiert ist. Eben noch habe ich das Arschloch mit der Granate ausgeschaltet, und im nächsten Moment funktioniert mein Bein nicht mehr. Ich spüre es nicht mehr. Ich weiß nicht, ob das gut oder schlecht ist.«

»Gib uns Deckung!«, brüllte Eli Sawyer an, als er sich an Morenos Seite fallen ließ. Er griff nach seinem Erste-Hilfe-Set und holte einen Druckverband heraus. Kugeln flogen um sie herum. Er hielt seinen Kopf gesenkt und versuchte, das sprudelnde Blut zu stoppen. Die Kugel hatte die Oberschenkelarterie getroffen.

Morenos Atemzüge kamen in flachen, keuchenden Stößen. »Ich will nicht sterben.«

»Du wirst nicht sterben. Das werde ich nicht zulassen. Hast du mich verstanden? Nicht mit mir.«

Moreno nickte träge. »Ich ... werde dich ... beim Wort nehmen.«

Innerhalb einer Minute hatte Eli das Tourniquet um seinen Oberschenkel gezogen. Er befahl zwei ihrer Laufburschen, Moreno ins Krankenhaus zu bringen, zusammen mit einem anderen Kämpfer, dem jungen Drew Stewart, der einen Schuss in den Bauch unterhalb seiner Panzerweste erlitten hatte. Es war unwahrscheinlich, dass er es schaffen würde.

»Moreno ist auch ein toter Mann«, sagte Sawyer, nachdem sie evakuiert worden waren. »Das weißt du doch, oder? Ohne die richtige medizinische Versorgung wird er auf dem Operationstisch verbluten.«

»Du kennst ihn nicht. Oder Lena. Lena wird ihn nicht aufgeben. Er wird es schaffen.«

Sawyer zuckte mit den Schultern. »Klar, Mann. Wenn du meinst.«

Eli verdrängte die Sorge um Moreno aus seinem Kopf, ebenso wie Gedanken an Lena und Shiloh, die im Krankenhaus vorerst in Sicherheit waren. Sie würden in Sicherheit bleiben. Eli würde dafür sorgen.

»Feindliche Verstärkung auf dem Weg zu euch, Alpha Team!«, rief einer der Späher in ihr Headset. »An alle Alpha-Einheiten, ein Huey ist auf dem Weg zu euch!«

Mitten im wirbelnden Rauch näherte sich hinter der ersten Welle eine Horde von Fahrzeugen – Dutzende von Pickups und Militärtrucks mit großen Kanonen. Die Infanterie des Kartells war durch die vergrabenen Minen ausgebremst und von dem plötzlichen Gemetzel geschockt worden, aber sie hatte sich bereits erholt und griff erneut an.

Eli nahm das tragbare Funkgerät in die Hand. »An alle Alpha-Einheiten: Abziehen und zum nächsten Standort zurückziehen.«

»Wie geht es weiter?«, fragte Pierce.

»Gault hat Mörser und Drohnen«, sagte Eli. »Er wird sie jeden Moment in Stellung bringen, also sollten wir jetzt loslegen. Zu lange zu bleiben, wäre fatal. Unser zweiter Hinterhalt ist drei Kilometer die Straße runter ...«

Ein schreckliches Geräusch dröhnte über die Kakofonie der Schlacht. Das Blut wich aus Elis Gesicht. Das gleichmäßige *Wopp-Wopp-Wopp* wurde immer lauter, während eine dunkle Silhouette über der Baumgrenze auftauchte und mit jeder Sekunde näher kam.

Die Luftunterstützung des Kartells war da.

Der Huey senkte sich tief über die Baumkronen und flog geradlinig und schnell über ihnen hinweg. Von der offenen Seite des Hubschraubers strömte ein ständiges Trommelfeuer. Das Krachen und Knallen der Schüsse wurde von dem ohrenbetäubenden Dröhnen des M60-Gewehrs übertönt, das die Nacht erhellte. Die donnernden Explosionen vibrierten in ihren Schädeln.

Die Türen des Hubschraubers waren offen, im Inneren befanden sich die Stoßtrupps. Der Schütze eröffnete das Feuer auf die sich zurückziehenden Teams, die sich in die Bäume verstreuten. Lichtstreifen zuckten durch den Himmel. Leuchtspurgeschosse zerfetzten den Boden keine fünfzig Meter östlich von ihrer Position.

Vier von Sawyers Kämpfern waren kauernd und ungeschützt in einem Graben auf der anderen Straßenseite gefangen. Sie zuckten und fielen. Schreie schallten durch die Luft.

»Ich bin getroffen!«, brüllte einer der Männer.

Anstatt eine Schleife zu drehen und sie erneut anzugreifen, flog der Huey vorbei, ohne anzuhalten. Ein zweiter Hubschrauber tauchte über den Bäumen auf, dem ersten dicht auf den Fersen.

Die Helikopter segelten über sie hinweg und steuerten auf das Herz von Munising zu. Sie flogen im Tiefflug mit ausgeschalteten Warn- und Antikollisionslichtern, bevor sie in der Nacht verschwanden. Eli konnte immer noch das deutliche Wummern und das schwere Surren der Rotorblätter wahrnehmen.

Übelkeit breitete sich in seinem Magen aus. Er befürchtete das Schlimmste. Sie mochten vielleicht die aktuelle Schlacht gewinnen, aber sie waren dabei, den gesamten Krieg auf einen Schlag zu verlieren.

»Alpha-Gruppenführer an alle Einheiten!«, rief er. »Es sind zwei Hueys mit Truppen auf dem Weg in die Stadt! Tut alles, um sie auszuschalten.«

»Schnappt euch eure Ausrüstung und rückt ab!«, sagte Nash.

Sawyer befahl seinen Männern, dem Kommando zu folgen. »Wir müssen den Weg verlassen, bevor sie uns flankieren oder überrennen, es sind zu viele. Wir können sie nicht bekämpfen.«

»Was ist mit deinen verletzten Männern?«, fragte Nash. »Mindestens einer ist noch am Leben. Ich kann ihn stöhnen hören.«

»Lass sie«, sagte Pierce. »Sie können nicht kämpfen. Sie nützen uns nichts.«

Ein Army-Ranger würde niemals einen Waffenbruder zurücklassen, aber Pierce war menschlicher Abschaum, den sie vorübergehend brauchten ... und kein Ranger. Eli schwor sich, ihn zu töten, sobald er es wagen konnte.

Eli gab Sawyer und Nash ein Zeichen, die mehrere Rauchgranaten auf die Straße schleuderten, um ihren Rückzug zu verdecken. Die Geschosse zischten über sie hinweg und schlugen in die Baumstämme zu ihrer Linken ein, während sie sich in die Deckung unter den Baumkronen zurückzogen. Sie bewegten sich zügig den Pfad am Anna River entlang.

Etwa vierhundert Meter von ihrer Kampfposition entfernt waren in den Wäldern am M28 mehrere Pferde, Motorräder und Quads versteckt worden, zusammen mit einem Geheimvorrat von Sawyers wertvollsten Waffen.

Eli setzte sich auf sein Quad und winkte Nyx zu, die gerade atemlos und gerötet vor Anstrengung angekommen war. Ihre rechte

Wange war mit Blut verschmiert. »Bring die Stinger-Rakete mit. Ich wette, die werden wir brauchen.«

»Geht klar.«

Als er sich seinen Rucksack auf den Rücken schnallte und den Schlüsselanhänger ins Zündschloss steckte, dachte er an einen Satz, den ein alter Freund einmal gesagt hatte. Der ehemalige Navy Seal hatte es *die Seelen nehmen* genannt, wenn man den Feind so schnell und gründlich besiegte, dass man ihm jede Hoffnung raubte und seinen Willen, weiterzukämpfen, zunichtemachte.

Um die Nacht zu überleben, mussten sie sehr viele Seelen nehmen.

52

ELI POPE

TAG EINHUNDERTVIERUNDSIEBZIG

Eli und sein Team erreichten die Baumgrenze im Norden der Verteidigungslinie und stürmten in die Innenstadt von Munising.

Im grünen Schein der Nachtsichtgeräte wirkte nichts vertraut. Die Stadt seiner Kindheit hatte sich in eine feindliche, fremde Landschaft verwandelt.

»Alpha One, hier ist Charlie Three«, ertönte eine hohe, hektische Stimme. Eli erkannte sie als die von Jason Anders, der zusammen mit Fiona Smith und mehreren Polizeibeamten, darunter Baker und Flores, im Northwoods Inn stationiert war. Auch Underwood hatte sich lieber freiwillig gemeldet, um das Gasthaus zu verteidigen, anstatt ein Team in die Schlacht zu führen. Wenig überraschend.

»Ich höre, Charlie Three«, sagte Eli, während er scharf nach rechts in die Munising Avenue einbog und durch die leeren Straßen der Innenstadt raste. Er fegte an verfallenen Gebäuden vorbei – Cafés, Tankstellen und Touristenläden – und fuhr in Richtung Nordosten zum Gasthaus.

»Zwei Hubschrauber hingen zweihundert Meter nördlich von unserer Position, gerade außerhalb des Zauns, in der Luft. Ein ganzer Haufen übler Typen kam gerade an Seilen herunter und ist auf dem

343

Weg zum Südtor, um in das Gasthaus einzudringen. Ich bin bei Fiona, ich meine, Charlie Two. Was zum Teufel sollen wir tun?«

Eli stellte sich vor, wie sich die feindlichen Soldaten von den Hubschraubern abseilten – wie Spinnen von seidenen Fäden. »Beruhige dich, atme und sag mir, wie viele Feinde es sind. Was siehst du?«

»Vielleicht zwanzig Soldaten oder so. Sie sind schwarz gekleidet und haben Schutzwesten und Brustpanzer, und einige haben Nachtsichtgeräte. Eine Panzerfaust ist gerade losgegangen und hat das Tor getroffen! Beeilt euch!«

Über das Funkgerät ertönten Schüsse, während sich die Zivilisten ein Feuergefecht mit den Söldnern lieferten, die durch den durchbrochenen Zaun stürmten. Der erste Angriff hatte sie nur schwach machen sollen. Der Bodenangriff würde die eigentliche Drecksarbeit werden.

Eli und sein Team waren noch acht Minuten entfernt. Sie würden es niemals rechtzeitig schaffen.

»Schießt ein paar Leuchtraketen in die Luft, Charlie Three«, befahl er. »Nehmt ihnen den Vorteil, den sie mit ihrer Nachtsicht haben. Dann fangt an, sie einen nach dem anderen auszuschalten. Wie wir es trainiert haben.«

»Okay, ich meine, verstanden.« Jason klang verängstigt. Natürlich war er das. Er war ein neunzehnjähriger Junge, der sich verzweifelt gegen seinen schlimmsten Albtraum zur Wehr setzte.

Eli kontaktierte Jackson, der weiter draußen vom Gasthaus stationiert war und den H58 verteidigte. »Echo One, schick ein paar Kämpfer zum Südtor des Northwoods', aber nicht so viele, dass du in anderen Gebieten blind bist.«

»Hier ist Echo One«, sagte Jackson. »Ich habe bereits fünf Männer losgeschickt. Mehr kann ich nicht entbehren, wenn ich die Ostseite der Stadt verteidigen will. Wir kämpfen gegen ein Kontingent von mindestens hundert feindlichen Männern.«

Eli fluchte. »Dann bleib, wo du bist. Wenn die Ostgrenze fällt, wird das Northwoods in wenigen Minuten untergehen. Sie greifen das Gasthaus an, um uns dazu zu bringen, unsere Truppen aus den Kampflöchern entlang der Straße abzuziehen. Halte dich weiter an den Plan.«

Da Jacksons Trupps anderweitig beschäftigt waren, lag es an Eli und seinem kleinen Team, die Northwoods-Bewohner vor dem Abschlachten zu bewahren. Angst lag ihm wie Kupfermünzen auf der Zunge.

Über ihr Headset wies Eli Antoine und Nyx an, sich mit ihm abzusetzen, und befahl Sawyer und Nash, zur nächsten Verteidigungsstellung zu gehen. Eli hasste es, Sawyer auch nur für einen Moment aus den Augen zu lassen, aber die Rettung der Zivilisten war sein wichtigstes Anliegen.

Sie mussten verhindern, dass das Northwoods überrannt wurde. »Bitte beeilt euch!« Jasons panische Stimme war durch den Beschuss mit automatischen Waffen kaum zu hören. »Sie haben drei Hütten in Brand gesteckt und töten jeden, den sie sehen. Fiona hat alle, die nicht kämpfen, in den Weinkeller des Gasthauses geschickt. Andere verstecken sich überall, wo sie können. Einige haben versucht, sich zu ergeben, und wurden mit erhobenen Händen erschossen. Sie schlachten alle ab!«

Eli erstarrte. Auf der einen Seite dankte er Gott, dass Lena und Shiloh im Krankenhaus in Sicherheit waren, aber die Leute im Northwoods Inn waren auch seine Familie. Menschen, denen er geschworen hatte, sie zu beschützen, lagen im Sterben.

»Haltet durch!«, sagte er. »Hilfe ist unterwegs.«

Endlich konnte er durch die dichte Dunkelheit den Stacheldrahtzaun des Northwoods Inns erspähen. Das Südtor war aufgesprengt worden. Mehrere Leichen lagen verstreut um die verlassenen Highway-Barrieren.

Elis Team versteckte sein Transportmittel und bewegte sich auf das Tor zu. Zwei Schläger des Kartells waren zurückgelassen worden, um es zu bewachen. Antoine und Nyx machten kurzen Prozess mit ihnen, bevor sie ihre Freunde alarmieren konnten.

Nachdem sie die Wachen ausgeschaltet hatten, erleichterte Nyx die Leichen um ihre Waffen und zusätzlichen Magazine. Sie trug den großen FIM-92-Stinger-Raketenwerfer auf ihren Schultern.

Es war der einzige, den sie hatten. Sie mussten ihn gut einsetzen.

Sie sammelten sich neben dem zerstörten Tor. Ein paar hundert Meter entfernt ertönte gleichmäßiges Gewehrfeuer. Eli lud taktisch nach, während er das Gebiet überprüfte, das direkt vor ihnen lag, bevor er weiter auf das Grundstück vordrang.

Im Laufschritt und mit abwechselnder Deckung bewegten sie sich von Gebäude zu Gebäude, von Baum zu Baum, und steuerten auf die Blitzlichter des Feuergefechts am Ostende zu.

Einschusslöcher übersäten die Hütten. Stechender Rauch brannte in seinen Nasenlöchern. Überall lagen Leichen: Kämpfer und Zivilisten, Frauen und alte Männer, sogar Kinder.

Wut loderte in ihm auf wie ein Waldbrand. Dafür würde er jedem Kartellmitglied die Kehle aufschlitzen. Sie würden bezahlen, und zwar sehr teuer.

»Lasst uns anfangen, diese Arschlöcher zu erledigen«, sagte Antoine.

»Amen«, antwortete Nyx.

Eli sprach in sein Headset. »Charlie, hier ist Alpha One, Lagebericht.«

Fiona antwortete. »Wir sind siebzig Meter vom Osttor entfernt, in der Nähe der Ziegenställe, und werden gleich flankiert!«

»Wir bewegen uns von den südlichen Hütten aus zu euch, also kontrolliert euer Feuer.«

»Ja, okay«, sagte Fiona keuchend, als ob sie rennen würde. »Beeilt euch, bitte!«

Das Team bewegte sich vorsichtig von Hütte 6A zu 7A, bevor es anhielt. Eli drückte sich flach an die Seite und gab Antoine ein Zeichen, der sich neben ihm aufstellte. Ein dringlicher Impuls durchfuhr ihn, aber ein übereilter Fehler könnte sie alle in den Tod reißen.

Nyx gab ihm ein stummes Zeichen und gestikulierte zu ihrer Rechten. Eli entdeckte eine Gestalt, die halb im Inneren einer der Hütten kauerte – einer von ihnen, kein Kartellkämpfer. Bei näherem Hinsehen erkannte er, dass die Person in der weit offen stehenden Tür zusammengebrochen war.

Eli schlich näher heran und blickte auf den Körper hinunter. Er erkannte Bradley Underwood. Er schien nicht zu atmen. Sein Gesicht war erschlafft und seine Augen waren glasig und starrten ins

Leere. Nyx hockte sich hin und drehte den Körper um – ein halbes Dutzend Löcher klafften in seinem Rücken.

Underwood war für das Haupttor verantwortlich gewesen und hatte seinen Posten verlassen, um sich in einer der Hütten zu verstecken, als das Kartell den Gasthof angegriffen hatte. Underwood war ein Feigling. Feiglinge fanden immer einen Weg, ihre eigene Haut zu retten – außer dieses Mal.

Eli schüttelte den Kopf – das war Karma. Er empfand keine Reue oder Trauer, nicht für diesen Mann. Was ihn betraf, so hatte Underwood bekommen, was er verdient hatte.

Antoine berührte Elis Arm und gab ihm ein Zeichen, weiterzugehen. Eli ließ die Leiche hinter sich, schob sich an der Vorderwand der Hütte vorbei und spähte um die Ecke.

Dreißig Meter zu ihrer Linken standen fünf schwarz gekleidete Feinde in voller Kampfmontur hinter Hütte 8. Vier der Männer waren mit AKs bewaffnet und einer hielt eine Drohnensteuerung in der Hand. Sie bemerkten nicht, dass Elis Team sich von hinten an sie heranschlich.

Antoine bewegte sich in absoluter Stille an der Wand entlang. Einen Augenblick später feuerte er mit dem Heckler-&-Koch-320-Granatwerfer los. Die Granate schlug weniger als einen Meter vor den Feinden auf dem Boden ein. Bevor sie reagieren konnten, explodierte das Geschoss. Weiß glühende Splitter aus verformtem Metall schlugen in Fleisch und Knochen ein.

Sie schrien und kreischten. Eli ging in die Knie und eröffnete das Feuer auf die Menschen, die sich in Todesqualen wanden. Zwei Sekunden später waren sie tot.

Kugeln prasselten aus verschiedenen Richtungen auf sie ein. Eine Panzerfaust fegte durch die Lücke zwischen den Hütten und schlug in der Hütte hinter ihnen ein. Eli und sein Team duckten sich und warfen sich um die Ecke, um der Wucht der Explosion zu entgehen.

»Zwei Hueys im Anflug!«, meldete einer der Späher über Funk. »Wir haben unsere restlichen Panzerfäuste auf sie abgefeuert und sie verfehlt.«

Das hatte Eli erwartet. Trotzdem schnürte sich seine Lunge

zusammen. Er wandte sich an sein Team. »Konzentriert euch auf das, was wir im Moment tun müssen. Wir werden uns um die Hubschrauber kümmern, wenn sie kommen.«

Antoine nickte. »Verstanden, Bruder.«

»Sie jagen uns nicht mehr! Sie entfernen sich!«, schrie Jason in das Funkgerät. »Ich glaube, wir sind in Sicherheit.«

»Okay, bleibt, wo ihr seid, und wartet ...«

»Oh, nein!« Fiona schrie. »Da kommt ein Team um die Ecke ...! Es sind zu viele von ihnen!« Die Übertragung endete mit einem Schrei des Schmerzes oder des Schreckens – oder wahrscheinlich beides.

»Charlie Three!«, rief Eli. »Bitte kommen! Charlie Two! Hört mich jemand?«

Keine Antwort. »Jason! Fiona!«

Stille in den Funkgeräten.

»Wir sind fast bei euch, haltet durch!« Eli gab Antoine ein Zeichen, weiterzugehen. Sie mussten hier weg sein, bevor die Hueys eintrafen.

Antoine gab ihnen Deckung, während sie nach Osten sprinteten und ihre Verfolger mit Schüssen zurücktrieben. Ihre Stiefel platschten im Schlamm am Ufer des Baches. Sie hielten sich am Wasser, bis sie hinter den Tiergehegen herauskamen.

Nachdem sie die Hühnerställe hinter sich gelassen hatten, erreichte Elis Team die Tränkestation – eine Ansammlung von Tausend-Liter-Reservoirs, die auf Holzplattformen aufgestellt worden waren.

Eli sah mehrere verdunkelte Gestalten ausgestreckt auf dem Boden hinter den Wasserspeichern liegen. Sie näherten sich vorsichtig. Elis Magen verkrampfte sich vor Angst.

Er hockte sich hinter die Wasserspeicher, Nyx und Antoine an seiner Seite. Sie waren schwarz gekleidet, ihre Gesichter mit Schmiere geschwärzt, sodass sie in den tiefen Schatten fast unsichtbar waren.

Nyx hielt Wache, während Eli und Antoine sich neben die Körper knieten. Eli tastete an Jason Anders Hals nach einem Puls. Drei Löcher klafften in seinem Brustkorb und ein Schuss hatte seine Kehle durchbohrt.

Seine Haut war noch warm, seine Augen offen und in den leeren Himmel starrend. Da war nichts – kein Puls, kein Atem, kein Lebenszeichen.

Ein paar Meter entfernt untersuchte Antoine Fiona. Nach der dunklen Blutspur zu urteilen, die das Gras befleckte, war sie am Oberschenkel getroffen worden und dann unter das Wasserreservoir gekrochen, während Jason versucht hatte, sie mit seinem Körper zu schützen. Am Ende hatte er tapfer gekämpft, um sie beide am Leben zu erhalten.

Mit seiner freien Hand schloss Antoine sanft Fionas Augen und schüttelte den Kopf. Auch sie hatte es nicht geschafft. Er fluchte leise.

Eli schluckte den Kloß in seinem Hals herunter. Die Schuldgefühle waren erdrückend. Fiona und Jason waren nur Kinder gewesen – mutige, dumme Kinder, die ihr Leben verloren hatten, um ihr Zuhause zu verteidigen. Vor weniger als einer Minute hatte Eli noch mit ihnen gesprochen. Jetzt waren sie tot. Für immer verschwunden.

Das unablässige Sperrfeuer der Waffen verstummte. Nur gelegentlich ertönte ein Schuss in der abrupten Stille. In Elis Ohren klingelte es weit entfernt und blechern, und sein Schädel läutete wie eine Glocke.

»Ich höre die Hubschrauber«, flüsterte Nyx.

Antoine kauerte neben Fionas regloser Gestalt und blickte zum Himmel. Sie hörten das vertraute Brüllen eines herannahenden Monsters. Ohne Scheinwerfer war das mechanische Raubtier nur durch ihre Nachtsichtgeräte auszumachen.

Es war nur eine schwarze Silhouette vor dem schwarzen Himmel, die die Sterne verdeckte, während es näherkam. Der zweite Hubschrauber flog hinter dem ersten her.

Anstatt das Feuer zu eröffnen, die Gebäude zu beschießen oder die verstreuten Zivilisten niederzumähen, schwebte der nächstliegende Huey in der Luft und senkte sich langsam auf den Boden. Das Gras wurde durch den Wind zur Seite geweht.

»Was machen die da?«, fragte Nyx.

Eli gestikulierte über das Feld, wo ein Dutzend verstohlener Gestalten die Schatten auf der linken Seite des Gasthauses verdichteten. Aus diesem Winkel konnte er nicht gut schießen. Es waren zu viele, um sie direkt anzugreifen. Er wünschte sich nichts sehnlicher, als sie alle zu töten.

»Sie holen ihre Männer ab. Ihre Aufgabe war es wahrscheinlich, Kämpfer von den Verteidigungsanlagen entlang der Straßen in die Stadt abzulenken, was ihnen auch gelungen ist. Sie versammeln ihre Killertruppen, bevor sie von einer überwältigenden herkömmlichen Streitmacht gejagt und getötet werden. Das heißt, von uns.«

Antoine brummte enttäuscht. »Verdammt noch mal! Ich hatte mich schon auf ein paar Schießübungen gefreut.«

»Wir sind noch nicht fertig.« Eli warf einen Blick auf die Leichen zu seinen Füßen. Ein dunkler Zorn brannte in ihm. Er kochte vor Wut. »Hast du noch den Stinger, Nyx?«

»Natürlich habe ich den.«

»Dann lass uns ihn sinnvoll einsetzen. Warte, bis der Huey landet. Ich will jedes Arschloch, das unsere Freunde und Familie abgeschlachtet hat, im Hubschrauber haben, bevor wir ihn in die Luft jagen.«

Nyx runzelte die Stirn. »Wird das funktionieren? Kannst du eine Boden-Luft-Rakete für ein Bodenziel einsetzen?«

»Stingers benutzen Infrarotsensoren, um Flugzeuge anzuvisieren. Die Sensoren suchen nach einer Wärmesignatur, die vom Motor des Ziels erzeugt wird. Solange sie nicht die Bodenechos mit dem laufenden Motor durcheinander bringt, ist alles in Ordnung.«

Während Antoine und Eli ihre Umgebung scannten, schnallte Nyx den langen, schweren Gegenstand ab, öffnete den Reißverschluss des Koffers und machte sich an die Arbeit. Sie befestigte die Abschussvorrichtung an der Rakete des Man-Portable-Air-Defense-Systems – ein tragbares Boden-Luft-Flugabwehrraketensystem – und stützte das Rohr gegen ihre Schulter.

Nachdem sie die Sicherung gelöst hatte, erfasste sie das Ziel mit dem Visier und aktivierte den Infrarotsuchkopf der Rakete. Der Erfassungston ertönte. »Ziel erfasst.«

»Warte«, sagte Eli angespannt.

Der Hubschrauber sank hinter dem Gasthaus in der Mitte der

großen Wiese auf den Boden. Seine Rotoren wirbelten Gras und Schmutz auf.

»Bitte um Feuererlaubnis«, sagte Nyx.

»Noch nicht«, sagte er mit leiser Stimme. »Warte.«

Dreizehn Männer stürmten von der Ecke des Gasthauses über das freie Feld auf die geöffnete Tür des Hueys zu. Das waren die Männer, die Jason und Fiona getötet hatten. Eli wusste es ganz genau. Die ersten Feinde erreichten den Hubschrauber und kletterten hinein.

Nyx spannte ihren Kiefer an. Die Rakete war ausgerichtet und hatte ihr Ziel im Visier. Sie warteten, ohne zu atmen, bis der letzte Feind in den Huey gestiegen war.

»Jetzt!«, sagte Eli.

Nyx feuerte. Mit einem gewaltigen Kreischen schoss ein weißer Lichtstreifen aus dem Rohr. Rauch stieg aus dem Zylinder auf. Der drei Kilo schwere Sprengkopf schoss über das Feld. Er traf den Motor des Hubschraubers in der Nähe seines Auspuffs.

Die Wirkung war augenblicklich. Die gewaltige Explosion erschütterte die Nacht. Selbst die Luft schien zu pulsieren. Das schreckliche Geräusch von reißendem Metall kratzte an ihren Trommelfellen. Ein enormer Flammenschwall schlug drei Stockwerke hoch empor.

Männer und Frauen wurden aus dem Hubschrauber geschleudert wie Stoffpuppen, die von einer riesigen unsichtbaren Hand herumgeworfen wurden. Einige Kämpfer schafften es, auf die Beine zu kommen, aber ihre Kleidung brannte, als wären sie menschliche Fackeln. Andere wälzten sich verzweifelt auf dem Boden und schrien, während die Haut von ihren Knochen schmolz.

Der entsetzliche Geruch von brennendem Fleisch erreichte Eli. Es war ein schwacher Trost für das Gemetzel, das diese Monster an Unschuldigen angerichtet hatten. Ihre Feinde hatten es verdient, einen tausendfach qualvolleren Tod zu sterben.

Antoine grinste. Es war ein grässliches Lächeln. »Das muss weh getan haben.«

»Aber nicht annähernd lange genug«, sagte Eli.

Wenigstens waren Jason und Fiona gerächt worden. Das war alles, was er ihnen bieten konnte.

Ein Hubschrauber war zerstört. Ein weiterer fehlte noch.

Und sie hatten keine Raketen mehr. An der südlichen Begrenzung hatte Jim Hart noch ein paar Granatwerfer. Hoffentlich konnte er mit denen irgendetwas ausrichten.

»Ist das das, was ich denke?« Antoine zeigte auf etwas.

Weit im Westen leuchtete ein schwacher Schimmer in der dichten Dunkelheit der Nacht, ein oranges Licht, das am Horizont über den Umrissen der Bäume glühte. »Verdammte Scheiße noch mal!« Nyx fluchte. »Der Wind muss wieder die Richtung geändert haben.«

Das Feuer kam unaufhaltsam näher und wurde durch den Wind des Sees in hellen Aufruhr versetzt. Er erzeugte sein eigenes wirbelndes Wettersystem.

Das Feuer machte keinen Unterschied zwischen Gut und Böse; es würde sie alle verbrennen.

In Elis Hinterkopf keimte eine Idee auf. Sie war wild, verrückt und unglaublich waghalsig. Wenn sie funktionierte, könnte sie vielleicht die Rettung sein.

»Alpha One, wir haben ein Problem«, ertönte Jacksons Stimme in Elis Ohrhörer. »Ich habe gerade den Wagen mit der Bombe gesichtet.«

53

JACKSON CROSS
TAG EINHUNDERTVIERUNDSIEBZIG

»Wie zum Teufel ist der Truck durch die Verteidigungslinie gekommen?«, rief Antoine durch Jacksons Headset.

»Er hat die südliche Barriere des M94 durchbrochen«, sagte Devon. »Er ist zusammen mit zwei anderen gepanzerten Fahrzeugen durch die Barrikade gebrettert. Wir konnten die SUVs außer Gefecht setzen, aber der Pickup ist durchgerutscht.«

»Wohin fährt er?«, fragte Eli über das Funkgerät. »Ich will, dass ihn jemand im Blick hat!«

»Ich sehe ihn von meiner Position auf dem Dach des Supermarkts in der Munising Avenue«, sagte Devon. »Ich habe eine Drohne, die ihm folgt.«

Ein Gefühl der Dringlichkeit schoss durch Jackson. Er lehnte sich an die Sandsackwand und feuerte mehrere Schüsse auf den Lebensmittelladen auf der anderen Straßenseite ab, wo ein Team von feindlichen Kämpfern in Deckung gegangen war.

Der Wind biss ihm in die ungeschützten Wangen und kühlte seinen Nacken unter der Windjacke. Schwere Wolken verdichteten sich über ihm und der Himmel hellte sich allmählich von Schwarz zu Grautönen auf. Die Dämmerung brach über das Kriegsgebiet herein.

Einige hundert Meter vor ihm und zu seiner Linken platzten zwei Motorräder aus dem Rauchschleier. Als sie sich der Verteidigungslinie näherten, änderte Jackson seine Haltung, zielte, während er ausatmete, und feuerte mehrere Schüsse ab. Die Motorräder waren gezwungen, aus seiner Schusslinie zu weichen.

Sie waren noch fünfzig Meter entfernt. Dann dreißig. Er feuerte einen Doppelschuss auf den Oberkörper des nächstgelegenen Motorradfahrers ab. Der Mann zuckte und riss seine Hände in die Luft, als er die Kontrolle über das Motorrad verlor. Die Maschine rutschte zur Seite und prallte gegen den zweiten Fahrer. Beide Motorräder stürzten in den Graben, nur zwanzig Meter von seiner Position entfernt.

Jackson wischte sich mit der Rückseite seines Arms den kalten Schweiß von der Stirn – er wagte es nicht, zu blinzeln. »Wo zum Teufel fährt er hin?«

»Der Wagen mit der Bombe rast auf dem Highway 58 aus der Stadt!«, sagte Devon.

Jackson hielt den Atem an. »Fährt er in Richtung Northwoods Inn?«

»Ich verfolge ihn immer noch mit der Drohne«, sagte Devon. »Nein, er ist nicht auf der Straße geblieben, die zum Gasthaus führt. Er ist links abgebogen und fährt jetzt nach Norden, Richtung ... Besucherzentrum?«

»Nein, sie fahren nicht zum Besucherzentrum«, sagte Eli.

Eine Sekunde lang herrschte betretenes Schweigen, als die schreckliche Erkenntnis eintrat.

»Sie wollen das Krankenhaus sprengen!«, sagte Jackson alarmiert.

Panik überfiel Jackson wie ein tosender Sturm. Sein Mund schmeckte auf einmal nach nassen Papiertüchern. Saurer Schweiß überzog seine Haut. Es gab nur wenige Wachen, die die Rückzugsposition des Krankenhauses schützten.

Das Krankenhaus, die Highschool und das Northwoods Inn waren die wichtigsten Ausweichquartiere. Sie hatten die schwächsten Bewohner in den Gebäuden platziert, die am ehesten einem anhaltenden Beschuss überleben würden – wobei selbst die Gebäude keinem Mörserangriff oder einer Bombe standhalten würden.

»Die spielen das Spiel genau wie die Russen!« Nyx' Stimme

klang aus dieser Entfernung blechern und statisch. Jackson war fast außerhalb der Funkreichweite. »Diese dreckigen Schweine!«

Sie hatte nicht unrecht. Es war ein taktischer Trick der Skrupellosen, der schlimmsten aller Menschen – das Absichtliche Töten von Zivilisten, vor allem der Schwächsten –, um den Feind so zu demoralisieren, dass er kapitulierte.

Luis Gault wollte sie nicht nur besiegen, er wollte sie vernichten, sie komplett auslöschen.

»Wir haben mindestens zweihundert Verwundete im Krankenhaus, darunter auch Kinder und ältere Menschen«, sagte Jackson.

»Lena und Shiloh sind dort«, sagte Eli mit erstickter Stimme, und seine Angst war durch das Rauschen deutlich zu hören. »Ordne die Evakuierung an! Ich bin nicht in Reichweite. Ich kann sie nicht kontaktieren.«

»Verstanden«, sagte Devon. »Ich warne sie sofort.«

Antoine fluchte. »Der Pickup ist weniger als fünf Minuten entfernt. Es ist unmöglich, die Verwundeten rechtzeitig zu evakuieren.«

»Sie können es schaffen und das werden sie auch«, sagte Eli. »Jemand muss den Wagen aufhalten!«

»Ich bin am nächsten dran. Ich werde es tun.« Jackson verließ bereits seine Position hinter dem Sandsack. Er hielt seinen Kopf gesenkt, während um ihn herum Blei zischte und knallte. Asphaltbrocken sprangen gegen seine Schienbeine.

Er nahm den stechenden Schmerz kaum wahr. Er rannte zum nächstgelegenen Pickup, der mit einer SAW ausgerüstet war. Seine Lungen brannten, während er mit aller Kraft sprintete. Seine Beine pumpten und das Blut in seinen Adern war zu Eis gefroren.

»Beeil dich!«, sagte Antoine – die unnötigste Aussage des Jahrhunderts.

Jackson hörte nicht mehr zu. Er winkte den Pickup heran. Ein dünner, pickeliger Junge Anfang zwanzig trat auf die Bremse. Er war zu jung, um zu kämpfen, zu jung, um zu sterben.

Er kurbelte das Fenster herunter. »Ich wollte gerade losfahren ...«

»Steig aus!« Jackson riss die Fahrertür auf und zerrte den Jungen aus dem Wagen. »Hat die SAW Munition?«

»Ja, einen Rucksack und drei Gürtel hinten, aber ich sollte die SAW zur südlichen Begrenzung bringen ...«

»Der Plan hat sich geändert.« Jackson schob sich hinter das Lenkrad, ohne sich die Mühe zu machen, das Gewehr zurechtzurücken, das unangenehm gegen seinen Bauch drückte. Er fuhr, als wäre ihm der Teufel persönlich auf den Fersen.

Er raste den Highway 58 hinauf und der Pickup kippte auf zwei Räder, während er verlassene Fahrzeuge umkurvte. Er raste an mehreren an der Küste gelegenen Hotels vorbei – dem Beach Inn Motel, dem Comfort Inn Lakefront, dem Sunset Motel on the Bay. Alle waren dunkel und still, verlassen und die Heimat von Geistern und Gespenstern.

Er trat das Pedal bis zum Boden durch. Siebzig, achtzig, neunzig Kilometer pro Stunde. Das Fahrgestell unter ihm ratterte und klapperte. Er sah den See, verlassene Gebäude und Bäume in feurigen Herbstfarben vorbeiziehen. Er drückte das Gaspedal noch fester durch.

In einem Wettlauf gegen die Zeit, den er nicht gewinnen konnte, raste er nach Osten, während die Bombe nach Norden fuhr. Die Bombe hatte einen fatalen Vorsprung. Seine Brust fühlte sich an, als ob sie gleich explodieren würde. Er konnte nicht mehr atmen. Er konnte kaum noch spüren, wie seine gefühllosen Hände das Lenkrad umklammerten.

»Nightingale, melde dich!«, rief er Lena über sein Headset zu. »Wenn du mich hören kannst, geh in Deckung! Es gibt eine Bombe! Geht alle in Deckung!«

Ein Stimmengewirr explodierte in seinem Headset. In dem Chaos und der Panik konnte er keine einzelnen Worte verstehen. Es war ein einziges Rauschen in seinem Kopf. Seine Ohren klingelten blechern, sein Mund war trocken.

Er bog nach rechts auf eine Schotterstraße ab und nahm eine Abkürzung zur Washington Street. Er hielt sich links, bis das Munising Memorial Hospital in Sichtweite kam. Obwohl sie Autos und Pickups auf die Straße geschoben hatten, um ihre Rückzugspositionen zu blockieren, war das Gelände hier flach genug, sodass die Kartellfahrzeuge einfach um sie herumfahren konnten – wie Jackson es gerade tat.

Der Wagen holperte über den unebenen Boden. Panisch überprüfte er die Blechkarossen von Hunderten von Fahrzeugen. Auf dem Parkplatz bewegte sich nichts, nur das aufgewirbelte Laub.

Er hatte es geschafft, die Bombe zu überholen – gerade so.

Ihm blieben nur Sekunden zum Handeln. Mit einer Vollbremsung brachte Jackson den Wagen zum Stehen. Die Vorderräder rutschen über den Bordstein, bevor er halb auf dem Gehweg zum Stehen kam. Jackson riss die Fahrertür auf und sprang hinaus auf den grasbewachsenen Randstreifen.

Er schmiss sich auf den Bauch unterhalb der Böschung und stellte sein Gewehr auf, entsicherte es und legte den Finger auf den Abzug. Sein Herz hämmerte gegen seine Rippen und das Adrenalin schoss in die Höhe, während er wartete.

Er brauchte nicht lange zu warten.

Sekunden später dröhnte das Geräusch eines Motors durch die Luft. Der Pickup mit der Bombe bretterte die Straße entlang, direkt auf ihn zu.

54

SHILOH EASTON POPE
TAG EINHUNDERTVIERUNDSIEBZIG

Shiloh lehnte sich über den Operationstisch und drückte ihr ganzes Gewicht auf Morenos blutgetränkte Beine. Sie umklammerte seine Füße, um ihn ruhig zu halten, während er schrie und sich krümmte und versuchte, vor der Quelle seiner Schmerzen zurückzuweichen.

Lena fluchte. »Halt sein Bein fest, damit wir die Verbände anlegen und die Blutung stoppen können.«

»Ich versuche es ja!«, schrie Shiloh.

Das Blut war überall. Es spritzte auf ihr Gesicht, durchtränkte ihre Hände und besprenkelte ihre Lippen. Leuchtend rote Flüssigkeit lief vom OP-Tisch und plätscherte auf den Kachelboden. So viel Blut hatte sie noch nie in ihrem Leben gesehen.

Moreno war in den linken Oberschenkel geschossen worden. Seine Arterie war durchlöchert. Aus ihr flossen Unmengen an Blut. Eli hatte ihm auf dem Schlachtfeld eine Aderpresse angelegt, aber diese hatte entfernt werden müssen, damit sein Gewebe nicht abstarb. Sie mussten die Blutung stoppen, bevor er ohnmächtig wurde oder Schlimmeres passierte.

Bear lag neben dem Narkosegerät in der Ecke. Mit dem Kopf auf den Pfoten und gespitzten Ohren verfolgten seine braunen Augen jede ihrer Bewegungen. Seine Rute klopfte auf den Boden. Gelegentlich gab er ein ängstliches Winseln von sich, als würde er den Ernst der Lage verstehen.

Lenas Funkgerät knisterte. Jacksons Stimme brach immer wieder ab, sodass nur ein Rauschen den Raum erfüllte. »... Gefahr ... alle raus ... Bombe ... auf dem Weg ... Krankenhaus ...«

Dr. Virtanens Gesicht verlor an Farbe. »Hat er gerade gesagt, dass es eine Bombe gibt?«

Lena wirbelte herum und handelte sofort. Sie drückte mit einer Hand ein desinfiziertes Handtuch auf Morenos Wunde und wandte sich an Shiloh. »Kannst du alle warnen? Wir müssen sofort evakuieren. Jeder, der laufen kann, soll durch den Hinterausgang zum Ufer gehen, wo die Boote versteckt sind – so wie wir es geübt haben.«

Dr. Virtanen trat zurück, zog ihre blutigen Handschuhe aus und wischte sich die Hände an ihrem Laborkittel ab. »Ich werde die Krankenschwestern im B-Trakt warnen.«

»Was ist mit Moreno?«, fragte Shiloh, als die Ärztin aus dem Raum schritt.

»Ich kümmere mich um ihn«, sagte Lena. »Geh und hilf allen bei der Evakuierung!«

Morenos Schmerzensschreie hallten in Shilohs Ohren wider. Sie stürmte aus dem Operationssaal in den Flur. Ihr Bärenfellumhang flatterte hinter ihr, während sie rannte – darunter hatte sie ihre Armbrust auf dem Rücken festgeschnallt. An ihrer Hüfte hatte sie ihr Messer und eine Springfield-XDS-Pistole im Holster.

Eli hatte nachgegeben und ihr erlaubt, eine verdammte Waffe zu tragen. Sie konnte ohnehin besser schießen als jeder andere hier. Es lag an ihr, alle zu beschützen.

Shiloh sprintete von Raum zu Raum, von der Kinderstation bis zur Geburtshilfe, und schrie die Leute an, sie sollten ihre Ärsche in Bewegung setzen. In der Notaufnahme wurden die Verletzten behandelt, während in anderen Abteilungen die Leute untergebracht wurden, die zu alt oder zu krank waren, um zu kämpfen. Kleine Kinder kamen mit ihren Mamas oder Papas, Tanten, Onkeln oder Großeltern in die Cafeteria.

»Evakuieren! Jetzt sofort, Leute! Ruhig und geordnet. Los gehts!«

Eine Kakofonie von panischen Fragen prasselte auf sie ein: *Sind wir in Gefahr? Was ist los? Kommt das Kartell hierher? Ist es das Feuer? Sind es die Hubschrauber?*

Shiloh mochte klein sein, aber mit ihrem Bärenfellumhang um die Schultern und der Armbrust wirkte sie ziemlich einschüchternd. »Wer dumme Fragen stellt, bekommt auch dumme Antworten! Geht einfach! Rennt!«

Alle setzten sich hektisch in Bewegung. Freiwillige hievten die Verwundeten auf Bahren und Tragen und schoben sie durch die Gänge zum Hinterausgang.

Shiloh rannte zur Cafeteria. Sie erreichte die Doppeltür und warf einen Blick hinein. Es war ein heilloses Durcheinander. Mindestens hundert Kinder waren in dem großen Raum eingepfercht.

Die Tische waren zur Seite geschoben worden. Schlafsäcke und Decken waren auf dem Kachelboden verteilt. Einige Kinder schliefen und andere spielten Kartenspiele oder arbeiteten an Puzzles. Einige rannten hektisch im Kreis herum. Wieder andere weinten. Die Luft roch nach abgestandenen Keksen, zitronigem Desinfektionsmittel und stinkenden Windeln.

Ein kleiner Junge saß auf einem Stuhl und heulte. Tränen verschmierten seine Wangen und Rotz lief ihm über das Kinn. Er schrie nach seiner Mama, die an der Ostgrenze kämpfte und ihr Leben riskierte, um ihren Sohn und alle anderen zu retten.

Traci Tilton blockierte Shilohs Eintritt in die Cafeteria. Ihre Augen weiteten sich beim Anblick von Shiloh. Sie erholte sich schnell wieder und lächelte angestrengt. »Wie kann ich dir helfen?«

»Du kannst mir verdammt noch mal aus dem Weg gehen.«

Traci wurde blass. Sie machte einen zögerlichen Schritt zurück und hob die Hände zum Zeichen der Kapitulation. »Ich will keinen Ärger. Ich versuche nur zu helfen. Deine Tante hat Keagan das Leben gerettet, selbst nach dem, was ich ihr angetan habe. Ich will das wiedergutmachen ...«

»Ist mir doch egal!« Wut zischte durch ihre Adern und verdrängte für einen Moment ihre Angst. Sie konnte diese lächerliche Frau nicht ertragen. »Ich habe keine Zeit für deine egoistische Mitleidsparty. Falls dus noch nicht gemerkt hast: Wir befinden uns im Krieg. Ich muss die Kinder von hier wegbringen, bevor ...«

Ein lauter Knall ertönte in der näheren Umgebung. Shiloh wirbelte herum. »Was zur Hölle ...?«

55

JACKSON CROSS
TAG EINHUNDERTVIERUNDSIEBZIG

»In Deckung!«, wiederholte Jackson und hoffte, dass sie ihn im Krankenhaus hören konnten. »Da ist eine Bombe!«

Er bekam keine Antwort. Seine Sicht verengte sich. Er konzentrierte sich voll und ganz auf das tödliche Fahrzeug, das auf ihn zuraste. Es war ein weißer Lieferwagen ohne Fenster, die Art, die Handwerker üblicherweise benutzen. Im Laderaum konnte eine Bombe untergebracht werden, die so groß war, dass sie enormen Schaden anrichten konnte.

Das Fahrzeug raste mit fünfzig Kilometern pro Stunde in Richtung des Parkplatzes. Er steuerte auf die Doppeltüren der Notaufnahme zu.

Jackson hatte nur ein kleines Zeitfenster, um zu schießen, wenn der Wagen an ihm vorbeifahren würde.

Er kroch die Böschung hinauf und visierte den Wagen an. Seine Position war alles andere als ideal, aber er schoss trotzdem, wobei er auf die Windschutzscheibe und das Fenster auf der Beifahrerseite zielte.

Seine einzige Chance war es, den Fahrer zu treffen. Er drückte den Abzug wieder und wieder. Das Gewehr ruckte in seinen Händen. Der Schaft rüttelte an seiner Schulter.

Der Van raste an ihm vorbei.

Jacksons Herz sank. Er hatte ihn verfehlt. Jetzt war es zu spät. Er konnte nichts anderes tun, als zuzusehen, wie die unvermeidliche Explosion, das Leid und der Tod ...

Der weiße Wagen kippte wild hin und her. Er schleuderte nach links und wich nur knapp einem geparkten Minivan aus, bevor er nach rechts schwenkte, wobei zwei Reifen abhoben. Er rammte die Seite eines Autos, das nur wenige Meter vom Eingang des Krankenhauses entfernt stand.

Der Van kam gewaltsam und zitternd zum Stehen. Die gesamte Frontpartie verformte sich wie eine Ziehharmonika. Dampf quoll aus der zerstörten Motorhaube.

Eine Millisekunde lang herrschte absolute Stille. Dann explodierte die Bombe.

56

SHILOH EASTON POPE
TAG EINHUNDERTVIERUNDSIEBZIG

Die Wucht der Explosion warf Shiloh von den Füßen. Alles bebte. Die Wände zitterten, die Decke wackelte. Die Tische kippten um und die Stühle klapperten auf den Fliesen.

Schreie und Kreischen zerrissen die Luft.

Der Boden schwankte unter ihr, als würde er sich wie ein großer, klaffender Mund öffnen und sie alle verschlingen. Das ganze Gebäude ächzte. Die Welt schien zur Seite zu kippen. Mit einem dumpfen Poltern stürzte die Wand neben Shiloh ein.

Bevor sie reagieren konnte, traf sie etwas hart in den Rücken. Die Decke über ihr stürzte ein.

57

JACKSON CROSS
TAG EINHUNDERTVIERUNDSIEBZIG

Jackson sah entsetzt zu, wie die Backsteinfassade des Krankenhauses erbebte. Die Türen brachen nach innen auf und die Glasscheiben zersprangen. Scherben prasselten auf den Asphalt. Rauchschwaden quollen aus den zerbrochenen Türen. Der Vordereingang sackte in Zeitlupe in sich zusammen.

Die Explosion schleuderte Ziegelsteine über den Parkplatz, während verformte Plastik- und Metallteile Hunderte von Metern weit flogen und in Autos, Bäume, den Boden und die Straße einschlugen.

Die Schockwelle breitete sich vom Epizentrum der Explosion aus. Dutzende von verlassenen Fahrzeugen auf dem Parkplatz wurden durchgerüttelt und schwankten auf ihren Fahrgestellen.

Jacksons Gehirn vibrierte in seinem Schädel. Er biss sich auf die Zunge. Heißes Blut strömte in seinen Mund. Alles verschwamm und entfernte sich. Seine Sicht schwankte, sein Körper fühlte sich an wie Brei.

Stimmen schrien verzweifelt, entsetzt und panisch durch sein Headset.

Irgendwie schaffte er es, sich aufzurichten und auf die Böschung zu stellen – sein Gewehr in den Händen, die Fingerknöchel weiß.

Die geschwärzte Hülle des Vans, in dem sich die Bombe

365

befunden hatte, war nun kaum mehr irgendetwas anderes als ein Vorbote von Tod und Zerstörung.

Dichter schwarzer Rauch drang aus dem zerstörten Krankenhauseingang. Die vordere Hälfte des Gebäudes war eingestürzt. Teile der Außenwand waren zerbröckelt. Die Fenster waren zersplittert wie abgebrochene Zähne.

Glücklicherweise stand die hintere Hälfte des Gebäudes noch.

Immerhin hatte Jackson es geschafft, den Fahrer zu treffen. Die letzte Tat des Feindes muss die Aktivierung der Waffe gewesen sein. Wäre die Bombe wie beabsichtigt im Krankenhaus explodiert, wäre der Schaden um ein Vielfaches größer gewesen und es hätte nur wenige – oder gar keine – Überlebenden gegeben. Allein die Druckwelle hätte die Lungen der Opfer zerrissen und Fleisch und Knochen sofort schmelzen lassen.

Wenn alle auf die Warnung reagiert und sich weiter ins Gebäude zurückgezogen oder es evakuiert hatten, würde es Überlebende geben.

Es musste Überlebende geben. Er musste nur zu ihnen vordringen.

Heftig hustend bedeckte Jackson seinen Mund mit seinem Shirt und ging auf den Eingang zu. »Ich komme jetzt rein!«, sagte er. »Nightingale – Lena! Kannst du mich hören? Shiloh! Moreno! Kann mich irgendjemand hören?«

»Die Westgrenze der Stadt wurde durchbrochen!«, rief Nash in seinem Headset. »Ich wiederhole: Eine ganze Kompanie feindlicher Soldaten und mindestens acht gepanzerte Fahrzeuge haben die Absperrungen in der Nähe der Highschool überrannt! Team Bravo wurde zum Rückzug gezwungen!«

»Begebt euch zu euren Ausweichpositionen«, befahl Eli über das Headset. »Verteidigt das Krankenhaus.«

»Das können wir nicht! Sie haben uns von zwei Seiten umstellt! Und aus dem Westen kommt der Waldbrand. Das Feuer ist so nah, dass wir die Flammen über den Bäumen sehen können. Der Wind bringt den schlimmsten Teil des Feuers direkt zu uns. Wir sitzen in der Falle, wenn wir nicht rennen.«

»Dann rennt«, sagte Jackson. »Ich lasse mir was einfallen.«

»Die Drohnenaufnahmen zeigen, dass zwei Teams mit je sieben Männern zum Krankenhaus unterwegs sind«, sagte Devon mit Angst in der Stimme. »Wir haben kein QRF-Team in der Nähe, das sie aufhalten könnte. Sie werden alle im Krankenhaus abschlachten!«

Jackson wirbelte herum und taumelte zurück zu dem geliehenen Pickup. Einen Moment lang lehnte er sich vor, die Hände auf den Knien, und atmete mehrmals tief ein, um wieder Sauerstoff in seine krampfenden Lungen zu bekommen.

Wenn sie tot waren, wenn Lena und Shiloh fort waren, würde er nicht mehr mit sich selbst leben können.

»Ist irgendjemand da?«, schrie er in das Funkgerät. »Gibt es Überlebende? Antwortet mir!«

»Ich bin hier«, kam eine schwache, kratzige Stimme. »Wir sind hier.«

Jackson richtete sich auf, wischte sich Erbrochenes aus dem Mund – er konnte sich nicht erinnern, wann er sich übergeben hatte – und hoffte, dass das Klingeln in seinem Kopf bald verschwinden würde. »Lena! Geht es dir gut?«

»Ich glaube schon, aber ...«

»Du musst mir ganz genau zuhören. Das Kartell hat den westlichen Verteidigungsbereich der Stadt durchbrochen. Sie werden in ein paar Minuten hier sein. Hast du das verstanden?«

»Wir haben Verletzte und Tote. Die vordere Hälfte des Gebäudes ist eingestürzt. Die Menschen sind eingeklemmt. Ich ... ich kann Shiloh nicht finden!«

Noch nie hatte er eine solche Angst verspürt. Purer, unverfälschter Horror zerriss seine Eingeweide. »Du musst da raus! Nimm alle mit und evakuiere sie zu den Booten. Flieht nach Grand Island. Ich werde sie aufhalten.«

»Jacks...«

»Los! Tu es!« Jackson stolperte zum Heck des Pickups, wo die SAW M29 montiert war. Mit zitternden Fingern demontierte er das große Geschütz von der Halterung. Er schleppte das mobile Maschinengewehr und die Munitionsgürtel zu der Notfeuerstellung, die sie nördlich des Krankenhausparkplatzes errichtet hatten.

Ein H&K-320-Granatwerfer war an einem Riemen auf der Rückseite des Rucksacks befestigt, der siebzig Kilo Munition für die SAW enthielt. Er würde den Granatwerfer benutzen, wenn die SAW leer war und der Feind versuchte, ihn zu flankieren.

»Ich bringe alle zu den Booten«, sagte Lena. »Ich werde sie rausholen.«

»Finde Shiloh.«

»Das werde ich. Ich schwöre es.«

Jackson kniete hinter der halben Mauer aus gefälltem Holz, die mit Sandsäcken abgestützt war, und machte sich an die Arbeit. Er bewegte sich roboterhaft und effektiv.

Sein einziges Ziel war es, so lange wie möglich weiterzukämpfen. »Ich werde dir ein paar Minuten verschaffen, aber mehr kann ich nicht tun.«

»Jackson, bist du sicher ...«

»Dafür ist keine Zeit! Geh und hol unser Mädchen.«

Ihre Stimme klang wie Stahl. »Ich werde dafür sorgen, dass es nicht umsonst war.«

58

LENA EASTON
TAG EINHUNDERTVIERUNDSIEBZIG

Lena kroch hustend und röchelnd auf Händen und Knien. Der Arzneiwagen war auf die Seite gekippt. Verbände und Skalpelle lagen auf dem Boden verstreut. Maschinen waren umgestürzt. Überall hingen Kabelbäume herum. Die Decke war halb eingefallen, und freiliegende Drähte und Rohre baumelten überall herum. Die Leuchtstoffröhren waren in Stücke gerissen. Und der Rauch. Überall war Rauch, der sie blind machte und erstickte. Er stach ihr in die Kehle, in die Augen und in die Nase.

Sie kämpfte sich auf die Beine und umklammerte den Operationstisch, um nicht umzufallen. Instinktiv untersuchte sie ihren Körper auf Verletzungen. Ein paar Schrapnellsplitter ragten aus ihrem linken Schienbein heraus. Blut sickerte ihr Bein hinunter und sammelte sich in ihrer Socke. Das Adrenalin, das durch ihre Adern floss, überdeckte den Schmerz. Fürs Erste.

Asche regnete auf ihren Kopf herab. Überall lagen Bruchstücke der Trockenmauer herum. Sie blinzelte gegen den Staub in ihren Augen an und schaute sich im Operationssaal um, auf der Suche nach dem Neufundländer.

»Bear!«, krächzte sie. Das Wort kratzte wie Sandpapier in ihrer Kehle. Sie schluckte schwer und versuchte es erneut. »Bear!«

Ein leises Winseln durchbrach das blecherne Summen in ihren

Ohren. Der Neufundländer kauerte in der Ecke neben dem Anästhesiegerät. Er knurrte verängstigt, die Ohren flach an den Schädel gelegt, die Rute gesenkt und die Nackenhaare aufgerichtet.

Lena winkte Bear zu sich. »Komm her, Junge. Komm her.«

Zaghaft kroch er über den Boden und leckte ihr die Hand. Sein Fell war mit Staub und Schmutz verklebt, aber er bewegte sich geschmeidig, ohne zu wimmern. Es ging ihm gut.

Ihre Erleichterung war nur von kurzer Dauer. »Shiloh«, keuchte sie. Dann noch lauter: »Shiloh!«

Sie erhielt keine Antwort. Das ganze Blut schoss ihr in den Kopf. Wo zur Hölle war Shiloh? War sie rechtzeitig rausgekommen? War sie irgendwo unter den Trümmern gefangen, war sie verletzt, bewusstlos oder lag sie im Sterben?

Ein Stöhnen drang durch die Kakofonie der Schreie und das knarrende Ächzen des zerstörten Gebäudes.

Lena schob sich um den Operationstisch herum. Ihre Beine fühlten sich an wie Wackelpudding. In ihren Ohren war ein markantes, blechernes Brummen zu hören. Ihre Sicht wechselte ständig zwischen scharf und verschwommen.

Moreno war vom OP-Tisch gefallen. Er lag in der Fötusstellung auf dem Boden, die Arme über den Kopf geschlagen. Blut überzog den Boden unter seinen Oberschenkeln und bildete eine Pfütze. Große Stücke der Trockenmauer waren auf ihn gefallen.

Ihre größte Sorge galt Shiloh, aber sie war eine Ersthelferin: Sie konnte Moreno nicht zurücklassen. Das Dach könnte jeden Moment auf sie einstürzen. »Los! Komm schon, du musst aufstehen!«

In einer Ecke stand ein Rollstuhl. Lena holte ihn her und schob die Trümmer von Moreno weg. Stöhnend vor Schmerzen hielt Moreno sich an ihren Armen fest, und mit vereinten Kräften schafften sie es, ihn in den Rollstuhl zu setzen. Sie überprüfte das Tourniquet an seinem Oberschenkel. Sie konnten ihn nicht lange dranlassen, sonst würde er sein Bein verlieren, aber das war ein zweitrangiges Problem.

Zuerst mussten sie die nächsten zehn Minuten überleben. Moreno fluchte. »Ich bin absolut nutzlos!«

»Es wird alles gut. Es ist okay.« Lena konnte es selbst nicht glauben. Die Angst kroch die Knochen ihrer Wirbelsäule hinauf. Sie musste Shiloh finden.

Als hätte Moreno ihre Gedanken gelesen, sagte er: »Lass mich zurück.«

»Auf keinen Fall.«

»Ich sage dir, ich bin nur eine Last ...«

»Hältst du jemals die Klappe? Ich werde dich nicht zurücklassen, also hör auf, deinen Atem zu verschwenden.«

Moreno hielt die Klappe. Seine bronzene Haut war kränklich und knochenweiß geworden. Er hatte zu viel Blut verloren, aber darüber konnte Lena sich jetzt keine Gedanken machen. Sie schob ihn im Rollstuhl durch die Trümmer, während Bear dicht an ihrer Seite blieb. Stolpernd kämpfte sie sich aus dem Operationssaal in die Hölle. Die Hälfte des Krankenhauses lag in Schutt und Asche. Die Notaufnahme war vom Rest des Gebäudes abgetrennt worden. Drähte und Rohre und die Knochen des Gebäudes lagen frei wie bei einer makabren Leiche. Der Empfangsbereich in der Nähe des Eingangs war völlig unpassierbar.

Lena machte einen Schritt und schob den Rollstuhl fast über eine Leiche, die ausgestreckt in der Mitte des Korridors lag. Als sie nach unten blickte, rieb sie sich entsetzt die Augen. Ihr Gehirn erkannte nur schemenhaft die Gestalt von Ira Fleetfoot, dem Vater von Theresa Fleetfoot.

Schrapnellsplitter hatten seine Brust und seinen Hals durchbohrt. Er hatte sich im Krankenhaus von seinem Kettensägenunfall erholt. Jetzt würde er sich von gar nichts mehr erholen.

»Lena!«, rief eine ferne Stimme.

Lena sah von dem toten Körper auf. Drei staubbedeckte Gestalten taumelten den Flur entlang auf sie zu. Ein größerer Erwachsener und zwei Kinder. Ana Grady zerrte den kleinen Adam und Keagan Tilton an den Händen. Das Baby, das an ihren Oberkörper geschnallt war, weinte vor Angst.

Tränen, Blut und Schmutz verschmierten ihre Gesichter. Ihre Haare und ihre Kleidung waren grau und farblos.

Keagan hielt ein ramponiertes Taschenbuch in der Hand – das

Buch mit den Witzen, die er mit Ruby ausgetauscht hatte. Ana zog ihn dicht an sich heran, damit er die Leiche nicht sehen konnte, die zu ihren Füßen lag.

»Ich will meine Mami«, wimmerte er.

»Bear und ich werden sie finden«, versprach Lena. »Geh erst einmal mit Mrs. Grady mit. Sie wird auf dich aufpassen, okay?«

Der kleine Junge schniefte unter Tränen, aber er nickte tapfer.

»So ist es brav.« Lena schob den Rollstuhl zu Ana. »Kannst du Moreno nehmen und alle evakuieren, die du finden kannst? Ich muss Shiloh finden.«

»Ich bringe sie zu den Booten.« Ana nahm die Griffe in die Hand. Ein Hustenanfall überkam sie. »Das letzte Mal, als ich sie gesehen habe, war Shiloh auf dem Weg zur Cafeteria, um die Kinder rauszubringen.«

Moreno packte Lenas Unterarm. Seine Hand war feucht. »Geh und hol dein Kind. Wir sehen uns dann auf der anderen Seite.«

Lena nickte knapp. Ana Grady drehte sich um und steuerte mit Moreno im Rollstuhl auf den Ausgang zu. Keagan und Adam klammerten sich an ihre Seite.

Lena sank vor Bear auf die Knie. Der Schutt grub sich in ihre Kniescheiben, aber sie spürte den Schmerz kaum. Sie beugte sich vor und griff in das weiche Fell seines Nackens. Ihre Nase berührte seine Schnauze. Sie schaute ihm tief in seine intelligenten braunen Augen.

Nichts war wichtiger als das hier.

»Finde Shiloh«, sagte sie heiser. »Wir müssen Shiloh finden.«

59

JACKSON CROSS
TAG EINHUNDERTVIERUNDSIEBZIG

D ie Sonne ging über einer Welt auf, die sich durch Feuer und Blut rot gefärbt hatte.

Jacksons Lunge fühlte sich verbrannt an, seine Kehle und seine Nasenlöcher waren trocken. Seine Hände waren steif wie Klauen, während er die SAW bediente. Das penetrante *Bumm-Bumm-Bumm* machte ihn fast taub.

Die Feinde näherten sich, ihre Bewegungen geübt und präzise, während jeder Mann in jedem Trupp einen anderen Winkel abdeckte und sie sich wie eine erfahrene Einheit bewegten. Das waren keine gewöhnlichen Schläger, sondern Berufssoldaten: Russen, Mexikaner, ehemalige Armeeangehörige.

Jackson stützte sich auf seine Ellbogen, atmete aus und beruhigte sich. Er peilte die Vorderseite des Besucherzentrums an, das sich gleich neben dem Notfalleingang des Krankenhauses auf der anderen Seite des Parkplatzes befand.

Er sah eine schemenhafte Bewegung. Ein Feind lugte hervor und zeigte die Hälfte seines Kopfes und Oberkörpers sowie einen Teil seiner Waffe. Jackson atmete langsam aus und drückte den Abzug. Er feuerte innerhalb einer Sekunde mehrere Schüsse ab.

Die Schüsse prallten vom Lauf der AK-47 des Gegners ab, durchschlugen sein Kinn und durchdrangen sein Gehirngewebe.

373

Der Mann zuckte und seine Waffe flog über das Pflaster, bevor er zusammenbrach und sich nicht mehr rührte.

»Ich könnte hier Hilfe gebrauchen!«, sagte Jackson über sein Funkgerät. »Ich bin leicht in der Unterzahl.«

»Wir sind auf dem Weg zu dir«, sagte Eli in sein Ohr. »Es befinden sich zweihundert feindliche Soldaten zwischen uns, aber wir holen dich da raus.«

»Wann immer ihr mal ein Minütchen habt, wäre toll!« Jackson suchte nach dem nächsten Ziel. Und dann dem nächsten. Sie kamen immer näher. Es waren zu viele. Er suchte immer wieder nach einer Lücke, in der er sich durch das Meer von Bösewichten schlagen konnte, aber nichts tat sich auf.

»Ich weiß nicht, wie lange ich sie aufhalten kann. Ich habe nur noch einen Gürtel für die SAW und dann noch drei Magazine für die AR-15 und zwei für meine Pistole.«

»Halt durch!«, sagte Eli.

Er wollte Eli verzweifelt glauben, aber er sah keinen Ausweg. Blei prasselte wie in einem Kugelhagel auf seine Position nieder. Seine Nerven lagen blank. Er zwang sich, kurze, kontrollierte Feuerstöße abzugeben, anstatt blindlings zu schießen.

Nach kurzer Zeit war der Munitionsgurt leer. Sofort tauschte er es gegen einen neuen aus. Jede Box enthielt die Gurte, die die SAW speisten. Sie war eine zuschießende Waffe, wobei die nächste Patrone außerhalb des extrem heißen Laufs lag.

Die Kartellkämpfer nutzten die Feuerpause und verschärften ihren brutalen Angriff. Die Kugeln zischten um ihn herum. Hunderte von verbrauchten Patronenhülsen übersäten den Asphalt.

Er schätzte, dass mindestens zehn feindliche Kämpfer hinter ihren gepanzerten Fahrzeugen hockten, vielleicht fünfzehn oder zwanzig, die alle auf ihn schossen. Das donnernde Feuergefecht war überwältigend. Er hielt seinen Kopf gesenkt und erwiderte den Beschuss mit heftigen Salven seiner Hochleistungsmunition.

Die Kugeln schlugen fünfzehn Zentimeter neben seinem rechten Arm in den Sandsäcken ein. Eine Sekunde später zertrümmerte eine Kugel den dicken Baumstamm zu seiner Linken. Splitter bohrten sich in seine Wange und seinen Hals. Eine weitere Salve von Gewehrschüssen schlug in sein Deckungsloch ein. Mündungsfeuer blitzte aus einem Dutzend Positionen auf.

Die Kugeln trafen den Pickup fünf Meter links von ihm und schlugen Löcher in die breite Seite des Fahrzeugs. Jackson hielt ein wachsames Auge auf die Autos, Gebäude und Bäume. Er schoss auf alles, was sich bewegte.

Trotzdem achtete er darauf, Munition zu sparen. Wenn er so weitermachte, würde sie ihm bald ausgehen. Er saß in der Falle und er wusste es. Er müsste sich eigentlich von Deckung zu Deckung bewegen, damit die Bösewichte ihn nicht flankieren konnten, aber er konnte nirgendwo hin.

Er hätte versuchen können, die Seitenstraße nach Westen hinauf zu fliehen, aber dieser Weg war durch das Feuer versperrt. Westlich des Krankenhauses stiegen dicke schwarze Rauchsäulen auf, die von innen von glühenden Funken beleuchtet wurden. Die Wipfel der Bäume peitschten und schwankten. Ein schreckliches orangefarbenes Glühen versengte den Himmel.

»Das Feuer hat mich fast erreicht!«

»Zehn Minuten!«, sagte Eli über das Funkgerät. »Halte durch!«

Er wusste nicht, ob er zehn Minuten hatte, aber er würde sein Bestes geben. Er gab regelmäßig Updates über das Funkgerät: »Feinde fünfzig Meter südöstlich. Ich sehe ein weiteres Team hundert Meter nördlich, hinter dem Besucherzentrum. Meine Munition geht zur Neige ...«

Irgendetwas stieß ihn hart in den Magen. Er wurde rückwärts auf seinen Hintern geworfen. Eine Sekunde lang saß er da, atmete schwer und wusste nicht, was gerade passiert war. Der Schmerz war wie eine Detonation.

Hatte eine Kugel seine Brustplatte getroffen? Nein, der stechende Schmerz kam von weiter unten. Angst schob sich wie eine Messerklinge zwischen seine Rippen. Das war nicht gut.

Er griff nach dem M320-Granatwerfer, klappte das Visier hoch, zielte und feuerte einen Schuss ab. Die Männer schrien und fluchten, als die Granate explodierte. Er schaltete mindestens zwei feindliche Kämpfer aus und verletzte ein paar weitere.

Bevor er den Seitenverschluss öffnete, um eine weitere Granate einzuwerfen, strich er sich mit der Hand über den Bauch. Panik schoss durch ihn hindurch. Seine Finger fanden das klaffende Loch in seinem Bauch unter den Keramikplatten, zwei Zentimeter unterhalb seines Bauchnabels.

Nässe sickerte unaufhörlich aus der Wunde. Ein kaltes Gefühl machte sich in seiner Brust breit und strahlte durch seine Glieder. Das kleine Stück Blei in ihm musste seinen inneren Organen unglaublichen Schaden zugefügt haben. Er wusste nicht, wie schlimm es war, nur, dass es schlimm war.

Das Adrenalin hielt ihn aufrecht, aber das würde nicht lange anhalten. Er musste durchhalten, bis Eli und seine Leute eintrafen. Durchhalten. Nur noch ein bisschen länger. Einfach durchhalten.

Er spürte bereits, wie die Kraft aus seinem Körper wich. Mit jedem Schlag seines Herzens pulsierte das Blut aus der Wunde. Er biss die Zähne zusammen und zwang sich, die Konzentration zu wahren, um am Leben zu bleiben.

Jackson erblickte eine Bewegung zu seiner Linken. Zwei feindliche Trupps bewegten sich im überschlagenden Einsatz zwischen den Minivans und Geländewagen, die den Krankenhausparkplatz säumten, hin und her.

Sie waren hier, um ihn zu holen.

60

LENA EASTON
TAG EINHUNDERTVIERUNDSIEBZIG

»Finde sie, Bear!«, sagte Lena. »Bitte, Junge, finde unsere Shiloh.« Bear wedelte vor Begeisterung mit der Rute. Sie wussten weder, wo genau sie zuletzt gesehen worden war, noch hatten sie ein Kleidungsstück, das sie vor Kurzem getragen hatte, um Bear bei der Fährtensuche zu helfen.

Aber Bear war unglaublich schlau; er verstand instinktiv, was sie von ihm wollte. Der Hund verstand, dass etwas Schreckliches passiert war und immer noch passierte und dass ihr Mädchen nicht bei ihnen war. Bear würde nicht aufhören, bis er sie gefunden hatte.

Der Neufundländer hob seine Schnauze, schwang seinen großen Kopf hin und her, richtete die Rute hinter sich auf und schnüffelte, auf der Suche nach Shilohs Geruch. Er trabte den Korridor entlang, vorbei an der Kinderstation in Richtung Cafeteria, ohne Rücksicht auf sein eigenes Überleben.

Sie humpelte hinter ihm her und keuchte bei dem stechenden Schmerz in ihrem Schienbein. Sie wollte das Stück Schrapnell nicht herausziehen, um nicht noch mehr Schaden anzurichten oder die Blutung zu verstärken.

Aber das war nicht wichtig. In diesem Moment war nichts wichtiger, als Shiloh zu finden. Sie konnte das Kartell nicht vernichten, aber das hier konnte sie tun: die Verlorene finden.

Lena und Bear waren dafür wie geschaffen.

Mehrere Leute kamen auf sie zugelaufen, allen voran Ruby. Das Mädchen half Fred Combs, der seinen Arm um seine Frau gelegt hatte. Ihre Gesichter waren bis auf das Weiße ihrer Augen mit Ruß bedeckt.

Sie hatten eine Frau bei sich – Miriam – und zwei Kinder, die Lena nicht kannte. Miriam hielt ein gebrochenes Handgelenk gegen ihre Brust. Oberflächliche Schnitte überzogen ihre Arme. Das jüngere Kind weinte hysterisch. Das ältere Kind starrte ohne zu blinzeln vor sich hin, seine Gesichtszüge vor Angst wie eingefroren.

Zwei weitere Überlebende kamen aus einem der Krankenzimmer: eine Frau mittleren Alters, deren Gesicht blutverschmiert war, hielt ein Kleinkind im Arm, gefolgt von zwei älteren Männern mit ähnlichen Verletzungen.

»Was sollen wir tun?«, fragte Ruby verängstigt.

Ein lauter Schuss ertönte in der Nähe. Alle erstarrten. Das Rattern der Waffen dröhnte irgendwo außerhalb des Krankenhauses. Es war nah – zu nah.

Auf Lenas Armen bildete sich eine Gänsehaut. »Evakuiert zu den Booten. Sofort!«

Ruby zögerte, als wäre sie hin- und hergerissen zwischen ihrer Treue zu ihrer Freundin und der Flucht um ihr Leben. »Was ist mit Shiloh?«

»Ich werde sie finden. Geh einfach! Hilf ihnen. Du musst diese Menschen retten. Verstehst du das?«

Ruby nickte. Sie schnappte sich Fred Combs Arm und zog ihn zum Ausgang. Alle setzten sich rennend und schreiend in Bewegung. Ruby gab Anweisungen und sorgte dafür, dass die Gruppe zusammenblieb, während sie flohen.

Es würde ihnen gut gehen; Ruby würde sie rausbringen.

Lena drängelte sich durch die Menge und watete tiefer in die Trümmer des Krankenhauses. Ein gequältes, knarrendes Ächzen umgab sie. Das zerstörte Gebäude wirkte wie ein Lebewesen, das in Todesangst stöhnte.

Bear bewegte sich zwischen den Ruinen, schnüffelte hier und da, huschte über Schutt und bröckelnde Trockenmauern. Ein Teil des

Daches war eingestürzt. Dichter, giftiger Staub wirbelte durch die trüben, orangefarbenen Sonnenstrahlen, die durch das klaffende Loch in der Decke fielen. Mehrere Leichen lagen in den Trümmern verstreut.

Es war ein apokalyptisches Szenario aus ihren schlimmsten Albträumen. Lena blinzelte gegen den Rauch und die Asche an und folgte Bears Spur.

Sie kletterte vorsichtig über gesplittertes Holz, kaputte Ziegelsteine und Betonblöcke. Sie achtete auf jeden Schritt und war sich gleichzeitig bewusst, dass Shiloh eventuell nur noch Minuten oder Sekunden zu leben hatte. Die Zeit drängte.

Mit einem lauten Bellen stürzte Bear nach vorn. Er sprang über die Trümmer und zwängte sich durch einen Spalt, wo ein Teil der Mauer in sich zusammengebrochen war.

Er schlug Alarm. Bear wedelte eifrig mit der Rute, scharrte mit den Pfoten in der Lücke und gab erneut ein verzweifeltes Bellen von sich.

Lenas Herz blieb ihr im Hals stecken. Mit einem mulmigen Gefühl kramte sie ihre Taschenlampe aus der Tasche, klemmte sie zwischen die Zähne und fing an zu graben.

Normalerweise würden an dieser Stelle Feuerwehrleute eintreffen und sie ablösen. Sie würden die gefährliche Aufgabe übernehmen, den Überlebenden aus den Tonnen von Schutt zu befreien. Aber hier war niemand außer Lena. Selbst wenn das Dach nicht auf sie einstürzte, konnte Jackson das Kartell nur eine bestimmte Zeit lang aufhalten.

Allmählich wurde sie auf ein leises Dröhnen aufmerksam – es hörte sich an wie das Brüllen einer Bestie, wie ein Löwe. Aber es war kein Löwe. Es war etwas viel Schlimmeres.

Sie mussten hier raus.

Sie kniete sich hin und schob Schutthaufen, Metallreste, Plastikmüll und Teile der Trockenmauer beiseite. Ihre Fingernägel splitterten. Ihre Hände waren zerkratzt und bluteten.

Sie hatte keine Ahnung, wie viel Zeit vergangen war. Sekunden? Minuten?

Irgendwann griff sie in die Tiefe und tastete mit ihrer Hand umher. Ihre Finger berührten etwas Warmes und Weiches. Ein menschlicher Körper.

Bear wackelte vor Freude mit dem ganzen Oberkörper. Er bellte laut, als wolle er sagen: *Halte durch, wir kommen!*

Der Körper bewegte sich nicht. Die Person lag zusammengerollt auf der Seite, ihre Kleidung voller Schmutz und Staub. Lena konnte kein einziges Merkmal erkennen und auch nicht, ob die Person lebendig oder tot war.

»Wir sind hier. Ich bin bei dir«, murmelte sie um die Taschenlampe herum.

Sie schob einen Betonbrocken beiseite, dann noch einen und noch einen. Ihre Muskeln pochten vor Anstrengung. Noch einmal griff sie nach unten, packte die Person unter den Achseln und zog sie aus dem Loch heraus.

Der Brustkorb der Person hob und senkte sich nicht. Sie bewegte sich nicht, atmete nicht. Kein Anzeichen von Leben. Blut verfilzte die Haare der Person, und verdreckten sie so sehr, dass man die Farbe zunächst nicht erkennen konnte. Doch dann ... Die Haare waren blond und gelockt. Die Person war größer als ihre Nichte.

Es war nicht Shiloh.

Es war Traci Tilton.

Ein Speer aus Betonstahl hatte ihre Brust durchbohrt und ihre Rippen und ihr Herz aufgespießt. Ihre Haut war grau. Sie war tot. Wahrscheinlich war sie schon wenige Augenblicke nach dem Aufprall gestorben.

Erleichterung durchflutete Lenas ganzen Körper, gefolgt von einer Welle von Schuldgefühlen und Trauer darüber, dass Traci tot war. Aber sie konnte ihre Freude darüber, dass es nicht Shiloh war, nicht unterdrücken.

Bear tanzte mit wedelnder Rute um den Rand des Lochs. Er schnupperte an Lenas Schulter und winselte aufgeregt.

In der Grube stöhnte etwas.

Bear bellte noch lauter und buddelte mit seinen Pfoten am Rand des Lochs, während er seine Schnauze tief in die Öffnung stieß. Lena bückte sich und riss eine Platte der Trockenmauer beiseite.

Unter den Trümmern lag eine zweite Gestalt. Sie war klein und zusammengerollt und hatte die Arme über dem Kopf zusammenge-schlagen. Die Gestalt hob ihr Kinn an und stöhnte.

»Shiloh!«, rief Lena.

Das Mädchen war von Kopf bis Fuß mit Schmutz bedeckt. Ihre Haare waren mit Staub überzogen. Ihr Gesicht war mit Blut verschmiert. Ihr Brustkorb hob sich unter heftigen Atemzügen und ihre Augen waren trüb vor Schreck.

Behutsam zog Lena Shiloh aus der Spalte. Sie überprüfte ihre Vitalwerte: Ihr Puls lag bei 110 Schlägen pro Minute, ihre Atemfrequenz war leicht erhöht und lag knapp über zwanzig Atemzügen pro Minute. Glücklicherweise fühlte sich ihre Haut warm an und war nicht klamm.

Außer einer Handvoll oberflächlicher Schnitte und Schürfwunden konnte Lena keine ernsthaften Verletzungen feststellen, aber vielleicht gab es tiefere, die sie nicht sehen konnte. Ihre Werte wiesen darauf hin, dass sie wahrscheinlich keinen inneren Blutverlust erlitten hatte.

Ihr Mund bewegte sich. Lena musste sich nach vorn lehnen, um ihre Worte zu verstehen. »*Berlin, Bayern, Niedersachsen, Baden-Württemberg ...*«

»Es ist alles in Ordnung, Schatz«, sagte sie. »Atme, Süße. Atme einfach.«

Allmählich beruhigte sich Shilohs zuckende Brust. Ihr Keuchen wurde zu gleichmäßigen, flachen Atemzügen.

Lena klopfte ihr auf den Rücken. »Du bist am Leben. Es geht dir gut.«

Shilohs Blick fiel auf den Körper neben ihr. »Traci ... Ist sie ...?«

»Sie ist tot.«

Shilohs Augen weiteten sich. »Traci ... sie hat sich auf mich geworfen, als die Wände eingestürzt sind. Die Decke brach über uns zusammen. Sie hat ihren Körper um meinen gewickelt und das meiste abbekommen. Sie ist an meiner Stelle gestorben. Warum? Warum hat sie das getan?«

Mit Tränen in den Augen starrte Lena entsetzt auf den Körper der Frau, von der sie in Sykes' Falle gelockt worden war. Dieselbe Frau, die nun ihr Leben für das von Shiloh geopfert hatte. Sie hatte sowohl das Schlimmste als auch das Beste getan. Im Tod hatte sie sich selbst reingewaschen.

»Vielleicht um zu beweisen, dass sie immer noch ein Mensch ist«, sagte Lena, »dass sie mehr ist als nur ihr schlimmster Fehler.«

Shiloh gab einen erstickten Laut des Unglaubens von sich und schüttelte den Kopf, als könne sie das Geschenk, das Traci ihr gemacht hatte, nicht annehmen. Tja, sie hatte keine Wahl. Lena nahm es stellvertretend für sie an.

Lena wünschte sich nichts sehnlicher, als Shiloh in die Arme zu schließen und sie nicht mehr loszulassen. Sie wollte sie knuddeln und jeden Zentimeter ihres Gesichts küssen, während sie protestierend die Augen verdrehte.

Aber es war keine Zeit für etwas anderes als das Überleben. »Wir müssen gehen.«

Bear schnupperte an Shilohs Gesicht, leckte ihre schmutzigen Tränen ab und schnaufte begeistert, um sie zu begrüßen. Sie schlang ihre Arme um seinen massigen Oberkörper und klammerte sich an ihn. »Ich dachte, ich würde sterben.«

»Du wirst nicht sterben, nicht heute. Komm schon.«

Shiloh schaute fassungslos und entsetzt auf Traci herab. »Wir können sie nicht einfach zurücklassen.«

»Wir kommen später wieder, versprochen.«

»Was ist mit ihrem Sohn?«

»Ana Grady hat ihn. Er ist in Sicherheit. Wir müssen uns um uns selbst kümmern.« Sie ergriff Shilohs schmutzige Hand.

»Die Explosion ...«

»Eine Art Bombe. Das Kartell ist auf dem Weg. Alle anderen sind auf die Boote in Richtung Grand Island evakuiert worden. Kannst du gehen oder rennen? Wir müssen rennen.«

Shiloh richtete sich vorsichtig auf. Obwohl ihre Beine durch den Schock zitterten, hielten sie ihr Gewicht. Bear drückte sich an ihren Oberschenkel, und sie lehnte sich an seine Seite, um sich abzustützen. Während sie eine Staubwolke aus ihrem Gesicht wedelte, funkelten ihre Augen wie glühende Kohlestücke.

Lena zerrte an ihrem Arm. »Komm jetzt!«

Shiloh wehrte sich. »Was ist mit Jackson?«

61

JACKSON CROSS
TAG EINHUNDERTVIERUNDSIEBZIG

Jackson verlor das Gefühl für die Zeit. Sein ganzer Körper pulsierte durch die Qualen, die durch sein Inneres zogen. Es fühlte sich an, als wäre er von einer Bestie mit rasiermesserscharfen Klauen ausgeweidet worden.

Nach einigen Minuten intensiven Kampfes wurde die Schießerei abrupt unterbrochen. Er drehte seinen Hals und suchte verzweifelt nach dem Sturmtrupp, der seine Position stürmen würde, während die anderen Kämpfer das Feuer eröffneten. Es kam keiner.

Eine unnatürliche Stille war über das Krankenhausgelände hereingebrochen. Keiner bewegte sich. Es fielen keine Schüsse. Das unheimliche Geräusch des Feuers wurde lauter – es zischte und fauchte, als wäre es lebendig.

Die Hitze des Feuers leckte an seinem Nacken. Eine massive Feuerwand bewegte sich unaufhaltsam auf ihn zu. Sie war unerbittlich, unangreifbar, unausweichlich. Das Knacken und Knistern der Flammen im Wind wurde lauter und lauter – eine Symphonie der Zerstörung.

Jackson blinzelte, wischte sich den Schweiß aus den Augen und zwang sich, seinen nächsten Schritt zu bedenken. Er musste sich die bösen Jungs vom Leib halten und gleichzeitig versuchen, die Blutung seiner Wunde zu stoppen.

Mit zittriger Hand zog er einen Druckverband aus dem Erste-Hilfe-Set, das auf Elis Drängen hin jeder in seiner Kampfweste mit sich führen musste. Jacksons Handflächen waren feucht auf seiner nackten Haut. Er zerrte sein Uniformhemd hoch und drückte den Verband mit einem Zusammenzucken auf das aufgerissene Loch in seinem Bauch.

Sein Herz schlug flatternd gegen seine Rippen. Ihm war kalt, so kalt. Die Gedanken, die in seinem Schädel herumschwirrten, waren langsam und schwerfällig. Seine Bewegungen waren träge.

Er hatte den letzten Gurt mit Munition für die SAW verbraucht. Er hatte auch die Ersatzmagazine für seine Pistole und sein Gewehr aufgebraucht. Er war komplett blank.

»Halte noch ein bisschen durch!«, sagte Eli über das Funkgerät. »Fünf Minuten.«

»Sind unsere Leute aus dem Krankenhaus rausgekommen? Haben sie es geschafft?«

»Ich habe von Moreno gehört«, sagte Eli. »Fast alle sind raus. Lena sucht noch nach Shiloh, aber alle anderen haben es schon geschafft. Du hast sie gerettet.«

Ein Gefühl von unerträglicher Leichtigkeit breitete sich in seiner Brust aus. Er atmete zum ersten Mal seit gefühlten Stunden wieder aus. Lena und Shiloh würden es auch schaffen. Sie waren zu stark und zu mutig, um jetzt zu versagen.

Er musste ihnen mehr Zeit verschaffen.

Mit einer Hand griff er nach unten und berührte die Stelle tief unten an seinem Bauch. Er sog den Atem ein, der Schmerz fühlte sich an wie ein glühender Schürhaken. Der Verband war durchnässt. Seine Hand kam glitschig und rot zurück. Er runzelte die Stirn und starrte auf das Blut. Da war so viel davon.

»Wie sieht es mit der Munition aus?«, fragte Eli.

»Ich habe keine mehr«, sagte er.

Kaum unterdrückte Panik schwang in Elis Stimme mit. »Wir kommen zu dir, Bruder. Wir kommen.«

Jackson spürte, wie der Sand aus seiner Sanduhr rann. Es gab tausend Dinge, die er sagen wollte, aber er hatte keine Zeit, sie auszusprechen. Vielleicht war noch Zeit für eine Sache. Eine letzte Sache.

»Devon«, sagte er in sein Headset, ohne sich um ein Rufzeichen zu kümmern, und hoffte inständig, dass er nicht außer Reichweite war. Es war ihm egal, wer ihn sonst noch über den Funk hören konnte. Er interessierte sich nicht mehr für unwichtige Dinge.

»Ich bin hier«, sagte sie.

»Die Antwort ist ja«, sagte er. »Ich würde gerne sehen, wohin das mit uns führt. Ich bin bereit. Ich habe viel zu lange gebraucht, um zu sehen, was direkt vor mir steht, aber jetzt sehe ich es. Ich sehe dich.«

Ein kurzer Moment des Zögerns. »Bittest du mich etwa um ein Date, Jackson Cross?«

»Nur, wenn du Ja sagst.«

»Ja!«, sagte sie fröhlich. »Tausendmal ja.«

»Das ist alles, was ich hören wollte.«

Das Sprechen fiel ihm immer schwerer. Kalter Schweiß rann ihm über die Stirn. Seine Muskeln brannten vor Erschöpfung. Er war müde, so müde, und alles tat ihm weh. Der Schmerz war wie ein Hammer, der auf sein Becken einschlug, durch seinen Oberkörper strahlte und seine Rippen zertrümmerte.

Aus dem Augenwinkel heraus bewegte sich etwas. Da wusste er, dass er keine fünf Minuten mehr hatte. Er hatte nicht mal mehr fünf Sekunden.

Vor ihm tauchten zwei Gestalten durch die dicke Rauchwand auf. Ihre Konturen leuchteten im Gegenlicht der lodernden Flammen, die auf sie alle zurasten. Die Gestalten schritten zwischen den von Kugeln durchlöcherten Minivans hindurch und näherten sich vorsichtig. Beide hielten ihre HK417-Gewehre in der Hand, wobei der eine nach links und der andere nach rechts schwenkte.

Sie trugen schwarze Tarnkleidung, Brustpanzer und Kampfgürtel. Schwarze Schmiere bedeckte ihre Gesichter, aber er erkannte sie. Er kannte die selbstbewusste Haltung der Schultern, den arroganten Schritt – die Art, wie sie sich bewegten, als gehöre ihnen die Welt.

Wie könnte er sie auch nicht erkennen? Sie waren sein Fleisch und Blut, seine Knochen. Seine einzige Familie. Und seine Todfeinde.

Er zwang sich zu einem bittersüßen Lächeln. »Ich muss gehen. Ich habe Besuch.«

Er schreckte nicht vor der Wahrheit zurück, die ihm ins Gesicht starrte. Es würde kein Happy End geben. Keine Retter, die den Feind im letzten Moment in die Luft sprengen, keine Helden, die den Tag retten würden. Es gab nur ihn.

So sollte es also enden.

Er hatte sein Leben damit verbracht, zu glauben, er sei eine Macht des Guten, und doch hatte er schreckliche Taten begangen. Er hatte einem unschuldigen Mann etwas angehängt und ihn ins Gefängnis gebracht. Er hatte seine Schwester ermordet. Ob gerechtfertigt oder nicht, er hatte diese schrecklichen Dinge getan. Er hatte versucht, die Dunkelheit in sich zu bändigen, aber er wusste nicht, ob es ihm gelungen war.

Jetzt, hier am Ende der Welt, konnte er diese eine Sache tun.

Diese eine letzte gute Sache. Vielleicht das Beste, was er je getan hatte.

Er würde seinen Widerstand leisten, während die Menschen, die er liebte, entkamen. Lilys Familie würde leben. Das war das Wichtigste.

»Jackson.« Elis Stimme war laut und fest in seinem Ohr. »Du musst da raus, und zwar sofort!«

»Das kann ich nicht.«

»Jackson ...«

»Horatio ist hier. Mein Vater und mein Bruder sind hier. Es gibt niemanden außer mir, der sie aufhalten kann. Ich muss es tun. Sag Lena und Shiloh, dass ich sie liebe.«

»Jackson, warte ...!«

Er konnte nicht mehr warten. Es war an der Zeit, die Sache zu beenden.

Jackson schaltete sein Funkgerät aus. Er zog einen kleinen Gegenstand aus seinem Brustgurt, ballte seine Faust darum und hielt ihn tief an seine Seite. Eli hatte ihn an diesem Morgen in seine Hand gedrückt. Er hatte ihn für so etwas aufbewahrt. Das war der Moment. Er wartete.

»Jackson!«, rief sein Vater. »Ich weiß, dass du es bist! Nicht schießen!«

Jackson wich von der leeren SAW zurück, sank auf seine Fersen und ließ seine nutzlose Pistole auf den Boden vor seinen Knien fallen. Blutspritzer färbten den Boden unter ihm dunkel.

Er weigerte sich, die Hände zu heben und sich zu ergeben. Er würde sich niemals ergeben, nicht vor ihnen.

Horatio umrundete die Sandsackwand als Erster, wobei sein Gewehr auf Jacksons Brust gerichtet war. Garrett folgte seinem Vater. Er stellte sich mit festem Stand und selbstgefälliger Miene hin. Seine Augen brannten vor Hass. Sie waren wütend, verbittert und auf der Suche nach Rache. Sie hatten sie gefunden.

»Es ist schade, dass es so weit gekommen ist«, sagte Horatio. »Du hättest auf der Gewinnerseite stehen können. Du hättest heute Abend mit uns Steak und Wein speisen können. Stattdessen stirbst du winselnd in deinem eigenen Dreck. Wir werden deinen Kadaver im Feuer zu Asche verbrennen lassen.«

»Fahr zur Hölle«, sagte Jackson.

»Gault hat gesagt, dass ich es sein soll, der dich erledigt.« Garrett starrte ihn mit einem Ausdruck puren Abscheus an. »Du bist mein Bruder. Du bist schon immer mein Bruder gewesen. Blut für Blut.«

»Ja«, sagte Jackson. »Du hast recht. Blut für Blut.« Garrett hob sein Gewehr.

Jackson löste den Stift der Granate.

Das Gesicht seines Bruders war für einen kurzen Moment von Schock gezeichnet. Die Züge seines Vaters verzerrten sich in mörderischer Empörung, als ihm die schreckliche Erkenntnis kam. Er hob seine Waffe an. Es war die letzte Bewegung, die er je machen würde.

Das Ziehen des Bolzens löste den Zünder in der Granate nicht aus, da er nur eine Sicherheitsvorrichtung war. Aber das Loslassen des Hebels – der gerundete Griff an der Seite – brachte die Party in Gang.

Er spürte, wie er schwächer wurde. Er war noch nicht zu weit weg, um zu tun, was getan werden musste. Jackson ließ den Hebel los. Er warf die scharfe Granate auf seinen Bruder und seinen Vater.

Sein letzter Gedanke galt nicht Lily, sondern Devon, die ihn anlächelte, ihm zuwinkte und ihn aufforderte, mir ihr in eine neue Welt zu gehen – eine Welt, in der er neu anfangen konnte. Vor seinem geistigen Auge nahm er sie in seine Arme.

Ein grelles Licht blitzte auf. Dann wurde alles dunkel.

62

LENA EASTON
TAG EINHUNDERTVIERUNDSIEBZIG

Lena packte Shiloh am Arm und zerrte sie aus der Cafeteria und den Korridor entlang in Richtung des Ausgangsschildes. Das Krankenhaus ächzte, knackte und knarzte. Das Gebäude

konnte jeden Moment in sich zusammenfallen.

»Jackson«, keuchte Shiloh. »Er kämpft für uns gegen sie …«

Lena zog sie fester an sich. »Wir müssen weg!«

Shiloh stemmte ihre Füße in den Boden. »Warte, wir müssen zurück zu ihm. Er ist ganz allein …«

»Wir werden nicht zu ihm gehen. Wir werden ihn auf Grand Island wiedertreffen.«

»NEIN! Das ist nicht richtig.« Shiloh wehrte sich gegen Lena und versuchte, ihren Arm aus Lenas Griff zu reißen. Sie stand unter Schock. Sie konnte nicht klar denken. »Er braucht unsere Hilfe …«

»Wir können ihm nicht helfen!«, schrie Lena.

Der Kummer, den sie bisher zurückgehalten hatte, drohte, sie zu überwältigen. Wenn das geschähe, wäre sie wertlos. Sie durfte nicht darüber nachdenken, sie durfte es nicht fühlen. Instinktiv kannte sie die Wahrheit in einem tiefen, urtümlichen Teil ihres Gehirns: Jackson war tot.

Er hatte einen letzten Versuch unternommen, sie zu retten. Er hatte es nicht einmal laut aussprechen müssen. Sie hatte gewusst, was er tat – was er tun würde.

Und sie hatte es ihn tun lassen.

Ihr bester Freund war tot oder so gut wie tot, und sie konnte nichts anderes tun, als weiterzugehen und einen Fuß vor den anderen zu setzen, um sich selbst, ihren Hund und ihre Nichte lebend aus diesem Höllenloch zu bringen.

Shiloh blieb mitten im Lauf stehen. Bear wäre ihr fast von hinten gegen die Beine gerannt. Er hechelte mit aufgestellten Nackenhaaren und knurrte bei jedem Poltern und Krachen. Überall um sie herum zerbrach etwas, stürzte um und brach ein.

»Wir müssen ihm helfen!« Shiloh wirbelte herum, riss sich aus Lenas Griff los und wollte durch das einstürzende Krankenhaus zurückstürmen, als könnte sie Jackson Cross im Alleingang und mit nichts als einer Armbrust vor einer Armee von Mördern retten.

Lena packte das Mädchen an den Schultern. »Shiloh! Hör mir zu. Jackson ist tot. Er ist tot, verstehst du? Wir können ihm nicht mehr helfen. Wir können nur uns selbst helfen.«

Shiloh starrte sie an. »Du täuschst dich!«

»Wir müssen gehen!«

Fassungslos schüttelte Shiloh ihren Kopf, hart und wütend. In ihren Augen glitzerten Tränen. Verzweiflung verzerrte ihre Züge. »Du lügst! Sag mir, dass du lügst!«

Nässe brannte in Lenas Augen. Es fühlte sich an, als würde eine riesige Hand ihr schlagendes Herz aus ihrer Brust reißen. »Ich lüge nicht. Es tut mir so leid.«

»NEIN!« Shiloh schrie auf. Sie kämpfte gegen Lena und versuchte, sich zu befreien, zu entkommen, und ihre kleinen, wilden Fäuste schlugen gegen Lenas Brust und ihre Schultern. Lena ließ nicht locker, sie hielt sie fest. Ihr Herz zersplitterte zusammen mit dem von Shiloh in tausend Einzelteile. »Nein! Nein! Nein!«

Wieder fielen Schüsse. Jetzt näher. Es klang, als käme es direkt vom Eingang des Krankenhauses. Schreie drangen durch das gequälte Stöhnen der Trümmer.

Irgendwo explodierte etwas Gewaltiges. Der Boden bebte. Die

Wände wackelten und schwankten mit bedrohlichen Bewegungen. Staub wirbelte vor ihren Füßen auf.

Das dumpfe Dröhnen in der Ferne war nicht länger dumpf. Das furchtbare Geräusch klang wie ein mächtiger Wind. Aber es war nicht der Wind. Am Ende des Korridors, durch das Fenster in der Ausgangstür, konnte sie sehen, dass die Welt draußen ein schreckliches, nukleares Rot angenommen hatte.

Shiloh erstarrte in Lenas Armen. Das entsetzte Weiß ihrer Augen glühte in dem karminroten Licht. »Was ist das ...?«

Aber sie wussten es. Sie wussten es beide. Das Feuer. Es war endgültig da.

Lena nahm Shilohs Hand, und sie rannten um ihr Leben.

63

ELI POPE

TAG EINHUNDERTVIERUNDSIEBZIG

Nach stundenlangen, unerbittlichen Angriffen zog sich das Kartell vorübergehend zurück, um sich neu zu gruppieren, seine Wunden zu lecken und sich auf die nächste Runde brutaler Kriegsführung vorzubereiten.

Die Munising-Kämpfer hatten die Unterbrechung des Krieges genutzt, um sich für einen verzweifelten Plan B neu zu formieren.

Sawyer und Pierce standen auf der einen Seite des Tisches, Antoine und Nyx auf der anderen. Hart und Nash waren zwischen ihnen eingequetscht. Auch Dana Lutz war bei ihnen. Nach dem, was mit Jackson passiert war, hatte Eli Devon von ihrem Posten geholt. Er wollte sie in seiner Nähe haben.

Alle waren erschöpft, angespannt und sich des Verlustes ihrer Kameraden bewusst.

Eli war gezwungen gewesen, Jacksons Rettungsversuch abzubrechen. So ungern er es auch hatte zugeben wollen, es war ein aussichtsloses Unterfangen gewesen. Devon hatte von der Explosion berichtet, die sie auf den Drohnenaufnahmen gesehen hatte. Es gab keine Chance, dass Jackson sie überlebt hatte.

Eli hatte keine absolute Gewissheit, dass Jackson tot war, aber er spürte die Wahrheit in seinem Inneren, als ob sich ein Loch in ihm aufgetan hätte, das er nicht reparieren oder heilen konnte.

Er hatte schon viele gute Leute im Kampf verloren, aber kein Verlust traf ihn so hart wie der dieses Mannes.

»Er ist tot«, sagte Devon mit schmerzverzerrtem Gesicht. Ihre Haut war aschfahl, ihre Gesichtszüge waren erschlafft und ihre Arme hingen schlapp an ihren Seiten. »Jackson ist tot.«

Eli ging zu ihr. Er begegnete ihrem traurigen Blick mit seinem eigenen. Er belog seine Leute nicht. Und damit wollte er auch jetzt nicht anfangen. »Das ist er.«

Ein Schluchzen entrang sich ihren Lippen. In ihrem vernarbten Gesicht flackerte Schmerz auf, ihre Züge verzerrten sich vor Verlust, Trauer und Entsetzen.

Er berührte ihren Arm, um sie zu trösten. »Alles, was du fühlst, kannst du in eine Kiste packen und für später in ein Regal stellen. Jackson würde nicht wollen, dass du jetzt stirbst, nach all dem hier, nach allem, wofür wir gekämpft haben. Er würde wollen, dass du standhaft bleibst. Wir werden sie für das, was sie ihm angetan haben, restlos vernichten. Das schwöre ich dir.«

Devon nickte zittrig.

Eli würde dasselbe tun. Er hatte keine andere Wahl. Die Trauer würde warten müssen.

In diesem Moment sollten Lena und Shiloh aus dem bombardierten Krankenhaus fliehen und über das Wasser in die Sicherheit von Grand Island rudern.

Er hatte seit Stunden nichts mehr von ihnen gehört, aber der Funkverkehr war den ganzen Tag über ein einziges Chaos gewesen. Wenigstens hatte Moreno gemeldet, dass er aus dem Krankenhaus entkommen war und den Kanal nach Grand Island überqueren wollte. Eli musste glauben, dass seine Familie bei Moreno war.

Er hatte keine andere Wahl, als daran zu glauben, sonst würde er hier und jetzt daran zugrunde gehen.

Es gab tausend Dinge, die er sagen wollte, eine Million Dinge, die er unbedingt tun wollte. Er wollte Lena in seine Arme schließen, Shilohs kleine Hand in seine nehmen und sie sicher aus diesem Höllenloch ins Licht führen. Er wollte sie beide festhalten und nie wieder loslassen. Er konnte nichts von alledem tun.

»Bist du bereit, Soldat?«, fragte er Devon.

Devon nickte erneut. Sie hob ihr Kinn, strich mit einer Hand über den Schorf auf ihren Wangen und am Hals und rieb sich die Tränen aus den geröteten Augen. Sie war zäh; Eli vertraute darauf, dass sie sich zusammenreißen würde, bis die Schlacht entweder vorbei war oder sie alle tot waren.

Er verdrängte jeden Gedanken und jede Sorge. Er konzentrierte sich ganz auf genau einen Punkt: die Feinde auszuschalten, die seine Stadt, sein Land und seine Leute bedrohten.

»Wie lautet der Plan, Bruder?«, fragte Antoine mit gedämpfter Stimme. »Ich habe vielleicht eine Idee«, sagte Eli. »Aber sie ist nicht ehrenhaft.«

Nyx lachte spöttisch. »Niemand wird sich einen feuchten Furz darum scheren, dass wir bisher ehrenhaft verloren haben. Sie werden tot sein. Ihre Kinder werden tot sein. Ihre Frauen, Schwestern und Töchter ...« Ihre Stimme wurde leiser. »Ehre ist nur wichtig, wenn wir gewinnen. Wir müssen gewinnen.«

»Oorah!«, sagte Hart und wiederholte den Schlachtruf der Marines.

Eli nickte heftig. »Okay, dann. Versammelt euch. So werden wir vorgehen.«

Der Plan war einfach zu beschreiben, aber die Umsetzung war eine ganz andere Sache. Es würde unglaubliches Geschick und eine ganze Menge Glück erfordern. Sie hatten nur noch eine Handvoll gut ausgebildeter Elitekämpfer.

Er wandte sich an die müde Gruppe, die sich um ihn versammelt hatte. Eli deutete auf eine Stelle auf der Karte, die vierhundert Meter breit war und an der eine kleine Wiese ein Tal bildete, das zwischen zwei Hügeln abfiel und im Norden eine scharfe Schlucht bildete. »Wir werden den Feind hier in dieses Gebiet locken.«

Das Tal befand sich drei Meilen südöstlich der Stadt. Die Spitze des Hügels, an dem die Schlucht endete, lag am nördlichsten Punkt des Tals, während sich das offene Tal nach Süden hin erstreckte.

Es gab einen Offroad-Pfad für Geländemotorräder und Quads, der durch das Tal führte, bevor er im Zickzack in der Mitte des schmalen Endes der Schlucht hinaufführte. Der Weg war zu steil für

Pickups und andere Fahrzeuge. Um die Schlucht zu erklimmen, mussten sie zu Fuß gehen.

Darauf setzte Eli.

Pierce runzelte die Stirn. »Was sollen wir tun, wenn mehrere hundert Kartellkämpfer uns jagen?«

Hart grinste. »Weglaufen.«

Pierce' finsterer Blick wurde noch ernster. »Klingt nach einem tollen Plan.«

»Es wird funktionieren«, sagte Antoine. »Wir werden dafür sorgen, dass es funktioniert.«

»Du wirst sie in die Mündung des Hanges im Norden locken, genau hier«, fuhr Eli fort. »Sobald ihr die Spitze des Hügels erreicht habt, legen wir mit Fackeln ein Feuer hinter den feindlichen Soldaten, hier und hier und hier. Mein Team wird das Feuer im Süden entzünden, während das Lauffeuer ihre Flucht von Westen her blockiert. Wir werden so viele von ihnen wie möglich im Tal gefangen halten. Dann werden wir sie lebendig kochen. Die Verteidigungslinie auf der Spitze des Bergrückens wird alle Feinde, die den Flammen entkommen, beseitigen.«

Hart grinste schief. »Du planst einen Grillabend mit dem Kartell.«

Elis Lippen zuckten. »Verdammt richtig.«

Nyx rieb vor Freude ihre Hände aneinander. »Verdammt, ja! Da bin ich dabei.«

»Seit Wochen führen wir Raubzüge durch. Zweimal sind wir entkommen, indem wir uns im Wald versteckt haben und diese Schlucht hochgeklettert sind. Dieses Mal ist es anders. Wir werden am Fuß des Hügels langsamer werden und unsere Position so lange halten, bis das Kartell Unterstützung und Verstärkung anfordert. Sie sollen denken, dass sie eine wichtige Operationsbasis oder einen Kommandopunkt gefunden haben.«

Eli sah Pierce und Sawyer an. »Haltet eure Männer am Fuß des Hügels im Wald versteckt, weit genug von der Straße entfernt, um ungesehen zu bleiben ... bis es zu spät ist. Wenn ihr euch auf den Hügel zurückzieht, werden sie euch verfolgen und denken, dass sie uns auslöschen können. Das ist der Moment, in dem ihr das Feuer eröffnet und sie platt macht.«

Pierce sah ausgesprochen zwiespältig aus. »Was hält das Feuer davon ab, uns zu erwischen? Das scheint mir die dümmste Idee der Welt zu sein. Ich habe keine Lust, wie ein Grillhähnchen geröstet zu werden.«

Eli drehte seinen Kopf zu Dana. »Willst du hier einspringen?«

Dana Lutz verließ den Platz, an dem sie sich zurückgelehnt und leise zugehört hatte, und trat vor. Eli hatte sie wegen ihrer Erfahrung in Sachen Feuer hinzugezogen. Sie hatte sich bereits als unbezahlbar erwiesen.

Sie räusperte sich. »Du und deine Männer werden den Gipfel erreichen, lange bevor das Feuer zu euch vordringt. Als zusätzliche Vorsichtsmaßnahme werden wir die anderen Feuer erst dann entfachen, wenn ihr den Gipfel erreicht habt und uns ein Signal gebt – zum Beispiel, indem ihr eine Leuchtrakete aus einem der Granatwerfer abfeuert. Wenn wir kein Signal bekommen, gehen wir davon aus, dass ihr zu nah dran seid, und das Feuer wird nicht ausgelöst. Dasselbe gilt, wenn der Wind zu stark wird.«

»Vom Michigansee zieht eine Front heran«, sagte Hart. »Starke Winde und Niederschläge.«

Dana nickte. »Die heiße Luft des Waldbrandes wird die Windströmungen beeinflussen. Die Winde können in dem kleinen Canyon bis zu fünfundzwanzig Kilometer pro Stunde erreichen. Es gibt viel Brennmaterial und einen steilen Abhang, der das Feuer nach Norden bis zur Schlucht treibt. Feuer breitet sich bergauf schneller aus.«

Antoine warf einen Blick auf die Karte. »Oben angekommen, haben wir ein freies Schussfeld, das bergab führt. Wir werden ein Feuerwerk veranstalten. Wir haben ein paar SAWs und mehrere leichte M240-Maschinengewehre, aber wir haben kaum noch Munition. Und wir können unsere restlichen Fahrzeuge hier unten auf der anderen Seite des Hügels abstellen, um die Männer zu evakuieren, falls wir die Linie nicht halten können. Im besten Fall macht ihr sie von oben fertig.«

Pierce, der mit breiten Schultern und kämpferisch dastand,

schüttelte den Kopf. Seine Augen funkelten misstrauisch. »Auf keinen Fall! Ihr wollt uns als Köder benutzen. Das ist ein hirnrissiger Plan. Das ist verrückt! Sawyer, sag es ihnen.«

Sawyer schwieg. Sein Gesicht war kühl, gelassen und unerbittlich. Es schien, als würde er die Optionen in seinem Kopf abwägen. »Es könnte funktionieren.«

»Sawyer ...«

Sawyer warf Pierce einen bösen Blick zu. »Hast du eine bessere Idee? Ich will den Kopf von Luis Gault auf einem Tablett. Er wird eine köstliche Mahlzeit für die Fische abgeben.«

Pierce fletschte die Zähne wie ein in die Enge getriebenes Tier. »Du vertraust Pope so sehr, dass du ihn hinter unserem Rücken ein Feuer legen lässt? Ich würde eher einem Wolf vertrauen.«

Sawyer drehte sich zu ihm um. »Das reicht! Wir werden es tun. Habe ich mich klar ausgedrückt?«

Pierce verzog das Gesicht. Seine Augen glitzerten vor purem, wildem Hass. Er versuchte nicht einmal, seine Verachtung für Eli und die anderen Munisinger Kämpfer zu verbergen.

»Klar wie Kloßbrühe, Boss«, murmelte er düster.

Eli bewahrte seine neutrale Miene und behielt seine Gedanken für sich. Pierce würde ein Problem werden, aber zumindest war er berechenbar. Das spielte keine Rolle. Schon bald würde Pierce kein Problem mehr sein.

»Sind wir alle dabei oder was?«, fragte Nyx.

Für einen ernüchternden Moment schwiegen alle, während sie über die geringen Chancen und die erheblichen Risiken nachdachten. Devon trat als Erste vor. »Wir sind dabei. Für Jackson.«

64

SHILOH EASTON POPE
TAG EINHUNDERTVIERUNDSIEBZIG

Das Lauffeuer knisterte, knackte und zischte. Es brüllte so laut wie ein Güterzug.

Mit Bear direkt hinter ihnen verließen Shiloh und Lena den hinteren Teil des Krankenhauses und sprinteten zu dem schmalen Waldstreifen, der das Klinikgelände von der Küste trennte.

Sie hatten gerade den Strand erreicht, als Schwärme von Vögeln über den Himmel flogen, dunkel und flink wie abgeschossene Pfeile. Seetaucher und Fischreiher, Falken und Schwalben, Spechte und Eichelhäher.

Shiloh blinzelte schnell und versuchte, ihre neblige Sicht zu klären. Ihr Gehirn fühlte sich dick und wie in Watte gepackt an. Ihr Körper schwankte noch unter dem Trauma der Explosion. Ihr Kopf pochte. Jeder Muskel in ihrem Körper war geprellt und schmerzte, aber das Adrenalin überdeckte den größten Teil des Schmerzes. Der würde später kommen.

Sie konnte nicht darüber nachdenken, was gerade passiert war. Traci Tiltons Opfer. Die bittere Panik, lebendig begraben zu werden. Sie konnte nicht an Jackson denken. Ob er nun lebte oder tot war.

Sie tat, was Eli ihr beigebracht hatte. Sie verdrängte alles und konzentrierte sich darauf, am Leben zu bleiben. Es blieb keine Zeit, sich zu sammeln, sondern nur zu handeln.

Dutzende von Menschen waren schon am Strand. Etwa fünfzehn kleine Wasserfahrzeuge waren bereits auf dem See und ruderten nach Grand Island.

Mehrere Leute schoben immer noch verzweifelt Kajaks und Kanus ins Wasser.

Hunderte, ja Tausende von Vögeln zogen in einem schrecklichen Zug am Horizont vorbei. Dieser seltsame, unheimliche Anblick versetzte Shiloh in Angst und Schrecken.

»Sie fliehen«, sagte sie erschrocken. »Sie fliehen vor dem Feuer.«

»Das sollten wir auch!«, sagte Lena. »Beeil dich!«

Bevor sie reagieren konnten, erschütterte etwas Gewaltiges das Unterholz hinter ihnen. Das Adrenalin ließ ihr Herz höher schlagen. Shiloh wirbelte herum und griff hinter sich nach ihrer Armbrust. Bear sprang vor sie und bellte wild in Richtung des Waldes.

»Was ist das?«

Ein paar Meter links von ihnen brach ein Elchpaar aus dem Dickicht der Fichten hervor – ein großer Elchbulle und ein kleineres Weibchen. Shiloh und Lena sahen schockiert zu, wie die riesigen Tiere über den kleinen Strandabschnitt rannten und in den See sprangen.

Ihr grobes Schnaufen hallte in Shilohs Ohren wider. Die Elche schauten weder nach links noch nach rechts und schienen auch die Menschen nicht zu bemerken, die neben ihnen am Strand hockten. Sie schenkten auch Bear keine Beachtung, der mit erhobenen Nackenhaaren weiterbellte.

Der Elch watete tiefer ins Wasser. Wenige Augenblicke später trieben ihre kantigen braunen Köpfe über die Oberfläche des Sees. Die Elche bewegten sich in Richtung des Ufers von Grand Island und schwammen angestrengt vorwärts. Das Wasser teilte sich in zwei bogenförmigen Linien hinter ihnen.

Fünfzig Meter weiter am Ufer tauchte ein Schwarzbär auf. Ohne zu zögern, stürzte er sich ins Wasser. Elch und Bär schienen einander nicht zu bemerken – ein natürliches Raubtier und seine Beute, die nur die monströse Bedrohung wahrnahmen, die auf sie zukam.

Weitere Kreaturen strömten aus dem Wald heraus und stürmten

auf den schmalen Strandabschnitt. Eine Familie von Füchsen tauchte auf, dann Hasen, Streifenhörnchen und Eichhörnchen. Fünf Kojoten sprangen jaulend und heulend ins Wasser und ein Vielfraß kletterte auf ein gebleichtes Stück Treibholz.

Shiloh starrte wie gebannt auf das Wasser. Bear hob seine Schnauze und schnupperte. Er wirbelte herum und knurrte und bellte die wilden Tiere an. Shiloh behielt ihre Hand auf dem Nacken des Hundes und zügelte ihn.

»Bleib!«, brüllte Lena Bear an. Der Hund zitterte, die Muskeln bebten, aber er gehorchte ihrem Befehl. Das gewaltige Gebrüll hinter ihnen wurde lauter. Lena zeigte auf ein Kanu für zwei Personen, das noch niemand beansprucht hatte. »Steig ein! Los, los!«

Shilohs Mund war trocken und ihre Handflächen waren klamm. Ihre Finger fummelten panisch an dem Seil, mit dem das Kanu an einer nahen Buche festgebunden war. Die Ruder balancierten prekär auf der Sitzbank.

Mit einer Hand an Bears Nackenfell zogen sie und Lena das Kanu über den Sand und die Kieselsteine und schoben es ins flache Wasser.

»Steigt ein!«, schrie Lena die nächste Familie an, die in der Schlange stand. Die Leute jammerten, schrien und weinten. Ana Brady saß mit einer Gruppe von Kindern in einem der Boote. Moreno war bei ihnen, der Rollstuhl stand verlassen am Ufer. Ruby hatte Fred Combs und seine Frau in ein Ruderboot gebracht und schob sie hinaus aufs Wasser.

Dröhnende Geräusche wie Gewehrschüsse übertönten das Tosen des Feuers und überlagerten alle anderen Geräusche. Die Bäume platzen mit lautem Krachen wie von Donnerschlägen.

Eine ungeheure Hitzewelle schlug ihr in den Rücken. Die Temperatur war unglaublich. Es fühlte sich an, als würde sie bei lebendigem Leib geröstet. Die Haare auf ihren Armen waren versengt. Die Hitzewelle schlug ihr in wirbelnden Stürmen entgegen, als hätte der Waldbrand seinen eigenen heftigen Wind, sein eigenes schreckliches Wetter geschaffen.

Shiloh riskierte einen Blick hinter sich. Weit über den Bäumen erhob sich eine riesige dunkle Wolke, die sich am ganzen Himmel ausbreitete, die herumwirbelte und sich auftürmte. Ein brodelnder Rauchsturm drohte auf sie herabzufallen. Das warnende Flackern dessen, was kommen würde.

Das Lauffeuer kam immer näher, wie eine vorrückende Front: wild und unerbittlich, unaufhaltsam. Entlang der Küste flackerten und tanzten die Flammen zwischen den Baumwipfeln.

»Shiloh!«, rief Lena.

Shiloh wirbelte herum. Alle anderen waren in die Boote geklettert, nur Bear nicht. Er lag zusammengekauert auf dem Bauch, die Ohren an den Schädel gelegt. Er knurrte und schnappte wie wild um sich. Er hatte Angst vor dem Feuer, aber noch mehr Angst vor dem blöden Kanu.

Shiloh sprang in das Kanu zu Lena, die verzweifelt versuchte, den scheuenden Neufundländer dazu zu bewegen, in den mittleren Teil zu springen. Bear winselte noch lauter.

»Komm jetzt!« Shiloh packte ihn am Halsband und zerrte mit aller Kraft an ihm. Der Hund protestierte heftig gegen die Demütigung. Es war ihr egal, ob er es hasste; sie würde ihn nicht zurücklassen. »Das ist nicht der richtige Zeitpunkt, um ein Angsthase zu sein, du großer Trampel!«

Obwohl er schwerer war als sie, schaffte Shiloh es, ihn widerwillig über den Bug in das Boot zu ziehen. Er knurrte missbilligend über das unruhige Schaukeln und seine Pfoten rutschten auf dem glatten, mit Wasser bedeckten Boden des Kanus aus. Er warf seinen Kopf von einer Seite zur anderen und schnappte nach der überhitzten Luft.

»Mach Platz!«, befahl Lena ihm. »Bleib unten!«

Sie ruderten so schnell sie konnten, während die Hitze sich wie eine Wand gegen ihre Rücken drängte. Der Rauch wurde dichter, wirbelte auf und waberte um sie herum. Ein dichter, glühender Nebel schloss sich um sie.

Erst verschwand die Wasseroberfläche, dann die Uferlinie. Hinter ihnen waren nur noch die lodernden Wipfel der Bäume zu sehen.

»Rudert! Rudert! Rudert!« Morenos Stimme hallte dumpf wider, aber Shiloh konnte ihn nicht mehr sehen. Ruby brüllte etwas, das sie nicht verstehen konnte. Es klang wie ein Gebet oder vielleicht ein verzweifelter Hilfeschrei.

Sie konnte sich nicht auf die anderen konzentrieren. Ihre Handflächen taten weh, während sie immer härter und schneller ruderte. Ihre Muskeln schrien protestierend auf. Die Haare auf ihren Armen fühlten sich versengt an.

Funken sprühten und mischten sich mit dem Rauch. Heiße Glut wirbelte über die Karawane von Booten, die wie besessen über den Kanal ruderten. Die feinen Fetzen von glühenden Blättern und Baumrindenstreifen flatterten brennend vorbei.

Das Feuer war wie ein großer Drache, eine bösartige Kreatur, die lebte und atmete. Die rasenden Flammen züngelten durch die Kronen der Bäume. Der ganze Wald flackerte in einem leuchtenden, pulsierenden Karmesinrot.

Schreckliche Geräusche hallten um sie herum: Knallen und Zischen, Knacken und Scheppern. Die Luft stand in Flammen. Alles brannte. Die Flammen verwandelten alles in glühende Lava.

Die Menschen weinten und schrien, beteten und flehten um ihr Leben. Jeder Atemzug tat weh. Ihre Lungen fühlten sich an, als wären sie mit Kohle und Ruß bedeckt. Bei jedem Paddelschlag zischte Dampf aus dem Wasser auf.

Durch den Rauch konnte sie Grand Island nicht sehen. Sie mussten in der Mitte des Kanals sein, aber sie waren nicht sicher. Keiner war sicher. Weder die fliehenden wilden Kreaturen noch die Menschen, die sich im Wasser herumtrieben. Sie waren im Maul des Drachens gefangen.

Shiloh wusste nicht, wie weit ein Feuer über das Wasser reichen konnte, nur, dass es das konnte. Das Lauffeuer war groß genug, stark genug. Es könnte den Kanal in einem gewaltigen Sprung überqueren. Wenn das passierte, würden sie alle lebendig gekocht werden.

Hinter ihnen ertönte das unheilvolle Knacken und Knarzen der brennenden Äste, die abbrachen und auf den Boden fielen. Sprühende Funken landeten auf Shilohs Shirt. Es gelang ihr, sie wegzuschlagen, bevor ihre Klamotten in Flammen aufgingen.

Flammende Trümmer flogen über ihre Köpfe hinweg und landeten zischend im Wasser oder auf den Kajaks und Ruderbooten.

Menschen schrien vor Angst. Ein flatternder Funke landete auf Bears Hüften. Aufgeschreckt wimmerte er vor Schmerz.

»Nicht bewegen!«, sagte Shiloh mit rauer Kehle.

Neben dem Hund lag ein Eimer mit einem Seilhaufen. Wenn sie auch nur eine Sekunde innehalten würden, würden sie langsamer werden. Aber sie weigerte sich, Bear verbrennen zu lassen.

Schnell warf sie das Paddel ins Innere des Kanus, griff nach dem Eimer, tauchte ihn in den See und goss das Wasser über Bears Rücken. Der Hund winselte. Das Wasser hatte den gewünschten Effekt: Es durchnässte sein Fell und löschte die kleinen Flammen.

»Ruder weiter!«, rief Lena.

Die Boote entfernten sich immer weiter vom Ufer. Endlich schien der heftige Wind nachzulassen. Das wütende Tosen des Drachens, der sich an die Uferlinie heranpirschte, verstummte zu einem Brummen. Der Funkenregen verringerte sich auf einzelne brennende Tannennadeln oder geschmolzene Blätter.

Das Feuer zog sich zusammen – es schreckte vor der Weite des Wassers zurück und wurde schließlich in die Enge getrieben.

Dann zeichnete sich die Gestalt von Grand Island durch den Rauch ab. Glänzende weiße Yachten schwammen entlang des Docks.

Die ersten Ruderboote und Kajaks erreichten die Uferlinie. Die Menschen stürzten aus den Booten, fielen ins Wasser und schwappten an den Kieselstrand.

Mit ihrem Paddel steuerte Lena sie links neben den Steg, weg von den größeren Booten und auf eine flache Sandbank zu. Sie hüpfte hinaus und griff nach Shiloh. Gemeinsam zogen sie den Bug des Kanus auf den mit Kies bestreuten Strand.

Bear kletterte aus dem Kanu, wobei er es in seinem Eifer, zu entkommen, fast umkippte. Er stand bis zu den Hüften im See, die Schnauze in Richtung Festland gerichtet, und bellte wild das Feuer an.

Asche rieselte wie Pulverschnee vom Himmel. Sie verschlammte in Shilohs Haaren und setzte sich an ihren Wimpern fest. Shiloh watete neben Bear durch den See und ließ sich auf den Boden sinken, damit das Wasser ihre verbrannte Haut kühlen konnte.

Sie ließ ihren Blick auf der Suche nach Ruby über den Strand schweifen. Sie stand ein paar Dutzend Meter entfernt im Sand, klatschnass, aber lebendig, so überaus lebendig. Ihre Blicke trafen sich: Shiloh fragte sie wortlos und Ruby hob als Antwort ihr Kinn. Es ging ihr gut. Es ging ihnen gut.

Alle, die aus dem Krankenhaus geflohen waren, hatten es geschafft.

Lena stellte sich neben Shiloh. Keiner von beiden sprach ein Wort. Sie nahm Shilohs Hand und dann standen sie beide da und sahen fassungslos zu, wie das Festland niederbrannte.

Sie waren den Flammen entkommen, aber alles, was sie liebten, war zurückgeblieben, um von dem Drachen verschlungen zu werden. Ihr Zuhause, ihre Stadt, alles brannte.

Was würde übrig bleiben? Wer war noch am Leben? Shiloh wusste es nicht. Sie lebte noch, aber sie stand unter Schock und war zu betäubt, um ihre Trauer und Wut wahrzunehmen.

»Jackson«, flüsterte sie mit gebrochenem Herzen. »Eli.«

»Ich weiß.« Lena drückte ihre Hand. »Ich weiß.«

65

ELI POPE
TAG EINHUNDERTVIERUNDSIEBZIG

Eli kauerte in einem versteckten Kampfloch im Süden des Tals. Er hatte sich einen Platz ausgesucht, von dem aus er das ganze Tal und die steile Schlucht vor ihm überblicken konnte.

Er spürte die Kälte des Windes kaum, der ihm in die Wangen stach. Obwohl er sich östlich des Waldbrandes befand, hatte sich ein dichter roter Dunst über alles gelegt. Der Gestank von Rauch stieg ihm in die Nase.

Stunden zuvor hatte er Freiwilligen befohlen, den Müll von leeren Munitionsbehältern und Waffenkisten sowie die gebrauchten Verpflegungspakete einzusammeln und sie im Tal zu verteilen.

Die Verfolger des Kartells würden glauben, dass sie über eine Kommandozentrale gestolpert waren, und sofort Verstärkung anfordern. Hoffentlich würde Gault einen großen Teil seiner Armee schicken, um die fliehenden Munising-Kämpfer niederzumähen.

Sawyer schob sich neben ihn und starrte durch ein Fernglas, während er die Stellungen seiner Männer in den Gräben untersuchte. Hundert von Sawyers besten Kämpfern versteckten sich zwischen den Bäumen, die das Tal umgaben, und warteten auf den richtigen Moment, um zuzuschlagen. Jim Hart und sein Team warteten oben in der Schlucht, mit Granatwerfern bewaffnet, falls der letzte Hubschrauber auftauchen sollte.

Eli hatte geplant, dass Sawyer seine eigenen Männer anführen sollte, aber Sawyer hatte Pierce das Kommando übertragen und blieb an Elis Seite. Vielleicht vermutete er einen Hinterhalt, oder er war schlau genug, um sich abzusichern.

»Bist du bereit dafür?«, fragte Eli.

»Offen gestanden würde ich jetzt lieber segeln gehen.« Sawyer schenkte ihm ein verschmitztes Lächeln. »Du solltest mich mal begleiten.«

Elis Lippen zuckten kaum merklich. »Das habe ich schon gemacht. Ich glaube, ich verzichte. Ich kann nicht viel über das Catering oder den Speiseservice sagen, aber du hast einen guten Geschmack beim Bier.«

Sawyer lachte laut auf. »Wir hätten Freunde sein können, du und ich.«

Eli dachte an die Folter, die er durch Sawyers Hand erlebt hatte. Er dachte an David Kepford, der von Pierce in die Wirbelsäule geschossen worden war. »Vielleicht in einem anderen Leben.«

»Vielleicht.«

Elis Funkgerät erwachte zum Leben. »Ich habe ihr Lager in Sichtweite«, sagte Antoine. »Mehrere hundert Leute, logistische Unterstützung und Soldaten, die in Zelten untergebracht sind. Sie haben ihre Kräfte gebündelt. Die Wachen sind im Halbschlaf, trinken ihren Kaffee aus Metallbechern und haben sich in Winterjacken eingemummelt. Das dürfte ein Kinderspiel werden.«

Eli sprach in sein Headset. »Du hast grünes Licht.«

Das Geräusch von mehreren Schüssen durchbrach die Stille. Eli hörte im Headset, wie Antoine und Nyx aus den gepanzerten SUVs, die sie sich von Sawyer geliehen hatten, das Feuer auf das Lager eröffneten, bevor sie flohen.

Sie hatten in ein Wespennest gestochen. Automatisches Feuer brach aus mehreren Richtungen aus. Gebrüllte Befehle drangen durch das Funkgerät. Die Schüsse und Schreie hallten in blechernen Tönen wider.

Nyx brüllte. »Ich glaube, wir haben ihre Aufmerksamkeit!«

»Alpha Team!«, sagte Antoine. »Wir sind drei Kilometer entfernt und werden von einem blauen Pickup und mehreren Fahr-

zeugen dahinter verfolgt. Macht euch bereit, das Ding abzu-
fackeln!«

»Verstanden«, sagte Eli.

»Was jetzt?«, fragte Sawyer.

»Jetzt warten wir.«

Sie brauchten nicht lange zu warten. Drei gepanzerte SUVs
kamen vom Offroad-Pfad ins Tal geschossen, polterten über die
Wiese und rasten auf die schmale Schotterstraße zu, die die nördliche
Spitze der Schlucht hinaufführte. Am Fuße des Hügels bremsten die
Fahrzeuge ab. Mehrere Munising-Kämpfer sprangen heraus und
machten sich zu Fuß auf den Weg nach oben. Schnell erreichten sie
die Spitze und verschwanden aus dem Blickfeld.

Dutzende von Fahrzeugen stürmten auf der Jagd nach ihnen ins
Tal. Am Fuß der Schlucht wurden sie zum Anhalten gezwungen.
Bewaffnete Männer stiegen aus und bewegten sich wie eine Armee
von Ameisen auf den Hang zu. Sie teilten sich in Feuertrupps auf,
wobei ein Team für ein paar Sekunden schnell vorrückte, während
das andere Deckung gab. Sie wechselten sich in ihren Rollen ab, bis
sie die Baumgrenze erreichten und im dichten Laub verschwanden,
um die Schlucht hinaufzuklettern und Elis Männer zu verfolgen.

»Jetzt?«, fragte Sawyer.

»Jetzt.« Eli feuerte eine Leuchtrakete in den Himmel.

Sekunden später eröffneten Sawyers Männer von ihren
versteckten Kampfpositionen aus das Feuer auf das Kartell. Sie ließen
die Hölle über die verfolgenden Fahrzeuge hereinbrechen. Zwei
Pickups schleuderten über die Wiese und prallten in eine Gruppe
von Banks-Kiefern. Einer ging in Flammen auf.

Schreie und Flüche hallten zwischen den Salven von Gewehrschüssen wider. Nach dem Schock des ersten Kontakts richtete sich
ein mörderischer Feuerschwall in die andere Richtung. Äste knackten, als der Beschuss die Baumkronen durchbrach und Büsche und
dichtes Unterholz zerfetzte. Zweige und Rindenstücke schlugen
überall um sie herum auf den Boden.

»Eine Gruppe bewegt sich von rechts durch den Wald auf uns
zu«, sagte Pierce in ihre Headsets.

Zur gleichen Zeit entdeckte Eli ein weiteres Kontingent im Wald auf der anderen Seite des Baches. »Zwanzig bis dreißig Männer bewegen sich westlich von euch durch den Wald. Sie werden durch die Schlucht und das dichte Unterholz aufgehalten, aber ihr müsst euch sofort in Bewegung setzen.«

Sawyer schaute Eli zur Bestätigung an. Eli nickte.

»Tango One an alle Tango-Gruppen«, sagte Sawyer. »Fangt an, die Schlucht zu erklimmen. Wechselt euch in den Bewegungen ab und gebt einander Deckung. Geratet nicht in Panik. Viel Glück.«

Eli gab Sawyer ein Zeichen. Sie krochen rückwärts aus dem Versteck, das Eli gebaut hatte. Geduckt bahnten sie sich ihren Weg ein paar hundert Meter südöstlich zu Dana Lutz und ihrem Team von freiwilligen Feuerwehrleuten, die sich tiefer im Wald versteckt hielten, bis die Kartelltruppen vorbeikommen würden.

»Die Späher haben gerade den letzten Hubschrauber gesichtet!«, rief Hart durch ihr Headset. »Wie erwartet, er kommt von Osten über das Tal auf uns zu.«

Eli verkrampfte. »Ihr müsst ihn ausschalten, sonst pulverisiert der Huey unsere Männer und sorgt dafür, dass es für das Kartell sinnlos ist, ihnen die Schlucht hinaufzufolgen. Die ganze Falle wird fehlschlagen. Schalte ihn aus, Hart!«

»Ich schaffe das!«, sagte Hart. »Ich habe nur noch diese eine Granate. Kein Problem.«

Eine Minute später tauchte der Hubschrauber rechts von ihnen auf. Die Schläge eines M60-Maschinengewehrs waren ohrenbetäubend und übertönten das Krachen des Gewehrfeuers. Der Schütze schoss wahllos über das schmale Tal, als ob es ihm egal wäre, wen er tötete, solange seine Feinde auch tot waren.

Sawyer ging in die Hocke und fluchte. »Das Ding könnte uns alle auslöschen.«

»Das wird es nicht«, sagte Eli. Dann sprach er in sein Funkgerät: »Bloß keinen Druck, Hart. Es hängt alles von dir ab.«

»So einfach, wie einem Baby den Lutscher zu klauen!«, sagte Hart. »Guck, wie ich meine Magie einsetze.«

Ein helles Licht blitzte auf. Die Rakete sauste durch den Himmel. Sie schlug einen perfekten Bogen und traf die vordere rechte Seite des Hubschraubers, bevor der Pilot ein Ausweichmanöver starten konnte.

Der Huey geriet ins Trudeln und verlor die Kontrolle. Er krachte ein paar hundert Meter weiter südlich in die Baumkronen, durchschlug das Blätterdach und mähte Äste ab. Der Hubschrauber erbebte, während er in Bäume und Gestrüpp krachte. Er stürzte auf der Seite den Hang hinunter, wobei seine Rotoren abgerissen wurden, dann flog er dutzende von Metern in die Tiefe und krachte auf die Erde.

Schließlich kam der Hubschrauber als verbeulter Haufen am Fuße eines großen Felsens zum Liegen. Dampf quoll aus dem Wrack empor.

Mit erhobener Waffe bewegte sich Eli nach links und trat hinter einer großen Kiefer hervor. Er behielt den zerschmetterten Hubschrauber im Visier. Im Inneren bewegte sich nichts. Der Bordschütze und der Pilot waren tot.

Über die Kopfhörer stieß Antoine einen wilden Freudenschrei aus. »Scheiße, ja!«

»Wer hätte gedacht, dass Marines auch mal ein Ziel treffen können?«, sagte Eli.

»Das habe ich gehört!«, grummelte Hart.

»Das Kartell holt meine Männer ein«, zischte Sawyer. »Was zur Hölle wollt ihr dagegen tun?«

Sie hörten den panischen Funksprüchen von Sawyers Handlangern zu. Horden von Kartellkämpfern stürmten den Hang hinauf und verfolgten sie. »Sie wollen uns flankieren!«

»Ich bin getroffen!«

»Ich habe einen Verwundeten. Ihm wurde ins Bein geschossen. Wir sitzen gleich in der Falle!«

»Lass ihn liegen«, knurrte Pierce. »Beweg deinen Arsch den Kamm rauf.«

»Sie sind direkt hinter uns!«

»Es sind zu viele von ihnen!«

»Wo zum Teufel bleibt unser Deckungsfeuer?«, brüllte Pierce. »Sie holen uns ein!«

Sawyer warf Eli einen misstrauischen Blick zu und seine Augen verengten sich. »Ich dachte, deine Jungs würden meine beschützen, Pope.«

Eli zuckte mit den Schultern. »Das tun sie auch. Das Gestrüpp könnte zu dicht sein, als dass unsere Jäger auf dem Kamm präzise schießen können. Deine Jungs müssen höher klettern.«

In Wirklichkeit hatten Antoine und Nyx bereits die Spitze des Bergrückens verlassen und waren auf der gegenüberliegenden Seite schnell zu den Fluchtfahrzeugen abgestiegen, die auf der anderen Seite des Hügels warteten. Eli hatte ihnen außer Hörweite von Sawyer und seinen Männern private Anweisungen gegeben. Jetzt, da der Hubschrauber ausgeschaltet war, würde Hart dasselbe tun.

Sawyer warf einen finsteren Blick auf den Wind, der die Baumwipfel peitschte. Einige Bäume hatten ihr Laub verloren, aber viele Blätter hingen noch hartnäckig an den knorrigen Ästen. Es gab genug Brennstoff, um das Feuer noch lange brennen zu lassen.

»Es ist windig. Zu windig, um das Feuer anzuzünden. Meine Männer sind nicht weit genug voraus.«

Eli erstarrte. »Doch, das sind sie. Sie werden es schaffen. Das ist die Chance, auf die wir gewartet haben.«

Sawyer starrte ihn mit seinen kalten, grauen Augen an. Sein Blick war steinern und enthüllte keinen Hinweis auf seine Gedanken. Eli machte sich auf eine Konfrontation gefasst.

Das war der Moment. Der Moment, in dem alles zusammenkam oder alles zusammenbrach.

66

ELI POPE
TAG EINHUNDERTVIERUNDSIEBZIG

Eli wartete mit angehaltenem Atem, ohne sich etwas anmerken zu lassen. Gleichmäßiger Puls, ruhiger Blick. *Warten.*

Nach einem spannungsgeladenen Moment beruhigte sich Sawyer. Er streckte seine Hand aus. »Okay. Gib mir eine der Fackeln und den Kanister mit Brennstoff. Ich zünde das Feuer am Ostende an.«

Eli wartete, bis Sawyer sich davongemacht hatte und hinter einer Reihe von Birken verschwunden war, dann wandte er sich an Dana. Ein kräftiger Wind rauschte die Schlucht hinauf, genau wie er gehofft hatte. »Fang an, die anderen beiden Feuer anzuzünden.«

Danas Augen weiteten sich vor Überraschung. »Das wird alle in der Schlucht umbringen.«

»Ich weiß.«

Sie senkte ihre Stimme. »Was ist mit Sawyers Männern?«

Eli vergewisserte sich, dass Sawyer nicht mehr in Hörweite war, bevor er sprach. »Wenn wir diese Schlacht gewinnen, werden wir nächste Woche gegen Sawyers Handlanger um unser Leben kämpfen. Sawyer ist ein Schandfleck für diese Gemeinde. Ohne ihn würden gute Menschen noch leben: Cody Easton, Nyx' Großmutter und David Kepford, ganz zu schweigen von den unzähligen anderen, die an einer Überdosis Drogen gestorben sind. Glaub mir, danach werde ich schlafen wie ein Baby.«

Dana neigte ihr Kinn in die Richtung, in die Sawyer gewandert war. »Wirst du Sawyer auch töten?«

Er wollte es. Mit jeder Faser seines Wesens wollte er diesen Mann tot sehen. Aber Sawyer hatte ihm auf dem Schlachtfeld das Leben gerettet. Hatte das etwas zu bedeuten? Er war sich noch nicht sicher. »Das Wichtigste zuerst. Zünde die Feuer an.«

Eli sah zu, wie Dana und ihr Team ihre Fackeln entfachten und das trockene Gras am Fuße der Schlucht, das sie mit dem letzten Rest ihres Biobrennstoffs getränkt hatten, zum Brennen brachten. Ihre begrenzten Vorräte waren kostbar, aber das war das Opfer allemal wert.

Winzige Flammen flackerten auf. Kleine Fünkchen tanzten durch das trockene Gras und das brüchige Unterholz. Durch den Wind genährt, wuchs das Feuer schnell. Es breitete sich zügig in der Senke aus. Die drei einzelnen Feuer schlängelten sich aufeinander zu und wurden immer stärker.

Die ersten Bäume fingen Feuer. Winzige Schösslinge knisterten und gingen in Flammen auf. Sie leckten an den Stämmen empor und sprangen von Ast zu Ast. Eine starke Windböe wirbelte zwischen den Hügeln umher und fegte die kleine Schlucht hinauf.

Währenddessen ging der Kampf zwischen dem Kartell und Sawyers Männern weiter. Schüsse hagelten hin und her und hallten laut wie Donnerschläge. Die Männer, die in den Kampf verwickelt waren, schienen nicht zu bemerken, wie das Feuer in den Bäumen am Fuße des Hügels wütete.

Der Wind griff die Flammen auf und heizte sie zu einer wilden Feuersbrunst an. Rauch quoll ins Tal und stieg in dunklen, bedrohlichen Säulen auf. Scharlachrot gefärbte Wolken verdeckten die Sonne.

»Das Feuer ist zu nah!«, rief Pierce mit panischer Angst in der Stimme. »Wir sind noch nicht einmal die Hälfte des Hügels hoch!«

Eli ignorierte ihn. Er zückte sein Funkgerät und gab mit leiser Stimme bestimmte Anweisungen an Antoine weiter, der mit seinem

Quad auf Umwegen durch das Tal zu Elis Standort zurückkehrte. »Kümmere dich um Sawyer. Wie wir es besprochen haben.«

»Geht klar, Bruder.«

Das Feuer in den Bäumen an den Seiten der Schlucht brannte heiß und hell. Ein Geräusch, das an tosenden Wind erinnerte, wurde immer lauter, übertönte die Schüsse der AK-47 und AR-15 und vermischte sich mit dem Knacken explodierender Äste und dem Knallen von Tannenzapfen, die wie Feuerwerkskörper zerplatzten.

Es faszinierte Eli, wie sich das Feuer bergauf schneller bewegte; bei einer Neigung von dreißig Grad verdoppelte das Feuer seine Geschwindigkeit. Es schien ein hinterhältiger Zaubertrick zu sein, aber einer, der für sie funktionieren würde.

Auch wenn ihm Danas Warnung noch immer in den Ohren klingelte, hatte er nicht damit gerechnet, wie schnell das Feuer alles auf seinem Weg verschlingen würde. Das abgestorbene Gras, die trockenen, blattlosen Bäume – das alles war Brennstoff, die perfekte Quelle für den Brand.

Das Feuer schob sich mit unvorstellbarer Geschwindigkeit den Hang hinauf. Die Flammen leckten jetzt an den Fersen des Kartells. Es raste keine fünfzig Meter hinter ihnen den Hang hinauf. Schreie drangen durch die Luft, als sie die tödliche Gefahr, die sie verfolgte, endlich erkannten. Einst waren sie die Raubtiere, jetzt waren sie plötzlich die Beute.

In ihrer Verzweiflung ließen die Kartellmitglieder ihre Waffen und Rucksäcke fallen und rannten so schnell sie konnten. Sie kletterten den steilen Hang hinauf, wobei sie mit ihren Stiefeln auf glattem Laub ausrutschten und über Wurzeln stolperten, während sich Dornen in ihre Haut bohrten.

Das Inferno war so nah, dass sie die Hitze spürten, die ihre Kleidung auf dem Rücken versengte. Ihre Stiefel schmolzen, und ihre Haare fingen an zu brennen.

Schreie durchdrangen die Luft, schreckliche, unmenschliche Laute, die Elis Nackenhaare zu Berge stehen ließen. Einer nach dem anderen fielen die Kartellkämpfer, während das Feuer sie verzehrte. Ihr Fleisch kochte auf den Knochen. Ihre Atemwege schwollen an und ihre inneren Organe schmorten. Durch die Bäume hindurch glühten ihre Körper wie brennende Streichhölzer.

Die Flammen schienen von den menschlichen Körpern gespeist zu werden. Sie wuchsen die Schlucht hinauf, schneller als Eli es erwartet hatte. Es wirkte nicht mehr wie eine einfache chemische Reaktion, sondern wie ein lebendiges Monster, das auf Zerstörung aus war.

Die gefräßige Bestie war immer noch hungrig. Sie hatte es auf ihre nächste Nahrungsquelle abgesehen – Sawyers Männer.

»Sawyer!«, rief Pierce, ohne sich um Rufzeichen zu kümmern. »Melde dich, Sawyer! Wir sitzen in der Falle! Wir brauchen Hilfe!«

»Sawyer ist ... im Moment verhindert«, sagte Eli.

Einen Augenblick lang herrschte blecherne Stille. Eli konnte fast hören, wie die mentale Energie knisterte, als Pierce erkannte, was Eli mit ihm gemacht hatte. Pierce stieß einen Schrei der Wut und Angst aus. »DU!«

Eli lächelte nur. Sein Schweigen sagte alles, was Pierce wissen musste. Eli hatte jeden Moment dieses Massakers inszeniert, und er bereute keine Sekunde davon.

»Du warst das!«, schrie Pierce. »Du hast uns in die Falle gelockt!«

Mit einer Hand griff Eli unter seinen Plattenträger und zog die Sankt-Michael-Medaille heraus, die er neben seiner Erkennungsmarke um den Hals trug. »Erinnerst du dich an den Schuldirektor, den du auf deiner Insel ermordet hast, indem du ihm in den Rücken geschossen hast? Du hast seine Weste und seine Medaille vor mir auf den Tisch geworfen, während du gelacht hast.«

»Ich weiß nicht, wovon du redest ...«

»Erinnerst du dich denn nicht, Pierce? Denn ich erinnere mich sehr wohl. Ich erinnere mich an alles.«

Pierce stotterte, sprachlos in seiner Wut. »Du ... du ... Dafür werde ich dich umbringen!«

»Das glaube ich nicht.«

»Du bist ein toter Mann, Pope!«, schrie Pierce. »Hörst du mich? Ich werde deine Freundin aufschlitzen und dann deine Tochter, während sie um Gnade betteln. Und dann werde ich dich ausnehmen wie das Schwein, das du bist ...«

»Auf Wiedersehen, Pierce.« Eli schaltete sein Funkgerät aus.

Pierce saß in der Falle und war so gut wie tot. Eli wünschte sich nur, er könnte dabei sein, wenn der Mann bei lebendigem Leib geröstet wurde. Das würde ihn ungemein befriedigen. Er berührte die Stelle auf seiner Brust über der Medaille des Sankt Michael und murmelte das Gebet, das er auswendig gelernt hatte: *Heiliger Erzengel Michael, beschirme uns im Kampfe ...*

Schreie und Angstrufe schallten durch das Headset. Sawyers Crew hatte fast die Spitze des Bergrückens erreicht, wo die Bäume an einem Felsvorsprung eine Lücke bildeten. Sie sprinteten dorthin, als ob diese kleine Lichtung sie retten könnte, während die Schreie ihrer sterbenden Verfolger ihre Trommelfelle zerfetzten.

Eli beobachtete das Massaker durch sein Fernglas. Langsam und gleichmäßig atmend stellte er sich vor, wie Pierce aus dem Inferno floh. Wie der Rauch seine Kehle und seine Lungen zuschnürte. Wie das fünf Kilo schwere Gewehr, das er bei sich trug, immer schwerer wurde, während er gegen den steilen Abhang kämpfte. Wie das Geröll unter seinen verbrannten Stiefeln aufgewirbelt wurde und wie die Panik in seiner Brust brannte.

Egal, wie schnell Pierce rannte, es würde nicht reichen.

Einer nach dem anderen warfen sie ihre Gewehre beiseite, um den Flammen zu entkommen, die ihnen auf den Fersen waren. Es war zwecklos. Das Feuer holte sie ein und sie fielen brennend und sich windend zu Boden.

Weniger als eine Minute später hörten die Schreie auf. Alles hörte auf, außer dem Feuer.

Eli starrte auf den beeindruckenden Flammenvorhang, der zehn Meter hoch emporstieg. Die orangefarbene Glut pulsierte und pochte. Funken flogen durch die Luft. Eli war geblendet von der erstaunlichen Schönheit des Geschehens.

Er bezweifelte, dass Sawyers Männer es schön fanden, während sie starben.

Am allerwenigsten Pierce.

»Was haben wir getan?«, hauchte Dana in Ehrfurcht vor der wilden Macht der Natur.

»Was wir tun mussten«, sagte Eli.

Um sich selbst zu retten, hatten sie die Welt bis auf den Grund niedergebrannt.

67

LENA EASTON
TAG EINHUNDERTVIERUNDSIEBZIG

Die Brände wüteten noch den Rest des Tages. Die Sturmfront, die vom Michigansee heraufzog, war endlich da. Düstere Regenfälle durchnässten die Stadt und die umliegenden Wälder und erstickten das Feuer, ohne es jedoch vollständig zu löschen.

So schnell, wie das Inferno gekommen war, zog es auch wieder vorbei, wobei es eine schwelende Schneise der Verwüstung hinterließ.

Stunden vergingen. Die Überlebenden des Krankenhauses warteten am Strand, sahen zu, wie das Feuer brannte, beteten um Rettung und hofften verzweifelt auf eine Gnadenfrist. Die Menschen waren verletzt, weinten und hatten Angst – sie waren am Boden zerstört, aber am Leben.

Lena kauerte fröstelnd mit Shiloh und Ruby neben einem Stück Treibholz. Bear lief unruhig neben ihnen auf und ab. Es fühlte sich an, als würde eine Ewigkeit in dieser schrecklichen Ungewissheit vergehen.

Schließlich tauchte ein kleines Ruderboot auf, das vom Festland kam und über den Kanal nach Grand Island ruderte. Eli war von der Schlacht zurückgekehrt. Er war gekommen, um sie zu holen, wie er es versprochen hatte.

Shiloh sprintete über den kiesigen Sand und watete ins Wasser, ohne auf das Anlegen des Bootes zu warten. Nyx streckte ihre Hand über den Rumpf und zog Shiloh triefend nass auf das Deck. Shiloh warf sich auf Eli, schlang ihre Arme um seine Taille und weigerte sich, ihn loszulassen.

Eli hielt sie fest, während er Lenas Blick über das Wasser hinweg begegnete; ein ganzes Leben voller unausgesprochener Dinge passierte zwischen ihnen in einem einzigen Augenblick. Erleichterung und Trauer, Kummer und Liebe.

Auch Lena konnte keine Sekunde länger warten. Der Gedanke, noch eine Minute länger von Eli Pope getrennt zu sein, war unerträglich. Sie sprang hinter Shiloh ins Wasser. Liebe und Erleichterung pulsierten mit jedem Schlag ihres Herzens und die Angst in ihrem Bauch löste sich beim Anblick von Elis geliebtem Gesicht.

Er hielt Shiloh immer noch im Arm, als er seine Hand nach ihr ausstreckte und sie mit ihm verschmolz. Eli zog sie beide in seiner starken Umarmung an sich. Er küsste sie auf den Kopf.

Tränen liefen ihr über die Wangen. Sie schluchzte gleichzeitig vor Freude und vor Trauer. Sie hatten so viel verloren, aber sie hatte immer noch ihre Familie.

»Du bist zu mir zurückgekommen«, flüsterte sie gegen seine Brust. Sie sah es nicht, aber sie konnte sein müdes Lächeln spüren.

»Immer.«

Shiloh beschwerte sich nicht einmal, als sie sich küssten.

Vom Ufer aus bellte Bear seinen begeisterten Gruß. Die Überlebenden am Strand schauten zu, zu traumatisiert, um zu johlen oder zu jubeln. Dennoch war die Erleichterung auf ihren rußverschmierten Gesichtern deutlich zu erkennen. Allen Widrigkeiten zum Trotz waren sie am Leben. Sie waren gerettet worden.

»Wir haben es geschafft«, sagte Eli in ihre Haare. »Wir haben gewonnen.«

68

LENA EASTON
TAG EINHUNDERTACHTUNDSIEBZIG

Vier Tage nach der Schlacht kehrten Lena und Eli nach Munising zurück, zusammen mit Nyx und Antoine. Tim und Lori Brooks begleiteten sie. Tims rechter Arm war von einem Querschläger getroffen worden und daher in eine Schlinge gewickelt. Lori half Moreno auf seinen Krücken. Er hatte mit einer Bluttransfusion überlebt, auch wenn er vielleicht nie wieder alleine würde gehen können.

Shiloh hatte verlangt, mit ihnen zu kommen. Obwohl sie einige hässliche blaue Flecken hatte, hatte sie den Angriff relativ unversehrt überlebt. Sie bestand darauf, es selbst zu sehen. Sie musste es sehen. Genauso wie Devon.

In ehrfürchtigem Schweigen schritten sie vorsichtig durch die Trümmer. Der Moment fühlte sich andächtig, fast heilig an, als sie die Verwüstung betrachteten und im Stillen die Verluste bezifferten. Wie viel sie verloren hatten. Wie viel mehr sie hätten verlieren können, aber stattdessen gerettet hatten.

Die Folgen der Schlacht waren ein schrecklicher Anblick: eine zerstörte Landschaft wie nach einem nuklearen Massenmord. Auf der verbrannten Erde pulsierten die Überreste der Waldbrände, kleine Flammenflecken brannten noch, rote Glut leuchtete aus geschwärzten Baumstümpfen und verbrannten Ästen.

419

Verkohlte Baumstämme ragten in den Himmel und die Schösslinge sahen aus wie abgeschnittene Spindeln – die Bäume waren nur
noch verbrannte Skelette. Hier und da standen eine Fichte, eine
Kiefer oder eine Buche, die nicht verbrannt war. Der Wald entlang
der Küste des Lake Superior bestand auf einer Länge von zweiunddreißig Kilometern nur noch aus feuriger Glut.

Auch in der Stadt waren die Narben der Schlacht allgegenwärtig:
in Schutt und Asche gelegte Gebäude, verbrannte Autos, zerstörte
Wohnblöcke und in zwei Hälften geteilte Häuser. Einschusslöcher
verunstalteten mit Brettern verriegelte Cafés und Geschäfte.

Die Hälfte von Munising war bis auf die Grundmauern niedergebrannt. Das Krankenhaus war nur noch ein verkohlter Trümmer-
haufen. Das Feuer hatte die Highschool verbrannt, aber die
Middleschool verschont. Die Papierfabrik war abgefackelt, aber der
Yachthafen nicht. Erstaunlicherweise war das Northwoods Inn
verschont geblieben.

Elis verzweifeltes Selbstmord-Kommando hatte funktioniert.
Luis Gault und sein Kartell waren vernichtet worden. Gaults Leiche
wurde mit Verbrennungen, die achtzig Prozent seines Körpers
bedeckten, geborgen.

Sawyers Handlanger waren mit ihm umgekommen. Mit
Ausnahme von Sawyer selbst. Er wurde verwahrt, bis sie entschieden
hatten, was mit ihm geschehen sollte.

Zweihundert Bürgerinnen und Bürger hatten bei den Kämpfen
ihr Leben verloren oder waren im Feuer umgekommen; achthundert
weitere hatten überlebt. Alexis Chilton und Amanda Martz waren
bei dem missglückten Überfall vor Wochen gestorben. Letzte Nacht
war Drew Stewart seiner Schussverletzung erlegen. Jason Anders und
Fiona Smith hatten ihr Leben verloren, als sie tapfer das Northwoods
Inn gegen den Blitzangriff des Kartells verteidigt hatten. Und
Jackson Cross, der alles geopfert hatte, um andere zu retten.

In ein paar Tagen würden sie ein Massenbegräbnis ansetzen. Die
Menschen mussten trauern, sich versammeln und Wege finden, sich
in einem antiken Ritual zu verabschieden. Sie trauerten nicht nur
um die Opfer des Kampfes, sondern auch um Ira Fleetfoot, Michelle
Carpenter und Traci Tilton.

Gewalt war blutig, sinnlos und gelegentlich auch notwendig – aber sie forderte immer ihren Tribut.

Dieses Mal hatten sie einen unglaublich hohen Preis bezahlt.

Sie hatten den Krieg gewonnen. Ihre Stadt war zerstört, aber sie stand noch. Und die Arbeit des Wiederaufbaus hatte bereits begonnen.

Vor drei Tagen hatten Späher die Vorratslager des Kartells an einigen wichtigen Orten entdeckt. Dazu gehörte auch das Schloss, das sie nach einem kurzen Gefecht zurückeroberten und die letzten Kartellmitglieder im Umkreis von hundertsechzig Kilometern von Alger County ausgeschaltet hatten.

Danach hatten sie alles zurück zum Northwoods Inn gebracht. Die Lebensmittel würden ausreichen, um diesen Winter zu überstehen. Der nächste Winter würde eine weitere Herausforderung sein, aber sie würden sich darauf vorbereiten.

Vor ein paar Tagen hatte Moreno mit dem Gouverneur von Michigan gesprochen, der zu Pferd nach Norden geritten war, um sich persönlich dafür zu bedanken, dass sie das Kartell aus dem Weg geräumt hatten. Es schien, als wären sie jetzt, wo das Kartell keine Bedrohung mehr darstellte, die Reise wert gewesen.

Ein Rest des Kartells kontrollierte zwar immer noch die Soo Locks, aber ihre Zahl war so stark dezimiert worden, dass sie jetzt leichte Beute für die Nationalgarde sein würden.

Moreno schaute Lena an, als er sprach. »Der Governeur hat mir erzählt, dass die Nationalgarde damit begonnen hat, Außenposten an strategischen Orten im ganzen Land einzurichten, vor allem an der Küste, da ihre Flugzeugträger über Strom, medizinische Einrichtungen, Lebensmittellager und so weiter verfügen. Der Rest der nationalen Regierung arbeitet in Mount Cheyenne. Der Kongress hat mit Südamerika Abkommen über wichtige Medikamente geschlossen. Die Chancen stehen gut, dass in zwei Jahren genug Infrastruktur wiederhergestellt ist, um die wichtigsten Medikamente zu lagern und an die Bürgerinnen und Bürger zu verteilen, selbst wenn wir dafür reisen müssen.«

Lena nickte und ihre Hand wanderte instinktiv zu der Pumpe an ihrer Hüfte. Sie schaute Eli an und konnte ihre Erleichterung nicht verbergen. Vielleicht war es zu schön, um wahr zu sein, aber vielleicht würde sich ihr Glück auch endlich einfach zum Guten wenden. Sie hatten sich ein paar Wunder verdient.

Moreno erklärte, dass der Gouverneur versprochen hatte, dass die ersten Transformatoren noch in diesem Monat in Michigan eintreffen würden. Es würde Jahre dauern, bis auch nur das lokale Stromnetz wiederhergestellt sein würde, aber der Prozess der Wiederherstellung hatte begonnen. Die Menschheit hatte die lange Reise zurück angetreten.

Zurück zu was genau? Wie würde eine neue Welt aussehen, wenn Recht und Ordnung und die Zivilisation wiederhergestellt waren? Welche Teile der Gesellschaft wollten sie beibehalten und welche sollten sie aufgeben, um aus der Asche etwas Neues, Schöneres und Besseres aufzubauen?

Das war ein Gedanke für einen anderen Tag.

Hitze strahlte von der verbrannten Erde ab. Es war, als würde man durch einen Ofen laufen. Asche bedeckte den Asphalt und die zerschossenen Autos. Obwohl sich der Rauch größtenteils verzogen hatte, roch die Luft leicht verbrannt.

Im Krankenhaus fanden sie die Überreste der Kampfposition, in der Jackson seinen letzten Widerstand geleistet hatte. Die Säcke waren zerrissen, der Sand geschmolzen, die Baumstämme zu Kohle verbrannt. Lena erkannte die grässlichen Formen der Knochen, die in der Asche verstreut lagen. Es war unmöglich zu sagen, welche Knochen von Jackson stammten.

Sie standen in einem losen Kreis und trauerten um ihren Freund, ihre Herzen zerrissen von Verlust und Kummer.

»Ich habe ihn für selbstverständlich gehalten«, sagte Shiloh. »Er war der einzige Erwachsene, der auf mich und Cody aufgepasst hat. Er hat immer dafür gesorgt, dass es uns gut geht. Ich habe mich nicht einmal bedankt.«

»Er weiß es«, sagte Devon. »Er wusste es.«

Shiloh starrte auf ein Trümmerstück, in dem noch immer Glut lag. »Er hat sich Sorgen gemacht, kein guter Mensch zu sein, aber er war es. Er war gut. Er war der Beste.«

Tränen liefen Devon über die Wangen. Ihre Augen waren rot und geschwollen vom Weinen. »Das war er.«

Shiloh umarmte sie. Devon umarmte sie zurück. »Er hat dich sehr geliebt«, sagte Devon und blickte in die Runde. »Jeden von euch.«

»Und er hat dich geliebt«, sagte Lena mit belegter Stimme.

Devon stieß einen erstickten Laut der Trauer aus, aber sie drückte Shiloh enger an sich und schaffte es, sich zusammenzureißen. Selbst in ihrer Trauer war sie stark und mutig. Kein Wunder, dass Jackson sich in sie verliebt hatte.

Die bittere Ungerechtigkeit saß tief und schmerzte. Empörung flammte in ihrer Brust auf und schlug im Einklang mit ihrer Angst. Es war alles weg.

Diese Hoffnung, diese Zukunft – ein ganzes Leben voller Liebe und Freundschaft war ihm in einem Augenblick entrissen worden.

Jackson war ihr bester Freund gewesen. Noch vor Eli war Jackson die konstante, loyale und zuverlässige Person in ihrem Leben gewesen. Sie hatten aneinander festgehalten, als sie nichts anderes gehabt hatten.

»Die Liebe, die ihr geteilt habt, ist nicht weg«, sagte Lori leise. »Sie ist immer noch da und lebt in euren Herzen weiter. Solange ihr euch an diese Liebe erinnert und sie teilt, lebt ein Teil der Person in euch weiter.«

»Danke, dass du uns daran erinnerst«, sagte Devon. »Ich hoffe nur, dass er in Frieden ruht.«

Auch Lena betete, dass seine Seele in Frieden ruhen möge. Jackson hatte diesen Frieden verdient. Sie hoffte, dass er ihn im Tod auf eine Weise gefunden hatte, wie er ihn im Leben nie gehabt hatte. Er war heldenhaft gestorben, um das Leben Unschuldiger zu retten und die Bedrohung durch seinen Vater und seinen Bruder im Alleingang zu beseitigen.

Am Ende hatte er die Erlösung gefunden, nach der er sein ganzes Leben lang gesucht hatte.

Ihr Herz schlug voller Trauer, die sich mit einer bittersüßen Freude vermischte. Dieses Leben hatten sie sich hart erkämpft, mit vielen Opfern, aber Lena würde es wieder tun – alles, jede noch so schreckliche Sache, für diese Menschen, für ihren Mut und ihre Widerstandsfähigkeit. Und für die Schönheit, die selbst hier, inmitten der Asche, noch zu finden war.

Auf ihrem Rückweg zum Northwoods Inn kamen sie am Leuchtturm vorbei. Möwen kreisten und flatterten entlang der zerklüfteten Steilküste. Der Wind blies Lena die Haare ins Gesicht, aber sie bemerkte es kaum.

Wie durch ein Wunder war der Leuchtturm unversehrt geblieben. Das strahlende weiße Gebäude mit dem leuchtend roten Kuppeldach ragte acht Stockwerke hoch vor ihnen auf. Am Fuße des Turms war das einstöckige Cottage aus Ziegelsteinen angebaut. Lena und Shiloh hatten vor nicht allzu langer Zeit im Haus des Leuchtturmwärters Zuflucht gefunden.

Lenas klappriger Honda Pilot stand in der Einfahrt und sammelte Staub an. Schmutz bedeckte die Fenster, spinnenartige Risse zierten die Windschutzscheibe und Klebeband fixierte die Stoßstange an ihren Platz.

Die Köttelkarre war zwar alt, hässlich und zerfallen, aber sie hatte Lena und Bear von Tampa sicher nach Hause auf die Upper Peninsula gebracht.

Deshalb würde die Köttelkarre immer einen besonderen Platz in ihrem Herzen haben.

Hinter dem Leuchtturm erstreckte sich der große See, so weit das Auge reichte, und der Horizont wurde nur durch die hügelige Form von Grand Island unterbrochen. Das smaragdgrüne Wasser glitzerte wie Juwelen. Schaumkronen säumten die Wellen, die an die mit sonnengebleichtem Treibholz übersäte Uferlinie schlugen.

Lena und Eli traten in den Schatten des Leuchtturms. Ein Funke der Hoffnung keimte in ihrer Brust auf. Sie konnten das Leuchtfeuer wieder aufbauen, irgendwie einen Generator finden und den Leuchtturm wieder in Betrieb nehmen.

Endlich konnten sie wieder nach Hause gehen.

Tränen glitzerten in Lenas Augenwinkeln. Sie blinzelte schnell, machte aber keine Anstalten, sie wegzuwischen. »Das ist Gnade.«

Eli legte seinen Arm um ihre Schulter. »Gnade von wem?«

Sie blickte zu dem hoch aufragenden Turm hinauf, der wie ein Licht in einem Meer aus Dunkelheit leuchtete und den Verirrten den Weg nach Hause wies. »Vielleicht von Gott, vielleicht vom Schicksal. Ich weiß es nicht, ich brauche es nicht zu wissen. Es ist einfach so.«

69

LENA EASTON
TAG EINHUNDERTACHTZIG

James Sawyer stand mit hinter dem Rücken gefesselten Händen am Rande der Stadt. Lena und Eli hatten ihn zu diesem Ort am M94 East hinter der Econo Lodge gebracht. Das Motel war ebenfalls von den Waldbränden verschont geblieben.

»Ich sollte dich umbringen«, sagte Eli. In seiner Stimme lag keine Bosheit, bloß eine kalte Gleichgültigkeit, die Lena bis ins Mark erschaudern ließ. »Du verdienst den Tod.«

»Tu, was du tun musst«, sagte Sawyer.

Sawyer starrte die leere Straße hinunter auf die kahlen Bäume, den eisengrauen Himmel und die Wolken, die schwer von Regen oder vielleicht Schnee waren. Er jammerte nicht, weinte nicht und bettelte nicht um sein Leben. Er machte sich auch nicht die Mühe, sich zu rechtfertigen.

Sawyers Männer waren alle tot. Gault war tot, ebenso wie Horatio und Garrett Cross. Sawyer hatte seine Armee verloren, seine Festung. Alles, was er aufgebaut hatte, war zu Asche verbrannt. Grand Island stand noch, aber Elis Leute hatten das Kommando übernommen.

Sogar sein Körper trug die Narben seiner Niederlage. Hässliche rote Brandwunden zierten die rechte Seite seines Gesichts. Die halb geschmolzene Haut hing ihm wie ein hässliches Lächeln herunter. Seine vom Wind zerzausten blonden Haare waren stellenweise weggebrannt, seine Kopfhaut wund wie verkohltes Fleisch. Bei jedem Schritt schlurfte er mit einem deutlichen Hinken.

Lena hatte die letzten Tage damit verbracht, seine Verletzungen zu behandeln und dafür zu sorgen, dass seine Verbrennungen nicht septisch wurden. Es schien widersprüchlich zu sein, das Leben eines Mannes wie Sawyer zu retten, aber Eli hatte sie gebeten, es zu tun. Für ihn würde sie alles tun.

Eli hatte Lena nicht erzählt, was genau passiert war, als Antoine Sawyer in Gewahrsam genommen hatte, nachdem das Feuer seine Männer ausgelöscht hatte. Lena brauchte es nicht zu wissen, aber sie konnte sich einiges denken. Antoine hatte schlussendlich eine Art Rache für Nyx genommen.

Sawyer war besiegt. Er selbst wusste es auch. Man sah es an seinen hängenden Schultern, seinem gesenkten Kopf und dem resignierten Ausdruck auf seinem entstellten Gesicht.

Er trat gegen einen verirrten, von Ruß geschwärzten Stein und zuckte bei der Bewegung zusammen. »Ich möchte, dass meine letzte Ruhestätte der Lake Superior ist, wenn das nicht zu viel verlangt ist.«

Eli lächelte. Es war ein leeres Lächeln, hart und gefährlich. »Klar doch. Wir wickeln dich in Ketten und werfen dich über die Reling deiner Yacht.«

Sawyer zuckte lethargisch mit den Schultern. Er schien nicht wütend darüber zu sein, dass Eli ihn hintergangen hatte. Er wirkte niedergeschlagen, als hätte er den Verrat von Anfang an erwartet. Sawyer konnte es nicht beweisen und vielleicht wollte ein Teil von ihm das auch gar nicht. Er war am Ende. Und möglicherweise war er bereit, am Ende zu sein.

Alles an ihm wirkte kleiner, als sie es in Erinnerung hatte. »Du hast mit uns gekämpft. Du hast dein Wort gehalten. Du hast auch mein Leben gerettet.« Eli runzelte die Stirn, als würde ihn das Geständnis schmerzen. Er fuhr sich mit der Hand durch die Haare. »Das bedeutet mir sehr viel, auch wenn ich wünschte, es wäre nicht so. Ich wünschte, ich könnte Nyx deinen Kopf auf einem Silbertablett servieren, so wie sie es verlangt.«

Sawyer schnaubte. »Das überrascht mich nicht.«

»Du hättest ein besserer Mann sein können«, sagte Lena. »Das hätte nicht dein Weg sein müssen.«

»Doch, das musste es.« Er drehte sich um und begegnete Lenas Blick. Für einen Moment flackerte etwas in seinen meergrauen Augen auf, ein Funken von so etwas wie Reue. So schnell, wie er aufgetaucht war, war er auch wieder verschwunden. »Ich bedaure nichts. Nichts außer Lily. Und Cody.«

Er brauchte die Worte nicht laut auszusprechen. Er hatte sie beide im Stich gelassen und seine Chance, Vater und Ehemann zu sein, vertan. Eine Chance, etwas anderes zu sein – mehr zu sein. Etwas Besseres als die Summierung seiner Fehlentscheidungen.

»Ich kann dich von nichts freisprechen«, sagte Lena. »Ich bin nicht meine Schwester.«

Er schenkte ihr ein bitteres Lächeln. »Ich bitte dich auch nicht um Vergebung. Für mich würde das keinen Unterschied machen.«

Lange verschüttete Erinnerungen kamen an die Oberfläche. Sie sah Sawyer als Jungen, sein Verlangen nach Anerkennung, seine Prahlerei und seine verzweifelte Einsamkeit. Wie sehr er versucht hatte, in die exklusive Clique aufgenommen zu werden, in die abgeschottete Welt, die Eli, Jackson, Lena und Lily für sich geschaffen hatten.

Trotz seiner Bemühungen war er für immer ein Außenseiter geblieben. Er war dazu verdammt, ein Einzelgänger zu sein, ausgegrenzt, immer im Schatten stehend, draußen in der Kälte.

Sawyer hatte es verdient, für die Dinge zu bezahlen, die er in seinem Leben getan hatte. Und doch hatte er auch Seite an Seite mit Eli gekämpft. Er hatte Eli das Leben gerettet. Er hatte seinen Teil der Abmachung ehrenhaft erfüllt. Sosehr Lena es auch hasste, sie fühlte eine dünne Verbindung zu Sawyer, eine Blutschuld für Elis Leben.

Sie hatte kein Mitleid mit ihm, aber vielleicht verstand sie ihn ein wenig. Sawyer nickte ihr wortlos zu, als ob er sie verstanden hätte. Weg war seine Arroganz, sein grausames Selbstbewusstsein, seine Angeberei. Er hatte alles verloren. Dieser gewaltige Verlust hatte ihn gedemütigt. Seine Augen, die einst gerissen und raubtierhaft gewesen waren, wirkten nun gequält.

Er war ein gebrochener Mann.

»Was sagst du, Lena?«, fragte Eli. »Soll er leben oder sterben? Sein Schicksal liegt in deinen Händen.«

Lena versuchte, Verachtung für Sawyer aufzubringen, aber sie fühlte nichts. Sie war traurig, müde und gefühllos. Sie hatte ihn einmal gehasst, aber jetzt nicht mehr. Sie hatte keine Energie mehr für Hass.

Die Zeit des Kämpfens war vorbei.

»Kein Tod mehr«, sagte Lena müde. »Leben ist mehr als bloßes Überleben. Es gibt einen Platz zum Töten, aber es gibt auch einen Platz zum Heilen. Jetzt ist es Zeit, zu heilen.«

Eli zögerte einen Moment, dann nickte er mit unleserlicher Miene. Er trat vor, zog sein Messer und schlitzte Sawyers Kabelbinderfesseln auf. »Lena spricht sich für dich aus, du glücklicher Mistkerl. Ein Leben für ein Leben.«

Sawyer rieb sich die zerschundenen Handgelenke und sagte nichts. Er presste seine Lippen zu einer dünnen, blutleeren Linie zusammen, während sein Blick auf den Boden gerichtet war.

Eli zeigte auf die Straße. »Geh los. Du wirst nicht umkehren und nicht zurückblicken, und zwar für mindestens hundert Kilometer. Wenn ich dich jemals wieder sehe oder ein Wort über deine Existenz höre, werde ich dich jagen, deine Brusthöhle mit einem Brecheisen aufbrechen und dein schlagendes Herz mit bloßen Händen herausreißen.«

Verworrene Gefühle zogen über Sawyers Gesicht. Seine verunstalteten Gesichtszüge verhärteten sich in Entschlossenheit, seine Augen leuchteten wie Münzen im Kontrast zu den auffälligen Brandflecken auf seiner Haut. Er sah nicht ängstlich aus, das musste man ihm hoch anrechnen.

Er drehte ihnen den Rücken zu und schlurfte in der Mitte der mit Schlaglöchern gespickten und von Unkraut überwucherten Straße davon. Ohne seine Armee von Schlägern hinter sich war er nur ein Mensch, eingeschrumpft, klein und schwach. Ein Mann, allein, ohne jemanden und ohne etwas, das er sein Eigen nennen konnte.

Ein König ohne ein Königreich.

Eli nahm Lenas Hand. Sie standen inmitten der Zerstörung und sahen zu, wie Sawyer immer kleiner wurde, bis er nur noch ein kleiner Fleck in der Ferne war. In der einen Sekunde war er noch da, in der nächsten verschwunden.

70

ELI POPE
TAG EINHUNDERTNEUNZIG

Die Luft roch kalt und sauber. Eli sog die frische Luft in seine Lunge.

Eli, Shiloh und Lena waren dem Pfad fünf Kilometer gefolgt, um ihr Ziel zu erreichen. Bear tänzelte um ihre Beine herum. Sie marschierten an plätschernden Bächen und rauschenden Wasserfällen vorbei und durch dichte Laubwälder, die keine Blätter mehr trugen.

Vor ihnen glitzerte das jadefarbene Wasser des Lake Superior durch die kahlen Bäume. Sie hielten an der Kante einer Sandsteinklippe an, die mit bunten Mineralien übersät war – dem Rot von Eisen, dem Orange von Kupfer und dem Grün von Mangan. Glücklicherweise war das Gebiet des Pictured Rocks National Lakeshore von den Waldbränden verschont geblieben.

Der kalte Wind brannte auf seinem ungeschützten Gesicht und ließ seine Augen tränen, aber das war ihm egal. Die Temperatur sank tagsüber auf minus ein Grad, nachts wurde es noch kälter und morgens klebte Frost auf dem Gras.

Eli trug einen Hoodie unter seiner Windjacke und Lena war in einen dicken Strickpullover und eine Jacke gekleidet. Shiloh sah in ihrem Bärenfellumhang aus wie eine alte indigene Kriegsgöttin, und das wusste sie auch.

»Das hier wollte ich euch zeigen.« Shiloh hielt inne und zeigte auf etwas. »Chapel Rock.«

Der Chapel Rock ragte aus dem See heraus – eine hohe Felsformation, die sich von der Steilküste abhob. Einst hatte sich ein natürlicher Felsbogen zwischen der Steilküste und der ungewöhnlichen Felsformation erstreckt, aber er war in den 1940er-Jahren eingestürzt, sodass der Chapel Rock nicht mehr mit dem Rest der Küste verbunden war.

Eine einzelne Weißkiefer wuchs in der Mitte des Felsens wie eine Kirchturmspitze empor. Sie war mit dem Festland durch ein langes, dickes Wurzelsystem verbunden, das sich wie ein Drahtseil über die weite Fläche zog. Sie sollte nicht existieren. Doch sie gedieh, klammerte sich an den unnachgiebigen Stein und breitete ihre Wurzeln weit über die Ebene aus, um sich zu ernähren und zu überleben.

»Ich war schon mal hier, aber es hatte nie die Bedeutung, die es jetzt hat. Dieser Baum sollte hier nicht wachsen können, aber er tut es. Er widersetzt sich den Gesetzen der Physik, der Schwerkraft und der Natur. Trotz der unmöglichen Chancen ist er immer noch hier.« Ihre Lippen verzogen sich zu einem winzigen Lächeln. »Wie wir.«

»Wie wir«, wiederholte Lena.

Sie verharrten einen Moment in ehrfürchtigem Schweigen und betrachteten die unverwüstliche Kiefer, die stolz wie ein Wachposten dastand.

Hinter Chapel Rock war der Lake Superior spiegelglatt, ein glänzendes Silber, das das Metallgrau des Himmels reflektierte. Der Horizont verschwamm, Wasser und Himmel gingen ineinander über und gaben ihnen das Gefühl, in eine unendliche Ferne zu blicken – bis an den Rand des bekannten Universums und darüber hinaus.

Lena zitterte vor Kälte. Eli legte seinen Arm um ihre Schulter. Sie ließ sich an ihn sinken und kuschelte sich an seine Brust. Lena zu halten, wurde nie langweilig.

Bear hüpfte am Rand der Steilküste hin und her und bellte die Möwen an, die es wagten, tief zu fliegen, um ihn anzuschreien, weil er ihren Nestern zu nahe kam. Er trottete zu Lena, drückte seine Schnauze gegen ihre Handfläche und leckte ihr die Hand, wobei er freudig mit der Rute wedelte.

Shiloh starrte auf die weiße Kiefer, die aus dem Felsen ragte, und spielte abwesend mit dem Pfeil, der in ihrem Pferdeschwanz steckte. Sie löste das Haarband, mit dem der Pfeil befestigt war, aus ihrem Haar, trat an den Rand der Steilküste und warf den Pfeil über die Kluft auf den Felsvorsprung. Er fiel mit einem dumpfen Schlag am Fuße der Weißkiefer und schmiegte sich in das Gewirr der knorrigen Wurzeln.

»Für Jackson«, sagte sie. »Damit er uns nie vergisst.«

»Er wird uns nicht vergessen, und wir werden ihn bestimmt auch nicht vergessen«, antwortete Lena.

»Hier sollten wir ihn begraben«, sagte Shiloh.

Nach der Granate war nicht mehr viel von ihm übrig, aber Eli wusste, was sie meinte. Sie brauchten eine Markierung, ein Denkmal für seinen Mut und sein Opfer, einen Ort, an dem sie ihm die letzte Ehre erweisen und sich an ihn erinnern konnten.

»Ich finde, es ist perfekt«, sagte Lena.

Shiloh kraulte Bear hinter seinen Schlappohren. Sie hob ihr Gesicht zum Horizont. Die ersten Schneeflocken des Winters rieselten vom schiefergrauen Himmel. Lachend streckte Shiloh beide Hände aus und fing die Flocken auf. Bear versuchte, die weißen Punkte zu jagen, streckte seine rosa Zunge heraus und wuffte vor Vergnügen.

Da sie Taschenlampen mitgebracht hatten, blieben sie an der Steilküste, bis die Sonne im See versank. Die Nacht war bedeckt und sternenlos. Alles war in eine wollige Schwärze gehüllt, die sich weich an ihre Haut schmiegte. Sie lauschten dem Rauschen der Wellen, die gegen die steilen Klippe unter ihnen schlugen, dem Seufzen des Windes und dem Platschen, wenn ein Fisch aus dem Wasser sprang.

Sie waren am Leben. Sie hatten einander. Er konnte sich kaum etwas anderes wünschen als das: sein Herz, das gegen seine Rippen schlug und ihn an alles erinnerte, was er ertragen hatte und was er liebte.

»Guckt euch das an«, sagte Shiloh.

Eli und Lena drehten sich um und schauten in die Richtung, in die Shiloh zeigte. Sechs Monate lang war die Welt dunkel gewesen, und sie würde noch Jahre lang dunkel bleiben. Zu Ehren der geliebten Menschen, die sie verloren hatten, wurde das Northwoods Inn für diese eine Nacht mit Kerzen erleuchtet.

Sie konnten das Gasthaus, welches sich auf der Klippe über der Bucht befand, gerade noch so ausmachen. In jedem Zimmer, in jedem Fenster war eine Lichterkette entlang des Bergrückens aufgereiht worden. Winzige flackernde Flammen wie tausend Sterne erhellten die Nacht.

Es erinnerte ihn an die Zeiten, in denen er vom Flugzeug aus auf die Welt herabgeblickt hatte – alles dunkel, bis auf die funkelnden, einladenden Lichter eines Dorfes oder einer Stadt, die ihn an einen Ort winkten, den er niemals sein Zuhause nennen konnte.

Im Northwoods Inn kochten Lori und Tim das Abendessen, während Faith neben ihnen herumtollte und alles verschlang, was sie finden konnte. Trotz der unglaublich schlechten Chancen hatte Faith überlebt – sie war offenbar zu hartnäckig, um zu sterben.

Später am Abend würden sie sich mit allen zusammensetzen, die ihnen wichtig waren: Devon und Ruby, Antoine und Nyx, Moreno, Nash, Hart und die Brooks sowie Ana Brady mit ihren Adoptivkindern – Keagan, Baby Hope und Adam – und allen anderen, die auf dieser Welt wichtig waren.

Es würde Lieder und Gespräche am Lagerfeuer geben, Geschichten und Tränen und bittersüße Heiterkeit. Man würde sich an Jackson, Alexis, Jason und Fiona erinnern und an die anderen, die mutig ihr Leben geopfert hatten, damit andere weiterleben konnten. Das Northwoods Inn war ein Zuhause.

Elis Herz schwoll in seiner Brust an. Endlich hatte er gefunden, wo er hingehörte.

»Glaubt ihr, dass es jemals wieder so sein wird, wie es war?«, fragte Shiloh.

Er dachte an Käfige, an Gefängnisse, sowohl an die von Menschen gemachten als auch an die, die sie sich selbst gebaut hatten. Er atmete tief ein. Ein seltsames Gefühl breitete sich in ihm aus – ausgedehnt, hell und luftig und unglaublich befriedigend. Es war Hoffnung.

»Vielleicht wollen wir das ja gar nicht«, sagte Eli.

»Wir können neu anfangen«, sagte Lena. »Es wird ein ganzes Leben lang dauern.«

»Wir haben Zeit«, sagte Eli.

»Dann lass uns an die Arbeit gehen.« Shiloh grinste und ihre Zähne funkelten in der Dunkelheit. Ihr erstes Lächeln seit Tagen, echt und unverfälscht, voller Lebensfreude und Hingabe. Sie nahm seine Hand in ihre und sah strahlend zu ihm auf. »Dad.«

ANMERKUNG DER AUTORIN

Ich hoffe, dass dir das Lesen von *Auf der Asche der Welt* genauso viel Spaß gemacht hat wie mir das Schreiben! Es ist immer eine bittersüße Erfahrung, wenn ich eine Serie beende. Ich habe die Personen, mit denen wir so viel Zeit verbracht haben, liebgewonnen und mit ihnen mitgefiebert. Habe gehofft, dass sie überleben, die Liebe finden und sich trotz ihrer schwierigen Umstände ein Leben aufbauen können. Das Ende der Welt kann der Anfang von etwas Schönem sein.

Es ist immer schwer, jemanden zu töten, den ich so sehr liebe wie Jackson. Beim Brainstorming für das letzte Buch erschien mir die Krankenhausszene so lebhaft, unverfälscht und real vor Augen, als würde ich sie im Kino in meinem Kopf abspielen. Ich wusste, dass Jackson nicht zögern würde, sein Leben zu opfern, um Lilys Familie zu schützen. Ich weiß, dass es absolut unfair ist, dass er sein Leben verloren hat, nachdem er sich gerade erst selbst gefunden hatte, aber genau das macht sein Opfer so bedeutungsvoll.

Ich stecke meine Seele in jedes Buch, das ich schreibe, aber dieses hier hat mir besonders viel bedeutet. Eli, Shiloh, Lena, Bear und Jackson sind geliebte Menschen, die ich nicht so schnell vergessen werde. Und ich hoffe, du wirst es auch nicht! Ich kann mir gut vorstellen, wie sie sich ein Leben aufbauen, lange, nachdem die letzte Seite gelesen wurde.

Vielen Dank, dass du mich auf dieser epischen Reise durch die Apokalypse begleitet hast. Bis zum nächsten Mal!

DANKSAGUNGEN

Wie immer ein herzliches Dankeschön an die LeserInnen hinter den Kulissen, die mir ein vorzeitiges Feedback zum Rohmanuskript gegeben haben, während ich die endgültige Geschichte geformt habe, die du jetzt in deinen Händen hältst. Sie haben die lästigen Tippfehler entdeckt, auf Handlungslöcher hingewiesen und sich vergewissert, dass ich die Fakten richtig wiedergebe. Alle Fehler sind meine eigenen.

Und danke an meine fabelhaften BETA-LeserInnen: Ana Shaeffer, Fred Oelrich, Melva Metivier, Jim Strawn, Sally Shupe, Annette King, Cheryl WHM, Kathy Schmitt, Cheree Castellanos, Mike Neubecker, Bavette Battern, David A. Grossman und Courtnee McGrew. Eure aufmerksamen Kommentare und eure Begeisterung sind von unschätzbarem Wert.

Ich danke Donna Lewis für ihr hervorragendes Lektorat. Vielen Dank! Ein großes Dankeschön geht an Joanna Niederer und Jenny Avery für ihr detailliertes Feedback und das Korrekturlesen. Jenny achtet auf die kleinsten Details und stellt sicher, dass jeder Aspekt des Buches korrekt ist. Ich stehe tief in ihrer Schuld! Und noch ein herzliches Dankeschön an David Kepford für sein taktisches Fachwissen und seine Erfahrung in allen Bereichen, von der Undercover-Arbeit bis zur Sanitätsausrüstung und den psychologischen Einblicken in den verdrehten Verstand eines Killers. Dieses Buch ist durch seinen Beitrag um so viel besser geworden.

Ein weiteres Dankeschön geht an meinen Mann, der sich um das Haus, die Kinder und das Essen kümmert, wenn ich unter Zeitdruck stehe, weil ich eine Deadline für mein Manuskript einhalten muss, selbst wenn die Kläranlage in den fertigen Keller zurückläuft! Und danke an meine Kinder, die mir jeden Tag die wahre Bedeutung von Liebe zeigen und mich immer wieder inspirieren.

Danke an Gott für alles, womit er uns gesegnet hat. Er ist mit uns, selbst in den dunkelsten Zeiten.

Danke schön!

BÜCHER VON KYLA STONE

Die postapokalyptische Reihe *Edge of Collapse* Serie:

Am Rande des Zusammenbruchs

Am Rande des Wahnsinns

Am Rande der Finsternis

Am Rande der Anarchie

Am Rande des Widerstandes

Am Rande des Überlebens

Am Rande der Tapferkeit

Die postapokalyptische Serie *Nuclear Dawn*:

Gefahrenzone

Aus Der Asche

Mitten Im Feuer

Die Finsterste Nacht

Die postapokalyptische Serie *Lost Light*:

Der Auf Suche nach Licht

Auf Der Jagd Nach Dunkelheit

Auf Der Spur Der Hoffnung

Auf Der Asche Der Welt

ÜBER DIE AUORIN

Ich verbringe meine Tage damit, apokalyptische und dystopische Romane zu schreiben, wobei ich alle möglichen Arten des Weltuntergangs erkunde.

Ich liebe es, Geschichten zu schreiben, in denen es darum geht, wie gewöhnliche Menschen mit außergewöhnlichen Umständen zurechtkommen, besonders in Situationen, in denen sie des gewohnten Komforts, der Annehmlichkeiten und der Regeln beraubt werden.

Meine Lieblingsgeschichten handeln von Figuren, die mit ihren inneren Dämonen kämpfen und lernen, sich ihren Ängsten zu stellen und sie zu überwinden, um die Rollen der starken, mutigen Krieger anzunehmen, die das Schicksal für sie vorherbestimmt hat.

Zu meinen Lieblingsbüchern gehören *Die Straße*, *Der Übergang*, *Die Tribute von Panem* und *Ready Player One*. Meine Lieblingsfilme sind *Der Herr der Ringe* und *Gladiator*.

Gebt mir eine gute Geschichte in irgendeiner Form und ich bin glücklich.

Ich liebe es, von meinen Leserinnen und Lesern zu hören! Entdecke meine Bücher und chatte mit mir über einen der folgenden Kanäle: E-Mail an KylaStone@yahoo.com